师尊在哪儿,我就在哪儿。
人生能有多少个八年?
他已经没有更多时光去等待,
去忍耐了。
如果这几月的重逢只是神明赠予他的小小饴糖,那么他愿意和这些糖一起融化。
这一次,
无论如何,他不会再逃跑了。
师尊,我来了。

杨溯

酷威文化
图书 影视

杨溯 著

天地出版社 | TIANDI PRESS

目录

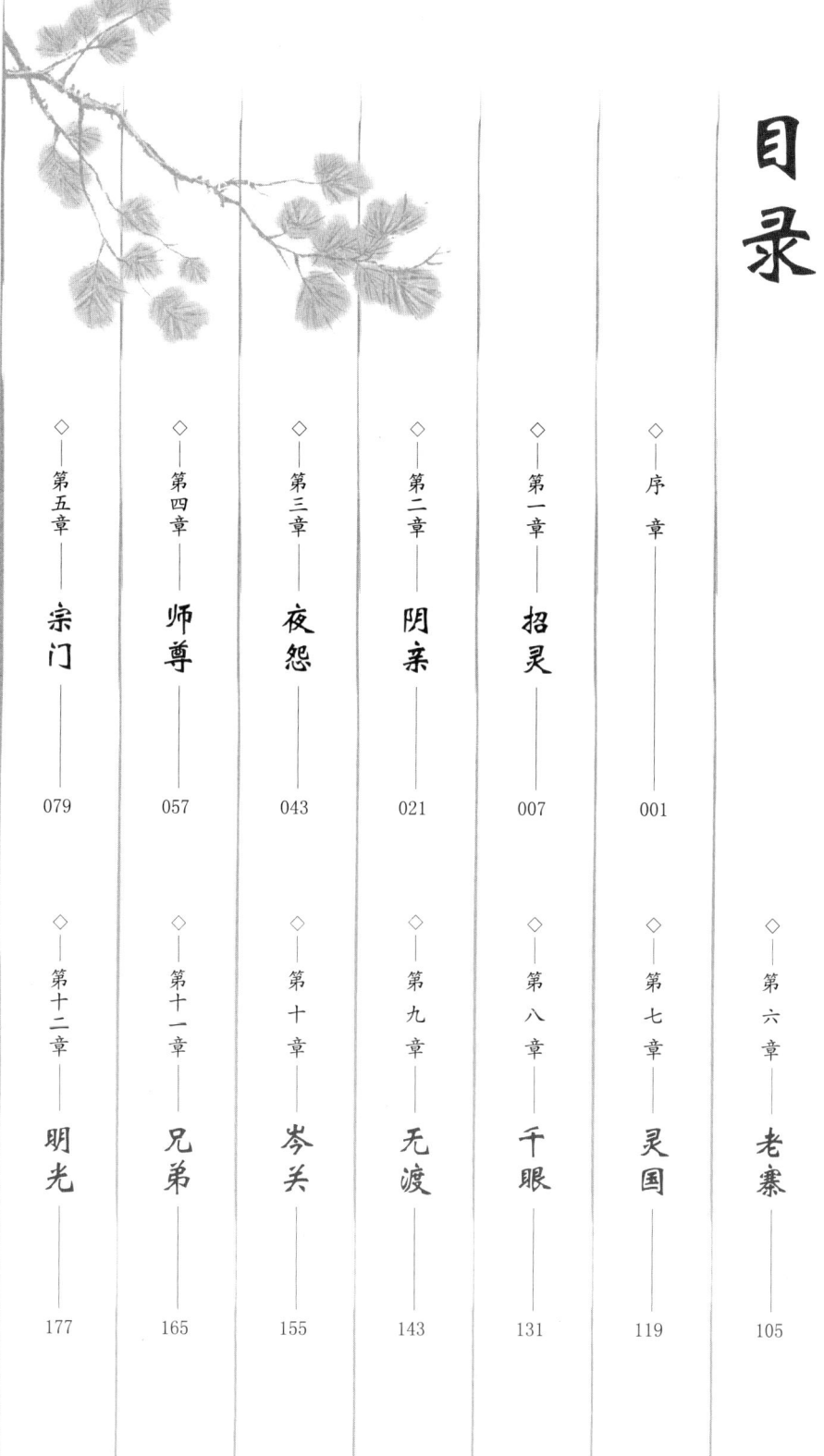

- 序　章　　001
- 第一章　招灵　　007
- 第二章　阴亲　　021
- 第三章　夜怨　　043
- 第四章　师尊　　057
- 第五章　宗门　　079
- 第六章　老寨　　105
- 第七章　灵国　　119
- 第八章　千眼　　131
- 第九章　无渡　　143
- 第十章　岑关　　155
- 第十一章　兄弟　　165
- 第十二章　明光　　177

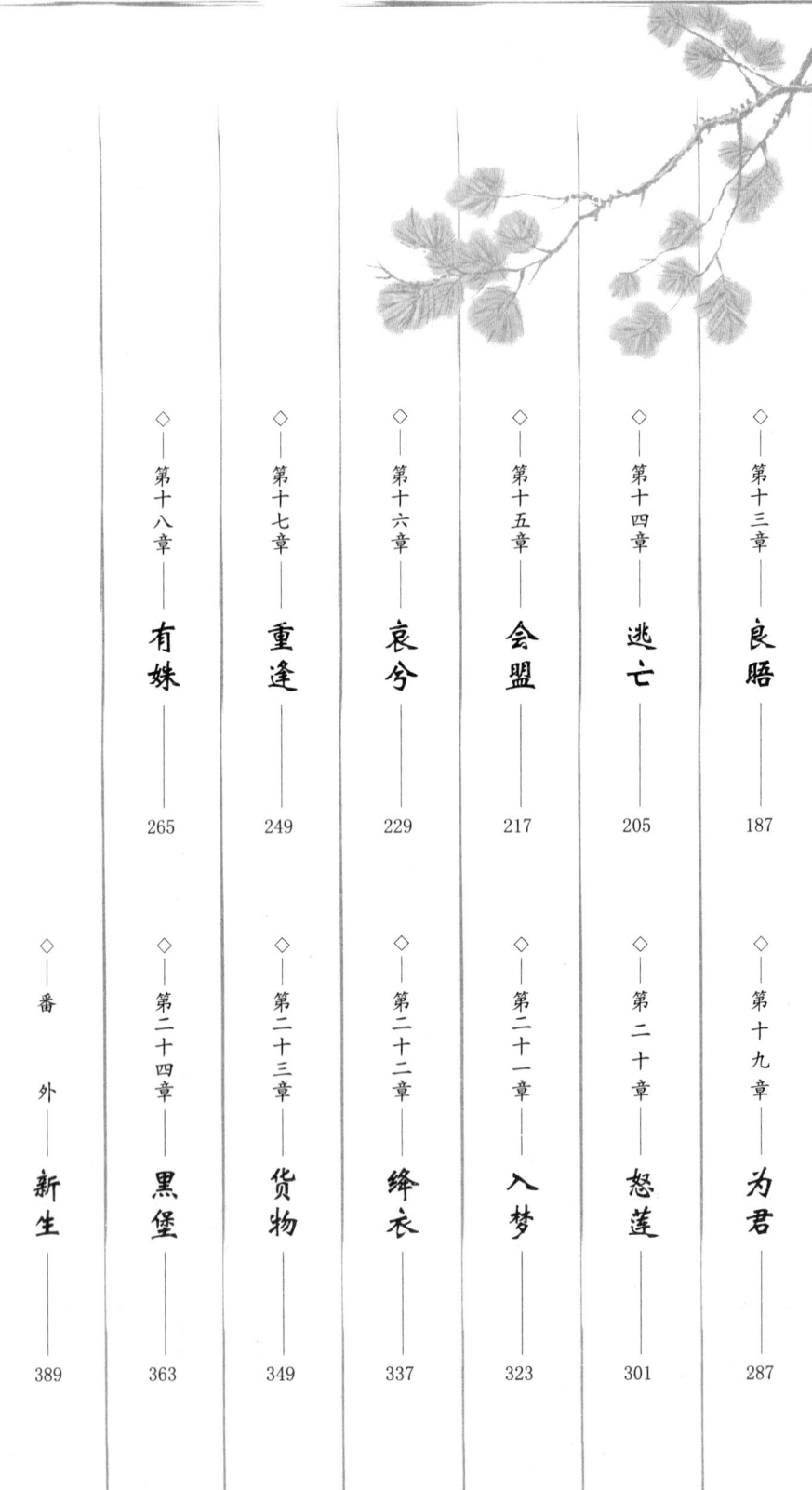

◇ 第十三章 —— 良晤 —— 187

◇ 第十四章 —— 逃亡 —— 205

◇ 第十五章 —— 会盟 —— 217

◇ 第十六章 —— 哀兮 —— 229

◇ 第十七章 —— 重逢 —— 249

◇ 第十八章 —— 有姝 —— 265

◇ 第十九章 —— 为君 —— 287

◇ 第二十章 —— 怒莲 —— 301

◇ 第二十一章 —— 入梦 —— 323

◇ 第二十二章 —— 绛衣 —— 337

◇ 第二十三章 —— 货物 —— 349

◇ 第二十四章 —— 黑堡 —— 363

◇ 番 外 —— 新生 —— 389

序章

从今往后,你要像所有人一样,厌恶我,仇恨我,唾弃我。你是人,我是灵,你我生死不同道!

　　天际绯红一片，仿佛泼了血，染了半边天。放眼望去，墨绿色的林海被烧着了，四处喷发着金红色的岩浆，岩浆像喷泉似的溅出百尺来高。溅出的熔岩像河流一般流淌，在山体上留下一道道深刻的伤疤。崖下仿佛支起了许多大烟囱，热腾腾的灰黑色烟雾腾冲直上，舔舐着血红的天幕。空气里弥漫着一股烧焦的味道，很刺鼻，原本仙气袅袅的抱尘山，此刻恍如修罗炼狱。

　　谢寻微站在屋子里，默默地流泪。

　　这是他师尊的灵域，罩住了整座抱尘山。在灵域内，恶灵的力量无处不在。他的师尊改变了抱尘山的山体结构，大地龟裂，炽热的岩浆冲破地表。然而，仙门弟子也在突进。无数修士在山下发起了冲锋，剑光如蛇，随着他们在火焰与岩浆中高速奔袭。各家家主在山脚四方结起了法阵，召来滂沱暴雨冲刷结界，试图破坏他师尊的灵域。

　　"师尊……"谢寻微听见自己沙哑的声音。

　　"该是告别的时候了，寻微。"

　　被泪水模糊的视野里，高挑的男人伸出手，按住他的头顶。掌心温暖，一如既往，谢寻微的眼泪簌簌而下。他不住地想，骗人的吧，这样温暖的师尊，怎么会是灵呢？他明明有名字，有身份，他叫百里决明，是抱尘山的丹药长老，是大宗师无渡的师弟，他会说笑，会做饭，会在山下的街市表演喷火，还会配制加了大蒜的大力丸在酒肆兜售，然后拎着徒弟被捕快追得满街乱窜。

　　这样的男人怎么可能是丑恶的灵？

　　然而事实就是这样，师尊不饮不食，更不会变老，他以为师尊道法精深，已臻化境，原来这一切都是因为师尊是个灵。师尊早已死了，死人不需要饮食，死人不会变老。

　　"多的我没法儿跟你解释，他们说得没错，我的确是一个灵，一个附在尸体上活着的恶灵。"百里决明低头拔出刀，潋滟刀光在昏暗的小屋里一闪而过，"我的肉身多年不腐，与常人无异，是因为胸口的六瓣莲心。山下那帮狗贼，有一半大概就是因为这个来的。"

"六瓣莲心？"谢寻微问。

"不错，莲花心，能让我这样的死人不腐不败，那帮狗贼觉得吃了它能返老还童。"百里决明歪嘴笑了笑，忽然肃了面容，"还有一半人，大约是为你而来。"

谢寻微垂下眼眸，泪水滚落眼眶。

"你是吴中谢氏的孤女，八字纯阴，先天炉鼎。这些年那么多狗贼假惺惺地要来与你结亲，都被老子打了回去。你落到这帮猪狗手里，多半没有好下场。"百里决明扔掉刀鞘，咬破食指，点上谢寻微的额心，指尖血光闪烁，"所以，为师要在你体内施下一道恶灵诅咒。从此，除了你师父我，动你者死，辱你者亡。只是，你的姻缘怕是不会有了。"

"我不要姻缘。"谢寻微哭着摇头，"我要师尊活着。"

"傻孩子。"百里决明拍了拍他的脑袋，"我很早就死了，死了太久，连我自己都记不清年岁，仙门最老的王八都没我老，那些宗主长老跟我比都是孙子。你今年才十四岁，还年轻，你还有很多事情要去做。只是你要记住，天下男人皆猪狗，若有人同你许诺山盟海誓，生生世世，不要怀疑，鬼话都比这真。"

谢寻微一时有些无语，师尊大概忘了他自己也是男人。

百里决明认真地说："金陵莲花桥北边第一座宅子，还记得吗？三进三出的大院子，地段好，出门就是集市，那原本是为师为你攒的嫁妆，地契埋在宅子外面的柳树根下。女孩子家，手里攥着银钱才踏实。"

都什么时候了，还在说这种乱七八糟的话。谢寻微哽咽着，可这就是他的师尊，骄傲自大，满嘴废话，永远都不靠谱。这个男人还不知道，他的徒弟压根就不是女孩儿。

第一批仙门弟子突破火焰屏障上山来了，谢寻微听见了他们的喊杀声。他们在寻找百里决明，剑光划破了黑夜，火光中闪过一线银燕似的雪白。百里决明深深地看了他一眼，提着刀推开了破旧的柴门，耀眼的火光金沙似的涌进这个狭窄的堂屋，百里决明半边脸笼在那浓郁如血的光里，迎风飞舞的发丝仿佛在燃烧。

"你该走了，徒弟。"

他前进一步挥刀，独自迎战所有爬上山巅的仙门弟子。无形的气幕在他身侧展开，所有像萤火虫一般飞向他的符咒瞬间暗淡无光，化为灰烬。他旋转、踏步、突刺，刀刃被他手掌的高温加热得红亮如虹。修士一个接一个扑上来，他像拎兔子一样抓住一个修士的头发，滚烫的刀刃割破那人的喉咙，鲜红的血像月弧一般飞溅开来。这一刻谢寻微才真正意识到，那个在街口喷火龙的男人，那个卖假药被捕快追的男人，是一个真正的恶煞。他杀人，如同宰杀牲畜。

"从后山走，不要害怕，我的灵域不会伤害你。不要回头，更不要看我。"百里决明的眼眸逐渐变得血红，他在显露出恶灵的本相。他一面挥刀，一面说话："记住，是我胁迫你，是我欺瞒你，是我逼你成为我的弟子。从今往后，你要像所有人一样，厌恶我，仇恨我，唾弃我。你是人，我是灵，你我生死不同道！"

谢寻微缓缓地跪下，颤抖着叩头。

"走啊！"百里决明嘶声大吼，一刀斩破黑夜。

谢寻微掉头往后山跑，裙袂被灌木丛撕得破破烂烂的。他的身后，金红色的火光喷薄而出，所有剑光被火焰吞没。他不知道他的师尊发动了什么样的术法，他只感觉到背后热浪汹涌，恍若要灼伤他的肌肤。

他一面哭着，一面向山下奔跑。漆黑的夜晚被无处不在的岩浆照亮，仿佛满地都是湿红的鲜血。然而所有岩浆从他的脚边退避，所有蒸腾的热气避开他的身体，他知道是师尊在护佑他的步伐。背后似乎一直有一双眼睛在看着他，他想起经书上说，如果灵域足够强大，那么恶灵无处不在，他知道是师尊在注视着他的背影。

师尊、师尊。他泪如泉涌。

头顶一声雷霆般的巨响，仿佛惊雷落在山巅。谢寻微猛地扭头，山巅处的云层变得铁青，混杂着血样的鲜红。那里刚刚发生了一场爆炸，四周所有草木在火焰中变得焦黑。灵域的结界轰然坍塌，像利箭一般的倾盆暴雨冲破裂隙倾泻而下。冥冥中一直注视着他的视线好像消失了，就像风筝断了线。谢寻微明白这意味着什么，只有恶灵伏诛，灵域才会破。

"师尊！"谢寻微大喊。

那一刻他脑子里一片空白，胸口剧痛，仿佛被血淋淋地掏出了心。他什么都不管了，哭喊着，手脚并用地往山上爬。岩浆在熄灭，滚烫的泥土被雨水冲刷，变得黏腻又湿冷，四处冒出白气——那是雨水碰到焦土后，蒸发变成的浓郁水雾。

他终于回到了山巅，修士被烧焦的断肢横七竖八的，断掉的刀剑犹如破碎的骨骸，斜斜地插在地上。他和师尊居住的小木屋成了一片废墟，他们一起耕种的药园子成了一片焦土。焦土正中央有个焦黑的人影，双膝跪地，右手拄着一把刀。谢寻微蹒跚地走过去，跪下身，颤抖着抚摸男人破碎的脸颊。

百里决明的术法烧死了修士，也毁了他自己。他的双瞳因为高温而熔化，成了两个漆黑的眼洞。半边身子已经成了黑炭，雨点儿落在他滚烫的身躯上，咻咻地冒着白烟。

百里决明动了动嘴唇，长长地叹了口气："你这孩子……为什么不听话呢？"

"我不走。"谢寻微拥抱住这个面目全非的怪物，泣不成声，"我要和师尊一起死。"

"傻孩子，毛都没长齐，活都没活明白，说什么死？"百里决明微笑着，烧焦的脸庞扭曲又难看，"别哭了，都十四岁了，怎么还这么爱哭？罢了，你是女娃娃，宽限你几年，等你到了十八岁，就不许哭鼻子了。"

"我就要哭！"谢寻微大喊。

"要记得把地契挖出来，要记得好好修炼。你要是不好好修行，为师会去梦里打你屁股的。"百里决明呵呵地笑，伸手推他，"他们快上来了，快走。"

谢寻微摇着头，死也不松手。

"唉……你这娃娃……心眼儿怎么这么死呀？"

谢寻微听见他在耳边长叹，紧接着他的手动了动，谢寻微忽然感觉到腿上一片洇湿。谢寻微愣愣地低头看，只见百里决明胸口插着一把匕首，浓腥的血液漫过刀槽，滴滴答答地落在他的腿上。

"为什么……"

他还没有问完，百里决明喉咙里忽然爆出一声怒吼："孽畜，你竟亲手弑师！"

男人一掌把他推开，他摔出去，落入一个怀抱中。纷沓的人影像白鸽一般从身侧拥出，第二批仙门修士终于登上了山顶。铁一般沉重的雨幕横亘在他和百里决明之间，他看见有人踹了百里决明一脚，那破损的焦黑瘦影直直地倒了下去，溅起满地漆黑的水花。谢寻微流着眼泪，无力地伸出手，虚虚地抓向破败的影子。

"谢寻微大义灭亲！恶灵伏诛！"

"快，封印他的灵体，剖出他的莲花心！"

"寻微姑娘，寻微姑娘，你怎么样！"

无数人在他耳边叫喊，纷乱嘈杂的声音充斥耳畔，可谢寻微什么也听不清，他只看见冰冷的雨里那个男人倒在地上，修士握着利剑剖开他血淋淋的胸膛。男人一动不动，像一座生铁铸就的雕像，固执地望向他的方向。百里决明破碎的嘴唇翕动，似乎说了几个字。

在此生最漫长的寂静里，谢寻微忽然间看懂了，师尊说的是：徒儿，后会无期。

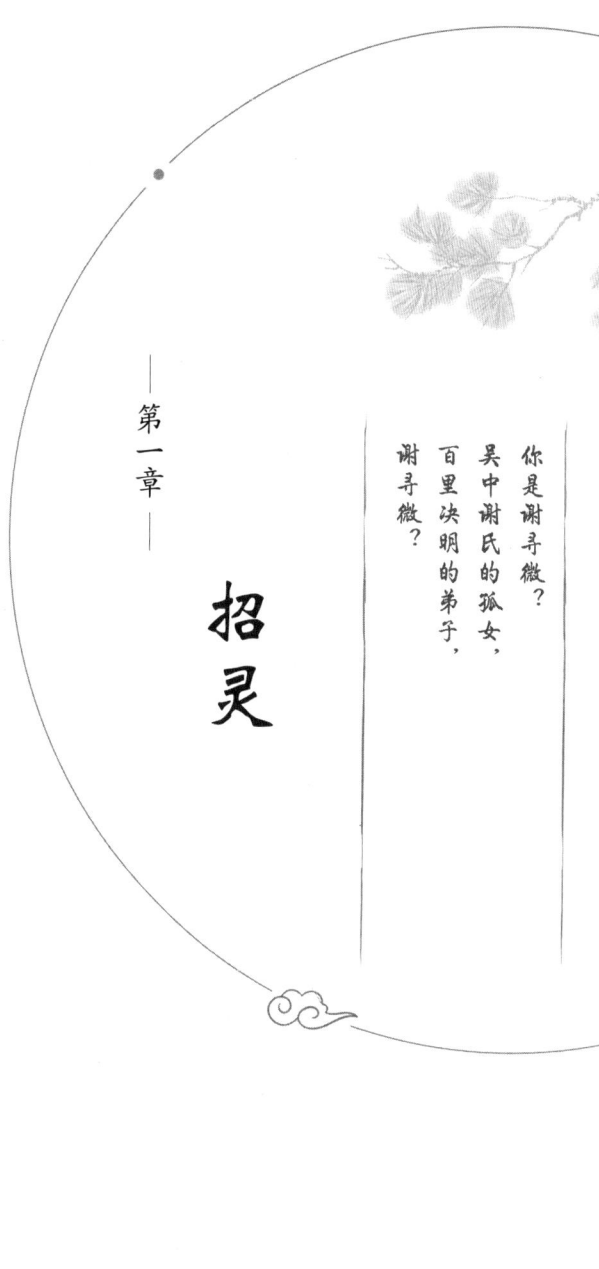

第一章

招灵

你是谢寻微?
吴中谢氏的孤女,
百里决明的弟子,
谢寻微?

  姑苏三月，雨下得比平日勤了些。
  谢寻微从噩梦中醒来，挂起床帘子，披上衣衫，坐在镜匣前。目光穿过月洞窗，对面屋檐青瓦上浇着细白的雨点儿，淅淅沥沥的。他又想起八年前那场大雨，那个男人倒在泥水中，灵域一点点消散，焦黑的影子离他越来越远。他不可抑制地想起小时候，师尊总是带着他去山下的街市挣钱，师尊说要给他挣嫁妆，于是让他站在别人屋檐底下，晒不到太阳的地方，在他的脚边用石子儿画个圆，叮嘱他一步都不许离开，然后去十字路口做场，头一仰，吹出一条红灿灿的大火龙。
  他那时候乖乖地蹲在一边，想他的师父怎么会这么穷，这么不靠谱。道士的正经营生明明是抓灵，可他的师父却用术法表演喷火。是不是天底下只有他运气这么差，有一个又穷又笨，脾气还不好的师父。
  后来他才知道，他的师父是恶灵，却也是天底下最好的师父。这世上再也没有人为了攒他的嫁妆，去街口吹火龙了。
  他望着雨，静静地发呆。
  "姑娘。"身后传来细细的一声叫喊，舅母跟前的大丫头立在珠帘外，轻声道，"夫人说昆山灵患清剿得差不多了，还剩下些道行不高的小灵，要各位哥儿姐儿去练练手，也算是历练一番。您平日里净闷在府里，要一道儿去散散心吗？"
  屋里面静静的，丫头正探头看，忽听珠帘哗啦啦一阵响动，高挑的姑娘从帘后转出来，立在了跟前。丫头望着姑娘，不禁发起了呆。不论见过多少次，她总是难免赞叹谢寻微的姿容。
  丫头熟悉这个姑娘，府里一众姑娘里，她是最好看的，面皮生得白净，像细细磨过的玉璧。又总是温温柔柔，不言不语，笑起来的时候，露出齐整雪白的牙齿，像一株安安静静的美人蕉。她不似府里大姑娘那般骄蛮急躁，也不似别的高门闺秀那般高高在上，她永远温声细语，如同姑苏三月柔柔的雨。若真要挑出个短处来，大约就是身量生得太高了些，连大公子也不过将将和她齐平。

可怜的姑娘，丫头心里不禁想，有这样美丽的面孔，偏偏谢家满门横死，自己又被恶灵掳去做了徒弟。她记得八年前那场围剿，各大仙家倾巢出动，抱尘山被围了三天三夜。是寻微姑娘大义灭亲，趁恶灵不备，将匕首刺入了他的胸腹。

好人没有好报，姑娘被下了恶诅，从此不能嫁人。许是恶诅的缘故，姑娘身体不好，动不动就要咯血。在剑道上也没有天赋，蹉跎了八年，竟只是将将拿得动剑。没有家门倚仗，又没有道行撑腰，空有一张好脸蛋儿，更成了高门闺秀共同的仇敌。这些年来她过得很是艰辛，像路边的一棵野草，处处受人欺凌。幸好姑娘的舅母——喻家大夫人大发慈悲，接纳了这个孤苦伶仃的孩子，还说等她身上的恶诅化解，便让她与大公子成亲。

丫头怜惜她，眼神便也软了几分，道："姑娘就当游玩吧，大公子也去呢。"

"好啊。"谢寻微笑着，依旧是那样融融的笑意，脸蛋精致得没有瑕疵，"那便有劳各位哥哥姐姐费心照顾了。"

耳边有嗡嗡的声音，脸上有些痒，似乎是有虫子在脸皮上爬。天光洒落在脸庞上，百里决明动了动眼皮，睁开了眼睛。刚醒，眼前白灿灿一片，迷得眼睛生疼。百里决明用一只手遮住眼睛，另一只手把栖在脸上的苍蝇赶走。好半天，眼前终于清明了，他看见半开的乌木棺材盖儿，外面是白苍苍的荒草，七零八落的骨骸，和挨挨挤挤攒在一块儿的坟堆。

这里是哪儿……他坐在棺材里，脑子发蒙。

记忆像鸦羽一般扑簌簌地回笼，抱尘山的火海在他脑海中闪回。他是恶灵，恶灵杀不死，要么被超度，要么被封印，为什么会在这里？百里决明低头打量自己，肉身完好，只是有些僵硬，他转了转手腕，关节发出咔咔的响声，渐渐灵活起来。视线下移，他瞧见身旁陪葬的物事——一面镶银铜镜，并几本蓝皮册子。

他皱了眉头，摸来镜子一瞧，里面映出一张白皙又陌生的脸庞。瞳仁生得黝黑，眉角稍显锋利，有几分野性。他咧嘴笑了笑，露出两颗小虎牙，看起来很年轻，十七八岁少年郎的模样，倒是和之前那副肉身长得有几分相似。百里决明扣下镜子，翻开册子。

这是一本家谱，他看了几眼，没什么兴致，又翻看另一本，这却是一本传记。记的是一个叫秦秋明的人，约莫就是这肉身的原主吧。

此人有些能耐，门第不高，来自淮左一个破落户，却凭着一身先天火法，在宗门大比中连胜三十个高门弟子，扬名仙门。仙门百家这帮猪狗，向来以门第品评人物，门阀垄断道法绝技。这破落户的儿郎竟能出人头地，委实是不容易。百里决明心下多了几分赞赏，往后继续看，后面写秦秋明行走四方，剿灵驱邪，得意一时。只是这小子生性骄矜，不大看得起人，高门与他结交，多遭他白眼，树了一大帮仇敌。是以入世了两三年，独来独往，一个朋友也没有。

这性子也像自己，百里决明笑了笑。他还没被揭穿恶灵身份的时候，那些衣冠士族就有一半看不惯他。没办法，他素来眼高于顶，仙门那帮尿货，他没一个瞧得上眼。早先他们屁颠屁颠跑来抱尘山要他收徒，把领来的弟子吹得天花乱坠，说什么根骨清奇堪称上品。百里决明拿眼一眺，懒洋洋地说："长得太丑，不要。"后来他们带来江左出名的俊朗少年，听说出个门得捎个推车，专门装别人掷来的瓜果，百里决明抱着臂，满脸挑剔地说："男的，不要。"最后他们送来一个姑娘，脸蛋儿长得不错，可惜眼睛有点儿毛病，净冲他眨呀眨的。还说不当徒弟，许给他当媳妇儿也成，他脸一虎，把人给骂走了。

后来就再也没有仙门往他这儿送人了。

他想看秦秋明这小子是怎么死的，往后一翻，却没了。他在棺材里四处翻找，也没有另一册的踪迹。敢情这传记就一本，记到一半儿就没了，人是怎么死的都没交代。

不对，百里决明眸子一凝，铜镜、家谱、传记……这不明摆着告诉他死者的身份吗？再加上这与他如出一辙的个性，简直就像谁刻意安排了这具肉身，专门等着他住进来，继承这人的身份。

百里决明扒开领子低头一看，果然，左侧锁骨上有一道殷红的咒纹，恍若一个烙印。好歹是个道行高深的恶灵，他一瞧就明白了。这玩意儿叫"咒契"，是"拘怪召灵"术的契约。他的复生并非偶然，而是有人破了他的封印，将他的灵注入这个躯壳，再用自己的鲜血在他的锁骨上画上咒契。从此他为对方仆役，供对方驱使。这是仙门中的禁术，因恶灵常蛊惑主人，致其堕入邪道，加之阴煞侵体，于阳寿有损，这个术法百年前就被明令禁止了。

百里决明火冒三丈，哪个龟孙狗胆包天，竟敢召他做仆役？死了这么久，百里决明还从未受过这般奇耻大辱。百里决明爬出棺材找人，四下除了荒坟尸骸，空无一人。那龟孙呢？把他召了回来，自己哪儿去了？百里决明气得牙痒痒，若让他见到此人，就是拼着咒契反噬，他也要生吞了对方。

站在原地平了平气儿，百里决明才有空细细思考现下的处境。他死得太久，又常年隐居深山，从来不记年月，即使有传记，也不知现如今离他被围剿的时候过了多久，更不知道他那小徒儿可还活着。想到那丫头，百里决明的眼神暗淡了几分，伸手摸了摸胸口，意料之中，没有心跳。

恶灵附身于尸，则为灵。没有六瓣莲心，这肉身迟早会腐烂。在新死的尸体里复生，他的功体不到全盛时期的十分之一。光凭这点儿灵力，撑个十天半个月就算造化了。趁肉身完好，他得去打听打听寻微的消息。

若她活着，就远远地瞧上几眼。若她早已过世，就是去坟前看望看望也好。他飘荡人世这么久了，只收了这么一个徒弟，他把她当亲闺女疼。

打定主意后，百里决明下了乱葬岗。顺着小路往山下走，他觉得有点儿不对劲，四周太静了，连声鸟叫都没有。雾气在山里升腾，放眼望去，白茫茫一片，看不清尽头。走了半炷香的时间，远远地听见些许人声。循着人声过去，渐渐瞧见前方有破旧的房屋和凋零的草木，似乎是一个山中小镇。镇口牌坊底下立了四男二女，个个白衣负剑，一瞧便知是仙门弟子。

他慢吞吞地走过去，那帮人瞧见他，便纷纷转过头来。有人高喊："是谁？人还是灵？"

当头一个胖子的眼睛一亮，喊了声："是秦少侠！"

其他人也面露喜色："是秦秋明公子，想不到他也来了，这回我们有救了。"

那胖子迎上来，喜滋滋地道："秦少侠也是来昆山剿灵的？宗门一别，许久未见，咱们竟能在这里重逢，真是有缘！"

"哦。"百里决明怏怏地抬起眼睛，"你谁？"

胖子："我……"

边上一个少女横眉怒目道："哥，你做什么总是热脸贴冷屁股？上回他就对你无礼，你还凑上去！"

果然，秦秋明的性子与百里决明一般模样，这倒好了，不必装相。百里决明打量众人，见他们发髻凌乱，衣袂破碎，有些人脸上略有惊恐之相，显然是遇见了什么。百里决明虽不是个爱管闲事的，却是个十足十的路痴。这荒山野岭，靠他自个儿，得转到明年才能出去。他朝他们抬抬下巴颏儿："我刚进山，你们怎么了这是？"

胖子朝百里决明拱手，道："秦少侠贵人多忘事，我是喻家大郎，喻凫春。上回宗门大比，你一招就把我打下了台。"他回头望了望那破败的山镇，哭丧着脸，"我母亲明明说长辈为咱们清好了路的，说只余下些不入流的小灵，给咱们练练手。可没想到灵没见着，却迷了道儿。"

"喻家二女，喻听秋。"方才说话的少女朝百里决明扬扬下巴，"姓秦的，你也跟我们一样，对不对？"

百里决明不置可否地挑挑眉毛。

喻凫春苦着脸说:"我们转了小半个时辰了,怎么也走不出去。"

有人耷拉着眉毛:"真是倒霉,误打误撞碰进来,竟然就走不脱了。幸好碰见大家伙儿,要不然我一个人得吓死。"

果然与他之前想的一样,百里决明心下有了计较,便伸了个懒腰,揣着手往山镇里面走:"走不出去,那就不走了呗。"

有人问:"秦少侠这是何意?"

这帮初出茅庐的青瓜蛋子,怎么什么都不懂?百里决明瞬间觉得头疼,掉过头来道:"听说过鬼打墙没有?"

"自然听过。"

"那是最简单的灵域,恶灵改变地形,拼接来路和出口,让进入里面的人迷失方向。"

"你的意思是……咱们撞见鬼打墙了!"喻听秋瞪大了眼睛。

"没错。"百里决明耸耸肩膀,"倒霉蛋们,咱们进了一个恶灵的灵域。如果把恶灵看成蜘蛛,那咱们就在它的网里。要破除灵域,一个办法是强行破坏结界。"大家纷纷朝他望过来,百里决明咧咧嘴,"别看我,你们不行,我的道行也不够。还有第二个办法,找到恶灵,念念《清静经》,看能不能让它茅塞顿开,早日投胎。"

大家脸上都露出了绝望的表情。

百里决明摇摇头:"你们还真是一代不如一代。这么多人,竟打不过一只只会造鬼打墙的小灵吗?算了,不指望你们。灵生于执念,若能找到它的执念根源,平息它的怨气,兴许能不战而胜。"

喻凫春高兴道:"此法可行。"

"行就快走。"百里决明提步进镇。

"咱们就不能留在外面扎营吗?"喻听秋犹豫地望向山镇里面,那儿迷雾笼罩,颓圮的青瓦苔绿暗生,"里面怪吓人的。"

"马上就要天黑了,夜晚阴气重,必有厉灵夜行,你要留在外面就留在外面吧。你和灵一块儿搭个伙,说不定能凑一桌牌九。"百里决明的声音遥遥地传来。

此言一出,所有人立刻跟上。百里决明不经意间回过头,见先前那一直没吭声的姑娘一瘸一拐地跟在最后面,很吃力的模样。百里决明其实从一开始就注意到了她,她生得白净,立在那儿俏生生的,春笋似的秀丽。长得又高挑,分明是个女娃娃,这个头得赶上男人了。不知怎的,看见她,百里决明就莫名地想起寻微来。很多年前那个孩子也是这样,眼里噙着泪,固执地跟在他后面,求他收她当徒弟。

喻凫春和几个儿郎忧心地围在她的身边，问她要不要帮忙。

她轻轻地摇头，抱歉地微笑："谢谢大家，我可以自己走。"

"喊。"喻听秋撇嘴，"就会装可怜。"

唉，进个山还能崴脚，弱得跟兔子似的，绝不可能是寻微。百里决明摇摇头，他徒弟那么聪明伶俐，若还活着，定是一方大能，呼风唤雨，上天入地。现在的仙门哪，真是一代不如一代。

这镇子看起来穷苦得很，泥巴土路上长满了蒿草，篱笆围墙大多塌了，露出后面阴森森的瓦房茅屋。他们敲了几家门，无人搭理，家家户户都紧锁门扉，叫人也不答应。喻凫春说："秦少侠，我们老早就试过了，山民都不肯出来，这儿的人似乎格外怕生。"

"你们怎么知道有人住在里面？"百里决明问。

"门户都是从里面上的锁，自然里面有人。"

"我是说，"百里决明笑了一声，"你们怎么知道里面住的是人？大白天不出门，当然是因为怕阳光。"

所有人的脸色一变，是了，怎么会有生人住在恶灵的灵域里？有人直接腿软了，哆嗦得跟鹌鹑似的。百里决明见了又是一阵无语，同这帮毛孩子兜搭半天，才把人堪堪认了一遍。胖子兄妹是姑苏喻家的，那崴脚兔子是他们的表妹，两个高瘦的男娃儿是留郡袁氏的弟子，百里决明记不住名儿，姑且叫袁大和袁二，还有一个细眉细眼的矮个儿，是越郡姜家的，名叫姜先，不过百里决明更乐意叫他姜矮子。

这帮高门弟子平日里依偎在娘亲怀里，只知道把衣裳熏得香喷喷的，往面皮上涂脂抹粉，连剑也拿不稳。还没见到灵，就已经吓破了胆。相比之下，两个姑娘家倒是有些胆量，虽然也都白了脸，但走得倒也稳当。

罢了，横竖是几条活泼泼的性命，带着就带着吧。百里决明很是无奈。

袁大问："那现在怎么办？咱们去哪儿落脚？"

"前面有家客店。"崴脚小兔子轻声地开了口，"兴许有空房。"

这犄角旮旯的山镇，除了他们几个倒霉蛋，哪有什么外来人，客店多半是空的。百里决明点了点头，望着客店晃了过去。大家紧紧地跟在后面，寸步不离，恨不得黏在百里决明身上。

客店也闩了门，百里决明直接一脚踹开。大伙儿贴着他的脚后跟进了屋，里面都是灰尘，呛得人直咳嗽。黑洞洞的客堂，暗淡的光线下依稀瞧得见几副桌椅，寒酸得很。正对面放了尊掉了漆的神像，脸上要笑不笑，别样怪异。残烛的烛泪流了满桌,乍一看还以为是血。一面铜锣放在神台上,上面生了锈。

喻听秋在火塘里生了火,兔子姑娘坐在桌边弯下身揉脚踝,最后进来的两人关上门。刚推开门板,立马有人尖叫了一声,手脚并用地爬到百里决明身边。

"有灵!"姜先吼道。

所有人悚然一惊,长剑纷纷出鞘。百里决明回头一看,只见一排尸体直挺挺地立在门板后面,所有僵尸都脸颊苍白,头戴草编锥帽,帽檐上垂下一纸黄符。百里决明笑了一声,道:"来到好地方了,这儿是死尸客店。"

"死尸客店?"姜先瞪大眼睛,"在这儿住的都是死尸?"

"不。"兔子姑娘安抚他,"这是赶尸匠落脚的地方。山里人穷困,在外地务工,死在异乡,亲属托赶尸匠将他们带回家乡。山路崎岖,遇雨难行,便有专门供他们借宿打尖儿的地方,是谓死尸客店。"

这姑娘的声音恍若和风细雨,听着让人舒心,大伙儿的心渐渐安定下来。喻听秋绿着脸道:"我们今晚当真要与这些僵尸宿在一处?"

"废话。"百里决明没好气地说,"要不然指望你们守门?"

他拿起供桌上的破锣,抡杆儿一敲,所有僵尸蓦地抬起头,睁开浑浊的眼睛,直直举起麻秆儿似的枯槁手臂。袁二大着胆子拿剑在僵尸眼前晃了晃,僵尸状如木偶,屹然不动。

喻凫春纳罕道:"秦少侠果然高人,连赶尸都会。"

兔子姑娘淡笑着解释:"那是赶尸匠的阴锣,回家的行尸听它的号令。它们并非怨气生就的行尸,性情乖顺,若表哥敲锣,它们也会听话的。"

大伙儿都赞赏她有见识,遂乐滋滋地围在她的身旁。喻听秋似乎格外看不惯这姑娘,"喊"了一声:"瞎卖弄。"

兔子姑娘一怔,低头不再开口了。

百里决明着人开门,又敲了一声锣,所有行尸井然有序地转身,一个接一个蚂蚱似的跳出门槛。袁氏两兄弟连忙阖上门,上了锁。百里决明伸了个懒腰,躺在曲尺柜台上打盹儿。年轻人们睡不着,便围在火塘边上低声交谈。

"恶灵道行与生前修为息息相关,按理来说这山沟沟里,就算有道行高的恶灵,也被咱们叔伯长辈清理干净了才对,怎么还能有漏网之鱼?这可把咱们害苦了。"袁大叹道,"我新娶的小妾还在家里等我呢。"

"我长这么大,就没见过能结灵域的恶灵。"姜先说,"听说迄今为止,最大的灵域是抱尘山百里决明的灵域,他把整座山变成了熔岩地狱,方圆足有二十亩地,山下百姓的田地统统成了火海。我二叔那会儿参与围剿,被地底喷出来的岩浆烧了一条腿。现在抱尘山还是一片焦土,寸草不生。"

014

吵死了，百里决明烦躁地扭过身，蒙着脸睡觉。

"此言差矣，最大的灵域不是抱尘山。"袁二往火塘里添炭，"是灵母的黄泉灵国，听说那灵域不在人间，踪迹难寻。而且遮天盖地，有去无回。她座下太子灵童子当年与大宗师无渡有过一战，被大宗师封印。至今都无人知晓大宗师将他封印在了何处，这灵童子看起来不过稚龄小儿，却是威震一方的大恶灵，不知道他的灵域又是何景象。"

说到无渡，大伙儿一时有点儿沉默。他原本是人间唯一的大宗师，更是抱尘山的掌教，封印无数恶灵，超度千万亡灵。最著名的是三百年前那一战，便是他封印灵国太子灵童子和灵童子的灵刀九死厄。听说一人一灵打得昏天黑地，日月无光。有趣的是，灵童子被封印以后，倒被民间百姓当成了门神。随便在街上一走，都能看见门板上贴着三头六臂、舞着灵刀、横眉怒目的赤发童子。百姓认为驱邪避灵，自然要用最恶的灵、最凶的煞，把那些无处投胎的小灵吓跑。

然而谁承想无渡能干出包庇自家师弟的事，还让这灵当了整整五十年的丹药长老，受仙门景仰，得百家供奉。只不过无渡在十四年前就已经寿终正寝，身消道殒，要追究他的过错，也无处可追了。

"哼，这些魑魅魍魉，迟早众叛亲离。"喻听秋看了身边一直不吭声的女孩儿一眼，冷笑道，"谢寻微，当年你那灵师父不就是被你亲手杀死的吗？"

百里决明蓦地睁开眼睛。

"二妹，表妹的伤心事，你就不要再提了。"喻凫春埋怨道，"表妹当年在百里决明手下待了那么久，一定天天挨欺负。"

"是，她在哪儿都受欺负。一群笨蛋，她全是装的，你们竟然没人看得出来。"喻听秋分外不屑。

谢寻微默默地抱紧膝盖，一声不吭。忽然间，头顶罩下一个阴影，谢寻微仰起头，见百里决明立在身前。高挑的男人，腰身紧窄，长腿笔直，身条儿挺拔如春竹。此刻他正蹙着眉头，弯着腰，直勾勾地盯着自己。谢寻微有些愣神。

"你是谢寻微？"百里决明高高地挑着眉梢，"吴中谢氏的孤女，百里决明的弟子，谢寻微？"

"是我。"谢寻微迟疑着答道。

百里决明觉得不可置信，他的徒弟怎么可能混成这样？这和他想象中的呼风唤雨、通天彻地差得不止一点半点。之前不曾审视这丫头，现在端详，远山似的长眉，黑白分明的眼睛，火光在她的眼中跃动，独有她自己那份沉甸甸的美。

若寻微长大了，确实应该是这副模样。

"怎么了你？"喻听秋问。

"没什么……"百里决明的神情有些复杂，回过神来才发现大伙儿都瞧着他，个个眼神里透着狐疑。不好，不能让这帮傻蛋发现他和寻微的关系。他尴尬地咳嗽了一声，道："只是久闻谢家寻微美若天仙，如今一见……"

秦秋明向来以眼高于顶闻名，此言一出，大伙儿都以为他要出言讽刺。女儿家之间也有江湖，自谢寻微到了喻家，喻听秋就处处被她的美貌压上一头，这下终于有人看不上谢寻微了，她心里总算舒服了几分，道："如今一见，也不过如此，对吧？"

百里决明看了她一眼，道："如今一见，真的漂亮。"

喻听秋一口恶气哽在胸口，差点儿噎死过去。

话刚说完，百里决明不经意间低下头，却见谢寻微仰头望着他，眼角眉梢俱是笑意。她这么一笑，仿佛天地都亮堂了。这丫头，确实出落得太好了些，连百里决明愣了一下，转头一瞧，周围的男人都看得痴痴的，一个个跟痴呆似的。这帮猪狗，垂涎他徒弟的美色，百里决明恨不得给每人一个大耳刮子。

正想把谢寻微拎出来说话，外面街道上忽然响起女人的哭声。那哭声大一阵小一阵，寒浸浸的，听得人脖颈子发凉。

"有人在哭，是不是见灵了！"袁二那愣头青豁地站起来，"咱们得去救人！"

"救什么，大半夜鬼哭狼嚎的，她自己就是灵！"百里决明用手一挥，火塘熄灭了，客堂里陷入黑暗。他低声道："都噤声！"

没人敢说话，都竖起耳朵听那哭声。哭声越来越近了，正是朝他们的方向过来。哭声之外，还有重物曳地的声音，一下一下，仿佛是那女灵正拖着什么东西靠近。那样的声响，总是让人联想到不好的东西，比如说——尸体。

哭声到了门口后，戛然而止。他们听见拖拽声上了石阶，紧接着是守门僵尸凄厉的尖号。所有人僵着身子，默默按剑。

僵尸的号叫越来越弱，百里决明暗道不好，低声说："这女灵有些道行，快，找地方躲起来，不要露出身体。"

所有人悄无声息地行动，猫着腰找地方躲藏。袁家两兄弟拿竹箕子罩住自个儿，喻凫春悄悄地上了房梁，刚爬上梁柱，在黑暗里忽然瞧见一双悬在空中的脚。心头一悚，他差点儿叫出声来，颤巍巍地抬起头，便见一个枯槁的吊尸双目圆瞪，正直直地看着他。喻凫春小心翼翼地在死尸眼前晃了晃手，见它不动弹，他才松了一口气。

第一章 招灵

谢寻微也要躲,手腕忽然被谁握住了,他没吭声,跟着那人躲进了柜台后面。

刚蹲定,门板那边就被大力撞击。谢寻微从柜台木板缝隙往外看,只见僵尸前面的门板破了一个碗口大的洞,一只白惨惨的手臂正从那儿收回去。有个黑影在外面腾挪,显然是那女灵。四下里静悄悄的,女灵没有进一步的动作。走了吗?有人按捺不住,想要探头出来。然而想起秦秋明都没动静,便忍着没动弹。

只有谢寻微知道,灵并没有走。眼睛逐渐适应了黑暗,他看见那破洞外面有一只只有眼白的眼睛,正阴森森地注视着客堂。

身边的人拍了拍他的肩膀,他扭过脸,瞧见百里决明的脸庞,他们俩离得很近。

"怕吗?"百里决明用只有他俩能听见的声音问。

谢寻微垂下眼睛,点了点头。

这丫头当真是被仙门给养废了,百里决明恨铁不成钢,她师父就是灵,还是恶灵中的恶灵,她怕什么啊!罢了,谁让她是他徒弟呢?百里决明烦躁地把手递给谢寻微。

谢寻微歪着头,满脸的疑惑。

"给你牵袖子。"百里决明别过眼睛,没好气地说,"牵着袖子就不怕了。"

谢寻微愣了一下,望着百里决明伸过来的手,半晌,才小心翼翼地牵住了他的衣袖。

哭声又响起来了,越来越远,伴随着那拖拽的声音,渐渐小了。大家松了一口气,纷纷从藏身处爬出来。喻听秋掏出一张符咒,符咒无火自燃,蹿出青色的火焰。修道之人,都知道这是什么符咒——试灵符,遇见怨气顷刻即燃,可以测试周围有没有灵。

喻听秋的脸色很差,道:"你们看,焰火是青色的,这女灵怨气很重。"

"能不重吗?"百里决明冷笑道,"一整个镇子的人都被她杀了。"

大家悚然一惊:"秦少侠,你怎么知道……"

"我估摸着,那帮百姓不肯出门,一半是怕光,一半就是怕这女灵。"百里决明道,"得了,你们一个个别吓成这样。这女灵虽说怨气重,但仍然惧怕阳光,所以只敢晚上出来转转。"

喻凫春苦着脸:"是了,起码白天咱们是安全的,咱们今晚好好歇息,明早出去找找线索,看怎么出去。"

百里决明转身想回去睡觉,忽见谢寻微这丫头还拉着他的衣袖。莹莹的一寸指尖,捏着他的袖角不肯放手。百里决明甩甩袖子:"你怎么还牵着我?"

谢寻微垂着眼睫毛，很惊慌的样子："我害怕。"

百里决明："……"

在场的男人们都投来嫉妒又艳羡的目光。

喻听秋霎时心头火起，横眉立目，道："谢寻微，你不要脸！我哥是你的未婚夫，你竟然当着他的面勾引男人！"

百里决明眉头深锁，一字一句地重复："未婚夫？"

这男人的表情变得有些可怕，喻凫春不自觉地咽了咽口水，却仍然强笑着对喻听秋道："二妹，你不要怪寻微妹妹，这里这么危险，我也想牵秦少侠的衣袖呢。"他忐忑不安地望向百里决明，"秦少侠，奉家母之命，我与寻微妹妹早已定了亲。等来日我与寻微妹妹摆宴，定邀你来喝喜酒。"

好一个小胖子，看不出有这胸襟气度，一面化解尴尬，一面宣示主权。百里决明被气笑了，瞧这猪头狗脸的模样，也敢肖想寻微？他百里决明的徒弟，怎么可能让这等泥猪玷污！百里决明走上前，在喻凫春面前站定，冷冷道："这门亲事爷不同意，你若是识相，麻利地给爷退婚。"

男人的身量甚高，气势逼人，这么居高临下地盯着，喻凫春似乎能看见他眸中隐隐的血色。场中一片寂静，各家儿郎无人发话。谢寻微何等姿色，当之无愧的花中第一流，觊觎之人如过江之鲫，被一个死胖子得了便宜，早有人暗暗愤然，但碍于喻家气盛，才不敢吱声。谁也没想到秦秋明这么一个破落户的儿郎竟敢冲冠一怒为红颜，在场男儿纷纷在心底叫了声好。

喻凫春比大伙儿想象的要硬气，梗着脖子道："秦少侠，寻微妹妹是我的未婚妻，我说什么也不会退婚的。"

谢寻微潸然泪下，拭着眼角道："秦大哥，算了吧。父母之命，媒妁之言。舅母养我长大，我嫁与表哥报恩，也是应当的。"她说着，簌簌地落下泪来。

这般楚楚可怜的模样，嘴上说全凭长辈安排，明眼人一瞧便知是受喻家胁迫。怪只怪她谢寻微内无父母倚靠，外无师长撑腰。喻家夫人又是个厉害人物，她寄人篱下，岂有不乖乖听命的道理？

若他百里决明在世，就算徒弟是坨扶不上墙的烂泥，又焉能落得如此境地？

百里决明气得眼前发黑，连连点头："好、好，不退是吧？"

他忽然出手，掐住喻凫春的后脖颈子，将人拖到木板前面，把喻凫春的整个脑袋塞进方才女灵撞出来的洞里。喻凫春吓呆了，等回过神来的时候，脑袋已经露在了外面。昏黑的夜色下，迷雾朦胧，守门的僵尸倒了一地，尸骸残破，黑血凝结在阶上。他打着摆子，慢腾腾地转过眼，隐隐约约地看见远处街角一个红拂般的灵影。那女灵刚走到路口，似乎听见动静，停下了虚浮的脚步。

第一章 招灵

喻凫春简直要疯了，用两只手抵着门，脑袋使劲往回缩："让我回去，我要回去！"

里面所有人吓了一大跳，纷纷上前来阻拦。奈何百里决明的手跟铁钳似的，怎么掰也掰不开。

喻听秋横剑在百里决明颈侧，低声怒喝："秦秋明，再不放手，我杀了你！"

谢寻微也拉着百里决明的手臂，哀哀地喊他："秦大哥，你放了表哥吧！"

百里决明充耳不闻，兀自冷笑："姓喻的，你老娘打的什么主意，你以为老子不知道吗？无非是想让你这样毫无天赋的废物，靠那种下三烂的法子，踩着寻微的血肉一日千里，荣登道途。我告诉你们，但凡我还能睁眼，就绝不可能让你们碰她一根手指头！"

夜风凄寒，街口处的女灵一寸寸缓慢地转身，喻凫春似乎能看见她苍白可怖的侧脸。

"我不会那么干的！让我回去！"喻凫春涕泪糊了满脸，全身颤抖。

"你不干，你老娘也会逼你干！再问你最后一次，退不退婚？"百里决明恶狠狠的声音响在身后。

"退，我退！"喻凫春哭着道。

女灵完全转过了身，黑黝黝的长发遮住了脸庞。与此同时，喻凫春被拉回了客店，跌坐在地上气喘吁吁的。大伙儿围着喻凫春，又惊又惧。秦秋明简直是个疯子，他方才若晚一刻收手，只怕喻凫春的脑袋就留在外边儿了！

反看那男人，已经自顾自地坐回了柜台，一条长腿垂着，另一条腿搭在台面上。他像大老爷似的朝谢寻微勾勾手指："给爷过来，杵那儿干吗？"

谢寻微轻声应了，乖乖地坐在百里决明的腿边，活脱脱演了一出低眉顺眼。

"狗男女。"喻听秋咬牙切齿。

好好一个媳妇儿就这么飞了。喻凫春伏在喻听秋的肩头，呜呜地哭了起来。

一夜无眠，第二天大家早早地就起来了。推开门板，阶下全是倒伏的僵尸。百里决明皱着眉头翻了两具尸体，看它们身上的伤痕，都是用锋利的指甲抓出来的，瞧尸身破损的程度，那女灵的爪子能赶上一匹狼了。并未用术法，说明那女灵的道行至多不过一两年，兴许神志都不清醒。新死的亡灵大多记忆不全，要么痴呆要么癫狂，有了道行方能清醒过来。纵是百里决明自己，都不大记得清刚死之时的光景了。

可这便怪了，若无修为，平常人化的恶灵至少要十年才能结灵域，这女灵是怎么做到的？

"你们看，这是什么？"袁大喊道。

大家扭过头，只见他手中拿了封红彤彤的玩意儿。

"好像是请柬。"袁二接过来看了看，"呃，'时维庚子之年，适逢廿九之期，鸳鸯誓盟，鸾凤偕飞。昌期此日，稽望嘉临'。"

"庚子年是两年前，这娘子死了不过两年有余。"谢寻微蹙眉沉吟。

百里决明瞥了谢寻微一眼，心说看来自己这蠢徒弟也发现怪异之处了。

"昨日怎么不见这帖子，哪里冒出来的？"姜先插嘴问。

"是啊。"袁大也摸不着头脑。

"该不会是……"喻凫春结结巴巴道，"女灵发的吧？我昨日看见她穿红衣裳，莫非是个新妇？"

百里决明扬扬下巴："喏，你们看。"

所有人朝着他指的方向望出去，只见每家每户的阶下都放了婚柬。

"那娘子四处游荡，原来是在发婚柬吗？"袁大讶然道。

"看来的确如此。"谢寻微淡笑，"要去看看吗？新娘横死，怨气不散，想必与婚亲一事脱不了干系。今日日头足，阳气盛，应当不会有什么危险。"

"人家都来请了，那便走呗，有说在哪儿办喜事吗？"百里决明问。

"李府君府。"袁二答道。

百里决明掸了掸衣袖，提步便走。虽说他昨日大肆发作了一番，好歹是一众之中最具实力的家伙，跟着他怎么也比自己单打独斗更安全些。是以除了喻家兄妹远远地落在后面，其他人都紧紧跟上，寸步不离。

走了几步，百里决明忽然觉得少了什么，回头一看，谢寻微仍待在原地没动。

"怎么不走？"他问。

"秦大哥很像我的一个故人，眉目像，性子也像。"谢寻微顿了顿，轻声说。

百里决明敷衍道："什么大哥，我是大爷，叫我秦大爷。"

"好的。"谢寻微微笑，"秦大哥。"

百里决明："……"

— 第二章 —

阴亲

一个人死太孤单了,我与郎君伉俪情深,你让这姑娘去寻我郎君,叫他来陪我。

　　这荒山野镇说大不大，说小不小，走了半天，都没找到婚柬上的"李府"所在。一路走，一路寂静，石板街上一个人也没有，空旷的山镇里只能听见他们彼此的足音。渐渐地，有人发现了怪异。两边屋舍的窗纸上映出了一张张死气沉沉的人脸，面无表情地目送他们路过。那是藏在家里的亡灵，眼神没有生气，看他们的时候仿佛在看一群死人。

　　袁家兄弟哆嗦着拉住百里决明的手臂，一人一边，拽得死紧。姜先没有空当可以拉，只好牵着百里决明的衣角。喻凫春几乎攀附在喻听秋身上，可连喻听秋自己也吓得够呛，胸口憋着一股气，才没往百里决明那儿靠。

　　百里决明领着个谢寻微，还得带着这么一帮尿蛋，着实累得够呛。

　　又拐过了一条街，仍是没找到李家府邸，前面却似乎有家挂着铁匠招子的铺子开了窗，隐约露出一个佝偻的人影，正坐在窗前。

　　"有灵！还是个老大爷。"袁大低声道，"我们绕道！"

　　"绕个屁！好不容易逮着一个，还不赶紧问路！"百里决明三两步走上前，弯下腰问，"大爷，你知不知道李府在哪儿？"

　　老爷爷仰起脖子，残损了半边脸的面容从阴影里露出来。姜先凑得太近，老爷爷残缺的半面将将好对着他，他几乎能清晰地看见腐肉纹理和破损的眼球。姜先双腿发软，撑住窗台才没跪下去。后面见了这一幕的喻听秋没忍住，偏过头哇哇地吐了起来。

　　"小伙子，你说什么？"老爷爷问。

　　"我说。"百里决明一掌拍开姜先，对着老爷爷完好的、还有耳朵的半边脸大声喊，"李府君家在哪儿？！"

　　"哦、哦，"老爷爷木呆呆地开口，"大喜的日子，不能哭，不能哭。"

　　"什么玩意儿？"百里决明又问了一遍，"大爷，我是问李府君家在哪儿！"

第二章 阴亲

"大喜的日子，不能哭，不吉利。我早说过，棺材里有哭声，不能挖，造孽啊……"老爷爷痴痴地念着，慢腾腾地站起来，踅身踱进了里屋。

"他什么意思？"喻凫春惊恐地问。

"灵哭于棺，必为恶煞。"谢寻微摇头苦笑，"看来是这镇上的人惹了不该惹的东西，才有今日的惨剧。"

大家面面相觑，叹了口气。

鸡同鸭讲半天也没问出李府所在，百里决明没法子了。烦躁地转了半天，直至晌午过后，整个镇子几乎都走过了一遭。好不容易来到最后一条巷子，大家都累得气喘吁吁的。并非没想过分头行动，然而除了百里决明和谢寻微，其他人都坚决不同意。

忽然有人远远地瞧见跷脚高檐，所有人眼睛一亮。这山镇如此破败，按说一个府君，该是本地最为富裕的人家。那一定便是李府了！大家一块儿跑了过去。果然见灯笼高挂，檐头挂着乌漆牌匾，很是气派。

进到里面，转过琉璃影壁，迎面便是席面和喜堂，每张桌子都坐满了人，乍一看人山人海，全是乌泱泱的人头。众人吓了一跳，还以为真有宾客，仔细一看，才发现全是僵硬的尸首。尸体都围桌而坐，面白如雪，嘴角痉挛似的勾起，挂着一抹诡异的笑容。几个儿郎都看得心惊肉跳，小心翼翼、蹑手蹑脚地往里面走，仿佛生怕惊动了这些尸首，让它们"活"过来。

只有百里决明胆大，敢看它们的正脸，好几副面孔煞是眼熟，谢寻微在他背后道："方才我们在街上见过它们，它们的尸体在这里，亡灵藏在家不敢出门。"

到了正堂，一对新人背对着他们，直僵僵地站在中央，各自穿着红艳艳的喜服，中间连着喜绸和红绣球。喻凫春一见新娘子，嘴唇直打哆嗦，低声道："是她！那女灵就是她！"

百里决明往左右看了看，堂上椅凳坐满了怪笑着的尸首，没有空位。他随意踹开一具尸首，正欲上前看，袁大一下拦住他，道："别过去，你仔细看！它们不是尸体，是灵，它们的脚没有挨地！"

百里决明不耐烦地拍开他，走到新人边上，撩起它们的裙摆。

众人定睛一看，才发现里面立着铁支架，这两人是被支架撑得悬空了。

"看来那老大爷说的棺材里挖出来的尸体，便是这灵娘子了。"谢寻微叹息着道，"观这新郎模样，年纪不过弱冠，大抵不曾婚嫁。约莫是病弱早逝，家里人给他配阴亲，才找上了这位灵娘子。"

"不错。"百里决明转到新人面前，挑开新娘的盖头，这两具尸体的脸都扑

023

得白白的，腮上一团红粉，像丧事里殉葬的纸糊人偶。然而灵娘子脸上定格着恸哭的表情，嘴眼歪垂，配着粉白的面皮，仿佛融化的糕点，整张脸有一种说不出的狰狞和扭曲。

谢寻微沉吟着补充："想必挖棺之时，灵娘子以灵哭相拒，山民却未停手，强行起棺。阴亲乃灵之礼，一般举行于夜半子时，恰恰也是阴气最盛的时候。恶灵复苏，新妇起尸，故而满座皆亡。"

"这些人的胆子也太大了。"袁二讶然道，"灵哭于棺，我们正经修道人家尚且要忌惮三分，他们这些普普通通的凡人，竟然不当回事！"

百里决明把新娘的盖头丢给他："倒也没有不当回事，盖头上画了朱砂符咒。"

"我听闻民间常有买卖未婚女尸配阴亲的勾当，若没有猜错，这灵娘子也应当是被李家买来的。"谢寻微揣测道，"买家利欲熏心，虽听闻灵哭，只以符咒镇压，企图蒙混过关，想不到却酿成大祸。"

"又开始卖弄了。"喻听秋冷笑，"你不说，我们也能猜出来。"

谢寻微不吭声了。

百里决明当即对喻听秋沉下脸："死丫头，你给我闭嘴！"

谢寻微："……"

喻听秋："……"

"那我们要怎么平息这位……"袁大斟酌了一下措辞，"娘子的怨气？"

"把她埋回她原来的地方，可以吗？"喻凫春问。

"入土为安，兴许可行。"谢寻微点头。

"来不及了。"百里决明道，他用手指了指灵娘子的脸，"这婆娘快要醒了。"

大家一看，顿时变了脸色。灵娘子的脸不知何时变得越来越扭曲了，五官都几乎移了位。再一望天色，原来他们找李家找得太久，竟没发现时辰已晚，日影大半沉落西山，将将剩下一点儿殷红的尖儿。

"怎么办？"喻凫春大惊失色。

"客店太远，从这里赶回去至少要一刻钟，也来不及了。"谢寻微眉头深锁。

"李家这么大，总有厢房吧！"百里决明迅速道，"快，去厢房避避！"

三进三出的大宅子，一路曲曲折折的，他们没头没脑地撞进一个院落，望见几间空厢房，百里决明随意挑了一间，拉着谢寻微跑了进去。

"你们自己各挑一间，关上门，谁敲门也别开！"

百里决明话还没说完，喻家兄妹和姜先紧随其后跳进门槛，袁氏兄弟一起关门，赌咒发誓道："绝对不开门！"

第二章 阴亲

厢房原本是住一个人的,现下挤了七个人,百里决明无语:"你们怎么这么不要脸?"

袁大说:"大家都是兄弟姐妹,自然要在一处。秦少侠,你虽出身下品寒门,论能耐,我们实在甘拜下风。以后我就跟寻微妹妹一样,叫你秦大哥,咱们比亲兄弟还亲。"

袁二从善如流:"哥哥在上,请受弟弟一拜!"

姜先缩在角落里打摆子,哭道:"我死也不要一个人待一晚上!"

喻听秋梗着脖子道:"姓秦的,你以为我会让你们这对狗男女独处一室,共度良宵吗?!"

百里决明:"……"

正斗着嘴,前院响起熟悉的灵哭,所有人立时噤声。夜色如墨般深黑,晕红的灯笼洒下血样的光。隔着一层薄薄的窗纸,他们看见远处一道飘忽的红影越来越明晰,越来越近了。只不过今晚哭声有所不同,他们隐隐约约还听见一个男人的哭声。

百里决明在窗纸上点开一个洞,瞧见女灵在远处的红廊里逡巡,手里提着一个圆滚滚的东西。

"我好疼啊,我好疼啊……"

女灵下了回廊,朝这边来了。

百里决明示意大家后退,离门扇远点儿,免得映出人影来。

月光凄迷如霜,恸哭的女灵进了院子,在青白色的院落里飘荡。她路过门口三回,血红的人影一飘而过。大家一眨不眨地盯紧黑漆漆的窗纸,屏住了呼吸,生怕呼吸声透露自己的存在,让女灵发觉。

"我好疼啊……"声音慢慢地远去,仿佛在院子口了。

女灵终于要离开了,大伙儿都松了一口气。就在这时,屋里"噗"的一声,恍若平地里的一声惊雷。所有人悚然一惊,哪个龟孙放了个屁?!

门突然被敲响,笃笃的声响,像一把小锤子敲在众人的心头,除了百里决明和谢寻微,大家都吓了一个激灵。一抹殷红如血的影子映在门纱上,或许是光影的缘故,影子身条儿拉得像面条似的细长,畸形,恐怖。

"开开门,让我进去呀!"女灵忽然说话了。没人想到这女灵还能说别的话,想想方才她还喊疼,似乎比昨晚伶俐了一些。

无人应门,女灵越敲越急,最后整个门扇都在簌簌颤抖。看情形不对,百里决明立刻拉住谢寻微塞入床底。毕竟是仙门儿郎,打不过恶灵,躲的能耐还是有的。喻家兄妹迅速上梁,像壁虎似的一动不动,袁氏兄弟藏进了衣柜,姜先猫进了壁橱。

"开开门，让我进去呀！"女灵的喊声渐渐地变成低吼，敲门也变成了撞门，门砰砰地响，像有闷锤在外面撞似的。

过了半晌，门扇不负众望四分五裂，女灵哭号着走了进来。

"有人吗？我好疼啊……"

悲惨凄厉的号哭近在咫尺，百里决明不自觉地紧紧抱着谢寻微，就像很多年以前，他抱着自己幼小的徒弟。两人一同看见，女灵长着尸斑的双脚路过床边，脚后曳着一颗黑黝黝的、哭泣的人头。

那是新郎的头。

人头被女灵拽着头发拖在地上，移动间骨碌碌一转，那张悲泣的脸恰巧对准了床下藏身的二人。

新郎的哭泣声戛然而止，哭得发黑的眼塘子直勾勾地望住了他们。

百里决明冷冷地盯着他，瞳子慢慢地变得血红，额上浮现墨色的纹路。无形的煞气在他周身滋长，谢寻微的脸被他按下，看不见上方的男人已经从干净的儿郎变成磨牙吮血的恶灵。

可新郎同时看见，黑暗中，那个被恶灵保护在怀里的女人正对他微笑着做口型。

一个低沉的男人嗓音响在他的耳畔，极端温和的声口，仿佛和风细雨。

"嘘，不要说话。要不然，会再死一次的。"

新郎："……"

他嘴巴一撇，涕泪横流，似乎哭得更大声了。

女灵拖着新郎的人头离开了，大家心有余悸地爬出来，袁二悄悄地探出门槛张望，见那女灵飘忽的背影消失在腰门尽处。悬着的心终于放了下来，他趴在门槛上狠狠地舒了一口气。

"刚刚谁放了个屁？"袁大低声问道。

喻凫春苦着脸，慢慢地举起手。

大伙儿都无语，默默地盯着他看。喻凫春愧疚地垂下脑袋，袁家两兄弟一左一右揽着他的手，慈爱地关照他以后少吃点儿。

"趁灵还没有回来，赶紧换个屋。"百里决明把谢寻微拉起来，进了隔壁屋子。

所有人蹑手蹑脚鱼贯而入，轻轻地阖上门。万籁俱寂的山镇，只有凄厉的男女哭号在远处来来回回，仿佛是个催命的号子，大家抱着剑坐在黑暗里默默地听着，没人睡得着，有的人趁机吃东西填肚皮。又是一夜无眠，彼此大眼瞪

第二章　阴亲

小眼到天亮。

天穹变成蟹壳青的颜色的时候，哭号声终于停了。但大家没敢贸然出门，等日头完全升起来，才敢推开门扇。今天日头没有昨天的艳，暗淡了几许，约莫是云多了些的缘故。大家回到前厅喜堂，那女尸又好端端地立在了那里，新郎的脑袋也回到了原样。

"快，咱们快把她埋回去。"喻凫春说。

"埋回哪儿？"袁大问，"她从哪儿来的我们都不知道。"

"来的时候瞧见山上有片坟地，像这样与世隔绝的小山镇，宗族不多，大家的祖坟都建在一处，应该就是那里了。"喻听秋说。

"那谁来驮她？"袁二问。

姜先往后瑟缩了一下："我……我怕。"

驮一个女灵去那么远的地方，大家心里都胆怯，彼此面面相觑，不吭声。百里决明摇摇头，真是一帮尿货，最后还是得靠他。刚想说话，谢寻微忽然出了声："且慢，我一直在想……灵娘子昨夜为何不断说，她很疼？"

"新死的灵大多神志不清，她胡言乱语，我们怎么知道？"喻听秋道。

"等等。"百里决明忽然想到了什么，上前一步，一寸寸摸女尸的手臂和肩背，最后按到腹部，手指一顿，解开女尸领子上的葡萄扣。

"你干什么！"喻听秋大惊失色，"你这个登徒子，连尸体都不放过！"

"你才登徒子。"百里决明翻了个白眼，让开空当，"你自己看。"

他已经把女尸的亵衣解开，露出尸体青白色的肚皮，上面有一道长长的伤口，被缝衣线草草地缝补起来，像一条狰狞的蜈蚣。百里决明按了按尸体的肚子，她的肚腹不像常人那般平整，看着很怪异。

"这是……"喻听秋讷讷道。

"母子同棺。"谢寻微闭目轻叹，"难怪怨气这般重。她死时已经身怀六甲，未婚女尸，却有孩子，十有八九是遭负心汉遗弃，原本就有怨气。掘尸人要将她卖与李家，定然不能卖一具孕尸，故而将她腹中孩儿剖去，母子分离，这怨气又深了一层。"

"老天爷……"袁大挠挠头，"他们怎么能这样？强娶也就算了，还害得人家母子分离，造孽到这般境界，不怕遭报应吗？"

姜先惊恐道："照这样说，咱们还得把她的孩子找回来？这该上哪儿找去，一个未成形的死孩子，他们铁定荒郊野地随便一埋了事。"

百里决明抱着手臂说："倒也不是全无头绪，乡下人家大多有'蛇井'，专门扔死孩子的，有的时候也会用来丢弃女婴。昨儿见哪几处有井来着？咱们分

027

头找找，碰碰运气。若找不见，再从长计议。"

袁大凭着记忆画出地图，阆镇内外，人家家里的不算，共有四口井。百里决明一本正经地说谢寻微那伤脚还是少动弹的为好，让她待在府里歇着。

谢寻微看起来很不乐意，低低地应了声好。姜先自告奋勇留下来照看寻微，虽然大伙儿都知道这厮货是怕外面那帮躲在屋里窥视他们的灵。

大家分配任务，喻听秋去看距离最近的那口井，喻凫春去西南那一口，袁家兄弟去北边那个，百里决明去最远的那口，也就是镇口那口。最后商定，若寻到孩子，就把他带回李家。无论如何，天黑前半个时辰必须在李府集合。

大家分头出发，谢寻微和姜先留在李府等候。天光泻了满院，照见满堂诡笑的宾客，姜先浑身不自在，干脆抱住脑袋不看。过了约有一刻钟的时间，喻听秋就回来了，她两手空空，看来是什么也没找到。这家伙一向看谢寻微不顺眼，回来后也不搭理人，学着百里决明的样子蹯翻一具尸首，拣来凳子坐下闭目养神。

时间静静地流逝，府里静谧无声。喻听秋不自觉地睡着了，眯缝着眼醒过来，觉得浑身酸疼。两天两夜没睡觉，还是撑不住。起雾了，天光又暗淡了许多，周围都阴沉沉的，仿佛泡在烟里，到处是朦胧的乳白色。她抬头一看，姜先坐在前厅门口的台阶上，仍抱着脑袋。目光移向喜堂，忽地浑身一悚，差点儿叫出声来。

堂中空空如也，新娘子不见了。

一只凉凉的手按在肩头，喻听秋一个激灵，下意识地就要拔剑。

"嘘，是我，千万不要动。"谢寻微的声音响在身边。

喻听秋微微地转动眼珠子，见谢寻微不知道什么时候坐在了她的身边。

"怎么回事？"喻听秋用了传音术。这是道门的秘术，相隔不超过三尺，就可以彼此传音，不被外人听见。

"我们太大意了，现下看来，女灵的道行与日俱增，她唤出迷雾，遮天蔽日，便能行动自如。我睡醒的时候，她已经不见了。"谢寻微低声道，"不要动，我们和宾客们坐在一起，或许可以混淆她的视听。"

喻听秋的心像擂鼓般跳动，她深吸一口气，强行镇定下来。

"万一她和我们一样，也藏身在宾客之中呢？"喻听秋问。

"说得有理。你仔细看你的左侧，她在你那边吗？"谢寻微问她。

喻听秋微微偏过脸，用余光扫视周围，笑容僵硬的宾客排排而坐，面色青紫，没有一个是女灵的模样。

"没有，你那边呢？"她回复。

"我这边也没有。"谢寻微说。

"或许她出去了？她不是总是哭吗，这里没有哭声。"

"不一定。"谢寻微说，"不敢赌。"

话音刚落，身后响起窸窸窣窣的衣物摩擦声，近在咫尺，就在耳后。一股阴冷的气息无声地涌起，像一层纱兜头罩下，凉飕飕地阴着她们的脊背。喻听秋后知后觉地发现，她的头发比平日里长了许多，直直地垂到了腰侧。

那不是她的头发，是女灵的。

谢寻微叹息了一声，传音道："怪不得找不到，原来她在我们背上。"

喻听秋咽了咽口水，看向桌上锃亮的瓷碗，上头映着她的影子，还有她肩膀上一张苍白的大脸，没有感情的浑浊双目直勾勾地盯着她。喻听秋万念俱灰地正过脑袋，她和谢寻微都看见，阶梯下的姜先不经意地抬起了头，一下便看见她们两个和背上那女灵，登时露出无比惊恐的神色。他指着她们，哆嗦着嘴唇，却一个字儿也说不出来。

一只冰冷僵硬的手按在了喻听秋的肩头，苍白的大脸缓慢地从她和谢寻微之间伸出来，喻听秋的心都凉了，右手死死地握着剑柄。

"表姐，相信我吗？"谢寻微的声音传过来。

这个女人似乎还带着笑意，喻听秋颤抖地想，她怎么还笑得出来？

"笑。"谢寻微说，"笑起来，表姐。"

谢寻微这个疯子！女灵的手按着喻听秋，寒霜般的冷意透过单薄的外裳，像冰蛇一样在她的血管里游走。她咬住牙，想要拔剑，忽然间想起昨日那个老爷爷说的话：

"大喜的日子，不能哭，不能哭……"

脑子里电光石火般闪过什么，喻听秋强迫自己勾起嘴角，露出一个比哭还难看的微笑。

女灵从她们之间爬了出来，恸哭的脸庞靠近喻听秋，喻听秋竭力控制住自己，才能够不颤抖不逃跑。这恶灵的脸当真是狰狞极了，苍白如纸，五官斜垂，仿佛一个被揉搓过的面团。她巡睃了一会儿，又靠向谢寻微。

喻听秋的余光看见了谢寻微，她的确也在微笑，和平常一样，大方得体，眸光潋潋。她像是生就了这张带笑的面孔，丢也丢不掉。喻听秋简直要怀疑她的微笑不是伪装，又或者，她平日里才尽是伪装。

女灵寻觅了半天，似乎没有得到想要的东西，手脚并用地从她们身上爬了下去。果然，这女灵还没有恢复神志，她们做出微笑的模样，她就把她们认成了宾客。在她们前方，姜先流着眼泪，一点点地后退，想要偷偷地逃离。他离这边太远了，她们没有办法传音告诉他躲避的秘诀。

喻听秋心中焦急，却见女灵忽然消失，又忽然出现在姜先身前。女灵看见他脸上的眼泪，尖嘶一声，割下了姜先的头颅。

姜先的脖颈子血如泉涌，泼剌剌溅了满地。女灵伸出奇长无比的细舌，吸溜溜舔舐地上的血液。她的行动速度太快，他们根本无从躲避，倘若喻听秋刚刚逃跑，也是和姜先一样的结局。

喻听秋保持着僵硬的微笑，看着女灵把姜先的尸体摆正，把他的头颅安回原位，再扯着姜先的嘴角弯出月牙般的弧度，于是姜先的脸庞便定格在了一个微笑的样子。原来这满座的宾客就是这样被她弄死的。

"大喜的日子，不能哭，不能哭……"女灵念着，转过身，狰狞的脸庞望着她们，"你们也是……不能哭……"女灵忽然闪现在谢寻微眼前，苍白的手爪掐住了她的脖子，谢寻微的皮肉细嫩，一下子就被掐出了五个红通通的指印。女灵阴森森地道："哭了，还要扯面皮……麻烦……"

"她……"喻听秋仿佛被人兜头浇了盆凉水，"她知道我们是生人！"

谢寻微轻叹："她的神志一日比一日清醒，如今还会瞬移的术法。"

喻听秋就要拔剑，谢寻微制止她，对面前的女灵笑道："临死之前，可以求你一件事吗？"

这个女人，死到临头还在笑！喻听秋双目猩红，想要拔剑出来，可握住她腕子的手力气大得惊人，她竟然动弹不得。她万万没想到这个病弱的女人平日里走两步路就要喘三口气，现在居然会有这么大的力气！

被掐住脖颈子，谢寻微艰难地开口："一个人死太孤单了，我与郎君伉俪情深，你让这姑娘去寻我郎君，叫他来陪我。"

喻听秋一愣。

女灵木木地呆了半晌，手指松了几分，轻声说："郎君……"

"是啊，灵姐姐，你便全了妹妹这番心愿吧。"谢寻微做出哀伤的模样。

"好……很好……"女灵对喻听秋幽幽地说，"去寻她的郎君，让他过来陪她……"

说着，女灵拎着谢寻微的领子，踱出了门。

喻听秋还保持着将要拔剑的姿势，满脸的震惊和疑惑。

这是怎么回事？秦秋明什么时候成谢寻微的郎君了！

喻兔春和袁家两兄弟查探完枯井在路上相遇，看时辰尚早，没有立刻回李府，跑去镇口找百里决明。百里决明正拿钩子把井底的尸骸钩上来，他的运气不错，分到的果然是蛇井。里面全是小孩儿的骸骨，白苍苍的骨头碴儿和圆溜

第二章　阴亲

溜的骷髅头，大半都残损了，还混着许多蛇的骨骸。

蛇井，顾名思义，就是豢养蛇的枯井，只不过它们吃的肉是死孩子的肉。

喻凫春三人上前帮忙，把所有骸骨都钩出来铺陈在地，满目七零八碎，光颅骨就有十数颗，剩下的胸骨肋骨不提，婴孩的骨头更多，拼都拼不起来。袁大犯了难："到底谁才是那娘子的孩子？总不能一股脑全塞进她肚子里吧。"

百里决明头疼地抓头发，真是麻烦死了，折腾来折腾去，还不如直接抓住那女灵揍一顿，让她打开灵域来得方便。现如今这肉身靠着他的灵力才不腐烂，他的先天火法又十分霸道强劲，贸然动用必然对肉身有损，否则他早就把这灵婆娘揍得爹都不认识了。

正心烦着，忽见远处雾气朦胧，头顶像罩了个锅盖似的，霎时间阴沉了许多。抬头一看，天上的红日头被雾气遮了个严严实实，发青的天穹平白冒着一股森森的阴气。

"大中午的，居然还起雾了。"袁大手搭凉棚嘟囔。

"不好，这是灵召出来的雾！李府要起尸！"

百里决明脸色一变，赶忙跑回李府。紧赶慢赶回到那儿，却见堂上满地都是血，一具尸体躺在正中，面上罩了白布。喻听秋坐在一旁，面如土色。百里决明一见那尸体，心神像烛火一样摇晃，连路都走不稳。闭了闭眼睛，稳了稳脚跟，上前揭开白布，底下是诡笑的姜先，他登时松了一口气。

"寻微呢？"他扭过身问。

"灵把她带走了，说要你去找她。"喻听秋道。

"她既然这样说了，料想寻微娘子暂时不会有事，秦大哥且放心。"袁大安慰百里决明。

喻凫春疑惑地问："为何偏偏要秦少侠去？"

喻听秋的脸色僵了僵，把前因后果同他们说了一遍，又道："姓秦的，你不用太担心。面对那灵娘子，我尚且心惊胆战，谢寻微却跟没事人似的。她言语间似乎胸有成竹，极有把握。这女人城府甚深，你不要被她蒙蔽了。"

"蒙蔽？"百里决明冷笑，"寻微素来聪颖，知那女灵刚刚恢复了一点神志，脑子还不大灵光，诓那女灵我是她的郎君，勾出那女灵被抛弃的回忆，才保你一条命。寻微纯真善良，费尽心思救你，你倒在这儿说风凉话。"

"你！"喻听秋怒火攻心，气得直哆嗦，"我说什么风凉话？我安慰你，你把好心当驴肝肺，不听拉倒！"

喻凫春忙出来打圆场："当务之急是去救寻微妹妹，灵娘子可曾说她要带表妹去哪儿？"

"不曾！"喻听秋别过脸去。

百里决明按了按太阳穴，心里火烧火燎般焦躁。是他太大意，怎么能把寻微留在这么个地方？他就该到哪儿都带着她！

他冷着脸趸身出门，众人看他煞气满身的模样，不敢上前，亦步亦趋跟在他身后，小心翼翼地问他去哪儿。

百里决明阴森森地磨了磨牙："我们不知道那灵婆娘去了哪儿，自然有人知道。"

他上了街，两边屋舍窗纸上又映出那些面无表情的脸。百里决明随便拣了个店铺，对着门板用力一踹。男人铆足了劲，这一踹跟天崩地裂似的，整个屋子都在晃荡。

"那女灵去了哪儿，给爷回话！"

所有人都看见，窗纸上面无表情的脸渐渐地变得狰狞。

喻凫春大惊失色："秦……秦少侠，这样不好吧。"

"有什么不好？"百里决明满脸的暴躁，继续踹门，"给老子出来！"

众人："……"

里面无人应声，只有窗纸上越发狰狞的脸。一张张怪脸冷冰冰地盯着他们看，好像下一刻就能把他们生吞。

袁大觑着那些脸，后退几步吞了吞口水："它们还是不愿意说话，我看还是算了……"

他的话还没说完，百里决明掌心哧地腾起一道红通通的火焰，跳跃的火光映着他的脸庞，比那些脸还要吓人。

"不说话是吧，那就把你们的屋子全烧了。刀山火海知道吧？火海里的火，就是我掌心这捧三昧真火。炙烤亡灵的滋味儿，不知道你们受不受得了？"

四下里静了一会儿，那些愤怒的脸像蒸发的水渍一般淡去，门板后面传出呜呜的哭声。

"大爷饶命，她带着您的爱妻，往乱葬岗去了。"

其他人："……"

原来灵也是欺软怕硬的。

百里决明回头对众人道："你们留在这儿，我一个人去，别给我添乱。"

袁大的腿一下子就软了："别啊，秦大哥，你带着我们吧。一和你分开就铁定出事，寻微妹妹被抓了，姜先贤弟死了，我们哪敢自己待在这儿啊？"

喻听秋冷哼一声："说到底谢寻微是为了救我才被抓走的，我自然也得去救她。姓秦的，你别逞强。我喻家飞剑誉满天下，你若败下阵来，好歹有我们救场。"

袁大袁二一人抱着百里决明一条腿："对对对，我们袁氏金法也很了得！秦大哥，寻微是你妹妹，我们也是你弟弟啊，你不能抛下我们！"

百里决明："……"

袁氏绝学不是金法，而是不要脸吧？

拗不过这帮厮蛋，只好一同赶往乱葬岗。那里正巧是百里决明醒来的地方，看这情形，灵新娘当初或许也是被埋在乱葬岗。上了山，一路荒草萋萋，树木凋微，灰白的树干扭曲虬结，像老人家痛苦扭曲的身子。环顾四周，并未发现寻微的身影，只有那女灵立在一棵枯死的老树下，默默地等着他们前来。

"你们谁是那女孩儿的夫婿？"她幽幽地问。

喻凫春看了百里决明一眼，伤心地低下头。

百里决明站出来，天光落在他的脸上，照见他独有的那种桀骜。有时候很多人都想不明白，为什么这个家伙能这么天不怕地不怕。可是好像只要他在身边，一切危险就都不足为惧。

他并没有回复女灵，而是伸出两根手指："给你两个选择，第一，放了寻微，跪下喊我爹。第二，我把你揍一顿，逼你放了寻微，跪下喊我爹。"他扬起一个恶劣的笑，"选一个吧。"

众人："……"

女灵不言语，大袖一挥，乱葬岗中的棺材次第轰然洞开，棺中的新娘一个接一个像铁板似的弹坐起来。每个人都双手僵硬地平举，红盖头遮住了脸，露出一点儿青白的下巴尖。

"这里一共有五十个人，除了你的姑娘，其他都是僵尸。"女灵轻声道，"如果你真的爱她，你就能找出她。我给你半炷香的时间和一次选择的机会，如果你选错了，你们所有人都要死。如果你选对了……"

喻凫春欣喜地问："我们就能走了？"

女灵说："你便可以躺进棺材，和你的妻子一起死。"

百里决明："……"

大家都很惊恐，面面相觑。转过眼睛看那些新娘，她们看起来一模一样，连直僵僵的坐姿都分毫不差。

"你是不是脑子有病，病死的？"百里决明问。

"不。"女灵说，"我是难产而死。"

百里决明轻蔑地哼笑了一声，伸出第三根手指："行，本大爷给你加一个选择，我选出寻微，你跪下喊我爹，然后乖乖地滚去投胎。"

他打了个响指,四十九道真火在四十九个新娘身上同时燃起,炽热的火光顿时照亮整片山冈,枯骨和老树被炙烤得滚烫。喻凫春惶然大叫:"你疯了!万一烧错了怎么办?"

百里决明没搭理他,兀自踏入火场。喻凫春一下就闭上了嘴巴,看他慢慢地走向前方,走向那唯一脊背挺直坐在棺材里,没有烧起来的新娘。百里决明掀开了那新娘的盖头,所有人都倒吸一口凉气,那下面是一张面目可憎的僵尸脸庞,他选错了,真正的谢寻微在那四十九个新娘中间,被烧得焦黑,绝无生还的可能。

"秦秋明!"喻凫春怒吼,"寻微妹妹被你烧死了!"

"喊。"百里决明笑了一声。

他弯下腰,把那具丑陋的僵尸抱起,朝众人走来。他一面走,他怀中人的脸庞一面变化,幻术从谢寻微脸上解除,所有人看见她一点一点地变成他们熟知的那个美丽的姑娘。大家看得目瞪口呆,等百里决明返回众人中间的时候,她已经完完全全恢复了原本的模样。

百里决明把谢寻微放下来,谢寻微哭得梨花带雨:"秦大哥,我就知道你能认出我!"

"你真的爱她……"女灵幽幽地说。

喻凫春羞得满脸通红,道:"对不住,秦少侠,我错怪你了。"

袁氏兄弟感动得鼻涕泡都出来了:"二位果真是情真意切,心有灵犀!"

百里决明:"……"

说的都是什么玩意儿?好好的师徒情深,怎么就变成郎情妾意了?!

"都给爷闭嘴!"他怒道。

他们这般模样,在谁眼里都是情比金坚的一对儿。喻凫春心里很难过,可也无计可施。他没有认出寻微,秦秋明却认出来了;他没能救出寻微,秦秋明却救出来了。他吸了吸鼻子,悲伤地想,他不如秦秋明厉害,也不如秦秋明爱她。

"好。"女灵对百里决明说,"你可以带着你的妻子选一口棺材躺下。"

其他人:"……"

百里决明盯着谢寻微脖颈子上的红指印,脸色变得很难看:"那灵婆娘弄的?"

谢寻微道:"她掐我,说要杀我,表姐可以做证。"

喻听秋翻了个白眼。

"喂,你们几个。"百里决明问,"自保总没问题吧?"

"没有问题!"袁家兄弟大声道。

"好，帮我照顾一下寻微。"

百里决明站了起来，所有人都感觉到，冥冥之中有什么东西不一样了，原本湿润的空气变得燥热无比，百里决明一步步地走出去，喻凫春惊讶地看见，他踩过的泥土被烧得焦黑，草梗子都化作了灰烬。这一刻这个男人已经变成了一个移动的火炉，滚烫的气息从他嘴里呼出，哧哧地冒着白烟。

"这就是先天火法……"袁大喃喃道，"听闻上届宗门大比，秦大哥以火法连败三十三人。"

"我记得，抱尘山那个恶灵也会先天火法。"袁二道，"听闻他临死之时释放了洗业金火，那是火法中最强的术法，将抱尘山山巅整个夷为了平地，第一批冲上去的叔伯兄弟统统成了焦骨。"

道分五行，其中火法最为霸道。这术法太过凌厉，伤人又容易伤己，洗业金火涤荡妖邪，却也会将施术者燃烧殆尽，是以火法的修习者大多短命。同时，火法又分先天后天，先天之火接引先天之气，修者自降生一刻起便已开辟了火行经脉，无师自通。这样的人必然天赋异禀，能成一方大能，历数仙门百家，不算上出自同门的无渡大宗师和百里决明，还无人有如此能耐。

谢寻微眯起了眼睛，一瞬不瞬地注视着百里决明。

女灵察觉到了危险，发出凄厉的尖号。四周的僵尸应声而起，它们被三昧真火烧得焦黑，然而这也只是对它们的行动有些许的阻碍。僵尸们沙哑地号叫，从棺材里爬出来，一半爬向百里决明，一半爬向谢寻微等人。所有人都拔出了剑，除了谢寻微，这个家伙眼睛眨也不眨地盯着百里决明，周围已经开始了打斗，飞剑若流星划过，而她心无旁骛，充耳不闻。她墨黑的眼眸里，只有那人滚烫的背影。

女灵率先出击，身形像水汽般隐去，倏忽出现在百里决明眼前，锋利的手爪划出银线般的细光，割向他的脖颈儿。这是她惯用的招数，她是灵，随隐随现，速度超群，凡人身躯笨重，根本无从闪避。然而一爪送出，竟然走空，她眼前空空如也，百里决明不知道什么时候消失了！炽热的呼吸出现在她的身后，仿佛太阳在背后燃烧。她的头皮一凛，脊背生出密密的霜毛，她无法相信，这个男人的速度竟然比她更快！

"废物。"百里决明不屑地冷哼。

滚烫的手掌按压在她的头顶。一瞬间，仿佛是山岳崩于顶，巨大的压力压向她的身躯。她忽然跪下了，像是跪地求饶。膝盖中间发出令人牙酸的咔嚓声，这说明她并非真正地跪下，而是被百里决明压断了膝盖。

女灵在百里决明掌下痛苦地嘶号，哭声震耳欲聋，那些焦黑的枯骨僵尸的速度顿时快了一倍，团团扑向百里决明。然而所有僵尸蓦地一滞，在接近他三尺的地方烧成了灰烬。谢寻微清楚地看见，以百里决明为圆心展开了一个方圆三尺的气幕，所有枯骨在接触到气幕的顷刻间被烧成古铜色的灰烬。

谢寻微低下眼睫毛，和远处的百里决明一同低声念出这术法的名字：

"先天火法·地煞火。"

绝对的力量压制，恶灵和僵尸都没有还手的可能。金灿灿的粉末漫天飞舞，百里决明漆黑的身影站在金雨中间，比它们更像一个修罗恶灵。他用手掌压着女灵的头颅，那头颅也在熔化，高温让她的骨肉变成乌黑的焦炭。

"你……你是谁？"女灵嗓音沙哑地问。或许是因为受了伤，她的声音变得粗哑难听，像是另一个人的声音。

焦炭区域漫过她的嘴唇，她无法再开口了。

"我说过。"百里决明眸中血色乍现，"我是你亲爹。"

他的手掌下压，血肉迅速蒸发，女灵膝下三尺地尽成焦土。

女灵被烧成了焦炭，灵域也在崩塌，仙门的人观测到昆山大火，终于姗姗来迟，顺便封印了女灵。昆山女灵道行异常，仙门的人抄了文书禀告宗族，此事还得从长计议。

听闻仙门这帮人在昆山寻喻凫春他们寻了三天三夜，硬是没能找到这片荒山野镇。灵婆娘的灵域并无隐匿的术法，他们竟寻不见，百里决明摇头咂舌，仙门果真是一代不如一代。

善后的工作井然有序地进行着，喻家派人超度小镇中的野灵。他们这些小辈驻扎在镇外歇息，嗡嗡的诵经声从镇子里传出来，不断有金光此起彼伏地闪现。喻家兄妹和袁氏兄弟被叔伯押去检查身体，据说还要给他们诵经驱邪。

百里决明握了握右手，术法用过头了，手掌被烧得血肉模糊，隐隐可以看见惨白的骨头。没有六瓣莲心，他没有办法自己复原，也不知道这具肉身还能撑到什么时候。他撕下布条裹住右手，回头看向营地，却见谢寻微一个人孤零零地坐在木箱子上，脚踝上缠了厚厚的绷带。

那帮人，只顾自家人，无人搭理寻微。喻听秋那些尿货需要驱邪压惊，谢寻微就不需要吗？再仔细瞧，谢寻微像是习惯了遭人冷遇，一个人静静地坐在那儿，斜阳映着她的脸庞，恬静安然，像一株晚风中的美人蕉。

他看得心疼，这样好的姑娘，除了胸平了一点儿，个儿高了一点儿，重了一点儿，哪里比不上仙门那帮花瓶？论花瓶，寻微也是花瓶中的第一流。他想过去，袁大袁二忽然不知道从哪儿冒出来，对他端端正正地行了个礼："此番多谢秦大哥相救，我们这就要走了。秦大哥有空，一定要来留郡做客！"

第二章　阴亲

他敷衍了几句，跟他们告别。

袁二临去时，又低声道："要带走寻微姑娘，喻家夫人那关不好过，秦大哥当心。"

"知道了。"百里决明拍拍他的肩膀。

又有几个不长眼的来烦他，多是试探他的先天火法，想招引他去做家宾门生。真是好笑，他给他们当祖宗都不乐意，让他去当他们的弟子？他没给任何一个人好脸色看，全都打发走了，这才得空在谢寻微身边坐下，状似无意地问她："脚怎么样？"

"还好。"谢寻微笑道，"秦大哥好厉害，一下子就把灵娘子制服了。"

"小菜一碟。"百里决明得意地抱起手臂，"也不看看我是谁，那个脑子有坑的灵婆娘给我提夜壶都不配。"

他向来是这样的性子，被夸一下尾巴就翘上天，偏生还挨不得骂。大约是养尊处优太久了，连性子也变得骄横了。谢寻微笑望着他，道："秦大哥怪我吗？当时我一时情急，才说秦大哥是我的夫婿。"

百里决明摆摆手："没事，说我是你爷爷都行。"

谢寻微无奈地轻笑："秦大哥真的很像我的一个故人，说话做事都很像。"

百里决明一愣，低低地"嗯"了一声。

"你不介意的话……"他说，"可以把我当成他。"

"可以吗？"谢寻微看起来很是惊讶。

"可以。"百里决明笃定地点头。

"那烦请秦大哥扶我上马车吧，我要回家了。"谢寻微指了指远处几辆黑漆平头车，仙门的人正往上面搬行李。

百里决明刚走近，就听见喻听秋抱着剑在马车那边喊他："姓秦的，看在你救了我们的分儿上，我娘让你去姑苏待几天。"说着她哼了一声，"你最好别来，我一点儿也不欢迎你。"

谢寻微面上似露出难色，低声喊了句："秦大哥……"

这孩子不知八年来在那喻家受了多少委屈，怎能抛下她不管？百里决明咬牙把她扶起来："去！当然得去！"

昆山离姑苏不远，乘着乌篷船顺水而下，四日的行程便到了。正是大夏天的好时候，河房千门万户对水而开，扁舟钻入涵洞来了又去，邻家的小娘子蹲在水阶上搓衣裳，皓腕沾了水色，比霜雪还要洁净。百里决明立在船头，一路都有浣衣娘往他船上扔莲蓬。后来谢寻微也出了船舱，坐在百里决明的脚边，莲蓬雨这才不下了。

傍晚的时候到了喻府，仰头一瞧，青瓦白墙，檐头高挂喻家牌匾，正是一处气派威严的宅院。出来相迎的管家对喻枭春贴耳说了几句话，喻枭春一下子变了脸色，将百里决明送到西厢房，满面愁容："我娘病了，慢待了秦少侠，秦少侠莫怪。"他踌躇了一下，又道，"退婚一事少侠不必担心，待我娘好转，我一定向我娘禀明。"

算这小子识时务，百里决明挥挥手让他去了。说起来也怪，一路走来，只听到他们说夫人夫人，未曾听他们提过喻家主君，不知是何缘故。

喻家主君喻连海百里决明倒是没见过，早在十数年前，喻谢两家联合探索黄泉灵国，喻连海作为领队深入秘境，就再也没有回来过。喻家一直以来倚靠喻夫人主持大局，竟在江左屹立不倒。八年前围剿抱尘山，第一批冲上山巅的飞剑先锋便是喻娘子指派的喻家弟子。

对着镜子剥下衣裳，黄铜镜里照出他高挑的影子，原身是极好的身条儿，肌肉紧致，端详后能辨出细腻的纹理，绷紧的时候杀气毕现，像一把裹在鞘里的寒锋。然而现在不一样了，腐烂的区域从右手手掌开始蔓延，向着小臂延伸，腹部的位置也出现了大块青紫，乍一看上去极为骇人。

他是灵，恶灵要依附于尸体才能在人间行走。若为灵，则四处飘摇。灵耳目中的光影声音与人眼人耳所见所闻不同，它们无法交流，无法通话，像废弃的烟囱里一抹孤零零的烟，只有在极少数情况下才能影响现世，产生诸如人们所说的鬼压床、鬼遮眼的状况。所以几乎所有灵都本能地寻找着肉身，想要重返人间。

百里决明则不一样，成为野灵也好，被封印也罢，他都无所谓。他留在这里，只是为了寻微。他运转着灵力，尽力用最少的灵力维持躯体，模拟常人的温度和呼吸。用术法太伤肉身，不能再轻易动用术法了，他想再多陪寻微一段时日，还得想法子安顿好寻微的归宿。这几日认识的仙门适龄儿郎，胖的胖丑的丑，没一个瞧得上眼的。重新披上衣裳，他沉沉地叹了一口气。

入夜了，月牙儿攀上檐角。百里决明睡不着，倚在大槐树下闲看。回廊里有几个婢仆走过，互相咬着耳朵。

"不知夫人怎么了，怎的就昏睡不醒了？"有个丫鬟道。

"谁知道呀？前日是先主君祭日，夫人在城外设道场做法事，回来就躺下了。我听大公子方才说，像是冲撞了什么邪物？"另一个矮个儿丫鬟小声地说。

怪不得不提喻连海，原来那家伙早就见阎王去了。百里决明懒洋洋地想。

"不可能，大公子定是看错了。夫人道行甚高，什么样的邪祟能在夫人眼前胡作非为？我看，是夫人为了法事累过头了。"高个儿丫鬟嘀咕道。

两个丫鬟走近了，瞧见百里决明，各自福了福身。看见这两个丫头的面容，百里决明蹙起了眉心。

待走远了，她们又咬起耳朵："那就是淮左那个破落户？听说他肖想咱们寻微娘子呢。"

她们以为百里决明听不见，便说得越发放肆。

高个儿丫鬟嗤笑道："他想得美。不说大公子，仙门百家哪家的儿郎不为我们娘子争得头破血流？上回萧家大郎还在胸前刺娘子的名字，在家上吊逼他母亲提亲。夫人给大公子和娘子定了亲，他才作罢。哼，娘子怎么会嫁给这么一个破落户？"

"是啊，就他那门第，能进咱们喻家府邸的大门就谢天谢地了。"矮个儿丫鬟摸了摸手臂，"欸，你觉不觉得有点儿冷？"

高个儿丫鬟"嗞"了一声："你这么一说，我也觉得了。"

百里决明翻了个白眼，接过一片飘落的槐叶，擦了擦眼皮。槐叶擦眼可以见灵，眼前的世界登时变了，夜色迷蒙，小院像阴沉沉的大水缸，月光恍若青青白白的水波。他看向那两个慢慢走远的丫鬟，二人身后跟着一个飘忽的黑影，亦步亦趋，她们丝毫没有察觉。

那黑影忽地扭头，冲百里决明诡异地一笑，一下就消失了。

两个丫鬟正说着话，面前忽然撞见一个人，抬头一看，却是方才经过的百里决明。男人的身量甚高，居高临下瞧着她们的模样很是倨傲。

这人什么时候跑前面来的？她俩正说着他的坏话呢，没想到这人突然就出现在面前了，登时吓了一大跳。后退两步，她们胆战心惊地低头福身："秦公子。"

"天黑了，快点儿回屋去。路上若有人在后面喊你们的名字，千万不要回头。"

眼前的人冷冷地撂下话，待她俩再抬起眼睛的时候，他却又不见了。

百里决明一路疾行，看见不少喻家下人，这才发现喻家人长得很不对劲。快到子时了，阴气越来越重，百里决明拦了几个仆役让他们通知主家锁好门户，连续几个人都像看怪物似的看他，他说府里有灵，几个仆役都嗤道："我们喻家乃是仙门大户，怎么可能有灵藏身？"

百里决明冷笑："总之我已经提醒过你们了，剩下的随便你们。"

撂下话，他就去找谢寻微了。

夜色深沉，像一个大铁笼子兜头罩下，八角红灯笼挂在檐下，在石阶上铺陈出鲜血一般不祥的光芒。谢寻微熄了灯，脱了鞋，在床上闭目打坐。他的院子很静，静得仿佛没有活人。他也静静的，无声无息。他知道有东西进了他的院子，正在慢慢地靠近他的窗棂。那东西行路没有声息，如同一只没有脚的灵。

如果烛火没有熄灭，它将会照出影子正在扩大、变形，像一只蛰伏的猛兽缓缓地弓起了背。但现在他的影子与黑暗融为一体，正磨牙吮血。

那东西悄悄地打开轩窗，翻了进来，蹑手蹑脚地，没有发出一丁点儿的声响。谢寻微皱起眉头，恶灵不会这样行动，不是灵吗？黑暗中的影子继续扩大，直到罩住整个架子床。

"寻微？"

熟悉的声音响起，影子刹那间回缩，消失得无影无踪。

"秦大哥？"谢寻微支起身子，惊讶道。

"是我。"百里决明蹲在谢寻微的床边，"你这里没什么怪事吧？"

"没有，怎么了？"谢寻微撩开藕荷色的床帘子，露出一道缝隙，看见百里决明眉心紧蹙。

"喻家很不对劲，你发现没有，这里的人长得很怪。"百里决明说。

"怪？"谢寻微故作不知，并露出无奈的苦笑，"你是说他们长得丑吗？"

"长得确丑。"百里决明蹲得累了，干脆坐在脚踏上，"不过我说的不是这个。我见他们脸上一股凶相，印堂聚煞，脸膛儿火红，这是大凶之兆。听说喻家夫人前些天去郊外做法事，回来后昏睡不醒，约莫和那场法事有关。"

"哦？"谢寻微问，"法事不是祈福禳灾的吗？"

"非也。"百里决明道，"法事有阴事和阳事，喻家是祭祀先主君，做的定是阴事。阴事里有个章程，叫'摄召'，召请先人亡灵来道场度化。这一道仪式若出了差错，召过来的就不是先人亡灵，而是他方恶灵了。"

"秦大哥的意思是，喻夫人召来了恶灵？"

百里决明说："可不，刚刚我就撞见恶灵夜行了，它在找人附身。不过这厮机敏得很，闪得快，我没把它抓住。"

谢寻微摇摇头："喻家是仙门翘首，夫人也颇有道行，道场法事是仙门弟子必修的科仪，就算是乡野道士也烂熟于心，怎么会召错灵呢？"

"谁知道，老糊涂了吧。"百里决明耸耸肩膀。

正说着，外面一阵响动，像什么东西碰碎了花盆。百里决明眉心一蹙，谢寻微也下了床，两个人弓着身贴着门，在茜纱上戳出一个洞，悄悄地往外看。只见角门那儿有个人影，正探头往里面看。

"什么人？大半夜过来，登徒子吗？"敢偷看他徒弟的闺房，百里决明心头

第二章 阴亲

火起,"看老子不劈了他!"

谢寻微无奈地淡笑,这家伙自己也是大半夜过来的,怎的不说自己是登徒子?谢寻微把他拉住:"不对劲,仔细看他的脖子。"

百里决明定睛一看,顿时眸子一缩。那个人在门后面,歪着脑袋往里面瞧,只是这脖子歪的幅度也太大了,几乎要掉下肩膀。若是正常人这个模样,脖子早断了。那个人在门后待了一会儿,像麻雀似的跳出来,是个歪脖子的瘦影,他蹦进青白色的院落,默默地立在当中。

谢寻微住的小院叫静园,有八九间屋子并一个柴火房,谢寻微自己住主屋,院里清冷萧条,青白色的月光流泻在长满青苔的石板上,越发显得没一丁点儿活人气儿。那歪脖人从南边开始,一间间地打开屋子,木门吱呀呀地在响,在寂静的黑夜里很是刺耳。他跳进去,隔了一会儿,又出来。

"那些屋子不住人。"谢寻微用嘴型告诉百里决明。

百里决明皱了皱眉头,觉得奇怪,喻家怎么连个下人都不给她使唤?寻常哥儿姐儿外间都有丫鬟婢仆守夜,谢寻微这儿一个人也没有。

歪脖人仍在开门,每间屋子他都要跳进去巡睃一圈,百里决明和谢寻微都听见他梆梆梆的蹦跳声。这个人的尸体已经非常僵硬了,无法像正常人那样走动,只能用跳的。还有三间屋子,他快要到主屋了。

百里决明示意谢寻微回里屋,他闩上门,弓身跟在后面,两个人一同上了床。歪脖人的脚步声越来越近,到达门边了。他推了推门,推不动。外面静了一会儿,没有脚步声响起。百里决明默默地侧耳倾听,忽地又传来门闩滑动的声音,他心下一惊,撩开床帘看,只见门缝那儿伸进五根极长的指甲,指甲拨动门闩,缓缓地把它移开。

指甲这么长!人死后只有头发和指甲会继续生长,这僵尸定然死了有些年头了。看来他并没有附身成功,还是用自己的尸体在行动。

门闩被拨开了,瘦细的歪脖长影子投入屋里的地面,有一种说不出的恐怖。重重的梆的一声,他跃进了主屋的门槛。那是个瘦高的阴人,双手平举,十指指甲锋利尖细,几乎有一截手肘那么长。百里决明迅速地放下床帘。歪脖人开始在屋子里跳跃,撞到好几次桌椅。隔着床帘,两个人看见歪脖人越来越近了,可怖的影子映在床帘上,越来越大。

歪脖人一面逡巡,一面低语:"床呢……床呢……"

百里决明和谢寻微对视一眼,他在找床!

道行不高的灵神志不足,靠鞋尖朝向识床。鞋尖若朝着床,灵就会上床,因此乡下老人都教导孩子,睡觉前要把鞋子一正一反地放,这样灵就找不到床

041

榻。百里决明低头一看，谢寻微的鞋尖正朝着床榻。眼看歪脖人越来越近了，蹦跳的梆梆声沉重急促，像催命似的。

忽然间灵机一动，百里决明摘下谢寻微手上的银镯子，撩开床帘，朝对面扔了过去。银镯子哐当一声砸在墙上，又掉落在地，滴溜溜转了一圈。歪脖人迅速转身，蹦了过去，直往墙上撞。

趁这时，百里决明迅速地钻出床帘，探身把谢寻微的鞋子拿了上来。拿到手上才发现，谢寻微的鞋子很大，看着和他的尺寸差不多。百里决明有些无语，一个姑娘家，脚怎么这么大？

歪脖人连撞了好几下墙，似乎知道前面没路了，又退回里屋，重新开始逡巡。他靠近床榻了，平举的双手划过床帘，床帘刺啦一声被划破了，十根尖尖的指甲戳进来，差点儿戳中百里决明的眼珠子。两个人小心翼翼地躲避那奇长无比的指甲，都挤在了床角。

指甲从他们头顶划过，歪脖人什么都没找到，机械地念着："床呢……"他脚下转了个圈儿，像蚂蚱似的蹦了出去。

百里决明掀开被子，蹑手蹑脚地下床，无声无息地跟在那灵身后。跟到门边就停住了，看那歪脖灵一蹦一跳地走远了。

目送歪脖灵出了庭院，百里决明关好门回来了，谢寻微正倚着引枕等他，道："秦大哥怎么会知道有灵要来此处？"

"我猜的。"百里决明说，"你是纯阴之体，最是招灵，府里要是有灵，一准来你这儿。幸好我来了，若我今夜不来，你睡熟的时候这厮闯进来，你就没命了。"

谢寻微笑了笑。

百里决明叹了口气，又道："你觉不觉得这个歪脖灵看起来怪怪的？"

谢寻微双眉颦蹙，沉吟道："嗯，脖子吗？或许是吊死的灵，绳子勒断了脖子，故而歪斜若此。"

"不是，刚刚他进门的时候，我看到了他的脸。"百里决明说。

"哦？"谢寻微问，"莫非秦大哥认识？"

百里决明沉默了一阵，眼神晦暗不明。

他说："我觉得……他很像你。"

— 第三章 —

夜怨

> 在下与先生一见如故，不知能不能交个朋友？先生与我意气相投，定能结下不解之缘。

"秦大哥这是何意？"谢寻微的笑容一僵，床帘子的荫翳罩着他的脸庞，让人看不清楚神情，"秦大哥觉得我像个灵吗？"

"我不是这个意思，"百里决明回忆那个歪脖灵的模样，道，"你看他的模样，你觉得他是男是女？"

"男人？"谢寻微不明白他的用意，迟疑着说。

"是了，那么高大，身材也粗壮，没道理是个女人。可是我方才看见，他长了一张女人的脸，还涂了脂粉。"百里决明露出恶心的表情，"看起来怪瘆人的。"

谢寻微还保持着微笑，柔声道："那么秦大哥说他像我是何意呢？"

百里决明向来不懂察言观色，没看出谢寻微的微笑里有凶险的意味，直白道："你们都是男人的身条儿，女人的相貌。你个头也高，脚还这么大。不过你不一样，那歪脖灵丑了吧唧的，没你这么漂亮。你看着舒心，他看着瘆人。"

谢寻微不说话，百里决明只以为她是不好开口赶自己走，却又放心不下留她一人在这儿，只能自己到外间坐下，打量屋里的陈设。屋里有枣红花几和一只白瓷瓶，却并未插花，茶盏是冷的，壶里没有茶水。月光透过万字格窗棂，打在忍冬花地砖上，恍若青白的水波微微荡漾，那一朵朵缠枝忍冬便是水里生出的花儿。

分明是大夏天，正是热气腾腾的时候，屋子里却凉森森的，没一点儿活人气儿。这孩子怎么过成这样？一个正值青春年华的大姑娘，却活得像个死人。百里决明皱起眉头，目光穿过茜纱窗，望向空荡荡的院子。这寂静的小院子，在偌大的喻府里遗世独立，恍若一个孤零零的坟冢。

天刚亮的时候百里决明就回西厢房了，临走的时候倚在珠帘外面道："昨夜铁定有人死了，寻微，你别跟他们说我们看见了歪脖灵。"

免得那帮人质问他为何不封印灵，麻烦。

第三章 夜怨

里面的人没声儿，百里决明敲了敲梁柱："丫头，听见没？理由你别管，反正别说就是了。"

谢寻微还是不吭声，百里决明就权当她听见了，自己大摇大摆地回了厢房。刚回来没多久，就有仆役气喘吁吁地跑过来，大喊道："秦公子，出事了，死人了！大公子请您过去！"

到了正院一瞧，里里外外围了三圈的人，正中间躺了两具尸体，各自都裹着白布。喻听秋白着脸，瞪着那两具尸体发呆。喻鬼春凄凄惨惨地站在台阶上，不住地拿手帕擦汗，一见百里决明来了，像得了救星一般迎上来。

"秦少侠，你可来了！"喻鬼春呜呜地哭起来，"我娘昏迷了，家里又死人，这可如何是好啊？"

谢寻微也来了，朝百里决明福了福身："秦公子，昨夜睡得可好？"

百里决明："……"

掀开白布一瞧，第一具是男尸，身体被撕得稀烂，脖子被大力拗断，两眼瞪得比铜铃还大，显然死前被吓得不轻。看来那歪脖灵喜欢让大家和他一样歪脖。百里决明摇摇头，看第二具，还是男尸，同样的死状，脖子整根断裂，露出白森森的骨碴儿，脸上定格了一个惊骇至极的神情。看他们身上的伤痕，显然是被那阴人像钢铁一般的长指甲弄的。

一个仆役跪在尸体边上哭："都怪我！昨儿秦公子说家里有灵藏匿，我还不信，没告知大公子，这才害了有才和有德啊！"

喻鬼春惊道："什么？这是怎么回事？"

"昨儿我看见厉灵夜行。"百里决明的目光在人群里巡睃，正巧瞧见昨夜那俩嚼他舌根的丫头，于是朝她们努努嘴，"回去的路上有人喊你们没有？"

两个丫头畏畏缩缩地站出来，高个头那个回话道："确实有，我们俩听见有个男的喊我们的名字。声音听着很耳熟，还以为是府里的什么人，本来想答应来着，忽然想起秦公子说的话，才忍着没回头。"

矮个儿惊恐地接话："他喊了我们一路，我们回到屋里关上门，才敢透过窗纱往外面看，根本没人。"她抚着心口唏嘘，"幸好秦公子提醒了我们，要不然现在躺在这里的就是我们了！"

一夜连杀两人，这死灵看着有些凶啊。百里决明觉得很棘手，又问喻鬼春能不能带他看看喻夫人，喻鬼春领他进去查看。那是个四五十岁的妇人，睡在拔步床上，面容憔悴，被面隆起恍如一个坟包。百里决明给她诊脉，只看出阴邪入体，其他的什么也瞧不出来。

妇人嘴唇翕动，仿佛在念些什么，贴近细听，似乎是在念她丈夫的名字。

"你们爹娘感情很好？"百里决明走下脚踏。

"那当然，举案齐眉，相敬如宾。"喻听秋冷冷地道，"我娘每年都要在寒山道场设坛度灵，让我爹早日度化归天。"

"是啊，寒山道场清幽怡人，从没什么阴邪，寻微妹妹还在那儿修行过几年呢。"喻凫春道。

百里决明还是看不出什么来，又问："不知那恶灵是什么来头，你们可还有人碰见什么怪事没有？"

喻凫春踌躇了半晌，道："有一件事，我也不知道算不算。昨晚我给我娘守夜，半梦半醒的时候听见了屋里有磨牙的声音，就是那种耗子磨牙的声儿，'咯咯咯'的。"

他模仿着咬合下颌，发出那种诡异的声音，喻听秋听得浑身起了鸡皮疙瘩，忙道："你别学了，听了我难受。这算什么怪事，没准是娘在磨牙，也可能是你自己磨牙。"

"怪的不只有这个，我问睡在外间的仆婢，都说什么都没听着，昨晚一点儿声音也没有，那磨牙的声音只有我自己听到了。"喻凫春委屈道。

"那就是你在做梦！"喻听秋断定。

磨牙？百里决明回想那歪脖灵，只听到他念着要找床，并未听见他磨牙。看这胖子戽戽呆呆的样子，他的话只能听一半，看来为今之计只有等今晚恶灵再次现身了。不过就算找到了那歪脖灵，百里决明也没法儿封印它。指望喻家兄妹这两个戽货，还不如阎府拧断自己的脖子。

"姑苏还有什么仙门没有？你俩派人去求援吧。"百里决明最后说。

喻凫春摇头："最近的是金陵，可到那儿也得三日的车程。"

"姓秦的，你只要帮我们撑过两日就好。母亲病倒了，我们已经向宗门求医，恰巧裴真哥哥在附近的乡镇施针舍药，今早传飞帖来说后日便到。"喻听秋说，"裴真哥哥是宗门最年轻的医者，道法高明，他的银针不仅入肌入骨，还能扎入灵，届时必定能为我们驱凶除煞。"

"针入灵？"百里决明眉头一挑。现如今仙门还有这么厉害的人物？

"不错，裴真哥哥的'渡厄八针'可以让恶灵失去凶性。他并非豪族出身，光凭道法在二十出头的年纪便跻身宗门，历数仙门百家，裴真哥哥乃是第一人。"喻听秋的神色颇为自豪，也不知道她自豪个什么劲。

百里决明起了兴致："有点儿意思，我倒是很想会会这位裴大夫。"

"那……今夜怎么办？"喻凫春惶然问。

百里决明思忖片刻，道："你们在每扇门每扇窗上都贴上驱灵符咒，清出一个空院子,预先布好剑阵,在阵心堆生肉,要刚杀不久的,越新鲜越好。"

喻凫春的眼睛一亮:"我懂了,灵嗜血,用生肉引那灵前来,再以剑阵缚之,就能抓到他了!"

喻凫春和喻听秋急急地着人去办了,百里决明踱出门,却见谢寻微站在檐下,低垂着眼眸,不知道在想些什么。远远地打量她,她一个人默默待着的时候,身上总有一种孤独的平静。

"少了一具尸体。"谢寻微道。

"什么?"

谢寻微扭头睨向百里决明,虽依旧是微笑着,眸中却隐隐有揶揄的意味。

"秦公子真笨,除了那两个仆役,府里还死了一个人,他们没有找到。"

"怎么说?"百里决明问。

谢寻微淡笑不答:"我也只是猜测罢了,且让仆役去寻一寻,即便寻不到,待今晚抓到那灵,一切自有分晓。"

仆役没有找到谢寻微说的那具尸体,管家开始给各院发放驱灵符咒,丫鬟婆子小厮们挨个儿领了,一丝不苟地贴在门楣上。喻凫春和喻听秋辟出翠微堂,指派门生布阵。灵剑插了一把又一把,喻凫春不嫌多,恨不得把阖府的门生都安在院里。

就这样,到了傍晚,各院的人都自觉闭门锁户,不敢出来了。喻凫春兄妹俩,百里决明和谢寻微领着一帮门生藏在正堂,在软烟罗的窗纱上戳上小洞,用来观察外面。天井正中的青石板上放了一只活猪,四条腿死死地绑住,喉咙割开一道狭窄的口子,黏腻的血汩汩地往外流。口子不长,确保血不会一下子流干净。那是今日晌午去集市买的公猪,一身粉白,原本是人家拿来祭祀先人的,肥赘的两颊上还涂了脂粉。它浓妆艳抹地躺在血泊里,竟然有一种诡异的魅艳。

为了隐蔽,屋里没有点灯,大家安静地待着,静谧的黑暗里只听得见彼此的呼吸声。

等了不知多久,外面院子一点儿动静也没有,百里决明期待的歪脖子人影迟迟没有出现。月光洒落天井,空空洞洞的,一切都显得恍惚迷离。谢寻微困了,轻轻地合上了眼。

"怎么还不来啊?"喻听秋嘟囔,"灵会睡觉吗?难不成他今夜休工,不准备杀人?"

"灵挑食吗?"喻凫春忐忑道,"或许猪血并不能吸引他。"

百里决明总觉得哪里不对,可又想不出来,越想越头疼。

在紧张的静谧中,谢寻微忽然睁开眼睛,低声道:"不好。"

"怎么了?"百里决明的眼皮子一跳。

"我们忽略了一件很重要的事,"谢寻微沉声说,"驱灵符咒究本溯源是一种禁制符咒,它能驱赶外边的灵,也能困住原本就在里面的灵。我们封院锁户,若灵原本在外面还好,可若他藏身在屋墙之中呢?"

"并无这种可能。"喻凫春安抚她,"我们今日清查了一遍各院门墙,连角落都没有放过,没有发现那邪物的踪迹。今日发现的两具尸身伤痕也证明,恶灵并没有成功附着于他人身上,他是用自己的陈年老尸行的凶。"

"是啊。"喻听秋道,"我们一般人可抓不出那样的伤痕。"

男身女相、寻微提到的没有找到的尸体……所有线索像鸦羽一般纷纷而过,百里决明脑中灵光一现,霎时间明白了什么。他倒吸一口凉气,道:"可若是……那灵能伪装成别人呢?"

喻府厨房。

月光透过铜钱锦的窗棂,落在一个小丫鬟的枕边。丫鬟被尿憋醒了,从床铺上爬了起来。睁眼一瞧,便见对床空荡荡的。那是她的同屋,今天身子不爽利,裹着被子在床上躺了一天,连饭也没有吃。

她疑惑对床丫头去了哪儿,趿拉着绣鞋,想要解手。甫一站起来,瞧见对床丫头趴在床边,哆哆嗦嗦地在刨着什么。她整个人像蜘蛛似的趴伏在地上,被床铺挡住了身子,故而方才小丫鬟没有瞧见。

"你在干什么呀?这大半夜的,府里还有灵呢,别瞎胡闹,早些睡。"她忍着尿意走过去提醒那丫头。

丫头不回话,嘴里嘟嘟囔囔:"在哪儿……在哪儿……"

"什么在哪儿?"小丫鬟觉得奇怪,"你在找什么呀?"

丫头停下了刨地的动作,顿了好一会儿,终于直僵僵地扭过了脸来。

在月光下,她的眼塘子乌黑,脸庞青白没有血色,透着死气沉沉的诡异。可更让人觉得恐怖的是,这个人的身材粗壮,皮肤枯槁,配着她那张巴掌大的白脸,十分怪异。夜色太黑,小丫鬟竟然没有发现,这是个男人的身体。

灵面无表情地说:"我在找我的头,你脖子上那个……是我的头吗?"

"啊——"

尖叫声划破夜空,小院中的所有人打了个激灵,喻听秋站起身,厉声道:"是厨房的方向!"

众人立刻撞出门,朝厨房狂奔。

到了厨房,正碰见一众仆役慌慌忙忙地跑出来,许多人还没来得及穿好衣裳，有人提着裤子跟跟跄跄的，还有人两只手抓着鞋。百里决明钻过腰门，里面剑光急闪，道道流光像银燕一般飞逝徘徊，灵在剑阵当中尖厉地嘶号，地上躺着一具无头女尸，同样是被拗断了脖子，脑袋被拎在灵手里，眼睛瞪得溜圆。

这次连喻听秋也加入了战局，百里决明还是头一回见这丫头片子出剑，招式果然和她的脸一样臭，惨不忍睹。到底是人多，锁住一个脑子不灵光的灵不是难事。不过一会儿，无头灵便被捆仙绳绑成了个大粽子。门生摘了他抢来的脑袋，又在下房的床底找到了白日未曾找见的女尸。

院中两具女尸横陈在地，仆役们围在一边，呜呜地哭。

喻凫春也掉下眼泪："咱家这是造了什么孽？怎么就招惹上无头灵了？"

所谓无头灵，便是丢失了首级的灵。这种灵一般是被斩首的人，没有留下全尸，便心生怨怼，成了恶灵，从坟墓里爬出来，固执地寻找自己的脑袋，想凑出个全须全尾的尸体。他会把见着的脑袋一个一个地摘下来，放在自己脖子上比对，直到找到正确的为止。昨夜见到的他歪着脖子，大约是安脑袋的时候没安好。

"他到底是谁家的修士……"喻凫春望着阵里无头的灵发呆，灵衣衫褴褛，没法儿通过衣着辨认身份。喻凫春看了半晌，如梦初醒般一拍脑袋："来人，传飞帖给各家各族，询问他们可有失踪的修士。"说着又擦擦脑袋上的汗，"接下来就等裴真先生前来，为我等封印灵了。"

事情暂且告一段落，谢寻微素来体弱，实在熬不住了，想要回去歇息。喻凫春关怀备至，要门生护送她回静园。喻听秋居然自告奋勇，不由分说地拉着谢寻微的腕子走了。出了庭院，谢寻微笑道："表姐可是有话同我说？"

喻听秋咳了咳，脸上似有羞赧之意。她拉着谢寻微走到偏僻处，低声道："我问你，你是不是喜欢那个姓秦的狗贼？"

许是没料到喻听秋会问这样的问题，谢寻微略微怔了怔，欣然一笑："不喜欢。"

"不喜欢？"喻听秋讶然道，"怎么可能？那你为什么要勾……咳，招惹他？"

"因为秦大哥身边只有我。"谢寻微说。

"这还不是喜欢？"喻听秋弄不明白这个女人了。

"算了，我问你个问题……"喻听秋目光闪了闪，顿了好半晌，才自暴自弃道，"你和那姓秦的狗……咳，秦秋明才认识多久，他便为你上刀山下火海。你说，男人是不是都喜欢像你这样柔弱的女人？"

"哦？我以为并非如此。"

"那是为何？"

"我认为，"谢寻微的笑容温婉，"男人都喜欢像我这样漂亮的女人。"

"你！"喻听秋差点儿被气吐血，怒道，"谢寻微，你别以为我不知道，昆山女灵那次你就是故意被抓走的，好让秦秋明心疼你！那帮瞎了眼的臭男人被你迷得团团转，我可门儿清！"

满江左的人都以为谢寻微是个心地善良的娇娘子，只有喻听秋知道这厮惯会装相。她那个傻哥哥痴恋谢寻微，三天两头地往谢寻微的静园送吃的喝的玩的。她原本没什么意见，青春年少，春心萌动，人之常情，况且谢寻微确实是一等一的美貌娘子，直到有一天，她在园子里撞见谢寻微把她哥从大清早开始排队，排到晌午才买到的一品斋蒸儿糕尽数倒进了池子里。

在那之前她哥还念叨，要自己亲自去排队才显得诚心待寻微妹妹好。

她目瞪口呆，谢寻微瞧见了她，冰冷地笑了笑，便转身走了。那是她头一回瞧见谢寻微的真面目。

喻听秋使劲平了平气，冷冷地道："你既然搭上了秦秋明，就一心一意待人家，莫要祸害旁人。等裴真哥哥来了，你最好收起你的伎俩，乖乖地待在你的院子里。我看那秦秋明不是好惹的，可不像我哥那样好玩弄，你自己好自为之。"

说完，不等谢寻微回话，喻听秋掉头就走了。

厨房里一片狼藉，无头灵被缚在院中，下人们不敢回屋安寝，便去旁的院子借宿。喻凫春和门生商量着尽快找裴真过来，封印这个灵。百里决明走进这恶灵藏身的下房，四处乱看。屋里简陋，两张挂了蚊帐的架子床，各据一边墙，中间摆了两张月牙桌，拼成一个圆，鼓凳翻倒在地，地上还留着一大摊血。

左边那张架子床就是恶灵睡过的，他藏在被窝里待了一天，躲过了白日仆役的巡查。

百里决明搬了一张鼓凳坐下，掉过脸，便看见床边一个深坑，是那灵刨出来的。他弯下身，摸了摸刨出来的泥巴，想起无头灵进静园的时候，一直嘟囔着床在哪儿。无头灵最大的心愿就是把脑袋找回来，他是横死之灵，想来必定死不瞑目，睁着大眼睛看自己被那凶徒斩首。他执着地找床，或许他的脑袋就被凶徒埋在了哪张床的底下。

脑子里的迷雾渐渐地散开了，眼前豁然开朗，一片敞亮。百里决明对着外面的喻凫春招了招手："小胖子，过来。"喻凫春疑惑地走到他边上。

百里决明问他："你昨晚睡在你娘床边上？"

喻凫春点点头。

"那就对了，难怪你听见磨牙声，你没听错，的确有磨牙声，只不过不是屋里的人弄出来的。"百里决明抱着双臂，眉毛一挑，"我有办法治你老娘的阴邪入体，也有办法超度这个灵了。不过没有十成十的把握，只能将就试试。"

喻凫春的眼睛一亮："秦少侠请说！"

"你去你娘的屋，掘开你娘的床底。"

"啊？"喻凫春愕然。

"挖不挖随你咯。"百里决明十指交叉放在膝前，像大爷似的跷起二郎腿，"反正是你老娘阴邪入体，又不是我娘。我话就说到这儿，剩下的随便你们。"

"挖就挖！"喻听秋抱着剑走进门，睨了百里决明一眼，哼道，"你这破落户虽然偶尔发疯，但做事确实有谱。哥，照他说的做。纵然裴真哥哥不日便到，母亲阴邪入体太久，难免会拖垮身子，既然有法子，咱们就要试一试。"

喻凫春着人把喻夫人挪到偏房，搬开拔步床，开始掘地。起开青石地砖，露出黄褐色的泥土，接着往下挖，直挖到地基了，还是什么也没挖出来。这时候已经是寅正的时辰了，大家折腾了大半宿，都累得要命，渐渐地有人抱怨起来。有人嘀咕："大公子真是的，好好的一个世家嫡子，竟然被一个不知从哪儿来的破落户支使得团团转。"

百里决明看了看天色，扬手道："都给爷闭嘴。"

他这态度实在欠揍，有人气不过，撂挑子想说不干了，忽地好像听见什么响声，喻凫春瞪大眼睛，打手势要所有人安静。大家都噤声了，烛火在烛台上摇曳，滴出一叠又一叠的梅花蜡。

在那死了一般的寂静里，大家听见地底传来阴森森的磨牙声。

"咯咯咯。"

"咯咯咯。"

大家的脸都白了，一个个像纸人似的愣怔怔地面面相觑。

"不要怕，继续挖。"

一个沙哑的女声响起，众人齐齐回头，见一个佝偻的女人被丫鬟婆子和喻听秋扶携着，站在门口。她逆着月光，面上和身上都是一团漆黑，将将看得清她拄着拐的手，瘦骨嶙峋，蜷曲着，像鸡的脚爪。

喻凫春喊了声："娘！"

喻夫人却不应他，只盯着百里决明看。她被阴邪摧折得狠了，脸色憔悴，面容枯槁，只有那双眼睛，隐约露出一线精光。

她开口了，粗哑的嗓音像从沙子里磨出来的："你就是那肖想寻微的狂徒？听闻你挟恩求报，威胁我儿退婚。"

喻凫春想说话，被喻夫人一瞪，便吞吞吐吐地闭上了嘴巴。

"你就是喻夫人？"百里决明坐在椅子上，还是那副欠揍的大爷模样，"听说你乘人之危，强逼寻微嫁人。"

"哼。"喻夫人在宝座上落座，"果然牙尖嘴利。"

"喊。"百里决明嗤笑，"果然面目可憎。"

屋里一片寂静，谁也想不到这个破落户的小子敢这么同喻家主母说话。或许他是死猪不怕开水烫，没有族望就不怕打压，他独来独往，更从来不期盼和高门结交，在仙门百家里，他是一根碍眼的刺。虽是蝼蚁一只，可喻夫人德高望重，总不能当堂把他蹑死。

喻夫人一掌拍在案上，茶盏被震得乱蹦。大家以为她要发怒，却听她森然道："让你们继续挖，还愣着做甚？"

大家哆哆嗦嗦地打了个寒战，忙挥锹挖土。

越往下挖土越湿，颜色质地更是变得黏腻深黑，仿佛底下有墨水泡着似的。继续往下，土壤冒出一股熏人的臭气，即便开窗通风，那恶心的味道依然持久不散。大家都是修道之人，知道这是什么，遂一个个脸色凝重。这是怨气积聚的尸臭，那黑水不是墨水，而是尸液，泥土被尸液长期浸泡，故而变得这样黏稠浓黑。

铁锹一顿，似乎碰到什么硬邦邦的东西。门生在周围贴上黄纸符咒，不再用锹，改用灵剑，把底下的东西起了出来。对着烛火一瞧，那是一颗已经长毛的头颅，眼窝深陷，还在森森地磨着牙，喻凫春夜里听见的磨牙声，就是这头颅发出来的。大家都感到恐怖，到底是谁杀了无头灵，又神不知鬼不觉地把他的头颅埋在这里？

喻夫人神色阴沉，并不多言，让门生把头颅送到后厨，还给无头灵。无头灵接上头颅，果然不再躁动，安静了下来。百里决明站干岸儿看热闹，能帮的他都帮了，接下来就是他们自个儿的家务事了。

"接下来只要把无头灵入土为安，他的怨气就能消了。"喻听秋对她娘说，"不过保险起见，咱们还是把他火化了吧。"

"不急。"喻夫人摆摆手，望向百里决明，"听闻你这小子身怀先天火法，果然后生可畏。我要设坛问灵，左右你闲着没事，为我护个法。"

先天火法用三昧真火炙烤灵体，最为灵所惧，百里决明心里冷笑，这老婆子还真懂得使唤人，也罢，卖她个面子，对寻微有好处。百里决明对她做了个"请便"的手势，喻夫人点点头，便着人设坛。

僵尸死得太久了，喉咙已经腐烂，除了怪叫无法发出其他声音。所谓问灵，就是想法子让僵尸说话。这法子很多，乡里常有请灵上身、扶乩之类的，原理都是让灵占据人身，借由神婆乩童的嘴说话。但由于请灵上身尤其危险，如果逢见怨气深重的凶灵，轻者神识受创，重者肉身被夺，因此仙门一般采用温和的办法，就是设坛，为灵贡上香火，以千字筒同他交谈。灵会移动活字，为生人解难答疑。

门生摆上供桌，两头各放白烛一支，中间放置金虎香炉和蛤蟆铜钵，铜钵里放置镶金活字。喻夫人站在坛后，朝门生点了点头。门生们撤下捆仙绳，在僵尸脑门子上贴上清心符咒，这符可以帮助他清醒神志。僵尸低垂着脑袋立在院中，一动不动。所有人屏住呼吸，静待夫人开坛。

喻夫人点起光明灯，贡上三炷金香，缓声道："老身乃喻氏主母，尔为冤死阴灵。奸人戮尔身，分尔尸，埋尔头颅于我喻家门下。尔有冤屈，细细道哉，我等申仇报怨，度尔升仙。"

话音刚落，院中灯笼忽然一同熄灭，四下里顿时沉入阴森森的黑暗中。大家方要慌张，只见供桌上的烛火咻的一下转绿，阴惨惨的烛光照亮几尺见方的砖地，不知何时，僵尸已经抬起了他干瘪枯槁的头颅。

喻凫春颤抖着嘴唇，道："这是怎么了？"

"这是那灵下的'征兆'，意思是他同意和你娘说话。"百里决明道。

"第一问。"喻夫人气定神闲，"宗族名姓。"

蛤蟆铜钵里的活字像蜂子一般地躁动起来，动静越来越大，像是被煮得沸腾了，敲得铜钵哐啷啷响。几个方字从铜钵里跳出来，滴溜溜滚在喻夫人眼前。喻夫人登时一愣，面如死灰。大家不知道发生了什么，抻长脖子去探看桌上的字。有人眼尖，一个一个地读出来。

"喻氏……连……海？——是老爷！"

四下里登时炸开了锅，低语声此起彼伏，谁也想不到，喻家失踪多年的主君会以一个灵的模样回来，原来夫人开坛摄召并没有召错灵，她召回来的的确是喻连海，可她万万不会想到，喻连海已经成了恶灵。喻凫春呆愣愣地僵在场，喻听秋不敢相信，大声道："娘，问他可有证据证明他是我爹！"

不待喻夫人发问，一个方字跃出铜钵。

"腿。"

"我爹生前曾右腿骨折，若他真是我爹，腿上定有摔折过的伤痕。"喻听秋道，"来人，去看他的右腿！"

门生依言检查灵的右腿，朝喻夫人和喻家兄妹点了点头。

喻家兄妹呆若木鸡，好半响才如梦初醒般掉下眼泪，两人一同上前一步，扑通一声跪在了坛下。百里决明看得心里五味杂陈，忍不住想，若是寻微知道他回来了，应当也会哭成个泪人吧。有了徒弟，看到这种父母儿女重逢的戏码难免伤情，心里酸酸的，他忽然很想见那丫头。

喻夫人悲愤交加，一字一句地问："连海，仇人是谁，告诉我们，我们为你报仇！"

这次铜钵里的活字嗡嗡地震动了许久，却没有蹦出来。大家都在疑惑，纷纷低语猜测。百里决明蹙起了眉，喻连海有顾忌，他不敢说出仇人是谁。

"连海，你莫怕，你只管说出那狗贼的姓名，不管是灵是人，我们都替你报仇！"喻夫人震声道。

活字终于动了，一个接一个地蹦出来。

所有人目不转睛，盯着那跳出来的字儿，一个一个地跟着念：

"百、里、决、明！"

"是抱尘山那个恶灵！"有人喊道，"他不是八年前就被封印了吗？！"

"难道他逃出来了？快传信宗门，检查封印！"

百里决明："……"

关他屁事？他安分守己"死"了八年，一"活"过来就累死累活帮他喻家捉灵，这灵还要往他身上泼脏水！他气得脑袋直冒烟，不愿待在这儿了，便拨开人群想回去睡觉。转眼看，忽见那铜钵还在震动，似乎还要跳出字儿来。幽绿的烛火不住地跳动，忽明忽暗。喻连海也变得狂躁，龇牙乱动起来，牵动一身关节咔嚓咔嚓地响。大家不知道发生了什么，个个眼神惊恐。喻夫人不愿终止询问，瞪着震动的铜钵目不转睛。

"娘！爹好像要发狂了！"喻听秋惊呼。

"他还有话说！他还有话说！"喻夫人咬着牙关道。

无数活字从铜钵里跳出来，像雨点儿似的咚咚咚地砸在供桌上。喻夫人忙不迭地把字翻起来，入目全是"逃！逃！逃！"，仿佛是喻连海声嘶力竭地在喊：

"快逃！"

与此同时喻连海额头的清心符碎裂，他凄厉地嘶号一声，一头撞进了人群中。有个门生不慎被他抓住，脖子被咬住，顿时形容枯槁，血肉一层层地凹陷下去，一转眼就被吸干了精气。仿佛一个炮弹炸入人群，所有人惊慌失措，四下奔逃。人群里好些是不懂道法的仆役，门生想要布阵抓喻连海，很快又被仆役冲乱了。

百里决明立在原地，无数人尖叫着从他身侧跑过，恍若乱流涌动。罢了，他叹了口气，逆着人流往喻连海的方向走，掌心迅速变热，顷刻间烧得滚烫，三昧真火即将喷涌而出。就在这时,背后传来凛冽的风声,有什么东西破空而来!

他侧眸,看见一根针,凝着一点儿荧光飞过他的脸侧,没入无边的夜色中。

"渡厄八针!"人群中,有人欣喜地高喊。

那针霎时分作一模一样的八枚,同时刺入喻连海头部的八处大穴。若有人的眼睛足够尖利,他将会看见有一根针穿过神聪四穴,直达脑髓中宫。那些银针刺穿的不是喻连海的尸骸,而是他的灵体。银针倏忽消隐,喻连海狰狞的面目变得呆滞,紧接着面朝下直僵僵地倒在地上,喻门弟子见状,忙放出捆仙绳,再次把喻连海绑得扎扎实实的。

"裴真先生!"百里决明听见有人喊。

回过头,天不知道什么时候已经亮了,一个青衣男子缓步走来,熹微的晨光落在他的眉目上,低垂的眼睫恍若米色的细羽。百里决明头一次看见这样漂亮的男人,他不像是真的,倒像是山里的神庙壁画里重彩雕画的人。

"裴真哥哥!"喻听秋也在喊。

裴真侧了侧脸庞,朝喻夫人那边走过去,人群自动为他分开一条道,除了百里决明。他行走不急不慢,一身缥缈的衣服在天光下越发显得透明。连走路都这样仙气十足,百里决明下意识地伸出手,抓住他的绦带。这厮随心惯了,没发现自己的举动像个流氓。

裴真停下脚步,精致的眉头皱了皱。

"在下与先生一见如故,不知能不能交个朋友?先生与我意气相投,定能结下不解之缘。"百里决明扬眉一笑,露出野气的小虎牙,"哦,忘了说,我叫秦秋明。"

男人似乎愣了一下,旋即温和地微笑。

"嗯,在下裴真。"

第四章

师尊

苍苍有灵,
念吾所愿。
若得吾师重归人世,
吾愿用生命交换。

喻夫人布了一个剑阵约束喻连海，传飞帖询问宗门的恶灵封印，飞帖传回，果然得到了封印被破、百里决明逃逸的消息。喻家人心惶惶，更相信是百里决明加害喻连海，令他成为怨愤的恶灵凶怪。百里决明知道这事很快便会像鸽子似的扑棱棱散入春风，飞遍江左，渡江过河，最后整个人间都知道恶灵百里决明回来复仇了。

百里决明翻了个白眼，他真想坐实这虚名，在某个月黑风高的日子里踩着雷与火降临，那时必定有白蛇般的电光闪现，冲天的烈焰燃烧，他的面容凶狠狰狞，身影恍若修罗恶煞。只听他狞笑一声，随手一挥，长江蒸发，江左尽成焦土。喻家、袁家、穆家……甭管什么姓氏，统统跪在他的脚下哭爹喊娘，求他饶命恕罪。

对嘛，这才是恶灵嘛！他到底为了什么救这些猪狗儿郎，还要帮这些猪狗捉灵？

为了寻微？

百里决明叹了口气，罢了，这都是为了寻微。他情愿卖喻老婆娘一个面子，接下来好跟她提退婚的事。等安排好寻微的归宿，他就没有牵挂了，到时候重回封印，或者当一抹无处着落的孤怪野灵，他都无所谓。

喻家族老统统过来了，堂屋里人声鼎沸，四处是焦急的面孔，喻连海如何才能超度？他如何从黄泉灵国出来，又如何会碰上百里决明那个恶灵？一同进入灵国的其他长老主君现下如何，又在何处？枝枝蔓蔓，全无头绪。然而最重要的是，他们要如何应对百里决明的复仇。

"快传讯宗门，告知姜天师。昆山女灵才几年道行便有了神志，定与百里决明逃出封印有关！"一个耆老焦急万分。

"说得有理。"另一人连连叹息，"连海遇害，头颅埋在喻家坏喻府风水，百

第四章 师尊

里决明早就盯上了咱们哪！"

"不必害怕，一个恶灵罢了，我们能封印他一次，就能封印他第二次！"有人振臂而呼。

叔伯耆老交头接耳，喻夫人坐在当中，闭目不言。讨论了半天拿不出一个具体的章程，先定下江左喻、穆、袁、姜四宗前往天都山宗门商议的大事。

而被视为洪水猛兽的那只灵，正从袖子里拿出一本小册子和毛笔，咬着笔头，蹙眉思忖。小册子上已经记了几个人的名字，分别是喻凫春、袁无忌和袁无咎。三个人的名字后面皆用朱笔批注"下下品"的字样，百里决明舔了舔笔尖，又在底下填上"裴真"二字。

视线上移，越过横在鼻子前面的小册子，正望见独坐在人群边缘的裴真。这小子宗族不显赫，不大受这帮倚老卖老的大宗耆老的待见。

宗门宗门，顾名思义，据说是当年抱尘山围剿之后，各宗推举族中耆老联合组成，姜家天师担任掌宗。原本的意思是各家弟子共同进修道法，交流各门绝技，是天下学堂，姜若虚因此被誉为天下座师，百里决明被封印后仙门冒出来的后起之秀，大多是他的徒弟。裴真虽然不受那帮老宗门待见，但因着性子温和，长得又好看，在青年一代里很有声誉。方才见识了他的渡厄八针，百里决明也点头，觉得他道行勉强看得过眼。

隔着人群细细地打量，淡金色的阳光照在裴真的肩头，朦胧的光晕勾勒出他的侧脸，让他的眉目越发显得温煦清隽。便是无人同他搭话，他也是微笑着的，仿佛道观照壁上悲天悯人的神仙上人。百里决明整了整衣装，负手踱过去，站在他的身后。

"是秦少侠？"裴真微微地侧过脸，问。

"你怎么知道是我？"百里决明挑起眉毛。

"每个人的身上都有独特的气息。"裴真淡淡地笑道，他的声音婉转温和，恍若春风拂柳。

百里决明低头嗅了嗅自己，他的肉身已经开始腐烂了，虽然用灵力锁住了尸臭，但这小子既然生得一副狗鼻子，自己该不会被闻出来了吧。百里决明在裴真身边坐下，试探着道："哦？那我身上是何种气息？"

裴真低下眉头，摊开手掌，抓握膝头的阳光。

"像太阳。"

这形容甚为怪异，太阳该是什么味儿？烧焦的味道？百里决明觉得这小子有点儿神神道道的，便不再闲聊，直接切入正题："裴先生，冒昧问你点事。"

"少侠请说。"裴真侧耳倾听。

059

百里决明拿出小册子，问道："先生家住何方？家里几口人，可有妻妾、通房侍女？"

裴真一愣，大约是没料到百里决明会问这个，略微怔了一会儿才道："在下长居宗门天都山，无父无母，亡妻早逝，山中常伴一童子，并无……通房侍女。"

原来是结过亲的，百里决明低头写下"无公婆烦忧"和"鳏夫"几个字。

"可有儿女？"百里决明接着问，"有宅子没有，房屋几间？田地几亩？车马几驾？你家里就一个童子使唤，没什么仆役使女之类的？"

裴真苦笑道："在下并无儿女，修道之人，不事身外之物，资财不丰。"

听到他说没钱，百里决明的脸一下子垮了下来。

"只山中宅院一处，车马一架，金陵城外有三座田庄，田地十亩，另在金陵、会稽、吴郡、姑苏、下塘各有医馆一间而已。"裴真继续道。

百里决明："……"

满地都是铺子，这叫资财不丰？

他瞬间转忧为喜，乐滋滋地在册子上写下"有钱"二字。

道法高强，又没爹没娘，若寻微嫁过去，不必侍奉公婆，还有宗门庇佑，最重要的是有钱，后半辈子不用愁了。百里决明对这个小子非常满意，摸出朱砂笔，在他的名字下龙飞凤舞地批上"上品"二字。

百里决明用眼角的余光瞥见喻听秋那丫头不住地瞟他们这边，一副想过来搭话的样子。他百里决明看中的肉，岂有让别人叼走的道理？百里决明不动声色地揽起裴真的肩膀，道："实不相瞒，我一见先生就觉得亲切，总觉得你特别像我未来的女婿……"

裴真没听清："什么？"

"啊不，是知己。你我二人一见如故，相见恨晚，来来来，这里吵闹，咱俩换个地方，好生叙叙话。"百里决明不由分说，拉着他朝静园走去。

喻听秋好不容易拨开人群出来，却只看见空空如也的檀木椅，生气地直跺脚。

百里决明带着裴真到了静园，想着能不能偶遇寻微，给他们牵牵线。谁知一路走过去，一直不见寻微的影子，眼看着日上三竿了，这丫头该不会还在睡觉吧？到了静园外面，里面空寂寂的，没有人息。带着裴真这个外男，不方便直接进园子，百里决明清了清嗓子，隔着墙喊了声："丫头，起来没！太阳晒屁股了！"一面朝裴真解释，"这丫头平时是极勤恳的，日日天不亮就起来做女红，这几日又是昆山女灵又是无头灵的，忙坏了，今日才睡晚了。"

裴真不出声，只是无奈地浅笑。

"你还没见识过仙门第一美人的姿容吧，今日带你开开眼界。寻微这丫头一出门，沉鱼落雁，闭月羞花。"末了，百里决明又补了一句，"就跟你差不多。"

冷不丁地被人夸赞，裴真羞赧微笑，垂眸道谢。

"承蒙少侠夸赞。"他笑意温煦。

百里决明道："一会儿你和寻微隔着屏风谈谈心，什么琴棋书画、玄理道法，你们年轻人爱聊什么就聊什么。我就坐在一边儿，不吵你们，你们当我是透明的就行。"

裴真苦笑："这……"

百里决明又隔着墙叫了好几声，里面没动静，百里决明登时觉得不对劲了，蹙起了眉头。怎么回事？

园子里没有仆役，这里又地处偏僻，连个女使都见不到，找不到人进去通传。裴真提议道："不若进去叩叩门？我们并非孤男寡女，并无大碍。"

百里决明进了园子敲门，连声喊"寻微"，声息全无，隔着门细听，连呼吸声也微弱难闻。百里决明顾不得什么男女大防了，踹门进去，掀开珠帘，只见白纱帐子低垂，纤瘦的人影静静地躺在里面，孤零零的一张架子床，恍若一个小小的坟茔。

百里决明惊得失了声，撩开帐子看她，苍白的一张脸儿，合着双眼，像是死了。这是怎么了，昨晚还好好的，怎么今天就起不来了？难怪一直不见人，原来是病了。百里决明暗恨自己马虎，捉腕摸她的脉，浮浮沉沉的，他慌得摸不准脉象。

一只细白的手搭在肩头，裴真温润的声音响在身后："秦少侠，让在下来吧，你去通传喻夫人。"

喻家人蜂拥进了屋，喻夫人略瞧了一眼，又去前面商议大事了。谢寻微病倒了，比起百里决明逃离封印和喻连海被害，实在算不了什么。只喻凫春和喻听秋留在静园，同百里决明一起听裴真说她的病情。

"脉象虚弱，时有时无，昏迷不醒，施针也无用。在下行医多年，这般脉象还是生平仅见。"裴真的眉头深锁，"寻微姑娘之前的确并无异状吗？譬如胸闷、咳嗽，畏风？"

"那搁一般人身上是不对，搁谢寻微身上可不是。"喻听秋说，"她天天都这样。"

"是啊。"喻凫春担忧地说，"表妹自小体弱，打从进了喻府，药汤就没有断过。"

"我看就是你们这帮贼心眼的虐待她。"百里决明气得红了眼睛，"看看这破园子，连个老妈子都不给她使唤，便是养猫儿狗儿，也有人帮着端屎端尿。全须全尾一个丫头进了你们府，才八年就养成个病秧子了！"

"谁虐待她了！"喻听秋怒道，"是她自己不要侍女的，我们送几个来，她就退几个。怎么的，还得我们跪在地上求她收下不成？"

两个人像乌眼鸡似的相互瞪着，裴真忙出来打圆场，让他们不要吵闹，影响病人休息。他开了个方子，暂时用着，药吊子搬到穿堂，侍女纷纷进园煎药，文火慢慢地熬将起来，水汽顶得紫砂壶盖咕咚咕咚地响。百里决明是外男，不能待在屋里，免得惹别人说闲话。旁人一个个地退出去了，百里决明最后一个走，轻轻地放下帘子，碰了碰谢寻微搭在床沿上的手。

"寻微、寻微，师父回来了，你可别吓我。"他轻声地唤。

她依旧死气沉沉的，像个精致的瓷偶，百里决明看得心里发酸，还是出去了。

这偌大的府里，没有一个人真心关照他的丫头。喻夫人冷漠的眼神，像看一个无关紧要的瓷娃娃。谢寻微身中恶灵诅咒，对她来说是个鸡肋，食之无味弃之可惜，摆在家里没用处，丢了又舍不得这个先天炉鼎。喻听秋自不必说，她向来嫉恨寻微，怨寻微夺了她的风头。喻凫春虽是真心担忧，可他觊觎寻微的美色，要她嫁给他当媳妇儿。他的丫头在这样的地方长大成人，该吃了多少苦？！百里决明咬了咬牙，一拳打在墙上。

"秦少侠？"裴真略微蹙着眉心，面露担忧之色。

"别吵我。"百里决明不耐烦地说，忽然想起这小子是他未来的姑爷，遂勉强换了个好声口，道，"我心烦，让我静静。"

扭过头看外边，几处屋子都半开着门，是之前歪脖灵打开的。一摞摞箱笼掩在一扇门后面，露出旧旧的方角。他走过去打开一屉看，都是寻微的物事，是她以前穿的衣裳，十四岁到二十二岁，一件件，都是素色，他知道，她在为他戴孝。

又开一屉，入目一个乌沉沉的檀木盒子，上了一把生锈的小锁。他拿起来摆弄了一下，小锁自己脱落了，盒子啪嗒一下张开，里面掉出一本厚厚的手记。他捡起来拍拍灰尘，打开看，稚嫩的字迹映入眼帘，一笔一画，似乎写得很吃力，但很认真——

师尊看起来很厉害，其实是个大笨蛋。今天他教我什么是先天火法，说这是世上最了不起的术法，只有天才中的天才才会用。像我们这种普通人要勤修苦练才能修得的火行法术，他一出生就会。也就是说，师尊一出生，还是个小婴儿的时候就会喷火了。他特别自豪，还叉腰大笑了三声。

一出生就会喷火……听起来好像哦。果然笨蛋一出生就是笨蛋了。

百里决明："……"

师尊真的好穷哦，他每次都要去无渡爷爷那里借钱开伙，可是从来没有还过。骗孤寡老爷爷的钱，这样真的好吗？娘说没本事的男人才穷，师尊大概就是娘说的那种没本事的男人吧。他又老，又穷，难怪娶不到媳妇儿呢。他好惨哦。

算啦，看在师尊这么惨的份儿上，我就原谅他逼我刷恭桶吧。等我长大了，我要当个很有本事的男（画掉）女人，给笨蛋穷师尊养老送终。

百里决明嗤笑一声，又翻了一页——

江左那些人又来送徒弟给师尊了，哼，我最讨厌他们了，师尊只许有我一个徒弟！我是师尊最宝贝的徒弟！师尊要是敢收别的孩子当徒弟，我就离家出走，再也不回来了！

无渡爷爷过世了，师尊说人都是要死掉的，就像娘亲一样。可是我不想师尊死掉，我已经没有娘亲了，不能再没有了师尊。以后我要好好地督促师尊勤加修炼，让他长命百岁。

另外，师尊今天说我长胖了，脸变圆了。哼，师尊是大笨蛋！我决定讨厌师尊一个时辰，等下个时辰再喜欢他。

这死丫头，百里决明撑着脑袋笑。

一页页往后翻，师尊、师尊、师尊，满目都是师尊。谢寻微的手记里，没有一篇不与他有关。他觉得高兴，又觉得心酸。眼睛似乎红了，他很想落泪。可是他是个死人，死人不会哭。

字迹越来越工整秀丽，神清骨秀，他仿佛看见那孩子一点儿一点儿地长大成人。

手记到十四岁戛然而止，往后全是空白。他被封印后，寻微不再写手记了。他蹲得累了，站起来合上手记，却见最后一页还有短短的一行字。

笔墨浓丽，字字力透纸背，仿佛刀刻血染——

苍苍有灵，念吾所愿。若得吾师重归人世，吾愿用生命交换。

第一次见到寻微的时候，百里决明还在抱尘山上做丹药长老。他记得那天是傍晚，铜钱大的红日头挂在天边，漫山老椿曳着斜斜的影子，荒凉的天荒凉的地，他跷着二郎腿，自己和自己下棋，业已下平了五局。他觉得人生好没意思，闲闲地摸了一颗子儿，抬起眼睛便见无渡老儿上了他的山巅，背后跟着一个丁点儿大的萝卜头。萝卜头看起来只有六七岁，穿素白的开襟短衫，手里紧紧抓着无渡的衣角，满脸的张皇无措。

"师尊……"萝卜头喊他，声音小得像蚊子叫似的。

他背过身去，丢出一颗子儿，骨头磨成的棋子打在石桌上笃笃地响。他没好气地说："说了几百遍，本大爷不收徒，回去找你娘喝奶去，不回去爷丢你下去，自己看着办吧。"

他刚说完，背后响起那孩子的号啕哭声，他回过头，萝卜头已经哭成了个泪人。他那时候还不知道，寻微刚刚失去了娘亲。无渡老儿告诉他，吴中谢氏被屠了满门，只有这个小女娃娃活了下来。

寻微一降生，声名就传遍了江左。只因她阴年阴月阴日阴时出生，天生纯阴之躯，虽然这体质招灵，但也是绝佳的炉鼎。她是谢家唯一的"女儿"，被娇养着长大。谢家把她捂着，谁上门来提亲都不答应。直到寻微四岁那年，谢岑关同喻家主君喻连海一同探索黄泉灵国，一去不返。谢家没有喻家那样厉害的夫人，便日渐败落下来。谢寻微生辰日的夜晚，刺客提着剑踏入了谢氏的门庭。

她的娘亲把她藏在堂屋松柏挂画后面的密室里，她才逃过一劫。无渡赶到的时候，只看见堂屋冰凉的地砖上，稚弱的小孩儿蜷缩在母亲残破的尸体边无声地落泪。从那以后，她从未提过那个晚上。

"行了，这娃娃可怜又怎么样，和我有什么关系？"百里决明"喊"了一声，"世上可怜的人多了去了，我还能每个都捡回来当徒弟不成？"

无渡叹道："决明，你再考虑考虑。我老了，大限将至，照顾不了她，这个孩子总得有个归宿。"

百里决明很不耐烦："本大爷让你想法子超度我，你却让我帮你养娃娃。我等了你五十年了，你到底有法子没？"

老人的目光投向孤零零地坐在院里的小孩儿，她低着脑袋，用脚尖轻轻地蹭泥巴。她不说话，对着自己萧条的瘦影，安安静静的，很乖巧，也很孤独。无渡的目光悠长，他在看那个小孩儿，却又仿佛看着很远很远的地方。

"我的时间快到了，完不成你的心愿了。"无渡缓缓地道，"但或许……这个

第四章 师尊

孩子可以。"

"你是不是摆了卦？"百里决明狐疑道，"这小娃娃未来会成为大宗师吗？你这般的道行都没法子超度我，她能行？"他摸着下巴端详谢寻微，"傻不楞登的，看着不像个大宗师的料啊。"

无渡笑着摇头，负手走上了山道。他背对着百里决明摆了摆手："寻微便留给你了，决明，好生待她。你死得太早，从未好好活过。未知生，焉知死？且为了这个孩子，好好地活一次吧。"

"活你大爷！"百里决明指着无渡的背影骂，"告诉你，爷就算变成猪，也不会收她当徒弟！"

无渡走远了，留下百里决明和谢寻微两个人大眼瞪小眼。百里决明又朝谢寻微放话："告诉你，我就算变成母猪，也不会收你当徒弟。你死了这条心，麻利地去山腰石屋找无渡。趁天还没黑，尽早走！"说完便进屋了，哐当一声用大力关上门，整座茅屋都在震动，簌簌地落下灰来。

谢寻微一个人坐在石鼓凳上，望着百里决明紧闭的门户，默默地不说话。

月亮出来了，清幽幽的月光漫过窗棂，铺陈在床前恍若严霜一片。百里决明闭着眼睛躺在床上，留心听院里的动静。没声儿，唯有蝉鸣，一重叠一重。大概走了吧，百里决明放了心，翻了个身。木门忽然吱呀一声被推开了，谢寻微端着木盆走进来，怯生生地道："百里叔叔，洗脚。"

她力气小，端不稳大木盆，每走一步水就晃荡一下，有许多水溅在身上，半边的衣裙都湿透了。这丫头怎么还没走？真缠上他了？百里决明很是无语，端详了她片刻，道："你这是给我洗脚呢，还是给你自个儿洗澡呢？"

谢寻微蹲在地上，眼泪汪汪地望着他。

"我不洗脚，出去。"百里决明翻身面朝里边，不去看她。

"不洗脚，脚会臭掉的。"谢寻微说。

"要你管，我就爱臭脚。"百里决明冷哼，"明儿就把你送回老贼那儿，滚！"

身后传来挪木盆的声音，间或水花晃荡，噼啪乱响。人终于出去了，百里决明松了一口气，拧身瞧，却见地上全是水。谢寻微端个盆，水全洒在地上了。百里决明更坚定了送这丫头走的想法，于是放下床帘子，眼不见为净。

夜渐深，连蝉鸣都弱了。院子里面时不时传来哗啦啦的水声，不知道那丫头在干些什么？大约是洗澡，可这也洗得太久了。百里决明想起来看看，又告诫自己别管太多，明儿尽早送走，这事就算完了。除了他的屋，还有堂屋和厢房，那丫头能找到屋子睡觉，不必担忧。他捂住耳朵，不再多想。

夏夜闷热，床帘子又捂着，这让百里决明觉得自己像睡在火炉里。忍无可

065

忍拉开帘子,再闭上眼睛睡,终于迷迷糊糊地进入了梦乡。背后袭来细细的凉风,他感到舒爽,更好睡了些许。第二天清早醒来,见床前搁着一把蒲扇,他醒悟过来,是那丫头为他扇了一宿的风。

踱出门,他吓了一大跳,院里挂满了他之前藏在柜里的脏衣服,都洗过了,闻着有皂角的香味儿。最醒目的是他的破裤衩,大刺刺地挂在正中,屁股上原本烂着的洞,被谁用针线缝过了,可惜针线活儿实在稀烂,线条歪歪扭扭的,还留着粗糙的线头,穿着一定会磨屁股。

他终于知道那丫头折腾了一晚上在干什么了,敢情是在洗他的衣服。她以为这样讨好他就能留下来吗?他感到烦躁,活着心烦,死了也不得安生,偏有不长眼的人来叨扰他的安宁。正巧谢寻微从堂屋里走出来,立在宽大的屋檐下面,乖乖地喊了他一声:"百里叔叔。"

"谁是你叔叔,老子的年纪够做你爷爷了。"百里决明恶声恶气的,"我的亵裤是你缝的?"

"嗯。"谢寻微用脚尖蹭蹭地面,她紧张的时候喜欢这样,"叔叔不用道谢,这是寻微应该做的。"

"谢你?"百里决明重重地哼了一声,"我就喜欢穿破裤衩,凉快,你懂什么。"他怒气冲冲地走到晾衣绳底下,把裤衩取下来撕破,再挂回去。

谢寻微:"……"

她的双手交握着,显得局促又害怕。她应该是第一次碰见百里决明这样的怪叔叔,不洗脚,喜欢穿破裤衩。她出身世族高门,家族要求门下儿郎闺秀必须仪容整饬,她从未见过这样的男人。可无渡爷爷说,天底下唯有他值得信任,唯有他能保自己安康,她必须留下来。

泪水在眼眶里打转,她应该是很想回家,很想娘亲。后脖领子忽然被提溜住,她惶然地仰起头,瞧见百里决明线条流利的下颌。百里决明抿着嘴唇,拎着她去找无渡,表情冷硬,任谢寻微如何哭喊,一点儿余地不留。到了山腰,却见石屋大门紧锁。无渡跑了,踪迹全无。百里决明知道这个老儿在躲他,气得一脚把无渡的院墙踹塌了。

谢寻微抽泣着,死死地拉着他的衣角,亦步亦趋地跟着他回了茅屋。从此他彻底被缠上了,谢寻微像他的背后灵,他走到哪儿,她跟到哪儿,生怕他把她丢了。她接手了家里所有的活计,做不来也要硬撑着做。提着桶去后山打水,回程大半的水溅在了路上。

百里决明是死人,不吃不喝,谢寻微不知真相,兀自生火做饭。家里没米没菜,她爬过被百里决明踹塌的院墙,从无渡那里偷了米和面回来。她个子矮够不着锅,就踩着凳攀上去。烧出来第一锅饭是焦的,下面的时候差点儿栽进锅里面,百里决明手疾眼快把她捞住,凶巴巴地问:"你是下面还是炖自己?"

"下面。"她可怜兮兮地答。

百里决明没辙,只得自己掌勺做葱花面,给这丫头填饱肚子。谢寻微深感羞愧,吭哧吭哧翻出百里决明所有的亵裤,在屁股的位置剪出圆洞。她剪得很仔细,每一个洞都一模一样大。她拿给百里决明看:"百里叔叔,你爱穿破裤衩,我都帮你剪好了!"

百里决明两眼一黑,差点儿吐出一口老血。

不能当徒弟,谢寻微就当百里决明的小仆役。她帮他缝补,虽然他更衣的时候被她落在衣服里的针扎到脖子。她帮他除草,虽然不小心把他养的药草给剪了。百里决明躺在床上落泪,他想这娃娃是无渡派来专门治他的,他没能咂摸出活着的趣味,只觉得人生处处艰辛。

他忍无可忍,怒道:"你怎么这么笨!"

谢寻微眼泪汪汪的:"我会努力变聪明的!"

日子一天天地过去,每天都鸡飞狗跳。百里决明一面咬牙切齿,一面跟在小丫头后面收拾她捅出的篓子。她渐渐地得心应手了,记得收起缝补线头,虽然仍旧缝得人嫌狗厌。她学会了照料药圃,为每一株草每一朵花取名字。晚上,她坚持端水来给他洗脚,他终于纡尊降贵,把脚丫子放进她端来的木盆里。她仰起头对他笑,金黄的烛光落满瞳子。百里决明不知道一个高门贵女为何能如此吃苦耐劳,顺天应命,或许世间总有这样温和坚强的小孩儿,虽历经人世最大的苦难,眉眼间依旧有光芒灿烂流转。

他默许了她的存在,在夕阳下自己同自己对弈的时候,小丫头就蹲在他的药圃里浇水松土。他听见那娃娃嘴里嘟嘟囔囔,在同药草说话:"你们要乖乖长大,我会好好照料你们的。上次是个意外,以后不会了。你们长大了,叔叔才会开心。他老是板着脸,好凶哦。"

叔叔?百里决明敲着棋子嘀咕,她该叫他大爷。

"小忍冬,小忍冬。我一定会拜百里叔叔当师父的!"谢寻微握住拳头,自己给自己鼓劲。

竟还没放弃呢,百里决明觉得好笑,做她的春秋大梦去吧!他站起身伸了个懒腰,去厨房为娃娃做饭。

江左那帮讨人厌的仙门又送人来要他收徒,这次是个俊俏的少年郎,听说是浔州有名的美男子,穆家的嫡长子。他出门必然车马拥挤,道路堵塞,都是因为大家要来瞻仰他的英姿。百里决明坐在上首,懒洋洋地支着下巴打量。这小子还不错，根骨天资都是上乘，若收作徒弟，倒也并无不可。他这么想着，忽然瞧见那个丫头，正躲在廊柱后面探出脑袋望着堂屋。

"那个小丫头是长老新收的弟子？"穆家的宗主恭敬地询问，他没有看见她的正脸，还以为是百里决明的徒弟。

"不是。"百里决明漫不经心地说，"一个小丫鬟罢了。"

"知深是上上品之材，无论容貌还是根骨，都是仙门屈指可数的。"穆宗主躬着身道，"百里长老可还满意？"

十二岁的少年立在堂下，垂着眼眸，安安静静，不卑不亢。

"嗯，不错。"百里决明淡淡地说。

廊柱那儿投来的目光明显哀怨了几分，他察觉到她身上弥漫的悲伤。

"长老便收了他吧。"穆宗主道，"山巅冷清，有徒儿孝顺，添几分热闹不是？"

"老子的山巅最近可是热闹得很。"百里决明想起自己横遭劫难的裤衩们，心里一阵郁闷。

穆宗主尴尬地赔笑："若长老不愿被叨扰，也不碍事，每月初一、十五令他上山讨教道法，其余时间仍旧回家修习，就当是挂个名头。长老以为如何？"

这个提议不错，既全了仙门拜他为师的痴心妄想，又给了他清净度日的安宁。他张口想要答应，不知怎的又不自觉地望向谢寻微那个方向。谢寻微眼巴巴地瞧着他，眼角已经红了，泪珠像断了线的珠子，噼里啪啦地落在地砖上。

话到嘴边拐了个弯，他随意找了个理由搪塞："男的，爷不收。"

终于把人打发走了，百里决明朝廊柱那儿勾勾手指："出来吧，还躲着做什么，早就发现你了。"

小丫头跑出来，扑进他的怀里，搂住他的脖颈子，在他脸上响亮地"啵"了一下。

"百里叔叔真好！"她大声地说，还围着他转圈圈。小女孩儿的眼睛亮晶晶的，好像装满了沉甸甸的小星星。

百里决明愣住了，脑子空白了一瞬才醒过神来，他好像被一个黄毛丫头给轻薄了！他的阴寿足有五十余年，这些年来，他从未被谁捧着脸蛋亲。他指着谢寻微，手指颤抖："你你你……"

"我去洗衣裳啦！"谢寻微挥挥手，兴高采烈地跑远了。她蹦蹦跳跳的样子，像一只翩翩的小蝴蝶。

百里决明对着日影正正衣装，故作庄重地负手踱进厨房，给娃娃做饭。

晚上他不再让娃娃端水盆，免得娃娃每回都先给自己洗个澡。他们改成了一块儿泡脚，两人坐在宽宽的大屋檐底下，大小两双脚丫子没进红漆大木盆里，热烘烘的水汽蒸着脸。檐角的红灯笼照出方寸的亮堂地，他们就坐在那里面。漫山遍野都沉进了夜色中，只有百里决明的小药园子托出一方微弱的光明。谢寻微轻轻地踩着水波，心里无比地安宁。

她更勤奋地干活儿了，在百里决明的指导下做女红，虽然从来没有进步。每天天不亮就拖着木桶去后山打水，她学乖了，每次只打小半桶，娃娃能拎起来的重量。她踏过泥土小径，踩着圆圆的大石头过河，在挂着绳环的大榕树下休息。破旧的绳环上爬满了绿油油的藤蔓，她托着下巴想，或许从前有一个绝望的人在这里上吊。这时一个瘦长的影子罩住了她，如同乌云蓦地降在头顶。她懵懂地仰起脖儿，看见黑衣刺客从林中走出，一个个如同獠牙毕现的恶灵。

那一刻，仿佛噩梦重回眼前，她又想起生辰夜满院的鲜血。

消息还是走漏了，整个人间都知道谢家遗孤在抱尘山。她在林中奔逃，裙裾被灌木钩破，手臂也划出了血。回头看，刺客的眼睛红得像在放光，他们明明是人，却比灵更加可怕。回山顶的路比想象中更长，曲折的泥巴小径好像一辈子也走不到头。她哭着，大喘着气，不停地念着"百里叔叔"。身后的脚步声越来越近，她的余光瞥见剑光凛冽如霜。她期盼她和百里叔叔之间有心灵感应，上天会把她的求救传达到那个男人的耳畔。

可是她知道，这不可能。

符咒绊住了她的脚，她扑倒在地，手掌满是擦伤。

"你们不可以抓我。"她哭着往后蹭，"我师尊是百里决明，他道法高强，是无渡大宗师的师弟，你们抓我，他不会放过你们的！"

有刺客嗤笑："你当我们不知道吗？他不过把你当丫鬟罢了。百里决明素来眼高于顶，仙门送几个徒弟他退几个，穆家的嫡子他尚且不屑一顾，又怎么会收你一个小丫头？"

"跟我们走。"另一个刺客沙哑地笑，"不用怕，给你开脸还需再等几年，我们的主子不会这么快就动你。"

刺客要动身来抓她。一抹凄冷的刀光蓦地闪过眼前，像一把利刃狠狠地割在眼皮上，所有人悚然一惊，抬起头。百里决明抱着一把刀，蹲踞在老椿树的树梢上，低睥望着他们。那男人的脸庞在日光下比刀刃还要苍白，面无表情的模样有一种惊心动魄的恐怖。

"你们是谁？"他脸上露出厌烦的神色，"干吗这是，打劫？上我这儿撒野，胆子挺大的啊。"

谢寻微欣喜地喊了一声："百里叔叔！"

她想她有救了，却没想到百里决明瞪了她一眼，没好气地说："你这丫头，净给我招麻烦，真想扔了你。"

她一怔，低下头不作声了。是啊，她怎么忘了，百里叔叔不喜欢她的。

"百里长老，我等所求不过一个丫头。"刺客朝他恭敬作揖，"长老将这个丫头许给我们，长老想要多少奴婢仆役，我们即刻送上山。"

百里决明冷笑："本大爷缺你几个奴婢？"

他一副不合作的样子，刺客们面面相觑，一个人上前，道："长老德高望重，我们的主子却也不是好惹的人物。况且寻微娘子在长老看来不过是一个小丫鬟罢了，长老何必为了她得罪我家主子？"

"确实如此。"另有一个刺客出言相劝，"我们知道长老最不喜外人叨扰，这小娃娃留在这打扰长老清静，长老倒不如将她交予我们，正好少了个麻烦。"

"听起来是个不错的主意，这小丫头片子是给我添了不少麻烦。"百里决明说。

谢寻微的心一寸寸地冷了下去，眼泪涌出眼眶，一滴一滴地砸在手背上。泪水浸着了伤口，像针扎一样疼。她想她要死了，和娘亲一样，那天夜晚的狰狞画面再次浮现在她眼前，满眼的尸体，满眼的血，她止不住地颤抖。可是下一刻，一只温暖的手掌放在了她的头顶，她愣住了，呆呆地仰起头，百里决明不知道什么时候跳下了树梢，立在她的身边。

他的脸上挂着惯常的嘲讽，一张口就是挑衅的声口："不过不好意思，本大爷平生最爱得罪人。你们主子是谁？他就是过来跪下喊找亲爷，也休想把这娃娃带走。你们往日的恩怨我没工夫计较，但是往后我说了算。听好了，从今往后，谢寻微就是我百里决明的徒弟。"他扬起嘴角，露出一个张狂的笑容，"这个小娃娃，爷罩了！"

刺客们对视一眼，默默地拔出了剑。

百里决明拍拍她的后脑勺："丫头，还能走路吧？"

谢寻微吸了吸鼻子，点点头。

"起来，往家走，我没叫你回头别回头。"

谢寻微乖乖地从地上爬起来，踉踉跄跄地沿着小径回家。身后响起刀剑相击的声音，噼里哐当，她的心跳比那声音更响，咚咚咚的，像个小鼓在捶。是她听错了吗？百里叔叔认她做徒弟了？她是不是该改口叫师尊了？师尊会打赢吗？他只有一个人，可刺客有二十多个。

背后有炽热的风袭来，火光映红了老椿，无数人凄惨地哀号，然后又戛然而止。她不知道，那是百里决明的真火焚烧了他们的形体，让他们在瞬息间化为灰烬。更多人来不及发出尖叫，喉咙就已经被烈焰摧毁。

她心里担忧，下意识地想要回头，刚侧过脸，就听见百里决明怒喊："让你别回头，看什么啊！"

"我不回头！"她连忙正过脸，一步一步地往前走。

快到家的时候，百里决明拎着刀从后面赶上了她。她没忍住好奇心，迅速回头瞟了一眼，那里一片焦土，树都成了黑炭，刺客都不见了。她隐隐地知道发生了什么，便快步跟上百里决明，大声喊他："师尊！"

百里决明斜睨她："刚才骗他们的，我不收你当徒弟，你还是我的小奴婢。"

"师尊是大人，大人一言既出驷马难追，说话要算话！"

"哼，便宜你了。"百里决明骂骂咧咧的，把刀随手扔到柴棚里。

"师尊怎么会来找我？"她问。

"一桶水提了那么久，我以为你半道上被土狼给叼了。"百里决明哼道。

"为什么不让我回头？"她又问。

"怕你晚上做噩梦，省得到时候你又来找我哭。"百里决明翻了个白眼，"爷才没有那个闲工夫哄你。"

"师尊真好！"谢寻微绽露了笑颜。

百里决明抓抓脑袋，这下好了，彻底被这丫头片子缠上了。之前他分明说过不收她为徒，现在他的话都成了放屁。他感到懊恼，忽然听到哽咽，这娃娃在哭，啜泣声断断续续，像一只呜咽的小猫。

"怎么又哭了！"他头疼地蹲下身子。

谢寻微仰起脸儿，在阳光下她的脸庞白得近乎透明。

刺客一拨拨地来，百里决明一次次地把他们烧成骨灰。他们总是挑晚上的时候来，谢寻微抱着被子坐在床沿上，看着窗纱外的刀光剑影和金红色的火光。刺客和百里决明的影子在那片光晕里腾挪、纠缠、追逐，四角窗框罩住了他们，就像戏台子上面的皮影戏。

一个刺客趁着百里决明的煞火中断的空隙，挥剑斩向他的头颅。那是地裂山崩的一斩，剑尖的寒光凝着万千杀意。谢寻微窒息了一瞬，只听到哐当一声响，剑断了。百里决明回过头，刺客的影子怔怔地后退，百里决明追上他，掰着他的脸，一记头槌结果了他。

最后一个挣扎的刺客也死了，谢寻微赤着脚下了脚踏，推开门。外边的尸体横七竖八的，面目全非，空气里有一股烟熏火燎的烤肉味儿。百里决明在挖坑埋尸，他身上的衣裳被烧没了，赤裸着半身，白皙的肌肉镀上了一层薄薄的

071

月光。

"师尊，我也要帮忙。"谢寻微跑到他的跟前。

"回去睡觉，这儿没你的事。"百里决明道。

谢寻微郑重地拍拍胸口："寻微不怕，寻微很勇敢！"

百里决明摸了摸她的脑袋瓜："知道你勇敢。不过杀人埋尸是大人的事，大人的事交给大人办，你小孩子家只管睡觉。告诉你，小娃娃晚上不睡觉，以后长不高。你要是变成矮冬瓜嫁不出去，可别怪你师父我。"

"我才不嫁人！"谢寻微嘟嘟嘴，一步三回头地回去了。

有了徒弟，日子就不一样了。百里决明的忧愁一下子多了许多，他得想法子挣钱买吃的喝的，买这小不点儿的衣裙首饰，还得攒钱给她凑嫁妆。他开始每日天不亮就起床，领着丫头下山做场，在街口吹火龙。偶尔和过路的杂耍搭伙儿，表演胸口碎大石。后来他研制出大力丸，带去黑市兜售，被捕快追得满街乱窜。

无渡老儿终于出现了，百里决明不请自来为他补墙，并要了他三十两纹银做苦工费。有时候家里揭不开锅，百里决明就带着寻微去无渡那儿蹭吃蹭喝的，再顺便趁无渡打坐的时候，揪着老人的头发研究怎么梳女孩儿的发髻。

"决明啊，老夫好歹是大宗师，不要如此放肆。"无渡合目叹息。

他的白发被百里决明扎成了两个活泼泼的小揪，胡子也被百里决明攥在手里编辫子。

"闭嘴，爷还没嫌你秃呢，别乱动。"百里决明专心致志地研读在市集里淘来的《闺秀发髻大典》，"这个辫子怎么这么难打？"

谢寻微开始进学，山上穷困，不论是无渡的石屋还是百里决明的破药棚都没有专供读书的地儿。两个大人闷头商量了半天，百里决明把无渡的饭桌搬出来，笔墨纸砚往上面一摆，石屋面前的葡萄藤草棚就是谢寻微的学堂。百里决明教她五行术法，无渡授她经籍义理、道家源流。每日清晨，谢寻微清脆响亮的诵经声就会飘入山林中。

"道门兴于何时？"无渡考她学问。

谢寻微对答如流："玄元十八年，礼法大坏，玄门不兴，胡族玛桑黑教行于世，姜氏第七代主君姜沧海首倡杀灵兴道，仙门景从，集三千黑教秘藏焚于长江水畔，从此黑教废而不行，复黄老之治。"

驱逐异族，复兴道门这一课无渡前日才讲到，今日便考，幸亏谢寻微过目不忘，回药园子的时候也有好好温书。她并不了解玛桑族，典籍里对他们的记载甚少，似乎很忌讳。据说五百年前他们乘象自西而来，手持莲花，口含宝珠，

第四章 师尊

后来仙门复兴，驱逐他们回自己的老家，玛桑古族从此销声匿迹。

"为何驱逐玛桑黑教？"

"黑教有云，灵道众生，亦为有情众生。黑教不分人灵，唯尊明母天女。人灵同路，灵道炽盛，道门恶之。"

无渡点点头："杀灵当用何术？"

"灵不可杀，唯超度与封印二法。超度为上，封印次之。"谢寻微答完，合上书，懵懂地问，"无渡爷爷，灵都是坏的吗？天底下没有好的灵吗？灵由人而生，人和灵当真一点儿也不一样吗？"

无渡没有回答，只是轻轻地摸摸她的脑袋瓜："假以时日，你心中自会有答案。"

她是个刻苦的孩子，没日没夜地埋身在无渡的小书楼里，翻完经书翻方志，翻完方志翻传奇，越看越多，越看越着迷。有时候读经书读累了，无渡就给她说黄泉灵国的故事，还教她认各种业已失传的玛桑文字。

她把史部书架上的书都读完了，又从犄角旮旯里摸出一本扑满尘灰的手记，里面是无渡的字迹，翻开头一页便是"拘怪召灵"四个大字，约莫是无渡从哪儿誊抄过来的。她听过这个术法，是仙门明令禁止修习的禁术。她抱着书册爬到门槛那儿，探头往外看，无渡和百里决明在小院里下棋，百里决明刚落一子，马上道"不对不对"，抬手把子儿捻回来，换了个地儿。

无渡摇头道："落子无悔，决明。"

"爷就要悔。"百里决明大刺刺地往后一靠，"怎么的，有本事你打我呀。"

无渡气得胡子乱抖，差点儿拂袖而去。

没人注意到谢寻微，谢寻微缩回脑袋，压抑不住蠢蠢欲动的好奇心，便回到角落里翻开第二页——

> 拘怪召灵，以灵为影，无有滞碍，人灵同身。然则阴气伤身，轻者阳寿折损，重者疯狂颠怪……

她啪的一下合拢手记，不行不行，不能读禁书。她把手记塞回那旮旯里，继续念旁的经文。

日子一天天地过去了，无渡的书楼被谢寻微爬了个遍。百里决明来接她回家，小丫头靠在他的肩膀上昏昏欲睡的时候，嘴里还念着《灵枢经》的章段。他觉得好笑，用两只手抱着小丫头，一大一小两个人，颠颠儿地走在月色下的石板路上。有时候无渡没空，小丫头便捧着经卷追在他屁股后面问东问西的。

"别问了！"百里决明头疼欲裂，"你说的我都没读过。"

"怎么可能！"谢寻微道，"师尊的术法这么厉害，怎么会没读过真言秘咒？"

"我和你们这些蠢材不一样。"百里决明竖起一根手指，指尖便迸出火红色的烈焰，"道门火法，我天生就会。所以别问我了，天才和蠢材没法儿交流。"

"哼。"谢寻微垂头丧气地离开了，嘴里嘀咕，"师尊才是大笨蛋呢。"

"你说什么？"百里决明高高地挑起了眉梢。

谢寻微立马改口："我说师尊是大聪明蛋！"

她踢踢踏踏地跑到柴扉边，又扭过头来："师尊！老榕树那儿为什么有个绳环呀！"

百里决明的眼皮子一跳，偏过脸道："我怎么知道？"

"师尊可不可以再系一个绳环，做个秋千！"谢寻微问。

"想得美。"百里决明冷哼。

"求求师尊了！"

养徒弟真是烦人，给她吃给她喝，还要给她玩儿！百里决明被缠得头大，自暴自弃地说："行了行了，等我得空。"

"决明，你想活了吗？"无渡走到百里决明身边，与他一同并肩眺望。

"我不能活，无渡，我是个没有得到安息的恶灵。"百里决明低头看自己的手掌，嘲讽地说，"无论我试什么样的办法，上吊、斩首、五马分尸、跳崖，我都没有办法真正杀死我自己。那些法子只能杀死肉身，杀不死我的灵体。我永远是徘徊在人间的恶灵，无法转世，无法投胎。"

"你不是寻求超度，而是折磨你自己。"无渡说。

"所以，用你最后的时间尽快找到办法，超度我。"百里决明淡淡地道。

无渡叹了口气："我要再去西难陀一趟。"

"你不是刚去找过黄泉灵国吗？"

他不知道无渡为何这么执着，他在抱尘山这五十年里，无渡几乎日夜都在搜寻有关黄泉灵国的记载。

"我的时间不多了，决明。"

百里决明没心思管他的闲事，只道："那你得活着回来，死那么老远我可不帮你收尸。"

说完，他挥挥手，蹑身回屋了。

第四章 师尊

仙门的人又来送徒弟了，这回是姜家，带来了一个娉娉婷婷的女郎，寻微那时候还没长开，和她比起来像棵干瘪的豆芽菜。小丫头扁着嘴坐在百里决明的膝下，女郎跪在堂下，偷眼打量百里决明，一下子红了脸，羞答答地低下头，露出一截瓷白的后颈。

来使道："这是姜家主君的嫡女，现年十八岁，大是大了些，不过姿容样貌和根骨都是上佳的，长老真的不考虑吗？"

百里决明还没说话，谢寻微先替他答了："不考虑！"她爬上百里决明的膝头，死死抱住他的脖子宣示主权，"师尊是我一个人的！而且师尊是穷光蛋，养不起两个徒弟！"

百里决明："……"

来使得体地微笑："寻微娘子不喜欢多一个师姐吗？不碍事的，百里长老久无伉俪，不如与我们姜氏结为秦晋之好。寻微娘子是个女娃娃，有师娘帮忙照料，必能更加贴心稳妥。"

师娘？谢寻微慌了，眼巴巴地瞅着百里决明。

百里决明很是无语，道："依着本大爷的岁数，这女娃叫我一声爷爷都不过分。亏你们姜家还是上品仙门，为了讨好本大爷，不惜把自家姑娘推入火坑。"他没注意这一番话把自己给骂了进去，只继续道，"滚滚滚，我还要开炉炼丹，没工夫搭理你们。"

姜家人走了，谢寻微还是不高兴，便怏怏地回了屋。她想起那个女郎，原来师尊不只能收徒，还能娶亲。将来的某一天，抱尘山的小药园会迎进一个艳丽的女郎，届时檐上挂满大红的烛笼，回廊垂下步障，那个女郎用金缕罗扇遮面，款款而来，将纤白的手放入师尊的掌心。师尊会对女郎微笑，温柔地注视女郎，然后他们会生下一个可爱的娃娃，取代她的位置。

等到那时她就再也不是师尊最疼爱的小徒弟了，师尊会有自己的孩子，给那个小孩儿他所有的爱。

谢寻微忍不住地落泪，镜匣映着她红通通的眼睛，看起来像只小兔子。她蒙着脸哭了一阵，抽泣着打开《灵枢经》，上面画着男人和女人的穴位图，男人比女人多了一块肉，在胯下。她抚摸那墨线画就的小图，没人知道谢寻微真正的身份，他不是女娃娃，他是个男孩儿。

娘亲说，他生下来的时候宗祠为他排盘卜卦，说他命途多舛，生死莫测，若作女儿养，无常灵认不出他，就勾不走他。他们做得没错，他要扮成女孩儿才能活下来。他记得上回穆家的人送徒弟来，师尊说"男的不收"。穆家少年是男孩儿，被师尊拒绝了，而师尊以为他是女孩儿，才同意他留下。

如果他是真正的女孩儿，那便能做师尊的徒弟了。他哭哭啼啼地下榻去找师尊。他只顾着抹眼泪，没注意到地砖上有一叠深深浅浅的泥脚印，从门口一直通往他的榻边。他走到百里决明的床边，男人已经睡下了，用被子蒙着头。他推了推百里决明，问："师尊，寻微永远是您的宝贝心肝徒弟蛋吗？"

百里决明被恶心醒了，这是什么可怕的称呼？

他又问："师尊，你可不可以收男孩子当你的徒弟？"

百里决明不知道这丫头片子大半夜的发什么疯，道："怎么还不睡，快去睡觉。"

谢寻微心灰意冷，眼泪不禁夺眶而出。

"师尊是大笨蛋，我再也不要理你了！"

他又想起那个艳丽的女郎和师尊的小孩儿，师尊一家人团团圆圆和和美美的，只有他灰头土脸地在扫地抹桌子。师尊的孩子还要欺负他，抢他的秋千，抢他的经书。他是唯一的外人，只能忍气吞声，逆来顺受。他伤心极了，忍不住号啕大哭。他一哭就没个停的时候，眼睫一扑一扑的，簌簌的泪珠子不断涌出。

百里决明彻底清醒了，他崩溃地坐起身，抓着头发质问自己为什么要自讨苦吃收徒弟，无渡说他自尽是在折磨自己，胡说，收徒才是折磨！他努力平了平气，低头看他不知为何伤心欲绝的小徒弟。忽地眸子一凝，她肩膀上一个黑乎乎的手印映入眼帘。这傻丫头，被灵跟了都不知道。他怎么忘了，这小丫头是纯阴之躯，最是招灵。

真是麻烦，他在心里嘟囔着，把徒弟拎上床，恶狠狠地道："再哭老子把你打晕！乖乖地在这里待着，哪儿也不要去。"

谢寻微兀自抽泣，看他趿拉着鞋披上衣服出门了："师尊？"

"别跟过来。"百里决明警告了一句，便自己走了。

谢寻微哭累了，眼睛肿得像金鱼泡似的，热辣辣的。自己独坐了一会儿，忍不住下床去找师尊。推开门，庭院里冷冷清清的，天凉了，蝉声没有了，月光恍若水波落满人间，天地像一个冰冰凉凉的大水缸。他听见他的屋子里有人声，好像是师尊在和谁说话。他蹑手蹑脚地摸过去，在窗纱上戳了一个洞。

师尊靠在太师椅上，满脸的不耐烦。他永远是这个模样，仿佛呼吸这件事都让他感到厌烦。他前面站了一个人，花鸟屏风挡住了视线，谢寻微看不见那人的模样。屏风底下露出一双枯槁的脚，皮肉像干枯的树皮一样皱缩。谢寻微的脊背一麻，泛起细密的战栗，他后知后觉地反应过来，他的屋子进了僵尸。

"我劝你麻利地去投胎，赖在人间对你没好处。"百里决明说。

第四章　师尊

"咯咯……"

谢寻微听见一个僵硬的声音，他知道人死了之后喉咙会发硬，说不出人话。

那僵尸不住地叫，像是在努力地发出声音。它的声音渐渐地类似于人声，虽然还是差得很远。它不停地重复说着什么，像是一个名字，谢寻微侧耳辨认，一下子愣住了。

它在说："寻微……"

"这丫头有我照顾，你不用担心。"百里决明道，"我会教她术法，授她经书，保她有吃有喝有穿。我管她管到她出嫁，行了吧？"

"寻微……"它不依不饶的，仍然幽幽地念着这个名字。

谢寻微像意识到了什么，捂着嘴巴，睁大了眼睛，落下泪来。

"你怎么还不满意？"百里决明气急败坏道，"信不信我封印你？被封印可不好受，五感全无，囚在黑暗里，一动也不能动。你会迷失在自己的记忆里，永远在回忆里徘徊。我看你是个女的，不动粗，你自己好自为之。"

僵尸低低地哭号，艰难地吐字："发誓……保护……"

百里决明像是无计可施了，仰天叹了口气，欠身坐起来，举起三根手指。他一改往日惫懒无聊的模样，收起不耐烦的凶相，肃起脸色，郑重地说道："我百里决明发誓，我能动弹一天，便护谢寻微一天。宁我粉身碎骨，护她平安无忧。"

四下里一片沉默，过了许久才响起一个破碎的女声。

"谢谢……"

女尸终于动了，一步一步地走出了门，踱进深深的夜色中。

谢寻微蜷缩在墙角，泪水糊了满脸。他明白了，这具女尸是他的母亲，她死了，又活过来，从坟墓里爬出来，跋涉千万里，来到抱尘山看她的孩子。

屋子里响起脚步声，一直踱到近前。百里决明在谢寻微的身边坐下来，揉了揉她的脑袋瓜："不是让你别出来吗？你这娃娃，怎么这么不听话？"

"师尊。"谢寻微靠在他的怀里，"我阿娘变成恶灵了吗？"

"你怕吗？"百里决明问她。

谢寻微摇摇头。

"死后执念未解，就会变成灵，灵附于人身，便是僵尸。书上说人生如一场大梦，梦醒人休，哪有这么容易？"百里决明把目光放远，月色映在他的眼眸里，"寻微，灵是很悲哀的东西，它们解不开心里的线结，把自己困在生死的罗网中，捆成一个大茧。你不要怕它们，如果以后你遇见它们，尽你所能超度它们，给它们真正的安宁。"

"阿娘的执念是我，对吗？"谢寻微问，"她知道我平安，就能去投胎了。"

"嗯。"百里决明摸摸她的头顶。

"阿娘投胎以后，还能认出我吗？"

"不能了。"百里决明低声说，"她投胎以后，不会再有今生的记忆，模样脾气，统统和今生都不一样了，是完完全全不同的人。只有那样，她才能得到解脱。"

谢寻微沉默了良久，百里决明戳了戳她的脸颊，她的小脸在月光下冰冰凉凉的，谁都能看出她脸上的悲哀。半晌，她轻声地问："师尊，你可不可以陪我久一点儿，我不贪心，你陪我到八十岁就好了。"

这还不够贪心？百里决明摸摸她的脑袋瓜。

风声寂寂，琥珀色的月光柔软了百里决明锋利的眉角。师徒相互偎着坐着，凉风吹起廊下挂着的竹席，啪嗒啪嗒地响。百里决明想起小徒弟耍赖撒娇时噘得高高的嘴唇，想起她蹦蹦跳跳时飞扬的裙裾。他死得太久了，早已忘记了活着的滋味。现在，他终于有点儿感觉了。

唉，麻烦啊！

有什么办法呢？都已经发了誓了。他百里决明一言既出，驷马难追。

他轻声地开了口，声音很低，几乎听不见。

"徒儿，从今往后，师尊为你而活。"

― 第五章 ―

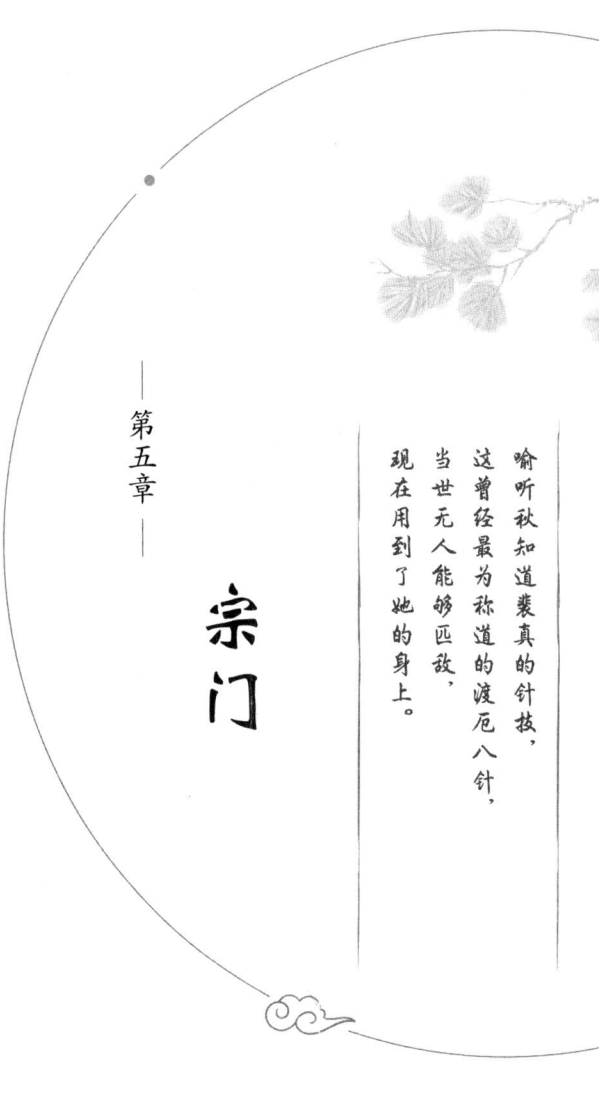

宗门

喻听秋知道裴真的针技，这曾经最为称道的渡厄八针，当世无人能够匹敌，现在用到了她的身上。

百里决明把手记收到胸口的暗袋里，贴身放着，跨出门槛，穿过跨院，径直去找喻凫春。在琉璃影壁那儿见了人，他二话不说，用一只手勾住喻凫春的脖子，拉着他去找喻夫人："走，找你老娘退婚，我要带寻微走。"

　　"秦……秦少侠！"喻凫春跌跌撞撞地跟上他的脚步，"不……不用……"

　　"怎么？说好的退婚，你要反悔？"百里决明眯起眼睛，眸里的血色几欲浮现。

　　"不……不。"喻凫春连忙摆手，"我是说，你不用去，我和我娘说就行了，她会同意的。"

　　"是吗？"百里决明很是怀疑，"她看起来不像这么好说话的。"

　　"今时不同往日……总之我一会儿就去退婚。"喻凫春强撑出一个微笑，"秦少侠打算带寻微妹妹去哪儿？她病得这样重，少侠不如在喻府多待些时日。"

　　"我要带她去宗门。"百里决明揉揉眉心，"在什么天都山是吧？听说你们江左仙门最有能耐的人都在那儿，我找人合计合计，想法子治寻微。"

　　"有秦少侠在，我放心，改日我得空再去宗门探望妹妹。"喻凫春苦笑道，"秦少侠，的确你与寻微妹妹才最般配。从前我想我真是有天大的福气，才能与寻微妹妹订下婚约。他们觉得我喻家是贪图妹妹先天纯阴，其实不是的，我真心想待她好。"他扯了扯嘴角，"妹妹这些年一直郁郁寡欢的，我只当她是身子不好，没想旁的。可是在昆山的时候，你没有瞧见，她见了你笑得有多美，我从来没见她这么开心过。"

　　这话听得百里决明心里有些惴惴不安。仙门中人大多猪头狗脸，歪瓜裂枣，和他百里决明比起来，自然是望尘莫及。想他百里决明是何等响当当的汉子，寻微不知道他的真实身份，该不会对他一见钟情了吧？这下可麻烦了，他感到头疼。等寻微醒来，一定要让裴真好好地露露脸，裴真那般姿容，他一个男人看了都颇为心醉,更何况寻微这个没见过世面的小丫头。

想到这儿,百里决明便放下心来,他拍拍喻凫春的肩膀,赞扬他道:"你这娃娃修为不高,天资也不怎么样,但人品不错。以后有什么麻烦,尽管来找本大爷。"

百里决明这赞扬着实让人提不起精神来,喻凫春垂头丧气地作了个揖,告别百里决明,去找他娘。在前厅见着他娘,二妹也在,他不吭声,先端端正正地跪好,低低地喊了声"娘"。

知子莫若母,喻氏一见他这德行就知道他打的是什么主意,冷笑连连:"这是来做好人来了?瞧瞧你这副模样,那秦秋明是什么人?下品寒门爬上来的破落户,也能骑在你脖颈子上拉屎了?"

喻凫春向上看了看:"娘,别这么说,人家救了我和二妹的命。这次爹的事,人家也没少出力。"

"给他金银,给他名位,什么不好?要女人,我满府丫鬟婢子随意挑选。"喻氏满脸嘲讽,"偏要你将婚约拱手相让,我喻家今后在仙门哪还抬得起头来!"

喻凫春沉默了一会儿,低声问:"娘,我只问您一句,您留寻微,是不是要她同我修摄生房中术?"

听到这个,喻听秋的眼皮子一跳,下意识地看向她娘。

常言道,阴阳开合在灵窍,灵窍开关在天地。摄生房中术,便是男女合修之法。最次采纯阴女口中津液,其上采纯阴女乳汁,最上采纯阴女闺榻红铅。表面上说是男女同修,实际上是采阴补阳,这是仙门羞于启齿但心知肚明的修炼捷径。若炉鼎是男子,办法也是一样,只不过去除乳汁一项,再把初夜的精血充作红铅。

厅堂里一片静谧,外面日头不知何时已经沉了,屋里的光线郁郁地暗下来。喻氏叹息了一声:"我这都是为了你好。阿春,你毫无修炼天资,你妹妹有些,却是个女娃。你爹失踪后,喻家的担子落在我一人的肩上,我苦力支撑到如今,终究是要交给你的。你不成器,我如何放心?"

"什么叫'却是女娃'?"喻听秋嘟囔道,"我哥能做的,我也能做。到时候我当喻家主君,大哥只管传宗接代,岂不也好?娘,不是我说,这摄生术着实阴损,我们喻家几百年的仙门,怎么能干那种腌臜事呢?"

"你闭嘴!"喻氏狰狞地乜斜她一眼,冷声道,"现下就是我们想留谢寻微也留不得了,当年抱尘山围剿,我喻家是当头先锋。也怪我急功近利,着急振兴家势,自请清山开路。否则他百里决明也不会记恨上我们,要了连海的命!"喻氏泪水涟涟,"连海从那黄泉灵国九死一生出来,怎能想到会因我的过错,被这恶灵夺了性命！"

"娘……"喻凫春也拭眼泪。

喻氏在衣袖下握紧拳头："谢寻微是百里决明的弟子，他施下恶灵诅咒，必定要来带走谢寻微。他日若他知晓这丫头这些年……"她的脸色灰败，顿了一顿，复道，"只怕我喻家满门难存。"

"这些年怎么了？"喻听秋恨道，"要吃有吃，要喝有喝，什么都依着她，比我还金贵，就算百里决明当真找上门来，还能骂我们亏待她不成？"

喻氏的神色复杂，摆摆手道："天要我喻家有此大劫，这丫头不能再留在喻家了，随秦秋明带她去哪儿。阿春，你收拾收拾包袱，我已与裴真说好，你同他一起去宗门。你在那儿要好好求学，不练出个名堂不要回来！"

喻听秋的眼睛一亮："我也要去宗门！"

"不行。"喻氏道，"你也老大不小了，是时候出嫁了。往日媒人上门求亲，我见你性子未收，不准你出阁。现在……"她闭上眼睛，道，"穆家大郎穆知深，我年前已替你相看过了，为人端正，道法有成，是个好儿郎。他家爷爷递了庚帖，我已请了先生合计你二人生辰八字。若没什么岔子，今年年底，你就嫁过去吧。"

喻听秋听后大惊失色："我不要！那穆家宗主杀妻自尽，化身恶灵，您就不怕他儿子也这么干？娘，您都说我哥毫无修炼天资，为何还想着让他传承咱家的剑法？剑品有九，入神最高。您让我去宗门进学，说不定假以时日，我也能绝艺入神，成为剑道大宗师。"

"入神？"喻氏冷笑，"不说你的剑技只将将算得上第九品守拙，便说百年来，喻家祖辈无一人能进入神之境，就凭你，也敢在这里大放厥词！"

"说不定呢。"喻听秋不满地嘟囔。

"你别以为我不知道你打的是什么主意，你是看上了裴真那个小白脸，想跟着他一起去宗门吧。"喻氏冷哼，"阿秋，我喻氏剑道要进最高境，必要服绝情丹，修无情剑。这就是为何喻家百年来无一人飞剑入神，无一人成大宗师。因为他们都舍不得妻儿，宁肯一辈子达不到巅峰。你心里牵挂着小白脸，还想要修好剑？"

这事喻听秋知道，喻家飞剑最高品乃太上忘情之道，要断情绝爱，才能问鼎大道之巅。据说喻家祖师爷就是这么个人物，修了无情剑以后，抛妻弃子，六亲不认。可是情爱于道法，当真是多余的累赘吗？人生茫茫，孤零零抱着一把剑又有什么意思？喻听秋忍不住想起裴真，比起剑，她还是更喜欢男人。她泄了气，默默地垂下头。

喻氏叹了口气，转到堂后，端出一把三尺长剑。那剑十分古朴，没半点儿

第五章　宗门

镂花镶金,仿佛一把凡铁剑。可不知怎的,望着它似乎就望见岁月深深,万千时光都沉淀在它素朴的剑身。喻听秋望着它,心神微微地一颤。

"这是我喻家的祖宗剑,现在看来是传不下去了。"喻氏道。

日影西沉,连天光仿佛都苍老了许多,喻氏的容颜就在那暗淡天光里灰败了下去。她摇了摇头:"都走吧,我累了。"

百里决明在屋里转来转去,一会儿到盆架子上盥手,一会儿坐下来倒茶,倒了又不喝,裴真听着他的足音,无奈地笑道:"少侠不必担忧,喻公子定能说服夫人的。况且,照裴真看,夫人此时应当在安排大公子和二娘子的后路了。"

"后路?"百里决明挑起眉毛,"什么意思?"

裴真缓缓地倒茶,淡笑道:"自然是依照喻宗主的嘱托。少侠忘了吗?夫人问灵,喻宗主最后一句话便是'逃,快逃'。想必是那百里决明脱逃封印,要来复仇吧。夫人阴邪入体,身体亏败,大公子、二娘子道法未成,喻家正是青黄不接的时候,夫人必定要为后辈谋一条出路。"

"哈?"百里决明感到奇怪,他这么可怕吗?他不过就是造了个熔岩灵域,再一把火把喻家飞剑先锋烧成了焦炭而已,他们怎么怕他怕到如此地步?现在的仙门,果然是尿蛋当道。

"听说百里决明残忍嗜杀,昔年霸占抱尘山之时,山下百姓饱受其荼毒,每年秘密献童男童女于山上,以求取安康。不只如此,他还极为好色,当年姜家不知百里决明的真面目,送姜娘子上山拜师,他不愿收徒,竟想纳她为妾,被姜家严词拒绝。"裴真叹道,"如此穷凶极恶之辈,夫人忌惮也在情理之中。秦少侠彼时尚且年幼,应该不曾见过那百里决明吧?"

百里决明:"……"

他气得眼前一黑,脑门子发疼。姜家这起子杀才,他记住了!

"寻微娘子是百里决明的弟子,少侠不怕他来寻你要人吗?"裴真问。

"我怕什么?"百里决明哼哼。

裴真负手站起来,眺望庭外竹影深深。他道:"在下已飞帖传书宗门,告知座师少侠要登山拜谒,为寻微娘子求医。座师甚是高兴,要在下好好照料,护送二位回山。届时少侠便安顿在在下院中,在下已命童子先行回山,洒洗门庭,扫榻以待。"

宗门,第十八狱。

白发老人合起裴真的金光飞帖,负手看向前方。漆黑的地裂横亘在暗红色

083

的两崖之间，凹凸不平的岩石恍若犬牙交错，地裂上方搭建了悬空平台，平台中立了数个黑衣儿郎和民夫，他们正随着平台徐徐地降入地裂。

民夫们扶着栏杆望向深不可测的地裂，瑟瑟地发抖。有一个人脑袋发晕，脚下一晃，差点儿要掉下去。一只有力的手拉住他的后脖领，民夫回头一看，瞧见一个面容冷峻的年轻儿郎。他的眼睛是少有的铁灰色，盯着人看的时候让人想起捕猎的鹰隼。

"站好。"他收回手，竖起两指，指尖凝起微光，同时，别在他胸前的连心锁发出荧荧的光。他低声说："座师，我们下去了。"

远处，白发老人手中的连心锁感应生光，这是能千里传讯的法器，一一配对，每个儿郎和民夫身上都有，用以连接他们同宗门的传讯。白发老人沉声道："万事小心，切记不要深入，你们的目的是找到喻宗主那支队伍留下的八角留影镜。按照记录，喻宗主的队伍为我们留下了四面铜镜，他们在留下第四面铜镜之后就失踪了，最后的留存地恐有危险，所以你只需要回收前三面铜镜。进入地裂后向北走一日的脚程，在山崖尽处你们会找到第一面铜镜。"

"明白。"

平台彻底沉入了黑暗，御剑悬停地裂上方的宗门弟子目送他们消失在黑暗之中。

"重探黄泉灵国，这件事你原本应与我们慎重商量，再做决定。"老人身侧的黑袍人开了声，他也是个老人家，相貌威严，说话有如洪雷在响，"喻连海死因不明，此时进入灵国凶险莫测。"

"来不及了，穆老。"姜若虚叹道，"地裂扩大了一尺有余，各地灵域异动；一个死了不过几年的昆山女灵都有了结灵域的道行；喻连海从黄泉灵国离开，现身喻家。凡此种种不寻常的迹象早已在各地显露，恶灵来袭是迟早的事。这世间最大的灵域便是黄泉灵国，仙门百家对灵国虎视眈眈，连那些名不见经传的小宗族都频频发帖，叩拜山门。听说坊间有人出大价钱求购灵国讯息，就算是未经证实的异闻传说，他也会重赏千金。我派人去探查那个人，遣派的弟子皆去而不返，我仅从一个灵力残存的连心锁中获知了那人的名号。"

"哦？竟有如此凶恶之辈？"黑袍人问，"叫什么名号？"

"与其说是名号，不如说是个称呼罢了。"姜若虚道，"他们叫他'老板'，他将一群亡命之徒网罗在他的旗下，甚至有灵听从他的号令。一年前，徽县刘氏主君被杀，脑袋挂在门楣上，眼睛被抠走，第二天清晨才被早起摆摊的小贩发现。三天之后，徽县茶楼的说书人收到'老板'送的信件，里面装着刘主君缺损的眼珠。

"一个月前,袁家矗立两百年的万仞经楼无端地遭了大火,所有经文毁于一旦,二十余个弟子身受重伤。同日,'老板'昭告黑白两道,此事为他所为。"

"嚣张后辈,胆大至此。"黑袍人恨声道。

"不止啊。"姜若虚眯着眼睛叹息,"有人亲眼看见他出入恶灵盘踞的灵域,如入无人之地。他是个与灵同道的人啊。他们在向我们宣战,警惕仙门重蹈你穆氏的覆辙。所以我们必须快人一步,探清灵国真相。传说那里有生死的奥义,我们或许可以找到超度这些恶灵的办法。如果你不赞同我的决定,又何必让你的孙子铤而走险?"

黑袍老人呵呵地笑了几声,道:"知深太年轻,他需要几桩功绩才能坐稳穆家主君的位子。我允许你让他带队进入黄泉灵国,但他进入的时间绝不能超过三天。三天后这个时候,你必须把他召回来。"

"不用太担心,知深只走喻连海与谢岑关已经探明的路段。到时候会有人接替知深进入灵国更深处。"姜若虚抚须淡笑道。

"哦?"

"一个叫秦秋明的年轻儿郎,身怀万中无一的先天火法。"姜若虚道。

"我知道这个孩子。"黑袍老人了然地点头,"最近他的声名很盛,听说他打败了昆山女灵,还觊觎谢家寻微,挟恩图报,逼迫喻家退婚,这件事在江左已经闹得沸沸扬扬了。他的确是很好的选择,出身下品寒门,没有族望倚靠,即便永远留在灵国,也没有人会感到惋惜。只要他传回灵国的讯息,这次重入地裂就有价值。只不过,此子桀骜,你如何知道他会乖乖地入这凶险之地?"

姜若虚微笑:"寻微得了怪病,一睡不醒。黄泉灵国乃莫测之地,传说有无数灵药,更有起死回生之法。"

"原来是英雄难过美人关。"黑袍老人摇头叹道,"可惜了这样一个天资卓绝的孩子,即便身怀先天火法,恐怕也无法从那个地方生还吧?毕竟连喻连海和谢岑关那般的人物,都葬身其中啊。"

"现在说这话尚且言之过早,我倒觉得那孩子会超出我们的想象。"姜若虚眺望地裂,目光悠长,"且让我等拭目以待。"

乘船渡过波涛汹涌的澜江,到了渝州,再换车马,一路往山上走。南方盛夏,雷雨时有时歇,山里面雾气氤氲,袍子潮湿,脱下来似乎可以拧出淅淅沥沥的水滴来。一路上谢寻微都没醒,百里决明心急如焚,日日眉头紧锁。他虽然懂点儿医术,可对付这种疑难杂症却实在不行,只能寄希望于宗门。

云雾渐散,远方依稀看得见蒙蒙青山,无数屋舍殿宇参差连绵。隐隐听到钟声几叠，随着飞花散入溶溶黄昏中。裴真说，那便是宗门了。车马登上飞仙梯，百里决明感到稀罕，站在边缘往下看。这飞仙梯其实就是一整块平整的大石头，底下刻满金光符咒，能悬浮于空中。石块徐徐上升，载着大家登山。中间换了两趟飞仙梯，穿云破雾，终于上了宗门。

入了山门，沿着盘山道走，一路上的宗门弟子都驻足盯着他们看。百里决明放下车帘子，拍拍裴真道："你们仙门如今规矩不错，知道本大爷要来，个个在这儿行注目礼。"他很得意，抱着双臂四下里打量，"只可惜我是来求医的，要不然给你们传授几招也是可以的。"

裴真无奈地笑："恐怕……并非如此。"

迎风飞来一张黄纸，直拍在百里决明的脸上。百里决明伸手接住，上面画的一个俊俏儿郎的大头像占满了半张纸，人像脑门子上用朱砂浓墨写了几个大字——

悬赏：仙门第一獠！

百里决明感到稀奇："哟呵，谁这么倒霉？"

往下看，只见"秦秋明"三个大字紧跟其后。

百里决明："……"

他终于认出来了，是他自己。

底下详细地写了秦秋明的性别、籍贯、生辰八字、生平事迹，从宗门大比到封印昆山女灵，再到喻府抢亲……等等，他什么时候抢亲了？百里决明大睁着眼睛，不可置信。最后有墨笔小字批注，字迹不一，一看就是路过的人添上去的——

寒门竖子，焉敢肖想吾辈女神，呸！

弄死他，把寻微妹妹救出苦海！

寻微是大家异父异母的亲妹妹，岂能坐观此獠抢亲得逞？

"这什么玩意儿？"百里决明非常震惊。

"悬赏令啊！"袁大不知从哪儿冒出来，揽着百里决明的肩膀笑道，"昆山女灵这一段是我执笔的，秦大哥，看我把你写得，那叫一个威风凛凛。我本来还用一千字专门描写了你俊美绝伦的外貌，可惜被悬赏的那帮人给删了。"

"你从哪儿冒出来的？"百里决明把他的手拍了下去。

"我们在这儿进学，听说你要来，一早就等在山路上了。"袁二从车顶棚探下个脑袋来，"秦大哥，真有你的，我以为你喻府这一行必定是九死一生，没想到你还真把寻微妹妹给拐出来了。"转脸看见裴真，立马肃了脸色毕恭毕敬地喊了声，"先生万安。"

"课业可做完了？听说你袁氏金法尚未练到家，要好好修习才是。"裴真温声道。

"是是是，先生放心。"袁二笑嘻嘻的，朝百里决明眨眨眼睛，"寻微妹妹是大伙儿的梦中仙女，在你之前，喻老弟稳坐仙门第一獠的位子。"

缩在角落里的喻凫春沉痛地点头。

袁二在帘外道："秦大哥，你现在可是仙门公敌，比恶灵还招人恨。不过我们兄弟俩看好你，你一定能抱得美人归！"

"这都什么跟什么！"百里决明要崩溃了，他与寻微只有师徒之情，再往多了说，那便是父女之谊，结果被这帮家伙曲解成这样，若真让裴真误会了可怎么好？他连忙对裴真解释："你别误会，我和寻微之间清清白白的，什么都没有！我只是把她当妹妹看。"

裴真淡笑："无妨，我并未多想。"

车马停住了，掀开帘子看，已是到了裴真的活水小筑。童子搬来矮凳，搀着裴真下车。百里决明直接翻下来，去后面的马车上看寻微。掀开帘子一瞧，只见谢寻微闭着眼睛靠在板壁上，喻听秋抱着双臂坐在一边。

"你怎么跟来了？"百里决明吓了一跳。

"我怎么不能跟来？"喻听秋跳下车，飞快地瞥了那边的裴真一眼，道，"我担心寻微妹妹，你一个大男人，哪里方便照顾？你别成天动手动脚的，坏她清誉，我来。"

当真是太阳打西边出来了，她竟然喊寻微妹妹。百里决明知道，这厮定然要在裴真面前装出一副姐妹情深的样子，让裴真以为她心地善良。哼，裴真是他百里决明看中的男人，这死丫头休想抢走。但她说得对，现下已有这么多人误会他同寻微的关系了，得避点儿嫌，勉强让她接过寻微。他看这姑娘力气大，抱着寻微稳稳当当的，径直去了厢房安置。

袁大、袁二帮忙卸行李，裴真请来几个宗门长老会诊，一番轮流看下来，眼睛舌苔都瞧过一遍，却都说这病症怪异，闻所未闻，见所未见。勉强开了个补气的方子，观察几日看看效用。百里决明坐在床边，拿巾帕给她净手洗脸。床上的女孩儿消瘦，脸蛋苍白，没有了往日明丽的笑靥，像一具精致的人偶。他看得心里难过，苦水充斥心房。

怎么就一睡不醒了呢？百里决明想不明白，分明头一天还是好好的，第二天怎么就起不来了呢？他捧着谢寻微的手，面色凝重，大家看了都不作声，屋子里的气氛顿时沉重下来。

喻听秋讷讷地开口："姓秦的，你想开点儿。姜天师还没来看呢，等他忙完，一定能找到办法救谢寻微。"

百里决明没回话，平日里野气十足的眸子变得灰暗无光。大家都在叹气，脸上也都十分沮丧，待着也无用，便挨个儿退了出去，屋里只剩下百里决明、裴真和人事不省的谢寻微。

"少侠不去歇息？"裴真的声音。

百里决明没回头，淡淡地道："你们吃，我在这儿坐一坐。"

"少侠要看顾好自己的身体才是。"裴真在他的身侧坐下。

百里决明神色灰暗地摇头，他早死了，有什么好看顾的？最多烂成淤泥罢了。

身边的人沉默了一会儿，道："据在下所知，少侠与寻微娘子在昆山是初次见面，到如今时日加起来不到半月。方才少侠又说对寻微娘子并非男女之情……"他望过来，清浅的眸中似有波光粼粼，"她对少侠来说，当真如此重要吗？"

"很重要。你不明白的。"百里决明用双手抵着额头，苦涩地说，"只有寻微在，我才能咂摸出点儿活着的味道。"

他想起寻微在他跟前哇啦哇啦背经书，扎马步，打坐，练刀，他想起他教她火法，丫头笨，总是学不会，大半月一点儿火星子都喷不出来。无渡说她五行不属火，当授予她谢家绝技。他没法子，抓着谢氏风谱边临边学，再来教她。就这样，他看着她从磕磕巴巴念经到倒背如流，看着她指尖冒出细密的风流，凛冽的风刃在周身成形。他看着她一点点地长大，从小萝卜头变成高个子的大姑娘，瞧如今这个头，即使放男人堆里也出挑。

他回忆着，嘴角露出微笑，是他鲜有的温柔神气。从寻微六岁到十四岁，他看着她一点点地长大，就好像他自己也重新活了一遍。他在封印里待了八年回来，她已经二十二岁了，日子过得多快呀，他的小徒儿已经是能嫁人的大姑娘了。

裴真望着他唇畔的微笑，眸色慢慢地变得深沉。

"若寻微娘子变成你认不出的样子……"他问，"你会失望吗？"

"那有什么办法？"百里决明揉揉眉心，"我以前觉得……咳咳，听说这丫头小时候机灵，谁见了都夸她聪明俊秀，将来不成个大宗师，也是个百里挑一的修士，可谁知长大了成了这副扶不上墙的尿样。连走个路都能崴脚，遇见女灵恨不得钻进地缝里。罢了，我不希求什么，只要她健健康康、平平安安就好。"

"少侠对寻微娘子真好。"裴真静静地看着他。

"那当然，我就这一个……"百里决明咬了下舌头，道，"妹妹。"

裴真低眉浅笑，沉默着不说话。寂静在他们周身游逸开，两个人默默地坐着，像很多年很多年的老朋友。这一刻百里决明忽然觉得身边这个男人很像寻微，爱笑，对谁都亲近温和，可沉默下来的时候又仿佛远在天边，和旁人离得很远，即便伸出手，也抓不住他的衣角。

"我忽然想到办法了。"裴真说。

"啊？"百里决明一愣。

"让寻微娘子醒来的法子。"裴真道，"我忽然想起库房里还有一棵万年灵芝，灵芝乃是奇药，有神力，配白术、茯苓、炙甘草予寻微娘子喝下，定能立竿见影。"

哪有这样的奇药？百里决明将信将疑："真的吗？"

"当然。"裴真歪头一笑，"少侠要相信我。只不过灵芝只有一棵，我要入山再挖些来，明日便让童子煎药吧。"

"我同你一起去。"百里决明自告奋勇。

"不必，天都山我熟悉地形，少侠还是留下来陪伴寻微娘子。她若醒来，定然很想看见少侠。"

"那……好吧。"百里决明挠挠头。

不知道这小子靠不靠谱，万年灵芝……当真有效吗？百里决明还是不大相信。

"夜深了，少侠早些安歇。"裴真垂目作揖，转身朝跨院走去。

百里决明目送他步出落地罩，他是极温雅的一个男人，走路时衣袂飞扬，偏又爱穿素色的衣袍，仿佛下一刻就要踩着云登仙走了。他跨过门槛的时候，百里决明喊住了他，遥遥作揖道："只要先生治好寻微，在下必定对先生有求必应。"

他回眸，轻声道："少侠的话，我记住了。"

第二日清晨，童子给谢寻微服了药，百里决明一直巴巴地守在阶下，隔着一扇门。到晌午的时候，果然听见里面细细的喘息声，似乎是人醒了过来。几个使女端着巾栉进去给谢寻微梳个妆，百里决明才忙不迭地推开门，挑起帘子，果然瞧见素白帐子里一双迷蒙的眼睛。

谢寻微刚醒过来，反应迟钝，木木地转过眼睛来，旋即勾出一抹虚弱的笑：

"秦大哥……"

终于听见她的声儿了，真真切切地响在耳畔，不是做梦。百里决明几乎落下泪来，上前摸她的脉搏，探她的颈侧，还是虚浮，不过没关系，只要能醒来便是好的。裴真没有骗他，那万年灵芝果真是奇药。他坐到她近前，轻声问她渴不渴，要不要喝茶，肚子饿不饿。

谢寻微轻轻地摇头，似乎想要起身，没力气，挣了两下起不来。百里决明扶她坐起来，拿引枕倚在她腰后。她软软地靠着，细声问："这几日都是秦大哥守着我吗？"

"是我。"百里决明说。

谢寻微浅浅地笑道："真奇怪，我以为是师尊回来了，不住地喊我'寻微'呢。"她闭上眼睛，一行清泪从脸颊边上流下来，"是我病得迷糊了，秦大哥喊我的语气很像师尊，我不小心认错了。"

百里决明见她落泪，胸口像被谁打了一拳似的，闷得难受。可他不能同她相认，便勉强哑声道："你说的是百里决明？他不是恶灵吗？"

"不是的。"谢寻微握住他的腕子摇头，豆大的泪珠滚滚而出，"秦大哥，这话我只同你说，我师尊是天底下最好的师尊，你不要听他们胡说。"

百里决明想起那卷手记，心里像刀绞似的疼。他的丫头他最清楚，向来最是体贴暖心的。春夏秋冬，知冷知热。虽然女红不行，裁衣也裁得稀烂，还要磨着他打络子打流苏戴出去显摆，搞得他堂堂一山长老，成日闷在屋里为徒儿缝缝补补，但凡此种种并不妨碍寻微是个善解人意、温柔贤惠的好姑娘。这么多年过去了，她从未忘记过他。

他帮她把几绺发丝别到耳朵后面，道："寻微，你好好养病，不要想太多。说不定什么时候你师尊就回来了，你可得养好身子，到时候才能孝敬他老人家。"他顿了顿，"还有一件重要的事要同你说，给你治病的是天都山宗门的裴真先生，他现在去为你挖灵芝了，等晚间他回来，你得好好地同人家道声谢。"

谢寻微轻轻地点头："寻微知道了。"

百里决明掏出他自己的那本品评仙门青年才俊的小册子，翻到裴真那一页，道："裴真这小子我看着不错，人长得是真的俊，你到时候见了就知道，不知道他娘生他的时候吃了什么，跟神仙下凡似的。"

"你觉得他好吗？"谢寻微望着他，眸中隐隐地有笑意。

"还行吧，道法勉强看得过眼。"百里决明苛刻地评价，"他有一招定住恶灵的针法，颇有威力，比那帮仙门窝囊废强多了。不过最重要的是这小子很有钱，铺子数不清，田庄连成片。你嫁过去，定然不会吃亏。"

谢寻微的笑容一僵:"嫁过去?"

"唯一不好的地方是我看这小子身体不太好,有点儿虚。"百里决明摸着下巴思量,"不知道那方面会不会有问题。不过没关系,赶明儿我弄点儿大力丸给他补补,吃他十天半个月,一准能成臂上能跑马、胸口能碎石的壮汉。"

谢寻微咳嗽了几声,道:"我认为秦大哥不必担忧裴郎君的身体……"

"有道理。"百里决明想了想,"这小子要是早死,他的钱就都是你的了。到时候雇他百八十个高手防身,岂不比嫁人更自由?行,那我不给他吃大力丸了。"

谢寻微:"……"

说要找姜若虚来诊病,一天了也不见那老头儿的人影。呵,这些仙门的人就是这样,净爱说些空话。百里决明去外面转悠,想找那姓姜的,到了他的住处却也不见人影,只好四处乱转。宗门天都山比抱尘山气派不少,殿宇楼台修得像模像样的,汉白玉的基座,瑞兽喷头做排水口,飞檐上还蹲踞着辟邪兽。他蹲在门墩子边上看来来往往的人,心里非常烦闷。

太阳西下的时候,裴真从外面风尘仆仆地回来了。百里决明迎上去想要询问,却被喻听秋抢了个先,这死丫头羞答答地递上一根丑不拉几的络子:"裴真哥哥你瞧,我自己打的。我看你扇套子是藏青色的,就也打了一根藏青色的。"

百里决明瞥了一眼,立马感到不屑,这手艺真是不堪入目,还不如他打的。

谁知裴真淡笑着接下来,收进袖里:"多谢喻娘子。"

这臭小子怎么就接下了?女子送络子,摆明了是表露自己的心意,他怎么能应?百里决明质问裴真:"你怎么能收这丫头的络子?"

裴真没答,倒是喻听秋先瞪起眼睛:"凭什么不能?"

"你……"百里决明怒道,"你们这是私相授受!"

"我和裴真哥哥私相授受,同你有什么关系?"喻听秋冷哼一声,对裴真道,"裴真哥哥还未曾用膳吧?我做了些小菜,你快来吃。"

百里决明见裴真要答好,忙捂住他的嘴巴,勾着他的脖子往里面走。

"我们还有事,先走一步,你自己吃去吧。"

"你干什么!"喻听秋跟过来。

"死丫头。"百里决明威胁道,"他在山里钻了一天,我带他去泡澡,你要不怕长针眼你就跟过来。"

喻听秋到底是世家娘子,闻言憋红了脸,脚下硬是没动一步。百里决明得了逞,硬拉着裴真进了屋。

"跟你说个事。"

"少侠但说无妨。"裴真在案前跪坐，燃起烛火。

"不知先生可有续弦之意？"百里决明在他对面盘腿坐下，"寻微温柔贤淑，与先生是天作之合。"

"少侠如此恐有不妥，夺人婚约，又要反悔抛弃。难不成才数日光景，少侠便厌弃了寻微娘子吗？"裴真淡笑着摇头。

百里决明解释道："跟你说了多少遍，我同寻微不是那种关系！我照顾她的缘由现在还不能告诉你，等你同寻微成了亲，发誓护她一辈子，内中隐情我必定据实相告。"

"虽然如此，裴真也不能应许婚约。"裴真道。

真是虎落平阳被犬欺，往日提亲的人踩平门槛，他一个也不理。如今他要将寻微许配人家，这小子还敢给他拿乔！百里决明不耐烦了，面目狰狞地攥住他的领子："小子，你不要不识好歹，本大爷还不曾对谁这般客气过。我家寻微温柔贤淑，美若天仙，嫁给你你就偷着乐去吧，你还有什么可挑的？"

裴真慢条斯理地一根一根掰开他的手指，整了整衣领，垂眸沏茶。

"实不相瞒，裴真喜欢丰腴窈窕、婀娜绰约的女子，寻微娘子并非裴真的良配。"

"哈？"百里决明无语了，"你怎么这么肤浅？"

白瓷小杯在裴真的手中一转，烛光下裴真的笑靥温煦粲然："天下男子皆如此，在下不过是个凡夫俗子罢了。"

不知道怎的，百里决明总觉得这厮是故意的。他是哪里惹着裴真了？要不是看这小子长得俊俏，他非得把裴真的笑脸揍成哭脸不可。

"给你一炷香的时间，给爷换个口味！"百里决明恶狠狠地说，"不然我就……"

"少侠要如何？"裴真笑意盈盈。

"我就……"百里决明咬着牙。

废了他？寻微的病还没有治好，还得仰仗这小子的医术。想来想去，竟然没有法子能制他。百里决明向来养尊处优，日日以鼻孔看人，还没有受过这般鸟气。这一下差点儿把牙咬碎，他猛地一拍桌子，气势威猛如虎，大有要把裴真人头取下来的架势。

他大声道："爷就赖在你这儿，不走了！"

黑漆桌案被他拍得簌簌震动，烛光摇曳起来，裴真的笑容在那片黄澄澄的光里越发灿烂，他说："还未来得及问少侠，方才寻我是有事相询吗？"

"对！"差点儿忘了正事，百里决明坐直了身子，"姜若虚到底何时得空，

第五章 宗门

不是说好了来瞧寻微的病吗？他好歹是个天师，不会要爷玩吧。"

"少侠少安毋躁，座师近日忙于要务，着实不得空。"裴真道。

"忙什么呢，这么急？他诊个脉，最多就一刻钟的工夫，还能耽搁了不成？"百里决明不满地嘟囔。

裴真准备沐浴了，他转到纱屏后面，转过脸来，隔着纱屏望向百里决明那头模糊的影子。

"少侠听过黄泉灵国吗？"

百里决明挑起了眉毛："黄泉灵国？听过，怎么了？"

"近日各地灵域异动，昆山女灵道行突涨，喻宗主重现人间，座师怀疑黄泉灵国有异，命宗门弟子重入灵国，搜寻喻宗主和谢宗主遗留的八角铜镜。"裴真说，"数百年前无渡大宗师定下规矩，仙门小队进入灵域，要在特定的地点留下记录声影的铜镜，以备后来者不时之需。若小队遭遇不测，这将是推测他们死因的重要依据。"

"你们这回有几个人进了里面？"

"包括运送沿途搜集的矿石、药草回宗门精研的民夫，一共十五人。"

"什么时候进去的？"

"昨日戌时。"裴真答。

百里决明低头算了算："到现在刚好一天，这会儿大概走到阴木寨了。"

"阴木寨？"裴真眯起眼睛，"少侠知道灵国内中格局？"

"知道的不多，以前听个老人家说过。"百里决明懒洋洋地道，"若没进阴木寨，他们倒是还有活着回返的可能。若进去了，你们不必等了，麻利地准备操办丧仪吧，这十五个人一个也回不来。"

纱屏后面不再说话，裴真好像在思考，四下里忽地就安静了下来。

深夜，大雨滂沱，路面一片泥泞。阴惨惨的丛林在雨中是灰黑色的，周遭朦胧模糊一片，隔着重重雨幕视物，眼睛前面仿佛有一层厚重的琉璃。风太大，要死死按着斗笠才不会让它被吹飞。大雨中无法御剑，大家都艰难地步行。从进来开始就是黑夜，未曾看到天亮的时候。目前看来灵国似乎没有白昼，只有黑夜，天气与外面也不一样，这里自有一片风霜雷电。

"好压抑啊。"有人低声道，"走了这么久，连只兔子都没有。"

"这里可是黄泉灵国，就算有兔子，也是死兔子。"另有人说道。

"师兄，到了。"举着罗盘领路的师弟停下来。他叫白筇，面容白皙，眼睛很大，笑起来让人觉得很亲切，领口绣着银光闪闪的银线葵，这昭示着他隶属于宗门。他是袁氏的外姓弟子，这次是毛遂自荐来的。像他这样的外姓弟子很多，期望闯出一番事业，能有资格改姓进本家。

穆知深走到近前，抹了抹石块上的淤泥，果然看到谢氏风符的印记。这是喻连海和谢岑关留下的记号，代表他们在这里埋下了八角镏金铜镜。今日清晨他们在一百里外发现了第一个风符印记，只可惜那里埋的镜子位置不好，山体或许曾被雨水冲刷得滑坡，几块石块恰巧落在镜子埋藏的位置，镜面承受的压力太大，在很久以前就碎了。

几个民夫拿着小铲上前挖掘，起出一面八角铜镜。穆知深接过镜子，在镜面画出繁复的符纹。符纹不是固定的，每面镜子的解印符纹各不相同，只有宗门知道正确的符纹，以确保里面的信息不会被外人盗走。纹路银光乍现，镜面顿时亮堂了起来。迸溅的银光照亮了穆知深的脸庞，他是个冷峻的男人，长眉紧蹙的时候有一种锋利的味道。

师弟们都凑过来观看，铜镜里面的画面很模糊，几乎看不清。能听见噼里啪啦的雨声，是在下大雨，和他们现在的环境一样。

一个惨白的人脸忽然在镜中出现，除了穆知深，大家都吓了一跳。镜中的人往后靠了靠，似乎在调整角度。画面清晰了些许，大家看见一个嘴上长着胡须的男人。

"我是喻连海。"男人笑着，看起来很兴奋。他拿出天极日晷查看，这是测算时间的法器，灵域终日黑夜，他们靠这个计算时日。他道："我们已经在灵国走了一天了，一路上都没有遇见什么奇怪的东西，一切都很顺利。黄泉灵国并不可怕，这个灵域虽然很大，走了一天还没有看见边界，但灵不多，并不难对付。不知道捡到这面镜子的是谁，希望你们和我们一样顺利。"他举起镜子四下里照，镜中映现出豆大的雨滴，还有坐在芭蕉叶下躲雨的随行弟子。镜面转回喻连海，他继续道："姐夫去探路了，现在下大雨，他的御风诀比我的飞剑好使。"

"谢宗主回来了！"远处传来喊叫的人声。

"姐夫！"喻连海的眼睛一亮，镜子里的画面晃动起来，明显是他在走动，"前面如何？"

"前面半里路，看到一个荒废的村寨。我带的人少，没敢走太近，在远处瞧了瞧，不像是有活人的样子。"镜面里传来一个年轻的声音。

"但也不一定有死人。"喻连海说，"根据宗师的记载，灵母大部分时间都在沉睡，我们挑夏日阳气最盛的时候进入，她必定沉眠在灵国的深处。我们只在外围略加探索，保持低调，遇见灵母的可能性很小。"

"阿弟说得不错。"那年轻的声音道，"来都来了，怕她作甚？诸位，这里没

第五章 宗门

遮没拦的，我们去寨子里做做客，吃点儿干粮充充饥，好生歇息一番！"

四下里响起欢呼声："好！"

镜子熄灭，周遭只剩下噼里啪啦的雨声。穆知深蹙起双眉。

"他们一定进了那村寨，看来第三面镜子应当在村寨里了。"白笳道。

大家休整了一炷香时间，继续前进。按照镜中记录，喻连海一行人进了半里路外的村寨。他们一径前行，果然发现一座高耸的黑色老寨立在雨中。与其说是寨子，不如说是一座围楼，土砖砌成，有五层，蹲踞在风雨婆娑的密林里，像一只无声的猛兽。

白笳拿起罗盘，指针稳稳地指向村寨："第三面镜子在里面。"

穆知深催动连心锁，道："座师，我们已经取得第二面铜镜，现在去取第三面铜镜。"

"好。"连心锁里传来姜若虚的声音，"知深，一路小心。"

"明白。"

披着蓑衣的一行人走进了老寨，在他们的身后，雨水飘摇狂泻，天际阴沉如铁。

寻微每日都会醒一段时间，不长，但足以让百里决明宽心。裴真说她的病要慢慢调养，急不得。寻微急不得，可百里决明的时间所剩无几了。对镜宽衣时，他腹部的腐烂区域已然扩大，蔓延到了左边的腰侧。他戳了戳那块青黑，泥泞的腐肉在指尖留下浓腻的黑血。百里决明找来纱布缠住腰腹，穿上玄色外裳，再戴上黑布手套。

他的时间真的不多了，可他还没有为寻微找到可靠的归宿。拿出册子，看来看去仍是只有裴真靠谱，百里决明无奈极了，便去童子那儿借来彩绳，打了一根攒心梅花的络子，再挂上一粒香坠子。举起络子对着光看，他对自己的手艺很是满意。

没办法，养娃娃十分费功夫，他又当爹又当娘的，寻微饿了他做饭，衣裳破了他缝，辫子散了他编，连带着络子也是他打。他还学会了绣花，绣个百子千孙图不在话下。反倒是寻微那死丫头，自小没有女红的天赋，让她绣个辟邪踏灵图，她能绣成个狗啃屎。绣了这么多年，她只有杏花绣得像样。

揣着络子去找裴真，他正在灯下翻看医书，见百里决明来了，便仰起脸温煦地笑。

百里决明把络子撂在他的面前，走到一边，假意拿银钩子拨灯花："那个，你看看，是不是比喻听秋那丫头打得强多了？"

裴真接过络子端详，笑道："好手艺，是何人打的？"

095

"还有谁，当然是寻微。"百里决明面不改色地说瞎话，"我跟她说你夙兴夜寐地给她找方子，想法儿治病。她听了就噼里啪啦地掉眼泪，说没什么好报答你的，打一根络子感谢你，以后你的络子、香囊、手帕她包了。你看看，多好的一个姑娘，又贤惠又体贴，你打着灯笼都找不着。"

"多谢娘子美意，有劳少侠替裴真转达谢意。"裴真摩挲着那络子，红绳的缠绕纹理映入眼帘，百里决明打的络子总是又密又实，用好几年都不会散的。裴真看了半晌，道："对了，在下正好缺香囊手帕，劳寻微娘子费心了。香囊里要放忍冬，手帕上绣三朵白杏就好。"

百里决明的笑容僵硬，这小子还真不客气，他勉强道："行，我告诉寻微。"

"寻微娘子厨艺如何？"裴真又问。

"那当然是一等一的好。"百里决明瞎吹，"寻微的厨艺堪比酒楼大厨。"

"不知在下可有幸品尝寻微娘子做的江米酿藕和蜂糕？"裴真笑意盈盈。

百里决明："……"

裴真歪头看他："少侠不愿让寻微娘子为我下厨吗？"

"愿意愿意，等着，晚上给你送来。"百里决明气恼地说，随即掉头出门，跨过门槛又倒退回来，咳嗽了一声，道，"喻听秋的东西，你不能再收了。"

"嗯。"裴真笑道，"再也不收了。"

目送百里决明出了门，裴真从多宝格里取出一个小盒子，打开云样锁头，里面放了一捆旧络子，大多是松花葱绿的娇艳颜色，花样许多，攒心梅花和方胜的都有。他静静地看着，眸子里渐渐地沉寂下来。

门忽然被叩响了，他抬起脸，眸眸里又复归温煦的软光。他道"请进"，紧接着门臼转动，喻听秋提着食盒子进来，笑道："裴真哥哥，又在看医书呢。童子说你爱吃甜的，我给你带了八宝果羹。"她把食盒放上几案，打眼瞧见装满了络子的小盒子，因问道："这么多旧络子，谁打的？好俗的颜色。"

"亡妻。"裴真合上盖子。

"哦……"喻听秋讷讷地道，又瞧见他手边崭新的大红络子，"那个又是谁打的？昨儿我不是送了你一根吗？"

"秦少侠说是寻微娘子送的。"裴真微笑道。

喻听秋一下了变了脸色："是她？！她答应了我，不勾……招惹你的！"病成这样，还能勾人，真是天生的狐媚子！喻听秋气得吐血，抬手夺了那络子，道："裴真哥哥又不缺络子，放在这儿也是多余，我去替你还给她！"

喻听秋的手腕忽然被裴真握住了，他的指法奇特，指尖点住了她腕上好几个穴位。她只觉得腕子一麻，连身体都动弹不得。喻听秋惊恐地看着裴真，这

第五章 宗门

男人依旧是温和淡然的模样，只是望住她的那双眼睛没有丝毫温度。

不知为何，喻听秋的心里涌起深深的恐惧，这个男人的样子分明没有变化，和平日一样无懈可击的容色，一样春风般的微笑，让人见了就想亲近。可凑到这般近才发现，原来他的眼睛里从来没有温度。

"喻娘子逾越了。"他说。

喻听秋下意识地辩解："你听我说，谢寻微不是你看起来那样……"

手里的络子被抽走了，裴真款款地走到门边，略略回眸。

"娘子是逃家而来，依在下看，娘子还是早些归家吧，免得夫人忧心。"

他的声音是极好听的，像玉石一样温润，可声线却是寒凉的。喻听秋听得发怔，他出了门许久她才回过神来。她意识到自己被拒绝了，原来裴真也喜欢谢寻微，她原本以为裴真会和别人不一样。她抱着小食盒，怏怏地出了门。出了裴真的小筑，立在藏书楼的飞檐底下，她举目四望，不知道要去哪儿。

她想她真是个笨蛋，不知羞耻地赖在小筑那么久。裴真是谢寻微的大夫，他们日日朝夕相处，怎么能不动心呢？谢寻微那个女人长得那么好看，他们俩站在一起是天造地设的一对。她忍不住难过起来，很想哭，胸口很疼，往日见到裴真心头乱撞的小鹿一个个地撞得血肉模糊。

她太天真了，她竟然以为裴真会喜欢她。

"喂，听说没有？穆家和喻家要联姻。"藏书楼里走出几个宗门弟子，在交头接耳地说话，"喻夫人要把喻听秋嫁给穆知深，生辰八字都对过了，就等着穆知深下聘礼了。"

"他真是倒了八辈子的霉，摊上这么个婆娘。"有人咂舌，"听闻那喻家娘子骄纵得很，寻微娘子寄人篱下，日日受她欺凌，现在待不下去了，宁肯跟着一个破落户的秦秋明，也不要待在喻家。"

另一人掩着嘴巴笑："穆知深也没好到哪儿去，你看他成日死气沉沉那样儿。上回我哥想结交他，邀他去天香院喝酒，他竟然说'无聊，不去'。不过就是个上上品嘛，看把他给狂的，正好让喻家的母夜叉治治他！"

"我没欺负她！我也不会嫁给穆知深！"喻听秋怒道，她一把把食盒摔到那几个人身上，"乱嚼舌的长舌鬼，我杀了你们！"

那几人见到喻听秋，吓得面如土色，纷纷捂着头跑了。喻听秋追了几步，到底没跟上去，而是抱着膝盖蹲下来哭。所有人都喜欢谢寻微，她聪明漂亮，贤惠大方，是话本子里落难的仙女。而她喻听秋刁蛮无理，骄纵可恨，是专门给仙女儿使绊子的坏蛋。

打小就这样，她的亲哥哥袒护谢寻微，她的表兄弟堂兄弟见了谢寻微迈不开腿,她悄悄喜欢的郎君为了谢寻微上吊,她大胆追求的裴真哥哥为了谢寻微用脸子赶她走,现在她还要被家里强嫁给一个浑蛋。

她从未见过裴真生气,这是第一回。无论她说什么,都没人相信她。只要谢寻微落两滴泪,谢寻微就会得到所有人的偏袒,所有人都相信谢寻微。

她忽然想明白了,天下男人都是以貌取人的猪狗,她再也不要为了这些猪狗伤心流泪。她猛地站起来,闷头往活水小筑走去。她屏息静气,摸到裴真的卧房,细细地听了听,里面没有声响,她推开窗户,翻进屋里。裴真终日浸淫医术,屋子弥漫着清苦的药味儿。入目是高脚花几,乌漆小案,两壁摆着高耸的书架,密密麻麻的满是书册。剩下两壁全是草药,一水儿铜绿色的云头栓,阴出满堂冰镇的凉气。

矮几上搁满了瓶瓶罐罐,她一个个地翻找。屋子里很静,不知怎的,她总有一种被偷窥的感觉。四下里望了望,没有人,她收起心继续翻瓶子,没找到她想要的绝情丹。她抹了一把眼泪,用力吸了吸鼻子。她决定了,她要练无情剑,拿到祖宗剑,成为天下第一个女宗师。男人什么的,都见鬼去吧!

她给自己鼓了把劲,到里屋去寻,在药屉子里高高下下地翻找。忍冬花、王不留行、决明子……就是没有绝情丹。她疑惑地四下里望,花几、桌案、半人高的大铜镜……大铜镜里光影分明,物事摆放得干净整洁,一目了然。

裴真到底把丹药放在哪儿了?

忽然她察觉到不对劲,她明明站在铜镜的对面,镜子里却没有映出她的影子。

这面铜镜着实奇特得很,喻听秋走上前,伸手触摸镜面,手指接触的刹那间,竟穿过了镜面,手臂像没入了潺潺水波,周遭还有涟漪涌动。这不是镜子,而是一个入口。她反应过来,里面兴许就是裴真的丹炉。她弯腰进入了大铜镜,里面光线很暗,入目首先是一截向下延伸的石阶,两壁上有青铜长明灯。她顺阶而下,走了好长一程路,略略估算起来,到了地下五六丈的地方。石阶像是没有尽头似的,越往下走越冷,她最后几乎冻得瑟瑟发抖。等到想要走回头路的时候,面前忽然豁然开朗。

等她看清楚眼前的东西,登时倒吸一口凉气,寒意像一条冰蛇,凉凉地盘在她脖子后面。

人,全是人。

面前是一个大冰窖,一条夹道直通向前,两边站满了赤裸的人,年龄各异,男女老少都有,每个人身后都有木支架撑着。夹道尽头是阶梯,逐级而上,最高处放着一具金丝楠木大棺材。喻听秋的心情很复杂,这些人一看就不是活人,个个面色灰败，脸上罩着一股不祥的死气。她万万没有想到，裴真有收集死尸的习惯。

听说有些人读书读傻了，脑子就会变得很疯狂，她想裴真可能钻研医术钻研得疯魔了。沿着夹道走，两边的死人面目呆滞，瞳子浑浊。明明是一群没有知觉的尸体，喻听秋却觉得它们像在盯着她看似的。

一直走上阶梯，来到棺材边上。棺材没有钉板儿，她探出脑袋往里面看，里面躺着一具焦尸，眼洞深深地凹陷，着一身素衣白服，双手交握在腹前。他身子两边摆了许多花草，多数是药草，素白的忍冬，金灿灿的连翘，绒毛似的蒲公英，像星子一样缀满周身。喻听秋撩了一下他的衣袖，黑炭似的皮肤上有枝枝蔓蔓的青绿色脉络。这是往尸体里填了砒霜的表现，砒霜可以防腐。

这人是谁？裴真把他保管得这么好，一定是裴真很重要的人。

这地下密室灯火不多，大部分地方很黑暗，她边上有一盏长明灯，灯火正好照看棺材和尸体，也把她的影子投在了尸体的上方。她看着自己的影子，冷汗忽然就下来了。

她的影子，长了两颗脑袋。

她摸摸自己的脖子，没有长出一颗多余的脑袋。这并没有让她的心情轻松几分，因为这说明她身后有一个东西贴着她站着，和她靠得极近，以至于影子的身体部分重叠在一起。她太大意了，她想她现在回头，说不定就会看到阶梯下少了一具尸体。

那脑袋一直没动弹，她也不敢轻举妄动，假装自己并没有发现它，稍稍侧了侧脸，用余光往后瞟。斜后方站了一个女人，赤着苍白的脚丫子。她咽了咽口水，余光一点儿一点儿地往上，便见阴影里，谢寻微面无表情地盯着她。

谢寻微？！

喻听秋气不打一处来，没想到是这个死女人，害她吓得半死。她回身想要说话，却见谢寻微一声不吭，直勾勾地将她望着，一层暗淡的阴影罩着她的面孔，有些鬼气森森的感觉。

喻听秋的声音有些发飘，道："谢寻微，你怎么在这儿？吓唬谁呢你！"

谢寻微还是不说话，长明灯照着她的脸，像白瓷一样光华流淌。喻听秋觉得她很不对劲，但又说不出哪里不对劲。入口处忽然响起嗒嗒的脚步声，越来越响，越来越近。喻听秋心下一惊，向四下里望，这里四面空旷，根本没有躲藏的地方。躲棺材里？没有棺板，很容易被发现，况且她也不想和一个死男人躺在一处。没办法，她一咬牙，拉上谢寻微，带着她扎进了阶下的尸堆里。

"别说话。"她小声地叮嘱谢寻微。

她们在靠墙的位置蹲下，后背贴着冰壁，整个人仿佛被冰镇着，喻听秋觉得自己也像一具尸体了。脚步声越来越近了，快要进来了。喻听秋闭上眼睛祈祷自己能蒙混过关，安然无恙地逃出去。人不可貌相，她做梦也想不到裴真表面上是个温文尔雅的贵公子，背地里却是个收藏尸体的疯子。谢寻微怎么会来？或许是因为好奇，和她一样，误打误撞发现了镜子的秘密。也好，谢寻微看清楚了裴真的真面目，省得像她一样被裴真的皮囊蒙了眼睛。

这么想着，喻听秋睁开眼睛，一张苍白的女人脸出现在眼前，喻听秋差点儿吓得尖叫，定睛一看，才发现是谢寻微。这个死女人不知吃错了什么药，和她贴得极近，她们两个人的脸蛋之间几乎只有一掌的距离。谢寻微盯着她看，她的眼神很诡异，越看越觉得阴冷。喻听秋额头上都是冷汗，她忽然发现自己把谢寻微拉进来是个错误，裴真日日给她吃药，这个女人身上一定出了什么问题。

她用手掌抵着谢寻微的胸，让她和自己拉开一点儿距离。谢寻微的身子一让开，她身后那些直挺挺的尸体就露了出来。不知道是不是错觉，喻听秋总觉得那些尸体都斜着眼睛在看她。她和边上的一具尸体挨着，这具尸体也歪着脖子，浑浊的眼珠子斜在眼角，好像在盯着她看。她浑身的汗毛根根直竖，努力回想刚进尸堆的时候，这群尸体是不是也是这样的姿态。可是进来得太急，她没注意看。

等等，她猛然发现谢寻微不对劲在哪儿了。

谢寻微和这些尸体简直一模一样，都在盯着她。

脚步声进来了，喻听秋下意识地屏住呼吸。冰窖进来一个高挑的男人，果然就是裴真。他一袭青衣，落落大方，温和的脸庞看不出丝毫疯狂与凶恶。他一进来就穿行在群尸之中，挨个儿检查它们的身体，手掌按压脸庞、胸口和腰腹，他抖出一块绒布，取银针扎它们的穴位。灯火映照，根根银针精光乱闪。喻听秋提心吊胆，生怕他走到她这边来。幸好他检查了八具尸体之后，便停下了脚步。

"都尸僵了呢，血也凝固了。"裴真看起来很失望，"果然只有六瓣莲心才能保尸体不腐吗？"

他好像在自言自语。

"昆山女灵一事查得如何？同灵国有关系吗？"裴真问。

密室里响起嘈嘈切切的低语，几个黑漆漆的影子从裴真脚下冒了头，沿着周遭两壁升腾而出，汩汩汇入几具尸体的六窍。喻听秋毛骨悚然，腔子里冰冰凉凉的，几乎要结出霜来。她虽然不学无术，却好歹听过一些秘辛传闻。这好像是仙门禁绝已久的"拘怪召灵"术，被拘的灵会成为施术者的灵侍。几百年前仙门复兴的时候就把禁术典籍一起烧毁了，按理说这个术法应该已失传许久了。没想到裴真竟然修习了如此邪门的术法，而且看这样子，他拘了不止一个灵影。

"地裂颇有异动，扩大了一尺有余。"尸体们扭了扭脖子，一个个"活"了过来，破碎嘶哑的声音重重叠叠，阴冷黏腻，像蛇信嗖嗖作响。

"喻连海的头颅，可曾查明来处？"裴真又问。

"尚未。"灵侍道，"再给我们一些时间。那人藏得极深，抓不住马脚。"

裴真微笑，却颇有些阴沉的意味："放更多灵影出去行走，尽快查明此人的身份。吾师名号，岂容他人玷污？"

"吾师"？喻听秋在心里疑惑。

"是。另外，您的替身用得太久了。百里决明虽囿于肉身腐败，难以施展全部的功力，但若不小心谨慎，难免教他察觉破绽。郎君，您必须制作新的肉傀儡。"

"我知道了。"裴真拔出尸体上的银针，在灯烛上灼烧针尖。

他用新死的尸体充当肉傀儡，令灵影居住其中，代替他卧病在床，他才能以裴真的身份行走。然而试验至今，无论用何种药草填充尸身都难免腐败，每隔一段时间，他就要重新安排尸体，为其易容，换上谢寻微的脸面。幸而师尊是个笨蛋，从未发觉他偷天换日的伎俩。

如今最为迫在眉睫的事，是如何保存师尊现居的肉身不腐。他垂下眼睫毛思索着，眉目有些忧郁。

"你们不是说一个小丫头迷了路吗？"裴真取巾栉净手，偏头道，"在哪儿呢？"

"是您那恼人的表姐。"灵侍道，"初五押着她。"

喻听秋的心跌进了谷底，旁边的"谢寻微"冷冰冰地看着她，她从这灵的眼神里看出了轻蔑的意味。一席话听下来，她好像明白了，又好像没有明白。裴真到底是谁？谢寻微怎么了？她满脑袋都是糨糊。

裴真侧了脸，淡淡地望过来。琥珀黄的烛光罩着他的脸颊，仿佛给他上了一层淡金色的妆。从这个刁钻的角度看，喻听秋一下就看呆了，因为她终于发现裴真的轮廓与谢寻微别无二致，下颌线精致的弧度、微微上挑的眼梢、高挺的鼻梁……还有侧过眼瞧人时那睥睨的模样，他们的神采简直一模一样。裴真缓缓地走了过来，烛光烫过他精瓷一样的脸颊，他的面容又回到了阴影之中。

喻听秋后知后觉地明白，谢寻微卸下精致柔艳的妆容，便是裴真。他上妆的技艺很高明，以金花胭脂增添面靥的艳色，以阴影柔和轮廓的锐角，玉簪粉稍稍改变白皙的肤色，螺子黛描摹秀丽的远山眉。他又爱贴花钿，金银忍冬点

101

在额心，更增添几分女子的温柔。醒的时候画额黄妆，病的时候厚敷蝶粉，薄拭目下，做哀病之妆。寻常细节微微调整，整张脸就大不相同了。纵然偶有相似，也让人觉得是巧合罢了。谁又能想到，裴真就是谢寻微？

一切关窍想通，喻听秋一面觉得恶心，一面遍体生寒。

谢寻微开了口，低沉温雅的嗓音幽幽地传过来："表姐，不是让你回家去吗？你为何在此处？"

被发现了，没有藏的必要了。喻听秋一寸寸地挪出来，强自壮着胆子道："我来找丹药，不小心迷路了。你……你是谢寻微还是裴真，你到底是男是女？"

屋子里倏忽间暗下来，四处响起絮絮叨叨的低语声。

"血……"

"活人啊……闻起来很香……"

"郎君，把她送给我们……"

"好饿……"

喻听秋的脊背上泛起恐惧，更多黑影在密室里现形，贴在地砖、墙壁、屋顶上，朝她围过来。原来这屋里压根不仅前面看见的那几个灵影，它们在影子里藏匿着，现在被她吸引着走了出来。她以为她潜进裴真的丹房神不知鬼不觉的，她太天真了，其实她从一进来就被发现了。

"男和女又有什么关系呢？"谢寻微怜悯地注视着她，"舅母对你娇宠太过，让你忘了规矩。你可知有些地方不该踏足，否则……"他眸光盈盈，温柔似水，"要丢了性命的。"

这一刻喻听秋才真真正正体会到他的可怕。他用最温柔的嗓音，说着最残忍的话。这个死女人……不对，死男人！吓她吗，她喻听秋何曾怕过！喻听秋下意识地想骂他，用余光瞥见四面耸动如兽的灵影和虎视眈眈的僵尸灵侍，她立刻怂了，改口道："我就是来通知你一声，我不喜欢你了，不管你是男是女，我祝你和秦秋明百年好合，早生贵子。我还得回家成亲，这就走了，不必相送！"

她扭头想走，却觉得肩膀忽然一沉，动不了了，低头一看，竟见自己的影子被几个黑影压住了肩膀。

谢寻微拾步上了台阶，检查棺材里百里决明的尸身是否安好。尸身的袖子被撩起了一截，他将衣袖披平，手指拂过百里决明的肩膀，轻轻触碰他焦黑的脸庞。他那般模样，仿佛他抚摸的是一个酣睡的美人，而不是一具丑陋的焦尸。他凝视那尸体半响，缓缓地弯下身，在喻听秋震惊的目光里注视着那尸体消瘦焦黑的脸颊。

其实他还是最喜欢师尊以前的模样，所以新用的这具肉身也尽力按照师尊原来的样子去寻。他想起师尊的笑容，还有桀骜的小虎牙，素常温润的眼眸变得深沉。

他直起身，道："幸而师尊已不在此处，他向来最讨厌别人惊扰他的安宁。"

喻听秋强自压下心里的惊愕，好半天才找回自己的声音："那就是百里决明的尸身？我什么都没有动，也没碰你师父的肉身。谢寻微，你放我走，我保证一个字都不说出去。"

谢寻微复又抬起眼睛来，眸光一如既往地温暖动人。

"可是我的秘密都被你发现了，表姐，我该杀了你吗？"

他踏下台阶，一步步地向她走来。

喻听秋心里的恐惧犹如藤蔓一般滋长，两腿发软："你……你……你想干吗？！"

"我原想着，冤有头，债有主，你母亲犯下的错，不必报应在你与大郎身上。可是你何必自寻死路呢？"谢寻微叹息。

"你放什么狗屁，我们喻家待你那么好！你恩将仇报，还要倒打一耙！"喻听秋梗着脖子骂。

谢寻微笑得意味深长："你的母亲把你保护得太好了。"

他解开她衣领上的葡萄扣，脱下她的胭脂色对襟外裳，剩下一层雪白的中衣包裹着她单薄的身躯。喻听秋感到屈辱，眼泪在眼眶里打转。谢寻微抖开她之前见过的那块绒布，银针排列其中，根根锋利，精光乱闪。她预感到他要做什么，也预感到自己即将变成的模样。她想她要死了，和冰窖里的尸体一样，成为谢寻微的陈列品。

谢寻微眉目温柔，轻声道："莫怕，不疼。"

他围着喻听秋游走，青色衣袂翻飞犹如蝴蝶。一根根银针没入她的穴位，百会、风府、脑户、强间……他的手法熟练巧妙，按压她的穴位恍若情人的爱抚，银针无间地贴合她柔软的身躯和脑髓中宫，直到魂魄也接触到针尖的冰冷。

喻听秋知道裴真的针技，这曾经最为人称道的渡厄八针，当世无人能够匹敌，现在用到了她的身上。五感开始退化，身体失去了知觉。视野一寸寸地黑下去，绝望的阴影袭上心头，眼泪从下巴上滴落。最后牙关也失守，手指无力地垂下，她的世界一片漆黑。

第六章

老寨

天极星六月,
封大寨九九八十一座,
人畜勿入。举族西迁,
永生不还。

黄泉灵国，老寨。

天井底下矗立着一块旧石碑，大家围着石碑而站，数根铁链与无数风铃高悬在他们头顶，抬头望去，那些沉重的风铃犹如暗淡的星星，沉默无声。

"穆师兄，这是羽虫篆吗？"白箬抚摸着石碑，问道。

"不错，是玛桑古族的文字。"穆知深道。

玛桑古族类似于夷狄羌胡，生活在西南边陲一带，这个族群很多年前曾在中原活跃过一段时日。方志上记载他们乘象自西而来，断发文身，手捧莲花。五百年前仙门复兴，三千秘藏焚烧于长江水畔，玛桑人举族退出中原，销声匿迹。他们的文字也已经失传，即使是仙门之中，也没有人懂得羽虫篆。座师博闻强识，或许有所了解，穆知深唤醒连心锁，道："座师在否？"

连心锁忽闪忽灭，姜若虚的声音断断续续的，难以听清，穆知深又唤了几次，里面的声音变得沙哑难听，莫名地有些诡异。

"座师？"穆知深皱起眉头。

连心锁里的声音忽地清晰起来，却变成了一个陌生的男人低音，说了句他们听不懂的话。

"何人？"穆知深问，"何人说话？"

男人重复了几句相同的发音，语气却越来越急促，最后一句说到一半，声音又断断续续地听不清了。穆知深持续为连心锁注入灵力，锁头忽地一亮，里面传来"咯咯咯"的声响，穆知深一惊，立时切断灵力流。

大家面面相觑，一个叫姜陵的弟子脸色苍白，问："刚刚那是什么声儿？"

"好像是灵的笑声。"有弟子小声地说。

灵肉身腐烂，喉咙受损，发出的声音大多破碎嘶哑，像含着痰似的，就像是这样。

第六章 老寨

黄泉灵国原本就是灵域,有灵也不稀奇。比较奇怪的是那个陌生的声音,有人模仿了一遍男人的发音:"哄嘛拉尼波……说的是什么东西?"

"咱们的连心锁连上了别人的连心锁吗,除了我们,还有人在灵国?他是不是在向我们求援?"

不可能,连心锁都是一一配对的。穆知深再次尝试联系十八狱,这回连心锁怎么也亮不起来了。他心里有一种不祥的预感,低声道:"保持警戒。"

大伙儿都点头,这时,蹲在石碑面前的白筘忽然喊道:"我知道上面写的是什么了。"

大家望过去,白筘触摸石碑背面,道:"这里有中原文字,写的是……天极星六月,封大寨九九八十一座,人畜勿入。举族西迁,永生不还。"

怪不得这里这么破旧,原来是被玛桑族抛弃的寨子。按石碑上写的,他们将八十一座寨子都封掉了。野林子里的族群大多穷困,他们竟然狠下心抛弃这么一大片地盘,这实在是说不过去。难道那时发生了什么事,让他们不得已封掉赖以生存的老家,迁徙他处?

大家七嘴八舌地讨论,达成的唯一共识是寨子被封之后才有了灵域。兴许玛桑族人西迁就是因为灵作祟,他们预料到此地即将被恶灵占领,遂留下碑石,举族逃亡。他们走后,灵母占据了老寨,此地成为黄泉灵国。

白筘对比中原文字和羽虫篆,说:"中原文字刻得很潦草,而且痕迹很浅,好像是匆匆刻上去的,和羽虫篆绝对不是同一人所留。在我们之前另有中原人来过此处,他翻译了羽虫篆。是谢宗主那支队伍吗?"

"不是,他们之中无人通晓羽虫篆。"穆知深摇头。在遇见这块碑之前,更无人知道黄泉灵国同早已销声匿迹的玛桑黑教有关。穆知深沉声道:"这块石碑是个警告,翻译羽虫篆的人意在警醒后来者。"否则那人没有必要将中原文字刻上石碑,字迹又这么潦草,他那时候一定遇见了什么。他在提醒他们,寨中有危险。

中原文字的长度比羽虫篆短了一截,白筘道:"啧,还有一半那人没有翻译,不知写的是什么。"

大家讨论了一番,决定先往里面走走看。他们这次做了充分的准备,选派的弟子都是宗门上品高手,远比上一支喻、谢族人要强,若遇见不对劲的地方,再慎重决定是否要深入。

白筘和穆知深领头,所有人登上了围楼,在走马廊里行进。他们上了第二层,脚下的木板随着他们的踩踏发出刺耳的轧轧声,大家不由得尽力把脚步放轻了一些。远处黑魆魆的,除了他们的呼吸声和脚步声,没有半点儿声响。飞檐上挂了风铃,铁青色,早已锈迹斑斑。走马廊一侧是屋子,排门破旧,还有虫蛀的小洞,隔着洞往里面看,黑黝黝一片,什么也看不清楚。另一侧面对天井,雨水在疯狂地往里面灌。

姜陵压低声音道:"好黑啊。"

"真是奇了,咱们进了十八狱地裂,竟一下子从天都山到了南边的深山老林。"有人道。

穆知深摇摇头:"并非如此,黄泉灵国不在人间。"

"什么意思?"有民夫讶异道,"黄泉灵国不是灵母的灵域吗,难道真是阴曹地府不成?"

"当然不是,若是阴曹地府,起码得有牛头马面吧?"白笳耸耸肩膀,"'黄泉灵国不在人间'是大宗师说的,他不曾解释,我们也不知道是什么意思。或许它只是一句隐语,背后另有玄妙深意。不过这句话很有道理,因为按照我们今日走的脚程,起码有十几里路,黄泉灵国显然比这更大,最小也有一座金陵城的大小。这么大的地界,御剑空中必然能看见。但从北到南,宗门从不曾搜探到这么大的灵域。"

"真奇怪,这么一大片地方,能藏到哪里去?"

姜陵摸了摸掉了漆的栏杆,手上全是湿漉漉的雨水。弟子们点起风灯,盈盈几盏亮光在黑暗中升起,摇曳忽闪,像灵的眼睛。大雨滂沱,老寨里无比寂静,天地间似乎只剩下雨声了。

穆知深把人分作两队,让一个师弟带领一拨人搜寻第三层,他带着人去了第二层,两队分头搜寻八角铜镜。穆知深首先搜寻右手边第一间屋子,伸手推门板,没有推动。

"被闩住了?"白笳在一旁道,"这种老寨子门闩都是横杆,把刀戳进去移开就好。"

说着就要拔刀,穆知深却皱着眉头摇了摇头。

"门的重量不对。"他说。

他这么一说,白笳立刻知道不对劲了。穆知深抬手接过后面师弟的风灯,弯下身对着门缝儿看了看,淡淡地道:"门后有人。"

有人,还是有灵?白笳看着穆知深,这厮没什么表情,说话的语调好像在说"今天天气很好"。他看起来很冷静,有这样冷静的同伴自然是好事,可白笳总觉得他只是单纯的没表情而已。或许即便死到临头了,他还是这副面无表情的模样。

白笳凑过脸来看了看,门缝后面果然有一个高大的人影,靠在门板上一动

第六章 老寨

不动。

看这委顿的样子，应该是死人，只是不知道会不会中途起尸。起尸也不怕，他们都不是吃素的。白笳招来人，大家一起用力地推门板。使出吃奶的力气，才推出一条容一人通过的缝隙。进到里面才发现，门板后面堆满了桌椅箱笼什物，一具面容狰狞的尸体挤在当中。

白笳锁紧眉关："看穿着是仙门弟子，一定是上一支队伍的人。上一支队伍是十多年前进来的，他怎么没有腐烂？"

尸体的皮肤完好，面容十分清晰，眼球暴突，一副咬牙切齿的模样。弟子们挨个儿进门，都被他的死相吓了一跳。大家提着灯检查屋子里的陈设，这地方到处都是灰尘，地板上厚厚的一层，像铺了满地的盐巴。花几桌椅都靠墙摆着，中间的火塘有点过火的痕迹，铁锅和好几个瓷碗倒扣着放在地上。

白笳翻开锅碗，里面是空的。民夫在一旁吃干粮，边吃边打量四周。墙上放了一个神像，有十一张脸，似男似女，最下面四张珊瑚色愤怒面，第二层三张黑色寂静面，第三层三张金色微笑面，最上面一张是白色的，没有五官。所有脸层层叠加，堆成一座塔的模样。第三层的微笑面正似笑非笑地看着他们，很诡异的样子。

"有尸体不是好事。"白笳说，"他们曾经在这里休息，大概休息了半炷香时间，吃了东西填饱肚子，很快便出了变故。"

"你怎么知道是半炷香时间？"姜陵问他。

"煮面煮肉大概需要半炷香时间。"白笳捡起那几个空碗，"碗是空的，还有油渍，他们赶了一天的路，很累，吃得很干净。"

穆知深蹲下身摸了摸破旧的木板地，指尖殷红，是血渍。

"正当酒足饭饱的时候，外面来东西了。"白笳说，"那东西一定很凶，他们对付不了，垒起桌椅箱笼堵住门，不让它进来。一个前辈牺牲了自己，挡在门前面，剩下的人逃走了。"白笳压下风灯，光照亮血迹斑斑的木板地，血液一直延伸向里屋的门扇，白笳推开门，里面是内圈的内廊，通向其他屋子。

民夫咽了咽干粮，惊恐道："那东西会不会还在这儿？"

"不用怕。"姜陵拍拍他，"穆师兄可是雷法传人，宗门评定上上品。撇开穆师兄，我们大家都是上品，联起手来对付道行一百年的恶灵都绰绰有余。上回那支队伍不过八人，难免捉襟见肘。"

"可是喻宗主和谢宗主都在，他们联手都对付不了那恶灵吗？"

"谢宗那时候和我们的年纪差不多。"白笳指了指地上的碗，"而且突变发生的时候他应当不在这里，碗只有四个，周围只有剑痕，没有风法的痕迹，这里

109

只有喻宗主和他的族中弟子，谢宗主应该带着剩余的三个人去了其他地方。"

穆知深向白笳示意，白笳唤起连心锁，问："师弟，你那边如何？"

锁里传来另一支队伍的声音："我们发现了喻、谢两家人的尸体，是上一支队伍的前辈，一共五具。"

穆知深道："好，你们过来，和我们会合。"

"是。"

白笳知道穆知深的用意，既然这里有喻连海都难以对付的灵，分头行动不是个好策略。他们沿着血迹蔓延的方向往里面行进，沿途贴上符咒辟邪，同时告诉从第三层下来的队伍他们的行进方向。

内廊很狭窄，几乎只容两个人肩并肩一起走。仍旧是穆知深和白笳打头，其他人跟在后面。走到一半的时候楼上的队伍下来了，跟在了最后面。到尽头，前面豁然开朗，又是一间小屋。里面堆满了米面袋子，看来是老寨的粮仓。血迹到这里就不见了，仿佛逃生的人凭空消失了。

"怎么回事？"姜陵向四下里看，愣是找不到半点儿血迹。

血迹突然消失了，实在是匪夷所思。他们又返回去找血迹，发现它在进入这间粮仓的瞬间就断了。有人爬上梁去找，看有没有尸体，梁上都是厚厚的灰尘，连个脚印子都没有，他跳下来，沉重地摇了摇头。

现在的情况很诡异，前一拨人遇见危险，留下一个人用性命堵门，剩下的人逃跑，可逃跑的人逃着逃着就统统消失了。姜陵猜测是不是灵的术法，就像鬼打墙那样把他们困在内廊里，所以他们根本没有从内廊里出来，这粮仓里自然也不会有他们的痕迹。

但白笳很快便否定了这个猜测，喻家人好歹都是修士，被鬼打墙困住，定然会有应对的方法，怎么也会有符咒留下，可一路走来内廊干干净净的，除了血迹什么都没有。姜陵被白笳堵了话，颇有些不高兴，白笳毕竟是个外姓弟子，现在却似乎比内门弟子还要出风头。穆知深一直不吭声，他转而寻求穆知深的意见，却见那沉默的男人拔出刀，凛冽的刀光在空中一闪，数个米面袋子都破了洞，白花花的面粉从里面流出来，最后露出一截枯槁的手臂。

白笳上前把袋子拉开，登时惊呆了。

有两具尸体藏在米面袋子里，浑身雪白，乍一看像雪人似的。

原来他们藏在了这里，定是没有受伤的人擦除了地上的血迹，但是时间紧迫，只来得及擦掉粮仓里的。然而他们最终还是没有逃过一劫，全都死在了这里。

有人翻着麻袋，奇道："这里的米放了多久了，竟然都没有发霉？"

第六章 老寨

正要翻到角落，忽然有个雪白的东西从米面里蹿出来，直扑向那人面门。那人的反应慢了半拍，腿脚竟然僵着不动。那人脖子被谁拉了一下，一柄刀横过眼前挡住了那白尸的利爪，割下它半截袖子来。白尸踩着刀刃借力在空中翻了个筋斗，破窗逃了个没影儿。

"老天爷，吓我一大跳。"那人瘫倒在地，"那是上一支队伍的前辈吗？怎么变成灵了？"

"仙门的人就不能化灵吗？大家都是人，只要是人就能变成灵。"白笳笑了笑，伸手把那弟子拉起来，"没事吧，幸好不凶，毕竟是咱们仙门的前辈，变成灵也是好的灵。"

有个袁家弟子在后面小声道："那可不一定，穆师兄的父亲就……"

"慎言！"姜陵的眼睛一瞪。

穆知深依旧没什么表情，白皙的脸庞近乎冷漠。他捡起地上的袖片，将面粉吹掉，是喻氏的流云白绫。他的神色变得很凝重，将刀收回鞘内，道："此地古怪，第三面铜镜放弃，即刻回程。"

"咱们都走到这儿了，这就放弃？"那袁家弟子问，"黄泉灵国咱们才刚刚摸到边儿！"

穆知深瞥了他一眼，道："这几具尸体死因不明，那个杀了他们的灵很凶，它若出现，我没有把握护住你们。"

"穆师兄也未免太自信了些，我虽然不及你，好歹评定也得了个上品，需要你护什么？"那袁家弟子冷笑道。

他还想说些什么，内廊的尽头忽然响起脚步声，似乎就是在方才他们过来的那个屋里。所有人登时不出声了，连那姓袁的都闭了口。

咔嗒、咔嗒、咔嗒。

脚步声有规律地响着，似乎在徘徊逡巡。穆知深做了个手势，所有人默契地灭了灯。

不可能是他们的人，穆知深数过人数，原本在第三层搜寻的人一个不少，都下来了。是方才那个白尸？还是……一个可怕的猜测像乌云一般罩在心头——难不成是杀了上一支队伍的那个灵吗？

它仍在屋子里走动，咔嗒、咔嗒、咔嗒，听起来越来越靠近内廊了。他们听见它低低的语声，叽里咕噜的，像含在喉咙里似的，听不清在说什么。

大家不敢轻举妄动，毕竟地上的木板太破旧了，随便挪动一步发出来的声响都十分刺耳。黑暗无比深邃，铁幕一般罩住所有人。脚步声渐渐地消失了，低语声也听不见了。深沉的寂静里只听得见大家的呼吸声，一下一下，有几分颤抖。

就在这时，穆知深发现了不对劲。

十五个人，理应是十五道呼吸声，可这间屋子里他只听得见七道呼吸声。还有八个人静如死尸，无声无息。从楼上下来的队伍刚好就是八个人，他蓦地想起那八个人从下来开始就没有开口说过话。

有谁拉住了他的腕子，根据位置判断是白笳，那个袁家的外姓弟子。

白笳翻开他的手掌，在他掌心里写：

仓中有灵。

脚步声在内廊的入口处徘徊，应当是忌惮廊内贴着的符咒。他们贴的是穆家的雷符，"雷，天地中枢也"，不死不活的东西惧怕雷法。穆知深缓缓地扣住刀镡，他的刀无声地滑出刀鞘。他记得那八个灵站的位置，他要越过四个同伴，三个呼吸之内出六刀，其中两刀连斩两灵。他缓慢地吐息，将呼吸调整到最佳状态。

一、二、三，他默数，拔刀！

天际忽然闪过电光，像一柄刀斩破漆黑的夜幕，天地间霎时亮了一瞬。一个长满眼睛的脸庞蓦地出现在眼前，占据了整个视野。他的脸上足有九只眼睛，可穆知深竟然看得出他的表情，阴沉，冷漠，无端地狰狞。这家伙不知道什么时候来到了穆知深的面前，穆知深竟然完全没有察觉，他们面对着面，只隔了一个人的距离。

穆知深瞬间发现自己动不了了，手脚像灌了铅似的沉重无比。那长满眼睛的脸恶狠狠地看着他，忽然往前一冲。就在这一刻，电光消失，屋子里重新回到一片漆黑。他的身体刹那间恢复，他下意识地改变了刀势，刀柄反握，刀刃划过灵的咽喉。他在十数年间反复练习拔刀与挥斩，杀戮的动作已经刻在了骨子里，不需要思考就能做出反应。

黏腻的血泼刺刺地喷溅出来，淋湿穆知深的右手。普通的刀斩对灵没有效用，灵感受不到疼痛。无根雷后发而至，刀刃现出青光，雷火沿着刀槽注入灵的体内。灵跌倒在地，与此同时几步外响起惨叫，是那几个民夫的声音，数个呼吸声戛然而止。其他弟子被灵扑咬，血光四溅。

白笳拉住穆知深的手臂："救不了了，快跑！"

他们一同往外跑，推开门，外面是一间厅堂，急步撞开大门，却进了另一个狭窄小屋。这不太对，按照跑出来的脚程，他们这时候应该已经到了走马廊才对，怎么现在还在屋子里？黑暗里什么都看不清楚，白笳四处摸寻找门。穆知深点起火折子，与此同时后面响起咔咔的声音，是那帮灵在活动关节。

白笳按住他的后脑勺，道："别回头！不想死就别看那些灵！"

白笳找到了门，两人迅速跨过门槛，同时脚一勾，不回头就关上了背后的门。穆知深反手贴上雷符，继续奔逃。

那些灵的眼睛有问题，穆知深想起自己的身体那一瞬的僵硬，将视线固定在前方。

屋子一间又一间，仿佛没有尽头似的。远处响起破门声，一扇接着一扇。那帮灵的速度很快，离他们越来越近！同时穆知深注意到白笳一直在东张西望，仿佛在寻找什么。

"座师、座师！"穆知深试图唤起连心锁，指尖的微光闪烁不停，锁里传来的声音时断时续，听不清楚。灵力流被什么东西阻碍，续不上。穆知深放弃了，把连心锁扔掉。两人又跌进一间屋子，他迅速地关门，反手贴上雷符，这多多少少能减缓那群灵行进的速度。

趁着灵还没追来，白笳四处翻东西。穆知深问："你在找什么？"

白笳没回答，反问他："我们进来多久了？"

"半个时辰。"穆知深拿出天极日晷看了看。

白笳道："时间快不够了，我在找六臂童子金身塑像。"

"为什么要找塑像？"

"说起来太麻烦，总之你要是看见了，记得告诉我。"白笳一笑，眉眼弯弯的，像两道月牙。

"你不是白笳。"穆知深冷冷地说，"你是谁？"

这人笑着，身上的气质顿时变了，方才还是个端庄正派的仙门儿郎，现在却多了一种流里流气的痞相。他道："好孩子，在这里问我是谁没有意义，你该问怎么才能活下去。"远处又响起了破门声，这次离他们近了很多，他摊摊手，"被那帮东西追上可不是好事。"

他们继续跑，路过许多间屋子，有的屋子还坐着人形的东西。来不及细看那是什么，白笳抓着他飞跑。后方响起破门声，灵近在咫尺了，他们很快就要被追上了！

白笳忽然"咦"了一声："这好像是我们刚进来的地方。"

风灯摇曳，微弱的光芒照亮墙上的十一面神像，穆知深的目光一扫，看见地板上的焦黑火塘，几个倒扣的碗也在原地，但原本坐在月牙桌上的拦门尸不见了，地板上还多了一条仅容一人通过的裂隙。

他们竟然回到了最开始的那个屋子。

穆知深走到桌椅箱笼堵住的门板边上,透过门缝往外看,外面不是走马廊,而是一间陌生的漆黑狭窄的小屋。

"唉,没办法了。"白笳长叹一声,开始转动手腕活动关节,"穆师兄,等会儿那帮怪东西来了之后,我会把它们拖住。你呢,就使劲跑,找有六臂童子的屋子,这个老寨只有那里是安全的,不用管你舍己为人的师弟我,跑就对了。"

穆知深没说话。

"不信任我?"白笳问。

"嗯。"穆知深很诚实。

"那好吧。"白笳很无奈,"那你自己找出口吧,别怪我没有提醒你,这地方相当危险。你最好能撑到你爷爷派来的后援到达,不过按照我的经验,那些后援九成九也会死在这儿。"

穆知深没什么表情,一点儿也没有被吓到的迹象。他问:"你是谁?为什么这么熟悉这里?"

"你好奇心怎么这么重呢?"白笳从怀里掏出许多铁铃铛,挂在屋里各个角落,"很多人都熟悉这里,除了我,还有无渡大宗师、他那个灵师弟百里决明。说实话我真的很想说,你们仙门不应该和百里决明作对,我这辈子见过最好玩的灵就是他了。你见过哪个灵会在街口吹火龙挣钱吗?"

"没见过。你是谁?"

真是个无趣又固执的家伙。白笳无奈地笑了笑,拔出刀,做出预备的姿势:"嘿,师兄,没空和你聊了,咱们的好朋友来了。"

他的话音刚落,破旧的木门被大力冲破,火折子立时被白笳吹灭,唯一的光源消失,黑暗像冰冷的水潮漫灌了整间屋子。穆知深感受到一种冰冷阴森的气息,那是灵进屋了。

四周忽然响起铃铛声,身前刮过一道冷风,灵嘶吼着扑向那些铃铛。穆知深终于知道了铃铛的功用,原来是用来吸引那些灵的。铃铛声此起彼伏,白笳不知道用了什么办法,同时精准地控制了所有铃铛的摇动,像逗狗一样招引着那些灵。穆知深安然无恙地穿过火塘,踏入了下一个屋子。

走回头路的路上他发现经过的屋子和第一次走时不同,许多屋子是从没去过的新屋子,就像方才他莫名其妙地回到了开头那个火塘屋。这个老寨十分诡异,格局不时地变化,里面简直像一个迷宫。他一路做标记,打开第二十扇门,他到达了有六臂童子神像的屋子。屋子时常变换,即便做了标记白笳或许也无法来到这里。但他的直觉告诉自己不必担心那个人,他比自己更加安全。

第六章 老寨

他们这支队伍的人选是姜若虚定的,在到达十八狱之前他并不认识队伍里的人,能确定的是所有被遴选进来的弟子必然来自江左四宗。白筘是谁?此人提到过百里决明,言语间似乎甚为熟稔,穆知深知道百里决明已经从封印里脱逃,难道白筘是百里决明派来的吗?

现在思考这些没有意义,穆知深举起火折子打量四周,这里堆满了桌椅橱柜和用了半截的木料,地上铺满了像雪花似的木屑。风灯照亮一方黑暗,他的影子打在墙上,拉得长长的,乍一看像有一只灵影时刻跟着他似的。有一面墙几乎垒满了几案和小杌子,最高处便是那神像。穆知深挑起风灯细看,神像约莫有小腿这么高,梳着小髻,挥动着六条莲藕似的手臂,手上各拿着银、琉璃、珊瑚、砗磲、赤珠和玛瑙。

这里很安静,没有人,灵也还没有出现,只有淅淅沥沥的雨声,仿佛破墙而出就能到外面。

穆知深在屋子里游走,看看有没有什么有用的东西。板壁上有很多乱七八糟的图画,像是孩子的笔触,线条凌乱,辨不清形状。几案上有用钝器磕过的痕迹,乌漆被砸掉了,案面像生了麻子似的斑斑点点的。这里曾经待过一个孩子,他喜欢在这里捣乱。

他蹲下,把背在身后的包袱翻出来,从里面取出一枚连心锁,输入灵力。

"穆知深存活,白筘生死不明,其他人死亡。"

连心锁光芒闪烁,却没有声音传来,他并不在意,继续游走。灯影腾挪,他忽然发现一块案板底下搁着一面铜镜,摸出来看,果然是上一支队伍留下的八角铜镜。他把风灯放在凳上,盘腿坐下来,画符打开铜镜。里面黑魆魆的,即使对着光也看不清镜中的图景,只有穆知深自己映在上面的影子。

"我是谢岑关。"镜子里传出一个沙哑的声音。

"对面的,你也被困在寨子里了吗?我想应该是的,这个地方太出乎我们的意料了。没有尽头的房间,即使打破墙壁,也还是房间、房间、房间。我和其他人失散了五十八天,干粮和水都快见底了,幸好在上个屋子找到几个发霉的馒头,勉强能对付几口。"

镜子里稍微亮了些,现出一个胡子拉碴的下巴,穆知深听见里面有雨声,或许是闪电照亮了黑暗。

"记录这个其实也没多大用处,我想进到这里的人都会死吧,这讯息约莫是永不见天日了。"他的声音充满疲惫,"我们太不知好歹了,来这里是完完全全的错误。他们说这里是灵奇之地,有无数灵药,甚至能起死回生。我原本想着找到阳极秘宝,帮我的寻微改变纯阴之体,让他做个普通的孩子。可这里没有

115

药方,没有起死回生,只有死亡。"

穆知深默默地听着,他知道谢寻微,她是谢氏孤女,命运悲惨。

"我快绝望了。"在黑暗里,谢岑关似乎笑了笑,"不过你可能还有希望,人都是想活的。你看那帮恶灵,就算附在别人的身体里也想要活下去。如果你想再挣扎一下,我可以把我知道的东西告诉你。

"如你所见,这地方奇诡得很,原本是走马廊的地方怎么找也找不到,我们被困在房间与房间之中。其实你很快就能再见到走马廊,不过到时候你应该没有胆量出去。为了逃脱这个地方,我做了很多次尝试。我猜测猫腻出在门户,不能从门户走。所以我打破了墙壁,情况还是一样,我到达了下一个房间。这是第一次尝试,失败了。

"然后我开始第二次尝试,这次我沿着一个方向使劲跑。这地方再大,总有一个边界吧。然而我跑了将近两个时辰,被一帮灵追在屁股后面,依旧没能出去。第二次,同样失败。

"那么只剩下最后一个猜测,也是我根本无法验证的猜测——这座寨子是活的。"

"不可能。"穆知深说。

"我知道你肯定会说'不可能'。"谢岑关笑道,"我只是打个比方而已,有时候打比方能说清楚难以说出的东西。我说的'寨子是活的',和灵母的术法有关,然而我想了半天也想不出灵母的术法到底是什么。不过,我发现了另一样重要的东西。"

"如果你拿到这面镜子,而且这面镜子没有被移动过的话,那么你应该在一个堆满家什的屋子里。这里应该是一个木匠的仓库,我刚刚发现,桌椅橱柜全是用香杉木做的。只要是修道之人,应当都知道香杉木是阴气极重的木材,卖棺材的人叫它'阴材',很少有人会用它打家什。若做棺材,则死人十有八九变为凶尸。"镜里昏黑的图景在移动,是谢岑关挪到了墙边,他叩了叩板壁,"更可怕的是,我发现这整座寨子的木料用的都是香杉木。朋友,我们在一口巨大的棺材里啊。"

穆知深拿起一截木料端详,的确是香杉木。这里到底是什么寨子?为何修建寨子的人会选择香杉木做木料?寨子由阴木搭建而成,其中的死尸极易发生凶变。他之前运气好,粮仓的两具白尸都没有起尸。现在想想,之前在内廊外面徘徊的应该是那具拦门尸了,它在他们进入内廊后凶变了,怪不得第二次去到那间屋时没看见它。

谢岑关揉了揉喉咙,还想继续说什么。正在这时,他那边的屋外面传来了喊声。

"快，那东西要来了——"

谢岑关猛地站起来，隔着窗纸往外面看。他折回来，急忙道："我得走了，那是喻家阿弟的声音！根据我的经验，要想活得久一点儿，必须遵守一条规矩，我把它刻在地上了，你找找。"他最后说，"后来者，希望你能活下来。"

镜里传来门开阖的声音，再无声响了，也没有听见喻连海喊谢岑关的声音，镜里镜外一片死寂。穆知深低下头抹地上的木屑。

刚抹出一行字，屋外忽然响起幽幽的风铃声。是铁链上的风铃？他没有轻举妄动，透过窗纱的洞往外面瞧，老寨的格局又变了，外面竟然是他寻觅已久的走马廊。大雨依旧在下，婆娑的雨线飘飘摇摇的。走马廊的尽头罩着一层诡异的红光，区域还在扩大，向着他的方向蔓延。

红光深处有什么沉重的东西在动，"沙沙……沙沙……"，他感受到地板被那东西震动得簌簌颤抖，像是恐惧的战栗。

什么东西？

红光的蔓延速度很快，那东西就快过来了。穆知深终于知道谢岑关那句"其实你很快就能再见到走马廊，不过到时候你应该没有胆量出去"是什么意思了。他反身去查看谢岑关留下的"规矩"——

"金刚铃响，猛灵必出！"

窗纱都已变得深红，现在走必定会被发现。穆知深打眼瞧见百宝橱，当机立断，脱了衣服，露出布满整个上半身的恶灵文身，文身在接触空气的刹那间仿佛更加浓墨重彩，恶灵的脑袋在他紧绷的胸口金刚怒目。他迅速蜷身躲入百宝橱，屏住声息。

第七章

灵国

恶灵为其百姓,行尸为其子民。

天都山，宗门。

喻听秋失踪了，喻凫春来活水小筑找过百里决明很多次了，问他有没有见到她。百里决明哪知道那死丫头上哪儿去了，敷衍道："约莫是情场失意，灰溜溜地回家了吧。"

裴真正在一水儿云头栓的药屉子里分拣药草。

"怎么会呢？"喻凫春坐立不安，"我去信问了家里，二妹并未回家。"

百里决明掉过脸来："你这妹妹太不让人省心了，净给人添麻烦。去她屋里瞧过没有，衣裙可还在柜里？"

喻凫春如梦初醒般站起来，急匆匆地去喻听秋屋里查看，回来的时候满脸的忧愁，手里拿着一封书信。

"秦少侠，阿秋出走了。"他哭丧着脸道，"衣裙一件不剩，统统带走了，只留下这封书信，说她出去散散心。这可如何是好？母亲还要我带她回家备嫁呢。"他来回踱步，忧心忡忡道，"天都山她没来过，她会去哪儿呢？万一叫坏人拐走了可怎么办？"

裴真朝喻凫春说："大郎若不放心，我会委派弟子搜山寻找，天都山四处都有法阵护持，只要喻娘子没有进地下十八狱，便不会有事。"

"地下十八狱？"百里决明挑起眉毛。

"天都山封印恶灵的地方，越往下封印的灵越是凶恶，之前百里决明便被镇压在第十五狱。"裴真道，"不过十八狱以咒符传送进入，宗门之中只有座师和诸位长老持有咒符，喻娘子是进不了十八狱的。"

百里决明却只注意到了前半句："哈？才第十五狱？"他觉得自己受到了轻视，非常生气，"凭百里决明的本事竟然进不了第十八狱，你们是不是看不起他？"

第七章 灵国

喻凫春站起来朝裴真作揖:"二妹的事便有劳先生了,若有消息,请务必告知凫春。"

"一定。"裴真颔首微笑。

窗外响起一叠脚步声,童子在外面细声喊:"先生,天师传召,唤得很急。"

"好,就来。"裴真朝喻凫春和百里决明抱歉地笑了笑,"宗门内务,裴真失陪了。"

"天师还传召了秦少侠。"童子说,"不,是邀请。天师说,恳请少侠务必拨冗前往,有要事相商。"

喻凫春很惊讶,秦秋明的面子竟然这么大,连宗门天师对他都彬彬有礼的。他激动地说:"秦少侠,你真是太厉害了。姜天师是咱们宗门德高望重的老人,道法一等一的好,打宗门创立开始他便是天都山掌宗了。各家若有龃龉,都是他出面调停。"

什么天师地师的,百里决明并不买账。然而他现在到底是披了张小辈的皮子,还指着宗门医治寻微,所以不能太张狂。他勉强点了头,跟着裴真走。

咒符打开法阵,踏进去天旋地转,周边的景致完全变了个模样。

入目是坚硬漆黑的岩石,砌成漆黑漫长的甬道。他们并不往里面去,而是踏上飞仙石。石台飞速下降,十八层灵狱在面前层叠而过。百里决明什么也没看清,直抵最底层第十八狱,炽热的气息扑面而来,脚下的石头冒着浓浓的黑烟,缝隙里闪过岩浆金红的光泽。

这里是天都山镇压恶灵的最底层,百里决明却感受不到丝毫恶灵的气息。有一股比恶灵更为深重的阴气萦绕鼻尖,百里决明皱起了眉头,提步走下石台。

远处是一道黑黝黝的地裂,走上前抻长脖子探看,地裂极深,看不清底下的光景,仿佛跳下去就是地心深处。数个宗门长老分立地裂两侧,指尖青光闪烁,连成一条陡折的线。光线的中央是一枚连心锁,锁头虽然闪闪发亮,却始终没有人声传来。他们指尖的光时隐时现,很不稳定,每个人的脸上都冒出细密的汗珠,看得出灵力消耗很大。

百里决明望着地裂,黑暗在他的脚下无边无际地延展,他没来由地感到一阵心慌。

"这下面就是黄泉灵国。"一个苍老的声音响起在身侧,百里决明转头看,看见一个白衣白发的老人。他掖着双手,目光清明,举手投足间有名士的风流。"我是姜若虚,宗门的天师。"

百里决明勉强对他作了一揖:"秦秋明。"

"少侠可曾听过黄泉灵国的传说?"

百里决明懒懒地道:"听过,天下最大的灵域,据说有一个国那么大,恶灵为其百姓,行尸为其子民。它不在人间,只有有缘人能进去。民间有传闻,夜半子时在十字路口点蜡烛,烛光会开启一条通往灵国的路。十几年前徽州府有个卖油布的和同伴比谁胆子大,在十字路口点灯,第二天早上便横尸街头。人们以为他被黄泉灵母吸走了灵体,其实他们弄错了,他只是单纯地撞灵而已。那样根本开启不了黄泉路,夜半三更阴气最重的时候在路口点灯,不招灵才怪。"

"少侠说得不错。事实上,我们目前所知直接通往黄泉灵国的路只有一条。"姜若虚道,"三百年前,天都山地震,震开了地底十八狱,也震开了这条地裂。无渡大宗师发现这条地裂通往灵国,以术法掩盖十八狱,防止无关的人误入灵国。可是传说诱人哪,"姜若虚叹息了一声,"灵国是这世间最大的灵域,也是存在最久的灵域。没人知道它形成于何年何日,连享寿五百余年的无渡大宗师也不知道。传说那里藏着生死的奥义、灵的本质,更有无数奇珍异宝。十八年前,喻连海和谢岑关联手组建了一支八人小队,遴选的都是两族才俊,更有两大宗主一同带队。那是江左仙门第一次探寻黄泉灵国。"

"可他们没能回来。"百里决明道。

"是啊。"姜若虚道,"当年喻、谢两家探索灵国,在其中留下了四面八角铜镜,记录他们行进的所见所闻。这是宗师定下的规矩,若小队失联,搜救者可以依照铜镜获知小队行进路线。他们失踪以后,我原本想派出小队救援,宗师阻止了我,断言他们绝无生还的可能。我无可奈何,只好封存十八狱,不许任何人再进入灵国。可是没想到,时隔十八年,喻宗主竟以恶灵之身回到了喻家。"

"喻连海回来后,让你觉得无渡的话不可信,黄泉灵国并非一去不回之地?"百里决明笑了,"所以你又派了人进去?"

姜若虚沉痛地点头:"是我的过错。我的原意是让他们回收铜镜,调查灵国地形,并不深入探查。可谁知他们进入一处老寨之后,再无声讯传来。"他指了指那些施术的长老,"布置法阵,叠加灵力流,扩大连心锁的感召区域,我们试了将近两个时辰,依旧找不到连心锁另一头的人。"

"一个都没回来?"

"没有。"

这破事裴真跟百里决明说过一嘴,当时百里决明就断定那帮崽子一个都回不来。他掉过脸看了一眼裴真,一副"我早就说了吧"的表情,裴真无奈地回看着他。

"好吧,我知道了。"百里决明摊摊手,"可这些和我有什么关系?"

"少侠可愿施以援手?"姜若虚充满希冀地看着他。

第七章 灵国

"我能施什么援手？"百里决明很是无语。

"寒门竖子，难堪大用。"穆老爷子沉声道，"知深在里面生死未卜，我必须亲自前往。若虚，你不必再说了，我即刻从族中抽调弟子，前往灵国寻人。"

"是啊，交给一个破落户的儿郎，未免太过于草率。"有长老在窃窃私语。

有人赞同地点头："知深是唯一的上上品弟子，连他都难以逃脱的险境，一个野路子来的先天火法能有什么用处？"

非议声此起彼伏，没人知道为何姜若虚执意要把希望寄托在一个寒门弟子身上。看这小子的模样，一身玄色粗布麻衣，大夏天的手上还戴着手套，不似世家弟子形容整洁。看人的眼神也十分让人不喜，他的瞳子生得又黑又大，总是带着几分骄傲的野气，打量人的模样仿佛在看一帮傻瓜。他们不知道这样一个寒门竖子的矜傲从何而来，明明是卑下如尘埃的人，却似乎比所有人都要高贵。

"真是令人厌恶的眼神。"有长老低声道，"天师，你怎么能让如此蓬头跣足之辈玷污我们的门庭？"

百里决明冷笑着"喊"了一声，掉头往裴真那儿走："裴真，带爷回去睡觉。"

"少侠少安毋躁。"姜若虚抬了抬手，示意众人噤声，"我有两个理由，可以说服少侠走这一趟。"

"哦？"百里决明挑起眉毛。

"其一，据我所知，少侠来宗门的目的是医治寻微娘子的怪病。阿真已为寻微娘子觅得医治之法，只要万年灵芝做药引，寻微娘子便能清醒。然则，万年灵芝何其珍贵罕见，阿真，你这几日几乎要将天都山挖空了吧？"

裴真苦笑："座师所言极是。"

"若少侠愿意救人，"姜若虚道，"我可为少侠敞开宗门内库和江左四宗的库房，虽不敢说取之不尽、用之不竭，满足寻微娘子一生之需还是可以的。"

"糟老头子。"百里决明恶狠狠地微笑，"你威胁我？"

"少侠误会了，这是交易。"姜若虚莞尔，"很公平。"

"第二个理由呢？"百里决明问。

"少侠可知谢宗主入灵国的目的？"姜若虚问。

"有话快说，有屁快放！"百里决明没心情陪他猜谜。

"为了阳极之宝。"姜若虚娓娓道来，"那宝物吸取四百年阳极之气，可以转变寻微娘子的纯阴之体。"

百里决明眯起眼睛："你说的是真的？"

姜若虚点头。

123

仙门的人虽然又蠢又凩，但一般不会撒谎。百里决明沉默了，重新低下头凝望那深不见底的地裂深渊。寻微命途多舛，究其根本便是她这棘手的体质。容易招灵不说，还惹得坏蛋虎视眈眈。若能扭转谢寻微体质，便是彻底解决了百里决明这一心头病。

他无声地运转灵力，好几处经脉都受到了阻滞。如今他的躯体腐败一日甚于一日，迟早有一天他会变成丑陋的僵尸，同那些面目可憎的灵一样。他怎么能让寻微看见他这个模样？说到底生死殊途，他不可能永远留在寻微身边。

他必须想办法安顿好一切，然后平静地离开。

走上前，俯视着那深不见底的地裂，他的心底忽然涌起一种不祥的感觉。

不知道为什么，他总觉得深渊里有东西在窥伺着他。心里莫名其妙有一种阴森的恐惧，像濒死的人看见虎视眈眈的秃鹫。那是一种乌云般的恐怖，阴沉沉地降临心头。不能进去，绝不能进去，好像进去了，就有什么东西不一样了。

"若入灵国，少侠有几分把握？"裴真轻声问，"灵国毕竟是凶险莫测之地，少侠拒绝是情有可原，在下依然会为寻微娘子诊病的。"

"嘁！"百里决明道，"我跟你们那些孬货可不一样。"

仙门长老一个个怒视他："好大的口气！"

姜若虚抬手制止他们言语，问："那么现在，少侠意下如何？"

不能进去。绝不能进去。

心底有一种恐惧像蠕虫一样蠢蠢欲动。

百里决明吸了一口气，道："好，我去。"

"多谢少侠。知深胸膛脊背遍刺猛灵墨绣，很好辨认。那是无渡大宗师为他刺下，只要在不运转灵力的情况下脱去衣服露出刺青，恶灵就辨不出他是生人。少侠一见便知，无论他是死是活，务必将其带回来。"

姜若虚要指派弟子随百里决明一同进灵国，被他拒绝了。这帮人只会给他拖后腿罢了。他回去同寻微告别，她睡得沉，闭着眼睛，美丽又安静。他没有叫醒她，只默默地坐了一会儿。阳光打在她的脸上，她的睫毛是金色的。这丫头出落得真好，他由衷地感到欣慰。

他帮她掖被子："寻微，为师去去就回。"

回到第十八狱，再次立在万仞深渊的边缘，那种恐惧又袭上心头。他不明白这恐惧的由来，天地六合，万千灵，他何曾怕过？他甩甩脑袋，用力压下心底的躁动，对姜若虚道："我还要追加个条件。"

姜若虚道："少侠但说无妨，一切都好商量。"

百里决明看了一眼裴真，那厮静立一侧，默默不言。百里决明自问有些看人的眼光，同这小子朝夕相处了这么些日子，他对裴真的人品甚为满意。谦谦有礼，救死扶伤，是个值得托付的好孩子，就算他不爱寻微，也定能敬重寻微一辈子。

"让裴真娶寻微。"百里决明道。

"这……"姜若虚看向裴真。

裴真露出无奈的神色，走上前给百里决明戴上连心锁，再为他佩上一把镶金黑鞘横刀。那是把好刀，正是他称手的分量。裴真望着他："这把刀叫'灵犀'，少侠可喜欢？"

百里决明没回答，只问："你答不答应娶寻微？不答应爷就不下去。"

"少侠真是让人头疼啊……"裴真低低地笑。垂下眼睛，看见百里决明握紧的拳头，他颇为讶异地问："少侠在害怕吗？"

"放屁！"百里决明反驳，"我……我怕什么！"

"真是奇怪，原来你也会害怕。"裴真歪歪头，眸子里满是笑意。

"笑你个头啊！"百里决明怒了。

话还没说完，裴真忽然上前一步扯住百里决明。百里决明霎时间瞪大眼睛，下意识地后退一步，一脚踏空，整个人落入深渊。裴真跟着他下来，手还拉着他的胳膊，他想要推开裴真，可是抓着他胳膊的手却如同铁钳，怎么掰也掰不开。他们就这样，一同落入了无底的深渊。

"裴真！"百里决明大叫。

"别怕。"裴真轻轻地说，"我和你一起。"

百里决明站得老远，裴真前进一步，他退一步。

"你……"百里决明指着他，手指在略微地颤抖，"臭小子，你说老实话，你到底有何企图？"

"少侠多虑了。"裴真打着一把青色的油纸伞，脸上的微笑不改，"在下是把秦少侠当作至交好友，不忍少侠以身犯险，特来助你一臂之力。"

百里决明有点儿怀疑："真的？"

"当然。"裴真的眼神无辜又真诚，"少侠初见我时，不是说与我意气相投，定能结下不解之缘吗？事实上，我也这么想。"

百里决明觉得有些尴尬，掩饰地咳嗽几声，别过眼睛审视四周，他们正站在一片老林里，漆黑的天穹宛若一口倒扣的大锅，万千雨箭倾泻而下，山林里遍是雨声，密密麻麻的雨在墨黑的叶片上溅出千万点银针似的光。

裴真不紧不慢地跟着百里决明，雨点儿落在他清圆的伞面上。

他问:"雨大路远,少侠不进来躲躲吗?"

百里决明望着他那丁点儿大的伞,退后了一步,道:"算了吧,我就当洗澡了。行了,我不需要你帮忙,你快回去。黄泉灵国可不是闹着玩的地方,你要是把小命交代在这儿了,寻微怎么办?"

"座师会照顾好寻微娘子的,少侠不必忧心。"裴真拿出罗盘辨认方向,"那个地方是叫作'阴木寨'吗?真是个阴森的名字。"

这厮油盐不进,硬是要留在这里,百里决明有些着急,便生气道:"快回去,你听到没有?"

"所谓挚友,便是要生同衾,死同穴。无论如何,在下决不会抛下少侠而去。"裴真找定方向,收起罗盘,"少侠快跟上,不要掉队。"

百里决明无可奈何,烦躁地抓了两下头发,这小子看着温温和和的,其实脾气蛮横得很,他拿定的主意,三头牛都拉不回来。罢了,要找死就找死吧,反正这帮仙门的人就是天生喜欢找死。百里决明抿着嘴唇,跟上他的脚步。两人在灰黑色的山林中穿行,裴真收了伞,急速地奔跑,不知这小子用了什么术法,身上竟然滴水不沾。风雨飘摇,百里决明成了一只黑水淋漓的落汤鸡。

他们发现了谢岑关的风符刻纹,循着上一支队伍踩出的小径看见了老寨。果然是一座阴沉沉的黑木寨子,一见就知道里面没好东西,百里决明手搭凉棚,雨水浇在他的手指上,淅淅沥沥地往下淌,他十分费劲地仰头望那寨子,道:"你们的人什么眼神儿,这地方也敢进?"

这寨子看起来阴森至极,蹲踞在大雨山林中,活像一头凶兽。百里决明没有贸然闯入,而是先绕着寨子走了一圈。除了模样阴森,没什么特别的。回到裴真那儿,那家伙正站在墙根底下,一手擎着伞,一手举着丝帕挨个儿蹭土砖上的泥巴,放在鼻下轻嗅。

"你闻什么呢?"百里决明问。

裴真把手帕伸到他的鼻尖前。什么东西?百里决明感觉到不对劲,捏住裴真的腕子,仔细嗅了嗅他帕子上的泥土。一股极难察觉的尸臭,越嗅味道越重,恶心极了。百里决明绕着墙根走,连续闻了好几处地方,全都是同样的味道。

"这墙里砌了尸体?"百里决明拍了拍墙壁,"你让开,我把墙轰开看看。"

"少安毋躁。"裴真摇头,"这尸臭深入墙体泥缝,每一块土砖都有,气味均匀。要让每一块砖头都有尸臭,就算姑苏城所有的百姓罹难而亡,横尸此处,都不能做到。除非……"

"除非什么?"

"除非他们烧制砖石用的原料有问题。"裴真道。

第七章　灵国

"不会是尸泥吧？"百里决明抠了一块砖下来摸了摸，黑土砖被雨水洗刷，看起来真像尸体的烂肉泥似的。

"那倒不至于。烧砖用的土一定要是晒干的纯土，尸泥淤烂，烧不了砖的。他们用的土应当是坟地里的老泥，而且他们选用的坟地，必然是大族坟冢，家族世代聚葬于一处山头。土壤常年浸染尸气，才有这么重的阴臭。"裴真叹了一声，"灵域不能凭空造物，这村寨在被灵母灵域笼罩以前便是如此了。以坟土烧砖修寨，这座寨子原本就不是给活人住的啊。"

"这不是寨子，是一座大坟。"百里决明低声道，"难怪那些进去的人都出不来，这寨子是给死人修的坟，死人进了坟，岂有让他出来的道理？"

譬如义庄大门上贴的门神画，寻常人以为那是辟邪用的，这当然是它们的作用之一，但它们更大的功用是镇住里面的灵，防止它们离开义庄。这阴木寨里定然有类似于门神的机制，即使里面埋葬的死人凶变，也无法走出寨子。

粗疏地梳理一遍时间线，应当是修寨者为死人修建了这个村寨，后来不知为何灵母在这里降下灵域，将连同阴木寨一起的整片区域都带离人间，人间再也找不到黄泉灵国的踪迹。灵母为何选择在这里降下灵域，与这里修寨为坟的习俗有关吗？

百里决明仰起头，眺望雨中耸峙的高墙。

他异想天开："真不想进去，要不然吼一嗓子，让里面的东西出来受死。清理完了，再进去搜罗宝物。"

裴真苦笑："少侠莫胡闹，且不说会不会惊动灵国深处沉睡的灵母，便说寨中的凶尸若都拥出，届时只怕连我们都难以脱身。"

"脱身？"百里决明"啧"了一声，"凭你这道行，进了寨子就别想脱身了。裴真，我最后再说一次，你哪儿来的回哪儿去。我没工夫照顾你，你还年轻，别把命撂在这种鬼地方。"

裴真静静地看了他半晌，道："少侠并不把我当朋友呢。从一开始少侠便笃定阴木寨十分凶险，必然是对它有所了解。少侠愿意将寻微娘子托付给我，却不愿意与我推心置腹。"

"知道这事对你和寻微都没有好处。"百里决明说。

"这样吧。"裴真望着他的眼眸，"少侠告诉我个中原委，我即刻返回地裂，迎娶寻微娘子。"

"你……"百里决明瞪着他，"你就这么好奇？"

"不是好奇，只是想要更了解少侠罢了。少侠藏了许多秘密，连我都蒙在鼓里，实在是让人……很不高兴。"

他最后几个字说得声音太低，被雨声盖住了嗓音，百里决明问："你说什么？我没听清。"

裴真并不回答，只低低地笑："如何？在下一言既出，驷马难追。少侠不相信我的为人吗？"

他天生有一股亲和力，有这样温暖的眼神，又有这样温暖的笑容，怎么会是个坏人呢？百里决明觉得他是个好人，又朝夕相处了这么久，他总不可能时时刻刻都做着戏。百里决明思量片刻，最终妥协了："那说好了，你得娶寻微，照顾她一辈子。"

"嗯。"裴真微笑着点头，"我发誓。"

既然是要当他女婿的人了，告诉这小子也无妨。百里决明道："'入地裂，向北行三百里，有阴木寨一座，内中空间奇诡，变幻无穷，入者难还。'这是无渡那个老儿告诉我的，以前在抱尘山上，他闲着没事就爱跟我讲这些。打发时间嘛，你知道，人活得太久就容易无聊。"他解开衣带，给裴真看腐烂的腹部，"你之前不是问我为什么要照顾寻微吗？因为我是她师父，我就是你们喊打喊杀的那个百里决明。我不照顾她，谁照顾她？半个月前我从沉睡中苏醒，一睁开眼睛就在昆山，然后遇见了喻家兄妹和寻微。"

"腐烂得这么快……"裴真怔怔地伸出手指，触摸他丑陋的瘢痕。

"是啊。"百里决明无奈地笑，"太快了。不管你信不信，斩掉喻连海头颅的不是我，我对你们仙门实在没兴趣，我也没想过复仇。变成一个触摸不到人世的孤怪野灵，或者被封印在记忆的深谷，对我来说都无所谓。我流浪在生死之间太久了，如果有法子能超度我，那我还挺高兴的。"他穿好衣服，道，"就是这样，行了，你可以走了。"

他挥挥手，攀上石墙，方才绕圈走的时候看见最上面一层有个楼斗，有窗子，他打算爬上去，从那儿进围楼。常人都从大门进，他百里决明偏要不走寻常路。爬到一半，裴真越过了他，他眼睁睁地看着这小子不紧不慢地往上攀，最终跳入楼斗的窗牖。

"你！"百里决明也跳进窗牖，瞪大眼睛看他，"你不是说知道真相就走吗？"

"在下当然是骗前辈的了。"裴真笑得揶揄，"前辈当真是天真无邪，比想象中更好骗呢。"

百里决明气得想吐血，真是人不可貌相！看起来是个正人君子，撒起谎来连眼睛也不眨！

"你信不信我杀了你！"百里决明龇牙吓他，"我可是灵，吃人的那种！"

第七章 灵国

他用力龇着虎牙，一点儿也不凶恶，倒是十分可笑。裴真极力忍住笑意，伸出手按住他的脑袋："比起那些人云亦云的虚名，在下更相信自己的眼睛。前辈莫再胡闹了，快告诉我无渡宗师还说过什么。否则我若是遭遇什么不测，前辈就要失去我了。"

现在的小娃娃真是不听话！百里决明愤愤地拍开他的手，说了这么多，就是想知道黄泉灵国的秘辛罢了。百里决明哼笑，道："臭小子，别以为爷好糊弄，你死乞白赖地跟来，定然别有用心。你先告诉我你到底想干吗，我再考虑考虑要不要告诉你灵国的事。"

"前辈真是冤枉在下了。"裴真的眼神十分哀怨落寞，"我待前辈是'藕身到底终须折，一片冰心付与君'，前辈竟然怀疑我居心不良。"

这厮乱七八糟地说些什么，百里决明听得奇怪，骂道："别跟我虚情假意，再不说我走了，管你三七二十一。"

裴真无奈，只好坦白。他望向楼斗外的婆娑雨线，声音忽然变得很缥缈。

"我想……为一位故人收尸。"

第八章

千眼

入地裂，向北行三百里，有阴木寨一座，内中空间奇诡，变幻无穷，入者难还。

收尸？想来应该是上次来灵国探秘的那帮人里有他的旧相识。百里决明挠挠头，问："喻家的还是谢家的？他们来的时候你才几岁吧？"

"先君故友，算是在下的长辈吧。"裴真垂下眼眸，道，"'死生诚大矣'，若有机会，还是迎哀骨回乡的好。"

他看起来有点儿难过，那个人大概是待他极亲厚的长辈吧。百里决明不知道该怎么安慰他，生死这种事，一般人很难勘破，要不然怎么会有那么多灵呢？就连他自己也是个破不了执念的可怜蛋，更可悲的是他死得太久了，生前的事情忘了个精光，连自己的执念是什么都忘了。

他叹了口气，说："虽然这么说很像在说风凉话，不过死生是天命之事，'大块载我以形，劳我以生，佚我以老，息我以死'。死了挺好的，见不到烦心人，碰不见烦心事，你不要把死想得太坏。"

"是这样吗？"裴真看着他的眼神很复杂。

"是啊。"百里决明仰头看天，"我有时候挺想走的，若不是因着寻微没着落，我早走人了。当一个死不掉的恶灵是一件很煎熬的事情，一天挨一天，每天日子都一样，无聊透顶。寻微没来的时候，我试过很多办法自尽，割脉、上吊……能试的都试了，没法子，活人自绝的办法对我没用。"他像想起了什么，歪嘴笑了笑，"谁知道寻微来了之后，看见我用来上吊的绳环，她不明就里，央我用那玩意儿给她做个秋千。我看着她荡秋千，笑得傻了吧唧的，突然觉得活着也不差，才放弃了自绝那档子事。"

"竟是……如此吗？"裴真有些怔忡。他无论如何也想不到，幼时他最钟爱的秋千是师尊用来上吊的东西。

"生啊死的，听起来很神秘的样子，其实没什么了不起的。男孩子，坚强一点儿。"百里决明拍拍他的肩膀，表示安慰和鼓励，"咱帮他收拾遗骨，他的在天之灵，一定很欣慰。"没想到这小子平日总是笑吟吟的，心里还藏了这样的悲伤。惦记故亲，不忘旧恩，是个好孩子。百里决明对他的评价越发高了，扭过身，端详这狭窄的楼斗，道："无渡老儿说进灵国，必须遵守两条法则。第一条，灵国的东西不能吃。"

裴真收拢了震荡的心神，敛起长眉，问："为什么？"

"谁知道，我没问。"百里决明说，"反正我们按他说的做就是了，无渡老儿人是神神道道了一点儿，但他说的话大部分都很有道理。"

"第二条呢？"

"不知道。"百里决明抓抓头发，"他说到这里的时候我睡着了。你别用这种眼神看我，这些玩意儿真的很无聊，什么灵母啊灵童子的，跟我有什么关系？我听了就头大。"

裴真无奈地摇摇头，自家师尊是如何不靠谱的个性他最清楚，师尊擅长的事，大概只有杀人和炒菜了。

昔日在抱尘山时，无渡爷爷确实经常提起黄泉灵国。那时候自己只当茶余饭后的奇闻听，现在回想起来，总觉得他是有意为之。为什么要这么做？他纵然是火法大宗师，却也不能未卜先知，预料到他们如今要进黄泉灵国。况且如果真想让他们了解灵国，为何不写下来呢？或许他真的写了，只是师尊造出熔岩灵域的时候不慎烧毁了。

罢了，裴真掸了掸衣袖上的水珠，慢条斯理地步下爬满青苔的石阶，悠悠地说："第二条，前辈要跟紧在下，寸步不离。"

两人站在门后面往外望，走马廊里昏黑一片，密密沉沉的黑暗有如实在的物体，充斥了整个空间。裴真点起风灯，晕晕的光照亮脚下方寸大的地方，两个人的影子斜斜地落在木廊上。烛火随着他们的走动来回晃悠，地上的影子像灵影一样摇曳。天井上空横亘条条铁链，挂满了铁青色的风铃。然而风铃都不响，天地间只有雨声。

"那些风铃很奇怪。"裴真伸出手，戳了戳檐下的一个，"里面好像灌了铅，风吹不动。"

这里处处透着诡异，百里决明侧耳倾听，万千雨声中空寂一片，他没听见半点儿人声。那些先他们一步进入灵楼的人，仿佛就这么人间蒸发了，又好像他们根本从未来过。更重要的是，百里决明并不曾听见什么奇怪的声响，连凶尸活动的声音都没有，百里决明狐疑地嘀咕："难不成都冬眠呢？现在可是夏天。"

他们在围楼的最高层，也就是第五层。裴真在一面窗纱上戳出小洞，往一间屋里窥探，黑漆漆的，风灯的光透过窗纱，让人隐隐地看得清一些家什陈设，都是十分老旧的木头家私，正面一张榻，左右两边几把扶手椅。壁上装饰着破旧的堆绣，许多褪了色的宝幢从屋顶垂下来。比较特别的是墙壁和天顶都刷成了朱红色，现在老旧，许多朱漆已经斑驳褪色了。但他仍然可以想象，这里当初是多么富丽堂皇。

百里决明站在他后面，忍不住向左右望了望，特别是身后。这破地方黑魆魆的，漫长的走马廊除了他们这儿一点儿光亮，其余全是黑暗。他不住地注意着周围，总觉得哪里倏忽就会冒出个灵来。说实话，这里同其他灵域似乎没什么不同的。他百里决明是什么人，就算是怕，也应当是这里面的灵怕他。可他总觉得心慌，有鸡皮疙瘩从脊背上竖起来，像针扎一样隐隐作痛。

就好像黑暗里有什么东西，在等待着他。

"哥哥。"

背后传来一个缥缈的呼声，百里决明的脊背一耸。

他从袖兜里掏出槐叶擦了擦眼睛，往后看，走马廊黑不溜秋的，什么也看不清。没有灵，更没有凶尸。他疑心自己听错了，心里又不可抑制地长起霜毛来，忍不住站得离裴真近了些。

"裴真，你有没有听见什么声音？"

"不曾。"裴真问，"怎么了？"

真是他听错了？百里决明咳嗽了一声："没什么，年纪大了，耳朵有些毛病。"

裴真笑了笑："前辈不要妄自菲薄，你过来看这屋子。"

百里决明依言弯下身子窥探。

里面有许多经橱，红漆描金小几上还搁着牛皮鼓。

"是个经堂？进去看看。"他伸手拉门环，冰凉的铁环摩擦环首，发出"呀——"的一声响，像女人吊嗓子似的，在寂静的黑暗里遥遥传出去。他一面轻轻推开门，一面轻轻地对裴真说："我进去找找有没有寻微能用的，你在外面等我。"

"不。"裴真拉着他的衣襟一块儿进了屋，"我需与前辈形影不离。"

裴真跨过门槛，前面的百里决明忽然不走了。抬起眼睛，目光越过百里决明的肩头，裴真也定住了脚步。风灯光晕的边缘，一扇旧屏风的后面，有一个矮矮的人影，贴着纱屏，一动不动。

死人？还是活人？是寨民？还是落单的仙门弟子？

裴真似乎是害怕，拉住百里决明的衣袖，轻声道："前辈护我。"

第八章 千眼

百里决明横了他一眼,低声骂:"护你个头,要人保护还跟进来,成心拖我后腿是不是?"百里决明心狠地抽出衣袖,看都没看他一眼,径直往前走了。

裴真:"……"

他忘了,他现在是裴真,不是谢寻微。师尊怜惜谢寻微,不怜惜裴真。头一回遭师尊这样冷遇,他心里泛起难言的惆怅。招式不对,得换个法子。

跟在百里决明的身后绕过屏风,灯光漫进里间,更多浅淡的影子在绣屏上显现,虚虚地算了一下大概有四五个。百里决明打了个手势,先裴真一步绕过屏风,果然见几具硬邦邦的尸体坐在扶手椅上,全是男子模样,脸色煞白,面无表情。有一个人坐在最上头的小榻上,像是他们之中的老大,或者是年纪最长、地位最尊崇的人。只有这个人戴着黑纱幂篱,看不清容貌。

"这些就是寨民?"裴真眯起眼睛,"黄泉灵国存在年月不知几许,这些尸体定然有些年头了,竟然都未曾腐烂。"

百里决明挡了挡他:"此处不知道有没有灵,别靠太近,提防灵附体,尸体凶变。"

"不怕。"裴真安抚地笑了笑,从袖中取出几枚手指长的银针,挨个儿扎在尸体的后颈上,"定住他们的大椎穴,即便有灵附体,也无法起尸。"

他将风灯放在矮几上,蹲身进了里面查看。打开经橱,拿出第一册书,里面密密麻麻地写满了怪异扭曲的文字。

这种文字裴真认得,无渡教过他,是玛桑族的文字,因为它们极像鸟虫行走留下的蜿蜒痕迹,无渡称它们为"羽虫篆"。裴真皱起了眉头,这似乎是一本年谱,纪年方式与仙门十分不同,仙门起年号纪年,而这阴木寨是以天星纪年。

裴真翻开第一页,首行写着:

天极正月,烛星坠,天女东奔。

裴真一面翻书一面问:"前辈,无渡宗师可曾提过'天女'?"

"没有。"百里决明吩咐他,"你搜罗一下橱子里的东西,值钱的咱们带走,给寻微当嫁妆。"

百里决明在那些尸体身上摸来摸去,期盼摸些宝物下来。能改易寻微纯阴之体的,定然要纯阳的宝物,这种东西一般都很贵重,或许会随身携带。就算找不到,扒些珠串金银下来带出去卖也好。

摸了半天净摸出一些香囊、手摇铃和小梳子之类的东西,百里决明翻着他们的香囊嘟囔:"黄泉灵国里的香囊能卖钱吗?"

放在鼻下闻了闻,都发臭了。百里决明骂骂咧咧的,转向首座那个人。在风灯下审视,这家伙穿得十分厚实,其他人的穿着都是单衣外衫,只有他身上裹着五彩经幡,绑得严严实实的,连脸也不露。约莫是个怕冻的老人家吧,百里决明想着,便掀开他的幂篱。不看不要紧,这一看整个人吓了一跳。此人长了满脸的眼睛,仔细看才能辨出鼻子、嘴巴。所有眼睛都眯成一条细缝,好像正看着他似的,眼神十分奸邪。

这还是人吗?百里决明很倒胃口,顿时不是很想摸他的兜,但是这厮明摆着是身份最尊贵的,身上铁定有东西。

为了寻微!

百里决明给自己打气,硬着头皮翻他的衣袖。撩开袖口,百里决明惊悚地发现这厮手臂上也长满了眼睛。再拉开他的衣襟瞧,胸口也全都是眼睛。太恐怖了,这人身上长满了眼睛,半睁不睁的,有种怨毒诅咒的神气。难怪穿这么多,原来是为了遮挡眼睛。

灵里排辈,百里决明是大爷。论实力,他从未怕过。只是这地方诡异得很,从进入这里开始就像有铁块压在心头似的,阴沉沉地难受,他很想一把火把这儿都烧了。

百里决明草草地摸了摸他的袖袋和夹层便退了出来。太邪门了,他百里决明死了这么久,就没见过这么邪门的东西。什么牙歪嘴斜的凶神恶煞他都不惧,唯独怵这些怪里怪气的玩意儿。他把这人的衣襟拉回去,抬起眼睛,却见这人低着头,满脸的眼睛直勾勾地正对着他。

刚刚这厮脸朝哪边来着?百里决明有点儿忘了。

似乎是为了打消百里决明的疑虑,千眼人的头又低了一些,几乎要碰到百里决明的鼻子。

身上的冷汗下来了,百里决明有点儿腿麻,站不起来。不对,不是腿麻,他发现自己全身都动不了了,更说不出话来。面前那数不清的眼睛一个一个慢慢地睁大,瞪得目眦欲裂,占据了他的整个视野。这眼睛有古怪!百里决明咬紧牙关,强行运转灵力。

爷一把火烧死你。

指尖冒出黑烟,却迸不出火苗。灵力成了糨糊,堵在经脉里阻滞不动。他暗道不好,使用火法会加速躯体的腐烂,躯体腐烂反过来也会制约他的灵力。这时耳后传来"咔咔"的响声,他打眼瞥见几具端坐在边上的凶尸慢慢地转过了脸。或许太久没有动弹了,他们的脖子随着转脸的动作咔咔作响,听着毛骨悚然。所有尸体动作一致,面无表情地盯着他。

第八章 千眼

这下真是丢脸丢到姥姥家了,他竟然着了这帮乡巴佬的道儿。

裴真!裴真!裴真!他在心里呐喊。

裴真在经橱那边,翻书翻得入迷。

在他和百里决明看不见的地方,一个凶尸颈后的银针被蠕动的血肉一寸寸地挤出,啪嗒一下掉在地上。百里决明听见了那声响,果然,余光尽处,一具凶尸缓缓地站了起来。

脑门子上被啪一下贴了一张符咒,百里决明浑身一震,仿佛有千斤重担从肩上卸下,登时轻松了起来。回过神一瞧,只见裴真将黑纱幂篱重新盖在了千眼凶尸的脑袋顶上,后面的凶尸们坐得稳稳当当的,银针插在后脖颈子,丝毫没有起尸的迹象。

他霎时间反应过来,这千眼凶尸的眼睛有迷惑人心的本领,让他误以为后面有人起尸了。

"没想到前辈也会着这般雕虫小技的道儿。"裴真的眸子里带着促狭的笑意,"方才我回头看,见你与这千眼人几乎凑作一堆。我还在想,连在下都入不了前辈的眼,此人该是生得何等美貌,引得前辈如此细细观赏?"

百里决明掩饰地咳嗽了几声,道:"今日起得早,有些犯困,一时眼晕。搁寻常时候,本大爷眼睛也不眨一下,三两下就收拾了。"他瞥了一眼裴真,"还有,谁说你入不了我的眼?"

裴真的眉梢一挑:"哦?"

"若不是见你貌美如花,你这样虚弱乏力的样子,我才不找你当我徒弟女婿呢。"百里决明拍了拍他的后背,对他瘦削的身条儿很不满意,"他们不是说黄泉灵国什么灵药都有吗?顺便给你找找有没有补肾的。男子汉,身体强壮本事才能硬。"

裴真的笑容僵在脸上。他背过身掸了掸衣摆,慢悠悠地说:"不劳前辈忧心,前辈还是担忧一下自己吧。"

说他两句就不乐意了,这小子还挺有气性。百里决明没在意,见他手里揣着书,便问道:"你刚刚找到些什么了吗?"

"这里大多是一些书册年谱,记载了寨子习俗和信仰。这阴木寨的信仰甚是奇诡,你看这千眼人,若在寻常村落,刚生下来就会被认作是恶灵投胎,被活活烧死。在这里他却成了神异之人,地位尊崇。不过,阴木寨地位最高的不是他,而是'天女'。"

裴真将年谱递给百里决明看,百里决明翻开年谱,里面的字他全都不认识。他问:"这鬼画符是什么玩意儿?"

137

"这是玛桑古族的文字，在下喜观奇书，恰好认得些许。宗师可向你提过这一族？"

百里决明摸着下巴回想："哦……好像是说过来着，听说是个笃信黑教的族群，五百年前仙门复兴，玛桑族再也不进中原，后来就销声匿迹了。"

"如果猜得没错，黄泉灵国就在玛桑古族的领地。"裴真娓娓道来，"他们以三垣二十八宿命名年份，每二十八年一个轮回。整本年谱记录了三十三次轮回，凡九百二十四年。他们遴选未婚少女，推为天女，承天应地，庇佑寨民。这九百二十四年间，年谱记录了天女所有的起居坐卧，不曾中断。"他问，"前辈可曾听出什么问题？"

"你少说了一个'所有'，应该是'所有'天女所有的起居坐卧。"百里决明说。

"不。"裴真摇头笑，"我没有说错。前辈是否以为'天女'是个身份职位，世袭传承，前任逝世，后任踵替？非也，遍观年谱族志，未曾发现天女薨逝的记载。从头到尾，天女都是一个人。"

"怎么可能？"百里决明不相信，"常人寿数撑死了百来载，无渡老儿是大宗师，先天火法修炼得炉火纯青，也才活了个五百来年。这个叫天女的家伙活了九百多年？兴许他们就是没记载天女换任，或者刻意模糊权力的交接，给后人一个首领长寿不死的假象。"

裴真又摇头了，拿出最后一本年谱："这是第三十四次轮回的开端，原本应该像寻常一样记载天女起居。然则开头只写了'烛星坠，天女东奔'，后面便转而记载寨中大小事务，不再论及天女。"

"东奔？"百里决明问。

"'奔，走也'。按照字面理解，"裴真道，"应当是天女出逃。她离开了阴木寨，寨中不再有天女。"

"好吧，就算你说得对，这个天女是个千年老妖婆。"百里决明抱着手臂，"可是这些和我们有什么关系？"

裴真将年谱翻到最后一页，给百里决明看。

"越八年，天女归。民问：奈何？天女曰：何预也？吾欲生死人。"

这意思就是过了八年，老太婆又回来了。寨民问她，你回来干吗？她说，老娘要让一个人起死回生，关你们屁事。这糟老婆子还是个性情中人，百里决明觉得有意思。

裴真将阴木年谱收入袖中，叹道："只可惜这是最后一本年谱，天女究竟如何让死人复活不得而知。"他眯起眼睛，"她寿数近千岁，不知如今是否在世？"

"得了吧,那得老成什么样儿?我可不想见到她。"百里决明撇撇嘴,"你惦记起死回生做什么?"他像想到了什么,愕然道,"难不成你想让你的亡妻复活?"

"前辈,"裴真并不回答,只慢条斯理地说,"天女既然可以'生死人',想必转换寻微娘子的纯阴之体是举手之劳。"

百里决明的眉毛一挑,回过头来。这小子说得有道理,糟老婆子活了这么久,定然比他们有见识。百里决明拽过裴真的袖子掏出年谱:"你再仔细看看,别给看漏了什么重要线索。"

正想细细地研读,百里决明忽然看见裴真身后的板壁缝隙里有光影腾挪,似乎有什么东西在板壁另一头挪来挪去。百里决明朝裴真使了个眼色,这小子很聪明,什么都不问就知道百里决明的意思,两个人朝缝隙望去,那里赫然出现一只眼睛。

墙后有人偷窥!

裴真出手如电,弹出一枚银针。那眼睛倏地消失,银针射了个空,一头扎进那头的黑暗里。百里决明踹开偏门到了隔壁屋,里面空空如也,地上有好大一摊血,还有一具被剖了肚皮的尸体。刚才偷窥他们的东西显然已经跑了,裴真后到,提着风灯巡睃,用帕子捻起他刚刚射出的银针。

"你觉得是活人还是死人?"百里决明问。

"若是仙门弟子,没有道理鬼鬼祟祟的,死人的可能性大些。"裴真蹲下身子看地上的脚印,"不止一个人,是两个人。"

"死人打死人。"百里决明望着那肚皮外翻的尸体,咂舌道,"这年头当死人也不容易啊!"

"前辈。"裴真唤他。

"怎么?"

百里决明回过身,那厮站在门槛边上,道:"无渡宗师言,'入地裂,向北行三百里,有阴木寨一座,内中空间奇诡,变幻无穷,入者难还'。我想,'空间奇诡,变幻无穷',我们遇见了。"

他打开正门,那原本是面向走马廊的门,如今后面却是一间逼仄的小屋。两人对视半晌,默契地提起风灯,返回偏门。打开门,映入眼帘的是完全陌生的一间小屋,先前有纱屏有千眼尸的经堂已不见影踪。他们连开了好几扇门,去了好几个小屋,都无法找到走马廊,倒是有两次回到了原先那个经堂。

第九次开门,他们又走进了一间陌生的屋子,约莫是个供人歇息的下屋,黄铜镜匣摆在妆台上,映出百里决明和裴真的脸。那黄铜镜定然许久没有磨了,将两个人都照得面目模糊，像两只灵。

外面的雨声淅淅沥沥的，风灯的光晕圈住了两个人，裴真搬来一张条凳，取出帕子擦干净凳面。这厮不知道带了多少帕子，全是一个花样——三朵白杏，用一条扔一条。两个人坐下歇息，裴真怅然道："我们是不是出不去了？"

百里决明很是郁闷："我怎么知道？"

裴真又微笑："幸好有前辈相伴，朝暮相对，秉烛听雨，倒别有一番风味。"

"唉。"百里决明叹了口气，"要是把我换成寻微多好，你俩孤男寡女的共处一室，同甘共苦，日久生情，话本子里都这么写。裴真，你再考虑考虑，年轻人在一处多说说话，谈情说爱，情就是这么谈出来的嘛。"

"无妨。"裴真笑眯眯地说。

百里决明懒得理他，便不再说话。歇息够了，裴真开始分析如今的境况。按照他的说法，阴木寨里的屋子会移动，左右不过两个原因，一个是机关，一个是术法。首先思考第一种可能，机关仰仗器械齿轮，他们还没有进入阴木寨的时候观察到外墙是十分坚实厚重的砖墙，墙体内部很可能有运转阴木寨的机关。

百里决明说："这好办，找到靠墙的屋，把砖墙破开一看不就好了？"

裴真摇头："如果机关真的在外墙，修寨者无论如何也不可能让我们靠近外墙。阴木寨会移动的屋子定然不包括靠近外墙的屋子，就像我们无法找到走马廊一样。"

"好吧，还有一个办法。"百里决明站起来，把门打开，"咱们就盯着对面这个屋，看看它到底怎么变。我就不信，它还能凭空没了。"

对面似乎是专给玛桑人歇息下榻的地方，铺了好几张竹床。他们把风灯撂在门槛边上照亮，百里决明和裴真两人肩并肩地坐着，眼睛眨也不眨地盯着对面。方才关个门的工夫就移走的小屋，现在却一点儿要变化的迹象也没有。

百里决明用两只手扒着眼睛，强迫自己不眨眼睛。左肩一沉，扭头瞧，裴真这小子竟靠在他的肩头睡着了，长而翘的眼睫毛在风灯微弱的光里，是淡淡的一抹金色。他越看越觉得这小子像寻微，特别是这眼梢的弧度，斜斜地挑出去，一样地昳丽。和寻微真有夫妻相。百里决明感叹。

一转头，却发现面前的屋子不知什么时候换了一个，成了一间堆杂物的。百里决明腾地站起来，扒着门框探头往里面看。

"没看着！"百里决明气道，"它拣着我走神的时候变！"

裴真醒了，揉着眉心问："前辈因何分神？"

百里决明："……"

正说着，裴真忽然一顿，目光投向了百里决明身后的乌漆小案，好像看到了什么东西。他走过去，用帕子擦了擦桌角，只见手帕扑掉灰尘，桌角出现了清晰的两个字——救命。

第九章

无渡

决明,
你师兄我给你留了东西!

通常来说，若见到求救标记，第一反应是进入灵国的仙门弟子留下的。然而桌角的这个"救命"很奇怪。

它们不是中原文字，而是玛桑羽虫篆。

他们走了许多个屋子，这回留心寻找，竟在许多处都找到了同样的求救标记。有个玛桑人迷失在了他们自己建的坟寨里，彷徨无助地走了很多地方，每到一个地方就留下求救标记，期盼救援的人找到他。

裴真抚摸那羽虫篆，道："这是个孩子。"

他说得非常笃定，百里决明挑起眉毛："怎么说？"

"第一个标记出现在桌角，第二个标记在窗沿下面，第三个在牛皮鼓的鼓面，第四个在黄铜镜镜面。"裴真道，"前辈没有发现吗？这些标记有一个共同的特点。"

百里决明想不出来，"喊"了一声："你说，看看你能说出什么名堂？"

"求救标记若要让人发现，一定要标在显眼的地方。如果是前辈，你会标在何处？"裴真问。

百里决明随便叩了叩墙："这儿。"

"不错。"裴真比画了一下百里决明指的位置，"依照成人的身高，确然是与视线平齐的高处最为合适。然而我们发现的标记，无一不在低处。我们要弯下身，甚至要蹲下，才能发现此人的求救标记。"

裴真端详那笔迹，一笔一画，显得稚嫩朴拙。他道："他年龄不大，至多十岁。"

一个孩子，怎么会进入黄泉灵国？这个孩子是玛桑人，一定来得比他们、比喻家人和谢家人都早。在天都山还没有建立宗门的时候，在大宗师还没有发现地裂的时候，有个孩子被遗忘在这里，不知过了多少年。他的父母知道吗？

第九章　无渡

十岁不到的小娃娃彷徨在此处，该有多么害怕。百里决明叹了口气。

时至今日，这孩子极有可能已经没命了。

不再思考这个孩子，他们又盯着对面屋子盯了一炷香时间，这回两个人都打起精神，绝不睡觉。然而他们似乎是看见了，又和没看见一样，因为对面的屋子眨眼之间就变了模样，到底是怎么变的两个人都没看清楚。裴真换了个法子，在门槛上面摆了一张月牙凳。屋子再次变换，月牙凳在对面的一半凭空消失，他们看着剩下这一截陷入了沉默。

"看来是术法了。"裴真打破寂静，"前辈见多识广，可有什么头绪？"

这话说的，若他没有头绪，岂不就是孤陋寡闻了？百里决明憋了半天，尴尬地向左右看了看，转移话题道："裴真，先不说这个，你觉不觉得寨子太空了？"

裴真神色凝重地点点头："同感。"

他们一路走来，发现一个很不寻常的地方，就是这寨子大部分房间都是空的。修这么多屋子，却空置在这里，只有他们刚进的那个大屋里坐了几具尸体，实在是很不符合常理。

"按你之前的猜测，阴木寨是给死人住的。"百里决明说，"可修这么大个地方，就给那么几个死人住，这几人的面儿也太大了吧。"

人都哪儿去了？

暂时想不明白，百里决明放弃了，把灵犀刀扔给裴真："反正寨子几乎是空的，屋子还老变来变去的，我们弄出动静也无妨。劈屋顶试试，我轻易不能动用术法，你劈。"

裴真依言拔出刀，对着屋顶一劈，破出一道罅隙来。几块碎木板掉下来，溅起浓雾一样的尘埃。裴真手疾眼快地躲在百里决明身后，掩住口鼻，身上一点儿灰尘都没有沾上。

百里决明抹了一把脸，满手都是灰。嘴里有一股呛人的灰尘味，恶心得紧。他吐了几口唾沫，恨道："你小子倒是机灵！"

两人顺着梁柱爬上去，探出脑袋一瞧，竟然又到了一个小屋。按理来说他们原本在围楼的最高层，再上一层应该是屋顶才对，可他们没能出去，而是进入了一间新屋子。百里决明很泄气，折腾了这么久，一点儿头绪也没有。一把老骨头还得跟着年轻人跑来跑去的，他觉得辛酸，拖着手脚找了一块地方躺着，打量起这间屋子。

这里的摆设和其他地方很不一样，家什都挨墙靠着，箱笼和桌椅高高地垒在一起堵住了正门，当中挤了一具拦门尸，门板被开出一条缝隙。一瞧便知道

145

发生过事情，地上有很多脚印，破碗滚得满地都是，桌椅上有许多剑痕，全是打斗的痕迹。怕那拦门尸起尸，百里决明把它扔下了地板洞。

裴真用帕子抹去地上的灰尘，发现许多一种极细的兵刃砍出来的细痕。裴真让百里决明扫扫地，百里决明不肯起来。裴真无奈地摇摇头，从他身上扯下一块布，踩在脚底来回走动，将灰尘都擦了。灰尘擦完后，地上的景象便清晰了许多，裴真在角落里发现了一枚剑符。

符记是仙门独有的标记，各家符记样式不同，谢家用风符，喻家用剑符，袁家用金符，穆家用雷符，姜家用水符。抱尘山无渡和百里决明师兄弟则用火符，只不过他哥俩年纪大了，很少去各家走动，没什么人见过火符的样子。

有剑符说明喻连海曾经来过这里，在这里放置了一面八角铜镜，看来这些碗筷是喻连海和他手下人用的。他们在这里生火休息，忽然间变故发生了，门外来了东西。这东西势必非常凶恶，连喻家的宗主都难以应对。一个喻家弟子大义凛然地堵住门，给其他人逃跑争取时间。

可八角铜镜呢？一般来说，镜子应该放在剑符指示的位置。裴真上下翻找，并未见到。在屋子里四处巡睃，也没能找到。难道被人拿走了？他心里起了疑虑，来过这里的人一共有四拨，第一拨是那个误入灵国的孩子，他来的时候仙门还没人进来，他不可能拿走铜镜。第二拨是留下镜子的喻连海，第三拨是穆知深他们，灰尘掩住了剑符，这拨人应当并未发现此处有铜镜，第四拨就是他和百里决明。

想明白个中关节，裴真拉了一下嘴角，哂笑起来："想不到黄泉灵国虎狼之地，竟引得这么多人前赴后继。"

"什么意思？"百里决明望过来。

"在我们不知道的时候，至少还有一拨人——第五拨人来到了这里，他们带走了铜镜。"裴真的笑意越发深了，"一路走来，我们只见到寨民和仙门弟子的尸体，这拨人很可能活着离开了黄泉灵国。"

"那敢情好，至少说明有路出去。"百里决明喃喃地道，他犯困了，眼皮子上下直打架。

"铜镜封印每面不一，只有座师和宗门知道如何破解，寻常人取走铜镜并无大用，所以这个人必定来自宗门，或者与座师过从甚密。"裴真道。

百里决明双手枕在脑后："用那个什么来着……哦，连心锁，问问姜若虚都有谁知道铜镜封印，让他列个名单。名单上不在灵国的，统统抓过来盘问一番。说实话，裴真，我觉得希望不大，阴木寨这么大，我们连一半都没走完，说不定等一下那家伙的僵尸就蹦出来了。"

第九章 无渡

"何必问座师，谁知道铜镜封印，我心中便有名单。"裴真笑道。

"哦，谁？"百里决明打了个哈欠。

"我与知深，我们都在灵国。"裴真缓缓地道，"那么就只剩下一个人了，无渡宗师。"

难怪那家伙知道灵国那么多秘辛，原来他来过。百里决明一点儿也不意外，那老头儿吃饱了没事干就爱四处瞎转悠，哪里偏僻险恶他就去哪儿，生怕自己命长似的。

"完了，他已经死了，我和寻微亲手埋的。为了攒钱打他的棺材，寻微半个月没吃肉。他活着的时候费劲巴拉地跟我讲了那么多，我就记住不能乱吃东西。"百里决明说。

"是啊。"裴真无奈地苦笑，"线索又断了。"

"除非无渡老儿变成恶灵，一直跟着我，在这儿附个尸跳出来，告诉咱们怎么走。"百里决明叹道，"不过老儿道法高深，看破红尘，立志超度天下灵。就算全天下老百姓都成了恶灵，他也不会成为恶灵的。"

他刚说完，地板下面发出"咔咔"的声音，似乎有什么东西正沿着底下的房梁攀爬。百里决明一个激灵清醒过来，坐起身便见一个黑漆漆的头颅探出了地板洞。那显然是一具凶尸，脸庞漆黑，没有嘴唇，白惨惨的牙齿龇在外面。它转过脸，发出"嗬嗬"的响声。百里决明一见它，脑子里轰的一声炸开，困意像鸽子似的扑棱棱飞走了。

百里决明指着它，大吼："无渡老儿！"

裴真一愣，还没反应过来，百里决明像脱兔似的蹦了出去。那凶尸被他吓了一大跳，一下子松了手，掉回底下那层。百里决明跳下去追人，裴真拿起风灯，快步跟上。那凶尸跑得奇快，百里决明的速度也如虎豹一般，嗖嗖如飞，只看得见连串的残影。

裴真紧随其后，不曾落后。风灯随着他的奔跑狂摇，光晕乱摆。

百里决明猛地发力向前一蹿，一下把凶尸扑倒，骑在它身上对着它的脸面揍了一拳："碰见你爷爷还不老实！"

裴真随后赶上，掏出银针扎在凶尸后颈，凶尸一下子便软了，瘫在原地，像烂泥似的。

"前辈……"裴真问，"你方才喊它无渡？"

"可不是吗？"百里决明把凶尸的脸掰给裴真看，"你瞧，这是火符，无渡的火符！这么大一个，还烧在人家脸上，明摆着告诉我：决明，你师兄我给你留了东西，就在这孙子身上，快来拿！"他看了看凶尸被烧得面目全非的脸颊，咂舌道，"太缺德了，看把人给烧的，丑成这副德行，是个人都怕。"

原来是误会，裴真扶额摇了摇头。

"旁人见了害怕，只会绕道走，它所怀之物才不会落入他人之手。"裴真觉得事情变得越发有意思了，"想不到无渡宗师早已料到前辈会进灵国。"

百里决明十分感动，他与无渡虽是同门师兄弟，但由于年纪相差太大，他又英年早逝，无渡对他亦兄亦师，甚为宠溺。主要表现在他四体不勤，好吃懒做，每个月都向无渡要钱。无渡次次怅然叹息，教导他要尽早自立，然后从拧巴的茄袋里，掏出一沓皱皱巴巴的银票，十分不舍地放进他的手心。

"决明，体谅体谅我老人家吧。"

百里决明说好，下次照旧来打秋风。

他不大记得小时候的事儿了，无渡说他很皮，总喜欢爬高，在屋檐间跳来跳去，让人在底下追着喊。死因也不记得了，他们修道的多半是捉灵死的，但无渡说他是跌跤摔死的，他不信他死得这么窝囊，认定自己是捉灵死的。从记忆开始明晰起他就和无渡待在抱尘山上，他们的感情一直很好。

他知道无渡的道法臻于极致，想不到业已到了预知未来的水平，早早在这儿为他备下了后路。年纪大了，心变得很软，想起那个老家伙，百里决明的眼睛发酸。无渡是人间唯一的大宗师，唯有道法大成才能坐上这个位子，他的寿数远超常人，别人活个一百来岁就算长寿了，无渡却有五百岁的年纪。按理来说他还能凭借高强的功力维持容颜不老，不知道为什么他放弃了青春的容貌。

伸手上下摸寻凶尸的袖袋香囊革带，却什么都没摸到。最后两人的目光共同落在了凶尸鼓鼓囊囊的肚子上，百里决明按了按它的肚皮，硬邦邦的，里面显然有东西。

"不是吧。"百里决明不可置信，"无渡把东西藏人肚子里去了？这怎么弄，剖它肚子？"

裴真沉吟了一下，站起身。百里决明以为他要去找工具，谁知这厮掏出丝帕掩住口鼻，在五步开外的地方站定。

"前辈，看您的了。"他温声含笑。

百里决明很想把这小子打一顿，他白了裴真一眼，站起身检查屋子，确认四周有没有尸体，免得剖到一半凶尸偷袭。提着风灯绕了一圈，正掀着帘幕，一串软绵绵的东西掉在头顶上。不知道是什么玩意儿，湿淋淋的，百里决明的头皮一阵发麻，忙往头上一抓丢在地上。压下风灯一看，竟然是一截血红的肠子。

裴真看他顶着满头污血，眼神甚是同情，远远地丢给他一方帕子。

第九章　无渡

百里决明气得吐血，一面用帕子擦头，一面指他："你给爷记着，一会儿爷把你也弄脏。"

举起风灯仰头看，一具死尸两只手被绑着，挂在房梁上，腰以下的部分都没了，剩下半拉上身，还晃晃悠悠的。他穿着谢家缠枝白杏的外袍，看来是几十年前进来的谢家人。裴真蹙起长眉："怎的死状如此凄惨？好像被什么猛兽撕咬过。"

"要不要弄下来看看？"百里决明问。

他们用灵犀刀劈绳索，劈了两三下都没劈断。两人定睛一看，绳索竟然是仙门的捆尸绳，这玩意儿结实得很，轻易劈不断的。

只好上梁扎针了，裴真把针包递给百里决明，百里决明用嘴叼着，像猴子似的蹿上梁。他算是明白了，裴真这小兔崽子就是来郊游的，脏活儿累活儿都得给他干。他觉得很辛酸，伺候完徒弟还得伺候女婿，这是什么世道？那吊尸的脖颈子离房梁有点儿距离，灯光昏暗，百里决明老眼昏花看不清楚，弹了半天的针都没有扎中他的穴位。

裴真叹道："前辈，我带的针只剩下一包了。"

"你不早说！"百里决明气道。

百里决明用腿夹住房梁，倒吊下去，正巧和吊尸面对面。这尸体脸色苍白，和在寨中发现的其他尸体一样，没有腐烂。他和裴真思考过很久为什么灵国里的尸体不会腐烂，想来想去，应该和灵母的术法有关。灵的灵域规则和外界不同，百里决明的灵域可以将岩浆引向地表，灵母或许有什么不为人知的本事，可以保持灵域中的尸体不腐。

这吊尸看起来活生生的，和他不过一个巴掌的距离，好像下一刻就会睁开眼睛。百里决明默念着，你识相点儿就别睁开眼睛，要不然爷一把火烧焦你。吊尸很识时务，安安静静地挂着。百里决明将他翻了个面，对着他的脖颈子扎下了针。

搞定，百里决明从梁上跳下来，拔出灵犀刀剖凶尸。灵国里的尸体都非常新鲜，刀尖没入油皮，汩汩的鲜血涌出来。百里决明忍住想呕吐的冲动，赤手伸入尸体腹腔。

百里决明干呕了好几次，道："无渡到底是怎么把东西放进去的？"

裴真说："我们还是不要想这个问题了。"

他十分怜惜百里决明，给他递过去许多帕子，贴心地道："不用还了。"

百里决明："……"

无渡留给他的是个玉盒子，仔细一看，这玉竟然是冰蝉玉，专门放在死人嘴里防腐用的，市面上千金难买，听说要在很老的古墓里面才能找到，没想到无渡留了这么大一个方盒子给他。百里决明欣喜若狂，这玩意儿虽然比不上六瓣莲心，好歹能延缓他的腐烂速度，撑个三年两载的不成问题。

"想不到无渡宗师连这个都准备好了。"裴真低声说。

"这个老头子，闷声办好事。"百里决明咂舌。

锁头没上锁，百里决明打开看，里面是两面八角铜镜，各用一方白绫包着。无渡这人讲究，塞进凶尸肚子里的东西都置放得这么齐整。两人找了一张鼓凳放风灯，擦亮铜镜，裴真画下符纹，镜子却不亮，与寻常死物一般没有反应。

"咦？"百里决明翻看镜子，"怎么回事？裴真，你是不是记错符纹了？"

裴真摇头："不可能。"

"难道这不是宗门的镜子，就是普通的铜镜？无渡想干吗，让我在这儿照镜子玩？他有病吧？"百里决明拿起镜子对着自己照，镜子正好映出他和裴真，以及房梁上那具半拉身子的吊尸。屋里光线昏暗，三个人的脸都阴森森的，十分诡异。他看着镜子里的自己，脑子里忽然灵光一闪，道："等等，无渡老儿把镜子留给我，可我不知道你们宗门的什么破符纹啊！他留给我我也打不开。"

"前辈的意思是？"

百里决明点点头："所以这镜子定然不是用你们宗门的符纹开启，无渡把符纹给修改了。"

他搓搓手，在镜面上画下火符，镜面凭空燃起金红色的焰火，紧接着火苗熄灭，镜面青莹莹地亮起来。一张硕大苍白的脸霎时出现在镜面里，是个中年人，看起来很慌张，满脸冒着虚汗。

"不知道谁会捡到这面镜子，我也不知道我能不能活着出去。总而言之，后来者若见此镜，必牢记一言。"中年人咬牙切齿，道，"谢岑关杀我，若我无命出灵国，喻家后人必为我报仇！"

"什么？"百里决明和裴真面面相觑。

镜里的画面一转，面向了一个小屋，桌椅靠墙堆着，大门被杂物死死地堵住。有东西在撞门和窗牖，喻家人慌乱地往上面堆更多的箱笼。门一直发出砰砰的巨响，后面似乎有什么体形很大的怪物。很快百里决明知道那是什么了，不是怪物，而是许多凶尸，它们撞破了窗牖，从窗棂缝里把手伸进来。无数双白惨惨的、长满眼睛的手臂探出桌椅的间隔，四处乱抓，凶尸在板壁后面嘶嘶地嘶吼。

"喻家阿弟，开开门啊！"百里决明听见一个阴狠的男声，"许久未见，开开门啊！"

第九章　无渡

"谢宗主怎么会变成这样？"有人惶恐道，"什么许久未见？我们才刚刚分开！"

"是啊，他不是说带人先行搜探灵楼吗，怎么转眼就引来这么多凶尸杀我们！"

"他中邪了！"喻连海嘶吼着，额上的青筋暴突，"快，堵住门窗！"

"你们走，我留下来拦门！"一个大高个儿挺身而出，坐上月牙桌遮住摇摇欲坠的门板，"你们快走！快走啊！"

裴真轻声地道："这是我们发现剑符的屋子。"

阴影罩在他的脸上，像为他戴上了一层灰黑的面纱。百里决明没注意到他的神情，还沉浸在震惊当中，百里决明怎么也想不到，喻连海在火塘小屋封堵的东西是谢岑关。谢岑关被灵迷了心窍？吃饱了没事干杀喻连海干吗？

难道他和无渡一样未卜先知，预料到喻夫人会胁迫寻微嫁给喻凫春，特来找喻连海报复？这显然是无稽之谈。镜子黑了，裴真递给百里决明第二面镜子："前辈，快开镜。"

画出火符，第二面镜子亮起。镜面很黑，他们把镜子靠着光源，里面仍是十分模糊，似乎镜面前面罩了一层纱。镜子里面有一个很重的喘息声，一下一下地。

"快，把他吊起来。"里面远远地传来声音，"那东西快来了。"

百里决明辨别了一下，小声地道："是喻连海的声音。"

裴真伸出食指放在自己的嘴唇上，示意他不要说话。

镜面忽然变红了，细细审视，应当是里面出现了红光。这红光不知从何而来，遮天盖地的，镜面像铺了一层薄薄的胭脂。

喻连海的声音变得急切："要来了！动作快！"

镜子里传来缥缈的风铃声，似乎在很远的地方，几乎听不清。镜面突然变黑了，但一直存在的喘息声并没有结束，还伴随着窸窸窣窣的声音。百里决明反应过来，是持镜人在移动镜子。果然，片刻之后，镜面亮了，这回画面更加清晰了，他们看见远处的房梁上吊着个人形黑影，门板敞开，外面是走马廊，磅礴的红光从外面泻进来，满目鲜红，仿佛一片血海。

"沙沙……沙沙……"

"沙沙……沙沙……"

一个恐怖的声音正在接近。

"是你自作自受，休要怪罪于我。"喻连海对人影恶狠狠地说，"那东西一出现就要吃点儿什么才肯走，只能拿你喂它了。"

人影一点儿反应也没有,像只死鸡。喻连海带着人猫着腰撤退了,偌大的屋子里只剩下那吊在当中的黑影。红光越来越盛,不远处有什么沉重的东西挪了过来。百里决明和裴真都听见木板被碾压的声音,整座围楼似乎在恐惧地战栗。人影好像醒了,一点点地抬起头来。红光里出现一个瘦长高大的影子,它太高了,脖子老长,以至于脑袋被门楣挡住,看起来十分诡异。百里决明正待仔细看那到底是什么,镜中的画面忽然压下,面向了地板。持镜人怕了,将镜子收了回去。

"啊——"

男人凄厉的惨叫刺破黑暗,犹如一把尖刀捅进耳窝子里。镜面微微地颤抖,是这个躲在暗处的持镜人在恐惧地发抖。他们听见毛骨悚然的咀嚼声,血液滴答滴答落在地板上的声音。过了许久,尖叫变成呻吟,红光慢慢地消退,风铃声也消失了。镜子重新抬起来,照出那挂在房梁上的人影。他在呻吟,只剩下半拉身子,一截肠子吊着,像秋千似的晃动。

百里决明快看不下去了,这样了还没死,得有多痛苦。这肯定就是房梁上那位仁兄了,百里决明回眸看了他一眼,他静静地吊着,脑袋歪垂。镜面里面,他撑了有几十息的时间,终于彻底没了声息。

"红光里的是什么?"裴真低声问。

"好像是一个人。"

"风铃声,前辈听到了吗?外面的风铃明明灌了铅,现在却响了。无渡宗师说的第二条法则应当是,风铃声响,猛灵必出。"裴真的长眉敛起。

"总而言之,咱们听见风铃声也得躲。这玩意儿我可对付不了,要是六瓣莲心还在我腔子里,我能把它打得娘都不认识,可惜不在。"百里决明摊摊手。

镜面里的光影一闪,二人意识到镜子里的声影还在继续。方才镜子一片漆黑,他们还以为结束了。幽幽的光照亮镜面,里面现出一张苍白消瘦的脸。是持镜人,他长得不错,骨相清俊,若胖一些,再把胡子剃了,一定是个俊俏的郎君。可百里决明一见到他,立马瞪大了眼睛,仿佛有一道雷劈在头顶,满眼的不可置信。

"我是谢岑关,今天是我进入黄泉灵国的第五十八天。所有人都疯了,我也是。谁能告诉我,我到底是活着,还是死了?"谢岑关惨笑了一声,扭头看着不远处那半截黑影,喃喃地问,"这地方是个鬼地方,没人能出去……没人能出去……"

他再转回头来,看着镜面。阴影罩着他的脸,百里决明忽然觉得他的表情有点儿恶狠狠的。

第九章　无渡

镜面忽地熄灭，这回是真没了。

百里决明还是一副瞠目结舌的样子，裴真侧头看他："前辈怎么了？"

"等等，我确认一下。我……我一定是看错了。"

他没办法相信他看到的东西，这在他的认知里是不可能发生的。往常碰见这种事，通常的缘由是中邪了。

百里决明爬上房梁，捆尸绳绑成了死结，他费了老大劲才解开。吊尸像面袋似的砸在地上。百里决明跳下来，蹲在死尸旁边端详他的脸。对着灯看就清楚了，他有着清俊的骨相，白皙的面容，和方才那自称谢岑关的人，一模一样。

"天爷。"百里决明忍不住震惊，"真的一模一样……"

他说到一半停住了，因为他看见裴真也蹲下了身子。裴真伸出冰凉的手指，触碰死尸同样冰凉的脸颊。

"他是谢岑关吗？"裴真低声问，"他到底是谁？"

"你怎么了？"百里决明察觉到这家伙有点儿不对劲。

很难说裴真和平常有什么不同，他没有笑容，也没有其他什么表情。百里决明只是在这一刻觉得他忽然变了，那触摸死尸的手指，那孱弱白皙的手腕，皮肉下瘦削锋利的腕骨，好像钢铁锻出来的刀那么坚硬，那么冰冷。

153

— 第十章 —

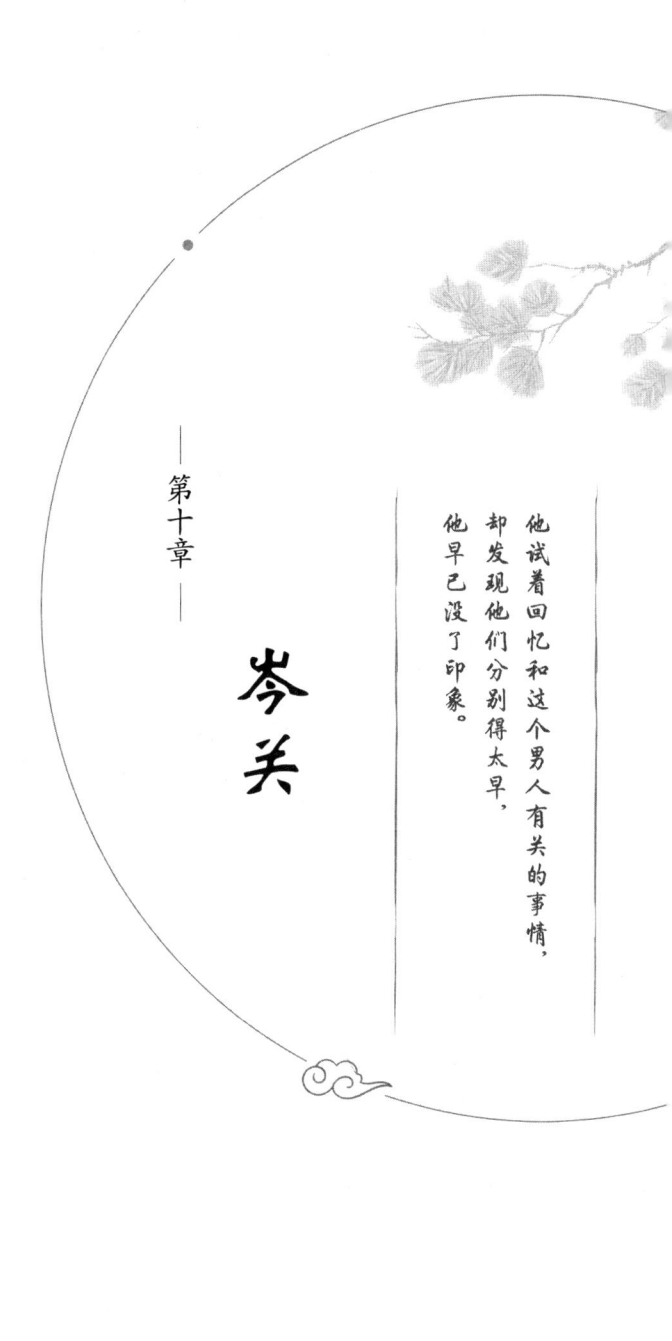

岑关

他试着回忆和这个男人有关的事情,却发现他们分别得太早,他早已没了印象。

诡异的事发生了，他们在八角留影镜里看见了两个谢岑关。一个被悬挂在房梁上，被不知名的怪物吃掉了半截身子。一个隐藏在暗处，用铜镜记录下了一切。现在能够确定的是谢岑关和喻连海发生了内讧，自相残杀，结果非常惨烈。除此之外，所有东西，包括谢岑关和喻连海的状态都十分诡异。百里决明回想这两个人，他俩看起来都不太正常，尤其是第二面铜镜里谢岑关最后的表情，恶狠狠的，像灵附身了似的。

"第一个问题，为什么会有两个谢岑关？"裴真说。

"别什么问题不问题了，你才是大问题呢。"百里决明拿手试了试他的额头，"我怎么觉得你怪不对劲的？看你脸白的，活像抹了胡粉，被吓到了？你这小子，凭你的本事，怎么就怕这些玩意儿呢？"

裴真别过脸闭了闭眼睛，道："有些乏了，无妨，正事要紧。"

果然是少爷身子，百里决明很是无语，他这体格不应该当宗门医者，他该去当公主帝姬。百里决明道："得了吧，你要是吧唧一下倒了，倒霉的不是你，是我。到时候我还得背你，你个儿这么高，我累死了都没处诉苦去。算了，你别说，听我说。第一个问题，为什么会有两个谢岑关？"

裴真蹙起眉头："易容？"

百里决明探过身子，捏了捏尸体的脸皮子，没有易容的痕迹。他道："不是易容的假货。会不会是双胞胎，谢岑关有没有什么兄弟？没准儿他和他老弟一起来的。喻、谢两家带的都是族中弟子，谢岑关带着自己的兄弟来也不稀奇。"

裴真摇摇头："不可能，谢宗主是家中独子。谢氏三代单传，连叔伯堂兄弟都没有。"

这就奇了，不是易容，也没有相似的兄弟，怎么会出现一模一样的人？百里决明百思不得其解，裴真也眉头深锁，不说话。

第十章　岑关

"我想到了！"百里决明忽然拍了一下手掌，"裴真，首先我们必须得确定，这世上绝不可能出现两个谢岑关，这根本不符合常理，你说对不对？"

"不错。"裴真点头。

"其次，有条重要的线索被我们遗漏了。"百里决明重新打开第一面镜子，"你听，这面镜子的谢岑关和喻家人各自说了什么？"

——"许久未见，开开门哪！"

——"谢宗主怎么会变成这样？什么许久未见？我们才刚刚分开！"

——"是啊，他不是说带人先行搜探灵楼吗，怎么转眼就引来这么多凶尸杀我们！"

"喻连海的判断是谢岑关中邪了。"百里决明说，"喻连海为什么会这样说？只有一个原因，这面镜子里的谢岑关的作为和他们认识的谢岑关差别很大。而且你听喻家子侄说的话，谢岑关请命搜探灵楼，去又复返，还带来了一大批凶尸要杀他们。这个行为非常怪异。"百里决明朝裴真挑挑眉毛，"你有没有想到什么？"

都这个时候了，还要臭显摆。裴真叹了口气，道："前辈想说，这个引凶尸杀人的谢岑关，不是真正的谢岑关。"

"没错！"百里决明猛地点头，"有人易容成谢岑关偷偷地跟在队伍后面，趁真的谢岑关和队伍分开，假的谢岑关现身杀喻连海，结果被喻连海逮住。真正的谢岑关约莫和他们失散了，阴差阳错地看见喻连海吊杀假谢岑关的场面。"

裴真没说话。

"而且假谢岑关一定和喻连海是旧相识，有深仇大怨。"百里决明补充，"要不然他不会说'许久未见'的话。"

"前辈，你的猜测里有一个致命的漏洞。"裴真摇头道，"按你所说，半截尸是假谢岑关，可这具半截尸并非易容。"

"那就是真谢岑关点儿背，被喻连海逮住，冤死了。"百里决明说。

"那假谢岑关又何必用八角铜镜记录一切，自己还要露脸？岂非自找麻烦？"

百里决明被问住了，是啊，为什么？假谢岑关完全没有必要这么做。

"我倒觉得……"裴真低下眼眸，"他们两个都是真的谢岑关。"

"怎么可能？"百里决明睁大了眼睛，"两个谢岑关，寻微有两个爹？"

"若我没有猜错，这和灵国的术法有关。"裴真定定地望着那具被他们剖了腹的可怜凶尸，缓声地道，"这么说，前辈可明白了？"

百里决明噎了一下，他还云里雾里的，可若是他说他没弄懂，岂不是显得

157

比这臭小子笨似的?他咳嗽了一声,高深地说:"嗯,有道理,我也有些眉目了。"

裴真看出这厮在不懂装懂,不禁失笑,道:"不必着急,我们很快就能知道答案了。"

"什么意思?"

裴真没有回答,转而问:"谢宗主的事,前辈打算如何告诉寻微娘子?"

百里决明回过脸,看了看地上的谢岑关。端详这个男人,越看和寻微越像。怪不得寻微这般好看,她的父亲就有个出挑的相貌。百里决明叹了一声,道:"把谢岑关带出去,找个地儿把他烧了,把骨灰带给寻微。他身体只剩半截的事,还有具体怎么死的,咱们别告诉寻微。她身子弱,怕她受不住。"

百里决明爬起来,收拾谢岑关的残骸。谢岑关的手臂被吊了太久,硬邦邦的,关节都硬了,保持着伸过头顶的姿势,掰不下来。百里决明想了半天,道了一声"得罪",便将他两条手臂斩断,撕下布条绑住,挂在他的脖子上,模样有一种说不出的滑稽。

裴真站在一边看着,脸庞好像被冻住了,笑不出来,也哭不出来。他试着回忆和这个男人有关的事情,却发现他们分别得太早,他早已没了印象。他甚至没有办法通过别人的言语去建构这个男人的形象,因为谢氏一门除了他,满门被屠,他无从知晓这个男人的过往。

他只能努力去虚构一些回忆,或许小时候他的父亲也像别人家的父亲一样,把他高举过头顶,让他骑在自己的肩头。或许他们一家三口曾经一起逛庙会,他闹着买糖葫芦,父亲直接把他扛在肩头。他看着死尸的脸,努力去想象谢岑关到底是一个什么样的人。

"前辈,你觉得他是一个什么样的人?"裴真轻声地问。

"他是一个好父亲。"百里决明说,"他为了寻微进的灵国,吊在这里十八年了。"

裴真闭上眼睛。悲哀像一层纱,裹住了他的心脏。

百里决明脱下中衣,拾掇谢岑关流在地上的残躯和内脏,收作满满一大包,最后百里决明把包裹负起来,用布条捆得牢牢的。纵使没有腰以下的部分,只剩下上身和头颅并两条断掉的手臂,这也着实是不小的分量,他和裴真约定轮流背。

一切收拾好了,百里决明将背上的谢岑关往上颠了颠,说:"老谢,带你回家看闺女。"

裴真拉高袍子的领子,遮住谢岑关苍白的脸颊,再用布条绑住。

嗯,回家了。

第十章 岑关

"差不多了。"裴真忽然说。

他按了按百里决明的肩膀,做了个"噤声"的手势,然后指了指板壁的方向。

百里决明没回过神来,以为他说墙那边有什么东西,转眼望过去,除了几个破烂的簸箕,什么都没有。难道有灵?他定睛看,虽然黑黢黢的,但是不像有灵的样子。他刚想问到底怎么了,忽然间,他听见隔壁传来脚步声。

"咔嗒——咔嗒——"

"咔嗒——咔嗒——"

隔壁有灵?!

裴真悄没声地贴到墙边,对着缝隙张望了几眼,回过脸来,对百里决明招招手。百里决明也靠过去,扒着缝隙看。对面是个昏暗的小屋,一盏风灯搁在矮几上。会用风灯,说明不是灵,应该是仙门的人。是穆知深队伍的幸存者吗?光晕里立着两个人,他们和这边隔着好几个书架,似乎在拉扯着什么。

百里决明一看见他们,霎时间惊呆了——他看见了裴真和百里决明。

他看见了另一个裴真,和另一个自己。

百里决明想起镜子里的谢岑关,那个家伙看见另一个自己慢慢地死去。他终于理解了谢岑关在最后发出的疑问:"我到底活着,还是死了?"

他的第一反应是易容,有人易容成他和裴真进了灵国。但他又想起裴真说,两个谢岑关都是真的谢岑关,那么两个他自己都是真的他自己?对面的是百里决明,那他自己又是谁?他实在难以理解眼前的景象,他唯一能想出来的答案就是他中邪了,眼前的都是幻觉。就像被千眼尸迷惑的时候,他产生了凶尸复苏的幻觉。

等等,千眼尸!

他猛然发现,对面这个屋子是他和裴真最开始进入的那个经堂。那几具凶尸就端坐在百里决明和裴真的背后,面容惨白,各自脖颈后面都扎了一根针。

他好像明白了什么。对面的百里决明正扯着裴真的衣袖,似乎想要从里面掏什么东西。这个动作他做过,百里决明想起来,当时他想要拿记载天女的册子再看几眼。

窥视缝隙的角度很好,整个经堂尽收眼底,百里决明和裴真就在他视野的中心,犹如戏台上的两个主角。屋子里光影昏暗,两个人的影子打在素白的窗屉子上,真如皮影戏一般。以旁观者的角度,能发现许多身处其中无法发现的细节。比如那些被裴真定住的凶尸都蠢蠢欲动,表情缓慢地变得狰狞,幸而裴真的针扎得够稳,这些凶尸都起不来。

再比如,在烛光的边缘,最尽头的窗纱上,他看见一张模糊的人脸。

那的的确确是一张人脸，不是他眼花。那玩意儿面无表情地盯着屋里，像死人一般。准确地说，他正盯着大屋里的百里决明。百里决明挪到哪儿，他的目光就挪到哪儿。百里决明后知后觉地感到毛骨悚然，原来当他和裴真在经堂交谈的时候，有不止一个人在偷窥他们。

他想拉裴真过来看，忽然间对面的百里决明和裴真同时转过脸来，对上了他的目光。和另一个自己对视，真是惊悚极了。他的头皮一炸，眼前一枚银光乍然出现。他立即侧脸闪避，银针贴着他的鼻子扎入虚空中。身边的裴真将他抓起来，两个人迅速地离开。

连跑了几间屋子，两个人贴着墙坐下来喘气。虽然知道对方不会追上来，但心里就是有一种难以言喻的恐惧。和自己面对面，比见到灵还恐怖。

"前辈知道答案了？"裴真笑道。

百里决明看他终于笑了，心里莫名地松了一口气。

"嗯。"百里决明点头，"看来这就是灵母的术法了。'上下四方曰空，往来古今曰时'，上下四方看得见，往来古今看不见。我们的眼睛只能看见错乱的小屋，却看不见和小屋一起错乱的时间。如此看来，灵母的术法是……"

裴真接话："是时空。"

灵术法不一，百里决明的术法是火焰，他造出的灵域可以将地底深处的熔岩带到地面，将原本平静的山体变成愤怒的火山。而灵母的术法，则是改易时空。

"当我们踏入不同的小屋，同时也踏入了不同的时间。所以谢岑关看见自己被杀，他看见的是未来的自己。所以喻连海被凶尸围攻的时候，谢岑关说'许久未见'，因为他们本来就属于不同的时间。"所有的线索都串联在一起，百里决明脑子里犹如有一束电光穿云破雾，"谢岑关想要杀掉喻连海，改变自己被杀的命运，却没有想到正是因为他动了杀心，所以才会被喻连海报复。"

裴真说："在经堂时我们发现的偷窥的眼睛是我们自己，那具躺在地上的凶尸是被我们开膛的。我们误以为隔壁有灵，非也，根本没有什么灵，'灵'是另一个时间的我们。"

可以想象，在此时此刻，阴木寨的各个小屋中，无数对裴真和百里决明正在交谈、奔跑，从一间屋子到下一间屋子。甚至说不定，他们下一刻就会碰见自己的尸体，像谢岑关那样凄惨。

"喊，我早想明白了。"百里决明厚着脸皮强调，"不比你晚。"

裴真转头看他，唇畔含着笑意："是，前辈最聪明了。"

这厮恢复了点儿精气神，神色又变回了原来的样子。百里决明心里面闹腾，往边上挪了挪，说："你看见窗纱上的人脸了吗？"

第十章 岑关

"看见了。没有对我们造成影响,不必理会。"裴真继续道,"灵国的时空不似常态,寻常时空如一条江河迢迢而去,这是数支并流,互不干扰。那么只要我们找到成功离开灵国的人,跟着他们的脚步,自然也能离开灵国。既然有了法子,便不必着急了。前辈要找阳极之宝,还有穆师兄等我们搭救。我的干粮够五日之用,节省些七日也足够了,慢慢来。"

对了,还有个叫穆知深的小子。百里决明挠挠头,差点儿把他忘了。

清算包袱,带的蜡烛节约点儿够三天,干粮够四五天。水有些少,只够三天,这下得抓紧时间了。稍做歇息,他们再次启程,一间屋子一间屋子地搜。搜了小半个时辰,一共搜出来五十八间不同的屋子。这下不必劈屋顶想办法到下一层了,他们原先在通廊上看,一层只有二十二间屋子,眼下这层竟然搜出五十八间,说明阴木寨错乱的是所有屋子,不分层数。

然而直到搜第六十间小屋,他们都没能碰上曾经成功离开过灵国的人。按照裴真的想法,成功离开的人至少有喻连海和无渡。他们最好的选择当然是跟着无渡走,实在不行跟着喻连海走也可以。只是到时候要多长个心眼,因为喻连海很可能在灵国里面就成了灵。

"并且按照文书记载,喻、谢两家携带的干粮远不足以撑五十八天,他们一定食用了灵国的东西。"裴真的神色凝重起来,"我们到现在依然不知道食用灵国食物的后果。"

总而言之,看喻连海那个无头灵的状态,和正常人有很大差别。要是吃了灵国的食物会变得疯魔,那跟着喻连海走实在是很不安全。

"不想那么多了,接着走,一百一十个屋子总能走完,总能碰上无渡老儿。"百里决明叹了口气,"他死了这么多年,我还怪想他的。能在这地方看见以前的他,挺好的。"

裴真低头想着什么,没说话。

百里决明心里面有些发沉,这小子惯常带着笑意,如果遇见什么棘手的状况,他反倒会变得兴奋,有时候百里决明甚至觉得他脑筋有点儿不正常。但当他真正严肃起来的时候,说明事态已经非常严重,完全脱出了他的控制。

果然,他苦笑了一声,道:"有个坏消息。"

百里决明席地而坐:"等我喘口气。"他深呼吸了一大口气,摆摆手,"说吧。"

"阴木寨的时间是错乱的,前辈可曾想过,它错乱的时间从什么时候开始?"

"从灵域诞生开始?"

"那就麻烦了,我们无人知道黄泉灵国何时诞生。就从传说的时间来看,至少有三百年的光景。按照方才我们的经验看来,不同时间的同一间小屋也存在并置的可能。"

百里决明点点头，他们曾经去过两间一模一样的屋子，但两间屋子的时间不一样。一开始百里决明还没有看出来，以为他们走了回头路。结果裴真眼尖，发现屋子里馒头的霉点儿不一样，他们这才发现两间屋子时间不同。

裴真道："以经堂为例，今日子时的经堂和今日戌时的经堂会同时存在，前辈同意吗？"

"同意。"

"假设每个时辰的经堂都会同时存在。那么三百年来，每天有十二个时辰，一年有三百六十五天，一共是一万三千一百四十个时辰，那就是一万三千一百四十个小屋同时存在。"

"我的乖乖……"百里决明捂住脸，"这走到我烂成渣也走不完。"

"按照我们半个时辰六十间屋子的速度，只要不眠不休地走上九天，还是能走完的。"裴真笑道，"只怕并非一个时辰一间屋子，而是一炷香一间屋子，或者一盏茶一间屋子。又或者错乱的时间间隔根本没有规律，无序可依。那么这样一来，阴木寨的小屋就是无可计数的。"裴真叹了一声，"这还是在小屋不移动的前提下。"

百里决明安慰他："没关系，只要我们能碰上无渡老儿就行。"

"只怕……非常非常难。"裴真问，"前辈，你可知道无渡宗师在灵国待了多久？"

"这我哪知道？我又没有他的耳报神。"百里决明抓抓头发，"不过他离开抱尘山最长的时间是半个月，就是他把寻微送到我身边那次，我怀疑他在故意躲我，让我不能把寻微送回给他。"

"半个月。"裴真点头，"我们就假设他在灵国待了半个月。半个月是十五天，一百八十个时辰。假设他每隔一个时辰换一个小屋，则有一百八十个小屋有无渡宗师。那么我们必须在一万三千一百四十个小屋中逢见这一百八十个小屋，才有与无渡宗师相遇的希望。"

百里决明扶额："我凭空由男变女的机会都比这大些。"

说来说去就是死路一条，若搁在寻常灵域，走不脱就去找到那结灵域的恶灵，暴打一顿，灵域自然而然地就破了。可灵母这个黄泉灵国，光一个阴木寨就能困死人，现在连灵母的裙角都见不着，更别说和她打架了。

百里决明怅然一叹："还有最后一个法子，无渡能出去，这破寨子定然有出口。只要咱们别想着靠他，自己想辙找到出口，就能出去了。"可就是半点儿头绪也没有啊，百里决明翻出无渡的冰蝉玉盒子上下倒腾，"你说这个老头子，既然留东西给我了,怎么不把出去的法子也写上?"

其实还有个选择,裴真没有说。成功离开灵国的除了无渡和喻连海,还有灵童子。灵童子在这里待的时间绝对比无渡和喻连海长,然而跟着灵童子走的危险又比跟着喻连海大太多了,那灵童子乃灵母之子,真正的猛灵,真正的凶煞,不是百里决明这种成日闷头睡大觉,穷得叮当响还以为自己特凶残特可怕的灵。若真遇上灵童子,他们十有八九是落荒而逃。

实在没法子了,两人轮流背着谢岑关走了许久,再加上之前又追尸又剖尸的,都累了。他们找了一间看起来干净些的屋子歇息,这里没有凶尸,也没有怪模怪样的尸体,只空地里有几排朽烂的木架,搁满了绢书。梢间还有个神龛,上面罩着破旧的绛红色帘幕,下面坐着一个十一面女人神像。这神像他们见过许多,几乎每走几间小屋就能遇上一尊。裴真猜测这是天女的法相,百里决明听了咂舌,说果然这阴木寨里的人长得越丑越怪地位越高。

裴真失笑道:"法相与真人差别很大,许多信徒为了强调信仰的神异,塑像会故意夸张,增加头颅、手臂是常用的手法。又如帝王画像,画师为了体现他们的庄严神圣,通常会把他们画得比常人大许多倍。"

百里决明耸耸肩膀,不置可否。

两人决定休息两个时辰,裴真这厮一向娇弱,这回竟然善心大发,让百里决明睡第一个时辰。百里决明睡得很不安稳,总觉得身上冷得慌。他已是个死人了,要通过灵力流动来感受冷热,按理来说对冷热的反应没有常人那么灵敏。可这回他仿佛坠进了冰窟,寒冷像冰蛇一样从脚底向脑门子游动。

慢慢地,他发觉这并非寒冷,而是恐惧。

"哥哥,不要怕。"

寂静里有谁在轻轻地喊他,百里决明蓦然睁开双眼。

又是那个声音!脖子后面寒浸浸的,像长了霜毛似的。再仔细听,那声音却没有了,好像是从梦里来的。谁在喊他哥哥?他哪来的什么弟弟?百里决明心里发毛,下意识地去找裴真。周遭一片漆黑,风灯不知道什么时候熄灭了。百里决明察觉到不对劲,斜前方传来窸窸窣窣的声音,他眯起眼睛,隐约看见黑暗里裴真背对着他,像青蛙似的蹲在墙角。

— 第十一章 —

兄弟

我要有耐心,
只要时间够久,
他会想起来的。

他感觉裴真很不对劲，按照这厮穷讲究的性子，怎么也不可能叉开腿像青蛙似的蹲在那儿。这种流浪汉的蹲踞姿势放在百里决明身上很正常，放在裴真身上着实诡异。

无声无息地绕到裴真的侧面，他看清了这个蹲踞的人。那人正撕扯着包裹谢岑关的衣袍，裴真怕包得不严实，布条打的结全是死结，上下左右扎了一层又一层。那人撕得龇牙咧嘴的，低头准备掏出刀来割。

百里决明扑过去，将那人按倒在地："哪儿来的小王八羔子！"

那人一惊，捂住头大喊："饶命饶命！"

"你哪儿来的？干什么呢！"百里决明掐着他的脖子，怒道。

"少侠饶命！"那人放下手，哀号道，"在下姜陵，越郡姜氏的弟子。方才见少侠在此小憩，腹中又实在饥饿难耐，一时昏了头，想要窃少侠的包裹填腹。少侠饶命，我再也不敢了！"

百里决明单手燃起火折子，屋子顿时亮堂了一角。对着火光，这厮领口的银线葵流光溢彩。百里决明认得这葵花，的确是宗门的标识。姜陵的衣襟和袖口都破成丝丝缕缕的，像是被什么锋利的东西抓过，身上还有许多血污和白糊糊的东西，手也抖个不停，显然经历过一场酷烈的大战，约莫是死里逃生。

"你是穆知深手下的？"百里决明看他有点儿眼熟，"我们是不是在哪儿见过？"

"你知道穆师兄！"姜陵的眼睛一亮，打眼瞧见百里决明的正脸，又是一喜，"秦少侠！原来是你，你不记得我了？上回宗门大比我和你同台打擂，被你一招击败！我知道了，你是座师派来救我们的，对不对？"

又是个被秦秋明打过的，百里决明怕露馅，便随口敷衍了几句："还没找到穆知深。我这儿没干粮，都在裴真那儿，裴真呢？"

166

第十一章 兄弟

他从姜陵身上退下来,姜陵叫道:"裴先生也来了!先生在哪儿?"

"问你啊,裴真在哪儿?你没看见他?"

姜陵忙摇头。

百里决明举起火折子,幽暗的小屋里一览无余,只有他和姜陵两个人。裴真的风灯搁在地板上,蜡烛已经烧光了。他记得睡觉之前蜡烛还有一大截,至少得烧一个时辰才能烧完。这说明他睡的时间超过了一个时辰,裴真没有叫他。

裴真不见了。

他能去哪儿?那小子不像是会擅自行动的人。百里决明一面绕着小屋检查四周,一面询问姜陵。

按照姜陵的说法,他和穆知深一行人在粮仓遇袭,灵足有八个,内廊尽头又有不知名的恶灵逡巡,他陷入了进退维谷的境地。他灵机一动,扎入面粉袋和死尸抱在一起,屏息静气,意图用诈死蒙混过关。没想到这法子真的奏效,灵都追穆知深去了,没有管他。他心有余悸地爬出来,却发现陷入了一间又一间的小屋之中,无论如何也找不到走马廊。他不停地走,不停地走,干粮都在同伴那里,身上的存货很快便吃光了,饿了好几顿,肚子抽抽地疼。头晕眼花的时候,终于遇见正在小憩的百里决明。

百里决明睡得很不安稳,嘴里一直叽里咕嘟地说梦话。姜陵那时心里有鬼,想要偷百里决明的干粮,就没有叫醒他。但姜陵隐约见他哆嗦着嘴唇,一直在重复同一句话——

"长脖子,长脖子,长脖子。"

"长脖子?"百里决明问,"什么长脖子?"

他想起红光里的那个长脖恶灵,难道是梦见那玩意儿了?

"这该问你啊……"姜陵挠挠头,"少侠,你梦见什么了?你好像特别害怕的样子。"

百里决明也想不明白,细细回忆梦里,然而脑子里一片空白,什么也想不起来。他只记得那声声恐怖的呼喊,然而他阴寿五十余年,从不知道他有个死掉的弟弟。

十有八九是撞上灵了,他想。未附体的灵四处飘荡,在极偶然的情况下能对现世产生影响,譬如被人们称为"鬼喘气""鬼压床"之类的现象,那多半是有灵跟着生人,想要伺机夺舍。定是有胆大包天的灵想搞他,好他个恶灵,惹谁不好竟然惹他。

算了,当务之急是找裴真。

连心锁不亮,灵力催不动。仙门做的什么破玩意儿,一点儿用处都没有。

167

百里决明察看屋里，烂木架子边上有一块地被清理过，没有灰尘，好些杏花丝缎帕子铺在上头。两摞写着字的丝绢一左一右，堆得整整齐齐，还有一册绢书摊在帕子前边。不用想，一定是裴真坐在这儿阅览绢书。他怕脏，拿帕子垫屁股。左边的绢书灰尘没有被清理，约莫是还没开始看的，看完的堆在右手边，他可以想象裴真用帕子遮住口鼻掸灰的模样。

摊开的绢书放在地上，百里决明弯下身看上面写着什么。上面写的东西不多，竟然是中原文字，不是玛桑羽虫篆——

  今天是弟弟住下来的第三十天，弟弟惧怕腌臢贼的眼睛，我把它们全部吊起来，用绷带把它们的眼睛遮住，弟弟就不怕了。我昨天又去给弟弟找吃的，本来还想见见阿母，我想跟她说我有弟弟了。我好久没有同阿母说过话了，我怕她。

  今天是弟弟住下来的第六十天。弟弟变笨了，不吃东西，连话也忘记怎么说了。我好担心，他到底怎么了？
  我要有耐心，只要时间够久，他会想起来的。

百里决明看着"弟弟"发了好一会儿呆，姜陵喊他才回过神来。
母子……一对母子。
他倏忽间明白了，这是黄泉灵国唯一的母子，只有可能是他们。"阿母"应该是黄泉灵母，"哥哥"是灵童子。灵母因为某种原因对灵童子避而不见，灵童子独自在阴木寨彷徨，直到遇见一个误入灵国的小孩儿。

灵童子给小孩儿找吃的，这小孩儿食用了灵国的食物，发生了一些意想不到的变化。百里决明想起无渡的警告，绝对不能食用灵国的东西，他一直很好奇食用灵国食物的后果是什么。手札里说小孩儿变笨了，不吃东西，连话也忘记怎么说。这个状态……极像是化灵了。

翻阅其他绢书，记载用的文字都是羽虫篆了，有一部分裴真在一旁做了翻译，基本都是禁术，其中就有"拘怪召灵"术。上面说练了拘灵术的人会失去自己的影子，取而代之的是灵影，成为习术者的半身。其中佼佼者拘禁的灵不止一只，便会有不止一个影子。百里决明又想起拘他的那个人，他可不想成为别人的影子，便一时怒从心中来，气得牙痒痒。

绢书旁边，有一溜脚印从烂木架子旁向神龛处延伸。应该是裴真看绢书看到一半，被什么东西吸引，便放下绢书，往那边走去。或许是神龛那儿传来了

第十一章　兄弟

什么声音，因为坐在烂木架子这儿，视线都被几排架子和帘幕挡住，无论如何是看不见梢间的神龛的。

声音？会是什么声音？

百里决明举着火折子跟着脚印走，姜陵紧紧地跟在他的身后。光晕一点点地照亮黑漆漆的梢间，绛红色的旧帘子罩着十一面女人神像，他们莫名地觉得这神像的每一张脸都在盯着他们看。

"你觉不觉得那个神像很诡异？"姜陵凑过脸小声地说。

"诡异就别看。"百里决明推开他的脸，压下火折子查看脚印。

脚印在神龛前面就没有了，正巧停在神像的目光下。裴真走到这里，消失了。

百里决明蹲下身子撩开红桌布，神桌下面空空如也，裴真没有藏在这儿。他举起火折子看梁上，也没人。裴真真的莫名其妙地不见了。百里决明审视裴真的最后一个脚印，比其他的要深，说明裴真在这里停留了一会儿。

"先生为何停在此处？"姜陵问。

"靠边，我看看。"百里决明挥挥手。

他站上裴真的脚印，努力地把自己想象成裴真。

"我是裴真，我是裴真……"百里决明念叨着，"我又好看又博学，脑瓜子还聪明。我站在这儿，我想干吗呢我？"

"裴先生喜欢念诗。"姜陵提议，"你念几句诗，说不定就有感觉了。"

"那什么……酒力渐浓春思荡，鸳鸯绣被翻红浪……"百里决明往前看，站在裴真的位置，视野的正中央是神桌，他伸出手，可以触摸到神桌上的一枝瓶、白瓷杯和瑞兽香炉。他尝试着将每个东西都碰了一遍，什么都没有发生。

"先生不吟淫诗。"姜陵小声地说。

"他站在这儿还能干吗？"百里决明摸不着头脑。走到这么僻静的地方，莫非是出恭？然而他并没有闻见尿臊味。裴真那小子是神仙下凡，进来这么久了都不见他出恭拉屎。

"先生比你高，手比你长一些。"姜陵指了指神像，"他应该能够到神像。"

"放屁，他能比我高？"百里决明不相信。脚下仍是稍稍向前走了一步，触碰到了神像的脸颊。

很快他便发现了端倪，神像的珊瑚色愤怒面比其他脸光滑，似乎经常被人触碰。这里一定有个机关，他按了按那张脸，咔嗒一声，脸倏忽间凹了下去。神桌底下哐哐直响，像是机关启动的声音，百里决明蹲下身子撩开红桌布，桌下一块地板消失了，一架木梯通往黑黢黢的黑暗中。

169

嘿，还真行。百里决明心头一喜，就要往下面走去。

姜陵忽然拦住了他。

"少侠，你听。"姜陵的脸色变得很白，"是不是有呼吸声？"

寂静的黑暗里，传来细细的呼吸声。

百里决明说："废话，裴真下去了，肯定是裴真。"

"可是……"姜陵的手开始抖了，"好像不止一道呼吸声。"

凝神细听，无数道呼吸声此起彼伏。百里决明心里发毛，这下面不知道有什么东西，裴真定然是遇见麻烦了，不然不能出不来。

"你今年几岁？"百里决明问他。

"十七岁。"

"太小了，你待在上面吧，要是我一炷香之内没有回来，你就自谋出路吧。"

姜陵踌躇着，脸上现出一副苦色。

百里决明反身去把谢岑关背上，重新点了一根火折子，下了木梯。身后响起脚步声，回头一看，姜陵这白脸小子也跟来了，百里决明觉得奇怪："不是让你留在上面吗？"

姜陵哭丧着脸说："上面也好恐怖，我还是跟着你吧。就算死，咱们好歹相互作陪，有个伴儿。"

百里决明："……"

仙门果然除了裴真都是草包。

越往下走，呼吸声越发清晰了，好像有许多人在黑暗里沉睡。终于到了最下面，火光荧荧地照亮一方，待百里决明看清楚眼前的景象，一阵凉气从脚底板蹿上脑门子，他下意识地停止运转灵力，模拟常人呼吸。姜陵在他边上站稳，惊呼道："是活尸！"

百里决明猛地捂住他的嘴巴，压低声音说："嘘，别把它们吵醒了。"

前方，黑沉沉的暗影里，倒挂着无数缠满绷带的人形物。光晕笼罩的区域，依稀能看见它们的胸膛起起伏伏。

这些东西到底是活着，还是死了？

"你记不记得绢书上说的'腌臜贼'？"百里决明低声问。

姜陵点点头："说的就是这些……活尸？可是他不是说只遮眼睛吗，为什么要把它们全身都绑起来？"

"因为它们全身都是眼睛。"

活尸这玩意儿百里决明听过，但没见过。据说这东西是养出来的，首先要在人死前七七四十九天把他放进大阴之木打的棺材里，然后要把棺材吊起来以

第十一章　兄弟

隔绝地气，每日以鲜血泼棺。最好用童子血，若没有，鸡血也勉强可以。在这四十九天里，就从棺材缝里给他递吃的，慢慢地里面的人越吃越少，直至最后不吃。这时候里面的人已经成尸体了，但隔着棺材听，还能听见呼吸声。

用这法子养出来的尸体，一旦起尸必成凶煞。以前有些走歪门邪道的光脚道士养尸帮自己杀人，后来渐渐地就没了，多半是因为他们镇不住手里面的活尸，自个儿被反噬了。

百里决明阴寿五十余年，还是头一次看见这么多的活尸。他这才明白老寨为何用香杉阴木和坟土建寨，原来是为了养这帮活尸。遍体生眼，原本就是天生妖孽，又被养成活尸，这要是闹将起来，看来只有洗业金火能治它们了。

姜陵拉着百里决明的衣角，抖得像筛糠似的。百里决明举着火折子，一面往里面走，一面找裴真。一具具千眼活尸挂在他们头顶，呼吸声咻咻的，犹如破旧的老风箱，两个人都不敢言语，只一心一意地找人。

这是一间宽阔的大屋，合抱粗的立柱就有好几根，这样的屋子从左到右足有五间。千眼活尸一圈圈地悬挂在屋顶纵横交错的铁链上，尸圈的中心是一具巨大的铁棺。数了数活尸的数目，有八十来具。百里决明有些震惊，怪不得寨子是空的，原来人都挂在这儿。可这寨子也太奇怪了，这里生活的大部分人都长这副妖孽样子？

正走着，姜陵脚底下不慎踩到一个破瓷碗，静寂里突兀地咔嚓一声脆响，两个人的脸同时白了。两个人静默着，活尸依旧在咻咻地呼吸，没有动静。百里决明大着胆子，伸出两只手。姜陵紧张地制止他，拼命摇头。百里决明把他推开，在活尸耳边拍掌。

"啪、啪、啪。"

连拍三下，活尸没有反应。

"原来醒不过来，害我担心了这么老半天。"百里决明"喊"了一声，肩膀放松下来，连走路姿势都大摇大摆起来。姜陵吓得够呛，拼命地抚着胸口顺气儿。

百里决明围着活尸走了一圈，连裴真的衣角都没发现。两个人的目光自然而然地落在了那铁棺上，百里决明的脸色很难看，低声道："裴真该不会在里面吧？"

两个人走到铁棺边，棺材上全是精镂的花纹，卷草缠枝花之流，看得人眼晕。姜陵摸了摸棺钉，说："不会吧，棺材没有被起开过。"

隔着棺材细细地听，不知道是因为铁棺太厚，还是里面没什么东西，什么声儿也听不见。百里决明伸出手指，触摸棺板和棺身的缝隙，又湿又黏，放在光下一看，黑漆漆的。姜陵凑过脸一看，露出呕吐的表情："这是什么？好像粑粑。"

"滚。"百里决明横了他一眼，"你个猪头，不懂别乱说，这是尸体化了之后形成的棺液。"

"更恶心了！"姜陵又呕了一下。

百里决明在棺板上蹭了蹭手指，把尸液擦干净。裴真应该不在里面，要真是在里面，也没有什么救的必要了。按照那小子的少爷脾气，若全身都泡进这黏不啦唧的尸液里，大概早已自绝经脉了。

他到底哪儿去了？百里决明的心里越来越烦躁了。那家伙不在，他心里总是没底。四面黑黢黢的，他不断地注意观察那些倒吊的千眼尸，就怕哪具尸体突然自己转向，或者绷带散开。姜陵一直在他边上低低地念叨："没有灵、没有灵，不要天上掉尸体，不要捉我脚，不要拍我的背，不要有哭声，也不要有笑声……"

百里决明："……"

走到另一边，墙上有好些彩绘壁画，有些已经斑驳，还有一些奇迹般地保存得很好。上面画的人是正常的，虽然面目模糊，但能分辨出不是全身长眼睛的怪胎。寨民大多断发文身，袒胸露乳，错臂左衽，看得出不是中原百姓。

画上大多是他们劳作的场面，种稻子砍柴火，很正常。但让百里决明惊讶的是，整幅壁画画的是一片山林，林中有许许多多青瓦围楼。如果画是写实的，那么就说明阴木寨并不是唯一的寨子，在灵国更深处，还矗立着许多同样的老寨。

所有老寨呈圆圈状层层递进排列，在圆圈的最中心，是一座参天高塔。塔中好像坐了个娉婷的女人，画上只画了她窈窕的剪影。这女的莫非就是那"生死人"的天女？

"裴先生！"姜陵忽然一声低呼。

"什么？"百里决明扭过头，"在哪儿？"

他还以为姜陵找到裴真了，谁知姜陵指着壁画，眼睛瞪得溜圆："裴先生在画里！"

"哈？"百里决明看过去，壁画的边缘画着一个青衣男子，墨发及腰，肤色雪白。他同整幅壁画格格不入，不只在于他迥异于寨民的中原服饰，更在于他遗世独立的模样。寨民都聚集在围楼之中，只有他袖手站在壁画的边缘。百里决明不可置信地蹲下身子，端详他的轮廓，壁画里的人画得都很小，不可能看清楚他的脸。可就这飘飘欲仙的姿态，确实与裴真有八成相似。

第十一章 兄弟

问题是这怎么可能？裴真跑进画里去了？

"不可能。"百里决明摇头，"就只是个与裴真相似的人像罢了。"

"可是他和其他人根本不像一幅画里的。"姜陵道。

的确，这个青衣人像文人墨客笔下神仙画里的人物，再不然就是寺庙殿宇照壁上的仙人，和那些茹毛饮血、断发文身的玛桑古族人在一起实在是十分突兀。可好好的一个活人，怎么会进到画里去？灵没有肉身，可以附着在各种东西上。活人不同，活人有肉身，会受到限制。百里决明抓破头也想不出来，难道这又是什么灵母的术法？灵母能让时空错乱，还能把人拍扁弄进画里？

"而且你看。"姜陵指着青衣人腰上的玉佩，"这块玉佩是不是裴先生常佩的那块羊脂白玉？"

还真是！百里决明震惊了，这真是裴真！

"完了，裴先生进画里了。"姜陵道，"头先见先生就觉得他像画里的人，结果他真成画里的人了。"

不对不对，不能这么思考。百里决明深吸一口气，人很容易被表面的东西蒙骗，即便是术法也有迹可循，事出反常必有妖，凡事都循一个理字。首先，必须明确一点，灵可以入画，人不能，人最多被拍成一摊血糊在墙上，所以必定是有人把裴真画了上去。

他站到远处，审视整幅壁画。看这画年头不短了，裴真人像颜料斑驳，又干又脆，和壁画其他部分状态相似，应是画于同一时间。这样一来，就排除了别有用心的后来者添上人像的可能性，裴真人像定然绘制于壁画草创之初。这就更诡异了，绘制壁画的寨民怎么能画出裴真来？

灵国内时空错乱，难道裴真不小心跌了一跤，跌回了几百年前，正好逢见画壁画的寨民，人家就把他给画了进去？如此解释，是实在想不出更好的缘由，强行硬凑出来的。其实百里决明心里一直有一种很不舒服的感觉，却找不出头绪来。有的时候人的直觉很重要，像灵敏的触角，常常能唖摸出理智尝不出的味儿。

他细细地回想，整件事从见到姜陵开始就有些不对头，好好的屋子里忽然冒出个人，还在撕扯谢岑关的包裹。他觉得这个人十分眼熟，然而却始终想不出在哪儿见过。打从在昆山醒过来，他见的人着实不多，喻家人、袁大袁二、裴真，还有姜若虚那帮人。这个人是谁？他在哪儿见过？

脑子里仿佛有一团雾气，包裹在里面的东西蠢蠢欲动。

他猛地想起来了，在那经堂，那躲在窗纱外面窥探他的那张人脸，和这人长得一模一样！

173

难怪总觉得哪儿不对劲！这人从一开始就把他往壁画这儿引，引导他伸手按神像的脸，误导他裴真在画里。壁画周围一定有古怪，没准是地板有机关，一上前就会跌进钉子洞里，被扎成大刺猬。幸好没贸然往前凑，他在心里暗叹自己聪明。

"现在怎么办？"姜陵摸着那人像，露出一副苦恼的神色，"要不要把裴先生的画割下来带走？"

百里决明抱着手臂，冷冷地看着他："我更乐意把你的脑袋割下来。"

姜陵愣了一下，道："少侠这是何意？"

"别装了，你是谁？裴真被你弄哪儿去了？不乖乖地从实招来，我会要了你的命。"

姜陵狐疑地看着他："少侠，你中邪了吗？"

还装，百里决明在心里骂他。其实这人装得很像，那副畏畏缩缩的样子，和仙门那帮尿蛋一个模样。若非见过他的脸，还真会被他糊弄进去。百里决明咬下手套，露出已成了黑色焦骨的右手，他竖起双指，火焰哧的一声迸出指尖。

"小子，本大爷没时间和你磨蹭。"他磨了磨牙，说，"如你所见，我是个灵，不是什么锄强扶弱的好少侠。本大爷最擅长的事就是杀人放火，滥杀无辜。你自己掂量掂量吧，是继续跟爷装相，还是识相点儿实话实说？"

"姜陵"静了好半晌，蓦地笑了："阁下这般直截了当地表明身份，倒叫我措手不及。你是怎么发现我的？我演得这么好，你明明都信了。"

"喊。"百里决明面不改色地撒谎，"本大爷早就发现你了，左右闲着也是闲着，陪你玩玩罢了。"

男人看起来很苦恼："前辈果然是前辈，我班门弄斧，着实是贻笑大方。实话跟你说吧，我叫白筎，一个跑江湖的小角色罢了。大到杀人放火灭人满门，小到跑腿送信唱曲陪酒，只要给钱，我什么都干。前几日一个叫'老板'的家伙寻我办事……"他端详百里决明的神色，"'老板'你知道吧？"

百里决明面无表情地看着他。

他咧嘴一笑："就是那个最近声名鹊起的大恶棍，烧了袁氏万仞楼的那个。他一直在探听灵国的消息，告诉了我一些可能遇见的状况，让我混进仙门队伍进灵国。甭管见到什么，只要回去一五一十地告诉他灵国里面如何如何，我就能拿到好大一笔钱。我一想这买卖不错，就当踏青了，所以就来了。"

"那你接近我做什么？"

"这不是看看你们都淘了什么宝物吗？"白筎朝他背后的大包裹努努嘴，"这么老大的东西，值好些银两吧？独乐乐不如众乐乐，阁下可否给我过个眼瘾？"

第十一章　兄弟

　　看上去是个贪财的小贼，然而话说得太溜了些，知道百里决明是灵却一点儿也不怯，这人不简单。百里决明不动声色地打量此人，琢磨他的话能信几分，最后问："裴真被你弄哪儿去了？"

　　"我哪敢动裴先生？"白箔指了指壁画，"他真的在画里。"

　　百里决明指尖的火焰烧得更旺了。

　　白箔叹了口气，上前叩了叩壁画："先生，先生，在就吱个声儿！"

　　他刚敲完，壁画凭空响起"咚咚咚"的三声。

　　百里决明瞪大眼睛，第一反应是墙后有人。他走到壁画边缘，一脚踹穿板壁，对面是空空如也的一间房，一条人影也没有。他反身，问："裴真，现在我要确定你的身份。我给你……咳咳，寻微给你打的络子是红色的还是绿色的？红的你敲三下，绿的敲一下。"

　　"咚咚咚。"

　　"真是他……"百里决明震惊了。

　　"寻微？"白箔一挑眉毛，"你说的是谢家那个小妹妹？她和裴先生是什么关系？"

　　"裴真是她未婚夫。"百里决明狐疑地看他，"你问这个做什么？"

　　"未婚夫？"白箔的眼神很奇怪。

　　又是个癞蛤蟆想吃天鹅肉的。百里决明没搭理他，继续问："裴真，你那边怎么样，安全吗？安全敲三下，危险敲一下。"

　　"咚。"

　　危险。

175

— 第十二章 —

明光

所有雨滴在红光中下落,统统是鲜艳的红色,光华流转,犹如无数从天而降的血滴子。

百里决明抓着头发，想破脑袋也不知道要怎么样把裴真从画里拉出来。

按照白筎的说法，他原本在这满是千眼尸的屋子里，约莫是发出了些声响，惊动了正在楼上看书的裴真。白筎听见脚步声，一开始吓得半死，以为是灵什么的，就躲了起来。机关咔咔响后，一架木梯从天花板上放下来，款款走下来一个人。那时他不知道来人的身份，没敢现身，后来才看清楚，是宗门的裴真。他认得裴真，老板要他混入宗门队伍，他做足了功课，把宗门有名人物的画像记得滚瓜烂熟。

由于身份有别，怕裴真为难他，他还是没敢出来。当时只见裴真一直在观摩壁画，从东走到西。他蹲得乏了，打了会儿盹，等回过神来，裴真已经不见了，再一看壁画，上面多了一个青衣人。

"就是这样，我真没骗你。但凡我撒一个字的谎，我当一辈子的穷鬼，连卖身都挣不来钱。"白筎用刀柄挠挠后脑勺，"我还看到个东西，可我不知道是不是看错了。"

"说。"百里决明道。

"裴先生观摩壁画的时候，后面好像有一串小脚印跟着他。"

"小脚印？"

"对，就那种小娃娃的光脚印，可能只有我巴掌这么大。我瞪圆了眼睛使劲看，裴先生后面一个人也没有。"白筎说，"我怀疑是我看错了，毕竟他只擎了一个火折子，光太暗，容易眼花。而且等我起身看的时候，只有裴先生的脚印，没有我方才看见的小孩儿的光脚印。"

百里决明的后背起了霜毛，白筎很可能没看错，裴真被灵娃娃跟了，但他自己不知道。他被困在画里，很可能就是灵娃娃作的祟。这里曾经生活过两个孩子，一个哥哥，一个弟弟。哥哥是灵童子，弟弟是误入灵国的凡人。百里决明想起他听见的呼唤，或许那就是那害怕千眼尸的小弟弟，他的魂魄仍在这里飘荡。

得把灵娃娃找出来，才能救出裴真。百里决明咬牙切齿。

正在这时，风铃响了。

门外传来长长的一串幽幽的风铃声，清清冷冷，缠缠绕绕。百里决明和白笱同时扭头看向窗牖，那些挂在围楼天井里的铁风铃竟然被吹动了。不可能，所有的风铃都太重了，绝不可能被风吹动。吹动它们的不是风，而是阴气。

凄清的风铃声飘满整个围楼，钻入无数窗牖和门洞，勾连在霉迹斑斑的横梁之间。白笱的脸色一下就变了，快步跑到门边。

百里决明也过去，推开门，门外不再是无休止的房间，走马廊回来了。他的眸子一缩，熄灭火折子，猫下身走出去，白笱想拉住他，他摆了摆手，屏气掩息，蹲在栏杆边上往外看。依照无渡留下的铜镜所记录的情况，那怪物出现的时候伴随着红光。红光还没有出现，他可以迅速地瞥一眼。

大雨依旧滂沱，天好像破了个大洞，天河里的水统统劈头盖脸地浇下来。走马廊虽然出现了，但是和来时不一样。所有围廊都十分扭曲，尽头像麻花一样拧在一起。围楼好像被切成一块一块的，又强行拼接在一起，许多地方瓦片破碎，屋顶凹凸不平，红漆斑驳的瓜棱立柱耸入大雨。变形的阴木寨仿佛下一刻就要坍塌，却又奇迹一般地保持着静止。

"快回来。"白笱在他后面轻声地说，"那东西快来了，我们要找地方躲起来。"

百里决明四下观察，虽然空间还是不正常，但起码能辨清来路和去路了。看来红光猛灵出现的时候，时空就会短暂地恢复些许，这是他们唯一能逃出去的机会。

他退入门洞，眼前突然闪现一条黑影。那影子单手抓住飞檐，像猴子一样从上一层荡下来，稳稳当当地落在百里决明身边。落地的时候轻得像狸猫，没有发出半点儿声响。百里决明看见一个头发全湿、赤着上半身的男人。恶灵文身布满他的脊背和胸膛，几个灵头图腾在他的胸口处横眉立目。他自己的面容却并不凶恶，相反，这是个清俊的年轻人，瞳子的颜色比常人浅一些，是刀剑一样的铁灰色。

白笱一笑，露出一口白牙："穆师兄，我们又见面了。"

穆知深朝他点点头，看向百里决明。

百里决明看见他胸背上的恶灵图腾就知道他是谁了："我是秦秋明，你爷爷求我来救你。"百里决明自我介绍后，又略带尴尬地咳嗽了一声，"虽然现在自己也被困住了。"

正说着，天穹红光乍现，黑漆漆的世界刹那间被如血的光芒点亮。所有雨滴在红光中下落，统统是鲜艳的红色，光华流转，犹如无数从天而降的血滴子。

白笳把他们两个拉入门槛，道："那东西快来了！"

"到底是什么东西？"百里决明问。

"不知道，没见过正脸，好像是个老女人。"白笳说，"这是第二重光，等第三重光过后她就会来。只有有六臂童子神像的屋子是安全的，女灵不会去那里。"

穆知深证实了他的说法，百里决明来之前他遭遇过一次红光。老女人出现在他这一层，在他的门口立了许久，但是并没有进来。现在回忆起那时的场面，他的手心仍会发凉。或许是因为光线扭曲，明暗不定，女灵投在门纱上的影子十分畸形，个头甚高，手脚都长，特别是脖子，比一般人的长一倍。她就站在门口，拨拉着门环。他那时候藏在橱子里，按着刀，准备决一死战。

女灵最终没有进门，她去了下一间屋子。他安全地度过红光危机，四处寻觅出路，就在刚刚听见楼下有人敲墙。那时他正好靠着墙打坐，白笳一开始敲墙他就听见了。先是沉闷的三下，后来又是三下，静了一会儿，又来三下，再一下。他猜测是楼下两侧有人，互相回应。他想要想办法潜下楼看是谁敲墙，忽然他又听见砰砰砰三下响，近在咫尺，就响在耳边。最后三下非常凶狠，好像有人在他的隔壁发狠用力地锤墙。

"最后那三下不是我们敲的。"百里决明说。

"我知道。"穆知深说，"我查看过，隔壁没有人，所以我下来了。"

百里决明纳罕道："难不成裴真还能在墙里行走？"

"裴真？"穆知深皱起眉头。

"他和我一起来的，现在在画里。我们敲墙，他在里面回应。"百里决明侧过身，将壁画上的青衣人让给他看。

穆知深的眉头锁得更深了，两个人沉默地对望了一瞬，百里决明突然瞪大眼睛道："是那灵娃娃。"

他豁地起身，要上楼去寻那灵娃娃。

白笳拉住他："走马廊不安全！那个老女人就要出现了，她会出现在有十一面天女神像的地方！"

三个人同时抬头，屋子尽头那张油腻腻的方桌上，十一面天女神像张牙舞爪地蹲踞在红帘后面。

"这么多屋子都有这尊神像，她会出现在哪里？"百里决明问。

"大概随便挑一个地方吧。"白笳说。

第十二章 明光

"会是我们这儿吗？"穆知深说。

白笳斩钉截铁地说："总而言之，我们必须趁第三重光还没出现，换个屋子待着。"

"你为什么对这里这么熟悉？"百里决明看着他，眼睛里满是怀疑。

白笳耸耸肩膀："问我老板咯，都是他告诉我的。"

现在不是计较这厮身份的时候，百里决明迅速地冷静下来，白笳的建议有道理。那红光中的灵不知是何来历，不清楚对方的实力，总归是个凶猛的恶灵，百里决明不能轻易地动用术法，因为胜算很小。

"你们去吧。"他神色沉重，重新蹲下来，"裴真还没出来，我不能走。万一红光消失，屋子再次错位，要想回来就难了。"

"我也留下来。"穆知深说。

白笳气得牙疼："你们这是玩命！"

穆知深从包裹里拿出一个六臂童子神像："我将神像带来了，不知道有没有用。"

"死马当活马医，不管了，试试再说。"百里决明说。

他刚说完，门外第三重红光乍然出现，像鲜血一般泼了满门满窗，四下里一片鲜红。百里决明告诉他们屏息静气，把自己假装成一个死物。没有气息，灵就察觉不到他们的存在。

灵楼一片寂静，似乎连雨声都小了许多，变成一种类似于絮絮低语的声音。他们一同屏息静气，三个人仿佛三个死物。

然而怕什么来什么，就在这时，门纱之后蓦地出现一个瘦高的黑影。影子非常扭曲，它的腿快有百里决明人那么高，两只手也极长，垂到膝上，头被门楣挡住了，看不见全貌。它几乎是一瞬间出现的，百里决明反应极快，瞬间掐灭火折子，三个人肩并肩贴着壁画，屏住呼吸。

神像没用，看来女灵认的是屋子而不是神像。绝对的黑暗里，什么也看不见，只有窗牖那儿有红色发亮的窗纸，正正方方的，像豆腐块似的。百里决明听见木板门吱呀一声响了，像钢锯在耳边拉。门开了，可是没有听见脚步声，一切都沉在死寂里，无声无息。没人敢动，也没人敢说话，三个人紧紧地贴着壁画，谢岑关的尸体靠在百里决明脚边。这时候三个人突然有些羡慕裴真——他们恨不得缩进壁画里去。

百里决明原本不应该害怕，这实在是很丢面子。他也是灵，灵怕灵，说出去会让人笑话的。可是心里的恐惧如同霜毛一样拼命地滋长，有一个声音不停地在心底叫嚣："快逃。"为什么要逃？他已经死了，不会再死一次，大不了把这具肉身也烧成焦骨，他从来无所畏惧。然而那恐惧无比真实，像乌云一样罩住了他，将他浑身上下包裹起来。

有东西在面前走过，没有声音，没有味道。百里决明莫名其妙地知道，那个长手长脚的女人从他们面前路过。他似乎能感受到一种冰冷的阴气，一种死亡的味道。百里决明的旁边是穆知深，隔着一层薄薄的布料，他明显感觉到穆知深肌肉紧绷，像一把刀，时刻准备着出鞘。

寂静。

绝对的寂静。

外面红光未褪，他们不敢动。

突然，他们身后的壁画响起"咚咚咚"三声响，像恶作剧一般，百里决明仿佛听见小灵狡猾的笑声。

墙里的灵娃娃！

三个人同时绷紧了身子，不知道谁点亮了火折子，眼前一下子亮了，面前仍是昏暗寂静的小屋，屋里无数绑着绷带的千眼尸倒挂，没有那个女灵的影子。三个人都松了一口气，像面条似的瘫软下来。女灵不在，她已经走了，或者根本没进来。

这时，百里决明发现他们仨都两手空空，没有人点着火折子。

白筇和穆知深也发现了，两个人面面相觑。

"谁点的火折子？"

三个人齐齐缓慢地仰起头，正对上一张苍白巨大的怪脸。白筇说得对，她的确是个老女人，头发秃了一半，皮肤松软，眼皮厚重得像癞蛤蟆。眼睛没有瞳眸，只有浑浊的眼白。她像壁虎一样趴在壁画上，正对着他们的脑袋顶，面无表情，一只枯槁的手举着火折子。

百里决明一拳打了出去，正中她的老脸。女灵缩了脖子，火折子掉在地上，白筇怕木头被烧着，急忙把它捡了起来。女灵手脚并用，退入了黑暗中。她退得不深，他们依然看得见她，她像一只蜘蛛倒挂在梁上，姿态极为恐怖。

她在房顶转了两圈，忽然扑过来，百里决明叫了一声"散开"，穆知深和白筇就地往两边滚。百里决明拔刀对着她劈，女灵一张口咬住刀刃，他看见她排排尖齿，比鲨鱼还利。这要是咬在身上，非得废掉半边身子不可。

他用一只手按住她的脑袋，一只手大力抽刀。刀刃和她的尖牙摩擦，发出极为刺耳的声响。百里决明反手握刀，正要割她的脖子，她的身影忽然变得模糊，像水汽一样蒸发，竟倏忽之间就不见了。他正四下里寻找，白筇朝他大吼："背上！"

第十二章 明光

百里决明的身子一凛，想也不想将刀从腋下送出。女灵当真在他脊背上趴着，他竟然感受不到她的重量。刀光逼上脸，她倒仰着翻了出去。

穆知深想要帮忙斩灵，白笱朝他招手："过来帮忙！"

他眉关紧锁，有些犹疑，回头看百里决明，那家伙同女灵撕咬在一起，已经完全露出了恶灵的本相，煞气满身，双目猩红。刀光在他的血袖下隐现，划出的弧线凌厉又鲜艳。他和女灵扑咬，两个怪物像野兽一样角斗。

白笱急得跳脚："他是个灵，一个人拖一会儿没事，你快来帮我！"

穆知深跑到白笱那儿，白笱要他撬大铁棺。他不知道白笱的用意，危急时刻来不及多想，只能照做。他俩将棺钉起开，使劲把棺板推了下去。里面满目皆是又黑又黏的尸水，像墨水似的浓稠，一股腥臭味扑鼻而来。白笱掩住口鼻，招呼穆知深推棺材。两个人用肩膀顶着铁棺一起发力，牙齿几乎咬碎。

铁棺即将倾倒，白笱朝百里决明大喊："把她引到这儿来！"

百里决明扭头一看，心领神会。那边哐当一声巨响，铁棺倒地，一棺的尸水哗啦啦倾泻而出，像黑墨似的在木板上蔓延，臭味充斥了整个小屋。百里决明横刀向前，以刀背对敌，一水平整的刀光从袖下推出，大力撞在女灵的肚腹之上。女灵被他撞出去，摔在尸水上。她像蜘蛛一样趴在那儿，手脚都被黏住了，如同被沼泽困住了的野兽，动弹不得。

穆知深对着铁棺一蹬，借力蹦到百里决明这儿。

白笱早已顺着瓜棱柱攀上屋顶的铁链，他得意地笑，道："看吧，还是我聪明。"

笑着笑着他就不笑了，因为下面两个家伙瞪着他，都是一副难以置信的表情。那活见鬼的神色，甚至可以说是惊恐万分。百里决明指了指右肩，白笱还没弄明白，心里已经开始发毛了。他一寸寸地转过头，正对上那老女人的脸。老女人的下巴就在他的肩膀上搁着，和他只有一个巴掌的距离。

他想不明白，这女的明明已经被尸水困住了，是怎么上来的？很快他就知道了答案，女灵苍白纤瘦的脖子一直向下延长、延长、延长，尽头是她趴在尸水上的躯体。他们做梦也不会想到，这个可怖的女灵脖子可以伸这么老长，像蟒蛇似的细瘦惨白的一长条，曲折又迤逦。

怪不得她的脖子比别人长。白笱木木地想，原来她的脖子可以拉面条。

凛冽的刀光在余光里逼近，穆知深掷出了手里的刀，刀刃挟裹着灿烂的电光，插进女灵深凹进去的眼眶，刀尖从她后脑勺穿出来，她整个脑袋被电光笼罩，长脖子痛得痉挛。女灵的头颅被逼退，白笱忙从梁上跳了下来，屁滚尿流地蹦到壁画边上，口齿不清地叫道："前辈你也是灵，你能不能伸脖子？你俩头

183

对头，酣战一场！"

"我伸个头！"百里决明骂道，"我把你的拧一拧，比她还长！"

穆知深没刀了，和失去獠牙利爪的狼没什么区别。百里决明没办法，道："你俩快逃，爷放火烧死这长脖妇。"

这里全是木头，百里决明一旦放火，整座灵楼势必沦为一片火海。若是烧得旺，没准整个黄泉灵国都会烧起来。到时候惊醒灵母，大家不被火烧死，也要被灵母弄死。百里决明的指尖迸出火焰，金红的火光刺目耀眼。

那女灵盯着百里决明的火焰，头颅静止在半空中。百里决明挪动手指，她也随之而动。那样长的脖颈子顶着头颅左右腾挪，像眼镜蛇似的，怪吓人的。可她偏偏并不靠近，只是直勾勾地盯着百里决明的指尖火。

百里决明觉得奇怪："她是不是怕我的火？"

白笫正要说你小放一把试试，忽见一双黑漆漆的小手从壁画里伸出来，握住了他影子的手腕。黑手拖住他的影子，他整个人也朝壁画里栽。他惊叫一声，穆知深扭过头来，正见他半个身子没进了壁画里，只剩下两条腿在外面胡乱扑腾。

穆知深扑过去，抓住他的脚踝，百里决明也看见了，忙倒退几步，抓住穆知深的裤腿。那女灵的头颅紧随而来，怪脸就要撞上百里决明。壁画中的小灵力气大得出奇，将白笫拖了进去，三人一人拉一人，一串全扎进了壁画中。情急之中百里决明还没忘记用脚钩住谢岑关，连尸体一并带了进去。

女灵却被拒之门外，像炮弹似的一头撞在木板上，整间屋子都在晃动，梁上尘灰簌簌地落了满地。

头晕目眩，屁股磨得像要擦出火来，百里决明十分难受，睁开眼睛一看，面前是琥珀黄的烛光，裴真的下颔就在眼前，线条流畅，像一刀一刀细细地凿出来的。他低垂着眼眸瞧他，眼神一如既往地温暖，带着融融的笑意。

"一时不见，如隔三秋啊。"

百里决明："……"

裴真的脸色苍白，原本就虚了吧唧的，现下看起来更是病病歪歪的。百里决明坐起身，试了试他的额头，问："你身子不爽利？"

裴真浅浅地笑道："无妨。"

百里决明向左右看了看，这是一处厅堂模样的屋子，一共四小间，靠墙摆了许多书架，黑沉沉的香杉木梁上挂满了破旧的绛红色布帘，帘下摆满了牌位和一圈又一圈白蜡烛。蜡烛大多烧成了半截，烛泪淌进发黑的银盘里，勾连成泥泞的一片，像融化的雪堆。

第十二章 明光

裴真拔了一块蜡烛放在自己这里照明，他歇息的地方和搁着牌位的地方离得很远，蜡烛边上摊了许多卷宗，应该是从书架上拿下来的。

"一个祠堂？"百里决明嘀咕，"你不是说这里危险吗？哪里危险？"

裴真蹙了眉头："前辈说笑了，我被困在此处，如何能与前辈沟通？"

百里决明愣住了："你没有敲墙？"

"敲墙？"裴真很是疑惑。

墙自始至终都不是裴真敲的！百里决明捂着脸："是灵娃娃敲的，那它怎么知道我编给你的络子是红色的！"

裴真失笑了，望着百里决明道："原来络子是你编的。"

不小心说了真话，百里决明有些羞恼，那个灵娃娃到底是怎么猜中络子颜色的？

裴真指了指他腰上佩的大红络子："你身上不正有一根吗？"

百里决明："……"

这灵娃娃还挺机灵。

扭过脸，看见正在"哎哟、哎哟"惨叫的白笳和从地上爬起来的穆知深。裴真准是顾忌白笳和穆知深，才改口叫他"少侠"，他摆摆手道："他俩都知道我是灵了。"

裴真点点头，心领神会。百里决明言下之意是他们只知道他是灵，而不知道他是百里决明。

大家互相见了礼，裴真和穆知深早就认识，点个头就算打过招呼了。白笳又自我介绍了一番，顺便说了一下自己的买卖，杀人放火陪酒卖笑样样精通，他挨个儿作揖，要大家伙儿将来照顾他的生意。百里决明要他滚，杀人放火他们不需要，若论陪酒百里决明看不上他。

百里决明问裴真是怎么进来的，是不是像他们一样，被灵娃娃拖进来的。裴真淡笑不答，只问："前辈，你且看这里有何不妥之处？"

百里决明四处乱看，最终停在牌位前面。端详那些牌位，字儿都奇奇怪怪的，一看就不是中原文字。进来这么久了，再加上围楼和外面的竹木，其实基本可以断定这里是西南边陲，只是不知道具体位于哪座山，哪条沟。知道位置很重要，一旦确定灵国方位，仙门就可以在外围布阵摧毁结界，就像当初他们对付百里决明的灵域一样。而不是像现在这样，从地裂直接传送进入灵国内部，陷入灵母术法的包围之中，十分被动。

他还发现了一个最大的诡异之处——这地方没有门。

上下四方全封闭，莫说窗牖，连个老鼠洞都没有。他转眼看裴真，裴真点点头道:"此地乃绝路之地。"

建祠堂,不可能不设门,否则牌位怎么送进来?只有一个解释,百里决明神色沉重:"咱们进了一个域中域,这是抓我们进来的小灵设的灵域,咱们被这小灵困住了。"

"还能这样?灵域里再建灵域?"白笳讶然道。

"可以,只要道行够高。"百里决明说。

白笳的脸色很难看:"道行高,又是灵国里的小灵,会不会是灵童子?"

除了已故的大宗师无渡,没人和那威名远播的灵童子交过手。现世的灵童子已经被无渡封印,灵国里时空错乱,难不成他们点儿背,竟然遇见灵国的灵童子吗?这样想想,好像还是打那个长脖妇更好点儿。

"不一定。"百里决明摇头,"灵国有两个孩子,除了灵童子,还有一个。不管是谁,要破这个灵域,得先把灵给找到。"他环顾四周,进深四间的屋子,一览无余,"他去哪儿了?"

"在这里。"穆知深用刀鞘指了指书架后面。

他把书架推开,就见壁上画了许多文身断发的寨民,兴许是壁画年代太久,寨民的面目已经十分模糊了,乍一看像没有脸似的,但仔细审视,又好像能依稀辨出他们的五官。所有寨民都背着大包袱,在林间小径上站着。林间路的尽头是之前壁画里见过的那座琉璃塔,寨民们仿佛在眺望那座琉璃塔。

"在哪儿?"白笳没懂穆知深的意思。

"在他们背上。"裴真道。

百里决明一惊,这才发现寨民背的并不是包袱,而是黑滚滚的小孩儿。这些小孩儿被喂养得很胖,壁画模糊难以辨认,他们趴在寨民肩头,像是鼓鼓囊囊的大包袱。人不能入画,灵可以。那只把他们抓进来的小灵,就藏在这些黑黑胖胖的童子里面。

白笳和穆知深蹲在墙边找灵,想把那小灵揪出来。百里决明老眼昏花,看着这些密密麻麻的人头和黑胖子就头晕,索性捂着眼睛站在一边。正站着,右手掌心被人勾了勾,他放下手,却见裴真正歪头看着他。

"前辈还没找到不妥之处?"裴真的嘴唇没动,这家伙在传音。

不说话,只传音。百里决明看了一眼找灵的那俩人,裴真忌讳他们?

第十三章

良晤

吴中谢氏衣冠六百年,尽毁于你手。

"怎么没找到，门、小灵，不都是吗？"百里决明也向他传音。

"非也。"裴真低低地笑，"前辈这么聪明，不会找不到的，再仔细想一想。"

这小子还来劲了，考他是吧？百里决明很想给裴真一拳，若别人敢这么对他不敬，他早就把人给踹飞了。看在寻微日后还得托付给这小子的份儿上，姑且陪他玩一玩。百里决明撇撇嘴，又四处查看了一遍，裴真说"这里不妥"，到底还有哪儿不妥？"这里"……百里决明的心悬起来，"这里"不仅包括这里的物，也包括这里的人。

裴真顾忌穆知深和白筘，那两个人有古怪吗？

穆知深沉默寡言，不怎么说话，做事倒是出奇地凌厉。百里决明记得他掷向女灵的那一刀，角度十分刁钻，力也奇狠，若是寻常人挨上这一刀，脑瓜子已经碎成两半了。至于白筘，这家伙来历不明，从一开始就很古怪。但裴真若是顾忌他，一定有更严重的原因。

琥珀黄的烛火摇曳，晃得百里决明的眼睛疼。百里决明忽然想到了什么，传音道："小子，你点的蜡烛不是这里的蜡烛？"

"不错。"裴真淡笑颔首，"是'光明灯'，'上照诸天，下照诸地，八方九夜，并见光明'。"

这是仙门"灯仪"用的灯烛，它最重要的功用是区别恶灵，灵站在它的烛光里不会有影子。百里决明低头看了看自己脚下，没有影子。又看了看裴真，有影子。再看穆知深那边，穆知深也有影子。白筘蹲在阴影里，看不出有没有影子。百里决明仔细回忆，这家伙好像从一开始就一直站在阴影里。

穆知深和那玩意儿待在一块儿，怕白筘发难伤到穆知深，百里决明朝穆知深招招手："姓穆的小子，过来，大爷找你问话。"

"干吗呢？"白筘一下钩住穆知深的脖子，他的个头差穆知深太多，要钩他还得踮着脚，看起来有点儿滑稽。他歪嘴笑了笑，一副流氓相："我俩找灵呢，你俩不帮忙，在那儿说悄悄话就算了，还要把我的穆师兄抢走，我可不依。"

这厮起疑了，还钩着穆知深当人质。百里决明暗暗地磨了磨牙："行，我直接问了。"他从怀里拿出那本名簿，写下"穆知深"三个字，"姓穆的小子，你娶妻了没？"

"没有。"穆知深说。

白笳问："你问这个干吗？"

"别插嘴，有你什么事？"百里决明就随口一问，想不到这小伙儿还不曾娶亲，他上下打量一番穆知深，肩宽腿长，八块腹肌，比裴真强壮多了，一看就很能干。裴真肤浅，喜欢丰腴的女人，这小子说不定会不一样。百里决明越看他越满意，竟认真了起来："接下来这个问题很重要，好好答。"

"嗯。"穆知深淡淡地回应。

百里决明问："你喜欢什么样的女人？"

穆知深沉默了一会儿，道："无聊。"

他转过身，继续寻找壁画上的小灵。

百里决明倒不在意，负着手道："你这小子挺有意思的，你知道我是灵，却一点儿也不怕。你不怕我夺你的肉身？"

"有的时候，人比灵更可怕。"在壁画前，穆知深低下了眼眸。

白笳探过脑袋来插话："前辈，不知道我们有没有荣幸知道您的身份？"

百里决明踱步上前，摸着下巴沉吟："横竖是到了这个地步，咱们都是一根绳儿上的蚂蚱，再瞒着你们也没意思。行，告诉你们也无妨，"他挑眉一笑，"我是百里决明。"

祠堂里寂静了一瞬，白笳瞪大双眼，惊道："百里决明？"

"没错，行不更名，坐不改姓，恶灵中的恶灵，凶煞中的凶煞。"百里决明十分骄傲地抬了抬下巴，"就是本大爷。"

裴真看着他那臭屁的模样，笑着摇了摇头。

白笳抱着穆知深乱摇，叫道："我的老天爷，我见到活的百里决明了！活的！"

"我早就死了。"百里决明翻了个白眼，"小子，你知不知道这个名字意味着什么？"

"呃……"白笳思索了一阵，"倒霉？"

他的话音刚落，百里决明忽然出手，左掌压住了白笳的天灵盖。一瞬间仿佛一座山压在脑门子上，白笳整个人控制不住地想要跪下去，他正想要瞬移，百里决明不知从哪儿摸出一根针，扎在他后脖颈子上。细密的麻意犹如游蛇，

189

从颈后向全身游弋蔓延，身体顿时僵住了，像灌满了铅，直僵僵地动弹不得。穆知深面无表情地一根根掰开白笷的手指，从他两手间退了出去。

百里决明恶狠狠地笑："意味着即便你把穆小子抱得再紧，就算你俩黏在一块儿，不脱层皮分不开，我也有办法在不伤到穆小子的前提下踹死你。想拿他当人质，免了吧。说，你是什么玩意儿，接近我们想干吗，这小灵的灵域怎么出去？"

白笷哀号："冤枉，我是好人！"

百里决明把他踹进光明灯的烛光里，他头向下栽倒在地，没有影子。

白笷尴尬地笑了笑："我是好灵。"

裴真单膝跪在白笷面前，笑眯眯地道："阁下为了引我们入彀，实在是煞费苦心。先是在机关梯下发出行走之声，引我下去察看。又早早预备好壁画上的青衣人，引我靠近壁画。凡此种种，都是为了将我捉入这域中域，是也不是？"

"青衣人不是我画的。"白笷吊儿郎当地笑，"壁画上本来就有他。青衣、羊脂白玉，你们爱显摆的人都这么穿，壁画上画了一个中原人。"

"哦？"裴真眯了眯眼睛。

其他的没否认，就是默认了。百里决明拍拍白笷的脸："就知道你这小子没安好心，打长脖妇的时候，你故意往壁画那儿蹦跶。你欺负穆小子实心眼，拼命救你，再把我也拉进来。这根本不是什么小灵的灵域，而是你的灵域。"

"谁让百里前辈如此多疑，我都说裴先生在画里了，你还犹犹豫豫地不上前，实在是让人很难办。"白笷摇头慨叹，"幸亏咱们运气好，遇见的是灵母的寂静分身，若是遇见其他两个，咱仨可就插翅难逃咯。"

"你说那个长脖妇是灵母？"百里决明讶然。

"分身，是分身。"白笷强调。

"你到底是谁？"百里决明捏着他的下巴左右看，"怎么对灵国这么熟悉？打从我和裴真进来，你就一直跟着我们吧。灵国的屋子变幻莫测，你居然还能跟上来？"

裴真望着地上的白笷，眸色深沉："只要参透变换规则，并非不可能办到。麻烦的是，要做到这一点，必须在灵国待得够久，走得够远，见得够多。我们初来乍到，当然不行。可若待上五年、八年，就不同了。与我们不同，阁下浸淫多年，早已对灵国了如指掌，我说的对吗？"

"你是喻连海和谢岑关那拨队伍的人！"百里决明大惊。

"人太聪明不好啊。"白笷歪在地板上看裴真，"容易短命。"

身份暴露后，这家伙依旧怡然自得，笑容灿烂，露出一口白花花的牙齿。好

第十三章 良晤

像身处窘境的不是他，而是别的什么人。裴真的脸上罩着一层荫翳，不知道在想什么。穆知深的眉目冷淡，这厮生就了一张泰山崩于前而不动的脸，大概就算有人告诉他"你裤子屁股破了个洞"，他也只会淡淡地"哦"一声，然后继续往前走。

"喻宗主可以变成灵，其他人自然也可以。"裴真凝眸盯着他，"道行高深，熟悉灵国，想来想去，只有陷在灵国的喻家人和谢家人了。你来自喻家，还是谢家？叫什么名字？"

"唉。"白笊仰着脖子长长地叹息，"就知道聪明人不好糊弄，才先弄你，剩下一个百里决明就好办了，想不到还是搞成现在这样。小兄弟，你猜的大多没错，灵国的变换虽然奇诡，但并非没有规律可循。这里面的屋子看起来乱七八糟的，其实只有十三种排列方式。"

"猜的大多没错……我猜错了哪些？"裴真问。

白笊狡黠地一笑："这个灵域……不是我的。"

地板上，他身下突然伸出一只莲藕似的小黑手，拔出白笊脖子上的银针。百里决明一惊，刚要出手，终究还是晚了一步。白笊立即双手结印，绚烂的银光在他指间潋滟闪过。裴真三人忽然肩上一沉，仿佛有大山压在肩头，三个人同时坐倒在地，额头上的冷汗细密而出。

穆知深握紧双拳，用力地想要挣脱束缚，额上的青筋暴突。

"别挣扎啦，互相看看你们的肩头。"白笊撑着下巴笑。

他们的肩膀上不知何时被放置了黑色的符纸小人，百里决明恍然大悟，这是小灵符，把灵放进符纸里，压在人身上，让人动弹不了，和"鬼压床"是一个道理。这术法太过简单，仙门的垂髫小童都会玩，通常拿来恶作剧。可就是最普通的术法，让他们丢失了警惕。百里决明甚至想不起来，这个王八羔子是什么时候把小灵符放在他身上的。

白笊身后的壁画上，有无数黑溜溜的童子蠕动着爬出来，变成一条条扁平的黑影，匍匐在白笊的脚边。原来灵不是藏在他们当中，而是所有童子都是灵。

这些灵孩子离开壁画，壁画真正的模样就显露了出来。被它们遮挡的部分显现出许多棺材，那些寨民扛着棺材，往老寨里送。有的棺材已经进入了寨子，露出半截棺材身。

裴真猜得没错，这老寨从来就不是给生人住的，它是玛桑人的坟墓。百里决明听说过这种墓制，玛桑人修建坟寨，放置死人，那些千眼尸很可能是坟寨的守卫。能在这种寨子里安葬的人，应该是玛桑族内地位很高的人物。

可惜那些家伙或许已经被长脖妇吃光了。

白笊从袖里拿出一个小瓷瓶，挨个儿往影子里滴血。血液接触地面，刹那间没入灵影。

"拘怪召灵。"白筎笑嘻嘻的,"这些小灵是我养的,灵域是它们的。"

百里决明肚子里有一大堆疑问,刚要开口,白筎做了个"不要说话"的手势。

"还是先让我这个东道主说几句吧。"白筎道,"百里前辈,幸会幸会,我还是人的时候见过你,那时候无渡宗师还没仙逝,你还是抱尘山的丹药长老,我才七岁,跟着诸多和我年纪相仿的仙门儿郎向你拜年。谁知道时移事异,几十年的光景,什么都变了。"他意味深长地笑了笑,"前辈,今番良晤于此,我盼望了很多年。"

"你还没有说你的真名。"百里决明阴森地看着他。

"啊,差点儿忘了。"男人咧嘴一笑,笑容灿烂如朝阳,"我是谢岑关。"

"我怎么知道你是不是在骗我?"百里决明很警惕。

"爱信不信咯。"谢岑关一副无所谓的样子。

百里决明怎么也想不到,面前这个笑眯眯的男人居然是谢岑关。他换了肉身,比他死时显得还要年轻,瓷白的一张脸,笑起来的时候眼睛弯成两道月牙,是一副十分讨人喜欢、让人觉得亲切的相貌。他的笑容很有欺骗性,百里决明不可抑制地想起寻微,她回眸一笑的时候,天地仿佛都蒙蒙地亮了起来。

这个人似敌似友,百里决明摸不透他。

"你到底想干吗?"百里决明问。

"想同前辈叙叙话儿。"谢岑关抬起手,在穆知深和裴真额上各贴了一张符咒,两人随即软倒在地,人事不省。他微笑着解释:"前辈不要着急,只不过是安神符,让他们好生歇息一会儿罢了。我只想和前辈一个人促膝长谈,大人说话,小孩儿还是回避的好。"

"这就是你面见长辈的态度?"百里决明看了看两肩上压着的小人黑符。

在谢岑关看不见的地方,乱发覆额之下,裴真默默地睁开了眼睛。他用一个灵影替他承受了安神符的催眠,他的影子陷入了沉睡,而他依旧清醒如常。这是拘怪召灵术的好处,在某种程度上来说,灵影是他的分身。

"谁让前辈道法高深,我总得为自己考量考量。多有冒犯,还请前辈原谅则个。"谢岑关嬉皮笑脸的,继而正色起来,"无渡大宗师,前辈想必很了解吧。"

百里决明"哧"了一声:"你要向我打听他?无渡老儿的传记市井坊间几乎人手一本,你们仙门弟子入门功课就是读他的语录掌故。你自己往书肆里随便找本书翻,来问我做什么?"

"不不不。"谢岑关摇着食指,"那些不过是一些无聊的歌功颂德、阿顺谄谀罢了。大宗师离群索居,闭门谢客,不入尘俗。按理来说,当世之中,唯有大宗师的师弟——前辈你对他最是了解。"

百里决明冷笑："怎么，你想知道些什么？他何时何日放了几个屁都是什么味儿，你要不要听听？"

谢岑关："……"

裴真："……"

唉，师尊这个人啊……骂人永远是伤敌八百自损一千的骂法。裴真在心底默默地叹气。

谢岑关一定对百里决明很是无语，沉默了一会儿才道："我对你没有恶意，我的确有很多想知道的东西，这些年来，我一直在调查无渡，可无论我怎么调查，这个人就像迷雾一样，难以捉摸。每当我得到线索，总会因为一些莫名其妙的原因戛然而止。后来，我想到了你。"

百里决明的耐心快用光了，便恶声恶气地说："你到底想说什么，有屁快放。"

"先问你一个问题。"谢岑关笑了笑，"前辈知不知道，当初是谁通传仙门百家你是个身怀六瓣莲心的恶煞？"

百里决明少见地沉默了。

裴真蹙起长眉，这件事他也调查过，当年师尊的身份明明连他都不知道，却在一夜之间像插了翅膀似的传遍江左。他追踪到一封送到姜家的信笺，那似乎是一切的源头。但那封信早在八年前就被焚毁了，姜若虚对它闭口不提。

"我调查到一封信，八年前申正二刻，一封信直抵姜氏大宅，送到姜若虚的手上。姜若虚这个人道行很高，我没法接近，无从得知那封信的内容。但想来想去，无非是说你是恶灵这件事。现在问题来了，"谢岑关抱着手臂道，"来历不明的一封信，何以让姜若虚如此信服，即刻通知江左仙门，调动四大世家，同上抱尘山围杀你这个旧日的宗师师弟，丹药长老？"

百里决明盯着他，没吭声。

"答案其实不难猜到，对吗？"谢岑关耸了耸肩膀，"虽然无法得知信件内容，但是我查到了那封信从哪里发出。"谢岑关放缓了语速，似乎是为了让百里决明听得更明白一些，"那封信，来自抱尘山。"

裴真的眸子猛地一缩。

百里决明冷冷地道："八年前无渡已经死了整整八年，我和寻微在抱尘山相依为命。你是想说什么？是我向仙门百家自曝身份，自寻死路，还是寻微无意间发现我是恶灵，背叛我投奔仙门？"

谢岑关呵呵地笑了两声："最可能的情况当然是寻微背叛了你，毕竟在那些蠢夫愚妇看来,八年前是寻微大义灭亲,亲手弑师,将一把匕首刺进了你的胸膛。"他眨眨眼睛,"但如果真是这样,前辈就不会在重归人世之后如此护佑寻微,还为了他进入灵国。"

"你很聪明。"百里决明的嗓音森冷。

"比你想象的更聪明。"谢岑关的笑容有一种隐秘的味道,"前辈是不知道,还是不愿意知道,那个背叛你的人,就是无渡大宗师?"

裴真的眉心紧蹙,这怎么可能?无渡爷爷那时候早已仙去,如何在抱尘山发出信笺?

"你一定有疑问,无渡明明已经死了,怎么可能送信?"谢岑关道,"事实上,我也很想知道他是怎么做到的。他看起来是死了,但我们也可以认为他没有死。"

"你的意思是他变灵了?"百里决明问。

"有这种可能。在我调查他的这段时日里,总有某种力量阻挡我的行动。我一直怀疑有东西在监视我,跟踪我,所以我选择在这里见你,黄泉灵国中我的域中域是最安全的地方。这里只有你我二人,一对一地谈话。"谢岑关看了一眼地上躺着的两个人,叹道,"好吧,不是完全的一对一,谁让我是个好灵呢,总不能把他们都杀了。"

百里决明的眼神轻蔑:"谅你也不敢。"

真不知这家伙哪来的底气,明明被制住了,还一副高傲瞧不起人的样子。谢岑关没计较,只继续道:"尽管有东西阻挡我,我还是有了一些成果。据我所知,无渡在死前五十年频频外出。他似乎去过很多地方,其中之一就是黄泉灵国。更令人惊讶的是,他从这里全身而退,毫发未伤。"

"那当然。"百里决明哼笑,"你以为他跟你一样没用?"

"前辈,说话甜一点儿,要不然就别说话,对你有好处。"

"你是什么东西,也敢来教训本大爷?"

怪不得这家伙当了五十年的丹药长老,一个朋友也没有。嘴里像长了刺似的,谁愿意当他的朋友?时间紧迫,谢岑关不和他斗嘴了:"虽然没有根据,但我猜测阻挡我的力量和无渡有关。我很想知道他都去过哪些地方,照理来说他是大宗师,千人崇拜万人敬仰,三餐吃了什么都会被记录在案,供人写成史传传阅,他的行踪不可能没人知晓。可奇怪的是,竟没有一个人知道。"谢岑关神秘地笑了笑,"或许可以换句话说,知道他去过哪里的人,都已经消失了。包括你,你本应消失在八年前,我很好奇,你是怎么回来的?"

"你怎么知道我还'活着'?"百里决明不答反问。

"我了解你,前辈,比你想象的更加了解你,当我知道有个叫秦秋明的小子要冒天下之大不韪带走寻微，还身怀万中无一的先天火法时，我就知道，这个人不是什么秦秋明，而是百里决明。"

百里决明冷冷地盯着他："你觉得我很好糊弄吗？"

"好吧，我说实话。"谢岑关摊摊手，"你这人有个特性，就是让人每次看见你都很想揍你。这世上像你一样的人着实不多，其他像你这般欠揍的早已没命了，只有前辈你道法高深，就算有人恨透了你也杀不了你。你进灵国来，我一看见你那目中无人的样子就知道你是谁了。"

百里决明："……"

谢岑关又凑过脸来端详百里决明："喂，前辈，你到底是怎么回来的？"

"滚开，离我远点儿。"百里决明别过脸去。

虽然好奇，但谢岑关并没有盘根问底的打算，依言坐得远些："说说嘛，无渡宗师都去了哪儿？你告诉我他去了哪儿，我就告诉你怎么离开灵国。一换一，谁也不亏，我这个人一向很公平。"

"想知道无渡去过哪儿，可以。"百里决明盯着他的眼睛，"但你要先回答我一个问题。"

"请。"

"你早就离开灵国了，为什么不去找寻微？"

裴真的心猛地缩成小小的一团。他也很想知道，为什么谢岑关明明离开了灵国，明明重获了自由，却不来找他？天下人都知道谢寻微在抱尘山，是百里决明的弟子。是害怕他知道自己的父亲变成了灵吗？他想这个男人和师尊一样傻，灵又如何，他宁愿自己是灵非人。

谢岑关沉默了良久，抱怨道："前辈的问题好难答啊……能不能换一个问题？"

"不能。"百里决明的态度很坚决，他抿了抿嘴唇，道，"谢岑关，你知不知道，寻微一直在等你？若你在意自己的身份，不必担心，她不会介意你是灵。"

"不是因为这个。"谢岑关打断了他。

暗黄的烛光里，谢岑关的眉目镀上一层淡淡的金色，像戴着一个薄薄的金面具，显出一种不常有的冷漠来。百里决明想起谢寻微站在灯笼底下眺望远方的时候，眉目间颜色清冷，一如她的父亲。真奇怪，这孩子明明不在她父亲的身边长大，明明她的父亲已经换了一具形貌与原先迥异的皮囊，他们依然有着相似的神韵。

"因为我不要他了。"谢岑关说。

"你说什么？"百里决明以为自己听错了。

"我说。"斗室寂静，谢岑关的声音缓慢又清晰，"因为我不要他了。"

"你在放什么狗屁！"百里决明愤怒至极。

"前辈知不知道为何纯阴之体极为罕见？"谢岑关掸了掸脏污的衣摆，"翻遍经书史传，各家宗族家谱，在寻微之前竟从未出现过纯阴童子。"

"你以为谁都能赶上阴年阴月阴日阴时的八字？"

谢岑关摇了摇头："不是因为四阴八字极为难得，而是所有纯阴童子一旦出世，便会被家族掐死在襁褓之中，以免他招来滔天大祸。当年寻微出生，先父先母、宗祠长辈都要我痛下决心。世家弟子，宗族为先。我一辈子听阿父的话做事，四岁读书背经，八岁习剑，十八岁娶妻，十九岁生子。这是个即将给谢家招来大祸的孩子，我必须杀了他。"他的目光变得悠远，笑容带着苦涩，"我记得那一天，下着雨，我提着剑去奶妈那儿，寻微刚出生，丑巴巴的，像一只煮熟的小地瓜。他一直哭一直哭，我从奶妈手里接过他来，说来也奇怪，他一下子就不哭了，看着我笑。只要是我抱，他就笑，别人抱他就哭。我把寻微还给奶妈，到阿父门前跪了一夜。那是我第一次违背宗族的意思，我要留下寻微，就算把我赶出谢家，我也要留下他。"

百里决明噎住了，脸上的怒意渐渐地消散。他看着面前这个男人，说不出话来。谢岑关换了具皮囊，他穿的这具尸体该是年纪轻轻就没了的，看起来只有十七八岁，可眼睛骗不了人，他眸子里映出的寂寥孤独，远超过他看上去的年龄。

谢岑关说："一切祸端，皆源自纯阴的体格。只要寻微变成一个普通的孩子，所有迫在眉睫的问题都自然迎刃而解。我拒绝所有居心叵测的求亲，亲自来灵国求取转换纯阴之体的宝物。这种宝物必须先天纯阳，吸食阳极之气达四百年。纵观人世，黄泉灵国是唯一有希望的地方。"

"你找到了吗？"

谢岑关深深地看了他一眼："一开始一切都很顺利，路上没有阻拦，我们看到了树龄超过两百年的老云杉、巨柏，还有许多灵芝贝母、珍奇草药。巨柏循水而生，喻家阿弟博闻强识，判断我们通过地裂，到达了西南边陲之地，再往前走，应该就能看到江水。天一直没有亮，我们并不惊讶，因为这是灵母的灵域，必定有所异常。只是雨下得太大，行路艰难，我们决定找地方避雨。于是我们来到了这里，阴木寨。进入这里之后，一切都变了。"

"我知道。"百里决明说，"我看到了你和喻连海留下的八角铜镜，你们误以为对方中邪，自相残杀。事实的真相是阴木寨时空错乱，你看见喻连海将你充作食饵喂食灵，引来凶尸追杀刚进来的喻连海，喻连海因此报复你，将你吊在横梁上。"

第十三章 良晤

"差不多是你说的这样,但有一点你说错了。"谢岑关说,"我们的确中邪了。"

百里决明皱起眉头:"什么意思?"

"你既然看过铜镜了,没发现里面所有人都很奇怪吗?"

"哪里奇怪?"百里决明回忆镜子里的画面,他忽然想起来了,镜子里的谢岑关十分阴狠,透着一股邪性,和眼前这个笑嘻嘻的人很不一样。

"你们没吃灵国里的食物吧?"谢岑关像是想到了什么,忽然问。

"没有,无渡生前告诉过我,灵国的东西不能吃。"百里决明满肚子的疑问,"灵国的东西吃了会怎么样?为什么不能吃?"那些发霉的东西吃了除了拉肚子,还有什么旁的危险的后果吗?

"如果你们吃过灵国的东西,就会变得和我们一样。"

谢岑关说这话的时候,神情变得无比地痛苦哀伤。在灵国的那段日子,显然是他极度不愿意去回想的回忆。铜镜记录的东西太少,一定发生了许多比自相残杀更为可怕的事情。

谢岑关低头想了一会儿,大概在思考怎么叙说这件事。他沉吟了片刻,道:"在这件事情上无渡没有骗你们,没吃就好。我们当时的状态很难形容,你有没有见过被下了降头的人?我们的情况和那个有点儿类似。在灵国待得越久,你会发现你的思考和行动都和常理相悖。有的时候我回过神来,发现天极日晷已经转过了好几天,可我完全没有这几天的记忆。越往后,时间间隔就越长。直到现在,我依旧无法回忆起当时到底发生了什么。"

百里决明皱起眉头思考,这听着怎么像是被灵附身?一般情况下,生人只有心神动荡、意识不清醒的时候才能让灵有可乘之机。所以体格弱的女人、小孩儿容易被附身,受到惊吓的人也容易被附身。他从来没听说过吃了某种东西会被附身的事。

"总而言之,来这里我们大错特错了。我没有找到纯阳之宝,还丢了性命。阴木寨时空错乱,我不知辗转了多少年才恢复神志。当我好不容易返回人间,附在别人残败的尸体里爬回家,却发现谢氏满门被屠。管家、奶娘、我的妻子……所有人都死了。我在后院找到我的阿父,你说怪不怪,或许这就是父子亲缘吧,我附在别人的尸体里,可他一看见我的眼睛,就知道我是谢岑关。他拼着最后一口气,攥着我的手说了一句话。"

"什么话?"

他停下来,沉默了一会儿。

"他说。"谢岑关低声道,"'吴中谢氏衣冠六百年,尽毁于你手。'"

百里决明叹了口气。

"你问我为什么不去见寻微。"谢岑关的面容惨淡,"我倒想问你,我该怎么面对他?我见到他,我是该笑,还是该哭?我该说什么?寻微,阿父回来了。不,我早就死在灵国了,爬回来的是一具冰冷的尸体,这还算是回来了吗?"

百里决明的喉咙发干,不知道该说什么好。

骂人骂得利落,安慰的话却不知道怎么说。万幸的是寻微不在这里,不知往事真相,否则她一定会很难过。百里决明的心里像破了个口子,酸苦的水从里面汩汩地流出来。他想起寻微天真烂漫的样子,发黑肤白,笑容生光,是天底下一等一的漂亮小孩儿。那么好的一个孩子,为什么要受这样的苦?

"错的不是你,也不是寻微,是那帮没良心的狗贼。"百里决明最后说,"谢岑关,你再好好想想。寻微是你的亲骨肉,她一直在等你,每回我教她风谱,她都要练到大半夜才睡觉。这是你们谢家家传的术法,她这么努力,就是为了哪天你回来了,她可以自豪地练给你看。"

谢岑关摆摆手,打断了他的话。

"这么多年了,我想得很清楚了。"

百里决明一窒:"你……"

"我最后再说一遍。"谢岑关的表情冷硬,"前辈,那个孩子我不要了,送给你了。"

岑寂的灯影里,每一个字都像一个小小的鼓槌,敲在裴真,更确切地说,是谢寻微的心头。他躺在百里决明罩下的影子里,默默地闭上了眼睛。

"你说的这句话,我就当你是放屁,我没听见。"百里决明忍住怒气,一字一句地说,"给你三息的时间,给我重新说过。"

谢岑关沉默了片刻,道:"前辈,他四岁我就走了,我几乎从没养过他,他不能算我的孩子。谢家的命债太重,我过不去我心里这道坎。你养他长大,授他经书,教他术法。你是尊师,也是亲父。从今往后,他成亲拜高堂,拜你不拜我。他敬养尊亲,养你不养我。他摔瓦起灵,送你不送我。"他的声音很低,却无比的清晰,"就当我,从未生过这个孩子。"

他的话说得那般狠绝,不留余地,斗室里一下子沉寂下来,只有沉甸甸的烛光压在所有人的眉间和肩头。裴真眸中一片寂静,他素来谋算出众,师尊归来、仙门重启地裂,事事尽在把握。收殓父骨,追查真相,报仇雪恨,他一步步地行动。可他万万没有想到,原来父亲不回家不是因为死在了灵国,而是因为他是一个被抛弃、被憎恨的孩子。

他记得小时候奔跑在谢家老宅绛红色的围廊里,风吹着竹席扑刺刺地响,

第十三章 良晤

他无意间听见帘后仆人的流言蜚语，说他刚出生时宗祠为他起卦，说他这一生寡亲缘，鲜恩情，孤克六亲死八方。

当时他还太小，听不明白，可仆人言语中的憎恶与嫌弃他却听得出来。他躲在堂屋松柏挂画后面的密室里气了一天，让阖府的人急慌慌地寻他。直到六岁那年满门被屠，他从每次生气就躲进去的密室里爬出来，母亲倒伏在堂屋冰凉的地砖上，蜿蜒的鲜血漫过她为他纳的鞋底。直到十四岁那年师尊被封印，他眼睁睁地看着江左四门的大家长剖开师尊的胸膛，取出血淋淋的六瓣莲心。

直到今日，他来灵国为父亲收尸，却亲耳听见父亲说：那个孩子，我不要了。

他不愿信命，可有时候却不得不信。他想起幼时阿翁阿婆与他不甚亲近，望着他的眼神总是复杂又悲哀，充满他看不懂的东西。每回他跑到他们的园子，母亲总是急匆匆地把他拽回来。他以为阿翁阿婆年纪大了，不喜欢吵闹。

原来并非如此。原来从头到尾，他就是个被厌恶的孩子。

"你很好，谢岑关。"百里决明怒极反笑，"这梁子我们结下了。"

谢岑关从怀里掏出天极日晷看了看，道："时间浪费得太多了，我看你也不是很想配合我的样子。罢了，我不盘问你无渡都去过哪儿了，直接用简单点儿的办法吧。"

"你想干吗？"百里决明心里有一种不好的预感。

"'侵灵'，听过没有？一个很复杂的禁术，可以窥探受术者的记忆，我学了五十八天才学会。在灵国的这些日子里，我闲着没事就学他们记载的禁术玩。江左仙门将玛桑黑教的典籍烧得精光，它们却在灵国完整地保留了下来。"谢岑关摸了摸百里决明的头，安抚地微笑，"不要害怕，放空你的脑袋，想象蓝天和大海。我不会窥探你的阴私，如果发现什么见不得人的东西，我会为你保密。"

"你……"百里决明冷笑连连，"大爷我很久没见过找死找到你这般地步的人了。"

"现在你见过了。"

谢岑关盘起腿，双手搭在百里决明的肩头。平地刮起一阵阴风，光明灯猛烈地摇晃，烛火霎时转阴，成了阴沉的幽蓝色。这昭示着灵现身。裴真竭力地抬头，看见谢岑关的五窍涌出澎湃的黑气，犹如五条黑蛇，没入百里决明的五窍。那是极可怕的场面，裴真动了动手指，想挣脱肩上的小灵黑符。谢岑关的小灵们察觉到他的动静，影子像游鱼一样荡过来，盘桓在他身下的地板上。

谢岑关微微侧了侧头，黑洞洞的眼望向了裴真。他略有些惊讶地说："你竟然能挣脱我的安神符，有点儿意思。别乱动，小子，我不介意见血，但我不想和百里决明结下更深的梁子。"

黑气全部进入百里决明的五窍，谢岑关的视野一下子变得狭窄阴暗，这是灵的视觉，和有肉身的时候很不一样。光影变得扭曲奇异，世界像被关进了一层蒙蒙的雾气里。他深入百里决明的记忆，景物渐渐地清晰，有无数画面和声音像流水一般从他的灵体中穿梭而过。

首先看见的光景是谢寻微十四岁，抱尘山大火冲天，百里决明身体焦黑，跪在无数白骨和断剑之中。匕首插在他的胸膛，他渐渐模糊的视野里，谢寻微被仙门的人拖走，泪水糊了满面。

"不是这个。"谢岑关默念着，转过身逆着记忆的潮水奔跑。

记忆溯流，周遭的光景霎时间转换，他站在一个小屋里，烛台的火光罩着一方架子床，薄荷绿的纱帐收在帐钩里。谢寻微十二岁，披着棉被摇醒睡得正死的百里决明，哭哭啼啼地说，师尊，我好饿。百里决明翻身，将被子盖过头顶。谢寻微锲而不舍地摇他，最后拿来一面铜锣，在百里决明床边哐哐地敲。百里决明怒气冲冲地起床，将谢寻微丢进厨房，忍了好半天才没把这臭孩子扔进锅里，转而炒了碗蛋炒饭，耷拉着眼皮看她吃得喷喷香。

"爷再也不收徒了，再收徒我就是猪。"谢岑关听见百里决明的心声。

不是这个，谢岑关继续跑。记忆再次溯流，谢寻微十一岁，上元节，百里决明教她女红，逼她纳鞋底，她死也学不会，闹罢工，撒娇耍痴躲着不学，百里决明只好自己纳。仙门各家主君长老前来拜会，他跷着二郎腿展示他的靴子："看到没，我徒弟纳的。"

众人交口称赞寻微娘子懂事，百里决明十分得意，道："能有什么办法呢，想不到这娃娃世家出身，还会做这些针线活儿。每日为我缝补到天亮，伺候我穿衣伺候我穿鞋。我让她别干了她还不依，说徒弟伺候师父天经地义。"他脱下皂靴让他们传阅，"让你们欣赏一下我徒弟的针线活儿。"

大家把他的臭鞋传阅了一遍，口是心非地赞扬："真是不世出的好鞋啊，人间难得几回闻啊！"

不是，不是！谢岑关继续奔跑。

谢寻微十岁，学堂夫子批她性子孤僻，不喜交游，百里决明把夫子打了一顿，强迫所有女娃娃和谢寻微做朋友。谢寻微八岁，江左仙门射箭大比，百里决明帮谢寻微作弊，让她的箭次次中的。仙门敢怒不敢言，将少年擂的魁首授予谢寻微。

光景蓦地转换，时间来到谢寻微六岁，百里决明与她初次相遇。

荒凉的天地，满山斜阳映着老椿。他回过头，看见一个稚弱的小孩儿细声细气地喊着：师尊……

第十三章 良晤

时光好像在这一刻停滞了，斜阳温温柔柔地包裹着天地，所有的一切好像被装进了金黄色的琥珀里，永永远远不会变。谢岑关望着那个小小的孩童，没有言语，转身离开。无渡到底在哪儿？为什么他看不到和无渡有关的记忆？他极速溯流而上，直接到达了记忆的尽头。黑魆魆的雾气横亘眼前，上下左右望不见尽头。

"这是什么？"他试探着伸出手，手臂没入雾气之中。

他想要进去，一道深黑的影子罩在头顶。回过头，百里决明悬空站在远处，恶灵显露了几分本相，墨色的纹路像图腾一样绣在他的脸颊。他煞气满身，阴森森地注视着谢岑关。

"你把关于无渡的记忆藏起来了？"谢岑关终于明白了。

"这是我的心域。"百里决明不屑地俯视他，"我想给你看什么就给你看什么。怎么样，有没有改变主意？给你最后一次机会，认回寻微，你的冒犯我既往不咎。"

难怪百里决明这么容易就放他进来。"心域"，一如道门识海，是灵的心内天地。这里有灵的记忆，又有灵的想象，灵心里最深重的执念和秘密统统在此处。然而对于道行高的灵来说，这里又是另一种形式的"灵域"，百里决明对他的心域有绝对的掌控权，他可以自由地改变这里的形态，在这里和他打起来，谢岑关的胜算几乎没有。

只不过……

"这片雾后面有什么？"谢岑关问。

百里决明不耐烦起来："跟你没有关系，你到底愿不愿意回头？"

谢岑关沉默了片刻，叹了口气："前辈，你知不知道你有一个致命的弱点？"

百里决明眯起眼睛，眉宇间蓄满风雷。

"就是寻微。"谢岑关狡黠地一笑，"我是寻微的生身父亲，你无论如何都不会对我动手。"

他猛然回头，一头扎进了那片浓雾。

极致的黑暗，完全的寂静，什么也看不清，更辨不清来处与去处。谢岑关漫无目的地走着，忽然在远处看见一点儿萤火般的亮光。是一盏孤灯，灯旁坐着一个小孩儿。谢岑关不明白，百里决明的记忆最深处，竟然是个孩子。

是那家伙小时候吗？谢岑关觉得很奇怪，回头看黑暗尽处，百里决明竟然没有追进来。他隐隐地觉得自己触碰了某种禁忌，来到了那个恶灵心底的禁地。谢岑关静悄悄地走过去，不自觉地放轻了脚步。在这样一个静谧的地方，任何人都不会想要打破这里的寂静。

他在男孩儿正面蹲下，端详他的模样。男孩儿合目独坐，对着那盏孤零零的灯火。金黄的火光映着他半边脸，照出他精致白皙的面容，还有眉心那朵赤焰红莲。像一个瓷娃娃，谢岑关这么觉得，好像是手艺超群的匠人精雕细刻出来的娃娃，人间没有，只有在神龛里才能窥见他的一角天容。

这个孩子看起来和百里决明一点儿也不一样，百里决明没有他身上这样深重的孤独与哀伤。他周身清冷寂静的气息仿佛凄清的潮水上下涌动，令人不自觉地停止呼吸。

在谢岑关蹲下的一瞬间，男孩儿睁开了眼睛，暗红色的瞳子光华流转。这是百里决明的记忆，记忆里都是过往的幻景重演，这个男孩儿也是个虚像。可不知为何，谢岑关对着他的脸，有一种他在注视自己的感觉。

"被灵母标识的祭品，亦敢在吾的面前放肆。"男孩儿的神情淡漠。

谢岑关悚然一惊，这小子竟在对他说话。

"滚。"男孩儿轻轻地吐出一个字，食指抵在他的眉心。

一切发生得太快，谢岑关甚至没有看清男孩儿到底发动了什么样的术法。灵体顿时失去了控制，像被什么沉重的东西迎面击中，整个人飞速向后退却。记忆的潮水在他身侧疯狂涌流，他随潮而下，头上脚下，摔得七荤八素。心域之外，汹涌的黑气从百里决明的五窍疯狂退出，像碰见天敌夺路而逃的蛇群，急速涌回谢岑关的身体。灵体归位，谢岑关头晕目眩，捂着胸口，哇地吐出一口血来。

那个男孩儿的力量太强大，他没有丝毫反抗的余地。

好半晌才回过神来，抬起头，百里决明正冷冰冰地看他："早告诉过你，我的心域不是那么好闯的。"

谢岑关在他心域里折腾的这半天工夫，百里决明已经把小灵符给解了。他站起来活动手臂，顺便把穆知深和裴真身上的符咒也撕掉了。穆知深坐起来，刚睡醒，头顶翘起一撮毛，眼神很迷茫。

"前辈果然厉害。"谢岑关咯着血笑道，"没想到你心域里还藏了这么一位厉害的人物。"

百里决明没听懂他的话，满脸的莫名其妙。

"啥？"

怪不得如此泰然自若，谢岑关想，轻轻松松地放他进心域，又毫不在意地让他进迷雾，原来一切都留着后手。以前总觉得百里决明人傻，现在看来是小看他了。

"不玩了，没劲。"谢岑关做了个鬼脸，向上一蹿，像猴子似的攀上横梁，数条小孩儿灵影像尾巴似的跟在他后面。谢岑关蹲在上面，道："最后卖你们一

第十三章 良晤

个人情，只有灵母分身出现的时候时空才会归位，那个老太婆有寂静、愤怒和欢喜三个分身，一个比一个凶狠。刚才那个是寂静分身，最弱的那个，所以现在是你们离开这个寨子的最好机会，自己把握咯。"他向后一退，忽然就不见了。

百里决明大叫："他要逃！"

他紧随其后攀上横梁，裴真和穆知深也跟上，灵域破了，祠堂藻井上面有个不易察觉的空洞。谢岑关身材纤瘦，像泥鳅似的钻了进去，百里决明比他高很多，只能探出脑袋和脖子，一侧的肩膀被死死地卡住。谢岑关稳稳当当地走在外面的铁链上，用夸张的口型跟他说"后会无期"，还从腰后取出一个包袱。百里决明两眼一瞪，那包袱素花锦缎，正是裴真随身带的那个，什么时候到了他的身上？谢岑关从里面掏出无渡的冰蝉玉，笑眯眯地对着百里决明晃了晃。

难怪他翻找百里决明的包裹，原来是觊觎冰蝉玉！

百里决明几欲吐血，拼命地往外面挤。

裴真在后面说："前辈，你不会缩骨，不要勉强。"

谢岑关慢慢地退后，整个人隐入了黑暗中。百里决明卡住了，进也不是退也不是。往下看，登时心里咯噔一下，下面的尸液淌了满地，上面被困住的长脖妇却不见了。一排黏糊糊的黑脚印从那块地方往外延伸，百里决明顺着脚印看过去，脚印隐没在灯火照不见的黑暗里，一双苍白的脚立在脚印尽头，阴影罩住了小腿以上的部分，看不清晰。

不用再看了，一准是那长脖妇。

百里决明的心里凉得像铺了一层严霜，伸手拽后面的裴真，示意他把自己拉回去。

谁知裴真不拉他，反倒把他往外面推。百里决明不指望和裴真心有灵犀，却料不到裴真这么不懂他。

"前辈，快出去。快！"裴真道，言语十分急切。

怎么回事？后面传来"咯吱咯吱"的声音，十分诡异，百里决明顿时反应过来，一定是祠堂里出现了变故。

穆知深说："快，他爬过来了。"

谁爬过来了？百里决明看不见，心里很焦急。谢岑关走了，后面除了穆知深和裴真，还有谁？等等，百里决明想起来了，还有他用脚钩进来的那具皮囊，那半截尸体。

第十四章

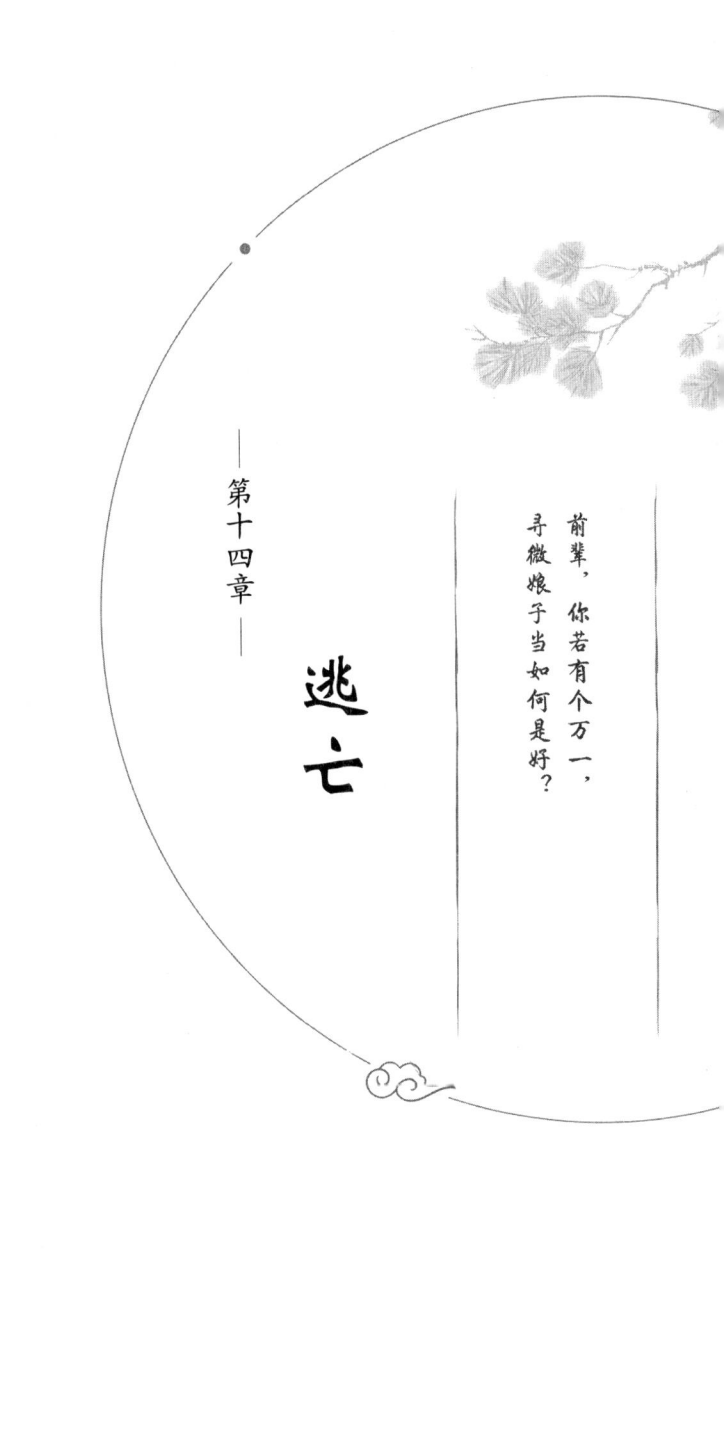

逃亡

前辈,你若有个万一,寻微娘子当如何是好?

还好穆知深的力气大，这家伙掰开卡住百里决明左肩的木疙瘩，同时裴真用一只手拎住百里决明的领子，另一只手托住他的屁股，将他往外面一送。百里决明踏上大铁链，眼睛盯着黑暗里长脖妇的那双脚。她好像没有动弹的意思，应该没发现他们，百里决明略略放心了一些，示意裴真和穆知深小声点儿。裴真先爬上铁链，然后是穆知深，三个人都盯着墙洞的方向，无声无息地迅速倒退。

百里决明离得远，加上眼神不好，看不太清楚。黑暗里似乎有个东西在蠕动，同时发出"咯吱咯吱"的怪声。

"怎么回事？"百里决明对裴真和穆知深做口型。

穆知深眉关紧蹙，摇摇头。

裴真以传音术回应："尸体里有东西。"

"灵附体，起尸了？"百里决明又问。

"不可能。"裴真道，"我的银针还在，绝无可能起尸。"

这小子对自己的术法颇为自信，百里决明不是很信任他。等等，百里决明忽然想起来，刚见谢岑关的时候，他就在烂皮囊那儿鬼鬼祟祟的。一定是他做了什么手脚，百里决明暗骂，那灵竟连自己的尸体都不放过！

三个人蹑手蹑脚地沿着铁链往黑暗里去，铁链不大粗，实在很考验平衡力，人走上去就会晃动，底下还悬挂着数不清的千眼尸，咻咻的呼吸声萦绕寂静的小屋。

那"咯吱咯吱"的怪声越发响了，屋子里寂静，声音十分突兀，三个人尽力用最快的速度远离墙洞，刚走进黑暗中，便见一条细长苍白的脖子沿着对面那根合抱粗的瓜棱柱游弋而上，长脖妇面无表情的脸若隐若现。幸好她没看向他们的方向，而是径直往藻井爬，在墙洞面前一顿，一头扎进洞里。

第十四章 逃亡

裴真望着盘绕在柱子上像蟒蛇一样的东西，脸色很复杂。

百里决明对他做口型："超长女灵脖子，没见过吧？鸭脖子要有这么长就好了，吃多少都管够。"

他的话太长了，没人看得懂他的口型。女灵的脖子仍在不断地往墙洞里面伸，趁二灵相争，他们必须抓住机会离开这个屋子。扭头四望，西北面有一根瓜棱柱离铁链比较近，可以顺着柱子下到地面上。距离瓜棱柱有三根铁链的路程要走，他们蹑手蹑脚地往那儿赶，百里决明刚上第二根铁链，裴真还在第一根铁链中间的时候，长脖妇的脖子开始往回收了。

吃饭吃这么快，不怕闹肚子吗！百里决明的脸都绿了。

铁链上方极为空旷，一眼望去几乎一览无余。女灵伸头出来，一回脸就会看见他们三个傻蛋在表演杂耍。裴真迅速地下了决断，沿着挂着千眼尸的细铁链往下爬，抱着千眼尸，与它一同倒悬。千眼尸众多，几乎肩膀挨着肩膀，这样混入其中，确实不易被察觉。只是那帮尸体实在太邪性了，百里决明心里很硌硬。

穆知深见状，立刻模仿裴真，也倒挂下去抱尸体。眼看长脖妇就要出来了，见裴真这个沾点儿灰就要死要活的人都敢抱尸体，百里决明的心一横，头朝下往下爬，越往下，千眼尸的呼吸声越清晰，腥臭味越重。他干脆停止呼吸，爬到尸体背后，附在它的背上。

仙门的人体术都很强，百里决明不担心穆知深，可没想到裴真这个搭脉施针的大夫头朝下缠在尸体后面，连大气儿也不喘一下。就是脸色难看得吓人，眉关折成了一道深壑，百里决明还是头一回看见他不笑的样子，之前被困在走不出去的图圈中，他依旧言笑晏晏，现在却拧着眉头。约莫是被尸臭摧折得太狠，百里决明想，裴真回去非得泡三天三夜的花瓣澡才罢休。

一低头，就看见长脖妇的大脑袋在铁链上方经过，这厮在梁柱上面无声地巡睃。他想她到底什么时候离开，墙洞里咯吱咯吱的声音又响了，长脖妇竟然没有动那玩意儿，她对谢岑关的烂皮囊好像不感兴趣了。她不停地在四处探看，似乎在找他们。

正心烦着，耳畔的呼吸声忽然变得急了。百里决明心下一惊，凝眸看眼前的尸体，绷带底下的眉目似乎在蠢蠢欲动，下巴张张合合的，似乎在竭力摆脱绷带的束缚。不是，这玩意儿怎么能醒？一线银光划过眼前，几乎贴着他的眼睫毛。定睛一看，是裴真的银针，扭头看裴真那边，他正目光灼灼地盯着自己。百里决明无声地道了句谢谢，取下银针，扎在尸体的后脖颈子上。

尸体果然不动弹了，可就在下一刻，他听见咔的一声响，低头看，锈蚀的

207

细铁链撑不住两具躯体的重量，竟然从中间崩断了。

百里决明心里大骂，紧接着整个人下落，和怀里的千眼尸一起哐当一下砸在地板上。百里决明在落地的刹那间翻身蹲起来，还没来得及看长脖妇在哪儿，就见千眼尸的银针被碰歪了，脸上的绷带也掉了，露出一张笑模笑样的脸。

百里决明："……"

它的眼皮子簌簌抖动，有要睁开的预兆。这玩意儿的眼睛不能看，百里决明一个激灵，一脚踹开它的脑袋，它的后脑转向百里决明，可这一边竟然也是一张合着眼皮的脸。百里决明这才发现，这个人的脑袋瓜子没有头发，前后左右缝着三张惨白的面皮，方才所见的也是一张假脸。

裴真同他一起落了下来，拎住他的领子道："跑！"

长脖妇果然听见了声响，脑袋绕过重重千眼尸，蜿蜒的脖子腾旋起伏犹如波浪。百里决明刚要起身，却见眼前那面皮忽然睁开了眼睛，眨也不眨地盯着他。那是一个极为怨毒仇恨的眼神，目光相交的一瞬间，百里决明的心里仿佛卧了一块寒冰。

它的嘴巴开合，似乎说了两个字。

裴真拽着百里决明，在他耳边吼道："快跑！"

来不及搞清楚那尸体说的到底是什么，三人一同往走马廊上狂奔。边跑边回头，只见长脖妇的大脑袋追了出来，脖子像拱着浪似的起起伏伏。楼梯离得太远了，穆知深当机立断，翻身跃过红漆围栏，踩着檐瓦翻了下去。

百里决明喊道："分头下去！"

不必他说，裴真从另一截围栏翻身跃下。百里决明发动灵力，右手瞬间烧得滚烫。他拔出灵犀刀，刀身被加热，刀刃冒着殷红的光。他对着奔袭而来的长脖子和大脑袋砍出一刀，山海般的刀势摧枯拉朽而去，所过之处梁柱尽皆折断，瓦片横木崩塌碎落。刀光携着烈焰，焰火四处迸发。长脖妇的脖子和脑袋一同被压住了，百里决明迅速地收刀回鞘，踩着断垣往下跳。

瓦片抖动，长脖妇从里面挣了出来，追着百里决明的衣襟咬。百里决明没想到这老妖婆这么快，手一下没抓住斗拱，掉了下去。风声在耳边呼呼地吹，他在第四层，离地面足有好几丈的距离，他想完蛋了，这具肉身非得摔成瘫子不可。手忽然被谁拉住了，身子停止了下落，仰头看，是裴真。他蹲在第三层的檐瓦上，望着他叹气。

"前辈，你若有个万一，寻微娘子当如何是好？"

百里决明攀住屋檐边缘，道："我才不会出事。"他向上一看，叫道，"快，那长脖妇又来了！"

第十四章 逃亡

裴真看也不看，直接翻下屋檐，同时单手抓住斗拱，身子往下一层荡。三昧真火烧得极快，不断地有着火的木石往下落。长脖妇的脑袋和脖子都冒着火，如同一条气势汹汹的火龙。明明穆知深离她更近些，但她好像对穆知深没兴趣，偏偏咬着百里决明和裴真不放。

裴真的速度很快，一点儿都不拖后腿，他们连荡两回，终于落到地面上，穆知深已经在下面等着他们了。三个人迅速往大门牌坊跑，背后啪的一声，回头一看，长脖妇整个掉了下来，冒火的脖子甩在地上，一条烈焰像长虫似的。她支起手脚，像一只蜘蛛一样肚皮朝地趴着，飞速地向他们爬过来。这女灵手脚挪动的速度极快，像幻影似的让人瞧不清。这情形见了真是让人头皮发麻，百里决明迅速地跑出牌坊，回身再劈一刀。

"爷我送你上西天！"

阴木寨整个崩塌，如雷的一声巨响，仿佛一座山塌了下来。熊熊烈焰腾空而起，那女灵困在火焰中，面无表情地盯着他。

"别休息，再赶一段路。"裴真道，"你的三昧真火烧不死她。"

穆知深的脸色很难看，他低声道："我们要快点儿。没有雨了，再过一会儿整片林子都会烧起来。"

这时百里决明才反应过来，方进灵国时的大雨已经停了，漫山遍野都笼罩在一层晕红的光里。红光似乎从密林深处发出，最殷红的那一处矗立着一座参天巨塔，在红透的天际是一个黑漆漆的影子，檐角如飞，看上去像一条巨大的蜈蚣。

火烧树林，若是再借上风势，火头速度会比豹子跑得还快。到那时他们即使不被长脖妇吃掉，也会被山火烧死。三个人不敢耽搁，即使已经是强弩之末了，依然拼命赶路。跑了足有一个时辰才敢稍稍放慢速度，回过头，放眼望去，远处阴木寨那个山头已经烧将起来了，浓浓的黑烟罩住半边红通通的天。

这么大的火，应该能困住那个长脖妇吧。穆知深和裴真肉体凡胎，终究熬不住了，便在地上打坐歇息。三个人都是蓬头垢面的模样，穆知深上半身赤裸，百里决明的右手已是一片焦骨，上衣也没了，脸上和胸膛上还有凶尸的血迹。裴真还剩下一件里衣，已经脏得不像样，但比穆知深和百里决明好些。如果这三个人到街上蹲着，路过的行人会给他们一块铜板。

裴真撕下一块布挂在树梢上，感受了一下风向，幸好不是向着他们这边。

他道："轮流盯着衣服，风向一旦改变我们就得启程。先歇息半个时辰。"

"好，你们先眯着，我守第一班。"百里决明说。

穆知深点点头，挪到树底下打坐，没一会儿就睡着了。他低垂着脑袋，挂

209

在胸前的连心锁光芒暗淡。百里决明强打起精神，爬上树放哨。树上视野宽广，若是长脖妇来了也能提早察觉。

裴真也上了树，坐在他身边。

"你怎么不睡觉？"百里决明问。

"想问前辈一个问题。"裴真轻声道。

怎么人人都有问题问他？他是百晓生不成？百里决明有点儿烦躁，他的眼皮子直打架，他很想说你要睡不着就换你放哨。

"若寻微娘子做了你厌恶的事，你会厌弃她吗？"

这问题没头没脑的，百里决明很是无语，寻微那兔子点儿大的胆子，能干什么坏事？他仰头看了看天，其实这问题他还真想过，养娃娃不容易，操心的事很多，照顾她吃喝，传授她术法，这些看似复杂，其实都容易。最重要的是，如何教她为人。他叹了口气道："只要她不干出天理难容的事情，一切都好说。"

"天理难容的事情……"裴真默念着。

"比方说……"百里决明挠挠头，"暗结珠胎什么的。"

裴真："……"

"要真养了娃娃，这事就难办了。"百里决明摇头嗟叹，"首先不能打胎，寻微那身子底子，打了胎定然伤及根本。然后我再去找那个诓了寻微清白的男人算账，若他愿意入赘，我揍他一顿敲打一番也就罢了。若他跑了，我就把娃娃收作徒孙。"

裴真哑然片刻，随后轻轻地笑了起来。

百里决明看着他，道："终于笑了，我说你这人，从阴木寨出来后脸上就没个笑样儿。怎么的，被长脖妇吓到了？"

"前辈是在故意逗我笑吗？"

"谁逗你。"百里决明一本正经，"我从寻微十岁开始就考量这些事儿了。寻微天真善良，外面遍地都是臭男人，难保遇上什么糟心玩意儿。寻微跟别人私奔我该怎么办，养了别人的孩子我该怎么办，嫁了个宠妾灭妻的薄情郎，我又该怎么帮寻微撑腰……我都想好了，这叫未雨绸缪。"

"前辈……"裴真失笑了。

百里决明的嘴叽叽地不停说着，又牵扯出更多问题来，寻微要是难产怎么办？寻微要是不孕不育怎么办？他开始认真地思索，没注意到裴真已经闭上了眼睛。

远天红光潋潋，周遭寂寂无声，裴真素来温雅得体，即便身陷阴木寨也不失风度，直到这个时候他的眉心才显露出淡淡的疲倦来。他想谢岑关说得没错，

第十四章 逃亡

师尊才是他的亲父,师尊才是他的家人。抱尘山八年时光,伴他长大的是师尊,教他的也是师尊。他会敬重师尊,赡养师尊,可他不会为师尊摔瓦,为师尊捧灵。

因为他要陪着师尊,长长久久。

百里决明说完才发现,裴真已经睡着了。这小子睡着了,眉宇却还是锁着。这么小的年纪,才二十出头,不知道心里装了什么,总觉得心思很重。

他望着远处火光熊熊的山头,心里又渐渐地沉重下来。

那具醒过来的三面尸按照常理来说应该是玛桑族人,说话说的应该是玛桑语才对。可是百里决明回忆它的口型,心里觉得不大对劲,似乎是中原话。还有它的三副面皮,百里决明可以确定,当时睁开眼睛的的确是它后脑上的面皮。一个人怎么可能长着三张脸?三张脸,灵母的三重分身,十一面女人金身塑像的三种神态,它们之间一定有某种关联。

他回忆三面尸的口型,模仿着轻轻地念出来:

"绝密……"

它要告诉他什么秘密吗?

"具名……"

"绝命……"

不对,都不对,脑子里灵光一闪,他蓦地打了个激灵,背后的寒毛簌簌地立起。

它说的是:"决明。"

不可能,一定是眼花了。百里决明想,一具在阴木寨里吊了不知几百年的陈年老尸,怎么可能叫出他的名字?他又想,难道是从前的仙门弟子,灵体入了那怪尸的皮囊?决明……那三面尸想说的,或许是"决明长老"。可是在进入灵国的喻、谢两家和宗门弟子里,有人认得他吗?他摸了摸自己的脸颊,现在这副秦秋明的肉身确实与从前那副有四五成相似。

百里决明和穆知深交班,自动地忽略了裴真。这厮身娇体弱,歇了将近半个时辰脸色还是白得像纸,他俩怕裴真累出病来,便没让他放哨。半个时辰歇够了,继续赶路。路途走到一半红光消退,灵国又恢复成初来时的黑夜。这说明那长脖妇真的走了,三个人都切切实实地松了口气。

一路无虞回到地裂,重返宗门。临回去的时候百里决明提溜着穆知深的领子威胁,要他谨言慎行,不该说的话别说。

穆知深的神色没有丝毫波澜,平静地说道:"前辈放心。"

若非这小子会说话,百里决明真会以为他是个木头傀儡。不管是见到长脖妇还是百里决明,寻常人早吓软了腿,独他面不改色的。裴真以名誉担保他不会乱说，百里决明才打消了要他性命的打算。顺便在小册子里填上他的家世背景——父母早亡，穆家接班人，雷法传人。性子沉稳，身材也出挑。百里决明十分满意，给他评了个"极品"。

从灵国出来后才发现，他们觉得只过了几天，至多不过四五日，外面却已经过了一个多月了。黄泉灵母的术法让灵国内部的时空混乱，还让它与外部产生了差别。其他人都断定他们已经遭遇不测，寻思着怎么把秦秋明葬身灵国的噩耗告诉谢寻微。穆家那个老人家昏倒了三次，看见穆知深蓬头垢面地出来，喜极而泣，差点儿再次昏倒。只有姜若虚日日守在地裂口，坚信他们一定可以回来。

不过终究还是高估了裴真，这小子刚回去就病倒了，活水小筑闭门谢客，连百里决明也只能每日傍晚见见他。寻微自不必说，还是老样子，病病歪歪的，醒的时候也不肯和百里决明多说两句，吃了两口燕窝就撂开手，说饱了吃不动了。

百里决明看着心里又疼又急。在灵国里施放了两次术法，他右手基本全废了，衣服里面用纱布包裹，手上戴手套，又不常出门，勉强可以遮掩过去，但这能撑下去的时日又缩减了许多。

裴真那病秧子的模样，实在不放心把寻微托付给他，要不然宅院里老爷夫人各躺一边，成日药汤送进送出的，像个什么样子。看来还是穆知深好，百里决明决定想办法找他套近乎，让他过来和寻微二人相看相看。

"什么！穆知深是喻听秋的未婚夫？"百里决明叫道。

裴真靠在凭几上咳嗽，从灵国赶回来的时候淋了雨，着了凉，原本吃了预防风寒的木香丸，但没起作用。他绑着青玉额带，因体温高，脸颊透出些许发烧的嫣红。面前摆着小案，搁着一碗白米饭和几碟素菜。

他握着筷子，温声道："穆家大郎与喻娘子早已订了婚约，只等择婚期了，前辈还是另寻良人吧。"

百里决明十分泄气，看来寻微还真的只能嫁给裴真了。

裴真从床边拿起一沓黄纸，递给百里决明："按着宗门的规矩，我应当如实禀告这几日的所见所闻，奈何身子不爽利，不知可否请前辈代劳？"

"谁定的规矩？麻不麻烦！"百里决明心烦。

"无渡大宗师。"

"这老儿，人都死了还给我找麻烦。"百里决明骂骂咧咧的。

"前辈……"裴真斟酌着开口，"谢宗主的话儿，前辈可曾考虑过？"

"什么话儿？"

第十四章 逃亡

"宗师通告仙门你是恶灵。"

"嚛，这些胡言乱语你也信？"百里决明摆摆手，"不可能。无渡是什么人我知道，天底下谁都有可能害我，他和寻微绝不可能。"

裴真垂下眼眸，长长的眼睫毛遮住眸子里的担忧神色。师尊总是这样无条件地相信他，他说什么，师尊就信什么，从来不需要验证，也不需要怀疑。师尊从来不曾想过，他天真可爱的小徒儿会欺瞒他，蒙骗他。

"不过……"百里决明摸着下巴，"也有可能真是他干的。"

裴真一怔："前辈详细说来？"

"欸，我就是瞎琢磨，你听一耳朵，不必当真。"百里决明挠挠头，道，"我是这个意思，我说无渡不可能害我，但并不代表他不会通告宗门我是恶灵。无渡老儿了解我，超度我也好，封印我也好，我都无所谓。仙门围剿我，严格来说对我没什么损失。只是苦了寻微，流落去喻家。"

裴真明白他的意思了，无渡爷爷通告仙门他的恶灵身份的动机并非谋害，而是另有其他。那无渡爷爷到底想做什么呢？为何一定要师尊离开抱尘山？

"你看啊。"百里决明接着分析，"我们这次去灵国的人其实很有名堂，咱们每个人都和无渡老儿有至少那么一星半点的关系。我就不用说了，我是他师弟。穆知深呢，当年无渡亲手给他文上灵刺青。谢岑关在追查无渡。哦……等等，你好像和无渡没什么关系。"

裴真握着筷子的手指慢慢地收紧。

是了，一切都明白了。无渡爷爷对今日的事早有预料，他不厌其烦地重申黄泉灵国的故事，告诉师尊内中布局，以及两条必定要遵守的律法。他教授谢寻微羽虫篆，玛桑黑教的历史，道门复兴的始末。穆知深的刺青可以让灵误以为他是同类，让他从恶灵包围的窘境中逃生。原来早在十数年前，无渡就在做准备。他前往灵国，为师尊留下冰蝉玉。他早知道今日，换句话说，他在暗中推波助澜，让他们前往灵国。

灵国里到底有什么？裴真不明白。谢岑关也就罢了，他是从灵国脱逃的灵，那其他人呢？无渡为何要他和师尊去灵国？他忽然意识到，师尊一定有事瞒着他没说。这中间缺少了环节，无法解释通。

他颇为伤感，埋怨地乜斜着百里决明："前辈，事到如今，您依旧对我有所保留吗？"

"保留？什么保留？"百里决明装傻，旋即抱起手臂，得意地笑起来，"小子，等你娶了寻微，咱们就是自家人，到时候为师什么掏心窝子的话儿都跟你说。别说这些东西了，就是我的棺材本儿藏在哪儿我也告诉你。"

213

裴真落寞地垂下眼睛："前辈之前还说对我有求必应，我没旁的希求，只盼望前辈真心待我。想不到在灵国里同生共死，坦诚相待，一出来前辈就翻脸不认人了。"

这话说得……百里决明耸耸肩膀，无渡让他去灵国，或许和他心域黑雾后面的东西有关。他得找个时间内窥心域，看看里面到底是什么。这事不便和裴真提起，更何况他自己还云里雾里的。他顾左右而言他："我说你吃了半天饭，怎么才吃这么几口？像小鸡啄米似的。一个大男人吃这么少，难怪你身子这么虚。"

裴真有些生气了，这人在他当女孩儿的时候嫌他吃得多，当男人的时候又嫌他吃得少，还成日嫌弃他体虚，怀疑他的能耐，今次又更是瞒着事不说。他越想越气，人在病中，这人品贵重的贵公子也装不下去了，他有些生气地想，师尊怎么能这样？

他把筷子一撂："不吃了。"

百里决明没闹明白这人："你怎么了你？"

裴真别过脸去，不理会百里决明。

百里决明觉得他无理取闹："我说你平常不是这样的啊，你是不是和寻微待久了，被她传染了？你别跟我矫情啊，爷不吃这一套。"他用手指叩叩小案，"跟你说正经的，若是寻微问起来我们这几天去哪儿了，你别把她爹的事儿说漏嘴了。她爹那个模样，千万不能告诉她。原本身子就不好，要知道她爹是个没心肝的二百五，非得吐血晕过去。喂喂，我跟你说话呢，你听见没？"

裴真披衣坐在那儿，浑身透着一股幽怨的气息。

百里决明摇摇头，心说这人真是被寻微那死丫头传染了。看这俩人，长得有夫妻相，脾气也是夫妻相，不成亲怎么收场？百里决明站起来："不说了，你气着吧，回见。"说着，就踱步出去了。

裴真："……"

论及他这个没缘分的阿父，他是真没想到谢岑关是那般人物。早年听过谢岑关几句传闻，都说他是谢家芝兰、宗族翘楚，行走坐卧、术法玄理都是同辈楷模。看来是死过一回，彻底抛弃枷锁做自己了。

"谢岑关，你们听过这个灵吗？"他问。

周遭的光影阴沉沉地暗了下来，他的影子迅速膨胀，罩住了整个里间。童子推开门走进寝居，对裴真作揖。

影子里的恶灵借由童子的肉身异口同声地说："不曾。"

有灵询问："要我们去探查此人吗？郎君画技了得，令我等按图索骥，很快便能找到。"

师尊虽然功体不全，又是个脑子缺根弦的笨蛋，但毕竟是阴寿五十余年的灵，他不敢托大。为了不被师尊发现端倪，同师尊在一处的时候，裴真令灵影安分守己，封闭五识，是以它们都不曾见过谢岑关的面容。

裴真赤脚下床，站在羊油蜡前用银剔子拨弄那高高低低的灯火。光影明明暗暗地罩着他的脸，显得他神色难辨。

"也罢。"他怅惘地叹了一声，"他既然弃了这父子亲缘，我又何必巴巴地贴上去呢？"

"郎君说得是。"童子躬身。

他又歪头沉吟："我记得谢岑关被师尊从心域里赶出来以后，说师尊的心域里藏了一个厉害人物。"他眯起眼睛，"我要找机会进师尊的心域。"

"您没有办法进去，他是百里决明，连谢岑关都被他驱逐了。"

"会有办法的。"裴真淡淡地说。

无论如何，师尊所有的秘密他都要知道。

他颔身，曼声道："行了，时间差不多了。传讯给初一、初二和初三，让他们带着车马货物，启程吧。"

― 第十五章 ―

会盟

很好。我为你拔最后一次刀。

百里决明在经楼里写文书，这无渡定的什么破烂规矩，九死一生好不容易回来了，还得被这玩意儿折磨。他咬着笔头思考，有很多东西不能写，他删删改改的，主要将长脖妇和他们看到的那几册绢书写了上去。正埋头疾书，穆知深腋下夹着纸卷，跨进门槛来。

"欸，你怎么来了？"

穆知深将自己的两份文书递给他："这是我的见闻，一份给你，一份呈递宗门。哪里需要删改，告诉我。"

穆知深是个清俊的男人，就是沉闷了些。听说他在宗门独来独往，很少和人沟通，大多数时候都窝在自己的小筑里。然而，他独行还有个原因是大家不太敢靠近他。穆家最有名的不是穆知深，而是他的父亲，穆惊弦。穆知深十二岁那年，穆惊弦在穆家堡手刃发妻、亲女，自尽化灵，至今盘踞在穆家堡，浔州穆家堡因此被称为穆氏灵堡。

很多人猜测穆惊弦是修习雷法走火入魔，才酿成如此大祸。穆知深是雷法传人，人们担忧他会步他父亲的后尘。

百里决明终于想起来这个孩子是谁，寻微刚来抱尘山不久的时候，穆惊弦带着穆知深拜谒他的药园，求他收穆知深当徒弟，他拒绝了。他们父子回家不久，那震惊仙门的惨剧就发生了。

"小伙子挺上道儿，不错。"百里决明很是满意，指了指旁边的蒲团，"坐。"

他浏览穆知深写的文书，注意到他们甫进老寨时看到的石碑。无渡在的时候，曾说他要去西难陀，那正是谢岑关想知道的地方。难道玛桑西迁的目的地就是西难陀？

难陀，玛桑语里是欢喜、嘉乐的意思。无渡跟他提到过，玛桑的经文里记载："是时过三千浊土，有世界曰难陀，清净欢喜之地。万灵居所，灿烂莲生。"

第十五章 会盟

那地方坐落在十万大山西面，极西之地。无渡说那里已经距离中原很远，两地之间隔着无数山山水水，去了那里就好像去了世界的尽头。那儿和中原不一样，小国林立，各有各的王，但他们大都信仰玛桑黑教。

不过西难陀到底具体在哪里，百里决明也不清楚。

抬起眼睛，穆知深正闭目养神，熹微的晨光落在他的肩头，他面容锋利的轮廓被磨得柔和了。握刀的时候肃杀的男人，这一刻安静乖巧得像个被遗忘的瓷偶。百里决明越看越满意，可惜这孩子是喻听秋那死丫头的未婚夫，他按捺不住，直起身来道："十八年前不曾收你为徒，想不到我们还挺有缘分。本大爷有意将寻微许配给你，你去把和喻听秋的婚约退了，来我这儿提亲。"

穆知深缓缓地睁开眼睛，说："我拒绝。"

百里决明气道："你喜欢喻听秋，不喜欢寻微？"

他忽然想起来，去灵国之前喻听秋出走了，喻夫人知道后大怒，让喻凫春亲自带人去搜寻，然而似乎到现在还没个音信。

"都不喜欢。"穆知深的嗓音平淡，"要删改吗？"

"不用。"百里决明把呈递宗门的那份文书还给他。

他接过文书："裴真在哪儿？"

"还在睡觉吧，你找他干吗？"

"给他看文书。"

百里决明狐疑地盯着他打量："我怎么觉得裴真才是你老大似的，你不是给姜若虚做事吗？"百里决明觉得不对劲，裴真硬要跟他去灵国，嘴上说找什么先人遗骨，到里面首先干的事却是在各处阅览典籍。出来以后知道他有事相瞒，还跟他闹脾气。那家伙十分在意灵国，调查灵国才是他的首要目的。

穆知深带队进入灵国，全军覆没，只有他和假扮成白笳的谢岑关活了下来。这厮根本不是在为姜若虚回收铜镜，他是在为裴真打前哨。就算同队的弟子没有遭遇变故，他也一定会想办法独自行动。刚进灵楼不久他就提议要撤退，大约是为了保全这帮人的性命，再自己找机会重返灵楼。

文书里写他在逃避千眼尸的时候扔掉了连心锁，恐怕不是因为连心锁失效，而是他故意切断了和宗门的联系。连心锁在进入阴木寨后发出怪声，然后失效，很可能也是这厮自己搞的鬼。连心锁一一配对，无有替换。到达有六臂童子像那个屋子之后，他翻出来的连心锁不是同宗门联系的，而是同裴真联系。

前后全都串联起来，百里决明越想越笃定，难怪裴真肯用名誉担保这小子的人头。

"臭小子，说实话，你是不是在给裴真办事儿？"百里决明盘问他。

"嗯。"

他答得出乎意料的爽快，百里决明抱起双臂，上下打量这个寡言的男人："你是穆家嫡长子，为什么要帮一个宗门大夫办事儿？"

"因为一个约定。"穆知深垂着眼睫毛，把文书卷起来收好。

"什么约定？"

"裴真不让说。"

百里决明气得七窍生烟，心里像有个痒痒挠似的，两个大男人能有什么约定，难道拉钩上吊一百年，从此约定咱俩是好兄弟有福同享有难同当？

"你都说到'约定'了还藏着掖着，你故意消遣我呢？"

穆知深淡淡地道："裴真的原话是，前辈既然对在下有所保留，在下也应该对前辈有所保留，这样我们才公平。"他从袖兜里掏出一张宣纸，面无表情地展开，上面画着一双微笑的眼睛。由于画得十分粗糙，且只有一双眼睛，看起来十分诡异。

"这是什么？你在灵国见到的灵？"

"笑脸。"穆知深道，"裴真说，要对你微笑，表达他的歉意。"

裴真那个小兔崽子，就知道他是故意的！百里决明咬牙切齿道："你俩到底什么关系？"

穆知深这回沉默了，他垂下眼睛，长而翘的眼睫毛微微颤动，好像在认真地思考。过了一会儿，他抬起铁灰色的眼睛，道："不知道，大概是黑夜里一起赶路的人吧。"

"啥？"百里决明没听懂。

穆知深把那张笑脸图放在百里决明的手里："前辈，不要惹裴真，他很记仇。招惹过他的人，大部分都死了。"

他这话说得意味深长，百里决明很是无语，怎么的，裴真还能吃了他不成？

穆知深没再说什么，而是拎起刀，暨身跨出门槛。正要走，百里决明在后面叫住他。

"对了，小子，问你个事。"百里决明说，"你是江左四家的人，应该和喻家走得很近吧？我徒弟这几年过得如何，你可有所耳闻？"

穆知深沉默了片刻，微微地侧过脸，道："前辈不必担忧，他把自己照顾得很好。"

他说完就走了，檐角的风铃在他头顶摇摆，声音清脆，叮叮当当，缠缠绵绵的一长串。他沿着夹道走，身边经过许多宗门弟子，个个见了他像看见鬼似的，避而不及。他没有在意他们，目不斜视，拾级而上。他经过已经凋谢的辛

第十五章 会盟

夷花，经过青色的垂柳，到了种着杏花树的院子，推开裴真寝居的门，再阖上，跪坐在乌漆小案前。

小案上面搁着一张地图，画的是一个巨大的堡垒，地图上有一个血掌印，透着一股不祥的阴冷气息。

"这是你要的灵堡地图，为了绘制出这份地图，我折了一个灵影在里面。你真的要回去吗？"裴真敛眉轻叹，"那是连灵都出不来的灵域啊。"

"要去。"穆知深把地图收起来。

"何日启程？"

"不知道，没想好。"

两个人相对着沉默，裴真素手执盏，静静地喝茶。其实他不是个爱说话的人，只是对着百里决明才有多说几句的兴致。穆知深更不爱说话，两个人都不言语，四下里就更安静了。窗外有簌簌的风声，飞花落在窗前小桌上。穆知深站起来，打开门，天光像潮水一样泻进来，照亮晦暗的房间。

"谢寻微。"临走前，他忽然回头，"你什么时候行动？"

"快了。"裴真淡淡地说。

"很好。"穆知深说，"我为你拔最后一次刀。"

雨丝淅淅沥沥的，泥土在脚下湿黏黏的，青草的味道从里面渗出来。山沟沟里，路上没人，偶尔看得见几条耷拉着耳朵的土狗。幸好没人，要不然得吓死。谢岑关看着水坑里的倒影，自己满身都是血，右手小臂郎郎当当，一甩一甩的。

黄泉灵国真不是人去的地儿，他想，不知道百里决明逃出来没有。

他到了山腰，吃力地画出一个符咒。面前的空气里泛起涟漪，他跨过无形的气墙，前方显露出一个小小的村落。他走不动了，往地上一趴，哀号道："来辆牛车！你们老板回来了！"

有人看见他，立时回村告诉乡亲，不一会儿一群泥腿汉子推来牛车，上面放了稻草，几个人一头一脚小心翼翼地将他搬上车板子。

"快、快！送应大夫那儿去！"

"哎哟，我的谢老板，您怎么又搞成这样？"

有人咂舌："我看您这回得换具肉身了。"

牛车辘辘地往村里驶去，土路泥泞，颠得谢岑关骨头架子疼。两边的草屋子不断地倒退，泥巴路上有脸色青白的娃娃们在追跑打闹，屋里听见外面咋咋呼呼的动静，一扇扇窗子被推开，露出里面或者长毛或者白脸的灵，朝着他龇牙笑。

"谢老板回来啦！天太亮，我道行不够，不出来迎您啦！"

"没事。"天光亮得刺眼，谢岑关用完好的左手遮住眼睛，"记得交租子就成。"

这里是漓水村，天底下头一个人灵共存的村落，灵和它们的家人生活在同一个屋檐下，甚至在同一张床榻上睡觉。建立这个村落的灵感来自黄泉灵国，百里决明并没有看懂黄泉灵国的壁画，那里面画的寨民不只有人，还有灵，只不过玛桑人并没有区分他们。

这世上并非所有的灵都饱含怨气，凶恶无比，在谢岑关的经验里，大部分的灵的执念都来自亲缘挚爱的羁绊。仙门的人把这由羁绊而生的东西笼统地称作执念，仿佛那是无比虚妄无谓的东西。谢岑关更喜欢叫它"心愿"，当灵完成心愿，就会自行消散。他给这些灵落脚之处，帮助它们逃离仙门的追杀。

牛车停了，村民用门板把他抬进应大夫的庭院。应大夫不治人，专治尸。四壁都是阴沉木多宝橱，拉开屉子，里面摆着泡在琉璃瓶里的眼睛、耳朵、鼻子，更大的橱柜里放手和脚。有时候邻居来帮他打扫屋子，从花瓶里倒出长毛的人头。

谢岑关坐起来，挪到竹席上去，把右手搁在小案上。

一个中年男人抖开麻布，里面是大大小小各式各样的刀片，还有小铁钉。他盯着谢岑关的手臂叹了口气，道："要不干脆换个肉身吧？最近拉来一批货，尽着你挑。"

"不要。"谢岑关不乐意了，"好不容易寻摸到这么一个长得姑且得过眼的，我才不换。让我变丑，不如封印我。"

"死都死了，还讲究什么相貌？"应大夫横了他一眼，取出一片薄如蝉翼的刀片，割开他的小臂，一点儿一点儿地挑出碎骨。

"我走到了第三座老寨，无法再深入了。灵母的欢喜分身太厉害了，我对付不了。灵太多了，全在她的身体里，哭声吵得我脑门子疼。"谢岑关揉了揉眉心，"另外，我在灵国遇见了百里决明。我们猜得没错，那个身怀先天火法的秦秋明就是他，不知道他怎么瞒过仙门的耳目从十八狱封印脱逃的。总而言之，他现在是自由之身。"

百里决明的大名如雷贯耳，所有有点儿道行的灵都知道，八年前仙门围剿抱尘山，将他封进了十八狱。彼时大家才恍然大悟，无渡大宗师的师弟竟是个恶煞，他假扮活人耀武扬威，骗了仙门整整五十年。

先前秦秋明还没有进入他们的视野，直到他拐走谢寻微的事情传得满城风雨。谢岑关亲自去姑苏确认此人的身份，然而隔得太远，一直无法确定，直到黄泉灵国的近距离接触，才最终确认了。

第十五章 会盟

应大夫沉吟着："他是现世最强的灵，我们应该吸纳他，让他成为我们的一员。有他的火法，我们在与仙门的对抗中不至于如此被动。"

谢岑关摇摇头，笑道："你不了解他。百里决明看似邪佞，实则最是正直，断不会与我们同道。"

应不识从橱柜里取出一截白骨，比了比谢岑关的手臂，拨开他的皮肉安了进去。

"我的道行有限。"他说，"我的灵域'明净台'除了掩人耳目，遮住我们的村落，没有旁的作用。这个地方需要你的庇护，你要么为自己寻找一个帮手，要么不要再深入灵国那般危险的地方。"他苦口婆心，"老谢，走得太远，就回不来了。"

"知道了，知道了。"谢岑关嬉皮笑脸的，"我每次不都好端端地回来了吗？"

这厮看起来笑模笑样好说话，实则是脾气最倔的。应不识劝不动他，便取针线缝起他的皮肉，顺便换了个话头："早先百里决明被封印的时候，恰逢你被灵母拉回灵国，困在里面三年，便任由你那娃娃留在喻家。现在你有闲暇，仍是不把他接回来吗？不是我说，自己的娃娃得自己养，你好歹让他叫你一声爹。"

谢岑关往椅背上一靠，仰着脖子长长地叹了口气："老应，你听过势利眼母亲棒打鸳鸯的故事没有？"

应不识不知道他为何突然说起这个，摇头说没有。

"故事很俗套，说的是很久很久以前有个美貌的女郎，爱上了同村一个穷儿郎。他们俩两情相悦，互许终身。可是女郎的母亲不同意这门亲事，她把女儿许给镇上七十三岁的老府君。她把女郎关起来，准备抬进那高门大户做续弦。

"女郎哭着问母亲为什么这么狠心？母亲对她说，女儿啊，你去了那穷小子的家，清早砍柴洗衣，夜晚做饭铺床，你白嫩的手会变得粗糙，你光滑的脸蛋会变得苍老。你去了老府君的家，用银脸盆洗脚，用金脸盆洗脸，喝千里湖莼菜做的羹，吃武昌鳊鱼做的脯。

"女郎不懂啊，还是哇哇地哭。府君年老，或许她今日进门，明天就要守寡。母亲说女儿啊女儿，你不要哭泣。当他死去，他的宅邸是你的，他的田地是你的，他的仆人是你的。他所有的一切都是你的。"

应不识沉默地听着，忽然明白了眼前这个男人。

"老应，你我都知道，百里决明是现世最强的灵，他的师兄是享寿五百年的大宗师，他是抱尘山最后一个长老，先天火法的唯一传人。我就是那个势利眼的母亲，我把我的孩子嫁给家大业大的老府君。百里决明会保护寻微，让他不惧恶灵的窥伺、仙门的欺侮。如果有一天百里决明真的死去，那么抱尘山的传承是寻微的,首屈一指的火法绝技是寻微的。"谢岑关的嗓音平淡,却字字清晰,"他所有的一切,都是寻微的。"

这时,窗屉子外面响起一叠脚步声,他的小灵在外面细声地喊:"老板,山下有灵寻你。"

应不识推开窗棂,小灵的个子矮,得扒拉着窗屉子踮起脚,才能露出一张青白的脸蛋来。

谢岑关托着下巴考量:"我最近没惹什么事儿,应该不是仇家吧?"

"是三个灵哥哥,经姑苏下处的王八头儿引荐来的,带着好多车货呢。"小灵嘬着手指头说,"说要谈一桩大生意,让他们上来吗?"

夜晚,漓水村,山中塘。

空地里摆上了乌漆案,案上摆着血酒。灵不吃生人吃的东西,只吃生肉喝生血,这样有益于修炼。今晚云雾重,远山是几团墨黑的色块,密密沉沉地攒在一起。没有月光,便显得阴气格外重。脸色青白的村民站在远处探望,影子在地上和鸦青色的屋瓦上游弋,那是灵。

三个外来的灵跪坐在乌漆案后,他们披着黑色的斗篷,用兜帽罩住脸,露出一角苍白的下巴。三个灵都脊背挺直,挺坐如松,并不触碰装着血酒的白瓷碗。

应不识坐在上首,一众村中黑脸主事坐在下首交头接耳。谢岑关懒洋洋地倚在门框上,闲闲地打量那三个灵。

"所来何灵?所求何事?"应不识发问。

为首那一个拱手作揖,道:"吴中无名之灵,老板唤我初一就好。我奉我家郎主之命,献软货三百,男一百三,女一百七,享年皆在五十以下,愿雇阁下三百灵以为驱使。"

所谓软货,就是死亡不超过五天的尸体。它们灵选用肉身,自然是越新鲜越好,死得太久会发硬长毛,就算是用灵力也温养不起来,很容易被生人看出来。应不识心里惊诧,这家伙居然有三百具软货,这可不是个小数目。他们费劲地搜罗尸体,至多搜个一二十具软货,远远赶不上消耗的肉身数量。

"哇,我们村头一次收到这么多货!"后面的谢岑关夸张地拍掌。

座中主事交头接耳,显然被他们的大手笔惊住了。

应不识看了谢岑关一眼,复将目光投向初一:"你家郎主好大的能耐,不知这些新尸从何而来?"

"做生意各有门路,糕点铺的秘方都不便外传,何况是我们。"初一奉上一沓厚厚的纸张,"这是他们的名字、籍贯、死因,尸身买卖文书。若阁下担忧他们的身份，尽可以依文书寻访而去。"

应不识拿来纸册文书略略地翻阅了一遍，确实没有问题，便道："我可以给你们三百灵，驱使期限是三天，但我要知道你们要做什么事。"他开玩笑道，"三百个灵，这无异于一支军队啊，难不成你们要攻陷仙门吗？"

初一缓缓地抬起头来，这时应不识终于看清楚了这个灵的眼睛。

猩红，又疯狂。

他们彬彬有礼，甚至不触碰主家为他们准备的血酒。他以为他们并不是怨气深重的灵，可这个时候他知道他错了，这个叫初一的灵一定是个恶煞。

"如果我说是呢？"初一缓缓地道。

所有灵大吃一惊，坐在下首的主事絮絮地低语。

应不识下意识地看向谢岑关，那个家伙笑眯眯的，好像很感兴趣的样子。他有点儿绷不住了，这个老家伙不愿意露面，让他来坐"老板"的交椅，和这三个口气狂妄的灵交涉。他们的确一直与仙门对抗，从仙门的手中带走那些被封印的灵。怨气重的投之于没有人迹的深山老林，怨气不重的就留下来。可他们至今还未曾做过攻仙门的事，仙门已传家数百年，并且根深叶茂，他们的能力远不足与仙门正面对抗。

"让他们的郎主说话。"谢岑关的声音忽然响在耳边。

应不识轻咳一声，道："这不是件小事儿，若帮你们杀个人，偷个物件也就罢了，你们竟想要攻陷仙门，我们这些弟兄不是卖命的傀儡。这么大的事，你们郎主就让你和两个喽啰同我们洽谈，是看不起我们吗？"

初一胸口的连心锁闪烁起来，他恭敬地取下连心锁，放置在乌漆案正中间。里面传来一个低低的笑声，然后是一个沙哑低沉的嗓音，像是在沙子里磨砺过，听得人阴冷难熬。

"我听闻阁下以灵为胞，奔劳于江左之间，拥据于漓水之畔，其势之烈，足可睥睨四家，攻陷天都。而今所见，原来不过是'杀个人、偷个物件'。是我高视尔等，杀一个默默无闻的小宗族主君便扬扬得意，悬其首于门楣以为振灵威风。"他笑了一声，"小打小闹，难成气候。"

山中塘的黑影顿时浓重起来，漓水的灵在躁动，愤怒于他的贬低攻讦。

谢岑关也在笑，他传音于应不识："不要用激将法，对我没用。你想杀哪一门？喻穆袁姜，还是天都山的宗门？你用了假声，我听不出你的年龄，不过我猜你的年纪应该不大吧。小娃娃，你知不知道这几门弟子上品有几何，中品有几何，长老有几何？没个章程就想让我们逞你的意气，我们大人很忙的，没工夫陪你玩儿。"

应不识将谢岑关的话如数传达，座中主事也纷纷点头。

"来历不明，或是仙门奸细犹未可知。"

"光凭一张嘴，便想得三百灵，竖子天真。"

千里之外，谢寻微跪坐于帷幕之中，自己和自己下棋。他执黑子，晶莹的指尖压着棋子落于棋盘，清脆的一声响。

"初三，献投名状。"

初三从斗篷底下取出一个玉函，将盖子打开，腥臭味传遍山中塘。灵们簌簌而动，烛火跳得老高。初三将玉函呈到应不识的眼前，主事们纷纷探过头来，僵硬的脸上扯出惊愕的神色。

"是山阴楚氏主君楚挚善的头颅！"

"此人是袁氏辖下第一走狗，听说多年前受了不知哪个恶灵的诅咒，一直在山阴祖宅漆金水榭闭关。"有主事道，"道上有风声说，他受到的诅咒多年不愈，每月皆有炉鼎被他采补致死，送出水榭。水榭外有一座池塘，几乎被枯竭的炉鼎填满。"

谢寻微的笑容弧度加深："他闭关于楚家祖宅的漆金水榭，它位于其祖宅后山山头，从楚家大门进，要路过七进院落，打开十四道上锁的角门，经过八班巡逻弟子，才能进入后山。饶是如此，在进漆金水榭前，依然要受楚家上品弟子的搜身，方可踏入水榭大门。每日楚挚善只吃两餐，所以每天只有两次送饭的机会可以接近他。然而送饭只能由楚氏嫡系弟子接手，很难替换。"

"那你用的什么法子？"应不识问。

"很简单。"连心锁里的男人慢条斯理地说，"我灭了楚家满门。"

山中塘寂静无声，月影变得深沉。

应不识猛然抬头："你说什么？"

谢寻微缓声道："三年来，我雇灵慢慢渗透楚氏门庭。先附门房的身，然后是送饭丫鬟，然后是巡逻弟子。水滴石穿，一步一步，直到三日前，楚氏府宅除了闭关的楚挚善，没有一个活人。故而我取他项上人头，是轻而易举。"

"你……"应不识这才醒悟过来这是一个什么样的怪物。

"楚挚善的头颅是我赠予尔等的投名状，也是我等能力的佐证。"谢寻微低低地笑，"现在，你可要继续与我谈了？"

谢岑关笑了两声，传音道："这个人有点儿意思，让他说。"

应不识拱手作揖："请。"

窗外雨声连绵，檐溜底下水流哗啦啦地响。谢寻微伸出手，接住冰凉的雨滴。重重的雨幕下，他的笑容带着残忍的血腥气。

"七月十五，宗门大比，江左仙门齐聚天都山。吾麾下五恶煞借机入山，你以三百灵佐之。你我合力，践仙土，隳宗门，杀弟子，释放十八狱凶煞灵，成千年万载不世之功！"

主事们面面相觑，彼此都看见对方眼中的惊愕。并非惊讶于此子的狼子野心，而是惊讶于他手下竟然有五个恶煞！

恶煞是道行超过二十年的灵，这样的灵通常独来独往，连面也难以见到。譬如不知岁数的黄泉灵母，再如那最有名的百里决明，他们从来不和别的灵有瓜葛。而现在，这些高傲的恶灵竟然屈居于这个男人的座下，听从他的号令。

他才是恶灵中的恶灵，凶煞中的凶煞。

谢岑关抱着手臂，传音叹息："老应啊，此子虎狼之辈，与他同道无异于与虎谋皮。"

应不识慢慢地压下心里的震惊，心意有了些许动摇。哪个灵不想要攻陷仙门？尤其碰上一个这么强的帮手。可他知道，谢岑关出身吴中谢氏，江左旧族，一向不愿与仙门正面为敌。他们收留灵，只限于无处着家的孤灵野怪，他们诛杀修士，也只限于那些道貌岸然的人面禽兽。去年杀的徽县刘敢，便是个杀人蓄养凶尸的恶棍。

他明白谢岑关的心意，正要拒绝，却又听见谢岑关慵懒的嗓音。

"最近闲着无聊，跟他玩玩。七月半中元节，天都山是吧？我去弄个仙门内门弟子的身份，先给你们探探路。"

应不识心中巨震，再往门槛那儿看的时候，谢岑关已经不见了。这个老家伙，成日将累活儿扔给他，可他明明只是个大夫罢了。他站起身，以庄重的大礼拱手长揖："愿为郎主盟。"

所有灵振衣起身，俯拜于地，异口同声："愿为郎主盟。"

看不见的灵在厅堂里徘徊，它们嗜血的呼号若有若无，在冥冥之中随风而至。圆月被乌云遮住了，天地间一片暗淡。另一头，谢寻微打开一把天青色的油纸伞，缓步步入雨幕中。他的面前，喻府的大门无声地敞开，檐下两盏牛皮纸灯笼在风雨中飘摇，恍若鬼火森森。

应不识缓缓地直起身："既然是盟友，自当坦诚相对。在下应不识，还未请教郎主姓名？"

初一还礼道："郎主姓师，名吾念。"

应不识顿了顿，忽然问："敢问郎主是人是灵？"

初一的喉咙里发出了一声笑，在斗篷的荫翳里，他沙哑地开口："他不是灵，但比灵更加可怖。"

第十六章

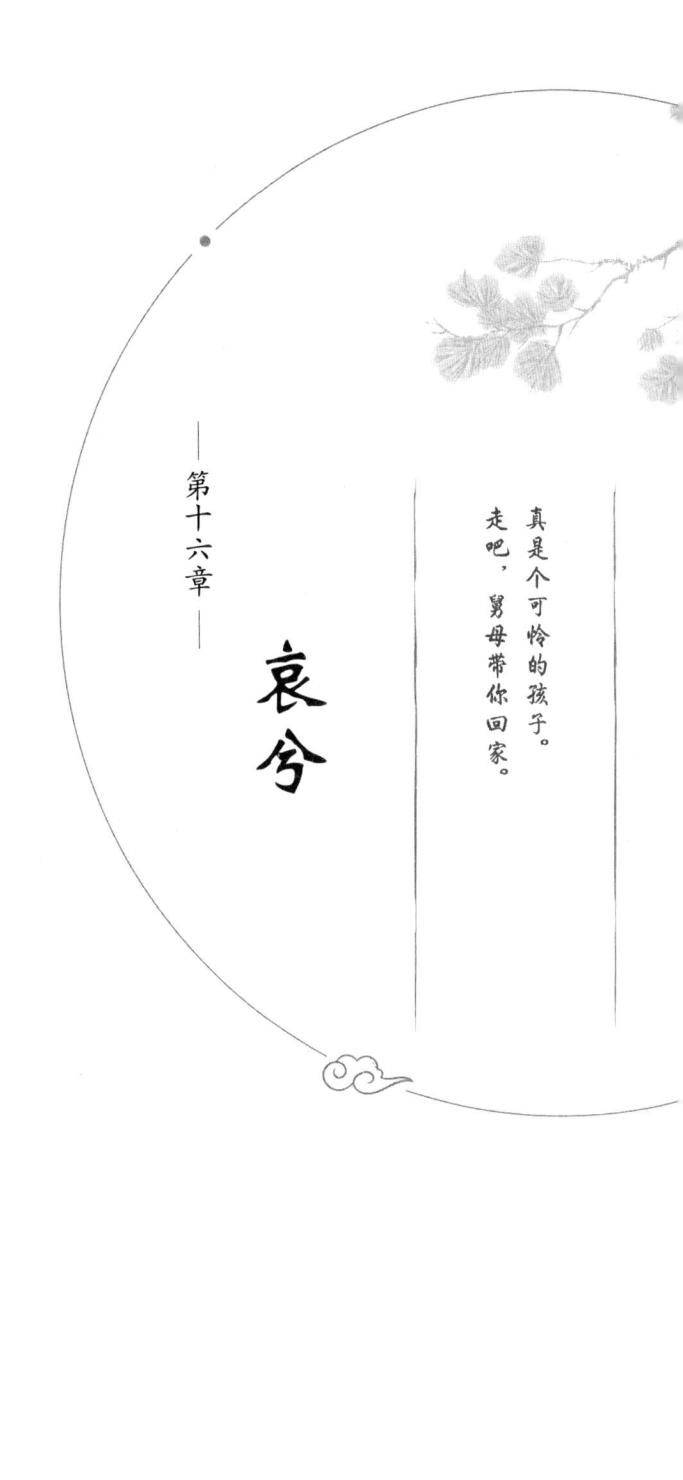

哀兮

真是个可怜的孩子。
走吧，舅母带你回家。

雨还在下，敲得檐上的瓦片噼里啪啦的，喻夫人睡不着，起身将厚重的绒布床帘挂进帐钩里。坐在拔步床上望出去，落地罩影沉沉的，窗棂上糊的碧纱映出森森的叶影。府里除了风雨声一片静谧，仿佛没有活人。

　　她不自觉地打了个寒战，又想起百里决明那个恶灵。她知道她不是因为雨才睡不着，而是因为恐惧。恶灵迟早会登门，她令弟子昼夜不停地巡逻，依旧消除不了心底像蝉蛹一样密密麻麻的恐怖。

　　八年前她将谢寻微接进家门。这孩子无父无母，她是谢寻微母亲的弟妹，也是失踪的喻、谢灵国队伍的遗孀，喻家府宅是谢寻微最合理的去处。然而事实上，为了争取这个孩子，她费尽了心机。

　　一切都要从八年前说起。

　　八年前。

　　抱尘山战后第二天，江左四家并各自辖地的宗主长老齐聚焦黑的山巅。将百里决明的尸身和灵体封入天都十八狱的决定很快就得到了所有人的赞同，接下来就要商讨谢寻微该去往何处。

　　"寻微孤弱，袁氏愿尽绵薄之力。"袁家主君袁伯卿首先开口。

　　"这娃娃今年十四岁，知深长她六岁，二人甚是般配。"穆老道，"老夫有意为他二人拟定婚约，迎这女娃娃进我穆家的大门。诸位可有异议？"

　　座中人都冷笑了，谁不知道彼此肚腹下藏的心思？谢寻微是纯阴之身，先天炉鼎，若得她的红铅炼制丹药，修为必定一日千里。资质好些的，养气修身，有机会打开宗师道途也尚未可知。

　　"穆老，你家知深根骨奇秀，雷法了得，何必想着倚仗一个女娃娃呢？"袁伯卿捏着胡子笑，"不如大大方方地把她让出来。我们袁家没什么拿得出手的，独金箭多些。袁家愿献金弓百张，金箭千支，换这女娃娃，穆老意下如何？"

"穆家修刀不修箭，袁宗主客气了。"穆老皮笑肉不笑。

山阴楚氏楚挚善出来给袁家帮腔："袁氏与谢氏是世交，谁不知道，谢宗主在世的时候同袁主君相交甚笃，楚某赞成将谢小娘子送往袁家。"山阴是留郡的下辖，楚家一直是袁家的喉舌。他一开口，袁氏辖下的宗族纷纷点头赞成。

穆老冷笑："江左宗族世代联姻，谁和谁不是亲戚世交？"

袁、穆两家你来我往，谁也不让谁。四家之中，姜氏一向势弱，说话声音也小。家主姜问难搓搓手，期期艾艾地说："我们乃正道，如此对待一个小娃是不是多有不妥？我家老天师说……"

一直没有吭声的喻夫人忽然抬起了手，拇指上的绿松石扳指反射着光和影，座中顿时沉默了下去。江左四家之中，穆氏因为前任宗主杀妻化灵，元气大伤，人丁凋零，嫡系一脉只剩下穆知深一个年轻人；姜家虽然传承了几百年，但沉迷于研经说道，不事庶务，也日渐式微；四家之中真正拿主意的，是喻家和袁家。而喻、袁二氏之中，又数喻氏最为强势。

喻夫人那时没有现在老，保养得当，酷烈的阳光照在她脸上，越发显得眉目间有一种逼人的秀丽。她的丈夫失踪，举世都等着她喻家像谢家一样败落。可她不是谢家那个柔弱的主母，竟凭借一己之力，支撑起整个颓败的门庭。抱尘山一战喻家飞剑是先锋，死伤最为惨重，却也为她赢得了领袖的位置。

她说："何必吵吵嚷嚷的，百年世家，今日却像市井粗夫讨价还价，让人看了笑话！"

袁伯卿朝楚挚善使了个眼色，楚挚善立刻心领神会。

"那依夫人之见，寻微该往何处？莫非非你喻家不可？"楚挚善阴阳怪气的，"也对，你家大郎与这娃娃年纪也相当吧。"

喻夫人轻蔑地乜斜了他一眼："咱们敞开天窗说亮话，不必说什么结亲的托词，这个娃娃究竟有什么用处，诸位都心知肚明。"她摩挲着手上的扳指，道，"江左四门皆有男丁，我家大郎，袁家两个嫡子，穆家一个长孙，姜氏也有几个庶子。依我之见，各家各出一个儿郎，与这女娃同修。我们议定章程，让这女娃在四府中轮流居住，你们看如何？"

座中寂然无声，如此一来，这女娃便是仙门共妻，与那坊间的妓女歌姬没什么分别了。妓女歌姬命好点儿的，好歹能颐养天年，这女娃若遭四家轮番采补，只怕熬不了几年光景。可这的确是最好的法子，各家都分了一杯羹，也没什么好争的了。袁伯卿同族中耆老彼此相觑，都点了点头。

其他小宗族没有份儿，虽心中不忿，却也不敢多说话。

不过……

"那这女娃娃的元阴……又该如何处置？"袁伯卿试探着开口。

喻夫人冷厉的眸光扫过来："自然是归我喻家。这次围剿，若非我喻家飞剑冲锋，你们又怎能如此顺利？"

姜问难的额头上都是汗，在座位里挪来挪去，一副想开口又不敢的样子。

喻夫人扫视众人，道："若无异议，便这样定了。还有人有话说吗？"

一个男声在穆老的背后响起："你们很恶心。"

所有人都是一惊，一同望过去，穆知深正站在穆老的背后，一身黑衣，腰间配一把三尺长的黑鞘横刀。他没有多余的表情，像一个沉默的影子。这个人总是静静的，天生没有存在感，竟然没有人发现他一直站在那里听他们说话。

"知深！"穆老大怒，"你给我下去！"

穆知深看了他一眼，平平淡淡的。

"你也很恶心。"他说，"怪不得父亲宁愿把我送往抱尘山，也不让你带。"

"你！"穆老一下子噎住了，剧烈地咳嗽起来。

"竖子无礼，胆敢在此口出狂言！"座中有人气急败坏。

穆知深瞥了他们一眼，转身走了出去。

喻夫人摆摆手："罢了，一个不懂事的孩子而已。血气方刚的年纪，一派天真，穆老不必把他的话放在心上。等他长大了，自然会明白我们这些大人的苦心。"

座中都称是，她朝穆老欠身，穆老向她回礼。

没过多久，穆知深又突然回来了，右手还拽着一个女孩儿。大家都愕然了，穆知深把女孩儿推到场中，大家才看清楚这个女孩儿正是谢寻微。她瑟缩着，白净的小脸儿写满惊慌失措。她的衣裙破破烂烂，丝丝缕缕的，是昨儿晚上被灌木刮坏的，还没有来得及换。穆知深松开她，她没有站稳，一下子跌坐在地上，是所有人视线的中心。

"穆知深，方才念你年少，才不曾与你计较。你现在又是做什么！"喻夫人也动怒了。

"谢寻微，你认得他们吗？"穆知深垂眸问她。

谢寻微像一只幼弱的雏鸟，脊背簌簌地发着抖。她环顾一圈，许多人她都认得，在谢家还没有灭门的时候，有人过府来拜谒求亲。师尊还没有被封印的时候，逢年过节都能看见他们谄媚的笑脸。师尊不喜欢他们，无渡爷爷在的时候师尊勉强会搭理他们，无渡爷爷走后，每次他们来师尊就会把他们踢出去。

谢寻微轻轻地点了点头。

第十六章 哀兮

"现在他们要让你做妓女，献出你的元阴，侍奉他们的儿郎，也许还有他们本人。"穆知深道。

座中一片哗然，所有人像被扒了底裤，气得挣红了脸，对着穆知深破口大骂。

"来人，还不把这个胡言乱语的小子拉下去！"

穆知深拔出刀，在地上一划，青色的狰狞电光迸发于刀尖，将他和那群凶神恶煞的弟子隔开。他将目光投向穆老，冷冷的："不要让我看不起你。"

穆老握着拐杖的手在颤抖，青筋暴突。他蓦然以杖击地，须发怒张，爆发出沉雷般的一声吼："都安静！"

穆家弟子迅速上前，护在穆知深和谢寻微周围。

老人的音色沉沉："知深，你继续说。"

穆知深扭回头，看向地上的谢寻微。她的脸色无比苍白，像剪刀裁出来的纸人。她的身材也像，那么单薄，好似一阵风就能把她吹跑。穆知深顿了顿，说："我的修为不如他们，家势也不如他们，没有办法保护你。但是我可以给你选择。"

"选择？"谢寻微的声音几乎听不见。

他从腰后拔出一把匕首，丢到谢寻微的脚边："你可以用它自尽，"他举起刀，对准她的眉心，"或者我帮你了断。这样，你至少可以免遭他们的羞辱。"

谢寻微望着他，默默地流泪。

所有人都盯着谢寻微看，喧哗顿时沉寂。这女娃娃当真是个绝世的美人，仰起来的那一截藕白的颈子线条秀丽，那脸蛋也仿佛是精工雕琢过的，唇瓣娇红，像要滴出血来。饶是衣衫褴褛，也掩不住她眉间的秀色。她才十四岁，待她长成，这夺目的容光该眩惑江左多少儿郎。

这样的美人儿被百里决明娇藏了八年，好不容易见了天日，袁伯卿咬牙切齿，恨不得杀了穆知深那个兔崽子。

穆知深的刀稳稳地指着谢寻微，没有颤抖，也没有腾挪。

他问："选吗？"

万籁俱寂中，那个孤弱的女孩儿默不吭声地擦干净眼泪，从地上爬起来。她没有选择自尽，也没有选择被杀，而是对着上首的喻夫人袅袅婷婷地下拜："寻微自幼孤苦无依，又遭那恶灵深囚数年，若非舅母和各位叔伯相救，断无今日之寻微。寻微年幼，但凭舅母和各位叔伯安排。寻微拜谢。"

她俯下身去，喻夫人忙站起来扶她，并轻轻地拍了拍她的手背，笑道："是个懂事理的孩子。你知深哥哥胡言乱语，都当不得真的，我们都是正经人家，百年仙门，又是你阿父阿母的故交。舅母就更别说了，我是你最后的亲人哪，怎么可能那样对你？你千万不要往心里去。"

"寻微晓得。"谢寻微细声回答，低眉顺眼。

座中人都吐出一口浊气，换上欢喜的神色，都道定会好好地照拂谢寻微。

穆知深凝视谢寻微半晌，收刀入鞘，不言不语地转身走了。

姜问难叹息着摇摇头。

喻夫人将谢寻微的手放在自己的臂弯里，抬手抚摸她鸦黑的鬓发。天光下，她的笑容既慈祥又亲切："真是个可怜的孩子。走吧，舅母带你回家。"

"果真是秀色无双。"楚挚善赞叹道。

女孩儿梳洗完毕，沉默地立在水色花砖上。她穿着舅母给她的新衣服，水色对襟立领短衫，搭一条霜色桂兔妆花纱裙，裙底露出一双脚尖，鞋面上也绣着白白的兔子。

楚挚善朝上首的袁伯卿拱手："恭贺宗主，得此佳人。"

袁伯卿笑呵呵地拉谢寻微的手，把她葱白的小手搁在掌心摩挲，上下打量了许久，才说："穿得太素了些。"

喻夫人坐在一旁看，并不阻止袁伯卿的举动。谢寻微在她眼里与妓女无异，早晚是要落入这些虎狼的嘴里的，早一刻晚一刻都无所谓。她摇着团扇懒洋洋地说："这丫头自己挑的。"她瞥了一眼袁伯卿不安分的手，又看见谢寻微在他边上都快缩成一只鹌鹑了，终究还是出言提醒道，"伯卿，她还没到要去你府上借住的时候。她才进喻家多久，你就巴巴地过府拜谒，莫非连几个月的时日都坐不住了？"

"我知道、知道。"袁伯卿笑道，他拍拍谢寻微的手背，"寻微，在百里决明那儿没少受苦吧？听闻他日日天不亮就拉你起来下山做活儿。真是可怜，这么小的年纪，连觉也睡不好。放心，那穷灵已经被封印了，你到了我们这儿，定然锦衣玉食，过神仙般的日子。若是缺什么，尽管让你舅母去置办。"

谢寻微抬起眉睫看了他一眼，这孩子的眼睛很黑，黑得不像话。平日她低着头一声不响，现下人们才发现她看人的时候眸底像铺了一层冰似的，让人很不舒服。袁伯卿心里一惊，再仔细瞧，她却是盈盈落泪的样子，两眼泪汪汪的，我见犹怜。袁伯卿心道自己是看错了，一个半大丫头，怎么可能有那样的眼神？

谢寻微又低下眉睫，轻声道："谢谢袁叔叔照顾。"

"你楚叔叔对你照顾也颇多，还不谢谢人家？"袁伯卿道。

谢寻微又朝楚挚善福身："谢谢楚叔叔照顾。"

第十六章 衰兮

又细又柔的嗓音，听着甜甜的，像有羽毛在挠耳朵。喻夫人轻蔑地想，果真是天生的狐媚子，这模样这声音，生下来就是为了勾人的。

当年谢寻微呱呱坠地，喻夫人去谢家探望她的母亲，一进院子就看见谢家族老凑在一起商量要把这孩子掐死在襁褓里。她深表赞同，先天炉鼎的体质，容貌身子都较常人要美丽诱人，将来注定是供人玩乐的玩物，何必让她来这世上遭罪？留郡袁氏和他辖下的宗族最兴炉鼎摄生之风，每年要从留郡山宅和山阴的漆金水榭抬出多少男女。更遑论那些下品仙门，常年有人四处在乡镇搜罗有炉鼎天资的婴孩，送到大宅养大，一半进献上品仙门，一半留着自己享用。

谢寻微六岁，袁氏多次上门求亲，谢家统统婉拒。她那时就知道，谢氏灾祸近矣。果然，袁伯卿亲自拜谒她的门庭，委婉地表示近日会有所动作，问她的意见。她淡笑不语，袁伯卿会意，躬身长揖。尔后便是谢家灭门，只是没想到久居世外，不问尘俗的抱尘山会突然横插一手，带走谢寻微。她想着这娃娃颇有运道，天不亡她。可惜啊，她摇着扇子瞥这女娃儿，最终还是没能逃掉这命。

谢寻微这一声喊，楚挚善听得通体舒畅，眉开眼笑。挑眉看袁伯卿那边，袁伯卿貌似意态平和。楚挚善心里犹如有虎狼磨牙吮血，蠢蠢欲动，他的胆子也越发大起来，一下子控制不住自己的手，手指划过谢寻微的手臂、肩膀，抚上她柔艳的唇瓣。

"再叫声叔叔我听。"

最后一个字尚未来得及说出口，他忽然浑身像遭遇雷殛一般猛地一震，从触摸谢寻微嘴唇的手指开始，浓郁的血色火焰符纹像藤蔓一般向上攀延，炽热的火花迸发于符纹之间。他痛呼出声，举起手指看，食指的指尖已经开始炭化，灰烬被风一吹，在空中飘散。

"这是什么！"他目眦欲裂。

"百里决明的恶灵诅咒！"袁伯卿惊呼，忙道，"挚善，快运功！"

楚挚善迅速运转功法，灵力在经脉里飞速流动，向指尖汇集，终于将诅咒逼停在食指根部。然而此时半根食指已经完全烧成了焦炭，一股难以言喻的烤肉味在厅堂里蔓延。喻夫人转身狠狠地扇了谢寻微一巴掌，涂了丹蔻的长指甲在谢寻微的脸上划出三道血痕。

谢寻微倒在地上，嘴角淌着血丝。

"贱人，百里决明在你身体里下了恶灵诅咒，你竟隐瞒不报！摸了摸你的嘴唇尚且如此，若取你元阴，岂不是要浑身烧成灰烬！你是不是故意的？他日我儿取你元阴，你就能暗害我儿性命！"

"我不知道，我不知道……"谢寻微泪如泉涌，满脸惊惶，拼命地向角落里缩,"舅母不是说接我回家吗?大郎为何要取我元阴,寻微听不懂。"

她啜泣着缩在桌角那里,小小的一团,像一只受惊的小兽。喻夫人这才想过来,他们一直哄骗谢寻微,这丫头对自己的未来还一无所知。看着她惶然哭泣的模样,喻夫人的疑心也慢慢地消下去,这样一个胆小的丫头,怎么敢谋害他们?

她换了一副笑脸,将谢寻微扶起来:"是舅母冲动了,误会了寻微,寻微不要同舅母一般见识。"

谢寻微啜泣不止。

袁伯卿瞪着楚挚善的右手,掉过脸来问谢寻微:"寻微啊,你看,你那个恶灵师父好生狡诈,竟在你身体里留下恶灵诅咒。你在那恶灵身边修行了八年,可知这诅咒如何解除?"

谢寻微只是哭着摇头:"我不知道……我什么都不知道。"

她被打了一巴掌,吓得连话都说不明白了。楚挚善努力压抑诅咒,颤抖着手,脸上冷汗如雨。袁伯卿埋怨地看了喻夫人一眼,道:"也罢,挚善到我府上来,看能不能消了这诅咒。"

楚挚善虚弱地躬身:"多谢袁宗主。"

谢寻微身上有恶灵诅咒,不能被采补,这事儿让喻家伤透了脑筋。穆家因为穆知深那个傲慢小子,不再与他们合伙,袁伯卿对他们嗤之以鼻,骂他们假清高。姜家时不时地派人来参与商讨,但并不发表意见,偶尔还要念叨两句:"如此不妥,甚为不妥。"后来喻夫人嫌姜氏烦,索性不邀他们了,只和袁氏、楚氏族老一起商议。

楚挚善的诅咒虽已压制,但并未彻底解除。袁伯卿以灵力试探谢寻微的经脉,发现百里决明留下的血诅触发点在嘴唇、胸乳和会阴,正是摄生房中术采补炉鼎唾液、乳汁和红铅所需要触碰的地方。

袁伯卿暗骂百里决明狡猾,继续注入灵力寻找血诅根源,然而根源藏得很深,根本找不到。来来回回商讨了一个月,最后喻、袁两家商定,以针渡脉,拔除血诅。

以针渡脉,就是将银针送入经脉,随血行在身体周转循行,等找到百里决明的血诅所在,就发动灵力,拔除血诅。这听着容易,操作起来非常困难。细枝末梢的经脉纤如毫发,稍有操作不当,银针刺破血管,恐有性命之忧。再者,银针随血液流动,受术者要忍受极大的痛苦。渡针入脉、针随脉转、拔针出脉,每一道关卡都痛苦无比。

喻夫人拍着谢寻微的肩膀,慈爱地说:"寻微,我们都是为了你好。你想想,

第十六章 哀分

这血诅若不拔除,你岂不是一辈子都不能嫁人了?不要害怕,习惯了就不痛了。"

没人能够想象谢寻微的痛苦。当百里决明在天都山第十五狱的黑暗里长眠不醒的时候,谢寻微一遍遍被刺穿手腕上的脉管,比牛毛还细的银针进入他的血液和经脉,送到他的四肢百骸。牛毛针有时刺破他的经脉,在他身体上留下一个个胭脂红的血点儿。他最多同时受过十四枚牛毛针,全身上下的经脉仿佛寸寸尽断,又仿佛有无数虫蚁在血液里左冲右突。他昏过去,复又疼醒。

喻夫人每隔七天命医门为他渡一次脉,每次渡脉牛毛针被灵力驱动循转两个周天,至少需要两个时辰。他最初呻吟、哀求,甚至自尽,被救下,后来哭泣、怨怼,最后沉默。

喻夫人说:"你看,舅母说过,习惯了就不痛了。"

在那地狱般的生活里,他无数次回忆起抱尘山的白鹤,无渡爷爷的葡萄棚子,他在棚子里哇啦哇啦念经文,无渡爷爷的白胡子在他面前晃来晃去。他无数次回忆起山巅种着忍冬花和决明草的小药园,他和师尊一起在宽宽的大屋檐底下泡脚,他不小心睡着了,师尊就把他抱起来,擦干净他的双脚,把他放进香喷喷软绵绵的被窝里,一觉睡到大天亮。

他记得那一次刺客来袭,师尊救他从刺客的刀下逃生,对他说:"以后要是有坏蛋欺负你,你就蒙上眼睛,默数一、二、三。三个数数完,你师父我就来救你了。"师尊扛着刀逆光而立,眉眼间皆是他独有的桀骜,又痞气又英雄。

谢寻微抬起布满针孔的双手,颤抖着蒙上眼睛,细声低数:"一、二、三。"

放下手,睁开眼睛,空荡荡的里屋,黑蒙蒙的帘幕。没有师尊。

他再次蒙起眼睛,数:"一、二、三。"

依旧没有师尊。

他再数,不断重复这个动作,数了无数遍"一、二、三",师尊始终不曾出现。于是他终于明白,师尊不会来了,再也不会来救他了。

门外有交谈的声音,他动了动麻木的眼睛,从床榻上爬下来。手脚都无力,他站不起来,只能用手肘撑地,爬到门槛边上,靠着门坐着。喻夫人的声音模糊地传过来,怒气冲冲的语气:"怎么还是没找到血诅所在?"

"小人该死,小人该死!"是那医门慌张的声音,"百里决明道行高出我等太多,若他要藏……我们……我们……"

"行了。"喻夫人一脸的不耐烦,"我不想听你说这些,七天后再找!"

"那……那个……"医门吞吞吐吐的。

"还有何事?有话直说。"喻夫人瞪着他。

"小……小人记得,这次渡脉一共送了十三根针进去,可是……"

237

"可是什么？"

"可是只拔了十二根针出来。"

谢寻微轻轻地将门打开一条缝隙，看见那医门额头上满是冷汗。他抖得像一只鹌鹑，结结巴巴道："还……还有一根针留在了娘子的经脉里。"

"留了一根？有何隐忧？"喻夫人凝眉问。

"说不好，针随血行，有可能一直留在经脉里循环周转，也有可能扎破血管，刺伤五脏，造成内腑出血，也有可能进入心脉……"医门汗如雨下，"总而言之，这根针就像不知时效的毒药，随时随地……都可能要了娘子性命。"

喻夫人沉默半晌，冷哼了一声："这孩子是先天炉鼎，就算没有那枚牛毛针，她也活不了多久。可恨我折损了这么多弟子，换回来一个废物。"

女人的声音渐渐地远去，谢寻微靠在门板后面，静静地想，师尊，如果您知道他们这样对我，会不会后悔不带着我一起死？

暮色四合，天一点点地沉下来，他不知道一个人独坐了多久，犹如一具没有生命的傀儡。风起了，穿庭过院，像灵的呼号，影子都沉淀在四周，好似无数灵环伺着他。外面的树叶哗啦啦地响，纷飞的槐叶飘过窗棂，落在他的手边。他轻轻地捻起那片叶子，擦了擦眼皮。睁开眼睛，无数双眼睛围在他的身边。

他差点儿忘了，他是纯阴之躯，招灵。往日师尊在，灵惧怕师尊的威严，从来不敢靠近。现在师尊走了，灵来到了他的身边。他环顾那些眼睛，或者悲哀，或者痛苦，或者哭泣。它们像他一样，在无声地流泪。

"你们也离开了亲人吗？"他轻轻地问。

它们沉默着，它们是灵，灵说不了话。

"那么到我身边来吧。"谢寻微割破手心，在地上滴血，血液自行流动，画出一个繁复瑰丽的法阵。这是他在无渡书楼里翻到的禁术，他最终还是没有忍住好奇心读了那本书，他有着过目不忘的本事，"拘怪召灵"术的法阵像烙印一样刻在他的心底。

纯阴之血的香气浓郁地氤氲开，灵犹如兽群一般耸动。那不祥的血光映着谢寻微苍白的脸颊，他分明在温柔地微笑，却显得无比阴森，无比狰狞。他低声道："从今以后我没有影子，你们就是我的影子。我将给你们血液，给你们肉身。当我死去，我的鲜血供你们分食。你们为我行走，为我杀戮。终有一日我要仙门听见灵的怒吼，我要江左遍地是血淋淋的灵。"

他抬起头来，问："成交吗？"

灵向他的脚下匍匐，黑夜凝固在他们周围，比黑暗更加黑暗。灵进入法阵，契约咒符在谢寻微身上成形。

第十六章　哀兮

"成交。"

银针渡脉持续了整整两年，喻家依然没能找到谢寻微体内的血诅所在。喻夫人越发焦躁，她终于发现抱尘山围剿一战，喻家损失了大半精锐，却一无所获。从百里决明胸膛里剖出来的六瓣莲心无人可以动用，花瓣上彻夜不熄的火焰让他们连碰都碰不了。六瓣莲心经过之处空气滚烫，草木焦枯，仙门只能选择将它封印在天都山第十八狱，以待来日找到使用它的办法。

而这个谢寻微，身怀诅咒，无人可以拿走她的元阴。楚挚善的诅咒至今未解，几乎日日都闷在漆金水榭中闭关，压制右手上的烈焰诅咒，从水榭里抬出来的炉鼎尸体比往日多了一倍。

"好一个百里决明！"喻夫人咬牙切齿。

底下的儿女不成器，她的年纪又渐长，处理庶务慢慢地力不从心，喻家的威势在削弱。穆家那个小子看着不声不响的，手段却颇有雷霆之势，最近一年穆家的铸造生意隐隐地有盖过喻家的趋势，往日垄断仙门刀剑的喻家铁器在浔州竟然失去了市场。

必须想出一个更好的办法。她似乎有了眉目，召来医门："暂时不用给谢寻微用针了，让她好好调养身子。"

医门低眉颔首："是。"

墙角的黑暗里，一个影子默默地贴着地砖的缝隙退了出去。阴天，没有太阳，天光苍白而惨淡。它跟在路过厅堂门口的丫鬟小厮的影子里，闪进假山和花树扶疏的阴影，经过宽大的屋檐底下，像一只乌鸦一样贴地飞入坟冢一般的静园，回到谢寻微的脚边。

灵影没有肉身，无法开口说话，便在地上扭曲身形，爬出蛇一样的蜿蜒轨迹，以此组成文字。谢寻微见了，低垂着眼睛道："新的灾难要来了。"

影子们像蜂群一样耸动起来，拱起刀刃一样的脊背。谢寻微在地上滴血，血液渗入黑影。

纯阴之血比普通人的血液更适于修炼，谢寻微的灵侍道行增长得很快，初一、初二和初三都已经不惧阳光。或许假以时日，它们就能成长成真正的恶煞。他并不完全依赖这些灵侍，每隔七天的银针渡脉教会了他针法，他在自己的身体上试验，于医道颇有所得。他默写出往日在抱尘山上读过的《灵枢经》，潜心参悟。再就是师尊教给他的风法，他张开掌心，风流在手中旋转，银针被托举着缓慢转动，凛冽的银光闪闪发亮。

他从未停止过修炼，他知道只有变得强大，才能让该死的人去死，该活的人重回世间。

"喂！"

窗外忽然响起一声清脆的喊声，谢寻微立时停止了掌心的风流，银针被悄无声息地藏入棉被中。他抬起眼睛，朝窗棂那儿望。窗屉子外面探出两个脑袋，一男一女，一胖一瘦。他认得他们，是喻夫人的一双儿女：胖的那个叫喻凫春，长他两岁；瘦的那个叫喻听秋，比他大几个月，脾气骄纵。

"寻微妹妹。"喻凫春小心翼翼地问，"我们要去十全街听戏，你要一起吗？"

他摇头。

"让你别来热脸贴冷屁股，你偏来，人家根本不理你！"喻听秋骂喻凫春。

"寻微妹妹，一起去吧，你好久不出门了。"喻凫春不肯走。

谢寻微低下脸，嫌恶地皱起眉头。抬起脸时却换上一副忧愁的神情："大郎，你们去吧。我身子弱，走不动。"

"没关系！"喻凫春喜滋滋地从窗台爬进来，"我背你！"

他看着谢寻微的眼睛亮晶晶的，丝毫不掩饰他的喜欢。谢寻微知道，每次自己离开静园到前院去，这个家伙就躲在抱柱后面偷偷地看他。喻凫春喜欢他，日日遣婆子送糕点，送燕窝，有一次甚至送来价比千金的冰蝉玉。

喻凫春送多少东西，他扔多少，只留下那一枚冰蝉玉。有一次倒糕点被喻听秋撞见了，喻听秋气愤地说："你若不喜，直接告诉我哥便是，为什么要吊着他？"他冰冷地微笑，拍掉手上的糕饼屑子，转身离去。

现在喻凫春要来背他，他心里厌恶，像讨厌一只黏在脚底的虫子。

喻凫春看他不动，便挠挠头，掏出手帕包住手，再来背他："寻微妹妹，不要怕，上来吧。"

他慢吞吞地爬上喻凫春的脊背，不动声色地看向地上的影子，立时有看不见的灵影飘出来，压在喻凫春的肩头。灵影压背，重量陡增，喻凫春像面团似的趴了下去。

喻凫春哭丧着脸说："妹妹有点儿重，我背不动。"

喻听秋气道："你怎么这么没用？背不动人家，还想讨人家当媳妇！"

她把谢寻微从喻凫春的背上拉起来，一把把他拽到自己背上。谢寻微和灵影的重量竟然没能压垮这个丫头，谢寻微默不作声地增加灵影，统共十个灵影撂上肩头，喻听秋大气不喘，二话不说，疾步冲了出去。

谢寻微："……"

他们上了马车，一大帮喻家弟子浩浩荡荡地跟在车子后面。谢寻微心知肚明，这些弟子不是来护送喻家大郎和二娘的，而是来看管他，不让他逃跑。

十全街茶馆，人山人海，他们在视野最好的二楼雅座听戏。他看着楼下，

第十六章 哀兮

想起师尊来,师尊穷困,若是人多,从来只能带他挤在人群的边缘。折子戏一出一出地唱,又是一个灵和人的故事,生和旦缠绵相爱,在破庙里山盟海誓,风雪夜里生离死别。

"都是假的,骗你们这帮小孩子的。"师尊的话犹在耳边。

他忍不住落下泪来,怎么会是假的呢?

他的眼泪吓坏了喻凫春,喻听秋说他是装的,让喻凫春不要管。从那以后喻凫春就再也没带他去听过戏,只日复一日地往静园送糕点吃食,谢寻微日复一日地把糕点倒入水池。

冬天,大雪纷飞的时候,喻夫人将谢寻微带去了寒山道场。

"这丫头身子忒弱,我带她去山上修行,你们兄妹好生待在家里。"她说。

他在风雪里回眸,长而翘的睫羽落满雪花,而后他转身,一步步走向他此生最长的噩梦。

师尊留给他的诅咒触发需要条件,只要避开那三个部位,诅咒就不会激发。喻夫人抓住了这个漏洞,将触碰他、抚摸他、观看他的权利卖给了仙门的男人,以此换取生意往来上的便利和优惠。

白日喻夫人延请名妓教他弹琴吹箫,夜晚男人嬉笑着登门,他在灯火迷离中把酒相陪。那些或者粗糙或者油腻的手有意无意地划过他的腰侧,直白淫秽的目光在他裸露的手臂上流连忘返。他十六岁,尚未长成,稚嫩的身躯介乎于男女之间,所有人痴迷于他昳丽的容色。

酒过三巡之后,出价最高的男人可以留下来过夜,拥抱他一起入睡。喻夫人生怕他们不当心触发谢寻微的诅咒,便禁止谢寻微除尽衣物。这帮助他隐瞒了性别,但并没有让那些男人减少对他的痴迷。谢寻微也曾想过坦白身份是否能得救,然而遍观那些饱受屈辱的仙门炉鼎,男男女女不可胜数。他终于明白为何师尊对仙门嗤之以鼻,只是他太小,师尊从来不对他说仙门的腌臜事。

无数仙门的主事、长老、家主造访寒山道场,他们白日教导门下后辈弟子济世扶危,清白卫道,夜晚沉溺于谢寻微的琴笛,高价争逐。寒山道场的真面目,是仙门长辈之间永远不会宣之于口的秘密。

当夜深人静,他挣脱男人肮脏又充满臭气的怀抱,抱着膝盖坐在床脚。月光洒落脚边,他的心枯寂冰冷,一如这茫茫冷月。他无数次想要趁他们熟睡,激发恶诅,将他们烧成灰烬。可他知道一旦他这样做,他必定难逃一死。他必须活下来,只有活下来,才有与师尊再见之期。

喻凫春的礼物和飞帖穿越风雪,来到他的桌前。每一样他都丢弃,每一封飞帖他都不曾看过。他记下每一个登门者的姓名家族,留郡袁氏、山阴楚氏、丹阳吕氏、庐陵毛氏……阴冷的仇恨在胸腑中发酵，他的灵侍在鲜血和怨怼的滋养中长大，锋利的风刃在掌心成形，直到一年后，他第一次出手，将银针插入了身侧熟睡男人的脖颈。

男人猛然惊醒，双目圆睁。他像一只濒死的蝴蝶，被银针牢牢地扎在了床板上。喉下天突穴被刺入了一根针，他失去了言语的能力。

谢寻微观察他的躯体和穴位，目光极尽温柔，又极尽冰冷。男人在他冰凉的掌下战栗，呜咽。谢寻微用食指抵住他的嘴唇："嘘，越挣扎，越痛苦。"

谢寻微按压他的眉心，纤细如发的银针从他的眉间扎下，进入他的脑髓中宫。针尖灵力迸发，幻化出无数羽毛般的脉络，同他的经络接合。男人的身体像刚脱水的鱼那般痉挛颤抖，猛地一顿，最后失去声息。

谢寻微很失望："死了吗？"

他在尸体的肚腹里缝入一小块冰蝉玉，命初一穿上这具死不瞑目的皮囊，在光天化日之下离开寒山道场。

"模仿他们的举动，成为他们的一员，不要让他们发现你是一只灵。"谢寻微微笑着叮嘱。

于是，从那天以后，所有留宿的男人都成了他的试验品，他在他们身上施针，让银针沿着血管流动，遍布四肢百骸。后来他发现了剥离痛感的穴位，他让他们失去痛觉，再剖开他们的胸膛，近距离地观看那些跳动的心脏。真是奇怪，明明是黑心肠到极点的人，心脏却依旧鲜艳火热。经年累月，人体的脉络穴位他了然于心，灵力的生发与消逝他了如指掌，他逐渐手艺娴熟，技巧高明。

与此同时，他寻找灵体与肉体的接合点，锲而不舍。当第十一个男人躺上他的床榻，他的银针已经可以超越肉身，触及灵体。他为他的银针取名"渡厄"，这个名字来自抱尘山的《灵枢经》，多好听的名字，又多么讽刺。

没有人知道寒山道场的变故，进来的是活人，离开的是灵。

死的人太多，不能让他们集中暴毙，被仙门发现端倪。故而虽然极尽省俭，冰蝉玉也时时短缺。他修书给喻凫春，言辞婉媚，笔触温柔——

冰玉翠色浓淡有致，了无一点儿尘埃气，妹甚喜之，若兄觅得一二，可否赠妹一观？今日登高远望，飞絮满人家，樱杏次第开。兄宜添衣，且御春寒。

冰蝉玉果然隔日便至，他继续杀人，十指不沾一点儿鲜血。

第二年年末，冬，天大寒。

第十六章 哀兮

最后一曲终了，人影散乱，杯盘狼藉。歌女徐徐退下，他一个人坐在镜前梳妆。眉心贴上梅花花钿，鬓边花插上鸦黑的发髻，他娉娉婷婷地起身，撩开缥缈如雾的帘帐。一个挺拔如松的男人垂眸跪坐在重重帘幕之后，一把黑鞘长刀放在脚边。即使远远相隔，都能感受到他身上的肃杀之气。只要他在，无论何时何处都是森冷的严冬。

谢寻微缓步走近，在他面前跪坐。偌大的闺房，只有他们二人默然对视。

"穆哥哥怎么得空来了？"谢寻微浅笑，"今日要寻微如何伺候？"

穆知深沉默了半晌，解开自己脖下的金钮，腰边的衣带。他一声不吭地脱下黑绸外裳，披在谢寻微的肩头，遮住谢寻微霜色纱衣下几乎裸露的手臂。来这里的男人都恨不得扒光谢寻微的衣服，只有穆知深为他披衣。

"谢寻微。"穆知深的嗓音一如既往地冰冷寡淡，"你杀的人太多了。"

谢寻微的长眉微蹙，眼神疑惑又无辜："穆哥哥在说什么呢？"

"叫我穆知深。"穆知深从袖中掏出一张纸卷，在谢寻微面前铺开，上面都是人名，密密麻麻地写了一面。穆知深看着那张纸说："十二年前穆家堡凶变，穆家迁宅之后，阖府采用光明灯照明。一个月前，山阴楚氏驻浔州管事楚约来宅中拜谒，光明灯下，他没有影子。"

谢寻微的微笑不改："哦？灵混入仙门了？"

"此灵举止如常，不杀人，不嗜血，和一般的灵很不一样。我发现仙门中有灵藏匿，并未声张，而是暗中调查。查得灵凡十四人，他们有一个共同点，就是曾经造访过寒山道场。不仅如此，我翻阅江左仙门过去一年的死亡记录，曾留宿于寒山道场者，或暴毙，或死于杀灵战役，或患恶疾而亡，总而言之，十不存一。如果我猜得没错，为你办事的灵数目有限，你不能同时让所有人存活，只能定期让一些人死去。"穆知深顿了顿，最后问，"不要和我说谎，谢寻微，你同灵交换了什么，对吗？"

被揭穿真相后，谢寻微并不慌张，笑意依旧融融。他歪头看向穆知深："如果我说对呢？"

穆知深抬起眼睛，目光一下变得冷厉而肃杀："飞蛾扑火，自取灭亡。"

谢寻微款款地站起身，踱步到轩窗边。外面的雪光透过蠡壳窗，蒙蒙的，带一点儿炫目的珠光，映照在谢寻微半边脸上，他朦胧的轮廓美丽又哀伤。他凄凉地道："难道寒山道场就不是火炉？难道在那些男人身边调笑弄琴就不是灭亡之路？我阿父乃谢氏主君，我阿母乃喻门贵女，大宗师授我经义，师尊教我术法。而今我连任人践踏的尘泥都不如，你让我如何不恨？我不求哥哥垂怜，哥哥高义，不如拔出你的刀，将寻微的性命了结于此。"

他闭上眼睛，晶莹的泪滴无声地滑落细瓷般的脸颊，砸在冰冷的地砖上，像一颗珍珠碎裂。

美人落泪，如海棠着雨。

没有人会不为这一幕动容，除了穆知深。

他淡淡地道："放下你的针，你胜不过我。"

一枚银针悬停在他的脑后，距离他脑后的强间穴只有一寸之差。

谢寻微敛了笑意，方才的悲伤神色如金漆一样寸寸剥离："穆哥哥真是个棘手的人物。"

"再说一遍，不要叫我哥哥，我和你不熟。"穆知深面无表情。

"可是有一点你说错了。"谢寻微不动如山，脚下的影子却在膨胀、长大，罩住整面墙壁，到达屋顶。他身后的影子犹如一头凶兽，蹲踞着，虎视眈眈。他温声道："孰胜孰负，尚未可知。"

穆知深望着那影子，问："拘怪召灵术？你从何学来？"

"与你无关。"谢寻微并没有回答，只是露出头疼的神色，"在寒山道场打起来，暴露了我的灵侍，应付那些仙门的渣滓很是麻烦。所以穆郎君，我建议你在我的银针下安详地离去。"他笑得温柔如水，"莫怕，不疼。"

两个人沉默地对视，谢寻微的笑容温和又残酷，那点着唇脂的嫣红嘴角仿佛沾染着艳丽的鲜血。然而穆知深始终是淡淡的模样，他的眼睛是安静的灰色，深沉又纯粹，似乎再凶恶的灵也无法撼动他的平静。

半晌之后，他垂下眼眸，道："你很强，比我想象中更强。但你太年轻了，谢寻微，我可以发现你是凶手，别人也可以发现。你太急切了，杀人可以一针毙命，可是杀了他们也救不出你的师尊。"

谢寻微眯起眼睛："你如何知道……"

"那天夜晚围剿抱尘山，是我把你从百里决明身边拉走的。"穆知深说，"所有人都跑过去剖他的六瓣莲心，那个时候只有我看到了你的样子，又痛苦，又哀伤，又愤怒，恨不得杀光所有人。所以我把你拉走了，如果他们看到你的表情，就会知道你和百里决明才是一伙儿的，百里决明才是你的亲人。"

谢寻微沉默了，他凝眸看向眼前这个人。对于穆知深，他知道的不多，他听别人说这个人我行我素，独来独往。很多人惧怕他，甚至包括一些仙门的长辈。他行事没有顾虑，人们害怕这种没有牵挂的人，因为这种人通常什么事情都做得出来。

对他印象最深的那次就是四年前他对着自己拔刀，他揭穿了仙门那些渣滓丑恶的嘴脸，警告谢寻微他即将面临的悲剧。然而谢寻微心中并没有感激，多年的苦痛让他心如铁石。即便这个人曾经帮助过他,他也可以毫不犹豫地将银针刺入他的头颅。

穆知深继续道:"在今后一年内,我会逐步清理掉这些人,没有人会发现你是背后的罪魁祸首。"

"为什么要帮我?"谢寻微问。

穆知深低头看自己的手掌:"我也不知道为什么我要帮你,就像我想不明白,为什么人总是要和至亲挚爱生死相离。我小时候总是觉得,所有东西生来就在那里,天空永远在头顶上,花瓶永远不会褪色。父亲、母亲、妹妹,我们大家会永远在一起。后来我才发现,原来一切都会从光退到黑暗里,去一个你永远也找不到的地方。"

谢寻微静静地听着,没有说话。

无尽的雪花在屋子外面飞舞,大风刮过屋顶,像许多大鸟拍着翅膀飞过。他们两个人分明只有几面之缘,身上却蔓延着同样的悲哀。谢寻微小时候也这么想,以为自己会永远奔跑在吴中簌簌飘落的银杏叶里,奔跑在那漫长的长廊,阿母和侍女在他身后追,喊他停下。后来他觉得师尊会一直陪着他,师尊曾经靠在宽宽的大屋檐下望着星星许下诺言,要伴他到八十岁。

可是一夕之间,所有的一切都变了。原来生命会戛然而止,原来灾难会顷刻间降临。

这一刻谢寻微终于明白,他们是一样的人。或许是因为同病相怜,或许是因为兔死狐悲,这个叫穆知深的人对他伸出了援手。

"死是什么感觉?像睡着一样吗?他们一个人走在黑暗里,会不会孤单?谢寻微,你身边有这么多灵,你知道答案吗?"

"我不知道。"谢寻微冰冷地回答。他终于卸下了一切伪装,以真实的姿态面对这个不速之客:"穆知深,告诉我,你为什么来这里?你要带给我什么?"

穆知深捡起刀,站起来,是预备离开的姿势:"明日你就可以离开寒山道场了。我用浔州铁器贩卖权作为交换,让喻夫人许下诺言,不再利用你牟利。"

"你将你穆家的未来拱手送了人。"

"没有关系。我不会娶妻,更不会生子,穆家早就没有未来了。"穆知深静静地看着他,"不过,我还想和你做一个交易。"

"哦?"

"终有一日,你的灵侍会足够强大。到那一天,我希望你可以借我一只灵影,让它进入穆家灵堡,画出灵堡的地图。作为交换,我会为你拔三次刀。"

"拔三次刀。"谢寻微低声重复,"杀人、杀灵,什么都可以吗?"

"嗯。"他在地上放了一枚连心锁,"谢寻微,希望有一天,你可以和你的师尊团圆。"

他说完,挑开帘幕,推开门,步入茫茫风雪中。他明明是穆家的大郎君,主家的嫡长子,也是最后一个孩子,可他身边从来没有浩浩荡荡的侍从,也没有看不见尽头的车马,连为他挑灯的人都没有。

他独自来,独自去。

谢寻微端坐在迷离的灯火中,目送他离去。

喻夫人兑现了诺言,一半是由于穆知深将浔州铁器贩卖权拱手相让,一半是由于天都山宗门崛起,老天师姜若虚的威望日渐壮大。他润物细无声地整顿仙门,洗涤不正之风。时隔两年,谢寻微重新回到姑苏城里的喻家大宅。最高兴的莫过于喻凫春,在这两年里,他送往寒山道场的信笺和礼物从未断过,虽然很少得到谢寻微的回应。当谢寻微回到喻家,他终于鼓起勇气跪在喻夫人跟前,请求与谢寻微的婚约。

喻夫人答应了,她对谢寻微说:"念你于我喻家有功,我给你留一个贵妾的位子,等阿春的正妻过门,你再去阿春跟前侍奉。"

谢寻微袅袅婷婷地福身,低眉顺眼地回应:"是。"

喻夫人走了,他回身,看见门外畏畏缩缩的喻凫春。喻凫春羞赧地跨进门槛,连手都不知道往哪儿放。可他最终还是鼓起勇气,道:"寻微妹妹,你放心,我会照顾好你的!"

"嗯。"谢寻微淡笑着点头,眼睫毛低垂,掩住眼中越发深重的暗影。

经过无数次试验,他的渡厄针已经将近成熟,当他的银针刺入承光穴,到达脑髓中宫,针尖的灵力细梢会与大脑的经络相连,这根针将成为他埋在别人脑颅里的火药,当他轻轻地打一个响指,他们的头颅就会绽放成艳丽的烟花。他还差最后一个试验品,让他的银针臻于完美。

银针无声无息地靠近喻凫春的后脑,他红着脸,兀自说着话,没有察觉到随风而来的杀机。

"我知道,我这个人很没用,剑练不好,家里的庶务也理得不好。但我会努力的。"喻凫春说,"就像寻微妹妹你一样。"

"像我一样?"谢寻微笑了,"表哥说笑了,寻微才是那个什么都不会的人呢。"

他的手指轻轻地拨动风流,细密的风传导出去,银针精确地调整方向。

喻凫春摇头:"你不一样,真的不一样。"他埋下脸,"我知道的,娘亲一直待你不好,你身子弱,她还把你送到那么冷的山上去。但是你从来没有埋怨过,你总是对我们笑,好像从来没有受过苦。我想成为你这样的人,寻微妹妹,和你一样，就算戴着枷锁跋涉在泥潭里，也要拼命地走下去。"

他顿了顿，懵懂的少年人，一无所知，笑容真挚。

"因为这样，我真的真的很喜欢寻微妹妹。"

悬停在他脑后的银针滞住了，谢寻微哂笑："哦？你喜欢我，是因为这个吗？"

"也……也不全是。"喻凫春挠挠头，"寻微妹妹很漂亮，是我见过的最漂亮的女孩子。四年前你第一次来家里，我还以为我看到天仙下凡了呢。"他红着脸对着手指，"那个……寻微妹妹，你愿意嫁给我吗？如果你不愿意，我就请娘亲收回婚约。没关系的，反正还没有摆酒，也没有写婚书。对了，我娘说的贵妾什么的，你不要放在心上。我只娶妹妹一个人，等我慢慢地磨我娘，她会改变主意的。"

谢寻微沉默地看着他，世间总是充满矛盾，喻母心狠手辣，她的儿郎却是个脑子不中用的废物。过了半晌，谢寻微轻声地说："表哥，剑不要练得太好。"

"嗯？"喻凫春没听明白。

谢寻微没有解释，而是踅身转过了珠帘。

只要你永远是个废物，我们就不会成为敌人。

日头沉入远山，世界徐徐地滑入黑夜。谢寻微扶着窗屉子，对着夕阳而坐。他低下头，唤醒掌中的连心锁。

"穆知深，帮我一个忙。"

"杀谁？"锁头那边传来穆知深低沉的声音。

"不必杀谁，我要一个身份，男人，医者。我要进天都山。"

"好。"

晚风静谧地流淌，吹得脸冰冰凉凉的。谢寻微眺望无尽的黑夜，靛青的天空高而深远。

"另外，他日我师尊归来，若他问起你这几年我过得如何，不必据实相告。你只需要告诉他，我把自己照顾得很好。"

师尊看似凶神恶煞，实则最为刚直，他平生最厌恶表里不一的邪恶小人，才素来不喜仙门邪佞之风。谢寻微的唇边勾起一抹嘲讽的笑，不知不觉地，他竟然活成了师尊最厌恶的样子。他垂眸看自己的手心，千般苦痛、万般仇怨师尊都不必知道，他希望他永远是师尊眼里那个天真无邪、纯善可爱的谢寻微。

"明白。"连心锁那头的男人没有询问原因，只是平静地说道，"祝你好运，谢寻微。"

第十七章

重逢

他莫名地感到这个景象有点儿熟悉，好像看过千千万万遍。

电光犹如青蛇狰狞地横亘于漆黑的天幕，雷声轰鸣，恍若巨大的车轮滚过天尽头。喻夫人心神不宁，翻来覆去的，又一次支起身，喊外间陪侍的使女给她倒水。然而内室黑暗，无人回应。

"小桃？"她又喊了一声。

依旧寂静。

她终于意识到了不对劲，便坐了起来，扬手一挥，烛台上的灯火次第点燃，橘黄的光像蜂蜜那样交相流淌，驱走屋子里沉淀的阴冷。最后一盏灯点亮后，照出月白色帘幕后面跪坐的模糊人影。

脊背挺直如松，气质安然自若。

谢寻微抬起脸，笑容温煦地向她打招呼。

"寻微，拜见舅母。"

"谢寻微？！"喻夫人讶然，"你怎么会在这里？"

她赤足下了脚踏，帐幕无风自动，无声地向两侧拉开，她这才发现帘幕后面的人穿着一身青衣男装，鬓发一丝不苟地束起，素净白皙的脸庞未施粉黛，没有平日的艳丽，显出一种温暾如水的润泽。

这张脸，明明是裴真的脸。

"你！"喻夫人指着他，脸上满是震惊，"你刚刚说你是谁？"

"如舅母所见。"谢寻微歪头淡笑，"寻微掩饰了八年之久，着实不容易。"

"好你个谢寻微，将我们当猴子耍！"她心下恨恨然，埋怨自己不曾多加注意。谢寻微竟是个男人，是不是说明他身上护佑会阴的恶灵诅咒并无效果？这个先天炉鼎的贱人，见他们都被蒙在鼓里，心下不定怎么嘲笑他们。

"你是怎么进来的？为何没有人通传？"喻夫人冷冷地看向他。

谢寻微低笑，垂下眼睫毛转动拇指上的绿松石扳指，上面沾了一点儿嫣红的血迹。他从袖中取出丝帕，慢条斯理地擦干净，温声道："舅母放心，杀了几个看守门户的弟子而已。寻微不喜欢血腥味，只要舅母不大声喧哗，死的人不会更多。"

"什么？！"喻夫人的眸子紧缩，几乎成了一枚针的针尖。

她疾步奔向窗边，打起轩窗，外面雨丝婆娑，血混在雨里汩汩地流下檐溜。往日巡逻的喻家弟子无声无息地靠在立柱下，喉间鲜血涌流。发力于目，极目望去，长廊里所有弟子都已失去了声息，花叶上尽是洗不去的血滴印记。

她不可置信，脸色发青。

这怎么可能？一个剑都拿不起来的废物，一个天生要当炉鼎的人，怎么可能杀死她喻家的俊秀儿郎？

"仙门承平太久了，喻家的剑都生了锈啊。"谢寻微露出怜惜的神色，"我听闻数百年前喻氏太上忘情道冠绝人间，无情剑剑斩八方，所过之处灵怪变色，恶煞逃窜。可惜近百年来喻氏族人沉溺于儿女私情，竟无一人修炼无情剑。"他轻笑，弯了眉眼，"也对，尘世罗网，唯情最大。便是寻微，也难逃其中。"

喻夫人咬牙切齿："谢寻微，你胆大包天！"

她蓦然振袖，剑光犹如飞燕倏地啸然而出，直刺向谢寻微的眉心。飞剑眨眼便至，然而谢寻微安然跪坐，唇畔的笑意丝毫不减。那炫目的剑光停留在谢寻微面前一寸，一张符咒挡在剑尖，飞剑竟如同刺在一面铜墙铁壁上一般，再也无法前进分毫。

"舅母的剑技不过是第四品通幽，寻微不才，座下灵侍比舅母略高一筹。"他笑容的弧度加深。无数灵影在烛光里耸起脊背，像猛兽一般蹲踞左右。如果用槐叶擦一擦眼睛，就会看见符咒上粘连着漆黑的灵，剑尖刺在灵的眉心。

喻夫人大惊，喃喃念出那个失传已久的术法："拘怪召灵术！"

谢寻微掐出手诀，指尖青光闪过，喻夫人的肩膀一沉，顷刻间犹如有巨山轰然压于两肩，她不得不卧伏在地，额头上的冷汗直往下流，脊背衣服都湿透了。

谢寻微走过去，在她背上又贴了一张小灵黑符咒。喻夫人登时连脑袋几乎也抬不起来了，只能被迫看着谢寻微的黑色油靴和青纱衣角。

"学一个故人的法子，果然甚为好用。"

喻夫人的心思急转，一瞬间什么都明白了，咬牙恨声道："原来我养了一只白眼狼在家里！什么百里决明卷土重来，都是假的，谢寻微，是你害了连海，还把他的头颅埋在我的床下！谢寻微，你这个千人骑万人枕的贱人，只恨我当初一念之仁，应许我儿留你这个不男不女的东西在我喻家门庭，才有如今的祸患啊！"

谢寻微的眸色顿时变得阴沉，他眯起眼睛，唇畔的笑容映着融融的烛光，好像沾上了鲜艳的血色，分明是暖色的，却冷冽入骨。他掐起喻夫人的脖子，喻夫人像一只待宰的老鸡一般被提了起来。她直着脖子，不停地咳嗽。

"舅母真是冤枉寻微了，舅舅的头颅着实和我没有关系呢，不过……"谢寻微用丝帕掩住口鼻，挡住喻夫人呼出的气。他唇畔的笑冰冷又残忍："舅母就不曾想想，表姐为何去往天都山至今未归，她到底去了哪里呢？"

喻夫人霎时间变了脸色："你说什么！"她的手指痉挛，面目扭曲，"谢寻微，你把我儿阿秋怎么了！"

"当初舅母对我做了什么，我就对表姐做了什么。"

喻夫人怔然当场，嘴唇颤抖。

当年她对谢寻微做了什么？记忆往前追溯，一幕幕画面像鸦羽一般闪过，这世上不会有第二个人比她更清楚，谢寻微到底经历了什么样的过往。她记得她命令医门为他银针渡脉，稚弱的少年人脊背如风中枯叶一般颤抖，细如牛毛的银针一根根送入他青色的纤弱经脉。她也记得她带他去往风雪笼罩的寒山道场，令他着金纱绣衣跪坐于舞女之间。一个又一个面目猥琐的男人穿着斗篷踏入道场，抚摸他没有表情的脸庞。

而今所有，一幕幕的主角统统换成她自己的孩子。她的听秋怎么可能忍受这样的痛苦与耻辱？听秋那样高傲，那样娇气，她是个从小就没有吃过苦的孩子啊。

喻夫人泪流满面："谢寻微，你怎么能这么做？她是你的表姐，她从未恶待过你！"

"哦？"他的表情没什么变化，"可谁让她是舅母的女儿呢？母债女偿，很公平，不是吗？"

"不、不……"喻夫人终于明白了厉害，眼前的男人不再是那个任她拿捏的小娃娃，他在她看不见的地方成长，强大，如今该看人眼色的是她，而不是他。喻夫人哭道："寻微，你告诉舅母，阿秋还活着，对吗？你放过她吧，害你的人是我。是我让医门送银针入你的经脉，是我带你去寒山道场任那些男人欺凌。是我，都是我。你要报仇，你杀我。罪不及儿女，你不要动阿秋啊！"

她的眼泪滴落在谢寻微的手指上，谢寻微松开手，喻夫人一下子摔了下去，谢寻微直起身，漠然地瞥了一眼地上痛哭流涕的她，掏出绣帕，一根根地擦拭手指。金色的烛光映在他的脸上，好像给他戴上了一个漆金面具，恍若天上的神佛那样冷漠高寒。

第十七章　重逢

"真脏。"他没有涟漪的眼眸里涌出厌恶的情绪。

喻夫人哭着去够他的靴子:"寻微、寻微,求求你,放了阿秋吧。你叫她一声表姐,你们一起长大的啊,寻微。况且、况且……"她吃力地仰起头,"你是男人,不是真的女子。男人与男人同睡一张榻又有何妨?阿秋她不一样,她是女孩儿啊。没了贞操,她就全完了!寻微!"

她声嘶力竭地痛哭,企望面前这个漠然的男人回一次眸。然而在这时,黑暗里缓缓地走出一个人影,立在她的跟前。眼前是一双沾了泥污的绣鞋,鞋面是脏兮兮的流云纹绣,湿了一大片,洇成肮脏的灰色。她愣愣地抬起头,看见喻听秋难以置信的、流着泪的双眼。

"阿秋?"喻夫人几乎听不见自己的声音。

喻听秋慢慢地蹲下身,眼眸中充满痛苦:"娘,我喻家四百年仙门,何以至此?"

"阿秋……"

"姑苏大小宗族十数家,唯我喻氏屹立数百年。我从小以我是喻家族人骄傲,以我是你们的孩子而骄傲。你与父亲教我和哥哥喻家家训,铸千金之剑,为千金之人。阿秋百死千难,一刻也不敢忘。"喻听秋咬着牙道,"可是为什么,你要做出这种事!"

喻夫人愣了半晌,目光投向谢寻微那边,却见他已在地屏宝座上坐了下来,轻轻地摩挲着拇指上的扳指,静神敛息,似乎在看一场母女反目的好戏。

他在荫翳里微笑:"忘记说了,我只是给表姐渡了银针罢了。"

喻夫人目眦欲裂,死死地抓住喻听秋的手腕道:"阿秋!阿秋!你听娘说,这都是谢寻微这个贱人的阴谋,他要离间我们母女!你怎么样?银针渡脉,一定很疼对不对,你的伤怎么样了?"

喻听秋甩开她的手,道:"伤我的人是你!"

"不……不……"喻夫人落下泪来,"你不明白,阿秋。娘要维持偌大一个喻家,谈何容易啊?谢寻微不过是一个外人,你何必为了一个外人这样责备你的母亲!"

"外人?!"喻听秋掰着她的肩膀大声地道,"谢寻微的娘亲是父亲的姐姐,是我和大哥的姑母!谢寻微是我们的表弟,你说他是外人!若父亲在世,他怎能容忍你这样对谢寻微!"

喻夫人不住地摇头:"他是天生炉鼎的命,阿秋,就算我不这样做,其他宗门又岂能放过他?你可知道,当时袁氏盯紧了他。如果我放手,带走他的就是袁氏。那为何不由我们喻家要走他!"

253

喻听秋满脸的不可置信,她终于明白,在她母亲的眼里,谢寻微就是一枚助人修行的丹药,她的母亲从未把谢寻微当作人看待,更遑论把他当作家人。

"他是先天炉鼎。"喻夫人震声道,"有了他,道法一步登天,人人皆可成为大宗师。他逃不了这命!"

"你仍旧不思悔改。"喻听秋失望透顶,她取出一把匕首,当着喻夫人的面拔出鞘,割断脸颊边的一束发丝。青丝倏忽一断,像鸦羽一般坠落在地。喻听秋一字一句地道:"你听着,从今往后,我不再是你们喻家的人,你我母女恩断义绝。生养之恩,我百死难报,故而喻家欠谢寻微的债,由我喻听秋来还。"她说着,望着喻夫人的眼睛,万分疲惫,"但愿我有这个命还。"

她站起来,不顾喻夫人呼喊她的声音,一步步地踏着满地烛光往外走。经过谢寻微的时候,她低低地说了一声:"谢寻微,你施针吧,留她一条性命就好。"

谢寻微朝她颔首。

她噙住眼泪,推开门。门臼转动,吱呀一声,天地对她敞开,万千风雨迎面而来。她跨出门槛,反手阖上门,把她母亲的叫喊隔绝在身后。谢寻微的针技出神入化,她难以想象这个男人如何在日夜反复的痛苦里习得医门的银针渡脉,又青出于蓝而胜于蓝,成就他独树一帜的渡厄八针。如今他要为那个作恶多端的女人施针,封住她的风池、百会、通天、神庭四穴,让她形同废人,瘫痪于床,再也说不出话来。

这是喻听秋同他的交换,留她母亲一条性命,她将用余生为她的母亲赎罪。

她站在廊下,望着黑暗天穹下的婆娑雨线。这是她生平第一次看见真实的世界,混乱,无序,没有光。

屋子里的嘶喊声停住了,她察觉到那个笑容温和却冰冷的男人站在了她的身后。

"想好了吗?"他轻声地问,"表姐。"

"谢寻微。"她的嗓音发涩,"这些年你是怎么过来的?"

"不知道呢。"谢寻微同她并肩看这茫茫的雨,雨脚如针,漆黑的水潭里银光闪闪,"我想着师尊,就过来了。"

喻听秋从前最厌恶他柔弱可欺的伪装,现在她才明白过来,他不伪装,就活不下去了。

她道:"如果你把她杀了,我也不会向你复仇。这是你应报的怨,应讨的债。"

"不要再挑战我的仁慈了,我可是费了好大的功夫才说服自己不杀你的母亲。"谢寻微转头看她,"表姐,我需要你真心实意地为我战斗。毕竟往后我要你做的事,十件里面有九件是要你拼命的。"

第十七章　重逢

谢寻微打开油纸伞，缓步步入黑暗的雨幕中。

喻听秋望着他掩在大雨中的背影，第一次发现她从未理解过这个男人。寻常人遭此大恨，必怀刃夜行，以血报怨。可她从未在他身上感受到仇恨、怨怼，他始终平静地微笑，即使眼眸里没有温度。

恐怖。这是喻听秋对他的判词。多年的苦难并没有让他成为怨愤的复仇者，而是造就了一个没有情绪的怪物。只要能达到目的，他可以做出任何牺牲。

"去吧，去拿你的祖宗剑，然后去找我的灵侍。我已经为你刺下七针，洗髓伐骨，重塑经脉，你的身体如今已与往日不可同日而语。初一会为你刺下最后一根针，从此你断情绝欲，六亲不认。"他在那重重大雨之中回眸，"它们会带你去你该去的地方，表姐，不要让我失望，尽你所能地活下去。"

他掉回头，白皙的脸庞复归和风雨一样的冰冷。一切都如他的计划按部就班，仇人已得了惩罚，棋子已放入了棋盘。很快灵会撑着伞进入天都山的辖区，宗门到处都会奔行着嘶号的灵。

很好，就是这样。他静静地想。

他快马夜行，马腿上贴着疾行符咒，符纸上的金光像萤火虫一样飘摇。只花了一天一夜就回到天都山活水小筑，连日来奔波劳累，耗损太大，踏入寝居的那一刻，他一下子失了力气，扶着墙才勉强能站稳。松开发带，漆黑油亮的青丝披散在肩头，像丝绸一样滑过胸前和手臂。他在镜前上妆，变回昳丽的女郎。扶着桌案站起来，腿脚有些发软，经脉像有万千虫蚁噬咬一样疼了起来，他意识到不是耗损太大，而是留存在体内的那根针的后遗症发作了。

来得比预想中快了半个月。他蹙起眉头。

疼。无尽的疼。像潮水一样向他扑来。他脱下外裳丢到角落里，将扳指丢进妆奁。这情形他面临过很多次，无须畏惧，也无须慌乱。灵侍一如往常那样朝他聚拢，为他护法。他想到床上去歇息，跌跌撞撞地朝那边挪动。

额头有细密的汗水涌出，他终于支撑不住了，摔倒在床榻边上。意识开始模糊，他好像变成了一个小人儿，跌落进深深的黑暗中。恍惚间他好像又回到很多年前银针渡脉的岁月，一根针、两根针、三根针……他开始分不清现在和过去，那时他蜷缩在架子床的一角，白色的帘帐支在头顶，就像一个坟茔。他想人总是要受一些难，吃一些苦，可是为什么，他的痛苦没有尽头？

一、二、三。

一、二、三。

闭眼。睁眼。

师尊、师尊，他一遍遍地想，你在哪里啊？

"寻微！"

盼望已久的声音在耳侧响起，他想他是睡着了，才能在梦里与师尊重逢。

"你怎么了？怎么跌下床了？出这么多汗，是不是发烧了？"

有人把他扶起来，放进温暖的被窝，还探他的额头。他迷迷糊糊地睁开眼睛，望见百里决明担忧的脸庞。仿佛如释重负，他终于流下了眼泪。

太久了。他等得太久了。

"师尊，你终于来救我了。"

谢寻微不知道怎么了，一直出冷汗，一直梦呓。百里决明忙去找裴真，他人却不在。询问童子，都说不知道。这小兔崽子，需要他的时候他不在。百里决明气得想火烧天都山，急得团团转的时候想起还有个天师，立即闯进天枢宫把姜若虚从床上拽起来。这白胡子老头儿半夜被百里决明凶神恶煞地弄醒，差点儿以为天都山进了灵。

百里决明像拎小鸡似的一路把姜若虚提溜到活水小筑，巡逻的弟子都像见了鬼似的瞪着他们。这世上还没有人像秦少侠这般无礼，竟敢这样对待德高望重的宗门天师。姜若虚一路摆手说"无妨无妨"，最后气喘吁吁地站在谢寻微的床榻前。

他捏着胡子给谢寻微把脉，片刻后摇头道："贫道也无能为力啊。"

"什么玩意儿？"百里决明着急得两眼直冒火，"你不是宗门天师吗？你连个姑娘家的病症都瞧不出来，你还当个什么天师？"

姜若虚忙安抚他："少侠息怒，少侠息怒。实不相瞒，若论医术，裴真小友可谓个中大家……"

"这不是找不见他人吗？要不然我用得着你？"百里决明咬牙切齿。

"阿真尚且无计可施。"姜若虚厚重的眼皮耷拉着，叹道，"那便只能靠她自己熬了。"

这糟老头儿道了声"罪过"就退出去了，留下百里决明和谢寻微。谢寻微痛得身子蜷曲，额上尽是细密的汗珠，整张脸白得像是透明的。百里决明六神无主，轻声问她哪里疼，她不回应，只是眉头紧蹙，病得意识不清了，压根儿睁不开眼睛。百里决明看她这模样，像心窝子里给人痛打了一拳，满心都是疼痛。

她翕动着嘴唇呓语，百里决明凑近，勉强捕捉到她又细又哑的声音。

"师尊……师尊……"

百里决明心里又是重重地一痛，几乎要落下泪来。

"师尊在，寻微。"百里决明把她扶住，轻轻地拍她的后背。明明已经是个

第十七章 重逢

死了许多年的灵了，这一刻眼睛却像被火燎了，火辣辣地疼。苦难与疼痛无法转化为泪水，在心房一层层地蓄积，像一沓沓枯叶交相掩埋。这是灵的悲哀。他痛苦，却无法哭泣。他想他的徒弟这样好，老天爷怎么舍得让她受苦？

"骗人……"寻微在哭泣，泪水滴落在他的衣襟上。

那仿佛不是泪水，而是一簇簇火焰，在烧灼他的心。

"没骗你，师尊真的回来了。寻微，你睁开眼睛看看我。"他嗓音苦涩，一遍遍地唤她，抬起手掌，掌心蹿出耀眼的火苗，"寻微，寻微。你看，先天火法，这世上除了你师尊我还有无渡死老头子，还有谁有先天火法？"

谢寻微终于睁开眼睛，苍白的脸对着那火焰，因着跃动的火光，有了些微的神采。

百里决明紧紧地抓着她："你还记不记得你刚拜我为师的时候，咱们山上没有茅房，你要我修个茅厕。我嫌你麻烦，要你用虎子和便盆，再要不然就去林子里挖个坑就地解决。你可生气了，跟我说你不是小猫小狗，不可以拉在土里。我说你不是猫狗，你是屁娃娃。后来你无渡爷爷劝我，说你是世家贵女，当然要讲究点儿。罢了罢了，谁让我百里决明收了个世家贵女当徒弟？"百里决明想起往事，低着头笑，"我给你砌了个茅房，里面又有恭桶，又有草纸，我还费劲巴拉地给你弄了个熏香。我想这下你总满意了吧，老天爷，我万万想不到，你个世家贵女不刷恭桶。你还狡辩，说小仙女儿不能刷恭桶。气得我脑瓜子嗡嗡地响，世上哪有拉屎拉尿的小仙女儿？你就是个屁娃娃。"

谢寻微有气无力地说："不许……提了……"

"好，不说了，不说了。你是小仙女儿，师尊承认了，你就是小仙女儿。"

谢寻微太痛了，紧紧地攥着师尊的衣角，不再回应，只有呻吟。

百里决明擦她额上的汗，轻拍她的后背，一遍遍地告诉她"师尊在"。他甚至动用灵力，输入她的经脉。温热的火法灵力带一点金红的微光，沿着她纤弱的经脉流动，在她苍白如纸的肌肤下分为无数枝杈。他盯着那些光芒，不断地为她输入灵力，仿佛这样做就能减轻她的疼痛，让她安心地睡去。

可事实是杯水车薪，她依然痛苦难忍。

百里决明快绝望了。谁能来救救他的徒弟，哪怕只是减轻她的疼痛？

为什么会这样？他才离开八年，寻微才二十出头的年纪，正是大好年华，身体却破败至斯。

到了后半夜，谢寻微才不再梦呓，睡得平稳些。摸她的额头，冷汗也不再出了。百里决明稍稍放了心，手伸进薄被摸她的衣服，都湿透了，连被子里都是湿的。百里决明唤来侍女为她更衣换被，自己到门外等待。等侍女换好了，才又进去。

谢寻微再睁开眼睛的时候，天已蒙蒙亮了。

百里决明不太确定她还记不记得昨夜他坦白身份，或许是因为病得太重，他只在她清浅的眼眸里看到了疲惫，没有预料中的欣喜。

他迟疑着问："昨夜的事儿，你还记得吗？还记得我是谁吗？"

谢寻微淡淡地一笑。

"师尊。"

他听到她这声唤，眼睛又火辣辣的。

好久不曾亲耳听徒儿唤他师尊，他的心柔软得一塌糊涂。

百里决明的鼻子发酸，似乎是要掩饰自己失控的神色，忽然站起身："我去看看裴真回来没。"

谢寻微拉住他的胳膊，手指无力，只能虚虚地钩住他的衣服。

她似乎想起什么，又睁开眼，低头看了看自己，仿佛漫不经心地问了句："师尊，我的衣服是谁换的？"

"让你这儿的侍女给你换的。你昨儿出太多汗了，不换会着凉。"百里决明说。

谢寻微似乎是放了心，不再说话。

百里决明终究是没去寻裴真，他搬来月牙凳，在床榻旁边坐下。他想谢寻微是太累了，不问他怎么回来的，也不问他为何一直瞒着她。

谢寻微又睡了过去，他坐在床榻边，目光投向月洞窗，远处的诵经声响起，宗门早课开始了，弟子们在山堂正襟危坐，背诵经文。经声穿过万字菱花窗棂，飞过高高翘起的檐角，散入远山中。坐落在天都山角落的活水小筑幽深安静，悄无人息。百里决明又看了谢寻微一眼，这丫头睡得很熟，呼吸声细细的。

昨晚被谢寻微一吓唬，他把一件重要的事情给忘了。

他深吸一口气，闭上眼睛，内窥心域。

记忆迅速回溯，眨眼间来到尽头，那片迷雾之地。上回谢岑关硬闯他的心域，他是第一次知道自己的心域里有这么个地方。毕竟没有人会闲着没事内窥心域，他每天忙着挣钱养徒弟，连寻微的衣服都洗不完。

他伸出手，触摸这片看起来没有尽头的迷雾。没有任何触感，手臂穿过了黑漆漆的雾气。他走了进去，眼前豁然开朗，突然明亮的光线扎得他眼睛疼。眼睛慢慢地适应了光亮，面前矗立着阴木寨，高大的墙体上挂着丝丝缕缕的爬山虎，大门敞开，里面孤零零地立着一块残破的石碑。

什么玩意儿？他怎么又回到这里来了？

他没有贸然进去，而是在外围探看。很快他便发现了不对的地方，这里现

第十七章 重逢

在是白天，黄泉灵国明明一直是黑夜。

他仰起头，眺望屋顶。上面好像有一个像蚂蚁一样大的人影，迎着远山的夕阳。他皱起眉头，进了老寨，拾级而上。寨子里静谧无声，走廊破旧的地板上铺着阳光，仿佛撒了一层薄薄的碎金。他一直向上，脚步声轧轧作响，在寂静的灵楼里回荡。最后他登上了屋顶，极目望去，墨绿色的山林在风中掀腾搅覆，无数一样大小的寨子在林中隐隐现现，远方矗立着一座高塔，尖顶几乎戳破云霞。

屋顶的另一侧有一个孩子，背对着他坐着，正在眺望胭脂红的夕阳。那夕阳巨大无比，望过去是满目的嫣红，整个世界都是红色的，仿佛浸泡在太阳浓郁的血液里。

他莫名地感到这个景象有点儿熟悉，好像看过千千万万遍。

男孩儿似乎感觉到他的存在，缓缓地回眸。

那是一个脸色苍白的孩子，眉心有一朵火焰莲花，六七岁的模样，像一个没有生命的瓷娃娃。他有着血色的眼眸，里面没有欣喜也没有悲伤，只有沉甸甸的殷红色，仿佛有热烈的鲜血在里面沉淀、变冷。百里决明第一次看见这个赤艳妖厉的孩子，却又无端地觉得熟稔。那孩子也望着百里决明，冷漠而寂静，像一块矗立了许多年许多年的礁石。

他们在夕阳里对视，像默契一般，彼此沉默。

"你来了。"孩子终于开口了。

"你是谁？"百里决明抱起双臂，"为什么会在我的心域里？"

孩子站起来，发丝在风中飞舞。

"吾名灵童子，灵母之子，阴木寨的主人。你旧日的故友，你毕生的仇敌。"

这是百里决明第二次遇见这么扯淡的事，第一次是无渡把谢寻微带到他的跟前，说"以后她就是你徒弟"，从此他开始了起早贪黑养徒弟的生活，直到今日。

他想无渡大概和他有仇。

《道门源流》开卷首篇，大宗师无渡的传记里，必定会提到一件举世闻名的壮举，就是无渡封印了著名的黄泉恶灵——灵童子。然而三百年来，无人知晓无渡把这只恶灵封印在哪里。只知从那以后，世间没有了这只灵的踪迹。

现在百里决明知道了，无渡把灵童子封印在了他的心域里。

仔细想想，他没有生前的记忆，多半不是因为他化灵时疯癫遗忘，而是因为无渡清空了他的记忆，以便腾出位置封印灵童子。这是什么诡秘的术法？竟然能将一个灵体封印在另一个灵体里。无渡是大宗师，活了五百年的糟老头子，吃的盐比全江左的人吃的饭都多，会这种闻所未闻的术法也不稀奇。只不过这老头儿太损了，居然用他自己师弟的灵体当容器。

唉，无渡那个老家伙。百里决明在心里埋怨他，倒不是因为他不声不响地就把灵童子放进自己的心域，而是五十余年朝朝暮暮，死老头儿一个字都不曾跟自己透露。他百里决明说到底是抱尘山的人，虽说平日里天天瘫着，若真到了降伏恶灵解救万民于倒悬的时候，只要不太麻烦，他倒也不会推辞。心域里放个小屁孩儿罢了，该睡觉还是睡觉，该养徒弟还是养徒弟，他并不在意。

百里决明走过去，在灵童子的旁边坐下。夕阳在他正前方，好像伸手就能碰到。准确地说这并不是夕阳，而是灵童子的封印。它无声地运转着，散发着胭脂红的光芒。他们并肩望着那血红的封印，彼此之间仿佛有一种不必言说的默契。

"无渡下的封印？"他向灵童子确认。

"嗯。"灵童子道，"封印了我，也封印了你一半的功体。"

"喊。"百里决明撇嘴，"死老头子真狠。"

"你去了你不该去的地方。"灵童子说。

"你说的是黄泉灵国？"百里决明无所谓地耸耸肩膀，"凭什么不能去，因为是你老家？放心，我没搞什么破坏，只不过烧了一座寨子，顺便把你老娘揍了一顿。"

灵童子笑了笑，颇有些嘲讽的味道。

"你还是像以前一样狂妄自大。真不知道是该羡慕你，还是该可怜你。"男孩儿的神色冰冷，"听着，你没有能力应对我的母亲。如果你暴露在她的视野，就会被她抓住踪迹，她会追寻你而来，打破这个封印。"

你不早说，百里决明在心里暗骂。灵国他进都进了，动静还闹得不小。不过都好几天了，也没看见什么长脖妇之类的，灵母应该没有发现灵童子在他的心域里。

百里决明问："你不愿意留在灵国？"

"嗯。"

"你这娃娃有点儿意思，不愿意留在你老娘的地盘，却愿意留在这个不见天日的封印里，成日看着自己记忆里的幻景度日？"百里决明左顾右盼，"而且幻景里仍然是灵国。"

灵童子沉默了许久，意味深长地说："这对于你我来说是最好的结局。"

这话说得太有歧义了，好像他们俩是爱而不得的一对鸳鸯。百里决明浑身起了一层鸡皮疙瘩："爷可不想永生永世和你绑在一块儿。你的执念是什么，我发发善心，顺手把你给超度了。"

第十七章 重逢

灵童子没有立刻回答。夕阳落在他的眉睫上，他深红色的眼眸里写满了哀伤。他的身上有一种无可言喻的悲哀与痛苦，无声无息地在晚霞里弥漫开来。或许是因为以灵封灵，百里决明的心境也受到了男孩儿的影响。百里决明觉得有点儿喘不过气来。

"我没有执念。"灵童子说。

"你怎么可能没有执念？没有执念，你怎么会变成灵？"百里决明按按他的脑袋顶，他松软的头发被百里决明弄乱了，"你几岁死的，不超过七岁吧？这么小就有这么深的执念吗？"

灵童子漠然地道："我是天地间唯一没有执念的灵，也是唯一无法被超度的灵。"

这真是奇怪了，百里决明头一次听见没有执念的灵。倒确实有可能，无渡那家伙慈悲为怀，从来不会轻易地封印灵，能超度的都超度了。暂时没法儿超度的，比如说百里决明，就搁身边养着。

罢了，反正不关他的事。

"你知不知道阳极之宝在何处？"百里决明问。

灵童子看了他一眼："不知，据我所知，世间没有这种东西。"

百里决明不信，这小娃娃这么小的年纪就死了，懂什么。

他不在乎，继续问："阴木年谱里提到的天女，就是你母亲灵母？"

"不错。"灵童子淡淡地回答，"她有三重变化，三重分身，当第三重明光消失，她就会在阴木寨里出现。"

"三"，全都是"三"，百里决明皱起眉头。

灵童子似乎察觉到他的疑惑，解释道："'三'是玛桑信仰里非常重要的数字。玛桑人认为，人死前要看见三重光，第一重光里看见一生的欢喜，第二重光里看见一生的愤怒，第三重光里回归永恒的寂静。此后，人才会走向往生。"

"那那些千眼尸是什么玩意儿？"百里决明问。

"它们是阴木寨的守卫，看那边。"灵童子指向远方，无数石木寨子在林中隐现。所有寨子的排列呈圆形，一圈圈内敛，拱卫中央的琉璃塔。"玛桑族人灵同居，里面是阳木寨，住人，外圈是阴木寨，存棺，住灵。他们把祖辈的棺材、典籍和祭品放进阴木寨。祖辈受到阴木的影响成为灵，守护整个领地。若有外敌来袭，它们就是保护领地的前锋。"

这时百里决明才明白那些壁画，玛桑人抬棺入寨，这寨子就是他们的祖坟。

"这也太狠了吧，连祖宗都不放过？"

"你不明白。"灵童子说，"在玛桑人眼里，生和死，人和灵，没有什么分别。"

"然而他们大部分都被你母亲吃了。"

"没错。"灵童子冷漠地说,"她控制灵国的功法消耗太大,必须定期食用精血和灵体来维持灵力,还有她自己永不腐败的肉身。你们应该庆幸能够安然逃离,如若灵体被吸走,你们将永生永世困在我母亲的体内。"男孩儿说着,嘲讽地勾了勾嘴角,"很讽刺对不对?曾经不老不死、众人敬仰的天女,沦落成一只需要食人精血与灵体的丑陋的灵。"

百里决明不知道说什么好,他着实不会安慰人,而且安慰对象还是个六七岁就死了的小娃娃,不免有些不知所措。男孩儿的眼睫毛低垂,谁都能看出他脸上的悲哀。

百里决明抓抓头发,干巴巴地说:"还好啦,挺威风的。我们想事情要往好处想,你娘亲自己过得高兴就行。我看你娘没什么神志的样子,也不在乎吃人不吃人的。她有事没事巡逻巡逻寨子,抻抻筋骨挺好的,人总是喜欢杞人忧天,为别人难过不值,其实人家过得很好,根本不需要我们操心。"

灵童子没吭声。

百里决明耸耸肩膀,转移话题:"对了,你弟弟呢?"

和灵童子灵体相连,他想必定是灵童子的记忆影响了他的记忆,所以他才会在进入灵国时感到那般无可名状的恐惧,才会莫名其妙地听见有人喊他"哥哥"。这下子一切都清晰了,"娘亲"是灵母,"哥哥"是灵童子,"弟弟"大约就是那个误入灵国的小孩儿。

灵童子现下被无渡封印在他的心域里,那那个弟弟呢?

灵童子一下子抬起了眼睛,百里决明望着夕阳,没有注意到他血色的眸子有一瞬间变得十分凶狠。

"你为什么会知道这个?"

"我在灵国看见了一份绢书手札,是你写的吧?"百里决明说。

灵童子沉默了片刻,才说:"不错,是我。"

"你弟弟呢?"

"他死了。"

"哦……"百里决明搔搔脸颊,忽然发现自己问得实在不合时宜。灵童子离开灵国时是三百年前,过去了这么久的时光,他的弟弟肯定早就死了。按照绢书手札里的记载,灵童子说他弟弟变得不说话、不吃东西。现在想来,很有可能是因为食用了黄泉灵国的食物,身体产生了什么可怕的变化,就和谢岑关的那具半截尸一样。而且灵童子当时很有可能并不理解他弟弟遭遇的事情,还很天真地等待他弟弟康复。这孩子毕竟六七岁就死了,没见过什么世面,不能指望他和裴真一样聪明。

总而言之，他那个弟弟一定是凶多吉少了。

话聊到这个地步，灵童子苍白着一张脸，一副"我不想活"的表情，百里决明也不好多问他弟弟到底发生了什么事，只好拍拍他的肩膀："节哀，他一定投了一个好胎。"

"百里决明，"灵童子的眼神里都是冰冷的厌恶，"你真的是一个很讨人厌的家伙。"

百里决明："……"

"好吧。"他不和这小屁孩儿一般见识，"最后一个问题。我们何故为友，又何故为敌？"

"你不需要知道这些。"灵童子冷笑，"知道太多对你没有好处。记住我的话，不要再靠近灵国。"他掉过脸直直地望向百里决明，血色的眸子殷红而艳丽，"你可以滚了，没事不要进来烦我。"

灵童子伸手点在他的眉心，百里决明霎时控制不住自己的意识，仿佛被当胸踹了一脚，整个人急速地后退。他的记忆景象一帧帧地在身边像雪花片一样闪过，又如同漩涡一样疯狂旋转，涡心的尽头是灵童子挺拔的身影。灵童子的脸庞苍白又冷漠，目送他飞速远去。

最后他浑身一震，睁开眼睛来。

当真是数百年的灵，这力量凶狠霸道，让人丝毫没有反抗的余地。百里决明何曾受过这般窝囊气，一口老血堵在嗓子眼儿里，差点儿把肺咳出来。等着，等他修炼成千年厉灵，进去把这臭小子痛扁一顿。

同时百里决明又纳闷，这臭小子这么强，怎么可能这么简单就被封印在他的心域里。说到底是这娃娃自己心甘情愿吧，可惜苦了他，莫名其妙地丢了生前的记忆。也罢，没什么好惦记的。他想，反正他也不想活。万一想起生前欠了谁的钱，岂不是得不偿失？

揉了揉心口，目光移向谢寻微的床榻，就见这丫头睁着一双黑黝黝的眸子，正幽幽地看着他。

"师尊。"谢寻微眯起眼睛，深沉的目光带着探究的意味，"你去哪儿了？"

"我哪儿都没去啊。"百里决明装傻，"我不是好端端地坐在这儿吗？"

"呵。"谢寻微不咸不淡地笑了一下，别开脸，道，"果然分别了八年，师尊已经不把寻微当作自家人了。复生归来不同我说，因何复生也不同我说。现在好了，连内窥心域也瞒着我。还当我傻，扯谎诓骗我。这样秘密这样宝贝，师尊的心域里到底藏了什么呢？"

第十八章 有姝

一切潮流都在暗中涌动。只有他的师尊在房里呼呼大睡,一无所知。

百里决明有些抓狂，他不是没考虑过告诉谢寻微灵童子的事，只不过常人都视灵为洪水猛兽，更别提黄泉灵母和灵童子这种不知年岁道行，连他百里决明都不知根底的修罗恶煞。若让寻微这丫头知道灵童子在他的心域里，徒惹烦忧不说，解释起来还麻烦，倒不如不说。
　　"不许胡闹。"百里决明虎了脸，"好好待着，我去给你弄点儿吃的来。"
　　他忙不迭地出来，到厨房煮了一盅粥，吩咐童子送去。昨晚一夜没睡，并不觉得没精神。其实灵不需要睡觉，百里决明天天睡觉还赖床是因为睡着的感觉和死亡很像。睡着了就什么事儿都不知道了，不用思考，不用忧虑，灵体进入安宁的寂静和黑暗，所以他喜欢睡觉。
　　拐弯到裴真的寝居，隔着步步锦的窗棂往里面探看，还是没人，这人去哪儿了？彻夜未归，该不会是去和姑娘睡觉了吧？看起来老实的人一般都不老实，百里决明觉得裴真这个小子有待进一步考察。
　　到外面去溜达，沿着天街走。只见对面经堂里早课已经结束，一个黑衣男人站在弟子们的前方，亮开一张飞帖。百里决明的眼神不太好，从身形依稀辨得出是穆知深，那家伙肃杀得像一把裹在鞘里的刀，行走站立永远挺直如松。
　　他平板没有起伏的声音遥遥地传过来："近年来宗门收录的弟子太多，学舍紧张。我已向座师禀告，评定为下品的弟子即刻下山，每个人捉拿十只灵回山。完成任务者晋升中品，完不成者收回所居学舍，自行解决食宿。"
　　底下人怨声载道："为什么啊！十只，还得是我们能对付的，到明年都捉不到啊！"
　　穆知深面无表情地补充："作弊者除名，终生不得入天都山。"
　　说完他就走了，连头也不回。经堂里一片愁云惨雾，所有人都在咒骂穆知深丧心病狂。

第十八章 有妹

百里决明很看好穆知深这个小伙子。许久不见喻凫春，也不知道喻听秋找到了没？若是喻听秋和穆知深的婚约不成，百里决明正好可以横插一脚。若实在不行，可以动用一些话本子里学来的办法。譬如他蒙上脸扮成大坏蛋，把穆知深和寻微关在冰冷的地窖里，他二人出不去，地窖里又冷，穆知深和寻微免不得要互相取暖。然后百里决明再在二人的饭食里加点儿药，等生米煮成熟饭，有情鸳鸯终成眷侣。

百里决明叉腰大笑，他真的是个天才！

一面思索一面沿着夹道向北，天气热，太阳明晃晃的，他松了松白纱护领。正走着，忽见前面路中央堆着一个箱笼和几个包袱，墙头骑着一个女孩儿，阳光太刺眼，她的脸庞笼在一层金色的光里，看不分明。她正手搭凉棚东张西望，低头看见百里决明，一下子喜上眉梢，阳光下她的红唇艳若桃李。

"师兄留步！"她脆生生地喊了一句，抬起腿跨过院墙，似乎想要下来。

然而身形忽然不稳，手上抓脱了一片瓦，她身子一仰就要掉下来。

"小心！"百里决明扑过去接她。

风兜着她栀子色的衣裙，她像一只飘在风里的蝴蝶，稳稳地落在了百里决明的怀里。淡淡的花香萦绕百里决明的鼻尖，他低下头，终于看清楚眼前人的脸。素白的脸蛋，上了妆，眼角抹了浅浅的绯红，衬得一双眼眸像蓄了秋水似的，清澈动人。

百里决明老眼昏花，对女人的美没什么鉴赏能力，大多数看了就忘，连脸也记不住。记得深刻的，只有寻微，她是静物的美，温柔含蓄，见了就让人心旷神怡。这个女孩儿不同，她是动态的美，活跃、可爱，好像灿烂的栀子花开满树梢。

"干吗呢这是？小姑娘家家爬那么高做什么？"百里决明把她放下来。

女孩儿羞赧地吐了吐舌头："我是新来的弟子，第一次上山来，走着走着就迷路了。本来想爬上去看看地形，辨别方向，没想到不小心没站稳。幸好师兄经过，要不然我就惨了。"

穆知深刚还说收录的弟子太多，学舍不够用，这怎么又来一个？百里决明很是无语，果然仙门的人说话等于放屁。

"师兄可不可以帮帮忙，带带路？"女孩儿央求他，眼睛像星星一样亮晶晶的。

这丫头的眼睛太亮，百里决明莫名其妙地想起寻微。左右闲着没事儿，帮就帮吧。他弯腰把她的包袱捡起来，再背上她的箱笼："走吧。"

"师兄真好！"女孩儿欢呼，像麻雀似的跟在他后面蹦蹦跳跳的。

百里决明在前面走，女孩儿在后面跟着，话匣子一开就没个完，一路叽叽喳喳的。

"师兄、师兄，你累不累，我给你擦汗！"

"师兄，遇见你真是太好了，我差点儿以为我要一个人在山上流浪了！"

"师兄，你住哪儿，空闲的时候我可以找你玩儿吗？"

百里决明听得耳朵疼，忍无可忍，刚想叫她闭嘴，就见她捂着嘴巴，瓮瓮的声音从指缝里传出来："抱歉，师兄，我一紧张就喜欢说话，没吵到你吧？"

百里决明迟疑了一下，闷声道："没有。"

"师兄，你人真好！"她眉眼弯弯的，"听说宗门里有好多厉害的大人物，师兄你听过秦秋明秦郎君吗？他安然无恙地从灵国出来了，还救回了穆家大郎。"女孩儿双手交握在胸前，满脸期待，"真想看看他长什么样。"

百里决明心里得意，嘴角勾了勾："没什么好看的，就那样。"

女孩儿道："不过我觉得还是师兄你最好，因为你救了我！"

这小丫头，嘴还挺甜。百里决明心里很舒坦。

终于到女弟子的学舍了，百里决明把箱笼放下来："行了，我走了。"

"对了，忘记说名字了！"女孩儿拖着箱笼去里面，忽然回身，脑袋从红漆角门后面探出来，漆黑油亮的辫子往下一甩。天光落在她的脸上，别样明媚。

她俏皮地眨眨眼睛："我叫穆关关，关关雎鸠的关关，师兄叫我关关就好！"

穆知深从经堂里出来，怀里的连心锁青光闪烁，他低头瞥了一眼，脚步一转，去了活水小筑的方向。风帘下，谢寻微临光而坐，长而翘的眼睫毛低垂，打下一层薄薄的阴影，不经意地看，还以为他眉底栖着两只蝴蝶。

穆知深瞧他苍白的脸色："针疾发作了吗？"

谢寻微的笑容清淡："什么都瞒不过穆师兄。"

他们之间保持着隐秘的默契，谢寻微的大多数秘密穆知深都知晓。这个沉默的男人一丝不苟地守约，有时候也会插手，譬如刚进灵国的时候他向队伍提出撤退，那是因为他打算在撤退的途中半路折返，独自进入灵楼深处。这样那些弟子就不会丢掉性命，虽然最后事与愿违。再如刚刚他发令遣送下品弟子下山，这些修为低微的人若留在天都山，到百灵夜行的那一日必死无疑。

谢寻微并不计较他多余的仁慈，只要他的作为不影响计划的实行。

穆知深有分寸，他知道眼前这个男人有温柔如秋月的笑容，却也有狠戾如豺狼的内心。如果他阻碍了谢寻微的前进，谢寻微也会毫不犹豫地让他消失。旧日他尚有把握与谢寻微抗衡，现在……他望向谢寻微的方向，谢寻微正低眸煮茶，袅袅的烟气从纤白的指间升起。

第十八章 有妹

现在，穆知深已经估探不出他的实力了。

"那些弟子已经在收拾行囊了。"谢寻微把热腾腾的瓷杯放在穆知深面前，"穆师兄是个好人呢。"

灵侍是他的耳目，有阴影的地方就有他的眼睛。

穆知深并不回应，只道："寻我何事？"

谢寻微从桌下拿出文书和一面小巧的八角铜镜："这是你从灵国回来之后给我的文书和留影镜。在你入灵国之前，我们约定以连心锁联系，以留影镜记录。你的文书也很重要，因为留影镜只能记录声音和影像，而文书会有你的判断。"

"不错。"

"我已经看过你的文书和留影镜。"谢寻微在镜面上画出符咒，镜面的光泽改变，里面传出人声。

——"穆师兄，这是羽虫篆吗？"

——"不错，是玛桑古族的文字。"

穆知深记得，这是他们刚到阴木寨的时候，谢岑关的身份还是白笴，他们发现了天井下刻着玛桑文字的石碑，背面有人留下了翻译的中原文字：

天极星六月，封大寨九九八十一座，人畜勿入。举族西迁，永生不还。

镜子在他的包袱里，只记录了声音。留影镜里的声音继续，进展到穆知深拿出连心锁联系姜若虚。当时连心锁似乎出现了故障，姜若虚的声音模模糊糊、断断续续的。这其实是因为连心锁已经被穆知深毁坏了一角，连心锁里的灵力流无法完成周天循环，故而无法再传递十八狱的声音。这是他和谢寻微的计划，进入灵国则切断和十八狱的关联，他会使用备用的连心锁同谢寻微单向联系。

留影镜里面传来穆知深询问的声音："座师？"

无人应答。

镜子沉默了一小会儿，忽然传出一个陌生男人的低语，语气急促，声音破碎。他好像一直在重复什么内容，但没有人能听懂。穆知深记得这件事，当时连心锁突然传出一个没听过的声音，所有人都吓了一跳。

留影镜里的穆知深问："何人？何人说话？"

男人重复了几句同样的话，而后戛然而止。

谢寻微盖住八角铜镜，抬眸望向穆知深，表情有一些古怪。

"这个男人的声音是你在连心锁里做的手脚吗？用来吓唬你的同伴，让他们

269

产生撤退的意愿？"

穆知深皱起眉头："不是你做的吗？"

两个人对视着，陷入了沉默。

穆知深在进入灵国之前，随身携带的物品全部经过谢寻微的检查和处理。当时他听见这个怪声并未惊慌，因为他以为是谢寻微动的手脚，现在看来却并非如此。

"他说的是玛桑语，你听得懂吗？"穆知深问。

"说得太模糊，听不明白。"谢寻微在留影镜上画符，让它不断地重复那个陌生男人的低语。他轻轻地吸了一口气："但是这个声音，我认识。"

"你认识？"

"你也认识他，穆师兄。"谢寻微说，"这是我师尊的声音，准确地说，是他重生以前的声音。"

"师尊有很多我不知道的秘密。"谢寻微抚摸铜镜上的卷草花纹，"真是让人很不愉快。"

"或许他自己都不知道。"穆知深淡淡地说，"恕我直言，令师不像是个城府深沉的人。"

"死后如此，生前不一定。"谢寻微轻轻地摇头，"穆师兄听说过吾师生前事迹吗？"

"我不知道令师什么时候成为灵的。"

谢寻微垂眸沏茶："师尊有记忆的时日，从五十八年前算起，故而师尊祭日应当在五十八年前。我翻遍了五十八年前的记载，抱尘山隐居世外，不问世事，记载不多，大多都说师尊是大宗师的师弟，抱尘山的丹药长老，承继师门先天火法，道法高深，又精通药理，医术高明——虽然师尊死后忘光了药理医技，只知道……"谢寻微苦笑，"如何配制天下最强力的大力丸。这些记载粗看没什么问题，细看之下却极为简陋。相比较于无渡爷爷精确到一日三餐的史传记载，我师尊几乎是个透明的人。然而师尊在道门中的地位仅次于无渡爷爷，无论如何不可能被忽视到如此地步。"

"除非……有人抹去了令师的记录。"穆知深凝眉思索，"为什么要这么做？能神不知鬼不觉地修改史料，必然是仙门中地位极高的人物。然而他抹得去史传记载，却抹不去众人的记忆。五十八年并不长，若询之于仙门长辈，过往掩埋的一切皆可水落石出。修改史料，无异于掩耳盗铃。"

谢寻微的笑容意味深长，他站起身，彬彬有礼地朝穆知深颔首。

"穆师兄胆量够大吗？"

第十八章 有妹

穆知深仰头看他，静若冰雕。

"我想是够的，那就同我来吧。你将会看见迄今为止仙门最大的秘密，所有秘密在它的面前，都不值一提。"

穆关关朝同院的女弟子点头微笑，搬着箱笼进了自己的房间。她这次用的身份地位尊崇，是穆家阳夏旁支主君的小女儿，来之前特地向宗门打了招呼，给她分个单独的小屋。她用脚带上门，把箱笼丢在地上，打开，取出镜匣摆在桌上。接着打了盆水，把脸浸入脸盆，用布巾轻轻地擦拭，水里染上潋滟的胭脂色，她脸上的妆容一点点卸干净，镜子里映出她原本的面目——肤色白皙，容貌清俊，黑黝黝的眼睛很有一种说不出的亲和力，让人看了喜欢。

这张脸，属于谢岑关。

谢岑关脱了裙子，撕掉胸前颤颤巍巍的假乳房，坐在镜匣前，给自己的脸涂上一层厚厚的油膏。这玩意儿看起来像女儿家搽脸的香膏，其实是防腐的，他每晚都要涂。

怀里的连心锁闪烁青光，他用小手指把它钩出来，搁在小案上。

"老谢，见到百里决明了吗？"应不识问。

"见到了，老人家眼神不好，我上了妆他就不认识我了。"

目前为止一切进展得都很顺利，百里决明好骗得很，他"师兄师兄"甜腻腻地叫了那么久，那个傻子一点儿都没发现他是谢岑关。应不识说得没错，女孩儿的身份更容易让人放松警惕，尤其是一个漂亮的女孩儿。

"传闻中将抱尘山烧成废墟的修罗恶煞，我也很想见见他到底是个什么样子。在认识你之前，他是我心中的榜样。"应不识感叹。

"我劝你不要见。"谢岑关笑了，"会毁了他在你心目中的模样的。"

"你不要小看百里决明，他道法高深，说不定会察觉你是灵，不要离他太近。"

"玩玩咯。"谢岑关的笑容变得十分恶劣，"要不然多无聊。"

"缺德。"应不识不齿于他的行径。

"人都死了，还讲究什么德行？天大地大，爷高兴最大。"谢岑关满脸的无所谓。

涂完膏子，脸上黏黏腻腻的，很不舒服。眼睛余光里忽然什么东西闪了一下，谢岑关移过目光，投向箱笼。里面是他带来的冰蝉玉盒子，无渡留在灵国的那一个，此刻沐浴在窗棂旁打下来的黄昏日光里，青色的玉石显露出隐秘而复杂的纹路。

"咦？我发现了一个东西。"

"什么？"应不识问。

谢岑关眯起眼睛，弯身拿起玉盒子，就着日光端详。

光芒在玉石里流淌，水头荡漾如波。他缓缓地转动着玉盒子，寻找一个妥帖的角度。光芒完全充盈玉石，里面瑰丽复杂的图案终于显现。

"是一份地图。"谢岑关清澈的眸子里倒映着这份青光流淌的地图，"原来这才是无渡真正留给百里决明的东西。"

这是一份地图，极尽详细，连水渠巷道都分毫不差。谢岑关不知道地图的目的地里有什么，但直觉告诉他，这就是他要去的地方。

"哪里的地图？"

谢岑关转动玉盒子，在底部发现三个小字。

"西难陀。"

"一听就不是个好地方啊。"应不识叹息。

"我没有办法。"谢岑关放下玉盒子，镜子里映出他的脸，没有笑容，"我的灵体被灵母影响得太厉害了，如果我不行动，迟早有一天我会回到灵国，成为灵母的祭品。这世上最了解灵国的就是无渡，我必须沿着他的路走下去。"

连心锁里沉默了许久，应不识问："你打算何时启程？"

谢岑关又恢复那副吊儿郎当没正形的样子，一边哼歌儿，一边给自己的手指甲涂殷红的凤仙花汁。

"不急，热闹还没有凑完呢。"

顺阶而下，越来越冷。穆知深的指尖冰凉，睫毛上结起了霜花。这里是谢寻微的冰窖，他用来贮存尸体和制作肉傀儡的地方。百里决明的上一具肉身也在这里，被谢寻微保存着，像呵护一块珍宝。上一次喻听秋来过这里，穆知深知道这件事，但是她只发现了第一层，冰窖其实还有第二层。

谢寻微转动长明灯，灯火扭曲地摇曳，冰壁之后出现一条冰砌的阶梯，他们继续往下。

这一层连穆知深也不曾来过，当冰阶走到尽头，前方豁然开朗，穆知深铁灰色的眸子也不自觉地颤了颤。

他一直知道谢寻微是个疯子，在寒山道场那种地方成长起来，自小与灵同行，谢寻微没道理成为一个正常人。这对穆知深来说没什么，因为正常人也不会和穆知深做朋友。然而穆知深现在发现，即使是他，也低估了谢寻微的恐怖。

这一层全是人头。

一颗颗高度腐烂的人头，被泡在硕大的琉璃瓶中。浸泡液体是谢寻微配制的防腐液，浅褐色，没有臭气，反而散发着一股药草的清苦味。隔着琉璃瓶，从那些人头之间走过，它们的脸颊都恐怖又悲惨。人死后总是这样，无论生前是何等美貌，死后全都变得狰狞，仿佛一切伪装褪去，显露出真实的内心。

谢寻微看起来很苦恼："失礼了，我想了很多办法为它们防腐，可是时间实在太久了，我无力阻止它们的腐烂。"

"太丑了，不想看。"穆知深说。

谢寻微失笑了："穆师兄知道它们是谁吗？"

"你的仇人。"穆知深冷冷地评价，"收集仇人的头颅，你很恶心。"

"少安毋躁。"谢寻微摇头，他擎着灯慢慢地往前走，"穆师兄可还记得，我在寒山道场的时候用访客试验我的银针，研究他们的躯体和穴位。那一段时光固然痛苦，却也让我学到了许多。人体之中，人脑是最复杂的部位。脑髓者，中宫也。这个地方与灵体紧密相连。我的针技不能停留在肉体皮囊，我更想要影响他们的灵体。所以……"

他停留在一颗头颅的面前，将灯火靠近它腐烂的脸庞。

"我剖开了一个访客的脑袋。"在烛光下，谢寻微的脸庞美丽又冷漠，"我在里面看见了血红的经络，青色的灵力流，还有……"

谢寻微动了动手指，一根食指长的银针突破人头的头皮，徐徐上升，悬浮在二人的眼前。

"一根针。"

穆知深皱起了眉头。

"这才是我要给你看的东西，一个人的脑袋里居然埋了银针？这个发现让我很是意外。穆师兄，你还记得吗？我的试验让很多人丧命，我令我的灵侍穿着他们的皮囊离开寒山道场。因为灵侍有限，加上尸体会腐烂，我让这些人'死'于恶疾、清除灵域的行动，还有各种意外。"

"这些我知道。"穆知深说。

"没错。"谢寻微继续道，"但你不知道的是当他们下葬，躺进家族的祖坟，我回收了他们的头颅，然后惊奇地发现，几乎所有人的脑袋里，都埋了一根针。"

谢寻微挥手，所有头颅里都浮出一根银针，悬停在琉璃瓶的上方。灯火照亮锋利的针尖，使它们精光乱闪。

穆知深陷入了沉默，这的确是个巨大的秘密，足以动摇仙门的根本。因为当年进入寒山道场的人，无一不是世家的长老、主事。他们是手握权力的人，像流水一般的金钱从他们指缝里流过，他们每天做出的决定影响着无数人的生死。他们构成了仙门强大而有力的中枢，然而没有人知道，这些中枢的脑子里都埋了一根银针。

"这里的人年岁都超过五十，穆师兄，这是整整一代人啊。"谢寻微轻声道，"反而推之，所有年岁超过五十的仙门中人脑髓中都埋了银针，姜若虚，你的爷爷，是否也在此列？"

穆知深感到阵阵寒冷，犹有冰霜覆盖心头。什么样的人能做到这样的事？那个人必定手眼通天，比这些所谓的长老、主事更加强大，更加显贵。

"银针的作用是什么？"穆知深问。

"它们位于髓海中央，影响人脑的记忆。"谢寻微道，"有人修改了他们的记忆。"

"正如他修改了道门史传。"穆知深的眉关紧锁，"那个人是谁，他想要掩盖什么？"

"或许我知道他是谁。"谢寻微望着那些银针，眼神晦暗，"仔细看这些针，你发现了什么？"

穆知深拿起一枚针，在手指间摩挲。银针凹凸不平，上面细镂了花纹。他眯起眼睛仔细看，花纹无比精细，这工艺世间罕见，要在如此纤细的银针上镂刻花纹，那个工匠的技艺一定举世无双。发力于目，他终于看清了，花纹是决明草和忍冬花。

"决明草、忍冬花。"谢寻微低叹，"这是我师尊的徽识。"

穆知深铁灰色的眸子里终于有了讶然的神色。

"抹去师尊记载的，就是师尊自己。"谢寻微低声说，"在他活着的时候，在他还不是灵的时候。他掩盖了自己的死亡，让仙门所有人误以为他还活着。抱尘山远在世外，要掩盖一个人的死讯，秘不报丧即可，何以要在这么多人的脑袋里埋下银针？只有一个解释，五十八年前仙门发生了一件大事，这件事震动了整个江左，更让师尊付出了生命的代价。所有参与那件事的人都知道师尊重伤难愈，命不久矣。但是基于某种原因，或许是师尊知道自己即将成为灵，又或许是那件事决不能留存史册，总而言之，他在仙门一代人的头颅里埋下了银针，掩盖了他的死亡，也让那件事成为永远的秘密。"

回到丹房，童子在月洞窗外遥遥地朝他们拱手。

"天师召开廷议，请先生和穆师兄前去天枢宫。"

谢寻微颔首："看来山阴楚氏灭门的消息传到天都山了。穆师兄稍等，容寻微梳妆。"

百里决明也收到了姜若虚的廷议邀请，他本来不打算去的，仙门的事和他

第十八章 有妹

没关系,但转念一想,裴真那个小兔崽子是姜若虚跟前的红人,说不定也得参加这个劳什子廷议。他找裴真半天了都没见人影儿,在天枢宫应当能碰见他。便脚后跟一转,去了天枢宫。

到了地方,高耸明净的殿宇,地上摆了许多小案,每张小案前有两个蒲团。已有许多弟子入座,都是宗门的上品弟子。前面空出一排,是给长老和各家家主的。百里决明在后面随便拣了个蒲团盘腿坐下,还没有等到裴真,却瞧见另一头一群男弟子正围着穆关关。

新来的小师妹,又有这样妍丽的容色,一进来就是人群的中心,万众的焦点。

"小师妹坐这儿,这儿干净,离诸位长老远,可以打瞌睡。"一个弟子拍拍身边的蒲团。

"滚开。"一个大块头推开那弟子,换上一副笑脸,搓着手道,"小师妹,热不热,我给你扇风?"

另有一个弟子挤进来:"都走开,看你们把小师妹挤得,人都快哭了!"

弟子们一个赛一个殷勤,将那一角围得水泄不通。穆关关咬着嘴唇手足无措地站在里面,活像一只小白兔进了狼群。她不经意间掉过脸,看见一旁独坐的百里决明,眼睛登时一亮,拼命地朝他做口型:"师兄救命!"

既然看见了,不好不搭手帮个忙。一个初入门派不谙世事的小丫头,正是那帮如狼似虎的师兄弟争抢的对象。落到那帮狗男人手里,定教他们占了便宜。百里决明站起身,抱着手臂走过去,原本喧闹的弟子顿时鸦雀无声,自动给他分开一条道。

所有人看着这个男人,黑发黑眸,眼神嚣张又傲气。他是最欠扁的那种人,被他的眼睛看看,会觉得自己是个垃圾,可偏偏没人敢动他。自打从黄泉灵国回来,他的名字传遍了江左。仙门之中消息传得很快,尤其他还是人人得而诛之的"仙门第一獠",很多人关注他。本来有人想要找他麻烦,但听闻他从那虎狼之地把穆知深带了出来,便霎时熄了火焰。连上上品的穆知深都应付不了的地方,这小子竟能安然归来,定然本事通天,无人敢触他的霉头。

百里决明走到人群中心,朝穆关关扬扬下巴,示意她往外走。穆关关吐了吐舌头,凑过脑袋小声地道:"多谢师兄又救我一回!"便蹦蹦跳跳地去了百里决明的位子,乖巧地坐下。百里决明在她身侧重新落座,满殿像寒针似的目光扎在他的身上,他不以为意,像大爷似的悠闲自在。

有人愤愤地低语:"好一个秦秋明,区区寒门竖子,占了寻微妹妹不算,又要占去小师妹。咱们就这么干瞪眼,看他坐享齐人之福?"

"有什么办法,人家有能耐。"有人语气艳羡,"寻微妹妹做正妻,穆家小师妹做侍妾，一个温柔娴静，一个娇俏可爱。老天爷什么时候给我这样的好福气！"

百里决明一个瓷杯丢过去，怒道："胡说什么玩意儿，给爷闭嘴！"

"师兄就是秦郎君！"穆关关用两只手捂着嘴巴，眼睛瞪得溜圆，"为什么不告诉我？"

"我为什么要告诉你？"百里决明瞥了她一眼，"你刚入宗门，还没有评定品级，怎么会来这儿？"

"替我老爹来的，我家在阳夏，离天都山太远了，老爹就让我代表他咯。"女孩儿捧着红扑扑的脸看他，两只眼睛好像在发光，"太好了，原来师兄就是秦郎君！"

她的眼睛太亮，百里决明忍不住问："有什么好？"

她歪着头，笑容灿烂："这样我就可以同时喜欢秦郎君和师兄你啦！"

仙门的未来果然堪忧，男人想着女人，女人想着男人，全都不好好地修行。百里决明摇头，姜若虚当的什么座师，若他掌宗，必要让每人每天抄一百遍经书，教这帮不务正业的小孩儿知道什么叫清心寡欲。

"别看上我，爷对你没兴趣。"他硬邦邦地说，片刻又补充了一句，"也不许看上裴真，他是大爷我的人。"

"哦。"穆关关撇撇嘴，朝百里决明做了个鬼脸。

裴真和穆知深姗姗来迟，百里决明看见裴真来了，很想过去找他。这人昨晚去哪儿了，彻夜不归，不会去找姑娘了吧？裴真一进来，也看见了百里决明，两人四目相对，裴真的眸光温和清澈，含着点点笑意。只是在看见百里决明身边的穆关关的时候，笑意忽然一滞。

穆关关正贴耳问百里决明："那个就是裴真裴先生？长得好漂亮。"

女孩儿黏在百里决明身侧的模样落在裴真的眼里，是十分亲密的姿态。裴真以探究的眼神望向她，穆关关察觉到他的目光，便往百里决明身后缩了缩，只露出一双眨巴眨巴的大眼睛。百里决明看裴真目不转睛地望着穆关关，顿时心头火起。小兔崽子，眼睛看哪儿呢！

百里决明瞥了一眼穆关关，这丫头身材窈窕，虽然比寻微矮，但是比寻微丰满许多。他想起裴真曾说喜欢丰腴的女人，怪不得看穆关关看得这么痴迷。他选择性地遗忘了把寻微许给穆知深的打算，直起身挡住穆关关，抱着双臂，冲裴真挑衅地扬了扬眉毛。

裴真睨了百里决明一眼，连招呼都没跟他打，径自在前面落座，和他离得老远。

嘿，这小子。百里决明想到前面去，又转念一想，应是这小子来向他请安

第十八章 有妹

才是,他巴巴地过去干吗呢!便又坐了下来。

姜若虚执着拂尘在上方正襟危坐。百里决明不动声色地打量前面的人,有好些都是熟面孔,袁家袁伯卿,穆家穆老头儿,都是当初讨伐过他的狗贼。喻家的位子却空着,不知为何喻家那个老婆子没来。

大殿里寂静无声,姜若虚沉声开口:"相信大家已经有所耳闻,山阴楚氏遭凶徒灭门,全族一百五十口人,无一存活。根据楚家大宅残留的阴气,我们初步判断是恶煞作祟。"

"恶煞?"有人惶然道,"什么样的恶煞,竟能屠戮楚氏满门?楚家是中品仙门,门下不乏上品弟子,难道都无还手之力?就算无法还手,连求救狼烟都发不出吗?"

"莫非是恶煞群聚而出?"

"不大可能,恶煞很少聚集,大都各据一方灵域。"

袁伯卿抬起手,举座皆静。

那是个须发斑白的男人,按刀而坐,眉间压着阴云。谁都知道山阴楚氏在他留郡袁氏的辖下,每年进贡,受他保护。如今阖族被屠,无疑是在打他的脸,说他无能。

"有一只恶煞有此能耐,道行高深,会先天火法,屠灭一支中品仙门不在话下。"袁伯卿阴沉地道,"是百里决明。"

举座皆惊。

"他来找我们复仇了。"穆老叹息。

后面的百里决明翻了个白眼,好嘛,闹不清楚谁杀的,就把锅扣他脑门子上。他百里决明复仇还用得着偷偷摸摸?若他真要复仇,首先把江左四家的家主按在天都山上,让他们跪下喊他亲爹。

姜若虚摇头慨叹:"如今恶灵横行,仙门屡遭打击。旧日仙门儿郎奋勇,杀灵诛邪,而今仙门儿郎颓败,沉溺声色。怪不得恶灵肆虐,恶煞当道。本月十五,宗门大比,重新评定弟子品级。我决定,本次大比不再打擂。"

"不打擂?"弟子们面面相觑。

"人和人打有什么意思呢?孩子们,你们真正的敌手是磨牙吮血的灵,终有一天你们都要独自面对恶灵凶煞。若你们遇到百里决明,他会像你擂台上的师兄弟那样彬彬有礼,请你先出招吗?"姜若虚的声音传遍大殿,"所以,我要你们去挑战真正的灵。届时裴先生将从第一到第五狱中遴选灵共五只,投放至天都山,它们的实力在中中品到上中品之间。你们的目的就是将它们重新封印,你们捉到什么品级的灵,你们就被评定为什么品级,其余没有收获的人则失去重新评定的资格。将这个消息告诉你们的师兄弟、师姐妹，今日的廷议到此为止。"

裴真拱手行礼："裴真谨遵座师旨令。"

众人皆拱手："弟子谨遵座师旨令。"

大伙儿要告退，姜若虚的目光忽然投向后方的百里决明，他温声道："秦少侠留步。"

所有人的目光齐刷刷地看向百里决明。处于目光的焦点，百里决明丝毫不见慌乱，而是用右手懒洋洋地支着下巴，甚至连站起来的意思都没有。他掀起眼皮，问："找我干吗？"

"竖子无礼，竟敢这么对天师说话！"有人指着他的鼻子骂，"还不起来行礼。"

百里决明的神态轻蔑："你们向本大爷行礼还差不多。"

在座弟子皆愤愤不平，所有人都怒视着他，只有裴真没有回头，依旧端正地坐在前面。他永远是那个样子，举止得体，进退有度，连笑容都恰到好处。百里决明盯着这厮的后脑勺，心里有点儿郁闷，他都这么狂了，这小子怎么还没反应？

袁伯卿低声问姜问难："这小子什么来头？"

"一个自恃天赋高的寒门弟子罢了。"姜问难笑道，"不必在意。"

姜若虚抬手，示意大家安静。他从袖中掏出一个紫檀木盒，交由随侍童子，童子端着木盒子，送到百里决明眼前。

"少侠从灵国救出知深，我们还没有向少侠致以谢意。"他道。

百里决明打开盒子，还以为是什么值钱的宝贝，却没想到盖子一开，里面钻出一只毛茸茸的黄色小鸡崽，睁着两粒漆黑的黄豆眼，正叽叽喳喳地啄百里决明的手指。

百里决明："……"

"哇！"穆关关的眼睛放光，"好可爱！"

什么意思？百里决明无语，这是要他自己回去炖鸡汤犒劳自己？

"少侠道法高强，想来并不需要什么法宝丹药。这是一只符灵，颇为可爱，伴在身侧赏心悦目，希望少侠喜欢。"姜若虚笑眯眯地说。

所谓符灵，就是灵附着在死物上，让死物能像活物一样动弹。仙门的人闲着没事喜欢用一些没有怨气、道行低微、没有神志的灵造符灵，讨女孩子的欢心。谢岑关之前用的小灵符算是其中一种，也是最简单的一种。眼前这只符灵毛茸茸、软绵绵的，制作非常精细，里面一定填充了棉花，外面包的不知道是什么毡料,一点儿也看不出是只假小鸡。

拿灵造符灵供人玩乐很是缺德,百里决明颇为不喜。然而毕竟是姜若虚送的,不好不要。百里决明把它戳倒,它抗议似的叽叽叫,挣扎着吭哧吭哧地爬起来。

送他些法宝丹药他还能卖钱养寻微,送他一只符灵鸡能干吗?百里决明很想骂姜若虚那个老头儿,真抠门。

廷议结束,人影散乱,百里决明盯住裴真往门口去的背影,起身想要去找他。人太多了,摩肩接踵,拥挤不堪,百里决明和他之间横亘着人潮,还没来得及挤出去,那青衣男人的影儿已经消失在门槛那端了。

这厮怎么回事?竟然不等等他!百里决明有些生气。

穆关关用手指帮小鸡崽梳毛,道:"秦师兄,它好可爱。"

她在旁边唧唧呱呱的,百里决明心不在焉。最近几日他都没同裴真面对面说上话,那小子跟失踪了似的,不知道整日在忙些什么。

穆关关没得到回应,又拖长声音道:"它好可爱哦!"

百里决明漫不经心地答了句:"你喜欢?"

"嗯!"穆关关眨巴着大眼睛,"秦师兄要割爱送给我吗?"

"你们女孩子就喜欢这种没用的玩意儿。"百里决明说。

"嗯嗯!因为可爱呀。"穆关关捧着小鸡贴着脸,万分期待。

百里决明无情地把小鸡从她手中收回,小心翼翼地揣进袖子里:"不行,想要自己买去,这只我要给寻微。"

百里决明捧着装着小鸡崽的檀木盒子回去见寻微,走进跨院,隔着月洞窗便见她拿着花绷子在绣着什么。她一袭素白衫子,坐在合欢花后,别有一种明净的美。竟然在做女红,这可真是太阳打西边出来了,百里决明满脸的稀奇。跨进门槛,凑过脑袋一看,她捧的是红布绷子,穿了几根彩线,看不出绣的是个什么玩意儿。

"绣什么呢?你病刚好,别累着,要什么花样告诉我,我来。"百里决明坐在她边上,倒了杯茶挪到她的手边。

"不行。"她并没有看百里决明,而是轻轻地摇头,"这是送给师娘的红盖头,要寻微亲自绣才行。"

百里决明正想把小鸡崽掏出来给她,闻言手一滞,满脸疑惑地问:"哈?师娘?你哪来什么师娘?"他一顿,复震惊道,"你除了我还有别的师父?!"

谢寻微抬眸幽怨地看了百里决明一眼:"穆家那位小娘子,不是师尊的心上人吗?我今日身子好些了,出去走了走。刚出门便听别人说,师尊在天枢宫英雄救美，与那小娘子相谈甚欢，言笑晏晏。大家都在羡慕师尊呢，说师尊又得了一个美人儿。"她别过脸去，唇边扯出一抹笑容，"我该为师尊高兴才是，师尊有了伴儿，他日寻微没了，便有人替寻微照顾师尊了。"

"不是……"百里决明仿佛头顶劈了一道焦雷，仙门这帮人不好好地修行，整日里嚼别人的是非。要不然他为何不爱来仙门呢？往日他多看了谁一眼，谁就要四处宣扬抱尘山的百里长老对其青眼有加。百里决明大感头疼，斟酌着说辞该怎么解释。

他赶紧把檀木盒子从袖子里掏出来："送你个小玩意儿。"

谢寻微打开木盒，小鸡崽蹲在里面，眨着黑乎乎的黄豆小眼，一副懵懵懂懂的样子。

"符灵？"谢寻微蹙起细眉。

"对。"百里决明弹她的额头，"这小玩意儿给你养了，帮你找点儿事儿做，别成天想东想西的，完了还得我哄你。"他冲小鸡崽努努嘴，"给它取个名儿。"

这样小而脆弱的东西，让人很有一种碾碎它的欲望。谢寻微垂下眸子，温柔地抚摸小鸡崽毛茸茸的小脑袋。百里决明看了很高兴，他就知道这丫头会喜欢。谢寻微想了一会儿，笑道：

"我想到了，就叫它百里小叽。"

穆关关倒着走，仰头看横梁上的彩画。天都山很大，回廊曲曲折折，迤逦如红绸。彩画上说的是仙门衣冠南渡的故事，据说在数百年前，玛桑黑教传入中原，人们不再惧怕死亡，而放任恶灵横行，北方被一个又一个灵域占领，仙门不得已南渡长江，在江左扎根。后来是姜氏祖先首倡灭灵兴道，仙门复兴。大宗师无渡北上清除灵域，收服恶灵，人间才恢复了安宁。

后背撞到个硬邦邦的东西，穆关关仰起头，正对上穆知深铁灰色的眼睛。他的眸色很少见，是铁一样的灰黑色，他的目光也如冷铁一样冰凉，对上他的目光，仿佛在触摸一把寒凛凛的刀。

穆关关并不慌张，嫣然一笑："知深哥哥！"她转过身来，往后稍退了点儿，两人的距离还是很近，她抬手撩了一下发丝，一缕花香从袖子里飘出来。她眨了眨眼睛："你还不认识我吧？我是阳夏来的，咱们俩算堂兄妹。你叫我关关就好啦，'关关雎鸠'的关关。"

"不要叫我哥哥，我和你不熟。"穆知深的眼睛里没有表情，"退后。"

"哦。"穆关关吐了吐舌头，往后退了一步。

"不够，继续退。"

第十八章 有妹

穆关关又往后退了一步。

"再退。"

穆关关有些生气了，退后一步跺脚道："我不跟你说了，我走了！"

"够了。"

穆知深拔出刀，三尺长的刀身，刀尖刚刚好架在穆关关的肩膀上。锋利的刀刃割断穆关关的一寸青丝，青丝随风飘扬，落入灿烂的花丛中。空气好似在一瞬间凝滞住了，世界寂静得只剩下风声。

穆关关可怜兮兮地看着他，委屈道："知深哥哥干什么用刀指着人家？你再不收回，小心我哭给你看。"

"不要叫我哥哥。"穆知深冷冷地说，"其余的随便。"

"知深哥哥，知深哥哥，知深哥哥。"穆关关的笑容颇有些恶劣的味道。

穆知深："……"

谢岑关不知道这小子忽然发什么疯，居然用刀指着一个漂亮的女孩儿，他的脑子一定哪里不正常。谢岑关来之前查过，穆关关和穆知深没有见过。他左思右想，自己并没有哪里露出马脚，正准备随便说点儿什么蒙混过关，哪知穆知深喊了他一声，让他一瞬间把话咽了回去。

穆知深喊的是："谢宗主。"

说完这句话，两人同时陷入了沉默。风卷起万千花瓣，花雨落于红廊间。两人对视着，穆知深面无表情，谢岑关颇有些尴尬。为老不尊的模样被识破了，着实让人老脸通红。幸好他谢岑关脸皮厚，并不十分纠结。

他一下松了架势，抱着手臂靠在栏杆上，高高挑起一边的眉毛，换回了原本的男人嗓音："怎么发现我的？我明明演得这么好。最近真是邪门，扮成什么样儿都被戳穿。"他颇有些不高兴，"改日去观里烧炷香，去去晦气。"

一个娇俏可爱的女孩子，吐出的却是男人的声音，这场景实在是很诡异，但穆知深一点儿反应也没有，平静得像一潭死水。他开口："你演得很好，但你惹了不该惹的人。你不应该去招惹百里决明，你的行为触怒了一个人，那个人想要把你送到百里决明看不到的地方。在宗门动手很麻烦，尤其是现在，所以他要我先来调查你。"

"哟嗬，还有这等人物。谁啊，对百里决明这么上心？"

穆知深沉默着不说话。

"好吧，我不问。"谢岑关摸着下巴，"你是怎么调查出来的总能告诉我吧？"

"我没有调查，我只是跟着你走了一段路。"穆知深收回刀，如水的刀光没入刀鞘，"你身长六尺五，腰围二尺二，腿长三尺六，除了胸部，其他部位的尺寸都和我在灵国见到的谢宗主一模一样，我起了疑心。刚刚你撞到我，让我确认了我的猜测。"

"哈？"谢岑关低头打量自己的身材，这男人的眼睛忒毒了吧。

"你们改易装扮，常常忘记一些细节。比如说头发，你头发的香气和在灵国时一样。"穆知深的眸光平淡，"你很喜欢木槿香的澡豆吧。"

真是个奇怪的人，谢岑关想，看起来木讷，却出乎意料地敏锐。

他漫不经心地鼓掌："厉害，不愧是宗门上上品。"说着，他的笑容渐渐地染上险恶的意味，"小娃娃，你话都说到这份儿上了，叔叔不杀你，岂不是很没面子？"

"你杀不了我。"穆知深淡淡地说，"一旦我们有了打斗，角楼的瞭望弟子会立刻看到。"他用刀柄指了指远处的角楼，"你是灵，出招必有阴气，它会触发防御阵法，天枢宫的座师会立即收到反馈。这里是十八曲回廊，座师从天枢宫赶到这里只需要十息的时间。今天有廷议，各大长老和家主均在山中，赶到这里平均大概要十四息。巡逻弟子会到得最快，只需要五息。所以，你需要在五息之内杀了我，并且逃走。"

他蓦地抬起眼睛，铁灰色的眸子凛冽如刀："但是，那不可能。"

谢岑关长叹一声："真是流年不利。行了，你跟我在这儿废话这么多，我看你也没有动手抓我的意思。既然如此，"他勾唇一笑，"你想要从我这儿得到什么？先说好，不要问我来天都山干什么，你就当我闲着无聊来玩玩咯。"

"为什么调查无渡？"穆知深问。

谢岑关挑起眉毛："你怎么知道我调查无渡的事？百里决明跟你说的，还是你们那个裴小郎君说的？"

"裴真。"

"你为什么要知道这个？"

"回答我的问题。"

谢岑关仰着脖儿看天："这话可就长咯……让我想想……"

穆知深从怀里掏出一本泛黄的册子，似乎被烧过，边角发黑。他说："不要对我撒谎，这是百里决明的手记，抱尘山围剿之后，我在废墟里捡到的。里面记了很多无渡的事情，我想一定对你有用。如果你据实相告，我可以把这本册子送给你。"

谢岑关摸着下巴，仍在迟疑。

穆知深撕下里面的一页，递给谢岑关。

这一页被烧毁了一点儿，字迹仍是清晰的——

第十八章 有妹

　　无渡老儿从那个地方回来了，受了伤，耳背也比以前更严重了。这老儿年纪虽大，却喜欢玩命，不像我，成天只想趴着。罢了，他高兴就好。反正快归西了，人临死之前总得了了心愿什么的。他说那个地方是最接近天的地方，一旦进入那里就会失聪，持续不断地耳鸣。我说你耳背还去那个地方，是不是想变成聋子？

　　这个时候他笑了，他的笑容里有很多我说不出的东西。最近几年他经常这样笑，这让我觉得他确实离死不远了。他说从前有一个人告诉他，那个地方让人们失聪，是为了让人们听见上天的声音。他说他们管这个叫"天音"，他们每年都会派聋子上山去听。上天有问必答。那个人说得没错，这次他真的听见了，在耳鸣声中，有人在低语。我问他听见了什么。他说他听见了解决一切的办法。

戛然而止，后一页在穆知深手中。

直觉告诉谢岑关，百里决明说的"那个地方"就是"西难陀"。那到底是个什么样的地方，真的能听见上天的声音吗？如果上天真的有问必答，是否可以告诉他怎么救他自己？无渡说的"解决一切的办法"又是什么意思？谢岑关拿着纸张的手在颤抖，他抬起头，凝视穆知深："把手记给我。"

"给我你的答案。"穆知深冷冷地说。

"我告诉你就给我？"

"一言既出，驷马难追。"穆知深道，"你轻狂，但我守诺。前辈务必以诚相待。"

"真搞不懂你为什么这么执着，这件事情根本跟你无关。"

谢岑关坐下来，揣着袖子。他分腿而坐，还穿着裙子，仪态实在是很不雅观。穆知深皱了眉头，默默地别开脸。

"好吧，我告诉你。"谢岑关皱着眉头，眉宇间染上星星点点的落寞，"因为他带走了寻微。"

时间是十六年前，谢岑关在灵国里待了整整五年，终于找到了离开灵国的道路。这里他没有细说，似乎并不想让穆知深知晓。他附身在一具残缺的尸体里，蓬头垢面，爬回了谢家。他十分犹疑，五年不见，昔日俊秀的谢宗主成了一只丑陋的长毛僵尸，他担忧自己不但不会被认出来，还会遭到谢家弟子的封印。但是他的担忧统统落了空，因为那天是谢寻微的生辰日，也是谢家灭门的日子。

当他踏入谢氏门庭，只见满院鲜血。檐溜下全是黏腻的血液，汇成小河汩汩而流。他一具一具地翻尸体，找他的妻子，找他的父母，还有他的孩子。在正堂门厅，他看见了幼小的寻微，满脸脏污，裙子上都是血迹，黑黝黝的眼睛空茫一片。他想他的孩子该如何面对这样悲惨的命运，满门尸体，母亲被杀，父亲失踪，从此孤身一人。

寻微就那样抱着母亲的尸体呆呆地坐在冰冷的地砖上，旁边立着一个白发苍苍的老人。

他认出那个老人是无渡，他满心痛苦之余又感到庆幸，至少他的孩子得到了抱尘山大宗师的救助。他躲在断壁后面，远远地瞧着他们。

"无渡爷爷，我可以过几天再跟你走吗？"寻微轻轻地问。

"不要担心，寻微，我会帮你埋葬你的家人。"无渡温声道。

寻微摇摇头："我要等等阿父。他还没有回家，假如他这个时候回来了，我又走了，他会找不到我的。我们再等几天，好不好？就多等几天。"

"好吧。"无渡叹息，"五天之后，我们启程。"

他们等了五天，寻微用瘦弱的肩膀扛着铲子，在后院为自己的家人挖坟。无渡请来街坊邻居，埋葬谢家人的尸体。寻微坚持要自己挖母亲的坟，他没有眼泪，也没有话语，只是不停地挖着土，昼夜不停。当他把最后一抔泥土撒在他母亲的面容上，五天之期到了，朱门空空地开着，门槛上有风有雨，独独没有那个风雨中归来的人。

谢岑关不敢出去，他是个灵，丑陋，狰狞，他已经无法站在天光下。

寻微终于要启程了，他什么都没带，因为他什么都没有了。他只攥了一方丝帕，血迹斑斑的，来自他母亲的胸怀。

"阿母说阿父许过诺，一定会回家的。这是阿母的杏花手帕，将来有一天，阿父看到这条手帕，就会认出我。"他仰着脸问无渡，"爷爷，阿父会遵守诺言回家来吗？"

无渡用手摩挲他的发顶："寻微，你要相信，所有心愿终有一天都会实现。"

悲伤犹如哀霜，落满谢岑关的心头。他这辈子没有体会过这样的荒芜与痛苦，被灵母撕咬的时候没有，成为灵的时候没有，困守灵国的时候也没有。这个时候他终于感受到了，因为他的孩子沦落成了一个无父无母的孤儿。

他想他应该出去，他应该出现在寻微的面前。即使他成了灵，他要告诉寻微，阿父回来了，阿父守住了诺言。于是他想立起身，想要从颓圮的断壁后面走出去。可这时无渡回头了，那目光穿越潇潇风雨，落在他的身上。霎时间他的手脚发凉，原来无渡早就发现了他。他想要解释他是谢岑关，然而他看见，无渡对着他轻轻地摇了摇头。

第十八章 有妹

"不要过来,不要出现。"无渡的声音遥遥地传来,只有他们两个人听得见,"这个孩子已经不属于你了。我会将她带往抱尘山,她会得到妥善的照料。我亲自授她经书,我的师弟百里决明教她术法。你不要出现,更不要告诉她你是她的父亲。"

他瞪大眼睛,无渡竟然知道他是谢岑关。

"什么……意思……"

无渡叹了一口气:"意思是,如果你出现,我会杀你。"

"不是我抛弃了我的孩子,是无渡把他夺走了。"谢岑关缓缓地说,"你明白了吗?"

穆知深静静地看着他,没有回应。

"我去过抱尘山下,我见到过百里决明吹火龙挣钱,养我的孩子。无渡或许别有居心,但百里决明值得信赖。而且在那之后,我的身体……准确地说是我的灵体,出现了一些意想不到的变化,我不得不离开。我照顾不了他了,只有百里决明把寻微当作亲生的孩子照料,我才能够放心。"谢岑关不无悲伤地慨叹,"穆小郎君,大人的世界就是这样无奈,我们不得不做很多我们不想做的事情。现在,你可以把百里决明的手札给我了吧。"

"还有一个问题,灵国之中,你走之后,我们发现你原本的肉身发生了异变。"

"啊,你想问我为什么会这样?"谢岑关摸着下巴,"我只能告诉你,不是我动的手脚。我原本想帮你们破坏那玩意儿,可惜没来得及。如果你要准确的答案,"他狡黠地一笑,"咱们说好的一换一,你得给我别的好处。"

穆知深将手札扔给了他,转身离开。这家伙当真守诺,说一换一就一换一。死板的家伙,谢岑关撇撇嘴,将札记收入怀中,沿着回廊往前走,回到自己的院子。解开衣裙,脱了假胸,这玩意儿死沉,戴着难受。卸了妆容,他打算好好地研究一下百里决明的手札。箱笼还在地上敞着,无渡的冰蝉玉盒子躺在绣花包袱里。他一向是个邋遢的人,随便用脚挪了挪箱子,包袱里掉出一沓手帕。他定睛一看,手帕上绣的全是杏花。

——"阿母说阿父许过诺,一定会回家的。这是阿母的杏花手帕,将来有一天,阿父看到这条手帕,就会认出我。爷爷,阿父会遵守诺言回家来吗?"

他记得这包袱来自裴真,在灵国的时候,他从裴真那儿偷走的。会是巧合吗?天底下有这样的巧合吗?裴真……裴真……谢岑关怔怔地蹲下来,拾起那手帕,他的妻子,寻微的母亲,名唤喻真真。

原来裴真,那个风姿卓绝的妙手神医,便是寻微。

——"那个孩子,我不要了。"

他亲口在寻微的面前，说了这样残忍的话。

穆知深向活水小筑的方向走，他的影子里分出一条黑影，一闪就不见了。他拿出袖子里的连心锁，锁头闪烁着像萤火似的青光："你听到了？"

"嗯。"谢寻微悠悠地沏茶，"这是一件值得高兴的事吗？我的阿父并没有抛弃我呢。"

"随你。"穆知深说。

"他说他的灵体出现了一些意想不到的变化，你猜会是什么呢？"

"喻连海和谢岑关一样，食用过灵国食物，从灵国回还人间，你可曾调查过喻连海？"

"我的确派灵侍去探过。"谢寻微低低地叹息，"可惜我们晚了一步，他不见了。"

"不见了？"

"不错，昝夜被盗，不知去向。"

线索又断了。穆知深沉吟了一会儿："令师的札记，你就这么给他了吗？"

"札记里有用的只有我让你撕给他的那一页，其他的都是师尊记的账目。'寻微的彩布，十钱；寻微的头花，一钱；寻微的口脂，七钱'，诸如此类的罢了。"谢寻微淡淡地笑。

跟随穆知深的黑影回到小筑，像燕子一样栖在谢寻微的脚边。

"谢岑关就是漓水村的老板。"黑影扭曲，幻化出像虫蚁一般的字迹，"他们的声音一模一样。"

"我知道了。"

谢寻微看向亭外远山，此时此刻，穆知深独自一人穿过小径，回到自己寂静的小院；谢岑关在灯下阅读手札，唇边泛起苦笑；千里之外，无数灵披上蓑衣，从漓水村启程，向着天都山奔袭而来。

一切潮流都在暗中涌动。

只有他的师尊在房里呼呼大睡，一无所知。

── 第十九章 ──

为君

穆师兄,你为谁而战?

七月十五，宗门大比。

熹微的晨光洒照在天枢宫檐角上威严蹲踞的辟邪上，所有檐瓦都如琉璃一般熠熠生辉。无数弟子在殿宇下方整装待发，领口的银线葵寒光凛冽。姜若虚和穆、袁、姜三家家主站在高阶之上，俯视这些跃跃欲试的年轻弟子。

姜若虚披手而立，声如洪钟："山林四方，五个关押恶灵的囚笼已经打开，我们将会在天都山上空支起结界，遮住日光，所以它们只会在天都山区域内活动。你们须得在日落之前找到它们，封印它们。你们可以合作，也可以竞争。只有成功封印灵的人，才能够晋升品级。"他微笑，"我期待，你们之中再出一个上上品。"

"本次大比，由我留郡袁氏弟子负责瞭望戒严，镇守角楼。"袁伯卿道，"你们不必担忧不敌灵而被杀，关键时刻自会有袁家出手相救。只是鏖战恶灵，受伤在所难免，拿出你们仙门弟子的样子，不要让你们的父兄和家族蒙羞！"

"是！"所有弟子一起答道。

"鸣钟。"姜若虚抬手，"大比正式开始。"

沉雷一般的钟声响彻天都山上空，四方角楼的瞭望弟子同时打起旗语，结界在天都山上方形成，晨光渐渐收敛，结界内进入黑夜。从外面看，天都山上面好像罩了个黑罩子。与此同时，山林中的五个囚笼符纹褪色，灵从沉睡中复苏，嘶吼声震荡林海。弟子们四散进入山林，穆关关也在其中，今天她穿了条红裙子，腰上系着红绡，飞奔起来的时候像飘扬的晚霞。

"小师妹，你跟我们一队吧！"几个师兄追上穆关关，"我们都是中上品，今天那五只恶灵，我们包圆了。你什么也不用做，跟在我们后面就行！"

"好呀好呀！"穆关关甜甜地笑，"那就劳烦几位师兄啦！"

日光被遮蔽了，林子里漆黑一片。他们举着火把，到处找灵。叶片浓密，

第十九章 为君

层层叠叠，树影幢幢，哪里都像藏着灵。姓叶的师兄和姓张的师兄各拿出一张符咒，这符咒遇阴气就会燃烧，他们举着符咒，四处试探。

走了约莫半个时辰，前面传来压抑的哭声，所有人的脚步一滞。哭声飘飘忽忽，仿佛有温度似的，寒浸浸地发凉。叶师兄走在最前面，手里的符咒无火自燃。大家互相看了看，点了点头。

"小师妹，你留在这里，我们过去封印灵。"叶师兄道。

穆关关用力地点头："师兄们马到成功！"

他们按着剑，猫着腰过去。前面远处有个白惨惨的影子，鸦黑的长发遮住了脸，一看就是个灵。叶师兄做了个手势，所有人默契地灭了火把，同时向四周散开，包围住那只灵。周围失去了光亮，沉浸浓稠的黑暗里。一片静寂，只有灵压抑的哭声。

叶师兄留意着四周的脚步声，确保大伙儿以同样的速度接近那只灵。他们很谨慎，都知道单独行动往往会落于下风。哭声越来越响了，叶师兄半蹲着缓慢地靠近，那白惨惨的影子也逐渐地扩大。看起来是个很高的女灵，手脚苍白。

大家停了下来，草丛里的脚步声消失了，大家等待叶师兄的攻击指令。

"攻！"叶师兄向大伙儿传音。

他加快了速度，一下和灵拉近了距离。这一次他伸出手就可以摸到灵的裙角，可是预想中的同伴没有出现，四周静谧无声，听不到同伴的脚步声。独自一人靠近灵，心里委实有些发虚，他缓缓地后退了好几步，再次和灵拉开距离，同时向四周传音："喂，你们在干什么？为什么不行动？"

这时灵的哭声停止了，叶师兄探出脑袋，惊悚地发现女灵不见了。那苍白如纸的影子像是蒸发了似的，根本找不到了。没有了目标，周围越发黑暗，叶子刮着脸，像刀割一样疼。同伴呢？他继续传音，但是没有人回应他。黑暗的山林好像只剩下他一个人了，同行的四个同伴像灵一样突然消失了。

他心里发慌，决定向同伴的位置探索，他记得最后一次听见的脚步声的方位。于是匍匐着摸过去，果然看到同行的师弟蹲在前面，缩着脑袋，似乎在探看什么。等眼睛适应了黑暗，他发现所有的同伴都蹲在这附近，凝成一个又一个像铁块似的黑影。他跑上前去，拍师弟的肩膀，低声道："你们怎么回事？"

师弟一下子倒了下去，他看见师弟圆瞪着眼睛，脸色是死尸的苍白，表情定格在一个极端惊恐的瞬间。他一下呆住了，环视四周，虽然看不清脸，但他看见所有人都是一副僵硬的样子。

在他不知道的时候，除了他，所有人都被杀了。

他浑身直冒冷汗，这灵有问题，他当机立断，匍匐着后撤。这时后面响起窸窸窣窣的声音，他回过头，登时头皮发麻。方才明明死掉了的师弟就蹲在他身后不远处，其他的人影也逼近了很多。

完了完了，他冷汗直流。拼命往前爬了几步，再次回头，师弟和他的距离又拉近了，光线太暗，整个死尸是一个巨大的黑影。他死死地盯着这些尸体，一步步倒退。没有尸体动，它们好像在耍他，玩一二三木头人的游戏。

他瞪着它们，以倒退的方式后撤。突然，后背靠上一双又冷又硬的腿。

他心里像卧了冰雪似的发凉，宗门放出的灵有问题，它们不止五只，更不是寻常恶灵。它们是恶煞！

一只苍白的手抚上他的肩头，女灵靠近他，在他耳边冰冷地吐息："郎君说，今日七月半，宜大开杀戒。"

绚烂的刀光迎面而来！叶师兄下意识地闭上眼睛，却半天都没有感受到预想中的痛楚。有黏稠的血滴滴落在他的眉睫，他胆战心惊地睁开眼睛，仰起头，看见女灵的面门上插着一把漆黑的短刀。

一个人站在远处，太黑了，叶师兄只能看清一个漆黑的人影。

"我以为我们是同盟。"女灵把刀拔下来，虽然面门破碎了，可她依旧在说话，"应不识先生。"

"我们老板慈悲为怀，不喜欢滥杀无辜。"被叫作应不识的男人摊摊手，"对不住啊，刚接到老板的命令——'围杀五恶煞'。我也很头疼啊，他太任性了，成日朝令夕改。前天晌午他说他要去拉屎，到了茅房却说他要吃稀饭。"

灵们沉默了，没有灵因此而发笑。

"不好笑吗？"应不识自己笑了两声，冲叶师兄招手，"傻孩子，还不快过来。"

叶师兄连滚带爬地跑了过去。

远处，终于有弟子发现问题了，奔跑着高喊，互相示警："有恶煞！有恶煞！通知天枢宫！"一枚火红色的烟火炸响在高空，那是传讯天枢宫情况有变的信号。然而过了许久，黑夜结界都没有撤销。山林中的弟子面面相觑："结界为什么不撤销？"

应不识也皱起了眉头。

"不好意思，这是我的灵域，"初一从树林荫翳中走出，冷酷地开口，"'永夜'。"

远处传来惨叫声，还有灵的嘶吼。刀光和血光混杂着在黑暗的丛林中溅射，有弟子竭力嘶喊："散开！藏起来！快藏起来！"在夜色的庇护下，恶煞的力量发挥到极限，人与灵，灵与灵，在相互撕咬，鲜血肆意喷射。

第十九章 为君

一、二、三、四、五，应不识数着眼前的灵，听着远方的惨叫，感到了极度的头疼。那个藏身黑暗中的郎主手下不止五个恶煞爪牙，他究竟是什么人，应不识非常好奇。

"郎主早就预料到你们的背叛，这个灵域里有十个恶煞。"初一冷冷地道。

"十个……"应不识低叹，"事情变得有点儿难办啊……"

恶煞和普通灵之间的实力差距很大，若是五个恶煞，漓水三百灵有把握大获全胜，然而当恶煞的数目翻了一倍，情况就难说了。降伏十个恶煞，那郎主到底是何许人也？应不识难以想象。

"只要天都山大乱，我们就完成了我们的任务。在我的灵域被破以前，这里将是我们的围猎场。"初一说，"不得不说，你们不应该背叛郎主，这是一个错误的选择，即使你们的老板是谢岑关。"

"你怎么知道我老板的姓名？"应不识惊讶道。

"去躲起来吧。"初一抬起脸，獠牙毕现，"恶灵捉迷藏的游戏，开始了。"

谢岑关来到十八狱的入口。他是谢家宗主，拥有谢氏的通行符令。即使天都山建立了宗门，十八狱的通行符令依然和他还是人的时候一样。他笑了笑，手指一划，落叶下的谢氏风符久违地燃起青光。他站上飞仙石，缓缓地沉入地下。

"老应，上面交给你了。"

"你又去哪儿？"连心锁里传来急剧的喘息声。

"要去西难陀，没有一件称手的兵器不行啊。"谢岑关叹息，"我去拿灵童子的九死厄。那可是传说中的灵刀，即使是百里决明也不敌它的锋刃吧。"

听见应不识的喘息声，谢岑关偏了偏头："你怎么跑这么快？"

毕竟身后追着好几只恶煞啊。应不识看了看后面，猛兽般的灵穷追不舍，这场面多少有些刺激。"真想提醒你我只是个普通的大夫，让大夫拿刀很不地道。"他反身挥出一刀，"罢了，你去吧，上面交给我了！"

飞仙石沉入第一狱，眼前灯火逐个点亮。画壁上雕刻着壁画，画的是大宗师接受姜沧海的提议，诏令仙门百家驱逐玛桑黑教教徒的故事，那些教徒在壁画上统统是恶灵的形象，面孔丑恶，通体漆黑。灵狱当中，灯火的中央，一个安静的黑衣男人跪坐于地，一柄刀放在膝前。他像一块礁石，没有喜怒，没有温度。

谢岑关长叹了一声，他真的很不喜欢打架。

"你不应该在这里。"穆知深垂眸道。

"你也不应该在这里。"

"我们的目的一样吗?"

"一样。"

"真不凑巧。"谢岑关笑了笑,上下打量他,"穆师兄,你为谁而战?"

穆知深拿起刀,一截刀刃从刀鞘里推出,冰冷的刀光照亮他铁灰色的眼睛。

"一个疯子。"

"那你也是疯子。"

"嗯。"穆知深站起来,"你说得没错。"

他悍然拔刀,刀光迸溅如水滴,狰狞的电光狂怒而出!

百里决明醒来后,发现自己在一个山洞里。发生了什么?他记得他在自己屋里睡觉。今天是宗门那帮小娃娃斗殴的日子,他没兴趣,和往常一样闷在屋子里睡大觉。大家都说昼寝荒废时光,然而荒废时光是他最爱干的事情。他的人生太长了,不荒废点儿过不下去。

他举目四望,眼前是一个完全陌生的山洞,十分炎热,空气仿佛要沸腾起来。壁上有雕刻,刻的是无渡老儿脚踏恶灵。看样子他还在天都山,就是不知道在哪个角落。

哪个家伙竟然敢搞他?

脚边放了一盏风灯,还有一枚做成缠枝决明草模样的连心锁。他拿起连心锁,锁头亮了亮,与此同时,锁骨下方的咒契符纹烧得滚烫。

他一愣,恍然明白过来。是那个拘他的家伙!

那个小子果然手眼通天,不仅能拘他,还能神不知鬼不觉地移动他。百里决明意识到,那人绝对是个可怕的对手。放眼天下,除了寻微,没人能在他睡梦中摸上他的衣角。

然而那又怎样?他恶狠狠地磨了磨牙,他是没有防范,才被摆了一道。

"小家伙,你终于出现了?我等你很久了,现在是什么情况,和你爷我玩捉迷藏?"百里决明拿起连心锁。

连心锁里面传出低沉暗哑的笑声,一个男人的声音不紧不慢地响起:"前辈,站起来,往前走。"

这声音陌生,低哑,却有一种说不出的味道。

百里决明觉得怪怪的,浑身直起鸡皮疙瘩。

"这里是哪里?你想干吗?告诉你,识相点儿给爷出来,爷留你一条全尸。"

"你不是来过这里吗?"男人叹息,"前辈真是健忘。"

第十九章 为君

百里决明走了几步，想起来了，这里是十八狱，往西走是飞仙石，飞仙石前面不远处就是通往灵国的地裂。只不过这里和上次来的时候不一样，所有关卡都打开了，好像是专门为了等他。

他步入关卡，这里原本有一道厚重的石门，和一道更加厚重的铁门。现在它们全都被巨闸拉起，高高地悬在百里决明的头顶。百里决明看见前方两个漆黑的石座静静地矗立着，原本围绕它们旋转的阵法已经熄灭，符纹统统暗淡了下去。

六瓣莲心静静地悬在上面，它是一朵莲花的模样，散发着血色的红光。原来这里的空气这样滚烫，不只是因为十八狱位于地底，靠近岩浆，更是因为这颗心。它太烫了，蒸不烂，煮不熟，连炼丹炉都无法容纳它。没人知道这颗心到底怎么用，于是仙门把它放在了这里，把它和旁边的九死厄一起尘封。

"喜欢吗？"男人低笑，"我给你的见面礼。"

"送给我？"百里决明摸向那颗莲花心，莲花奇迹般地合拢花瓣，收敛高温。

"不错，这天下你想要什么，我给你什么。"男人的声音似乎要比六瓣莲心还要滚烫。

百里决明平白受了这么一份大礼，实在有些发蒙。

他拧起眉毛："无事献殷勤，非奸即盗。小子，你最好说明白为什么。"

"因为我……"男人的唇瓣轻启，"仰慕你啊。"

谢岑关踢掉绣鞋，赤脚踩在坚硬的石砾上，他拨开裙摆，笔直修长的右腿从分叉的裙袂间露出。烛火烫过他洁白的大腿，犹有闪烁的金粉跃动其上。他的大腿上绑着一把漆黑的短刀，刀鞘抵着他的膝弯。缓缓地拔出刀，铿亮的刀光滑过玉石一般的小腿肚，脚趾上殷红的趾甲比宝石更加艳丽夺目。

这情景让穆知深出鞘的刀光凝滞了一瞬，谢岑关敏锐地捕捉到了，他笑起来，眼角淡抹的绯红无比妖艳。带了妆的他，笑容总是那么妩媚又狡黠，像一只藏着利爪的狸猫。

"穆师兄，你没有看过女人的大腿吗？"

"你不是女人。"

"是吗……"

谢岑关的裙袂像蝶翅般倏忽一振，整个人瞬息间变得模糊了，穆知深的瞳孔一缩，迅速地出刀。耳边拂过一阵滚烫而芳香的女人气息，一道凄冷的弧光闪过他的肘下。如果这时有人在旁边观看，会发现两个人影交错一晃，紧接着是谢岑关与穆知深背对背分立，两个人已经在刹那间交换了位置。

鲜血从穆知深的胳膊上汩汩流下，染红了他的刀刃。热辣辣的疼痛后知后觉地传来，可他像石雕一样，岿然不动。谢岑关太快了，他甚至还没有使用术法。这就是长辈和晚辈的差距，他们之间隔着一个时代。

那个比毒花更加致命的男人回眸，眸光带着揶揄的笑意。

"可是我比女人更女人，不是吗？"

穆知深缓慢地回过身，重新执起起手式。他线条冷硬的脸庞依旧冷漠："你比谢寻微还要无聊。"

"你真的舍得对小师妹动手吗？"谢岑关很委屈。

"闭嘴。"

二人的刀光相接，术法同时发动。风与雷咆哮着对冲，画壁受到冲击，四面皆粉碎，石砾倾倒如潮。他们的刀很快，肉眼根本难以捕捉，两个人都几乎凭着猛兽般的直觉出刀和抵挡。谢岑关没有想到一个年轻人的刀法可以精湛至此，穆知深的确无愧于宗门上上品的称号。正一雷法比他想象的更加凶猛，电光挟裹刀刃，让他每一次接触穆知深的刀都如遭雷殛。他知道雷法的原理，雷殛会破坏他的经络，阻滞他的灵力，让他的行动越来越缓慢。

他微笑，假以时日，穆知深会成为一个强大的对手。可惜，穆知深没有时间了。

一瞬间灯火全数熄灭，穆知深的刀走空，谢岑关的气息完全消失了。

四方寂静，眼前一片漆黑，穆知深失去了目标。谢岑关好像水汽一样蒸发了，穆知深完全感受不到他的存在。穆知深保持着微微下蹲的姿势，刀刃下垂，斜指着地面。他缓缓地吐息，静听四周动静，没有关系，只要谢岑关出招，他必能察觉到。

在这时，清脆的风铃声响了。他感觉到了，似乎有许多小铃铛悬浮在空中，风托举着它们。铃铛声接连响起，仿佛有人经过，裙袂轻拂，恍惚如梦。迷惑的手段吗？扰乱穆知深的听觉，掩盖脚步声，也就可以掩盖逼近的杀机。他尝试出刀破坏铃铛，然而铃铛的数量只增不减。风铃越来越响，越来越急促了，声音交织成一片，几乎到了刺耳的程度。穆知深闭着眼睛，谢岑关的踪迹彻底消失了。现在，即使谢岑关走到他身后，他都感觉不出来。

他本能地感受到杀机越来越近了，那个妩媚而狡猾的男人，就藏在某个铃铛之后！

在哪儿？在哪儿？他拼命地听，刀刃游移不定。

就在这时，他捕捉到一缕香气。

淡淡的木槿香，恍若细纱拂过鼻尖。他记得，这是谢岑关最喜欢用的澡豆的气味,他的头发总是这个味道。不再犹豫,穆知深悍然出刀,狰狞的电光像白蛇一样缠绕刀刃,照出方寸的光明。于是在那片光里,他看见自己斩断了一把飘扬的青丝。没有人,单单只有青丝一分为二,落入尘中。

中计了!

风中的灵在他背后出现,以刀背砍在他的脊背上,那一瞬间他以为自己断成了两半。谢岑关又以刀背撞击他的手肘,他听见骨头碎裂的声音,右手立刻痉挛,横刀脱手,哐当一声砸在地上。他脸色苍白,倒了下去,却依然伸出左手,去够那把刀。

一只脚踩在他的手背上,谢岑关蹲下身,摸摸他的脑袋瓜:"好啦好啦,别打啦,善良的小师妹放过你了。乖,回家去吧。"

穆知深不想看他,闭上眼睛,说:"我输了。"

"没关系哦,以后再加油嘛!"谢岑关拍手。

"我知道了。"一个陌生男人的声音忽然传来。

"咦?"谢岑关惊诧。

穆知深胸口的连心锁锁头闪亮,随后暗淡了下去。原来穆知深并非在对谢岑关说话,而是向战场之外的某个人传讯。谢岑关看着那连心锁,眯起眼睛:"穆小子,刚才那是谁?你究竟为谁而战?"

穆知深没有回答,却问:"谢宗主,你有没有想过,当年如果躲在废墟里,受到无渡宗师威胁的人是百里前辈,他会怎么做?"

"他啊……"谢岑关耸耸肩膀,"大概会冲出去,然后被无渡打死吧。"

"没错,按照百里前辈的性子,一定会冲出去吧。"穆知深用灰色的眼眸凝望他,"他大概会不要命地和大宗师打起来,被打得头破血流,遍体鳞伤。然后顶着满头鲜血,告诉谢寻微,他回来了。"

谢岑关沉默了。

这大概是穆知深头一次说这么长的话,他说得很吃力:"不管是用什么身份,百里决明还是秦秋明,他都会陪在谢寻微身边。所以谢寻微敬他如父,不敬你。"他低下眉睫,轻声说,"谢宗主,你做错了。"

术法沉寂,只剩下一片废墟。谢岑关在这一刻恍然明白,那一天他做错了。他不该眼睁睁地看着寻微离开,不该将寻微送给百里决明,即使百里决明一定会对寻微倾囊相授,视如己出。他曾经无数次地出现在抱尘山山脚下的集市,遥遥地看百里决明在路口做场吹火龙,看寻微被石头画的圆圈着,乖乖地蹲在旁边。他无数次看着百里决明带寻微看戏,寻微哭得眼泪鼻涕一起冒,最后全部蹭在百里决明的衣襟上。他更无数次在夕阳西下的时候,看着百里决明用一只手抱着寻微的头花、瓜果、口脂、绒布，另一只手抱着寻微，深一脚浅一脚地消失在集市尽头。

可他没有一次有勇气现身，告诉寻微他回来了。

即使他是个朝不保夕的灵，是被灵母标记的祭品，他依旧做错了。因为寻微希望他回来。因为他才是寻微的父亲。他怎么能把自己的孩子拱手送给别人？！

他怔住了，脑子里一片空白。他忽然不想去拿什么九死厄了，他想见寻微。

然而废墟深处传来脚步声，越来越近，越来越近。一个脏兮兮的人影擎着一盏长明灯出现了，这个人满身血污，脸完全被漆黑的污血盖住了，看不清楚容貌。他从断壁后面翻出来，将灯放在一块巨石上。

这个人看着穆知深开了口，听起来是个女人。

"你是谢岑关？"

"我不是。"穆知深退避到一边。

女人看着一袭如血红裙的谢岑关，陷入了沉默。

谢岑关端详着她："怎么，你也要拦我的路吗？"

虽然这女人的脸脏兮兮的，可是谢岑关还是看清了，她露出了一个作呕的表情。她道："果然有其父必有其子，原来你们谢家的绝技不是风法，而是男扮女装。也罢，仙门败类多了去了，玩女人的玩女人，玩男人的玩男人，你们两个奇服异饰的不算什么。"说着，她掏出连心锁，"谢寻微，你真的要杀你爹？"

谢岑关的眸子一缩，连心锁里传来一个男人低沉的笑声。

"为什么不呢？"谢寻微的嗓音悠然，"对了，表姐，你的父亲喻连海死于谢岑关之手。今日正是你报仇雪恨的好机会，我大义灭亲，你感动吗？"

"我感动得想把你的头拧下来。"喻听秋扔掉连心锁。

谢岑关笑得很难看："喻家的二丫头？"

"没错，正是我。你那美艳无双的好儿子把我困在这里和灵打架，让我一个月没洗澡。我现在心情很不好，你如果识相点儿，就自绝经脉，我还赶着回去洗澡。"

"不打了行不行？我投降。"谢岑关扔掉短刀，举起双手，"我为杀掉你父亲真心诚意地道歉，那不是我的本意，我们那个时候都中邪了。事实上你爹也杀了我，我是个灵。"

"不行。你没听见吗，谢寻微说他要杀爹。"喻听秋拔出祖宗剑，那一瞬间她的气势变了。杀气严寒，耸峙如山。喻听秋盯着谢岑关，声音喑哑："谢寻微说杀谁，我就杀谁。所以，不男不女的老姑父，你脖子上的那颗漂亮脑袋，我要了。"

"仰慕我？"百里决明冷笑，"虽说本大爷英明神武，绝代无双，但一个莫名其妙的人大费周章不问代价地为我献上六瓣莲心，理由就是仰慕我，你当我是笨蛋很好骗吗？"他收回手，摩挲胸前的连心锁，"让我猜猜，你的目的到底是什么？让我重新拥有六瓣莲心，我又是被你拘役的灵影，你要对付谁，要借助我的力量吗？"

连心锁里的男人低低地叹气，似乎很无奈。

"你该不会是要对付仙门吧？"百里决明觉得很有可能，"仙门那些人的确面目可憎，我也很想收拾那群家伙，不过……"他眉目一凛，耀眼的火焰从手心迸出，直击向远处黑暗的一角。火光消失了，那后面显现出一个模糊的人影。百里决明舔舔牙齿，话语里带着浓厚的血腥气："你拘了爷我这件事，实在是让我很不爽啊。"

人影越来越清晰了，那是个戴着黑铁面具的黑衣男人，他的脚下有两条灵影，被百里决明的真火烧得四处乱窜。方才就是这些灵影遮蔽了他的身形，"灵遮眼"的把戏，还瞒不过百里决明的眼睛。

百里决明"啧"了一声："原来你拘的不止我一个。灵天天伴在你身边，损你的阳气，减你的寿数。寻常人被一只灵跟了就要体虚无力，你身边跟一双……恐怕不止这一双吧。小子，你走的是亡命之路啊。"

男人一步一步地走过来，声音低哑，却又无比清晰："那又有什么关系呢？只要这条路通向你，这条命豁出去，我也无所谓。"

这人看起来脑子有些毛病，百里决明忽然不知道该说什么好。

他走出了烟尘，来到百里决明眼前。面具罩住了他上半张脸，只有下巴和嘴唇露在外面。他身上有一种独特的气质，危险、狂热，不可捉摸。百里决明站在他面前，觉得自己好像下一刻就会被他吞吃入腹。

"你叫什么名字？"百里决明忍不住问。

"晚辈师吾念。"他低眸看着那颗莲花心，灿烂的光焰映入他墨色的眼眸，"前辈，快吸收你的六瓣莲心吧。我麾下的恶煞正在天都山上搅乱宗门大比，目前宗门所有的注意力都在地面，我们才有时间打开关卡，拿到莲心。但时间有限，当他们打破恶煞灵域，就会有人注意到十八狱有人入侵。你必须在他们来之前完成吸收，我会为你护法。"

百里决明上下打量了他半晌，短促地笑了一声："算了，大爷我不管你安的是好心还是坏心，总而言之……"百里决明忽然出手，扣住他的咽喉，"你先把这个该死的拘灵咒契给解了。考虑清楚再说话，这是你活命的唯一机会，虽然杀了你会有术法反噬，颇费些功夫，但爷我根本不放在眼里。"

师吾念歪头看了他一会儿，笑道："如你所愿。"

男人打了个响指，他和百里决明之间联系的那根看不见的细丝瞬间被斩断。百里决明瞪大眼睛，扒开衣服看锁骨的位置，咒契符纹果然不见了。这么容易就解开了？百里决明不敢相信，他还以为要威逼利诱这小子，保不齐还得揍他一顿，割个耳朵鼻子什么的。

"你……"百里决明当真摸不透这人了，师吾念到底想要从他这里得到什么？

师吾念在他身前单膝跪下，温柔地诉说道："侍奉前辈，是我毕生的心愿。"

百里决明不可置信："为我干什么你都愿意？"

"当然。"

终于，百里决明确信了一件事。

这人脑子的确有病。

喻听秋出剑了，杀气扑面而来。她奔跑，剑锋撩过破碎的衣袖，比霜雪还寒冷的剑光笼上谢岑关的脸。这一刻谢岑关仿佛看见一只凶猛的豹子，剑是她锋利的獠牙。致命，危险，又肃杀。谢岑关迅速矮身捡起地上的短刀，避让剑锋，一转身，刀刃压上剑尖。

他们隔着刀剑相互对视，女孩儿的眼神也像一只猛兽，谢岑关肯定，如果他现在短刀脱手，喻听秋一定会生撕了他。二人移间已经交换了位置，铁器在瞬息之中已经相撞了数十次，冷铁的光芒迸溅如雪。无法看清他们的步伐，更无法看清他们手中的刀剑，两个人都达到了难以置信的高速，速度太快，以至于谢岑关忘记了用术法。

很难相信喻听秋的剑技在短短的一个月内有了这么大的进步，原先听闻喻家一对兄妹都是扶不上墙的烂泥，大哥剑技入不了品，二妹将将够上第九品守拙。而今一看，喻听秋的剑技颇有挨上第七品斗力的景象。喻听秋实力不如谢岑关，可是这样的感觉谢岑关是第一次有。他从未遇见过这样的剑，杀气这样纯粹，好像它存在，只是为了斩人。

"喻丫头，你到底经历了什么？"两个人第一次分开，一息的时间不到，又如猛兽般相扑。

"我说了，你儿子把我关在这里，他每天都会唤醒一些灵，第一天一只，第二天两只，第三天增加到五只，每一天都比前一天多，第三十一天，他唤醒了整整五十只。他要我和它们厮杀，如果前一天的灵没有解决，就会成为第二天的负累。"喻听秋一剑斩在谢岑关的刀上，刀在蜂鸣，谢岑关的虎口直发麻。

从血淋淋的杀场淬炼出一把利刃，他这儿子真是个狠角色啊。谢岑关问："那若是你打不过，怎么办？"

喻听秋哼了一声，眉目忽然一挑，眼中猩红的杀意像烽火般粲然："那就去死！"

她再次加快了速度，剑意杀气高涨，瞬间达到不可思议的高速。速度加上术法，她的剑招变得比灵影还要诡异。谢岑关惊讶地发现她放弃了防守，只有这样才能让攻击达到最高速度。他的短刀对她造成了不少的伤口，但是她像没有痛觉似的，在血光中扬起剑尖，刺入谢岑关的胸膛。

经脉被挑断了，谢岑关的行动受到了影响。他不再迎战，而是像狸猫一样退入了黑暗中。喻听秋带来的那盏灯被吹灭了，四下里被浓稠的黑暗包裹住，仿佛泡在漆黑的浓浆里。铃铛声响起了，和穆知深遇见的招数一模一样，此起彼伏的铃声盖住了谢岑关的声息。

穆知深淡淡地提醒："要小心背后。"

喻听秋没理他。

"喻丫头，你修的什么剑？看起来不像是喻家剑法。"谢岑关的声音从黑暗里传来，却辨不清是哪个方向。

"你错了，它就是喻家剑法。"喻听秋冷冷地说，"只不过已经很久没有人进入它的门庭。"

"好一个丫头，你修了无情剑？你不成亲了吗？姑父听说你有个未婚夫。"

"未婚夫？"喻听秋笑了，然而声音里没有一点儿笑意，"很好，杀了他，用他的血证我的太上忘情道！"

穆知深："……"

"我要出招了哦。"谢岑关说。

"好巧，我也出招了。"喻听秋面无表情。

就在一刹那间，谢岑关感到严霜般的剑意向他袭来。他蓦然眸子一缩，这个丫头怎么可能知道他的方位？

然而下一刻，耀眼的剑光在眼前展开，飞剑高速运转，以至于肉眼无法辨清它实际的位置和它留下的虚影。那些影子排列在一起，犹如孔雀灿烂的翎羽，射遍第五狱的每一个角落。所有铃铛在顷刻间应声炸响，这个疯狂的女人，她当然不知道谢岑关到底在哪里，她只是用了最简单的办法——破坏所有的铃铛。然而她怎么可能有这样的实力？就算是第六品小巧，也无法让飞剑的速度快到如此惊人的地步。

只有一个解释，她强行提升了自己的品级。

她以剑尖抵着谢岑关的眉间，嘴角缓缓地淌下鲜血。

她说："你输了。"

谢岑关皱起眉头："你不疼吗？"

品级提升，经脉受损，必然遭受术法的反噬。那样的痛苦无异于千刀万剐，谢岑关看着她，表情很凝重。

"疼？"喻听秋想了想，"抱歉，我失去痛觉很久了，忘记是什么感觉了。"

谢岑关终于知道她是怎么打赢那些灵的了，他看见她手腕上的伤疤，破碎的衣袂下腰侧的疤痕，还有裤子破洞处还未掉痂的伤口。她失去了痛觉，即使遍体鳞伤也能够挥剑。谢寻微的医术超乎寻常，只要没有伤及命脉，他就能为她迅速地止血，为她疗伤。她不断地挥剑，不断地受伤，谢寻微不断地让她重新站起来，于是才有了今天的无情剑——喻听秋。

"喻丫头。"谢岑关怜惜地看着她，"你为了寻微这么做，是因为爱他吗？"

喻听秋冷漠地说："老姑父，我已经断情绝爱，六亲不认。所以你、谢寻微、我的那个未曾谋面的未婚夫，对我来说什么都不是。不过，你的儿子将我困在这儿一个月，的确让我明白了一件事。"她的目光移向她的祖宗剑，锐气和杀意从她的眸中褪去，狂热和欣喜继而涌现，"那就是……原来剑比男人更加有趣！"

— 第二十章 —

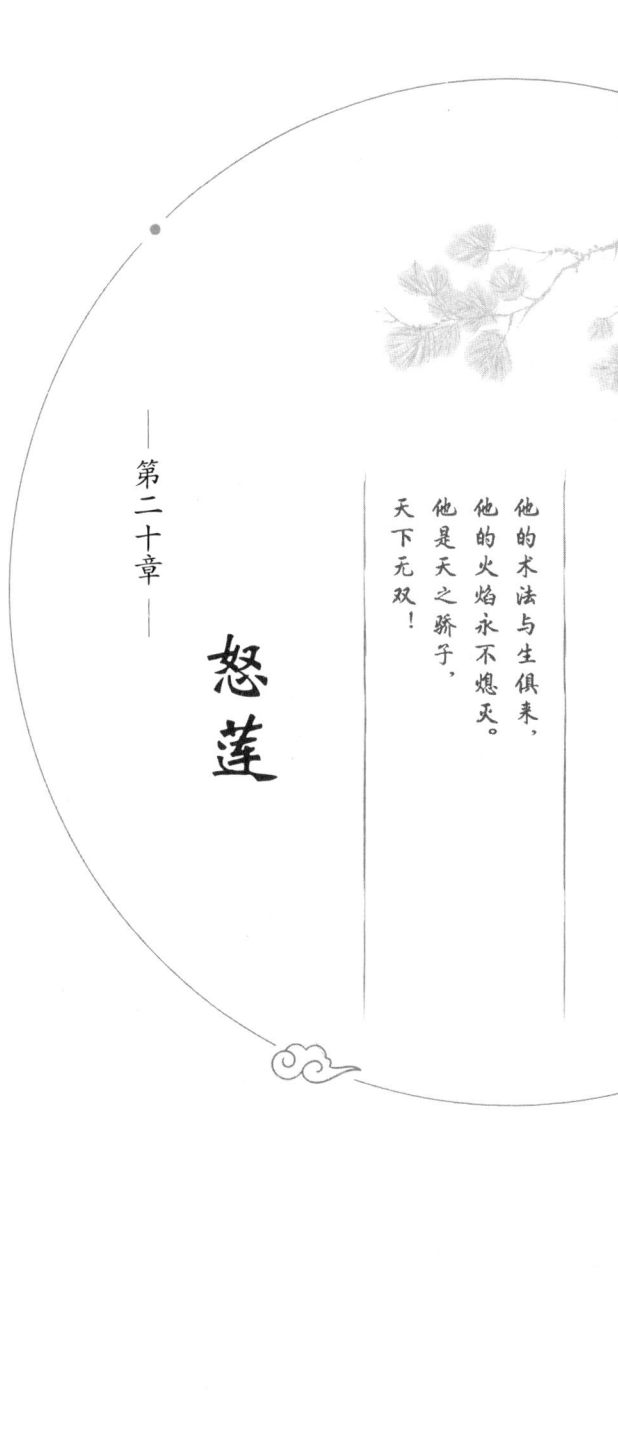

怒莲

他的术法与生俱来,
他的火焰永不熄灭。
他是天之骄子,
天下无双!

"四方法阵已经布好！"

"各位长老就绪！"

袁伯卿站在角楼上眺望远方，灵域如同一口漆黑的大锅，罩住了将近半个天都山。释放这个灵域的灵一定是个恶煞，但实力远不如当初江左围剿的百里决明。要破这个灵域，并非难事。他抬了抬手，号令依次传下去，四方法阵同时启动，绚烂的符纹在空中浮现，阳光被聚集于穹隆中心，形成一道璀璨的光柱，直捣灵域的中心。

"永夜"告破，袁氏长老和弟子结队进入山林，山林中封印法阵的亮光接连出现。鸣鸟惊飞，灵的长嘶此起彼伏。

袁伯卿望向十八狱入口的方向，皱了皱眉头："着一队弟子，去十八狱看看。"

底下弟子领命："是！"

天枢宫中，姜问难跪坐于姜若虚的对面，掖袖作揖："祖爷爷，是时候动身避难了。"

"血还没有流完，孩子。"姜若虚摇头，"仙门造下的孽债，终于到了偿还的时候。我们一起留下来吧，他老人家就要回来了，倘若没有人迎接，他会怪我们不讲礼数的啊。"

"看在你诚意投效爷我的分儿上，我给你一个大恩典。"百里决明扬了扬眉毛。

"哦？"师吾念洗耳恭听。

"我认你当我的儿子，从今往后，你就叫我爹。将来你出去，有人找你碴儿，你就报我的名字。"百里决明摆摆手，"不必太感动，你帮我找回了六瓣莲心，这是你应得的报答。"

师尊惯有认人当儿子的毛病，师吾念失笑了："果然是个很大的恩典。"

第二十章 怒莲

百里决明转过身，靠近六瓣莲心。久违的热浪扑上脸来，莲瓣层叠颤动。有了它，百里决明就不必担忧肉身腐败，更不必担忧耗损灵力，他可以长久地使用秦秋明的身份，陪在寻微的身边。给她撑腰，送她出嫁，看她儿女绕膝，子孙满堂。他会看见她和丈夫、孩子在一起，一生幸福，平安喜乐。

想着想着，却又觉得伤感，霜雪般的落寞袭上心头。

他使劲甩甩头，瞎想什么？他不再思虑，继而脱掉上衣，露出缠着纱布的胸腹和手臂。食指在胸膛处划出一线，皮肉分开，从中伸出细密的肉芽，无数根青色的经络连接其上，像触手一般向外伸展，探向六瓣莲心。莲心被他外伸的经络严丝合缝地包裹住，像一个小小的茧，徐徐地向他黑洞洞的胸腔移动。

师吾念静静地看着这一幕，那些肉芽和经络看上去颇有些惊悚。恶灵皆有本相，大多惊悚可怖。道行越高，变化也越剧烈，譬如那黄泉灵母，一灵有三相。

这是他第一次看见师尊非人的样子。

肉芽接收了六瓣莲心，胸膛慢慢地阖上。莲心的红光透过皮肉，百里决明的胸膛里仿佛装了个灯笼。红光温顺地暗淡下去，百里决明拍拍胸口："好了。"

师吾念点点头："前辈……"

"叫爹。"

师吾念很是无奈地叹了口气，罢了，师尊说什么就是什么，他开心就好。师吾念重新组织措辞："义父从来时的地方返回即可，切记不要在十八狱久留。"他指了指另一座石座上的九死厄，"名刀赠佳人，义父若喜欢，这把刀也一并带走吧。儿子还有要事，先行告退。"

"什么佳人，是'名刀赠英雄'。"百里决明摆摆手，"行，你去忙你的事吧，回见。"

乖儿子走了，百里决明一面捡起地上的衣服穿上，一面打量九死厄。这是一把森冷的窄背短直刀，手臂这么长，对着岩浆的光看，刀刃上流淌着一抹浅浅的嫣红色，仿佛有一种洗不掉的血腥气。还真是灵童子的刀，百里决明比了比刀的高度，恰恰适合那倒霉孩子的身高。

正在这时，背后响起一声冷笑。他猛地回过头，警觉地喊了声："谁？"

"蠢货。"

四处看，都没人。这稚嫩的声音和欠扁的语气熟悉得很，百里决明忽然想起来，是灵童子那个臭娃娃，正在他的心域里说话。灵童子很久都没有动静了，他还以为这小子在乖乖地关禁闭，没想到在这时候现了身。

"百里决明，看看你现在的样子。"他说。

百里决明疑惑地扭过头，目光投向大理石影壁。影壁剖面光滑，映出他的影子。他的眸子忽然一缩，惊悚地发现他的经络都在发光，低头看向手掌，完好的左手经脉全部发出金红色的光芒，灵力逐渐沸腾，凝固的鲜血也有涌流的迹象。胸膛变得越来越烫，红光再次出现，他的心口仿佛卧了一簇烈焰。

怎么回事？他感到痛苦，伸手去扶影壁，却发现大理石在被他触碰的刹那间熔化为浓稠的熔岩，他的手指全部陷了进去。原来他的体表已经达到了极高的温度，可他自己没有发觉。

"你根本不了解六瓣莲心，它的作用并不是防腐，而是'修复'。你的肉身损伤程度在可控范围内，它现在开始尝试修复你腐烂的肉身，可它缺乏原料，所以你很快会变得饥饿。还记得我的母亲吧，她为了维持庞大的灵国，无时无刻不处在饥饿之中。你很快会变得和她一样，失去理智，只知道进食，直到你腐烂的肉身完全恢复。"

"原料？什么原料？"

"鲜血、灵力，所有鲜活的东西，都是修复灵的原料。今日天都山上的一切活物，都会成为你的猎物。"

百里决明头痛得好像要炸裂开，脑袋好像成了一个点燃的炮仗。他看不见，影壁里他的模样正在急剧地变化，恶灵的本相显露，漆黑的纹路在他的面庞和身体上浮现，铁黑色的骨刺突出脊背，獠牙伸长，眸子血红，他逐渐变成一个真正的灵，一个狰狞、饥饿、暴躁的灵。

意识变成了水汽，寸寸蒸发，寸寸模糊，他觉得自己坠入了一口深井。在下坠的最后一刻，他看见远方好像有一个红衣女人的背影。她的发如漆黑的瀑布，油亮生光。

他挣扎着朝她伸出手，用尽全力沙哑地开口："寻微……"

快逃！

喻听秋准备把谢岑关的头割下来，正要动手，飞仙石抵达第五狱，一个着一身漆黑衣服的男人身影出现在那上面。

谢寻微低头看了看天极日晷："还没好吗？'永夜'已破，我们该走了。"

计划按照他的设想，在一丝不苟地执行着。他邀来的滴水灵攻陷仙门，虽则那帮恶灵临阵反水，但仍旧搅乱了大比，吸引了天都山所有修士的注意力。只要他们一门心思与"永夜"角斗，营救被困在里面的宗门弟子，他就有机会侵入十八狱，盗走六瓣莲心。

他尝试了无数草药，配制了无数防腐药汁，都无法达到六瓣莲心的效果。冰蝉玉固然好，防腐效用却也持续不了多久，只有六瓣莲心是最好的。他用了

第二十章 怒莲

声东击西之计，践踏仙门、攻打天都山，都是幌子，为师尊拿回六瓣莲心才是他真正的目的。

"哦，再给我三息的时间，马上就好。"喻听秋说。

"不用这么认真吧！"谢岑关眼巴巴地望着谢寻微，"大家都是血浓于水的亲人！"

地下忽然震动，头顶簌簌地落灰，所有人都没站稳，跟跄了一下。喻听秋的剑移动了位置，谢岑关的眸子缩成了针尖，他忽然朝喻听秋扑过来。喻听秋以为他要偷袭，然而就在他们离开原地的刹那间，一道岩浆火柱破开地面，喷涌而出。滚烫的热浪席卷第五狱，空气在翻滚，画壁上的颜料像灰尘一样脱落。

"怎么回事？"喻听秋从地上爬起来。

地底传来灵高亢的怒吼，仿佛声震山海，所有东西都在摇晃。岩浆火柱平息后，第五狱地面和天顶上留下两个烧焦的大洞。整个十八狱差不多可以看成一座内嵌在天都山山体里的倒立石头巨塔，中心贯通，以飞仙石上下穿梭，如今除了飞仙石的通路，又有一条通路被岩浆火柱打通。

"底层牢狱有灵脱出封印了吗？"谢岑关胆大包天地探出脑袋，从地洞里往下张望。

"或许是刚才的地震让封印松动了。"穆知深扶着墙站起来，他摸了摸手指，指头被烫得通红，墙壁不知何时温度高得惊人，若卧个鸡蛋上去不消片刻就会变熟。他意识到此地不可久留："我们要快点儿离开，这个灵很强，十八狱不久就会成为烤炉。"

"他说得没错，下面的岩浆像涨潮似的，我估计是火山爆发了。"谢岑关说。

他抬起头，看见谢寻微蹲在了自己身旁。谢寻微卸下面具，眉心折成了一道沟壑。

"寻微……"谢岑关有些情怯，讷讷地开口。

谢寻微没有搭理他，正专注地望着下面。透过层层地洞，可以看见最下面奔涌的岩浆。判断不出它们已经吞没了第几狱，只能看出它们上涨了几层。

"你们先走，我下去看看，师尊还在下面。"谢寻微站起身。

"你不用担心你师父。"谢岑关说，"你这次是帮他弄回六瓣莲心的吧？有了莲花心，他就可以自由动用术法。他拥有先天火法，三昧真火比岩浆滚烫好几倍，岂能被岩浆给困住？说实话，你们的境地比他危险多了，再来一次岩浆喷发，你们肉体凡胎，立马完蛋。"

正说着，上面传来脚步声。所有人眉目一凛，迅速躲在断壁后面。谢岑关挨着谢寻微，穆知深和喻听秋蹲在一处，大家都不约而同地屏住呼吸。寂静里咔嗒的一声响，刚刚上升的飞仙石又降了下来，抵达第五狱。

几个弟子的声音传来："你们看，第五狱被破坏了！"

"谁干的？！"

"肯定是那些灵，想不到它们竟然能侵入十八狱！师弟，你快去禀告宗主。"

脚步声渐渐地逼近，喻听秋缓缓地拔剑出鞘，剑身映出她杀气毕现的眉眼。

"师兄。"有个人出声了，"你觉不觉得这里特别热？"

"是啊，好热啊。"

脚步声越来越近了，谢寻微看到了领头弟子的皂靴。

"寻微——"谢寻微听见百里决明在喊他。

声音很近，似乎就在第六狱。

谢岑关向他传音："我说了吧，你师父肯定没事。说起来，他是不是还不知道你是男娃？"

谢寻微抬手，示意谢岑关不要说话。哪里不对劲，师尊明明身处十八狱，为何要呼唤他的姓名？看到这些喷涌的岩浆，他总是不可抑制地想起抱尘山围剿的那次，师尊的熔岩灵域也是如此滚烫。

等等……他忽然想到了什么，蓦然一惊。

"下面有人？"弟子们惊呼。

就在这时，又是咔嗒的一声响，刚刚才下降的飞仙石上升，再次抵达第五狱。整个第五狱顷刻间热浪翻滚，好像一下子变成了高温熔炉。谢寻微看见弟子们惊恐地张弓搭箭，步步后退。他们其实转转脑袋就能看见蹲踞在断壁后面的谢寻微众人，可是没有一个人看向他们，所有人都在后退，表情恐惧至极。

"那是……什么东西？"有人颤抖着出声。

他们听见脚步声，沉重，阴森，像有一只巨兽在朝他们靠近。伴随着越来越响的脚步声，炽热的气息逐渐逼近。阴沉的威压像山一样压在肩头，他们都感受到一种无可名状的恐惧。谢岑关按着谢寻微的肩膀，额头上直冒汗。

一只焦黑的手臂从他们视线的盲区——断壁的后面伸出，指爪长而锋利，犹如钢刀。它扣住了一个弟子的脖子，指爪穿过弟子瘦弱的脖颈，鲜血霎时迸溅。那手臂的皮肤如同龟裂的大地，漆黑、皲裂。而火焰缠绕其上，恍如龙蛇。

终于，那个燃烧的怪物走到了所有人的视线里。没有人敢呼吸，因为空气太滚烫了，他们也几乎无法呼吸。那是个通体冒着火焰的东西，因为他的利爪，他的獠牙，似乎不能称他为人或者灵，而应该叫他猛兽。他的血管里流淌的仿佛不是鲜血，而是炽热的火焰。几乎看不清他的容相，这个怪物全身漆黑，只有胸膛中央是灿烂的殷红，好像怀着一个不灭的火种。汨汨的鲜血从弟子身上

第二十章 怒莲

涌出来，像河流一样汇入怪物身体的缝隙。火焰与血液交相辉映，血腥的蒸汽腾涌，在怪物周身形成薄薄的血雾。

怪物张开獠牙密布的嘴巴，嗓音沙哑、语调破碎地说了一声："寻微，快逃——"

他的手爪一收，弟子的头颅犹如一个脆弱的瓷瓶，在他掌中四分五裂，脑浆迸溅如雨。

袁氏弟子一同放箭，所有箭矢在接近怪物三尺范围内统统被烧毁，没有一支箭真正对他造成了伤害。那是地煞火，百里决明的招牌术法，他周身三尺的温度都被他升高了，足以熔金化铁。像雨珠一般密集的流箭引起了怪物的注意，他暴怒地嘶吼。袁氏弟子不死心，箭雨依旧不停。怪物一个猛冲，用利爪撕开一个没有来得及逃跑的弟子，密密匝匝如钢钉一般的尖齿咬合，弟子的肩胛骨瞬间碎裂。

"啊——"终于有人崩溃了，弃了箭，疯狂地向飞仙石逃窜。

可他的速度比不过灵，炽热的气息刹那间出现在他的身后，回头的一瞬间，他被火焰吞没了。

第五狱里响起了此起彼伏的哀号，袁氏弟子成了怪物猎杀的对象。而藏在阴影下的谢寻微众人还没有引起注意，谢寻微怔怔地看着这一切，失声地喊了一声"师尊"。怪物无动于衷，他猩红的双目里只有暴虐的杀意，所有逃窜奔跑的人在他眼里只是血与肉的组合体，他渴望着活物，渴望着血流成河。

尽管他依旧在无意识地嘶哑重复："寻微，快逃……"

师尊怎么了？怎么会变成这样？

究竟是什么样的意念，能够支撑他在失去理智之后，依然不忘记向自己的徒儿示警？谢寻微望着那火红的身影，心里满是血淋淋的悲哀。

"趁现在，我们快走！"谢岑关抓住谢寻微的腕子。

喻听秋和穆知深已经趁乱跑了过来，蹲在他们边上。

"现在该如何？"穆知深问。

"银针封穴，卸去他的术法，把他带离天都山再说。先封手，再封足，最后封天顶。"谢寻微从怀里掏出绒布包，铺陈在地上，拣出八根银针。

谢岑关着急得上火："没有用的。你的银针只要进入地煞火的范围，不出一息的时间就会被熔掉。你比我更清楚你师尊的先天火法，你的银针根本进不了他的穴位！"

谢寻微不听，仍然要上前，谢岑关拉住他，怒道："你清醒一点儿！他已经没救了！"

眼前的男人在火光中回眸，谢岑关从未离他这么近，近到可以清晰地看清楚他脸上每一分每一寸。他的眼睛像自己，鼻子像他阿母。映丽的面容，天生带着吴中谢氏的贵气，连冷冷回眸的姿态都那样优雅。

"所以当年，你就是想着'没有用的''没救了'，才任由无渡爷爷带我走的吗？"

谢岑关愣住了。

谢寻微甩开他的手，正要步入汹涌的火光中，右手的腕子却再次被拉住了。谢寻微强忍着怒火回头，只见这个家伙撕了一块布，绑在脸上遮住口鼻。这么做是为了护住脸蛋，他这张脸每天要花大价钱打理，太贵重了，烧坏了他心疼。

"算了，死马当活马医了。"谢岑关活动筋骨，"我用'风针'试试，看能不能穿过他的地煞火。一会儿你报给我穴位，我来扎他。"

没有等谢寻微回话，谢岑关就像燕子一般扑入了大火。接近高温的中心，谢岑关觉得自己像一块即将熔化的蜡。但他不能中断肉身的温感，他依靠感觉来判断自己和百里决明的距离。

"给点儿面子，百里老哥。"谢岑关嘟囔着，"让我在儿子面前出回风头吧。"

风流在他周身聚集，形成一根根几乎看不见的"气针"。每一根风针像手指那样长短，比牛毛还要纤细。在外人看来，他的周围出现一个又一个气旋，空气急速地向他那里聚集，有些袁氏弟子开始呼吸不畅，憋红了脸拼命地往飞仙石爬。

谢寻微连眼睛也不眨地盯着战况，他意识到谢岑关在和穆知深、喻听秋对战的时候放水了，而且放了不少。他知道穆知深和喻听秋必然胜不过谢岑关，派他二人出面鏖战，只不过是要拖住谢岑关不让他下十八狱，让这个碍事的家伙不要打扰他同师尊独处。只是谢寻微未曾想到谢岑关的实力远超预期，要把风流控制得这样精准纤细，就算是谢寻微自己也做不到。按照谢岑关真正的战力，喻听秋在他手下根本走不过三招。

"穴位！"谢岑关吼了一声。

"前三针，青灵、少海、阳谷！"谢寻微道。

风针释放，三个气旋消失了，三枚细如毛发的风针呼啸着没入地煞火，百里决明的领域有了肉眼难以察觉的些微变形。谢寻微他们看不出来，只有谢岑关自己能感觉到，风针在进入地煞火二尺时解体。百里决明的术法威压太重，他的风针维持得很吃力。

他喊道："失败了，再来一次！"

然而，烈焰中，怪物回头了。就在那一瞬间，他原地消失了。

喻听秋和穆知深都心胆俱震，大喊："小心！"

话音刚落，怪物出现在谢岑关的身后。与此同时，谢岑关的身影也迅速蒸发了，瞬时出现在三尺范围之外。幸好跑得快，地煞火差点儿燎着谢岑关的屁股，他后背的衣服已然焦黑，正哧哧地冒着烟。灵和灵开始了追逐，有时候慌不择路，谢岑关撞入岩壁，高速让他的冲击犹如天雷乍现，岩壁瞬间崩溃，石头坠落如雨。紧随其后的是百里决明，他的冲击更加可怖，雷鸣般的撞击中，第五狱一角崩塌。

　　灵闪现，常人根本难以捕捉他们的身影，所有人的额头都冒着冷汗。

　　"我去帮忙！"喻听秋拔剑。

　　"观战就好，"穆知深按住她，"你进去，必死无疑。"

　　他们之间有着绝对的力量差距，凡人在这两个恐怖的灵面前犹如蝼蚁。

　　再次闪现的一瞬间，谢岑关预判了百里决明的行动，三枚风针再次释放。

　　风针扎进穴位，很显然他的针技比谢寻微差了许多，让这只怪物感受到了剧烈的痛楚，百里决明狂怒地嘶吼。

　　"后三针！"谢岑关青筋暴突。

　　"伏兔、阴市、梁丘！"

　　百里决明仰头长嘶，他的身体每一处都在皲裂，缝隙中没有血液，只有金红的岩浆流淌，这一刻他看起来简直像从地狱里爬出来的恶魔。他的速度更快了，谢岑关彻底激怒了他，他的地煞火竟然在扩张。谢岑关慢了半息，闪现在半空中，风托举住了他，他的后背被烧得血肉模糊。

　　"最后两针！"他咬牙。

　　"阳白、承光！"

　　风针刹那间释放，百里决明也即将消失。针尖刺入气幕，先天火法的威压施加在纤弱的针尖，谢岑关的经脉偾张，几乎吐血。术法与术法的对抗中，他必须耗尽全力才能维持住两枚风针的结构。风针刺穿气幕，终于捕捉到了百里决明最后一瞬的幻影。闪现中断，百里决明的身形重新清晰，谢岑关在百里决明即将消失的一瞬间定住了他！

　　谢岑关一下子卸力，从空中跌落在百里决明跟前，嗬嗬地喘着粗气。他头顶就是百里决明，这个丑陋恐怖的家伙终于被卸去了术法，还被定在原地。他保持着愤怒的表情，身上的火焰熄灭了，黑纹遍布的躯体完全露出，像一尊黑铁铸成的雕塑。

　　"看来还是我比较厉害。"谢岑关站起来，叉腰大笑。

　　在场的所有人松了一口气，幸存的袁氏弟子接连从火场爬出来，身上满是烧灼的痕迹，个个惊魂未定。

银针无声地滑出指间，谢寻微的眼眸里蕴蓄着阴沉的杀机，这些人看见了灵化的师尊和他们的面目，不能留活口。就在这时，谢岑关的笑声戛然而止。谢寻微一惊，抬起眼睛，却见锋利的钢爪突破了谢岑关的后背，鲜血没有飞溅，而是在高温中蒸发。所有人目瞪口呆，像石头一样呆在当场。百里决明没有动，左右两臂也被风针封住了穴位。可是没有人会想到，他的肩后长出了两条新的手臂。

"他……他有四只手臂。"袁家弟子低呼。

怪物用一只手按着谢岑关的头顶，另一只手掏出谢岑关的心脏，当着谢岑关的面捏碎。

所有人沉默了，第五狱里死寂一片。

怪物抓住谢岑关的脑袋，将他甩入石壁中。在百里决明魁伟恐怖的本相面前，谢岑关简直像个布娃娃。石壁四分五裂，谢岑关像石子儿似的嵌进裂缝里，骨头好像要散架了，浑身上下都是剧烈的痛楚。怪物没有停下，这家伙太记仇了，最后还一拳砸向谢岑关的面门。鲜血从谢岑关皲裂的额头上淌下来，漫过眼眸，浸入眼眶。

打人不打脸啊……他悲伤地想。

谢岑关受伤了，风针解体。地煞火重新释放，火焰再次犹如龙蛇一般缠上百里决明的身躯。谢岑关犹如木偶一样倒下了，皮肉被烧毁了一半，他悉心呵护的脸蛋还是被烧焦了。

穆知深迅速地按着喻听秋趴下，慌乱之中喻听秋没忘记拉了一把谢寻微，三个人一起趴在一根倾倒的石柱下面。袁氏弟子尖叫着逃窜，有人率先爬上了飞仙石，启动符纹。飞仙石缓缓地上升，落后的人扒上飞仙石的边缘，奋力地往上爬。怪物竟然没有阻挡他们，他站在原地看最后一个人爬上飞仙石，然后消失。

已经上升的飞仙石上响起悲惨的号叫。

谢寻微三个人从石柱底下爬出来，谢岑关强撑着坐起来，倚靠在画壁边。他这具肉身没救了，他很快就得灵体出窍，另寻一个肉身。

飞仙石飞回来了，上面全是碎肢残骸，还有一股烤肉的味道，看来百里决明到天都山去了。谢寻微走到谢岑关的面前，没有蹲下来，只是居高临下地俯视他。谢岑关的眼睛被烧坏了，有点儿看不清谢寻微的表情，视野里满是蒙蒙的火光，和他漆黑的身影。

"抱歉，寻微，我尽力了。"他说。

"今天多谢你了。"谢寻微说。

他心里一暖，满怀希冀地开口："那天我在灵国说的话，你不要放在心上，我……"

第二十章 怒莲

谢寻微看着他,沉默了。他的眼眸漆黑深沉,谢岑关忽然发现他读不懂自己的骨肉。时间过去太久了,旧日在他怀里嘬着手指头的小娃娃,已经长成了一个有城府、有谋略的男子汉。

谢寻微低头转了转拇指上的扳指,火焰的金色在他的脸上流转:"既然想好了将孩子转手送人,何必又后悔?送给一个可靠强大的人,有他代行父亲之责尽心照料,便可以十余年来心安理得地不闻不问,一粒米不曾相送,一个铜板不曾答赠,不谈登门拜谒,便是一封信也不曾捎来问候。就算有朝一日这个人身死人手,有他背后的传承和卓绝的术法,孩子自然前途无量,无须你来操心。我说的可对?"

谢岑关怔忡着,说不出话来。

"看来是猜对了。"谢寻微牵起唇角,笑得嘲讽,"师尊和抱尘山在你眼中是什么?替你养孩子的冤大头?专门收留孤儿的慈幼庄?"

"不是……我……"谢岑关想要分辩,却无话可说。

谢寻微恢复了冷漠的神色,他不近人情起来,有一种让人心胆生寒的疏离。他道:"如你所愿,我是师尊的孩子,是抱尘山的后嗣,同您谢宗主没什么关系。所以您真是多虑了,一个陌生人说的话做的事,寻微自然不会放在心上。"他的声音一如既往地温和有礼,"在下还要去营救师尊,先行告退。"

模糊的视野里,那高挑的身影终于还是越走越远,消失在黑暗里了。

"主君!十八狱附近出现一个全身冒火的怪物!"

"主君,怪物大开杀戒,弟子伤亡惨重!"

"林子着火了!快撤退!"

袁伯卿站在角楼上,发力于目,极目远眺。天都山墨色的山林中心切出一条金红色的火刃,一只磨牙吮血的怪物突进在火刃的最前方。所有在他捕猎范围内的弟子都被烧焦撕碎,痛苦的哀号声传遍山野。大火以火刃为中心向四周蔓延,可以预见,天都山很快就会成为一片火海。

"那到底是个什么东西?"袁氏长老纳罕道,"十八狱何时关了这么一个灵?"

"仔细看他的胸膛。"袁伯卿的眉目阴沉。

袁氏长老注意到怪物通红的心口。

"那是六瓣莲心。"袁伯卿紧紧地握着腰侧的长刀,道,"百里决明回来了。"

袁家长老悚然一惊,愣在原地。

"他是回来报仇的啊,看看他的样子,不杀光我们定不罢休。"袁伯卿抬起手,"发出旗语,让附属家族的弟子将这个恶灵引到天枢宫前。那里有一片空地,正好可以布阵。送老天师避险，袁氏所有长老弟子在四方角楼和天枢宫前就位。"他顿了顿，复道，"今日入侵宗门的灵和百里决明脱不了干系，留出一半的上品弟子守住宗门、护持法阵，提防它们破坏阵法。"

弟子衔令而退，袁伯卿取来袁氏金羽弓，张弓搭箭。这弓重达五百石，是袁氏的传家弓，历代家主都用符纹和血咒加持它，即使是他一个月也只能用这张弓一回。这一天他等待了很久，自从他知道百里决明逃离十八狱，他就知道这个恶灵迟早要回来。他无时无刻不佩戴着袁家祖传的护身金印，等待这一天的到来。这些被执念困住的灵，总是这样悲哀又低劣。他举起箭，瞄准了高速移动的百里决明，深呼吸。

"寻微，快逃——"他听见百里决明的嘶吼。

他准备射箭的动作顿住了，唇畔浮起冷笑。一个失去了神志的怪物，还念着他那宝贝徒弟？袁伯卿定住心神，重新瞄准，呼吸慢而深，力量在他的胸腹中积蓄。这一刻，风云静止了，天地仿佛暗淡了下去，世间只剩下他和那只奔跑中的猎物。

呼气——

吸气——

他猛然睁开眼睛，猛虎般的凶悍一闪而过。与此同时，金箭像猎鹰一般呼啸着离弦，扑入长空与狂风。那是袁氏百炼金制成的杀灵箭，不惧真火，不惧灵焰。即使是百里决明的三昧真火，也没有办法熔断它。它飞出去，撕裂空气，眨眼间就到达了百里决明眼前。气幕扭曲变形，一道破口被撕裂了。金箭突破了百里决明的领域，熔金化铁的地煞火没能把它熔化，它直射向百里决明的六瓣莲心。

在即将洞穿莲心的刹那间，它停滞了。

袁伯卿皱起眉头。

怪物的利爪挡住了金箭，火焰在金箭上烧灼，箭头洞穿百里决明的手掌。他停止了奔跑，将那支箭拔出来。黏腻的黑血喷出伤口，他没有皱眉，就算他皱了眉别人也无法辨别。怪物站在原地，好像在端详那支箭，奇重无比的金箭被他拿在手里摆弄，如同一个小玩具。他看起来很好奇，甚至用牙咬了咬箭头。

袁伯卿眯起眼睛，冷笑了一声，他着实没想到，百里决明竟然可以接下这支重箭。他以为金箭起码会让百里决明重伤，然而他更没想到的是，百里决明掷出了那支箭。下一刻，袁伯卿感到烈风如刀割过他的耳畔，金箭箭头没入他身后的柱子，箭身和箭羽还在颤抖。

他后知后觉地反应过来发生了什么，寒意缓慢地袭上后颈。

第二十章 怒莲

百里决明把金箭掷回来了，还差点儿杀了他！

百里决明长嘶一声，那声音尖厉而高亢，烈焰澎湃如潮，随声而舞。高涨的火舌舔舐被黑烟笼罩的天空，摇曳生姿，比红莲更加妖娆。

那家伙在嘲笑他，袁伯卿目眦欲裂，他一定在嘲笑他！

怪物忽然闪现，火刃改变方向，朝角楼这边而来。所有人猛然间意识到，在这场捕猎中，猎物从来都不是百里决明，而是他们。长老和弟子拉着袁伯卿，颤声道："主君，快，我们快去天枢宫！"

袁伯卿冷声下令："去库房，把所有金箭取出来，给所有袁家弟子换上！"

谢寻微回到地面，数个恶煞闪现在他的身边。所有恶煞都换了肉身，还有的烧焦了半个脑袋。其实它们的肉身换了不止一轮了，百里决明的火焰太猛，没有灵能招架住，幸好今天天都山的死人多，随地一捡就有一具肉身。

初一禀告："郎君，截不住。他的速度太快了，我们追不上。"

"现在师尊朝哪个方向去了？"谢寻微问。

"方才袁伯卿激怒了他，他朝东面角楼去了。"

师尊失去了心智，一味地横冲直撞。若能引师尊离开天都山还好，他自能慢慢地设法把渡厄针钉入师尊的关窍。可如今师尊闷头只往袁氏的罗网里冲，事情变得十分棘手。倘若入了宗门大毂，对方人数众多，封印一旦启动，便是谢寻微也回天乏术。

谢寻微的眉关紧锁，摩挲手上的扳指："袁伯卿一定会布阵封印师尊，山林着火了，不可能在山中布阵。阵法一定在宗门，只有天枢宫前有足够的空地。号令所有恶煞，前往天枢宫破坏阵法。"

"是！"

"喂，谢寻微。"喻听秋用剑柄挠挠鬓角，"我们俩干些什么？"

谢寻微回眸看他们，穆知深断了手，喻听秋伤了经脉，两个人都狼狈得像乞丐。他面无表情地说："你们逃跑吧，尽你们最快的速度，离开天都山的范围，尤其不要靠近宗门。"

"为什么？"喻听秋皱起眉头。

"宗门人多势众，师尊若是被困，你们猜他会做什么？"谢寻微淡淡地问。

八年前的焦土和废墟历历在目，穆知深低声回答："他会释放洗业金火。"

洗业金火……喻听秋记起来了，从小到大，所有人不厌其烦津津乐道的就是八年前那场战役。那是仙门百家第一次见到抱尘山洗业金火的威力，无比霸道蛮横的术法，剥夺所有人的生命，包括施术者自己。他们说这是从地狱里召出的业火，涤荡世间的一切。

喻听秋看谢寻微并不准备和他们一起逃跑，她皱起了眉头，问："那你去哪儿？"

谢寻微的目光很平静："师尊在哪儿，我就在哪儿。"

话说完后，他决绝地转身，朝天枢宫进发。

人生能有多少个八年？他已经没有更多时光去等待，去忍耐了。如果这几个月的重逢只是神明赠予他的小小饴糖，那么他愿意和这些糖一起融化。这一次，无论如何，他不会再逃跑了。

师尊，我来了。

"报，灵入辕门！"

"报，灵入朝天街！"

"报，灵入南学舍！"

斥候弟子话音刚落，许多头破血流的外姓弟子冲破天枢门，高声嘶吼："灵来了！！"

他们的身后，燃烧的灵怒号着撞破房舍和影壁。这简直是一头横冲直撞的野兽，那双灯笼般的猩红双目仿佛浸了血，没有人敢直面他的锋芒。怪物大口一张，几个弟子滚入他钢钉般的尖齿，血流成河。更多人被火焰席卷了，天枢宫前四下都是着火奔跑的人。

"保持阵形！注意距离！"袁伯卿站在阶梯上大吼，"射箭！"

箭雨齐发，所有袁氏弟子的箭矢都换成了金箭，金箭突破百里决明的地煞火领域，击中他的血肉。霎时间他的肩背黑血淋漓，而那些黑血又在环绕他的火焰中蒸发，形成一片血雾。他仰头长嘶，更加暴怒，无数弟子在他的利爪下丧生，血肉成为他的祭祀。然而袁氏弟子像蚂蚁一般重新压上前锋，金箭穿破火焰，血雾在他漆黑崎岖的背上炸开，犹如烟花绽放。

"上钩索！"袁伯卿再次下令。

屋檐上的弟子转换旗语，命令一层一层地向下传达。身负钩索的弟子取代负箭弟子的位置，百炼金钩抛入长空，钩上百里决明的脊背，金钩犹如恶犬的牙齿，死咬不放，细密的伤口血肉外翻，看起来像血淋淋的鳞甲。左右两翼的弟子拉着锁链同时发力，百里决明被控制住，无法再移动了。

所有弟子的配合无比默契严密，这是多年不论风霜雨雪训练的结果，袁伯卿低笑，此战结束，他袁氏理所应当成为仙门百家的魁首！什么喻夫人，什么姜天师，都要仰他的鼻息过活！

第二十章 怒莲

袁伯卿发出命令，旗语再次变化，四方角楼的长老同时启动阵法枢纽，花纹繁复的青色封印大阵在天枢宫上空成形。四方枢纽，四重封印，第一重封印肢体，第二重封印术法，第三重封印肉身，第四重封印灵体。第一重封印启动，然后是第二重，阵法旋转，无形之中有千钧重压袭上百里决明的脊背。地煞火消失，环绕周身的火焰熄灭，他低吼着，不住地挣扎。

封印中山岳一般的重压镇着他，那是几乎碾压一切的力量，可他依然不屈地仰起头颅。他更没有屈膝下跪，而以钢爪支撑着地面，爪下挖出数道深深的沟壑，全身的骨骼因为受到挤压而发出细密而悚然的碎裂声。明明是个灵，却如君主一般保持着赫赫的威严。

袁伯卿走上前，仰视这个丑陋又恐怖的灵。他们俩对视着，百里决明猩红的双目里映着他须发斑白的影子。

"许多年前，我也曾跪拜过你。想不到如今，你却成了我的瓮中之鳖。"袁伯卿嗤笑，"百里决明，给你个机会。你把你那徒弟的诅咒解了，我可以考虑让她入我袁家大门，为我侍奉巾栉。"

百里决明龇着血淋淋的獠牙，滚烫的吐息喷洒在袁伯卿的面孔上。

"他已经失去神志了，听不懂您的话。"有弟子小声地道。

"哼。"袁伯卿有些失望，"果然是个畜生。"

他抬抬手，准备下令。百里决明忽然向前一冲，背上数个金钩硬生生地脱离，各自都勾着一片他的血肉。袁伯卿离他太近，没有人来得及回援。炙热的吐息刹那间近在咫尺，袁伯卿下意识地用右手一挡，百里决明咬上他的右臂，尖齿闭合，犹如两排钢刀合拢。鲜血如泉，泼剌剌地喷在百里决明可怖的脸上，袁伯卿向后仰倒，眼睁睁地看着自己的右手被百里决明囫囵吞下。

更多钩索重新咬上百里决明的脊背，他嘶声怒吼，再次被控制住。袁伯卿的面容扭曲，捂着断臂大吼："杀了他！杀了这个畜生！"

越往后面，封印启动的时间越长。第三重封印启动，阵法变幻出更加繁复艳丽的符纹，耀眼的金光罩上百里决明庞大的躯体。百里决明嘶吼着，强行发动术法，血脉中的杀性像猛兽一般叫嚣。然而逐渐成形的封印终究是压制住了他的术法，只有星星点点的火焰迸发出来，飞散在金光之中，犹如金红色的蝴蝶翩跹飞舞。第三重封印压制住了他的肉身，似乎也压制住了他的恶灵本相。阵中他暴怒嘶吼，身影却不断变幻，恶灵的本相和秦秋明的样貌来回切换，隐隐现现。

袁伯卿用左手拔出刀，朝封印中的怪物连劈两次。凛冽的刀光斩在怪物左右，肩后两只手臂一齐断裂，齐整的断口里黑血喷涌如潮。怪物颤抖了，痉挛地长嘶。他无法逃离了，他是囚笼中的困兽，无力地暴虐狂怒。

袁伯卿狡诈，留出半数上品弟子护持法阵，恶煞攻得十分艰难。到处都是火，到处都是残破的尸体，师尊烧出的焦黑路线迤逦向前。袁家弟子在角楼下搭起堡垒，金箭的箭雨片刻不歇，战线被死死地压在角楼外，像泥铸了似的无法推进。四个枢纽必须摧毁过半阵法才会停止，十个恶煞分散在三个封印处，战力落在了人数众多的袁氏上品弟子的下风。

不够快，不够快！最后一重阵法就要完成了，督战的谢寻微眉目阴沉，右手按上刀柄，预备拔刀亲上阵前。一个人压住他的手，将他的刀推回刀鞘。

应不识叹了口气，道："事情我都听你爹说了，大侄儿，这里我帮你看着，你快去天枢宫吧。"他一抬手，无数磨牙吮血的滴水灵从后方扑上前线，"你别抱太大希望，前面我们在'永夜'里自相残杀，我手下的灵数目不到一百了。我会尽力帮你攻陷角楼，能攻下一个是一个，你赶紧到天枢宫去吧……"他咬牙，还是狠下心开了口，"没准还能见你师父最后一面。"

最后一面……

这句话仿佛是一把刀，把谢寻微的心割得鲜血淋漓。他用力地闭了闭眼睛，什么都没说，转过身，向前奔跑。滴水灵为他冲出一条缺口，他趁乱通过了关卡。

是否一切相逢都逃不过离别的结局？是否一切开头圆满的故事都躲不过悲惨的收场？火焰在肆无忌惮地燃烧，可他的心里飞雪飘扬。时间兜兜转转的，好像又回到了八年前那个大火燃烧的绝望夜晚。

经过恶煞和袁家人缠斗的辕门，经过血肉泥泞的南天街，经过熊熊燃烧的弟子学舍……为了方便转换身份，他戴面具的时候脸上带着妆，袁家弟子认得他是谢寻微，恶煞是他的灵侍，两边都把他当自己人，没有人阻拦他的道路，他畅行无阻。

他从未这样仪态不整过，阿母说谢氏芝兰，庭下玉树，行走坐卧，都要有世家之风。他端正自己的言行，伪装自己的举止，忍耐心底不甘的疯狂和岁月带给他的苦痛，成为阿母和世人眼里期待的那个端方佳人。

可是今天，他扔掉了发冠，漆黑的头发披散开，飞扬在风中。他撕掉外袍，露出底下属于谢寻微的素衣白裳。弃了刀，扔了鞘，他丢掉所有伪装，回到许多年前那个跟无渡爷爷身后爬上抱尘山，师尊敲着棋子懒懒回头时看到的谢寻微。

和很多年前一样，他轻声地喊："师尊。"

黄金色的阵法中，浑身披血的怪物犹如一座碎裂的火山。

火星到处飞，金红色的小蝴蝶扑满天空。

第二十章 怒莲

谢寻微提着衣袂，向着阵法中心那个穷途末路的灵奔跑。火光映着他的眉目，比神仙上人还要明艳昳丽，小蝴蝶追着他的裙摆飞舞，他是火焰中盛放的花。所有人惊讶地望着他奔跑的身影，那白色的身影像一只脆弱的飞蛾，义无反顾地扑向火焰。那样壮丽勇敢，那样奋不顾身。

师尊。师尊。师尊。

他流着眼泪想，你听到了吗，我盼着与你相见，盼着与你相认，好久好久。我怎么能够只见你最后一面？！

封印就是让灵体长眠，永远在记忆的深谷里徘徊。倘若我和你封印在一起，是不是就可以一起做回到抱尘山的梦？我们一起种忍冬树，采决明草，我们一起打枣子，晒连翘。你每天叫我起床，抱着我下山，在我脚边画一个小小的圆，让我蹲在人家店铺门口看你吹火龙。就算这个梦只重复一天，一个夕阳西下你牵着我回家的黄昏，一个我们一起泡脚看星星的夜晚，我也愿意用生命去交换。因为我们将会永远一起待在没有尽头的梦里，永远永远。

"启动最后一重封印！"袁伯卿愤怒地叫喊。

"可……可是寻微娘子……"有弟子迟疑。

"我叫你启动封印！"袁伯卿咬牙切齿，忽地想到什么，冷笑一声，"张弓搭箭，瞄准谢寻微，我要让百里决明亲眼看着谢寻微死在他的眼前！"

弟子们怔忡了，都迟疑着面面相觑。

袁伯卿命令一个弟子为他拉弓，他用残存的左手搭上箭，瞄准奔向百里决明的谢寻微。所有弟子颤抖着举起弓，和他一起瞄准。

铮然一声响，犹如琴弦崩断，袁伯卿的金箭率先扑入长风中。所有人的箭同时发射，箭雨密密麻麻的，铺天盖地。金箭离弦的那一刻，谢寻微终于跑到了百里决明身侧。仙门百家视他的师尊为磨牙吮血的修罗恶灵，就连他的阿父都说师尊没有救了。没有人看见这样暴怒狰狞的灵能不感到恐惧，但是谢寻微不怕，一点儿也不怕。他拥住了这只恶灵，黑血沾上他的素衣白裳。

八年的岁月，漫长得看不见尽头的路途，姑苏城的飞花，寒山道场的风雪，他终于走到了尽头。师尊的怀抱那么温暖，六瓣莲心沉稳地跳动，他好像拥抱住了一个小小的太阳，于是风住了，雪停了，他苍白荒芜的世界有了一线春光。

灵停止了怒吼，猩红的双目里映出谢寻微流泪的脸颊。

"师尊，我们一起回家，好不好？"他抚上灵崎岖的手臂，轻轻地微笑。

灵也注视着他，奇迹一般地不再焦躁。射箭的弟子们眺望着这一幕，火光与喧嚣都成了虚影，他们是亘古时间中不变的礁石。

箭矢没入血肉，谢寻微听见那钝钝的声响，像一曲终了的琴弦收拨。八年了,谢寻微的时间许久不曾流动,成为绕着痛苦打转的圆,而他则是一只被钉在圆心的蝶,煎熬着挣不脱逃不走。现在死亡和梦境同时来临,蝴蝶终于挣脱银钉,时间在振翅中继续向前。他闭上眼睛,和师尊一同倒入血泊中,苍白如翅子的衣袂染上血色,黏腻的血液浸润手心。

人世间所有的一切都向后退避,色彩层层剥落,复归古朴的黑白两色。谢寻微的世界里,万籁俱寂。

寂静。漫长的寂静。有滚烫的血滴在脸颊上,可是他等待已久的疼痛却迟迟没有袭来。他的眼睫毛颤动,慢慢地睁开眼睛,一张熟悉的脸庞撞入眼眸。百里决明静静地看着他,黑纹已经褪去,獠牙也收回了,皲裂的皮肤合拢,他恢复了凡人的样貌,变回他那副颇有些稚气的青年人样子。他赤裸着上身,两手撑在谢寻微的耳边,用身体罩住了自己的徒弟。

谢寻微愣愣地摸了摸脸上的血,后知后觉地明白过来这不是他的血,而是百里决明的。如果他站起来,就会看见百里决明背上插满了密密麻麻的箭矢,还有一根又一根钩索,整个人看起来像一个鲜血淋漓的大刺猬,滑稽又悲惨。

没有盾牌,百里决明就用自己的身体做盾牌。没有铠甲,百里决明自己就是谢寻微的铠甲。他挡住了所有箭,没有让他的徒弟受半点儿伤,即使他自己遍体鳞伤。

"你是傻吗?"百里决明哑声说,"听不到我叫你逃跑吗?"

"师尊……"谢寻微颤抖着手,触摸他的背部,摸到满手湿淋淋的血液。

伤口太多了,他的背上简直没有一块好肉。他腐烂的腰腹和右手恢复如初,后背又成了筛子。一摸上去坑坑洼洼的,满手泥泞。谢寻微怔忡着,呆呆地望着自己手上黏腻的黑血。世上的事情总是那么荒谬,他明明要帮师尊找回六瓣莲心,却害师尊丧失神志,变成怪物。他明明要同师尊一块儿赴死,却害师尊伤痕累累。

他落下眼泪:"对不起……"

"蠢徒弟。"百里决明的声音苦涩,"说什么傻话。"

宗门的封印镇压住了他恶灵的本相,让他的意识恢复了清明。他想他露出本相的样子一定丑陋无比,没想到这个傻徒儿还是奔向了他。他的小徒弟只有兔子的胆儿,随便遇见什么恶灵就会吓哭,究竟是什么样的勇气让她奋不顾身地奔向自己?八年了,小丫头变成了大姑娘,却依旧和当初一样傻,傻得他心疼。

"师尊,我们逃跑吧。"谢寻微扯住他的胳膊,无声地流泪,"寻微长大了,可以保护你了。只要我们逃出宗门,任何人都休想再封印你。你跟我走,好不

第二十章 怒莲

好？我们去山清水秀的好地方，再建一个抱尘山。"

"笑话，你师尊我何时逃过？"百里决明轻笑，"听话，好好待着，师尊要放大招了。"

谢寻微拉住他的手腕凄然地摇头："不要，不要放业火，我不要再看到你把自己烧成灰。"

百里决明笑了笑。谢寻微的手指收紧，这个目空一切的浑蛋，居然还笑得出来。

袁伯卿爬上天枢宫的屋顶，亲自打出旗语。他们准备启动第四重封印了，封印一旦启动，便无可转圜，师尊会像八年前一样再次陷入长眠。

百里决明低声说："寻微，其实你很厉害。你信不信，只要你相信我，我就会变得很强很强，谁都打不过。"

"你骗人！"谢寻微哽咽了。

"不骗你，"百里决明把脸偏向他，"你试试。"

谢寻微觉得他在撒谎，师尊是个笨蛋，连谎言都撒得这样假。他哪有那么神奇的力量，只要他相信一个人，就能让那个人勇猛无敌？

"信我一次。"百里决明摸了摸他的脑袋瓜。

他看着师尊的眼睛，这个男人一如既往地桀骜不驯，一如既往地骄傲自大。可是师尊就是有一种奇特的力量，让人觉得在他身边就什么都不用怕。谢寻微的心底燃起了不可思议的希望，他素来沉稳，万事要做好万全的打算。这一次，他竟然愿意相信这么愚蠢可笑的谎言，他就像个相信大英雄总会打败所有坏蛋的小孩儿。

可那又有什么不对呢？因为师尊就是他的大英雄。

他说："我相信你。"

百里决明笑了，他在心底说："灵童子，你能解开我心域里的封印吧？"

"你想做什么？"灵童子的声音响在耳畔。

"洗业金火会把我烧焦的原因不是这个术法太霸道，而是我一半的功体被封印了，无法精准地控制火焰。只要打开封印，拿回我原本的灵力，我就可以完全控制业火。你这么强，那破封印根本封不住你，你是自愿留在我的心域里的，对吧？"百里决明说，"现在，打开那个封印。"

"那是无渡下的封印，我没有能力打开。"

"破一个口子总可以吧，能拿回一点儿是一点儿。"

灵童子眺望夕阳，冷冷地说："你会后悔的。开了这个先例，你将没有回头路可以走。"

319

"管不了那么多了。"百里决明咧咧嘴,"我在徒弟面前夸了海口,怎么能丢脸?"

"你一定会后悔的,百里决明。"灵童子说。

男孩儿抬起手,对着夕阳张开手掌。一条缝隙在斜阳上生长,像老旧的红釉瓷器上长出了裂纹。有坚硬的东西徐徐地破裂,纷乱的画面像鸦羽一般在百里决明的脑海闪过——灯火通明的偌大宅院,勾勒着火符的光明灯,许多看不清面孔的男人俯视他,低声说:"先天火法,天之骄子,他必将登顶道途,成为下一任大宗师……"他们的声音那样低沉,像某种神秘而古老的咒语。

无可名状的焦躁和愤怒袭上心头,他后退,逃跑,穿过高耸厚重的围墙,脚底踩上看不见尽头的青石板路。他看见院落后面爬着湿润青苔的深井,密密匝匝的头发在里面生长,有什么东西在那儿呼唤他。什么东西?到底是什么东西?百里决明皱起眉头,想要抓住那一角,却与它擦肩而过。裂纹停止延长,所有记忆刹那间离他远去,他重新睁开眼睛,好像从漫长的睡眠里醒来。没有人看见,他的眼眸深处,绽放了一朵妖艳昳丽的烈焰红莲。

从未如此饱满的灵力流淌全身,充盈奇经八脉。百里决明从未有过这样的感觉,却有一种奇怪的熟悉感。他试探着重启呼吸,手指抓握开合,背上的血肉蠕动,箭头和金钩被一枚枚挤出,哐当哐当跌落在地上。

抬起眼睛看周围,色彩无比鲜艳,光线无比亮丽,所有人的动作都那么清晰。他第一次如此清楚地看见这些人的容颜,他们的表情纤毫之变都映入他的眼瞳,有人怜悯于寻微的红颜薄命,有人为袁氏大功弹冠相庆,更多人因他的死到临头而幸灾乐祸。

多么滑稽又可笑,鼠目何曾能见高山之雄伟?朝生暮死的虫子何能知浩瀚春秋?这一刻他终于触碰到他泯灭已久的过往的一角,力量恍若海潮汹涌涨落,将他淹没。一寸寸地直起身,封印内部山岳般的压力被他硬生生地顶住,肩膀上无形的山体土崩瓦解,天穹上第一重封印出现裂纹。在绝对的力量面前,所有顽抗都是笑话。深沉的力量在胸脯中蕴蓄,他感到造物初生一般的狂喜。地上所有鲜血向他靠拢,血液凝成薄红的雾气悬浮在空中,他收掌,雾气聚集于他的指尖,他后背的伤口长出肉芽,细密合拢。

力量充盈的喜悦淹没了他,他抬起脸,笑容张狂又放肆。天穹上前两重封印像琉璃一般龟裂,他的术法重新焕发活力。原来这才是真正的他,他的术法与生俱来,他的火焰永不熄灭。他是天之骄子,天下无双!

弟子们的笑容凝滞了:"怎么回事……那个恶灵,怎么可能再站起来!"

四方角楼光芒大盛,袁家在竭力修补原有的封印。与此同时,阵法瑰丽绚烂的符纹在天穹显现，第四重封印也即将完成。

百里决明拉着谢寻微站起来，捂住谢寻微的眼睛："闭上眼睛，接下来的场面，小仙女不能看。"

谢寻微乖乖地闭上眼睛。

百里决明抬起右手，向世界张开手掌，好像万物都在他的掌心。

"杀。"

没有过程，不需要诵读咒言，也不需要蕴蓄力量。

简简单单，只说出一个平平无奇的字眼，洗业金火，瞬间释放。

天地一下子就寂静了，没有弟子们的叫喊和吵闹，也没有袁伯卿的嘶吼，那些恼人的喧闹都消失了，似乎所有东西都沉入了水下，时光哗啦啦地回溯，世界回到原初的寂静。

火焰以百里决明和谢寻微为中心，摧枯拉朽狂怒着席卷天都山，充盈方圆一里的每一个角落。百里决明的力量瞬间包裹了这片区域，天枢宫、围绕宫殿的四方天街、弟子学舍、角楼枢纽，所有死物和活物都被金红色的火光吞噬，被高温灼烧得扭曲。角楼下金箭划破长空，狰狞的灵冲锋陷阵，刀刃与刀刃浴着鲜血相撞。他们同时被烈焰吞没，活人定格，钢铁蜷曲，最后统统散成了风中的飞灰。

当业火烧尽，地上辨不出尸体的痕迹，他们连骨头渣子都没有残留，变成灰烬和泥土混杂在一起。只有袁伯卿面目全非，浑身焦黑，躺在土中，袁氏传家的护体金印保下了他一条性命。

山腰下，姜若虚和姜问难在此地避难。年迈的老人抚着胡须眺望那一片汹涌火海，叹息道："抱尘山的火法奥义，终于重现人间。"

谢寻微睁开眼睛，百里决明近在咫尺，完好无损。

他抚上谢寻微的后脑勺。

"看，我没撒谎吧。天下没有人能打败你师父。"他的笑容桀骜，"因为我，天下无敌。"

第二十一章

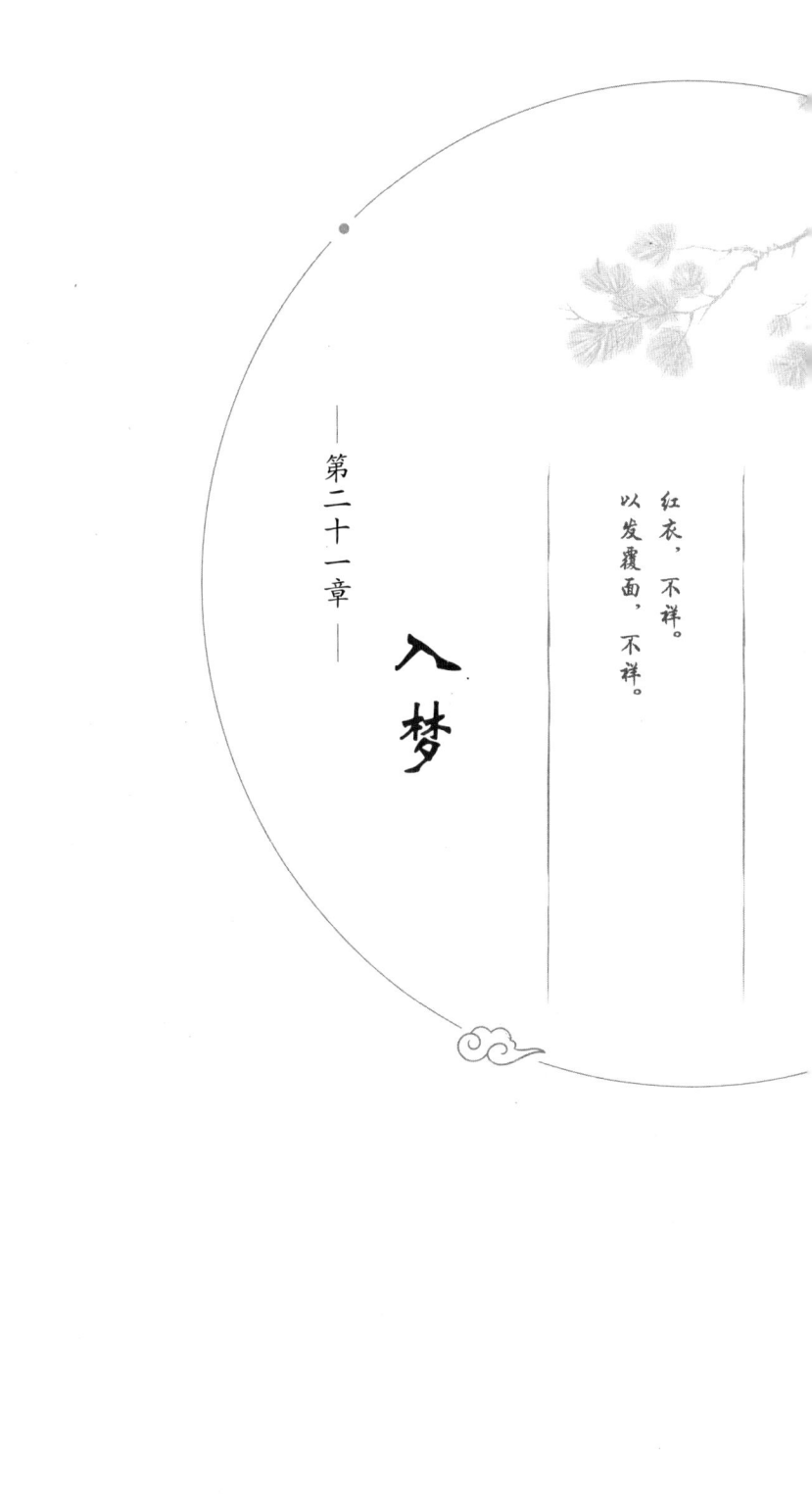

入梦

红衣,不祥。
以发覆面,不祥。

一战之后，仙门元气大伤。尤其是袁氏，精英弟子几乎死伤殆尽，主君袁伯卿虽然没死，与死人倒也没什么分别了。全身大面积烧伤，容颜尽毁，无法行走，他成了个屎尿都要在床上解决的残废。时隔八年，仙门百家再次见识到了百里决明业火的威力。没有人会想到一个不入流的穷小子竟然是百里决明，更没人能想到他重回人间功法更胜从前。袁伯卿已残，喻夫人瘫痪，放眼江左，无人能与之匹敌。

　　幸存的弟子和长老跪在下方，个个像鹌鹑一样缩着脖子，牙齿打战，两股发抖。而那只恶灵正大马金刀地坐在高阶上首，一副趾高气扬、目中无人的气派。他那美貌的徒弟坐在他的身侧，唇角带笑。纵然裙角焦黑，也遮不住谢寻微顾盼生辉的昳丽。

　　百里决明站起身，踱步走向下方，用脚踹了踹一个跪在他前面的弟子。

　　"打我啊，怎么不打了？之前不是挺威风的吗？"百里决明看着这帮人黑压压的头顶，心里来气，"看看你们的样子，就这样还自称百年仙门，江左贵胄，丢你们祖宗的脸。几千号人加在一块儿，爷放把火就把你们灭了，真是一代不如一代。"

　　所有人都灰头土脸的，不敢应声。百里决明掉过脸，看见一个年过半百的长老抖得像在筛糠。

　　长老察觉到百里决明在看他，浑身一抖，差点儿失禁，忙叩首道："老祖宗息怒，老祖宗息怒。您道法高深，先天火法举世无双，我们实在是敌不过啊！"

　　百里决明一脚把他踹倒在地："你个老家伙，这帮年轻娃娃都带了伤，怎么就你活蹦乱跳的，连衣服都整整齐齐的？你让你的徒子徒孙冲锋陷阵，自己在后面搂着女人喝茶，如此就是你们仙门长老的做派？"

　　长老痛哭流涕："小人以后不敢了，不敢了！"

第二十一章 入梦

"当初无渡没死的时候,你们仙门好歹有几号人物。"百里决明环视左右,个个臊眉耷眼,蓬头垢面。他怒道:"现在爷连个女婿都选不出来,气死我了。裴真那个兔崽子哪儿去了?"

四下无人应声,姜若虚立在角落里摇头苦笑。

"天都山所有活人都在这儿了?"百里决明问。

依旧寂静。

"爷问你们话,都没有嘴吗?"百里决明又踹了一个人。

"都……都在这儿了。"先前那个长老哭道。

"最后一个见过他的人在哪儿?"百里决明问。

底下的弟子都摇头:"我们今日没人见到裴先生……"他们摸不准百里决明的心思,支支吾吾地说,"兴许有人见过,但被您……烧死了。"

百里决明一时有些心慌,前面这帮家伙拿箭射寻微,加上封印大阵已经成形,他怒火攻心,想都不想就放出了业火。虽则控制了业火范围,刻意避开了偏僻的活水小筑,最远只烧到四方角楼阵法枢纽,却不知道裴真那时候有没有乱跑,在不在业火当中。仙门这帮人死不足惜,裴真要是死了……

百里决明心烦意乱,不敢多想,道:"我出去找找。"

他头也不回地走了,跪着的众人登时松了一口气。这恶灵喜怒无常,对着他的时候所有人连大气都不敢喘。可他走了,大家又不知道接下来要做什么,全都面面相觑。弟子们松懈了,长老们却依然没有停止发抖。视野里出现一片素白的裙裾,仰起头,正见谢寻微映丽的面庞。她带着笑意,眼睛里却没有温度。长老们像被火燎着了似的,忙低下头,躲避她的目光。

当年寒山道场的事他们都知道,细细地想起来,去过寒山道场的主事和长老在这八年来屡遭恶祸,剩下的人没多少了。虽然如此,可此事若让百里决明知晓,依着那恶灵的脾气,定然火烧江左,流血千里,伏尸百万,仙门百家焉能有命在?

长老哆嗦着开口:"寻微娘子……"

姜若虚不知何时走到近前,插进话来:"宗门惨祸,死伤无数。诸位尽早归家,好生休养去吧。老祖宗业火焚骨,如今只留劫灰,诸位可以铲一抔焦土下葬,聊以慰藉亡灵。"

长老们相互看了一眼,恭敬地道:"谨遵天师意旨。"

众人皆告退了,弟子也躬身退下。焦土之上,只剩下谢寻微和姜若虚相对而立。惨淡天光洒在四周,举目一片荒芜。谢寻微淡笑道:"现在,老天师终于要坦诚以对了吗?"

姜若虚捻着胡子笑："老夫从未有过隐瞒，谈何坦诚？"

"八年来，曾造访寒山道场的仙门主事屡屡罹难。天下没有这种巧合，然而仙门对此置若罔闻，听任自流。想来，定是有人在暗中推动清除计划，让这些渣滓从仙门当中消失。这个人，想必就是老天师吧。"谢寻微低眸浅笑，"江左肃整歪风，惩治有违祖训的弟子。在常人看来，这是老天师雷霆手段，镇压歪邪；实则，是老天师竭力为仙门谋一条生路。"

"哦？"

谢寻微缓声道："因为你知道，吾师必定重返人间。"

姜若虚叹了一口气："是我辜负了大宗师的嘱托，按照大宗师的遗愿，姜家本应照料你长大。然而当年姜氏势弱，主君无力，喻、袁二家蛮横如虎狼，我等实在没有办法护佑你的安康。"

不怪天师软弱，家族与谢寻微二选一，姜若虚必定选择家族。谢寻微心知肚明，茫茫人世，从来只有师尊将他放在心尖第一位。

"我们越郡姜氏数百年来一直侍奉着抱尘山，这八年来，我们执行着大宗师的遗命，不敢有违。你一定想问大宗师为何这么做，我们也不知晓，我们只完成大宗师交代给我们的事情。"姜若虚道，"引导百里前辈进入灵国，帮助他掩匿真实身份。说实话，令师的脾气实在……颇有特色，若是被当年见过他的人瞧见，必定会有所怀疑。"

"喻连海的骸骨失踪，可与你们有关？"

姜若虚颔首："不错，是我们所为。大宗师曾经交代，所有从黄泉灵国出来的灵，除了百里前辈，都一定要用三昧真火焚烧成骨灰。宗师并未交代原因，对于黄泉灵国的事，他向来讳莫如深。但我想，那些骸骨里面一定藏了什么秘密。如果不照宗师所言去做，后果将不堪设想。"

谢寻微想起谢岑关的遗骨异状，便皱起了眉头。这件事谢岑关一定知道，要想办法联系他。

谢寻微看了一眼姜若虚的脑袋，问："劳烦天师相告，五十八年前仙门究竟发生了什么事？我师尊因何成为灵？"

"五十八年……你发现那些针了，对吗？"姜若虚苦笑，"很遗憾，我的脑髓中宫里也有同样的一根针，我没有办法给你你想要的答案。"

意料之中。谢寻微斟酌片刻，又问："天师可曾见过生前的师尊？"

姜若虚点头："见是见过，照面的机会不多，听的大多是传闻。自我记事起，你师尊就已经在抱尘山了。大宗师曾说，你师尊是抱尘山的天之骄子，他刚一出生，便被抱尘山内定成下一任大宗师。事实的确如此，你师尊是一个了不起

第二十一章 入梦

的人物。如果你见过十八狱里的壁画，会看见大宗师征讨北方灵域的场景。当年玛桑黑教流传人间，灵患横行，大宗师率领仙门百家清除灵域。其实，其中还有一个很重要的人，就是你的师尊。"

谢寻微的手指收紧，道门历史是常识，他只是没想到，原来师尊也参与过数百年前的那场杀灵战役。他更没有想到，原来师尊的阳寿远超百年。五十八年前究竟发生了什么，能让道法如此高深的师尊付出生命的代价？

"我的确无法告诉你五十八年前到底发生了什么，但在我侍奉大宗师的这些年里，我确实发现了一些端倪。这数百年来，他似乎一直在做同一件事情。我不知道到底是什么事情如此艰深，耗尽一个得道宗师的寿命竟也无法达成。但时至今日，我想这件事应该快完成了。"

谢寻微锁紧眉关："达成它的人……是师尊吗？"

"不。"姜若虚摇头，"是你，谢寻微。"

百里决明回到活水小筑，院子里一如往日，一棵矮矮的杏花树贴着窗洞立着。从花叶的间隙望过去，素白的窗纱上没有人影，一切都静悄悄的。裴真的小筑有点儿像寻微在喻家的那个园子，没一点儿活人气儿。不同的是若细细嗅，可以闻到空气中短短一截清冷的药香，让人心旷神怡。

不会真被他烧死了吧？百里决明很是忐忑，推开裴真的寝居大门，衣服叠得一丝不苟，桌上摊着裴真常看的医书，就是没人。他喊了几声，无人应答，他又走进裴真的丹房，浓烈清苦的药草味袭来，瓶瓶罐罐堆满架子，一水儿的云头栓檀木柜子，冷冷清清的，一股凉气儿镇着整间小屋。百里决明不敢相信，那小子那么聪明伶俐，怎么会被他烧死呢？

可是他又忍不住地想，或许裴真看见他变成怪物，想来救他，结果被疯狂的他烧成灰了。他拼命回想今天有没有见到裴真，然而发狂时候的事都记不清了，他唯一能记起来的画面是万箭齐发，寻微流着眼泪拉住了他。

到处翻找，连床底下也不放过，好像裴真会故意和他玩捉迷藏。他越来越心慌了，右手忍不住颤抖起来，视线巡睃，忽然盯住了一面琥珀黄的大铜镜。这玩意儿上面有术法，他能看出来。伸手碰了碰，镜面浮起涟漪，没有正确的符纹，无法进入镜子后面。他冲着镜子大声喊："裴真，你在不在里面？"

没有回复，兴许镜面的封印能隔绝声息也说不定。他越来越焦躁了，一个小小的封印，对他来说不算什么，天下除了已经仙去的大宗师，还有谁的道法强过他？不管三七二十一，百里决明掌心迸发真火，强行破坏封印，弯腰进了镜子里面。

顺阶向下，越来越冷。难不成是个冰窖？百里决明心里直犯嘀咕，有什么药草非得用冰镇着吗？终于走到尽头，前方豁然开朗，百里决明一下子惊住了。

无数裸身的尸体立在冰窖当中。男女老少，姿态各异。他从中间的通道走过去，戳了戳其中一具尸体僵硬的脸。所有尸体一丝不挂，寸缕未着。他大为震惊！最上面还放着一口金丝楠木大棺材，他走上去，伸头往里面探看。一具丑陋的焦尸睡在里面，嘴唇烧没了，牙齿外豁，甚为狰狞。

裴真真恶心，竟然有收藏尸体的癖好。这些尸体是倒了多大霉，才被脱光了放在这里，任裴真这个疯子观赏？

在冰窖里巡睃了半晌，依旧没有裴真。

"你们遇见了本大爷，算你们走运。"百里决明掀起一块布盖上焦尸的脸，"都安息吧。"

他放出了三昧真火，背对熊熊的火焰，离开了冰窖密室。

踏出镜子，在落地屏下呆呆地坐了半晌，该到哪里去找裴真，他不知道了。记忆里那个漂亮的青年人成了一抔灰。他怎么能错手杀了裴真呢？就算这家伙是个收藏尸体的怪胎，他也不能杀他。

正怔忡着，门臼转动的声音传来，他呆愣愣地抬起头，便见裴真推开门进来了。

风度翩翩，纤尘不染，他永远是温文尔雅的样子。

"前辈寻我？"他温声地问，"我素来不喜热闹，宗门大比，我便上山采药了。谁知采到半路忽然望见山火，回来才知出了这么大的事情。尚不及恭喜前辈，寻回了六瓣莲心。"

百里决明瞪着他，从头到脚，没有一块缺损的地方。他终于确信了，裴真还活着，不仅没死，好像还比以前更加漂亮了。

"你……"百里决明咬牙切齿。

他看着裴真笑吟吟的脸，悬着的一口气儿终于落回心底，很想揍他一顿。

镜子里开始冒烟了，浓浓的黑烟不停地往外蹿。裴真看见那些烟，脸色一下子变了。

这小子还有不笑的时候。百里决明哼了一声，抱起手臂道："大爷我把你那些尸体都烧了，你年纪轻轻的，搞这种歪门邪道。现在回头为时不晚，你放心，我不会把你的怪癖说出去的。还有，我不把我徒弟许配给你了，反正你也不喜欢她。"

迷蒙的烟气横亘两人中间，百里决明有些看不清裴真的脸。

"你把那具焦尸也烧了吗？"裴真问。

第二十一章 入梦

"当然，全烧了。"百里决明顿了顿，补充了一句，"灰都不给你留下。"

裴真不说话了。

朦胧的视野里，百里决明看见裴真的人影慢慢地朝他走过来。穿越烟雾，百里决明终于看清了他的脸。他的脸上挂着像面具一样的笑容，和平常一样完美无瑕，无懈可击。然而素来不擅长察言观色的百里决明，破天荒地从他的笑容里品尝出阴沉的意味。他好像很生气，怒不可遏。

"前辈真是……令人难办。"他轻轻地说。

"你生气也没用。"百里决明说，"年轻人，要走正道，少弄一些乱七八糟的嗜好。"

他自问很有耐心了，这破事若搁别人身上，他早一脚踹他脑门子上了。

裴真靠近他，直勾勾地望住了他："前辈好生无礼，动了我的东西，还理直气壮。"

"喂，你想干吗？警告你，你打不过我，别乱来。"

烟雾逐渐地浓了，百里决明觉得有些呼吸不畅。

"你知道那具焦尸是谁吗？"

"关爷我屁事！"百里决明逐渐烦躁起来。

裴真低笑："是你自己。"

一道霹雳打在百里决明的头顶，他蓦然瞪大了眼睛。

什么意思？他忽然想起来，八年前他第一次释放洗业金火，因为灵力不足，无法精准地控制暴怒的火焰，他把自己烧成了焦炭。他万万没有想到，那具焦尸原来是他烧焦的原身，这小子怎么敢？！他百里决明的尸身，竟成了他的收藏品。他居然还厚着脸皮说，那是他的东西！

百里决明怒道："小兔崽子，你胆大得很，竟敢动大爷我的肉身！"他怒发冲冠，"我现在就烧死——"

"你"字还没有说出口，他僵在了原地，脑子里一片空白。

裴真拨动风流，八根纤细的银针簌簌地飘浮，钉入百里决明的穴位。先封印手足，然后是术法。当最后一根针没入天顶关窍，黑暗从四肢百骸涌上来，百里决明的意识如同鸣金的士兵，从身体里撤退。他合上眼睛，软绵绵地栽倒了。

黄昏，漓水，山中塘。

殷红的晚霞铺满天空，谢岑关把包袱垒在马屁股上。还好，先前用的那副皮囊还有个双胞胎弟弟，亲人之间向来心有灵犀，两兄弟一块儿病死的，皮囊都被收入了漓水的冰窖。谢岑关千辛万苦地从天都山飘回来，还得一路提防灵母的呼唤，最后有惊无险地住进了弟弟的皮囊。

"你真的要去？"应不识很担忧，"那个地方神神秘秘的，我们对它完全没有了解。对于玛桑旧史，我们的把握也不完全。你并没有做好充分的准备，就要独自上路吗？"

"我的时间不多啦，老应。"谢岑关侧坐在马背上晃着腿，"这一次离窍，灵母的呼唤更剧烈了。假以时日，皮囊再也无法成为我和她之间的隔板。即使我拥有皮囊，她也会把我从人间拖回灵国。每一个被她标记的祭品，都逃不掉这个下场。"

"可是我们从抱尘山废墟中挖出来的典籍上明明记载，三百年前有一个祭品逃脱了灵母的掌控。"

"所以我才要查无渡，才要顺着他的路走下去。"谢岑关笑了笑。绚烂的霞光笼着他的侧脸，凌乱的发丝飞舞，发梢融化在光晕里。

应不识一噎，他说得没错，这是他唯一的出路。每一个食用灵国食物的人都会被标记为灵母的祭品，即便逃离灵国，他的灵体也会被千里追回。目前他们找到的唯一办法是宿在皮囊之中，这可以减轻灵母呼唤的影响。但是这个办法在逐渐失效，因为灵母的力量不知为何在日渐强大，从上次离开灵国开始，谢岑关几乎没有睡过觉。他必须保持神志清醒，以免在睡梦中被灵母召回。

当年仙门围剿抱尘山后，应不识抱着渺茫的希望去废墟中寻找大宗师的秘藏。他找到一份记录，许多字是玛桑文，他不认识，在为数不多的中原文字里，他发现无渡记载了一个逃离灵母掌控的灵。那是有史以来，他们发现的第一个也是唯一成功脱逃的灵。从谢岑关第二次重回人间开始，他们就一直在调查无渡，期望寻找到更多的讯息。

西难陀，是最后一个线索。

"虽然你总是觉得我很烦，但我还是不得不再提醒你一句……"应不识叹道，"走得太远，就回不来了。"

谢岑关摆摆手，拾起缰绳："百里决明火烧天都山，仙门被打得片甲不留。如今人间已经没有能够与他匹敌的人，寻微也长大了，我再也不用担忧他的安危，可以放心地上路了。"他顿了顿，复道，"留了个连心锁给你，要是我超过两天没有联络你，就说明我回不来了。"

他扭头一笑，晚霞映着他的脸庞，那笑容无比灿烂。

他一甩马鞭，高声道："走咯！"

烛火的光晕在眼前晃，百里决明动了动眼皮子，迷迷糊糊地睁开眼睛。他

第二十一章 入梦

顶着像鸟窝一样蓬乱的头发爬起来,揉了揉惺忪的睡眼。发生了什么来着……等等,他的眼睛一瞪,蓦然想起来了——裴真!

定睛一看,面前是糊着高丽纸的窗屉子,右手边立着花鸟屏风,下面搁着乌漆长条案,上面堆放着一摞医书,一只青白色的一枝瓶,里面养了一株红通通的相思豆。风雅的江南味道,连窗框都是精致典雅的六角菱形,人影打在上面像一幅画似的,一看就是裴真的寝居,那家伙就爱穷讲究。

他正坐在裴真的罗汉榻上,腿上盖着薄衾。低头检查自己,身上还保持着原来的样子,裤子也没换,脚脖子上却多了一条细细的金锁链和手掌粗的金镣铐。

什么玩意儿?他瞪着那条锁链,心里渐渐地明白过来。裴真那个胆大包天的小子,竟然妄想将他囚在此处。他在心里冷笑,抬起右手,运转功法。他的业火熔金锻铁,这区区的锁链镣铐能奈他何?掌心烧灼,黑烟哧哧地冒出,业火却迟迟不进出来。他感觉到不对劲了,握着手腕咬牙用力,然而就好像炮管被塞住了似的,他的业火哑了炮。

他傻眼了。

是了,裴真的针法卓绝,这个兔崽子一定是在他身上施了针,封住了他的术法。他站在榻上上上下下地检查自己的穴位,愣是找不到一根针。银针业已钉入经脉,生前的医术他忘了个干净,如今是束手无策了!

屈辱涌上心头,他百里决明什么时候遭过这等奇耻大辱?被人当小狗似的拴在这里。他咬牙切齿,痛骂了裴真二百五十遍,爬下榻,坐在地上掰那金锁链,最后面目狰狞地用牙使劲咬,锁链安然无恙,连个牙印子都没有。

"前辈还是歇着吧。"裴真悠然的声音从背后传过来,"这是袁氏的百炼金,你的真火尚且烧不动它,牙齿又有什么用呢?"

他怒目回头,男人负手站在屏风前面,微笑地望着他。裴真的笑意带着揶揄,更让百里决明怒火中烧。

"你知不知道你在做什么?"百里决明冷笑,"你以为你这样就能万事大吉?我大可离窍,换个肉身杀回来,让你知道知道惹怒本大爷的后果。"

裴真怆然叹了口气,眼角眉梢都写着哀伤:"我分毫不取为寻微娘子诊疗,不顾艰险追随前辈进灵国。前辈的身份曝光于我前,我只字不曾告诉仙门。前辈大闹天都山,我担心的只有前辈的安危。却不想我拳拳心意,皆付诸流水。前辈烧我丹房,辱我名誉。如今我不过略施小惩,出我心头怨气,前辈就威胁要我性命,这是何道理?"

他似乎是真的伤心了,笑容里都带了凄然的苦楚。

百里决明一时语塞，竟然无法辩驳。

这小兔崽子当真生了一张铁嘴，白的能给他说成黑的，黑的也能说成白的。他生气了，又无计可施。裴真说得没错，这些日子以来他帮了百里决明许多，往重了说，可以说是为了百里决明背叛仙门了，百里决明还真不能拿他怎么样。

"那你怎么样才肯解了这锁链？"百里决明气道。

裴真迤迤然地在小案前跪坐，百里决明拖着链子走过去，盘腿坐在他对面。

裴真笑道："简单。前辈把所有的秘密都告诉我，我就放了你。"

"什么秘密？"百里决明一时间没有反应过来。

"前辈生前到底是怎样的人？五十八年前仙门百家究竟发生了什么？前辈因何而死，又因何化灵？大宗师为何大费周章地让前辈进入灵国，灵国和前辈究竟有怎样的关联？数百年来，前辈与大宗师相伴于抱尘山，前辈是否知晓大宗师到底在做什么事情？"

裴真像连珠炮似的发问，把百里决明给问蒙了。什么生前？什么五十八年前？他的记忆被无渡封印了，所有的一切对于他来说都是一片空白。他只知道他的心域里住了灵童子，一个小孩儿，他们曾经是朋友，也是仇敌。

百里决明的脑袋疼痛欲裂，有什么东西在脑海深处的黑暗里蠕动。不要想，不要想。心底有个声音告诉他。

可是为什么？那是他的记忆，为什么不能想？

百里决明什么也想不出来，心虚地看了一眼裴真，咳嗽了一声，故作高深道："你给我解开锁链，我就告诉你。"

裴真看了他半晌，无奈地摇头道："你什么都不知道。"

百里决明急了："你别放弃啊，我说不定知道呢。"

裴真不再多问，他渐渐地明白，在师尊这里无论如何都不会找到答案，因为他的师尊和他一样，都是答案的寻找者。他想起仙门长辈头颅里那根银针，繁复精致的决明草和忍冬花花纹，无一不昭示着它们是师尊的所有物。师尊瞒了仙门所有人，也瞒了他自己。

"这些跟你有什么关系？"百里决明很是郁闷，"你比我还上心。"

"前辈的所有事情都和我有关。"裴真笑了笑，"况且，我也有我想找的东西。"

什么叫都和他有关？百里决明的目光不自觉地飘到裴真的脸上。他想这小子一定心怀不轨，幸好他还没把寻微许给裴真。他老了，还死了，裴真刚好是个恋尸的疯子，才对他这样关注。

想到这里，他又是一阵恼怒。乱七八糟的情绪搅在一起，心里面像泡了一

第二十一章　入梦

团糨糊似的。他越想越烦躁，又抓起锁链来啃："臭小子，快放了我！"百里决明十分焦躁。

裴真慢悠悠地沏茶，碧绿的嫩尖儿在热水里翻卷。他吹了吹热气儿，意态很是悠闲。

"就不放。"他说。

"你囚着我要作甚！"

隔着迷蒙的热气，裴真一脸的闲适，并不回答他。

啊啊啊，百里决明捂着脸倒在地上打滚。裴真拿起书来看，百里决明就在一边闹腾，一会儿啃锁链，一会儿挠地，像一只躁动不安的野兽，片刻也消停不下来。裴真疲惫地揉了揉眉心，折腾了一天，他也看不进书了。天色已晚，索性唤童子进来倒水，他要沐浴。

二更天的时候，裴真被百里决明的梦话吵醒了。夜很深，外面的灯火都熄灭了，隔着窗纱看外面，黑沉沉的一片，世界好像被墨水涂抹了。四周很静，没有一丁点儿声音，只有百里决明闭着眼睛，一直在念着："他来了、他来了、他来了。"

什么"他"？裴真皱起眉头，师尊好像做了噩梦，睡得很不安稳。裴真支起身子，轻轻地捏了捏他的穴位，解了他的定身针。

"前辈、前辈。"

百里决明安静了，翻了个身，不再说梦话。

裴真有些口渴，摸着黑去案边倒水喝。一切都很寂静，空气好像停止了流动，他听见自己清浅的呼吸声。他和百里决明之间隔了几步，夜里黑，只能瞧见一大团阴影躺在那儿。

往日在抱尘山，师尊最喜欢干的事情就是睡觉。他向来睡得香，很少做噩梦，要在他耳畔敲锣才能把他叫醒，今天不知道怎么了，说起梦话来了。裴真喝完水，将杯子放回小案。身前是黄铜镜，不经意间从镜子里看见百里决明坐起来了。裴真看不清他的脸，大致判断他面朝着自己，好像在望着自己的背影。

裴真笑道："我吵醒你了吗？看我做什么？"

百里决明一动也不动，像一尊黑沉沉的雕像。

梦游吗？裴真略略地皱了眉头，试探着喊了一声："前辈？"

百里决明还是没反应，裴真确定他是梦游了，心里琢磨着等他醒了给他把把脉。好好的，怎么会梦游呢？裴真沉思着，再次抬头看镜里的时候，百里决明却已经站起来了。这时裴真悚然一惊，铜镜里百里决明的影子十分诡异，手脚都超乎寻常地长，整个人瘦得像麻秆似的，有一种畸异的恐怖感。

瘦影静静地站在那里，似乎在直勾勾地盯着裴真。

人影的身后，更远处，忽然响起吱吱嘎嘎的声音，是有人在翻身，还嘟囔着说了一句梦话。裴真的额头渗出冷汗，夜里太黑，他错误地估计了和师尊之间的距离。师尊还在凉席上躺着，这个瘦影是谁？！

他迅速地回身，指尖拨动风流，桌案上的银针簌簌地抖动。然而转过身的一瞬间，那奇长的瘦影已经不见了。深夜静谧，周围是烛台桌椅的森森暗影，黑影无影无踪，好像他只是眼花了。但是他颤悚的灵影们在提醒着他，那瘦影并没有离开。

去哪里了？他捻起银针，警觉地环顾四方。视线再次挪到铜镜上，他登时动作一滞。

那瘦影和他背贴着背，站在一起。

灵有瞬移的本事，在十八狱，师尊与谢岑关对决时他就已经领略了真正的恶煞有何等本领。凡人根本难以超越他们的速度，仙门清除灵域，向来依靠队伍协作。这只灵毋庸置疑是个恶煞，她穿着一袭红裙，头发完全蒙住了她的脸，不是因为夜晚太黑他看不清脸，而是因为这个恶灵脸前全是头发。

红衣，不祥。

以发覆面，不祥。

阴沉的灵，周身处处透露着绝望的死气。

他终于明白了师尊为何做噩梦，为何如此不安。师尊口中的"他来了"是"她来了"，是这只红衣的女灵，师尊在梦里预感了她的降临。

"你是来找我师尊的吗？"裴真问，银针瞬时发射，银光没入深沉的黑影中。针光消逝了，没有扎入皮肉的钝感，意料之中地落空了。没有关系，裴真垂眸，右手的银针已经同时向百里决明那边发出。刺向灵的银针只是虚晃一招，他真正的目的是唤醒师尊，解开他的术法封印。

但是，第二根银针也滞住了，风流硬生生地被打断。银针悬停在空中，像蜂一样嗡嗡地颤动，好像被空气黏住了。裴真眯起眼睛，这时他才发现，空气中有许许多多黑色的发丝。千万发丝结成一张肉眼难以看清的大网，银针被发网缠住了，无法前进。裴真和他的针一样，是网上的猎物，无处可逃。

不妙。

发网收缩，结成一张浓黑的茧，将裴真困在当中。乌黑的发丝缠上了他的手腕，银针掉落在地上，发出细小的声响。还有一捆发丝扼住了他的咽喉，几乎勒出血来，令他难以出声。更多头发像游蛇一般沿着他的脚踝和小腿向上攀延，他无法动弹。

第二十一章 入梦

这就是凡人与恶灵的差距,即便他足智多谋,力量也远逊于真正的恶灵。

"前……辈……"

他竭力张口,嘶哑地呼唤百里决明。然而师尊睡得太沉了,根本听不见他的声音。

窒息感袭来,茂密的头发开始探入他的口中。他感到恶心和痛苦,意识渐渐地模糊了。仿佛被雾气笼罩的视野里,瘦长的女人赤足立在茧外,浓密的头发遮住了她的面庞,她似乎在冷漠地观看着他的死亡。

为什么师尊会预料到她的出现?她到底是谁?

裴真无法呼吸,更暂停了思考。脑海里纷纷乱乱的,思绪像狂蝶一样乱舞,最后一切散尽,只剩下百里决明。

师尊、师尊、师尊。

你说只要我呼唤你,你就一定会来救我。

他抓住不断探入他咽喉的长发,用尽全力拉出口中,用破碎的语调喊:"师尊……"

话音刚落,像蛛网一般交错相叠的发丝彻底地封住了他的嘴巴。

与此同时,百里决明猛然睁开眼睛,一个激灵坐了起来,大喊了一声:"寻微!"

百里决明睁眼的一瞬间,女灵像水汽蒸发一样消失了,发丝也齐齐收缩回退,所有头发从裴真身上抽离,犹如条条黑蛇遁入阴影中,消失不见了。裴真失去了支撑,身子前倾,似乎要跌倒。百里决明反应极快,一个箭步冲过去接住他。裴真软倒在他的怀里,不住地呕吐。百里决明定睛一看,这小子呕出许多断发,一匝一匝的,十分恶心。

"怎么回事?你没事吧?"百里决明问。

女灵闪得太快,百里决明什么都没看见,光看见一个呕吐的裴真。

裴真的脸色十分难看,沙哑地说:"给我水。"

百里决明倒茶递给他,他来来回回地漱了好几遍口都嫌不够。等他折腾完了,断断续续地将女灵夜访的事道来。百里决明一听就反应过来,那女灵十有八九是黄泉灵母。灵童子说得没错,灵母真的来了。究竟是哪里露出了马脚,令灵母发觉了他心域的猫腻?而且她似乎对百里决明很是忌惮,并没有强攻。

好在她先跑路了,若搁平日百里决明自然能大杀四方,可现下他被裴真封印了术法,要是对上灵母,真不知道孰胜孰负。

百里决明环顾左右:"我刚刚好像听见谁叫我师尊,这儿除了咱俩没别人啊,是不是你这个臭小子?"

335

"前辈真是睡糊涂了,我怎么会叫你师尊呢?"裴真装傻。

百里决明狐疑地看着他:"真不是你?"

裴真笑得温柔似水:"当然。"

想想也对,裴真怎么会喊他"师尊"?八成是他做梦梦见寻微了。

"事到如今,前辈还不打算告诉我真相吗?"裴真幽怨地看着他,"谢宗主曾说你的心域里藏了一位大人物。在灵国的时候灵母就对你穷追不舍,现下更是追到了这里,我还差点儿丢了性命。前辈不觉得心怀愧疚,应当对我补偿些许吗?"

"补偿?"百里决明拔高音调,把脚举高放在他的眼前,"你看看这是什么?镣铐!爷我不灭了你就算好的了,你还有脸跟我要补偿?"

裴真不着痕迹地把他的臭脚丫子拨开:"前辈同我说说,我也好与前辈一起想应对之法。"

"嘿,我就不说,气死你。"百里决明赶他,"行了,快睡觉。今晚我守夜,免得鬼母再来偷袭。"

"前辈……"裴真的声音从身后传来。

"快睡,不许说话!再不睡觉我打你!"

裴真望着百里决明的背影,无声地叹息。

师尊看似无法无天,刚愎自用,为仙门百家所诟病。实则喻、袁之徒,虚伪浮浅,唯师尊性子刚烈,气骨清峻。

现在首要的问题是灵国。他要找个机会回抱尘山,无渡爷爷留给他们的一定不只灵国里的铜镜和冰蝉玉,一定还有别的线索,指引他们继续前进。

沉思了半天,又看向百里决明那边,他轻声地问:"你不睡吗?"

"让你睡你就睡,哪儿那么多废话!"百里决明不耐烦的声音传来,"再出声,我就把你给生吞了!睡觉!"

第二十二章

绛衣

而我喻听秋断情绝欲,
六亲不认,
走太上忘情道,
修天下至强剑。

百里决明被囚禁的第四天，裴真受喻凫春之邀去喻府出诊。他为拔步床上的喻夫人施完针，收起素色的绒布包。朝阳越过矮矮的院墙，铺进门槛，他低垂的眉睫上仿佛落了金屑。他身上永远有一种温雅蔚然的清气，让人情不自禁地对他托付信任。

族老们候在外间，唉声叹气。所有人都感叹裴真裴先生的妙手仁心，又不由得移过目光，满怀同情地瞥向床帘子掩住的那个行将就木的老太婆。鸦青色的绸布围着床，藏青色的暗影罩在她枯干的眼塘子上。床沿上搭着她的手，蜷曲着，像死鸡的爪子。

她还有气，却已经像个死人了。饶是裴先生医术高明，也救不回一个病入膏肓的人。可惜喻夫人年纪才五十岁，若能活到八十岁，还有小半辈子要耗在床上，这日子该如何熬过去？眼下又适逢百里决明归来大闹天都山，喻家二娘子失踪，偌大的喻家落在一个年轻胆小的后生肩上，一地烂摊子等着收拾。大家都摇首叹息，主家是到了穷途末路啊。

越靠近里屋，屎尿味越发浓厚。喻夫人难以控制自己的排泄，裴真刚收好绒布包，又是一阵恶臭袭来。喻凫春尴尬地搓搓手，使女们忙拉起围屏，为喻夫人换洗。喻夫人死死地盯着裴真，直到围屏完全挡住她怨毒的目光。

喻夫人当着裴真的面失禁了，裴真的眉头都不皱一下，更什么都没说。喻凫春很是感激，举着袖子擦眼泪："我家到底造什么孽了？二妹不见影踪，母亲又病倒了。听人说二妹回过家，把祖宗剑拿走就离开了，到现在还没个音信。母亲这病来势汹汹，我一个人如何能扛得起偌大的家业？"他呜呜地直哭，"有的时候真想死了算了，当人这么难，还不如当尸呢。"

"大郎不要忧心，我会常来看诊的。相信假以时日，喻夫人定能有所好转。"裴真忧愁地蹙起眉头。他的目光素来温和柔软，看人的时候有一种悲天悯人的

第二十二章　绛衣

神采。他的眼睛如此温暖，没有人会相信他不为病人担忧。

喻凫春声泪俱下，连声道谢："听说天都山出了大事，寻微妹妹和秦少侠可还好吗？"

他忙于侍奉母亲，还没弄清楚秦秋明就是百里决明。

裴真并未解释，只淡淡地微笑："他们很好。倘若没有别的事我便先走了，约好了同秦少侠秉烛夜谈。倘若失约，他会怪我的。"

喻凫春道"好"，送裴真出了庭院。

两人刚踏上木制回廊，便见错落的竹篾帘子后面，一个女人抱着剑倚在芭蕉树下。阳光透过细碎的叶隙，打在她的肩上头顶，她整个人明丽又夺目，像矗立在火里的一把剑。喻凫春打眼瞧见那女人，霎时间瞪大眼睛，指着她叫道："二二二二……"咬了一下舌头，终于把话说全了，"二妹！你回来了！"

她的相貌和以前一样，又好像哪里变了，有一种说不出的味道，喻凫春不敢认她。似乎是眉宇变了，漆黑又锋利，透露着凛然的杀气。又好像是眼睛，仿佛盛着霜雪，冰冷得让人不敢直视。最后他发现她是整个人都变了，喻家骄纵傲慢的二娘子不会有这样的气质。这样肃杀的气质，属于一个亡命之徒。

他恍然明白，他妹妹的手已经沾过血了。

"二妹……"他怔怔地开口。

"听说我的未婚夫是穆家大郎，穆知深。"她看着喻凫春问。

"是母亲病倒之前为你定的亲事。"迎着喻听秋的目光，喻凫春莫名地有些害怕，"你还好吗？我知道你不愿意嫁给穆郎君，但你至少见见人家再做决定，母亲不会害你的。"

"我的无情剑进了瓶颈期。"喻听秋看向了裴真，"据我所知，太上忘情有一条捷径，杀夫证道。"

"哦？"裴真的笑容变得有些耐人寻味，"你想杀穆知深吗？"

"我们实力相差多少？"

裴真斟酌了一下："全力以赴，兴许可以一战。"

"那便够了。"喻听秋道，"给我一张他的画像，告诉我他在哪儿。"

喻凫春惊住了，又开始犯起了结巴："二二二二……"

裴真略略地也有些惊讶，牵唇笑了起来："原来你还不知道穆知深是谁吗？"

"不然呢？"喻听秋觉得奇怪，"我又没见过他。"

同穆知深共同作战，却到现在还不知道对方的姓名，裴真开始反思他为她扎的针可曾伤到她的神志。

"先前在天都山同你一起行动的那位师兄，他有说他去哪儿了吗？"裴真问。

"他说他要回家办一件事。"喻听秋沉默了片刻,明白过来,"他就是穆知深?"

"然也。"裴真颔首,"不过恕我直言,你杀了他也无法证你的大道。"

"为何?"

"杀夫是为了斩断情根,你对他原本就无情,又谈何情根?"裴真温声道来,"二娘子,恐怕你尚且不知你为何遭遇瓶颈。你未曾尝过情,无情剑无所斩,故而毫无进益。太上忘情,在于一个'忘'字。无情何以忘,有情方可忘,这才是你的症结。"

喻听秋沉思了片刻,道:"懂了。"

她转身要走,喻凫春大惊失色,高声喊她:"二妹!你去哪儿,母亲病倒了,你快回来!"

族老们听见呼唤,纷纷赶出来,一见喻听秋,都吃了一惊。出门的时候还是一个不谙世事的鲁莽丫头,数月不见再回来,已成了这般叫人不敢亲近的凌厉模样。当下有个老人以龙头拐杖杵地,大声呵斥:"二娘子,你母亲缠绵病榻,你不亲在跟前伺候汤药也就罢了,还要贪玩!修不好剑法不怪你,妇人家做做女红也是正经。你一个待嫁的女儿家四处抛头露面,听闻前面还悄没声地追到人家裴先生府上。喻家百年望族,你不要脸面,你母亲你家大郎还要脸!"

喻凫春忙打圆场:"二叔息怒……"

"哦?脸面?"喻听秋听见话,回过身来,"原来诸位还懂得什么叫'脸面'。"

那老人气得红了脸:"你这是什么口气!"

"自是看待诸位猪狗不如的口气。"喻听秋说。

所有人大吃一惊,没人能料到这丫头说出这等狂言。喻凫春张大嘴巴,愣在当场。

喻听秋凉凉地一笑,同谢寻微在一起太久了,她的美被谢寻微压制,连红牡丹都成了狗尾巴草。如今单单站出来,众人才发现她自有一番鲜明浓烈的美,像一把锋刃,充满杀气,沾了就要见血。她道:"百里决明复归人间,天都山伏尸千里,血流成河。你们自己的脑袋还不安稳,竟还有闲情关心我的闲事。打量诸位这八年里干的丑事,只怕你们的下场还不如我那好母亲。"

族老们的脸色俱是一变,指着喻听秋的手指像筛糠似的哆嗦。

女人炽艳的红唇一牵,勾出一抹张狂的笑:"纵观仙门百家,人不为人,灵不为灵。我喻听秋睁开眼睛看天地,才知人性本恶,人欲无穷。你们这些老家伙,尽可以在你们的金银窝温柔乡里腐朽。而我喻听秋断情绝欲,六亲不认,走太上忘情道,修天下至强剑。都给老娘滚,谁挡我我弄谁。"

第二十二章 绛衣

族老们目瞪口呆，都忡忡然说不出话来。喻听秋不管他们，自己走了。只有裴真微笑不改，曼声说道："二娘子慢走。"

天刚擦黑的时候，裴真回到了活水小筑。隔着步步锦的窗棂看里面，他的笨蛋师尊还捧着百炼金的链子，锲而不舍地用牙啃。怎么会有这么傻的人呢？就不怕崩了牙。裴真摇头，又无可奈何地微笑，师尊简直是天下第一傻。

踅身回谢寻微的屋子，换了一身金丝县花襦裙，外面罩上烟色花罗半臂，长帔搭上肩。接着对镜上妆，细腻的蝶粉轻轻地揉上脸庞，颊上细细地抹开红晕，眼角点染薄红，额心贴花黄，唇珠妆点口脂。耐心地梳起宝髻，洁白的后颈垂下疏疏落落几根发丝，素手拈起火红的鬓边花点缀鸦黑的云鬟，镜中的裴真再次成为谢寻微。

他起身，轻轻地推开彤花门，往师尊那儿去了。

百里决明试了许多法子，用牙咬，用手掰，用凳子砸，都没法儿撼动这百炼金的镣铐。这几日裴真早出晚归的，不知道在忙些什么东西。晚上也不设防，安然地睡在床上。

百里决明恨得牙痒，偏不能拿他怎么样。他低低地喊一声"前辈"，百里决明就心里冒火，坐立不安。明明可以趁他睡觉要他的命，但谁让他是寻微的救命恩人，百里决明不能动他。

怎么办？怎么办？怎么办？他问自己。脑子里一片乱麻，想来想去都是三个字：完蛋了。他是大祸临头了，旧日仙门百家围剿抱尘山都没能让他有这样的危机感。

门臼那边响了，有人进了门槛。百里决明根根汗毛倒竖，一下成了刺猬似的。他下意识地往床底下钻，盖住头，蒙住耳。

"师尊……"

细细的女声传来，带着一点点怯懦。百里决明打了个激灵，从床底下探出半个脑袋来。

谢寻微从门扇后面蹑手蹑脚地蹚进来，一见百里决明，顿时喜极而泣："师尊！"

"你怎么来了？"百里决明爬出来，蹲在地上低声地问。

"我偷着过来的。这几日不见师尊，我心里好担忧。裴先生说你去为我采药了，可我不信，师尊若真为我采药，怎么会不说一声就走呢？"谢寻微道，"我这几日一直暗中摸寻，想看看裴先生到底瞒着我什么。果然这不就找见了嘛！师尊到底怎么了，这不是裴先生的寝居吗，师尊为何在这儿？"

百里决明十分尴尬，他是什么人物，他可是百里决明，竟然着了一个毛头小子的道儿，还让人囚了这么久，说出去不让人笑话死。

"这事说来复杂。"眼下顾不得那么多了，百里决明直接亮出脚上的镣铐，"徒儿，你是自由身，去书房找找，看能不能找到镣铐的钥匙。昨儿裴真说他去喻府出诊，要住上一晚，今夜是咱们唯一的机会！"

谢寻微看着镣铐，一副惊异的模样。百里决明催她快去，眼见徒弟提着裙子去了，心里又担忧，若是被下人发现了可怎么好？他怎么能让寻微去做这么危险的事。走来走去坐立不安，金漆灯树的光在脸上晃，照得他心烦。

等了许久，丫头还不回来，百里决明简直是度日如年。好半晌才瞧见寻微跌跌撞撞跑回来的影子，他终于松了一口气。人面兽心的人太多了，像裴真这样的衣冠禽兽更是防不胜防。现如今他谁也不信，只信他亲手养大的徒弟。丫头果然聪明，在裴真书房翻到上锁的锦盒，把锦盒往青砖上砸，钥匙就从里面跌了出来。锁头一扭，镣铐松开，百里决明得到了久违的自由。寻微说且慢，从袖里拿出一块银色的小石头。

"这是什么？"百里决明问。

"吸银石。"谢寻微道，"师尊受他辖制，想必是被他的渡厄八针封住了术法吧。往日他曾给寻微渡过银针治病，便是用这小石头吸出来的。"

这回寻微真是帮了大忙，吸银石往肩背上一溜，数根银针从血肉里钻出来，像羽毛似的贴在小石头上。百里决明张开手掌，耀眼的火焰哧的一声迸出掌心，他黑亮的眸子映着火光，别样的傲慢猖狂。

他森森地狞笑："好你个裴真，想不到吧，爷我的术法又回来了！"

这下天不怕地不怕了，不说一个裴真，就算十个裴真来了，他都能把他们烧成灰！并不着急走，他让寻微去收拾行李，自己从厨房寻来一个麻布袋子，在裴真的寝居里翻箱倒柜。

谢寻微抱着包袱惶惶然地立在青砖上："师尊这是做什么？"

"他关了我这么久，我问他讨点儿金银细软，总不过分吧！"

打开衣橱，裴真的衣服一丝不乱地叠放在里面。这人一身贵公子的娇毛病，什么都要归置得整整齐齐的。百里决明觉得刺眼，把衣服一件件地抱出来，堆在砖头地上烧光。汗巾子、手帕、罗袜……统统不放过。使女童子们全围在院前，惊恐地往里面探看，却一个也不敢上前。

百里决明恶狠狠地说道："爷我把你的衣服全烧光，让你当街裸行！"烧着烧着又觉得不妥，于是给他留了一件襕袍，揉巴揉巴随意地弃在床榻上。

谢寻微："……"

墙上挂的字画也遭了殃，百里决明找来最粗的一根毛笔，在每幅字每幅画

第二十二章 绛衣

上都龙飞凤舞地写上"裴真你不行"。墨汁淋漓的几个字儿撞进谢寻微的眼眸，师尊的报复实在是太孩子气了，他哭笑不得。也罢，凡事不急于一时，暂且容师尊得意一会儿。

百里决明又把裴真的扳指、玉佩，全一股脑塞进麻袋里，还从橱柜里面敲出暗格。拿匕首撬开柜板，里面整整齐齐地码着好几摞银票。发了发了，寻微的嫁妆有着落了。百里决明喜不自胜，一张不落地收入自己囊中。

百里决明在搜刮，谢寻微坐在蒲团上为自己倒茶。茶叶在热水里面翻卷，他捏着莹白的杯盏看百里决明兴高采烈地四处寻宝，背上负着的麻袋像气球似的鼓胀起来。百里决明不知道，这些东西都是他的好徒弟提前一天藏在屋里各个角落的。为着让他好携带，还特地把金条兑成了银票。打拼了多年，谢寻微多少有些积蓄，讨师尊欢心还是够的。

最后去裴真书房取寻微的方子，小心翼翼地叠好收进怀里。折腾够了，百里决明从马厩里牵出一匹高头大马，为寻微披上牙色蚕丝提花缎斗篷，再戴上幂篱。长而软的素色帽纱遮住脸儿，添了一份朦胧和神秘。百里决明扶她上马背，自己也翻身上马。

"裴真若回来了，告诉他洗干净自己的小脑袋，等本大爷来摘！"他撂下一句话，马鞭一甩，朝着山下去了。

使女童子们眼睁睁地望着谢寻微和百里决明消失在大路尽头，回屋拾掇地上的一片狼藉。百里决明撬开的柜板还横在地上，翻开木板，便见后面贴着一张红纸，上面写着一段端正挺秀的金漆小楷——

　　谨具三十万钱，呈望百里前辈。

浔州，穆氏老宅，穆家堡。

草木萧疏，放眼望去是一望无际的白色茅草，仿佛是一望无际的雪。不远处是废弃的房屋群，个个朽木烂梁。破败的招子在风里舒展，远远地看上去像招灵幡似的。临街的小摊上还搁着一碗发了霉的细面，仿佛是吃早饭的人遇见变故，匆匆逃离，连面都来不及吃完。

视野的尽头，一座漆黑的堡垒孤零零地矗立在那里。风滚过茅草地，呼啦啦的，像是灵的呼号。

自从穆家堡惊变后，这一带很久没人住了。醒目的告示牌插在茅草地里，上面用夜光朱砂写着"前方一里，恶煞灵域，勿入"。数年来，穆知深的爷爷曾三次派遣小队进入灵堡，试图封印恶灵清除灵域。然而每一次的结果都没有例

343

外——无人生还。穆家终于放弃了对抗，用符咒栅栏隔离了这片区域，日夜派遣专人在外围巡逻，防止路过的行人误入灵域。

穆知深最后一遍清点身上的东西，七十发弩箭、一百张符咒、四天的干粮，还有他的刀。

谢寻微的灵侍初六向他拱手："拉起灵堡大门的千斤闸从内部被破坏了，无法开启。我的术法是'虚门'，无论何时何地，只要知道目的地所在，我就能打开通往那里的门。根据郎君的指示，我将为你打开直接通往灵堡内部的通路。虽然里面的格局已经被灵完全更改，但是我们的地图可靠，不必忧心。穿过我的虚门，你会到达灵堡地下牢狱，那里距离灵堡大门有五百尺的距离，标志物是铁栏底部篆刻的杏花图案。我的同僚为你清出了安全地带，离开那里，你将会进入你家人的视野。"

"我知道了。"穆知深淡淡地说。

"虚门会为你打开四天，四天之后，我会离开，虚门关闭。穆郎君，不论你要做什么，抓紧时间。"初六道，"最后一个提醒，不要触碰你记忆里穆家堡原本没有的东西。"

"为什么？"

"它们吃人。"初六的解释简洁明了。

穆知深背上刀，挎上箭囊，抓起包袱，向着黑堡进发。茅草掀腾搅覆，仿佛风雪席卷，他的背影就那样一点点地被淹没在白色的天地里。

出了天都山，也不知道去哪儿好。百里决明在金陵莲花桥给寻微攒了一套宅子，倒是能够落脚。但金陵离天都山近，快马一昼夜就能到。百里决明怕裴真那个小兔崽子闻讯赶来，就没敢往金陵去。

心里面一直乱糟糟的，他想不明白事。被裴真用金链子像拴小狗似的拴了整整四天的光景，说什么也得讨回来。可他还没想好怎么收拾那个小兔崽子，加上见着裴真的脸这心里面就闹腾。他不想见裴真，先躲着再说，眼不见心不烦。

正好寻微说想回抱尘山看看，横竖没地儿去，索性回去一趟。天气不好，一路暴雨倾盆，滂沱雨箭落下天穹，昏黑的林子里四处水汽氤氲，雨光淋漓。天尽头雷声隆隆地碾过，像炮仗似的让人心惊。百里决明带着寻微走一程停一程，眼见天擦黑了，雨势越发急了，干脆歇在路过的破庙里。

这破庙供的也不知道是哪路神仙，泥塑雕像，面饼似的白脸擦着两团嫣红。百里决明扫干净砖地，把寻微的铺盖铺排开。掌心生火，烤了个红薯喂饱徒弟，

第二十二章 绛衣

收拾收拾让她睡觉。寻微窝在薄衾里，一张瓷白的脸蛋子笼在被窝里，露出一双黑黢黢的眼睛。

"寻微，你爹就你一个孩子？"百里决明问。

"为何这么问？"谢寻微歪着脑袋看他。

借着火堆的光，百里决明仔细地打量她："我总觉得你和裴真很像，越看越像。你爹就你娘一个女人吗，在外面有孩子没？"

"我怎么知道呢？"谢寻微眨巴着眼睛，一派天真懵懂，"我四岁时他就走了，至今也没回来。就算他在外面有私生子，我阿母也不会同我说这些。师尊瞧着裴先生同我相似，要么赶明儿验验血，兴许真是我亲哥哥呢。"

说要见裴真，百里决明又犯怵了，心里面直打鼓。他别过脸去，模模糊糊地应了一声："回头再说吧。"

"说起来，师尊还没同我说清楚，裴先生到底怎么了，好端端的为何要绑你？他这般无礼，师尊明明恢复了术法，怎的不等他回来教训他？"

问到痛处，百里决明的心里一下子慌张起来。到底为什么？他自己也闹不明白，按说是该把那小子千刀万剐的。想不明白，只能顾左右而言他。他拉起薄衾，盖在寻微的脸上："大人的事儿，小孩子别管，睡你的觉。"

"还是说……"谢寻微从被窝里钻出来，长长地"唔"了一声，尾音清浅绵长，"师尊害怕裴先生？"

像被踩了尾巴，百里决明差点儿蹦起来，忙矢口否认："说什么玩意儿，我怕他什么？若不是念在他又是开方子救你性命，又是跟我进灵国上刀山下火海的，我早把他脑袋摘下来挂城门楼子上了！"百里决明分辩道，"你不是好奇我为何同他闹翻吗？这姓裴的看起来人模狗样，其实是个恋尸的疯子。我那日发现了他的地窖，里面全是没穿衣服的尸体，那叫一个伤眼。所以别看人长得好，不定藏着什么歪门邪道。"

"恋尸？"谢寻微大感惊讶。

"可不是？"百里决明气得牙痒痒，"怪不得成日在我面前献殷勤，原来打的这般主意。你师父我是何等人物，灵里论资排辈，就算遇上灵母，爷也不认尿。再加上爷我一身正气，一表人才，同那些无名尸相比简直就是宝贝，他可不就稀罕我吗？"他觉得好险，"好好的一个人儿，怎么是这副鬼德行？幸好没真把你许给他。"

谢寻微被他气得眼前发黑，偏生不能发作。师尊哪里都好，就是脑子太笨。想来是自恃天资卓绝，从来不曾多读书，增长见识。按说他生前医术超群，该是读过书的才是。大约是成了灵，忘了个精光，原本脑子就不机灵，现下更是长了跟没长似的。

成日胡思乱想，为何就不能想点儿有用的？自己一门心思为他寻防腐的法子，在他眼里却成了个有怪癖的怪胎。谢寻微幽幽地看他："师尊，怪不得您单了这么多年，一直没娶媳妇儿呢。无渡爷爷临走的时候要我多照顾您，我那时还纳闷，您这么老个大人，我才十二岁，不是该您照顾我吗？"

"什么意思？"百里决明觉得这丫头说的话不对劲。

"夸您洁身自好的意思，我要睡觉了。"谢寻微翻了个身，疲惫地闭起眼睛，不再说话了。

放眼天下，大概不会有人比这个笨蛋师尊更笨的了。

也好，手上少沾点儿血，积德。

百里决明疑心谢寻微在奚落自己，看她要睡觉了，又不好再问。他拉出一面步障，把她围起来，自己到门槛边上蹲着。破庙外面下着雨，夜长而幽深，极目望出去，是一个没有亮光的婆娑世界。余光里再瞥寻微那儿，她起身梳洗，哗啦啦的水声传来，接着一个装着手巾把子的铜脸盆从步障底下挪出："师尊，帮我把水倒了吧。"

"瞧把你给惯的。"走几步路的功夫都不愿意，百里决明很是无奈，万分想念以前那个给他端水洗脚的寻微。

谢寻微睡下了，渐渐地传出来悠长又清浅的呼吸声。影子随着呼吸而起伏，很安心，不设防。

百里决明把寻微的洗脸水泼进大雨中，蹲在门槛边上发呆。发力于目，极目远眺，外面，隔着珠帘似的檐溜，一个红衣的女人赤足站在雨里。黑而长的头发遮住了脸，看不清容貌，不知道是灵母的第几重分身。

他没同寻微说，这个女灵跟了他们一路，没有靠近，也不发难，单影子似的跟着，像烟雾一样飘忽。他们之间永远保持着三丈远的距离，无论雨打风吹，她只是默默地跟在远处。雨声噼里啪啦，银光点点溅射，她的衣服头发都已经湿透。不知为何，百里决明心里涌起潮水一样的悲哀，好像已经痛苦了很多年，心都泡烂了，无可脱，不可解。

寻微的小鸡崽从檀木盒子里艰难地钻出来，扑棱着小翅膀爬上百里决明的脑袋顶，和他一同望着女灵的方向。

"回去吧。"他轻声地说，"灵童子不想见你。"

小鸡崽："叽叽叽。"

无人回应，女灵依旧站在那里。

他不搭理她了，低头清点包袱里的银票。点着点着，忽然拉出一根素罗发带，象牙色的，素朴但讲究。约莫是打劫裴真的时候不小心收进包袱的，凑近细细地嗅，清清淡淡的一缕香味儿，说不清是什么样的味道，闻着让人平静舒心。

一看就知道是裴真的东西，那家伙总爱这么打扮，端着架子摆谱，让人觉得他是个正人君子，人畜无害。分明是个男人，发带怎么能这么香呢？

他又忍不住看寻微那儿。兴许是在同一个屋檐下待得久了，两个人越长越相似，瞧见寻微的时候，他总忍不住想起裴真。

发了一会儿呆，他将发带缠上手腕，打了个漂亮的结，最后用衣袖严严实实地遮住。

谢寻微睡熟了，什么都没有听见，什么都没有看见。

第二十三章

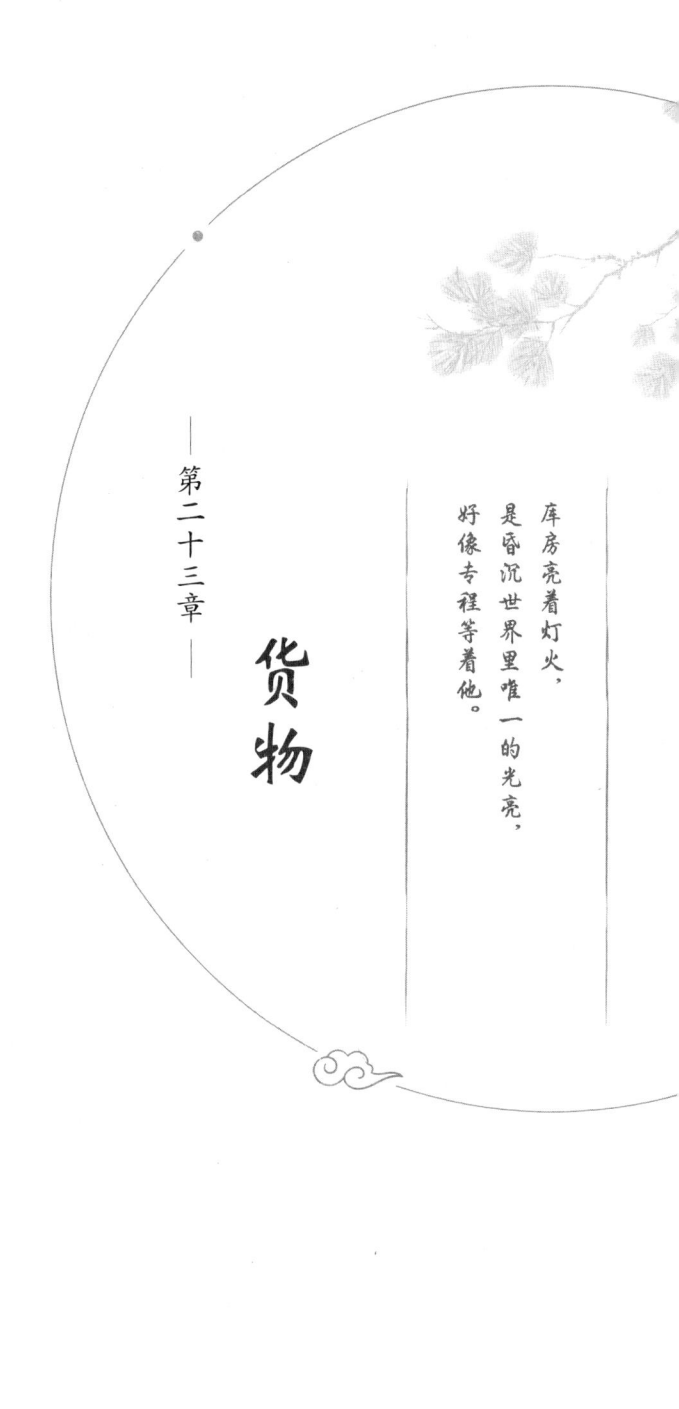

货物

库房亮着灯火,
是昏沉世界里唯一的光亮,
好像专程等着他。

第二天黄昏的时候到了抱尘山，时隔八年，业火造成的破坏仍旧没有恢复。放眼望去，漆黑荒芜的山坡寸草不生，用脚尖铲铲土，偶尔还可以翻出苍白的骨头渣子。他们找到无渡石屋的遗址，挂着绿藤的葡萄棚已经不在了，小书楼也只剩下几根焦黑的朽木。无渡遗留的东西用一只手就可以数过来，无非是破石头烂木头，并几个从土里翻出来的公鸡碗。谢寻微皱着眉头，不死心地转了一圈，还指使百里决明把土层全翻了一遍，依旧什么都没有发现。

这里也没有线索，无渡爷爷什么都没有留给他们。难不成他的推测有误？谢寻微想不明白。

"你到底在找什么啊？"百里决明累趴下了，"这儿早就烧没了，你是不是小看我的熔岩灵域？爷爷我一放火，什么都别想剩。"

"师尊，无渡爷爷有旁的别业吗，或者他常去的地方？"谢寻微问。

"还别业。"百里决明翻了个白眼，"他要有那钱，还至于为了攒他的棺材本让你一个月没吃肉？"他摆摆手，"别打他主意了，无渡老儿干了一辈子，一分钱没攒下来，保不齐在外面养着外房呢。放心，寻微，咱现在有钱，刨掉你的嫁妆，从裴真那儿捞的金银够咱使大半年了。"

马留在山腰，他背上包袱，拉着寻微往山顶走，原先大青石板铺的台阶没了，加上近日来老下雨，山坡崎岖泥泞，很不好走。百里决明把寻微背起来，免得她的绣鞋沾泥巴。他深一脚浅一脚地爬山，谢寻微伏在他的肩头，这一刻，好像从前的月光、从前的山风都回来了，谢寻微结束一天的术法和道论课，他们从无渡爷爷的石屋出发，回山巅的小药园。天幕高而深远，星星像瞳子一样眨呀眨的，迤逦的山路上他和师尊一大一小两个人儿，颠颠儿地往山上走。

多好啊。他回眸往来路看，师尊的脚印向着远处延伸，没进黄昏的金光中。他多希望这条路没有尽头，他们可以永远走下去。

第二十三章　货物

"想什么呢，怎么不说话？"百里决明问。

"想着从前。"

百里决明笑了："水壶搁裤腰挂着，渴了自己拿来喝。"

百里决明脚程快，太阳落山时，他们恰好到了山顶。最后一线金光收入天尽头，茫茫人世倾了个个儿，徐徐地滑入黑夜中。小药园的废墟却是亮堂的，一伙儿黑衣佩刀的人包围了这里，举着熊熊的火把。废墟中央放了一把椅子，一个白发苍苍的老人坐在那儿。老人拄着龙头拐，一身黑袍，看起来有点儿眼熟。

百里决明把寻微放下来，朝他抬抬下巴："哪儿来的？在我家干吗呢？"

老人看见他上来了，并不惊讶，而是缓缓地起身。看见这张老脸，百里决明想起来了，他好像是穆知深的爷爷，穆平芜。老人今年年事已高，仙门的人尊他一声穆老。他早早地就卸了宗主的担子给儿子，却没想到儿子成了灵，留下个孤零零的小娃娃穆知深。晚景凄凉便是如此了，膝下只有这么个孙儿，还指着穆知深传宗接代。前面穆知深困在灵国，姜若虚求百里决明进灵国救人的时候他也在。

"百里前辈……"穆平芜看着他，沉沉地叹了口气，忽然一撩袍，扑通一声跪在了地上。

他这矮身一跪，其他穆家儿郎的腿像削了半截似的，一溜全跪下了。山顶上乌泱泱的全是跪着的人，只有百里决明和谢寻微稳稳当当地站在原地。百里决明抱着手臂，表情很不耐烦："又有求于我？"

"前辈英明，晚辈……"

穆平芜正待开口，百里决明打断他："回吧，爷没空。没看见爷正跟徒弟忆苦思甜呢，你们过来瞎捣什么乱？"他招呼寻微，"走，咱玩咱们的，不理他们。"

他们提步要走，穆平芜提高了声音，说了句："阿兰那，这个词，前辈应当听过吧！"

什么玩意儿？百里决明掏了掏耳朵："还真没。你跪你的吧，爷走了。"

他一点儿留下的意思都没有，穆平芜终于变了脸色，面上浮出惊惶来。谢寻微却顿住了脚步，难怪穆平芜原本笃定百里决明会因为这个词而留下，因为它的确与百里决明有关。穆知深刚刚进入阴木寨时，在石碑前联系宗门姜若虚，连心锁里却出现闻所未闻的阴森声音。那酷似师尊的声音不断地重复着一个词——

"阿兰那"。

准确地说不是"阿兰那"，听发音，那声音说的应当是玛桑语。玛桑语口音

351

饶舌，十分独特。若硬用中原话拟个声儿，最接近的就是"阿兰那"。穆知深在灵国的这部分见闻经过谢寻微的授意，不曾写入呈送宗门的公文之中，那穆平芜如何会得知"阿兰那"？

谢寻微眯起眼睛，回眸望向那个老人，心里的潮渐渐地翻滚起来。

他自问是个多疑的人，但同人合作，互相信任才能办事。他和穆知深的默契持续了六年，他知道穆知深所求，穆知深不会在这种事情上背叛他。穆老不可能从穆知深的嘴里听闻"阿兰那"，他必然是从其他渠道得知。更重要的一点是，他知道"阿兰那"对师尊的重要性，而这个重要性连师尊自己都不知道。

谢寻微心里有了一个大胆的猜测，难道……穆平芜熟悉生前的师尊吗？

穆平芜察觉到谢寻微的目光，心稍微定了定。谁都知道百里决明对他这个徒弟爱若珍宝，捧在手心里怕摔着，含进嘴里又怕化了。要说服师父，讨好徒弟便够了。穆平芜长出了一口气："看来寻微娘子倒是有点儿兴趣。"

"师尊，左右闲着无事，不妨留下来听听穆老爷子想说什么吧。"谢寻微说。

百里决明对谢寻微向来有求必应，便大摇大摆地晃到穆平芜身边，一屁股坐在他的椅子里。

"行吧，既然我徒弟都给你求情了，爷就给你这个面子。起来吧，什么事求我？"

穆家儿郎搀扶着穆平芜站起来，穆平芜掏出巾帕擦了擦汗，道："前辈可知道穆家灵堡？"

百里决明"唔"了一声："听过。"

"我那孽孙穆知深于四日前进了灵堡，到如今都没个音信。"穆平芜叹道，"那孩子的命是从灵堡里死里逃生捡出来的，他那苦命的爹娘和妹妹就没他这般幸运了，穆家堡二百三十四口人，全都陷在了灵堡里。阿深面上不吭气儿，实则心思是最重的。这些年来，恐怕一直琢磨着回灵堡去。我就怕他想不开，成日着人盯着，没想到还是让他钻了空子，一眨眼就没了。"老人弯下腰，"前辈，您也是有孩子的人，知道我是什么心情。寻微娘子若是遭了难，您恐怕比我还急。前面不知您的身份，对您多有怠慢。您可怜可怜晚辈一大把年纪，就这么一个不孝孙。求您移驾去灵堡探探，把人带回来。是死是活，只要让我见着面，我都认了。"

百里决明记得，之前在十八狱这老人威严甚重，一看就知道平日也是个说一不二的人物。为了自家儿孙，此番在百里决明这儿低声下气的，恐怕是拼着老脸不要了，也要求百里决明伸出援手。穆知深那孩子百里决明很有好感，性子可靠，长得也俊俏，配寻微很是相宜。就算老头子不哀求，他也是会出手的。

第二十三章 货物

百里决明抬抬手，正要开口答应，谢寻微突然插进话来："穆老爷子，您还没说'阿兰那'是怎么回事儿。"他站在百里决明后面，笑容温婉，"天都山的事穆老爷子看在眼里，师尊道法高深，莫说把穆师兄从灵堡里捞出来，就是清除穆氏灵域，也不过是抬抬手的工夫。'阿兰那'这个词儿您是打哪儿听来的，一五一十地说给师尊听，师尊顾念小辈，自然会帮您忙的。"

这丫头还怪伶俐的。百里决明抬起脸看她，她精致的下巴颏儿近在咫尺。自个儿好奇"阿兰那"，非拿他出来唬人，他觉得好笑，由她折腾去，只朝穆平芜抬抬下巴："说吧，那是什么玩意儿？"

穆平芜半晌没吭声，投向百里决明的眼神意味不明，那浑浊的目光里多了些说不出的味道。他慢慢地道："晚辈斗胆猜测，您把生前的事都忘光了吧。"

"没错。"百里决明往后一靠，"怎么，我活着的时候同你照过面？"

谢寻微看了看百里决明，在心里叹了口气。师尊为人单纯，不大会同别人打机锋。明明白白地告诉穆平芜自己把事都忘光了，岂不是给了他胡编乱造蒙人的机会吗？没办法，话都让师尊说完了，就看穆平芜这人老实不老实了。

穆平芜朝身后做了个手势，穆家儿郎将火把插在地里，往后退了十余尺，停在一个能瞧见他们人影又听不清他们说话的地方。

"之前姜若虚说什么也要派您去灵国救人，我那时还心想，一个初出茅庐的小娃娃顶什么用。现下想来，他早就知道您是谁了。"穆平芜道，"前辈，我们第一次见面，是在我十岁的时候。"

时间是八十年前，那时候穆平芜还是个十岁的小孩儿。按理来说，时间过去那么久了，几乎是他的一辈子，往事早该模糊了才对。但他记得十分清楚，连那时候的天气都记得。一般来说，细节太细致，故事是编造的可能性反而很大。因此，谢寻微一直注意观察着老人的姿态和神色。

这个老人家在叙述的时候总是不自觉地往百里决明那儿瞟，眼神有一种说不出的怪异感。很难用言语去描述，若非要拟个比喻，大概就像是一个人在人群里看见潜伏的杀人灵，他原本该感到恐惧，可那只杀人灵似乎并不知道自己是一只灵，于是恐惧的同时他又感到奇异。

谢寻微使用"杀人灵"来比喻是有原因的，穆平芜身上的恐惧感只有这个比喻足够贴切。谢寻微觉得很有趣，师尊生前是如此恐怖的一个人吗？

事情发生在夏天，一批来自抱尘山的修士押着货物从浔州借道。抱尘山地位尊崇，当时的穆家主君，穆平芜的父亲亲自出面接待。"一批"这个词儿引起了百里决明的注意，在他的印象里抱尘山就他和无渡老儿俩人，后来寻微来了，他们一家老小三人相依为命，从来没有人丁兴旺的时候。

353

穆平芜没有解释，委婉地示意百里决明不要插话。那时候穆平芜虽然年纪小，参与不了大人的谈话，但也正因为年纪小个子矮，没什么人注意到他，他才能够发现一些大人发现不了的事情。

这批抱尘山的修士都披着黑绸披风，风尘仆仆的，面容憔悴。许多人约莫是受了伤，脸上还用绷带包扎着。穆平芜发现许多人身上都臭烘烘的，像好几个月没洗澡似的。皂靴上还都沾着血，刀鞘上沾着一股令人作呕的腐臭味和血腥味。仙门中人外出清除灵域是常事，穆平芜那时候虽然年纪小，却也时常见家中长辈带领弟子从杀灵前线归来。若战役激烈，有些人免不了缺胳膊少腿，所以他并不意外。

然而时隔多年，后来回忆起来，实在有些不对劲。既然已经从灵域回来了，为何不整饬形容，修整仪表？起码沐浴一番，换身衣服。江左向来重视礼节，这些人委实是太匆忙了些。

穆平芜的父亲对他们很尊敬，严令穆母约束孩子的行动，断不可冒犯这些来自抱尘山的贵客。孩子多半是约束不住的，穆平芜在屋里没过多久就坐不住了，趁他娘午睡，便悄悄地推开轩窗，溜了出去。最开始吸引他的是抱尘山修士押来的货物，那是一些像匣子一样的东西。铁皮包着木头，有大有小，小的够放一个筑球，大的多半是长条状，有成人胳膊那么长，巴掌那么宽，像是用来置放刀剑的。

这些货物很奇特，那时分明是大夏天，江左炎热，鸡蛋搁地上都能熟，这些匣子却是冰冰凉凉的。抱尘山的人把货物存放在穆家的库房里，整个库房都镇了一股沁人心脾的凉气儿。外面热得人恨不得脱层皮，这么块阴凉地儿实在让人惦记。

毕竟是自己家的宅院，穆平芜熟悉地形，避开那些看守的抱尘山修士，从狗洞钻进院子，悄没声儿地进了库房。他将带来的铺盖卷铺陈在那些长匣子上，躺在上面美美地睡午觉。这一觉睡得昏天暗地，直到日影西沉的时候他才醒过来。只不过醒来的时候，他闻到了一股死老鼠的味道。

贵胄弟子并不都是吃喝玩乐，大多数从小就要接受严苛的术法训练，穆平芜自是其中之一。打小就和灵啊怪的打交道，对这种味道不会陌生。他凑近匣子的缝隙嗅探，死老鼠的味道越发明显，熏得他干呕了好几下。这里面铁定装了什么动物的尸体，难怪要用这冰的铁镇着。瞧这些匣子的大小，约莫是黄鼠狼之类的。抱尘山那些人缺心眼，千里迢迢地运这么多黄鼠狼的尸体回家干吗呢？

穆平芜人小心却大，倒是不介意睡在黄鼠狼的尸体上面。他找来棉花塞住

第二十三章 货物

铁匣缝隙，再用巾帕掩住口鼻，继续在上面躺着。底下凉森森的，寒浸浸的气息抵消了夏日的闷热，他又陷入了半梦半醒中。就在这时，身子底下的匣子忽然"咚"的一声发出巨响，把他整个人震了起来。他一下子惊醒了，从匣子上面滚到了地上。响声是从匣子内部传来的，他有点儿蒙，还以为自己在做梦。很快，匣子里又是"咚"的一声响，让他一下子清醒了。

里面的黄鼠狼没死透，在撞匣子。劲儿还挺猛，穆平芜看见匣子上面的铁皮突出了个拳头大的疙瘩。

声响太大，抱尘山的人肯定一会儿就会过来。穆平芜忙不迭地收拾他的铺盖卷，翻窗就想跑路。临走的时候，竟鬼使神差地往身后望了一眼。那铁匣盖儿已经被撞得翘起了半边，里面的东西露出了真面目。他一下子就愣住了，那不是什么黄鼠狼，而是一只长满眼睛的怪手，手指还在痉挛地乱抠，仿佛想要抓住什么。

库房里这么多大大小小的木头匣子，穆平芜瞬间意识到里面装的不是什么动物尸体，而是人的肢体。抱尘山那帮修士把人切成了块儿，装进匣子里，运回抱尘山。这些肢体还都长满了眼睛，无比邪恶恐怖。

这一幕惊悚极了，穆平芜吓得两腿发软，动作也停滞了一瞬，就是那一瞬间，那手臂上的眼睛看见了他。它立时五指抓地，狂抖着朝他冲过来，一下就抓住了他的手背。穆平芜吓得屁滚尿流，看都不敢看那邪物一眼，闭着眼睛使劲甩手，想要把这邪物给甩掉。

那邪物抓得死紧，像狗皮膏药似的怎么甩都甩不掉。眼看抱尘山的人就要来了，穆平芜急了，抡着它往墙上撞。那邪物吃痛，终于松了手，青惨惨的指甲盖儿在穆平芜手背上挠出了四条血痕。穆平芜拘着铺盖卷儿拔腿就跑，后面抱尘山的人好像冲进了门里，他没工夫管了，连滚带爬地回了自己院子。

切割尸体，还遮遮掩掩地偷运，怎么看都不像是正道干的事。那时穆平芜颇有正义感，立马把这事告诉了他爹，让他爹着人把这起子歪门邪道给逮了。他爹起初不信，后来看见他手背上的挠痕，才信了大半。人和动物的挠痕不一样，穆平芜手背上的血痕，一看就是人的指甲抓的。他爹带着弟子，说宅子里进了灵，差点儿把儿子给弄死，提出要检查抱尘山的货物，以防灵藏匿其中。

领头的修士起初不同意，说这批货物的主人是百里决明，他还在过来的路上，现在若开启密封铁匣，到时候同他照了面没法儿交代。穆平芜说什么也不肯让步，撒泼打滚说自己差点儿死了，一定要他爹开启铁匣。他娘江左名门出身，性子也冲，见自己宝贝儿子流了血，逼着他爹查清楚真相。

这时候领头的那个修士说了句意味深长的话，直到如今，穆平芜依旧记忆犹新。

他说:"你们要记住,世上有些东西你们是没有资格碰的。你们一旦打开这些铁匣,就撒不开手了。"

穆平芜的父亲这时候其实已经有些怵了,抱尘山在仙门的地位甚高,从来没人敢同他们叫板。一部分的原因是抱尘山的首屈一指的火法传承和无渡大宗师,更重要的原因是清除灵域的责任多半担在了抱尘山的肩上。数百年来在清除灵域的战役里,抱尘山死了很多很多人。

但当时已经骑虎难下了,堂堂一家主君,说一不二,就算是抱尘山,也不能让他折了面子。穆平芜的父亲决意要查看铁木匣,抱尘山的修士深深地看了他一眼,当着他的面,撕开了符咒封条。令穆平芜意外的是,里面没有什么长满眼睛的手臂,更没有残破的人类肢体,里面放置的都是公文书卷。

手臂不见了,开启了所有铁匣都没有找到,穆平芜蒙了。他爹把他吊着打了一顿,向抱尘山的修士们赔礼道歉。抱尘山的修士没说什么,只是原定晚膳前离开浔州,现在却决定在穆家堡过夜,等百里决明抵达。

穆平芜的父亲认为他们是要等百里决明来,为他们申冤出气。百里决明是无渡的师弟,仙门的人都听说过他,但很少有人见过他。听说他常年辗转在清除灵域的行动中,连活人都很少照面。总而言之,这家伙绝对不是个好惹的人物。穆家冤枉了抱尘山,理亏在先,急忙布置席面,专程从酒楼借来大厨,忐忑不安地等着百里决明来。

祸因在毛孩子不懂事,穆平芜被爹娘关在后院,不许出门。他百思不得其解,手背上的伤还没有结痂,分明就是被那邪性的手臂给挠的,怎么就不见了呢?他辗转反侧,到半夜三更都没能睡着。躺在床上听外面的声儿,万籁俱寂,连鸟雀的叫唤都没有。铁定是抱尘山那起子歪门邪道把手臂藏起来了,他心里想着再去库房走一遭,自己找到证据,让他爹信服。

说干就干,他外裳都没披,直接从窗洞爬出去。一路上都没见着人,穆家堡是用黑石垒的,原本就阴森,现下月光微弱,他拎着灯笼,渺渺的光亮照亮脚下方寸点儿大的青砖,像灵火似的幽暗,更显得阴气重了。人呢,都哪儿去了?搁平常,穆家堡巡守的儿郎轮班倒换,昼夜不歇,今日却全不见人影。

他踩着大理石灯座爬上墙,骑在墙头看,惊讶地发现偌大的穆家堡只有库房那儿亮着灯火,其他地方都淹没在森冷的黑暗里,仿佛浸在了死气沉沉的黑水中,没有一点儿活人气儿。他脊背上直发毛,没敢直接往库房去,先去了下人的值房,所有人都睡得像死猪似的。到父母的伴月轩,使女婆子都是如此,连父亲和母亲也喊不醒。他终于慌了,穆家堡所有人都睡着了,醒不过来。难道只有他一个人醒着吗?

库房亮着灯火,是昏沉世界里唯一的光亮,好像专程等着他。

最后,踟蹰许久,他终于鼓起勇气,去了库房。

远远地就瞧见院里立着一尊又一尊铁黑色的影子,他从狗洞爬进去,猫着身靠近那些黑影。走近了才发现,他们全是抱尘山的修士。修士们像雕塑一样立在小院中,低垂着脑袋,闭着眼睛,排成棋盘上棋子的阵列。

他踮着脚,小心翼翼地走进行列当中。这些人好像也睡着了,像拉风箱似的咻咻的呼吸声此起彼伏。他们怎么站着睡觉?穆平芜觉得怪异,心里直打鼓。所有人都披着黑披风,一眼望过去,一个个像蝙蝠似的。穆平芜心里浮起一个令人胆寒的猜测,他或许知道抱尘山的人究竟把长满眼睛的怪手臂藏在哪儿了。

他试探着弄出点儿声响,对着一个脸上缠了绷带的人说:"叔叔,您裤子掉了。"

没人搭理他。

他的胆子像吹气似的大了起来,轻轻地撩开那人的披风,撸起他的衣袖。借着灯笼的光,他看见,这个人的手臂上长满了眼睛。那些眼睛都闭着,乍一看,仿佛满手长了鼓鼓囊囊的脓包似的。他的呼吸一窒,差点儿背过气去。果然,他猜得没错,抱尘山的人把手臂藏在了自己身上。

跑,快跑。他在心里疯狂地喊爹娘。

粼粼的光烫过眼睫毛,身后好像有一个人经过。他毛骨悚然,猛然回身。视野里空荡荡的,只有那些站着睡觉的黑袍修士。幻觉吗?他的心提到了嗓子眼儿,小心翼翼地往院外的方向退。退着退着,他的后背就碰到了一个人。

呼吸戛然而止。

他慢吞吞地仰起头,一盏红灯笼悬在他的头顶,金红的光照亮了一个男人白皙的脸。穆平芜毕生都不会忘记那张脸,苍白,冷漠,没有一丝多余的表情。那个男人身上有一种阴沉晦暗的气息,盯着他看的时候,仿佛乌云罩了顶。

无可名状的恐惧攫住了他,他放声尖叫。声音还未发出,一根银针刺进他的后颈,声音一下卡了壳,堵在嗓子里出不来。他叫不出声儿了,更动不了了。

"嘘。"男人在他跟前蹲下,食指竖在薄薄的唇边,"不要说话,最好也不要呼吸。我平生最讨厌小孩儿,尤其是像你这样闹腾的小孩儿。你出一点声儿,我都会忍不住想要放火烧死你。"

他大睁着眼睛,止不住地流泪。

男人将灯笼杆儿掉了个个儿,笃笃地敲他的脑袋:"穆平芜,你们一家打开了你们不该打开的东西,按说我应该要你们的命。不过我兄长叮嘱我,留下你们的贱命。我说好吧,既然这样,货也干脆存你们这儿吧。你是你们家的嫡长子,也是唯一的孩子。这样很好,将来你父母不会再有第二个孩子,我就直接问你了,我把货放你们家,你同意不同意?"

男人的话着实奇怪,穆平芜的确是他父母的第一个孩子,可他父母年轻力壮,这个男人如何能断定他不会再有弟弟妹妹?

两个人眼对眼地互瞪了半晌,男人一拍额头:"忘了,你说不了话。"

他把穆平芜颈后的针取了,喉咙里的堵塞感一下子消失了。穆平芜来不及思考那么多,哭着求饶:"叔叔,我错了,您放了我们吧。"

"我刚刚才说,我很讨厌闹腾的小孩儿。"男人的表情忽然变得十分阴冷,"再哭一声,烧死你。"

穆平芜吓得差点儿要尿裤兜子,然而一想到他要是真的尿了,只怕立刻会被眼前的男人烧成飞灰,便咬紧牙关硬生生地憋住了尿意。他正想着怎么应付这人,就在这时,男人胸口的连心锁忽然闪起光来。

"决明,阿兰那出现了。"里面传来一个男声。

叫"决明"的男人脸色变了变,回复道:"我知道了。"

穆平芜终于知道眼前人的身份了,他就是抱尘山的丹药长老,无渡大宗师的师弟——百里决明。

百里决明收起连心锁,又问了一遍,到底同不同意他把货物存在穆家。

穆平芜咽了咽口水:"货物是什么,那些匣子吗?"

"你不需要知道。"百里决明说。

"那要是我回答'不同意'呢?"

百里决明低头端详指间的银针,他的手指白皙纤长,捻着那银针仿佛捻着一簇青焰。

"那我就要多费几根针了。"他面无表情地说。

穆平芜的脊背发寒,他最怕的东西就是针,生病的时候他娘总要带他去做针灸。直觉告诉他,这个男人手里的银针比针灸更加要命。好汉不吃眼前亏,先答应了再说,等爹娘醒了,再告诉他们家里进了贼也不迟。

毕竟年纪小,他那时候只想着活命,没法儿考虑太多东西。很多年后他才知道,他不加思考的回应改变了很多东西,其中最重要的就是穆家子孙的命运。总而言之,不论百里决明说了什么,他全数应承了下来。

男人看起来很满意,同他说:"小孩儿,现在你已经知道了打开那些匣子的下场,这是你最后一次好运。记住,无论如何,绝对不要再次打开那些匣子。"他说完,对着穆平芜的颈后又扎了一针,穆平芜就晕了过去。

第二十三章 货物

第二天早上,他在自己的屋子里醒来。他第一件事就是出门,穆家堡和往常一样,小厮使女干着自己的活计,巡守弟子一丝不苟地轮班换值,爹娘在伴月轩用早膳,那天有一碟细点太咸,他娘还把厨子给训了。不一样的是,抱尘山那帮人不见了,连同他们的货物,消失得无影无踪。昨夜那个危险的男人就像没来过似的,连一片衣角都没见到。

"爹,抱尘山那帮人呢?"他问他爹。

"抱尘山?"他爹满脸奇怪。

"昨天来咱家的那帮人啊,他们哪儿去了?"

他爹娘没应声,都盯着他瞧,直把他盯得发毛。他娘一口咬定说他中邪了,要他爹念经驱邪,还要带他去做针灸。他蒙了,后知后觉地反应过来,家里所有人,包括他爹娘,都把昨天的事和抱尘山那些古怪的人忘得干干净净。

那些铁包木的匣子,长满眼睛的怪手臂和怪人,还有百里决明,就这样凭空不见了。他嚷嚷着他们才中邪了,要他爹带他去抱尘山讨个说法。他爹怎么也不信,又把他吊起来打了一顿。他没招了,说得越多大家越觉得他中了邪。他一个人跑出门,去城门楼子问守门人,昨夜可曾开城门容人进出。如果抱尘山的人离开浔州,一定要出示官司文凭路引。夜里很少有人出城,守门人一定会有印象。

守门人说没有:"不可能,没人出城。咱们浔州的城门是千斤闸,要十个大汉一起开闸。我们不盘问,绝不会放人出城。我们打了一宿马吊就没合过眼,昨夜肯定没人出城。"

昨夜无人出城,抱尘山那帮人还在浔州。穆平芜手脚发凉,心里浮起更可怕的猜测——他们还在穆家堡。他翻遍了穆家堡每一个角落,都没能找到那些匣子和那些怪人的踪迹。因为这件事,他简直彻夜难眠。家里某个地方待着手上长满眼睛的怪人,或许当夜深人静,所有人陷入睡梦的时候,他们就会从阴影里爬出来,在穆家堡里逡巡游荡。

然而漫长的岁月一点点地过去,他再也没有看见那个拿着银针的男人,穆家堡安然无恙,直到他弱冠、成亲,都没有发生恶灵出没的事。直到后来,他开始怀疑自己的记忆,疑心那长满眼睛的手臂只是他幼年的一场梦。小孩儿总是难以分清梦境和现实,说不定他也不例外。若硬要找出什么不寻常之处,便是他的父母如百里决明所说,再也没有生出第二个孩子。他是穆家堡的嫡长子,也是唯一的继承人。

三十八年后,他的父亲溘然长逝,他顺理成章成了穆家主君。而那一天一夜的事情就像一场梦,随着时间流逝,他渐渐地忘却。

直到他继任穆家家主，按照惯例参拜抱尘山的大宗师和丹药长老。那是他人生中第二次遇见百里决明。百里决明一点儿变化都没有，和三十八年前他十岁那年一样年轻。他黑发黑眸，净瓷一样的脸颊，坐在上首睥睨脚下，仿佛他们这些参拜的人都是尘埃泥土，黏在脚底还嫌脏。

当他看见那张脸，久远的记忆再次浮现，潜伏在身体深处的战栗细密地爬上脊背。那不是一场梦，是真实发生过的事。他见过百里决明，就在穆家堡！

"百里长老。"他小心措辞，恭敬地俯首，"三十八年前，您在穆家寄放了一件东西，不知您何日去取？又或者晚辈给您送来？"

百里决明显然受够了这些人虚情假意的拜见和寒暄，不耐烦地皱起眉头："能放你们家，肯定是不重要的东西。送你了，少来烦我。"

"这……恐怕不甚妥当。"他直冒冷汗。

"我说妥当就妥当。"百里决明的耐心用光了，豁地站起身，朝一旁的无渡道，"爷还要睡觉，你自己搁这儿当菩萨吧。"

再后来就是穆家堡惊变，穆家主家举宅迁徙，离开恶灵盘踞的穆家堡。随着穆家堡陷落为灵域，完全封闭，百里决明的货物和抱尘山那些缠满绷带的人彻底成了一个谜。直到如今，穆平芜依旧不知道抱尘山的人去了哪里，百里决明的货物是些什么。

听罢穆平芜的回忆，谢寻微眯起眼睛，心里隐隐有了答案。

穆平芜和他的父母都没有发现，那日借道浔州的抱尘山修士并不是生人，而是一群灵。现在可以确信了，师尊生前的的确确去过灵国。不仅如此，他们在灵国之中遭遇了极其惨烈的战役，几乎全军覆没。

阴木寨由香杉木搭建，死在里面的人极易尸变。师尊手下的修士大部分成了灵，原先的肉身或许损毁无法使用，他们附上了千眼尸的皮囊，回到人间。这就是为什么很多人身上缠着绷带，刀剑上有腥臭的血污。而那条手臂是个特例，抱尘山当时对灵国的了解一定不够多，他们不知道灵国中的灵有异状，便贸然使用了千眼尸。那条手臂应该是发生了和谢岑关半截尸一样的畸变，恰被倒霉的穆平芜撞见了。

手臂畸变，抱尘山的修士意识到千眼尸的皮囊不能继续使用，所以才决定留在穆家堡，等待师尊来处理。如果猜得没错，那些千眼尸并非如穆平芜所说的藏在了穆家堡，而是被师尊用业火烧光了。从那以后，无渡爷爷定下规矩，所有从灵国出来的灵，都必须烧得干干净净。

至于那些"货物"……谢寻微的心思急转，根据穆平芜的描述，那些匣子里装的大多是公文书卷，想必是从灵国收来的典籍。这样一来很多事情都有答案了，拘怪召灵术来自灵国，无渡爷爷的小书楼里有它的抄本。想必是无渡爷爷和师尊当年探秘灵国，顺带把这些典籍拿出来了。

可师尊当年为何要把典籍寄放在穆家？货物明明是师尊的，师尊为何不随这些抱尘山修士一同押送？他看向百里决明，百里决明正摸着下巴，狐疑道："抱尘山地儿挺大啊，我干吗把那些货搁你们穆家？"

穆平芜苦笑："这便要问当时的您了。"

"夜里来，夜里去，算起来，我那会儿在你们家待了两个时辰都没有吧。"百里决明问。

"应是如此。"穆平芜道。

百里决明往椅背上一靠："看来我那会儿是个大忙人。"

谢寻微的心头一跳，师尊说得没错，如此匆忙，他那时定然是有别的要事。抱尘山修士押送货物的时候，他应该在别的什么地方办事。因为时间赶不及，手下人都没了肉身，他只好把货物存在穆家，又匆匆地赶回来处理。对了，师尊曾收到别人的传讯，说"阿兰那出现了"。阿兰那、阿兰那……难怪他不知道这个词是什么意思，它是个名字，某个玛桑人的名字。

师尊那时候难道是从灵国来的吗？

终于有了线索，不再是昏头昏脑地瞎找，谢寻微的心里有了着落。无渡爷爷和师尊数百年来做的事情，他或许很快就要知道是什么了。

"行了，穆家堡我去一趟。"百里决明撑着下巴，懒洋洋地道，"那些匣子长什么样，你画给我一份。我去看看到底是什么东西，顺便把你孙子捞出来。"他站起来，伸了个懒腰，"最后一回了，我告诉你，要是你孙子再吃饱了没事干去找死，我可不管了。"

"一定一定。"

穆平芜躬身就要行大礼，被百里决明止住了。他揽过穆平芜的肩膀，把他拉到远处："你怎么知道我在抱尘山？"

穆平芜道："打南边儿来抱尘山，浔州是必经之路。昨日前辈同寻微娘子过境，我穆家自然知晓。"

"原来如此。"百里决明似乎欲言又止，"那个……裴真知不知道我在这儿？"

― 第二十四章 ―

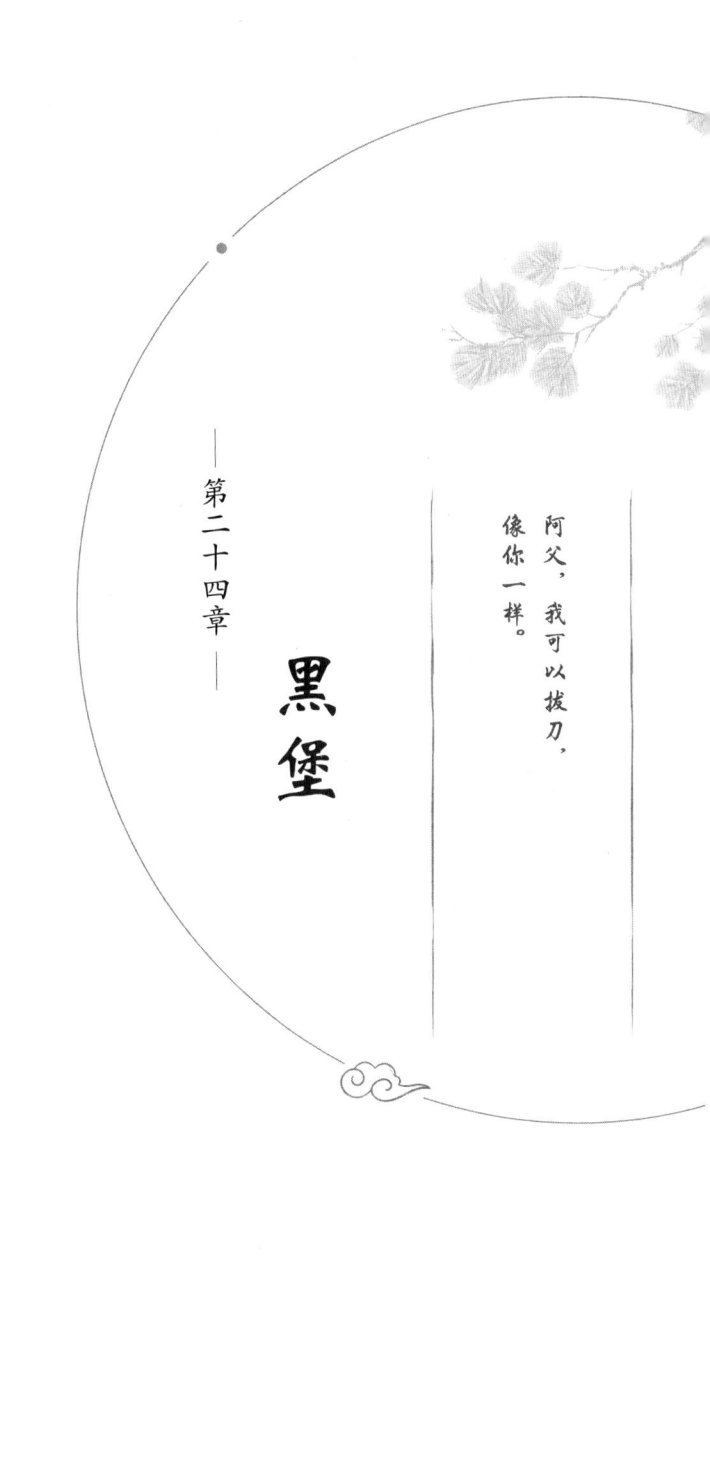

黑堡

阿父,我可以拔刀,像你一样。

记忆像一口黑暗的深井，穆知深在里面下坠。他再次梦见了十二岁那年的景象，已经模糊了面容的男人死死地握着他的肩膀，说道："你是男子汉了，你可以自己一个人，对不对？"

　　他注视着眼前的男人，用尽全力回想他的容貌。然而时间过得太久了，穆家堡所有的一切都遗落在了这封闭的灵域里，他甚至连他们的画像都来不及带走。于是在这漫长的岁月里，过往的记忆藏进了深井，他们的面容像被泥水糊住的琉璃，一点点变得模糊。即使他用尽全力回忆，也记不起他们的容颜。

　　"阿父，我可以拔刀，像你一样。"这是他自己的声音，稚嫩，但是坚定。

　　阿父好像在笑，似乎很欣慰："好孩子，你运气太差，头一回见灵就遭遇这么强大的灵。为父教你正一雷法，教你穆氏滚雷刀，你都快学完了，现在我要教你最后一课。"

　　他紧张地凝望他的父亲。

　　"当你的对手太过强大，你们的实力差距犹如一道鸿沟难以逾越，深儿，不要负隅顽抗。"阿父一掌将他推开，他瞪大双眼，落入身后穆家弟子的怀抱，阿父站起来，望着他被穆家弟子抱着远去。隔着逐渐浓厚的雾气和十六年的悠悠时光，阿父和缓的声音传至耳畔："要记得逃跑，要记得替你阿母和小妹，替我……活下去。"

　　他伸出手，嘶声大喊："阿父——"

　　穆知深蓦然惊醒。

　　手一动，握紧了搁在大腿上的刀。四下里一片寂静，陈腐的气味萦绕鼻尖。地牢的味道难以用言语形容，像是数以百计的死老鼠和发霉的木头烂在了一起。刚刚进来的时候，即使是善于忍耐的穆知深也有呕吐的欲望。在这种地方不能待太久，吸入太多霉会中毒。他掏出谢寻微给他的忍冬丸压在舌下，清凉的气

第二十四章 黑堡

息覆盖口鼻，他略略地缓过来一会儿。

燃起风灯，周遭的景象渐渐地清晰起来。朽烂的木头栅栏隔开一间间牢房，旱厕里还有粪便的残留物，许多生锈的铐具挂在砖石墙头，有许多都发红了，仿佛血迹斑斑，分不清是锈迹还是血迹。穆家家法严明，特别是他父亲穆惊弦主持家业的时候，不守规矩有违祖训的弟子视罪过轻重量取刑罚。八岁那年，他亲眼看着他父亲在穆家堡天井下，斩了一个儿郎的脑袋，因为那儿郎欺侮了一个新寡的妇人。斩首之后，他父亲亲自把那儿郎的首级送到苦主门前。

摊开地图，穆家堡的地形已经完全改变了，地图十分复杂，不研究个十天半个月根本看不懂。穆知深疑惑于穆家堡的地形翻天覆地的变化，原本是个大园子，现在就像被泥巴里里外外填满了似的。谢寻微推测穆家堡的灵或许和灵母一样，也有改易空间的本事。但他并不确定，穆家堡内部的术法表现和灵国着实不大相似。

地图上有些地方画了红圈，表示昨日地牢周边已经探完的区域。这一部分地方远比其他地方要安全，谢寻微的灵侍已经清理过一遍，但也只占了芝麻点儿大的地界，再往里面走就不得而知了。穆知深再次清点包袱，干粮太重了，不利于轻装简行，他抽出一半留在牢狱中。

从地牢爬出去，并没有看见天空，他仍然在建筑内部。记忆里的地牢入口分明是露天的，现在这一点也变了。通道十分狭窄，只能弯着腰通行。举起风灯，墙壁上黑乎乎的，坑坑洼洼泥泞不堪，仿佛砌的泥巴还没干。捡起一根朽木戳进去，墙竟然是软的，木头毫不费力地完全没入了墙体。穆知深皱起眉头，这墙着实像病人的呕吐物，十分恶心。

他蒙住头脸口鼻，戴上手套，继续向前走。越往前走越狭窄，最后匍匐前进，走到尽头居然是死路。这一路都笔直向前，并没有别的分叉通道，不可能走错了路。他打开地图，甬道的中间位置应该有个洞口才对，他反身去找，没有找到。

穆知深的眉头深锁。

一寸寸摸寻，墙壁像泥巴一样软，并没有裂缝。眼下的情况很不对，因为这说明谢寻微的地图并不可靠。穆知深打开连心锁，道："初六，你们的地图有误，我打算强行破墙开道。"

连心锁里还没有出声，一团黑乎乎的泥巴啪嗒一声落在他的脑袋顶上。还以为是偷袭，他瞬间滚到一边做出防御的姿态。静了片刻，泥巴毫无动静。他用木棍翻开泥巴看，里面有血迹，这些泥巴里都渗着血，他心里有一种不祥的预感。

"怎么了？"初六问他。

"无妨，身上落了团泥。"

初六的声音一下子变得很严肃："什么泥？土泥？"

"不……"穆知深斟酌着用词，"好像是血泥。"

"皮肉挨上了吗？"初六问。

穆知深脱下手套，抹了抹眼皮，手指上有一丝淡淡的猩红色。

"眼睛上沾了一点儿。"

连心锁那头沉默了。

"怎么了？"穆知深问。

"抱歉，穆郎君。"初六道，"我提醒过您，穆家堡内部一切不存在于您记忆里的东西都不能触碰，但是您的运气实在不太好。我必须撤退了，接下来我会切断和您的联络。"

"走之前，告诉我为什么。"穆知深冷静得像一块铁。

"盘踞在穆家堡的灵很特别，我们至今还没有弄明白他的术法。但据我的同僚说，沾染上'血泥'的人会在十二个时辰以内发生不可想象的变化，我的数个同僚差点儿因此陷入穆家堡。恕我直言，穆郎君，您没救了，我必须关闭虚门。"

"我还有十二个时辰，对吗？"穆知深淡淡地问。

"只是大概的时间。"

"好。"

穆知深将干粮全部丢弃，拔出刀，破开血泥。冰冷黏腻的血糊迸射着溅上脸颊，他面无表情地用衣袖抹干净，猫着腰走出裂口。眼前并没有豁然开朗，但是空间宽敞了许多。一根根合抱粗的黑石柱向前排开，头顶是一整块巨石搭建的石廊。他认得这里，十二岁以前的他每天都要从这里走过，去伴月轩向他的父母请安。血泥封住了石柱与石柱之间的空隙，阳光和风雨都被隔绝在外。

他举起风灯，烛光犹如蜂蜜倾倒在地上，缓缓地流淌了出去。它轧过浓重如黑水的黑暗，迤逦着向前延展，最终没过一双脚的脚底。

穆知深的眸子登时缩成了针尖。

石廊的尽头，烛光的边缘，一个高大的黑影沉默地站在那里。不知道它是什么时候站在那里的，是穆知深进来之前，还是穆知深进来之后？它一动不动，直挺挺地立着，好像在望着穆知深。石廊里太黑了，那影子距离他太远，穆知深几乎以为自己出现了幻觉。

初六说这些血泥吃人，它们吃人的方式是什么？一旦沾染上它，人会发生什么样的变化？他并不确定，初六说的变化里包不包括出现幻觉？他想他应该是出现幻觉了，因为那黑影高大魁伟的轮廓与他的父亲无比相似。

烛火摇曳，光芒闪烁，黑影纹丝不动，阴森可怖。

他的手缓慢地按上刀柄，拇指轻轻地推出刀镡。他知道，穆家堡沦陷十六年了，爷爷派遣的三支小队都有去无回，就连谢寻微的灵侍也有一个不曾归来。无论如何，他的父亲都不可能是个人了。

他深深地吸了一口气，低声道："阿父、阿母、小妹，深儿回家了。"

"裴真？若虚手底下那个年轻人吗？"穆平芜想了一会儿才记起这么号人，仙门百家品评人物大多看门第，门第低微任凭人再好也入不了这帮老古董的眼。"裴"不是什么大姓，大约是秦淮河边哪个犄角旮旯里的小家族。即使裴真医术高明，广结善缘，在许多老人眼里也不是什么排得上号的人物。

穆平芜端详百里决明的脸色，不明白他为何突然提起裴真。穆平芜拱手道："前辈放心，我不曾泄露您的行踪。听闻寻微娘子原本在那年轻人院里诊治，此番前辈匆忙离开天都山，可是那年轻人有何得罪之处？前辈不必顾及若虚的面子，一个下品仙门的儿郎罢了，便是昭告仙门封杀此人，将他逐出天都山也无不可。"

百里决明忽然大怒："封杀你个大头鬼，爷让你封杀他了吗？你孙子是上上品，裴真就是极品！"他转身离开了，又忽然背着手走回来，"今年年底仙门评定，把他们老裴家评成上品，能办成吧？"

穆平芜："……"

数百年来，除了高高在上的抱尘山，上品仙门统共也就喻、穆、袁、姜、谢五家，谢氏灭门，就只剩下四家了。饶是如此，也不曾新提拔哪家到上品的位置。仙门评定，不仅重视门庭弟子，更重视家族源流和术法传承。一个没根底没传承的小宗族，如何能跻身上品仙门之流？就算硬生生地把他们拔上去，也不见得裴家主君有胆量与喻、穆、袁、姜一同排座次。

怎奈知深还仰仗着这个荒唐东西去救。穆平芜使劲平了平气儿，道："这是自然，只要百里前辈发话，没什么办不成的。"

事不宜迟，百里决明把谢寻微安顿在浔州穆宅，漏夜就出发了。临去的时候，谢寻微在他脖子上挂了一个追踪符，说要知道他的方位才能安心。丫头越长大越黏人，百里决明赌咒发誓绝不把追踪符弄丢。

穆平芜命弟子在穆家堡外开启虚门，百里决明知道这个术法，修习难度大又十分鸡肋，很少有人选择这个路子。但为了进出灵域方便，各家仙门里面总有几个门生是专门修习这术法的。穆平芜拱手道："前辈不出，虚门不闭。我的弟子会轮番值守，保证虚门的开启。晚辈在穆家堡外恭候前辈佳音。"

"走了，好吃好喝地供着我徒弟。我回来要是发现她瘦了，拿你们是问！"

百里决明摆摆手，一头扎进了虚门光晕之中。

"父亲，是你吗？"穆知深低低地问。

人影没有回应，依旧站在光晕的尽头。穆知深提着风灯，又前进了几步。那一块方寸地方亮堂起来，光晕完全笼罩了人影，穆知深这才发现并没有什么灵站在前面，而是血泥壁上有一大团颜色深黑的部分，正好是个人的形状。站近端详，人影并不高大，相反，颇为纤细。方才是隔得太远，在光线下阴影太多，才造成了它高大的错觉。

什么东西？

穆知深解开刀鞘，戳入泥壁，刀鞘末端碰到个硬邦邦的东西，无法再前进了。他用刀鞘沿着人影轮廓划动，这块硬邦邦的东西恰巧占据了颜色深黑的部分。穆知深明白了，血泥里有个人状的东西。

里面东西的情况有三种可能。第一种，爷爷必定得知了他进入穆家堡的消息，派了人进来寻他，这被封在血泥里的极有可能是穆氏儿郎。第二种，这是旧日进入穆家堡的儿郎的遗骸。第三种，这是穆家堡里的灵。若不走运，极有可能是他那些陷在穆家堡，再也没能出去的亲人中的一员。

如果是第三种情况，将它挖出来之后不免与它战斗，事情会变得很棘手。他只有十二个时辰，不能浪费时间。然而如果是第一种情况，事情就不一样了。穆知深不知道这个儿郎被封了多久，他或许还没有完全死亡。即使挖出来了，他也会和穆知深一样只剩下十二个时辰的时间。

封在暗无天日的血泥里，与躺在入土的棺材里没有区别，这个人一定很绝望吧。穆知深吸了一口气，放下风灯，用刀鞘挖血泥。

穆知深从人头的部位开始挖，先将口鼻露出来，这个儿郎才有生还的希望。穆知深挖得很快，没多久就挖出了一个碗口大的洞。举起风灯，烛光穿过小洞，里面露出一个缠着布的脸庞。猩红色的布裹住了整张脸，借着烛光，略略看得清五官的轮廓起伏。穆知深想起灵国里的千眼尸，这东西酷似那些周身缠满绷带的活尸。

穆知深开始迟疑，到底要不要把他挖出来？

他是怎么进去的？被同伴埋进去的吗？穆知深忽然发现自己忽略了一些东西，这些被忽略的东西足以让他死无葬身之地。进入灵域之后，每一个决断都至关重要。不管是选择走哪条路，还是决定一餐吃多少东西，都有可能决定着

第二十四章　黑堡

生死存亡。而有时候忽略的一些线索，很可能会带来致命的危机。

比如说现在，他只顾着救人，却忘记思考此人是如何进入血泥的。初六说血泥会使人变化，看起来是人，其实已经不知道是什么东西了。凡人若化灵，挖出心脏他也能动弹。一旦发现同伴异变，他们的首选自然是控制住对方。埋进血泥，让他无法行动，是一个很好的选择。

幸好只挖出了脸，这个人的四肢还在里面，没法儿动。穆知深掏出匕首，进行最后的确认。如果确信他已经异变，穆知深就会放弃他。穆知深放下风灯，拔出匕首，割破泥中人的裹脸布。这布十分厚实，血泥没能浸透，他的脸是干净的。一条条撕开脸布，泥中人白皙的脸颊暴露在光晕里。揭开覆在眼上的布，他睁开了眼睛，与穆知深四目相对。

"穆知深。"泥中人说。

熟悉的声音，熟悉的脸庞，穆知深没有想到，这个人是喻听秋。她的脸色很不好，约莫在血泥里封了好一会儿，脸白得像纸。

"你为何在此？"穆知深锁起了眉关。

"找你。"

"为何找我？"

喻听秋定定地望着他，道："因为你是我的未婚夫。"

黑暗寂如死水，琥珀黄的光晕笼着两个人的脸颊，穆知深的眼眸里有不易察觉的惊讶。那里沉淀着像碎金一样的烛光，仿佛有风拂过，金色微微摇荡。他自小与刀为伴，很少接触女人，无从了解她们脑袋里与男人迥异的思绪。事实上即使是男人，他有时候都无法理解，比如说谢岑关那个家伙。他想不明白喻听秋怎么做下的决定，只因为他有着未婚夫的身份，便追随他到这诡谲的死地，还被腐臭的血泥掩埋。

"二娘子不是断情绝欲了吗？"穆知深一面挖墙，一面问她。

"还不够彻底，所以来找你。"喻听秋觉得这个男人长得还不错，"朝夕相处，日久生情。"

穆知深："……"

实在弄不懂这个女孩儿，穆知深便不再多问，转而问她为何会被埋进血泥中。

喻听秋简略答复。她从初六的虚门进入穆家堡，由于不知道穆知深从何处出发，她和他走了不一样的道儿。据她所说，她走到半路上的时候，脚踝忽然被人拉住，低头一看，一张怪脸匍匐在她的脚边。

"这里面有人。"喻听秋说，"有很多人，他们把我拉进了墙壁中。"

369

穆知深的眉关紧锁，四处查看，然而并未发现喻听秋说的怪人。

喻听秋接着说，在即将被完全掩埋的最后一刻，她做了一个重要的决定——撕下衣服包裹住头脸，龟息假死。这无疑为她争取了宝贵的时间，撑到了穆知深的援救。

"你快点儿挖。"喻听秋向左右看了看，道，"我总觉得这些泥巴不是好东西。"

百里决明怀疑穆平芜手底下那帮孙子虚门开错地方了，他爬了小半个时辰，一直在一条甬道里。天顶太低，压得他最多只能弯着腰走。四壁皆是泥糊糊一样的东西，好像砌墙的时候泥巴没干，就这么搁在这儿晾着。穆平芜说这些泥糊不能直接触碰，进来之前他就把头脸裹好了，还戴了手套和围脖，整个人包得比那些粽子似的千眼尸还严实。光在这儿爬实在太憋屈了，百里决明很想一把火把这儿烧个干净。但是穆知深还没找着，他不能轻举妄动。

他停下来，拎起风灯回头看。红衣女灵在甬道拐角的地方若隐若现，黑蛇一样蜷曲的头发像有呼吸似的伸展又收缩。这个女人太执着了，他走到哪儿，她跟到哪儿。

他盯着那张张合合的一团头发，莫名其妙地焦躁。之前挑衅过她一回，一直被这么跟着，不免毛骨悚然。自打天都山出来后他就没有睡过觉，还不如痛痛快快地打一场。偏这个灵母邪性，不肯应战，只远远地跟着。百里决明倒追她，她就消失了。百里决明越发烦躁，一种难以言喻的憎恨与厌恶，像乌云一样罩在心头。

眼前的事情更要紧，这个地方着实诡异，穆平芜给了他一份穆家堡原先的地图，放在膝上摊开看，完全搞不清楚他现在在哪儿。四周道路和空间与地图标识完全不一样，血泥封闭了所有漏光的地方，也改变了建筑的形态。这绝不可能是穆家人原来住的地方，除非他们都是一群爬行的虫子。穆家堡被这些血泥一样的东西改造了，成了一个封闭的巨大巢穴。

他挪着风灯，细细地观察这些糊状血泥。冗长的通道里，四面都是黑魆魆的，只有他笼着一小捧光晕。这些血泥到底是什么东西？怎么弄出来的？穆平芜说穆家堡大得很，占地抵得上一个小镇了。这么爬下去得爬到猴年马月，不说他留在穆家堡的那批货物，便是穆知深，只怕根本没有命等他。

毫无头绪，心里正烦躁着，忽然意识到灵母那头许久没有动静，完全没有跟上来的迹象。他往来处爬，伸出风灯向拐角张望，却发现拐角处的灵母不见了。

第二十四章 黑堡

终于放弃了？百里决明爬到拐角处，来路空空如也。

感觉没那么简单，正疑惑着，许多头发从血泥里面钻出来，像蚯蚓似的四散扭动。百里决明恍然大悟，原来灵母是让血泥给吞了。这女的怎么被吞进去的？墙好端端地立着，她还能自己往墙上撞不成？她看起来脑子有点儿问题，倒也不是不可能。

百里决明用灯杆儿戳了戳墙壁，风灯光影摇曳，晃动不停。

万事做最坏的打算，假设灵母没有笨到自己往墙里钻的程度，那就是这破墙有猫腻。

血泥显然困不住灵母，灵母钻出来的头发越来越多了，百里决明能看见她漆黑的脑袋顶了。心里的恐惧与厌恶越发密集，像虫蛹一样蠢蠢欲动。他把风灯挂在脖子上，转身继续往前爬。

这一转身，灯火往前一照，他便看见前方坡道上多了一张脸。

说它是脸并不准确，因为百里决明只是看见了一双长缝儿似的眼睛。那双眼要睁不睁，眼梢斜斜地上挑，透着一股邪佞的神气。这里的泥巴坑坑洼洼的，出现一些状似人脸的图案并不稀奇，只是那双半眯着的长眼纹路让人很不舒服。

百里决明闭了闭眼睛，再次定睛一看，那张脸竟不见了，坡道上是坑坑洼洼的血泥。

不对不对，这墙定然有古怪。

前面爬坡的时候，他并未看见人脸，甫一转身就看见了。那脸似乎是在偷窥他，有一种伺机偷袭的感觉。既然如此，百里决明把风灯从脖子上取下来，猛地一扭头。

这时，百里决明看见，灵母头发扭动的间隙里，有无数只细长的眼睛正冷冰冰地看着他。像蛛网一般的发丝不时地封锁住它们的视野，灵母如今在泥壁里，可以想象她正和无数奇怪的"人"挤在一起。头发似乎限制住了它们，它们露出痛苦的表情，好儿个翻起了白眼。

"还敢搞偷袭。"百里决明用力戳其中几张脸，这些脸像没骨头似的，一戳一个窝。百里决明释放地煞火，果然三尺内的血泥像疯了一般后退，和他拉开距离。这些泥巴是活的，里面藏满了"人"。

从这里往前一段路，百里决明一面爬一面用匕首刮墙壁上的血泥，原先的石壁露出来了，百里决明依靠这个大致判断自己的位置。石壁的用料是太湖石，大多崎岖不平，更让人吃惊的是许多已经被血泥给侵蚀了，这些腐臭的泥巴严丝合缝地和太湖石长在一起，看起来像石头上长了肉瘤。他猜得没错，它们不仅吃人，还吃石头。

371

既然是太湖石，百里决明推测自己是在穆家堡的花园里面。花草什么的一准被血泥给吃光了，石头难啃，它们吃得慢。在甬道里爬得实在憋屈，百里决明选定方向，往建筑群爬。爬了约莫半炷香的时间，终于看见前面有光亮。他加快速度，光亮越来越近了，黄澄澄的颜色，盈盈地充满洞口，像一块晶莹的玉。

他刚想钻出去，忽然觉得不对劲。黄色光，不是天光，而是烛光，有人在外面点蜡烛。

是穆知深吗？还是住在穆家堡的灵？他不动声色地熄了脖子下面的风灯，慢腾腾地探出脑袋。一股烂木头的味道直冲鼻腔，熏得他直想呕吐。墙洞靠近墙根，跟个老鼠洞似的。外面是一间屋子，血泥侵蚀了大约一半。对面的墙布满眼睛似的霉点儿，从屋顶到砖墙一半是血泥，坑坑洼洼，孔洞密布，像蜂巢一样恶心。

斜对面是个金银落地屏，蜡烛就点在屏风后面，屏风上绣花镂鸟，居然保存完好，没有被血泥侵蚀。大约是金银比石头更难啃，它们不喜欢。但让百里决明惊讶的不是这个，而是那屏风后有个坐着的人影。

影子的轮廓和坐姿看起来不像穆知深，穆知深是个站如松、坐如钟的家伙，他就算坐在泥地里也会像出席宴会似的正襟危坐。

是人，还是灵？

百里决明放慢了动作，半个身子悄悄地探出洞口。就在这时，人影动了，脑袋转了转，似乎看向了百里决明的方向。遥遥对视，虽然隔着屏风，仍有些毛骨悚然的意味。管他是人是灵，先让他尝尝火烤肉再说。若论恐怖，谁能敌过他百里决明？百里决明正要放出三昧真火，忽然觉得脊背上痒痒的，回头一看，灵母正趴在他的肩膀上，覆着头发的脸和他只有一个巴掌的距离。即使头发遮住了脸，百里决明也能感受到灵母直勾勾的目光。

她什么时候爬出泥壁的？他一点儿声音都没听着。怎么也想不到灵母会在这个时候发难，脸贴脸的那一瞬，他头皮几乎炸开。顾不上屏风后面那只灵，百里决明想都没想，掌心焰瞬息即发，一掌轰然拍上灵母的天灵盖。

灵母的脑袋顶被灼烧得吱吱冒烟，她立时凄惨地尖叫了一声。女人的音调高，声音尖厉无比，仿佛一把刀割在耳膜上，百里决明差点儿被她的叫声震聋了。接着她手脚并用地往回退，百里决明心想一不做二不休，干脆重新爬回去追她。刚爬回去，忽然有一只手抓住他的脚踝往外拖。与此同时，更多冰凉的手从洞口探进来，抓住了他的脚踝。他心里一悚，原来外面不止一个灵。低头看，无数双苍白的手爪正往他腿上够。再仰头，甬道深处的灵母停止了后退，黑漆漆的头发疯狂地翻卷蠕动，沿着泥壁往他这儿卷过来。

第二十四章 黑堡

前有狼后有虎,甬道太窄不好施展拳脚。

百里决明一咬牙,放弃抵抗,任由外面的灵把他拉了出去。

出了洞口,眼前豁然明亮,掌心焰蓄势待发,忽然所有手都将他松开,许多黑衣男人跑上前推倒橱柜和落地屏堵住洞口。灵母像炮弹似的撞击橱柜,不住地砰砰直响。黑衣人们死死地压着柜子,一动不动。

他们忙着,没人搭理百里决明。百里决明愣怔着,没闹明白这帮人是什么来头。茫然地抬起头,一个戴着黑铁面具的男人进入了视野。身量挺拔,像松竹一样秀丽,百里决明躺在地上,正好看见他线条流利的下巴颏儿。这轮廓好生熟悉,百里决明不自觉地想起裴真来。

男人负手弯腰,望着他笑,面具遮住了他大半张脸庞,遮不住他眼角眉梢跃动着的笑意。他濯濯的眼眸里,只映着百里决明愣怔的影儿。

"好久不见。"他道。

百里决明觉得他眼熟,然而瞪了他半晌都没想起来他到底是谁。

百里决明道:"哪儿来的孙子,敢拉你爷爷的腿!"

师吾念:"……"

师吾念还没来得及回答,一颗毛茸茸的小脑袋从百里决明的领口钻出来。百里小叽仰头瞧见百里决明,豆粒大的乌眼睛一瞪,毛发根根竖起,扑着翅子跳起来,逮着百里决明的脑门子就啄。百里决明被这只鸡吓了一大跳,它什么时候钻进他衣服里跟进灵堡的?

百里小叽约莫是疯魔了,笃笃地啄个不停,颇有把百里决明啄成筛子的架势。百里决明手忙脚乱地躲它的小尖嘴儿,因着它是寻微的小鸡,他怕把它捏扁,便不敢动它,脑门子上都是星星一样的红印。

两根白皙修长的手指将它捏住,师吾念眯起眼睛。

"义父是贵人多忘事,还是翻脸不认人?这般薄情,连你的小鸡崽都看不下去了。"

百里决明被啄了半晌,终于想起来了,这个家伙是他在十八狱白捡的干儿子。这几日事多,他把这便宜儿子忘到九霄云外去了。颇有些尴尬,他爬起来道:"这里黑,没认出来。你……"糟了,名字也忘了,他掩饰似的咳嗽了几声,"你怎么跑这儿来了?"

"前几日孩儿受穆家大郎君所托,进穆家堡绘制地图,不幸落了个同伴在这里,今日带齐人手过来寻,谁承想便碰见义父了呢。"师吾念歪头看他,"义父不是在天都山吗,来这儿做什么呢?"

"你认识穆知深?"百里决明讶然。

师吾念颔首称是："相识多年，他有求于我，给的价又合适，便出手帮了帮。"他说完，又低眸一笑，"不过若是义父有事吩咐，孩儿分文不取。"

百里决明略略地说了找穆知深和寻找货物的事，关于货物他隐去了灵国、千眼尸的信息，只同他说是从一个恶煞灵域搬回来的东西。虽然是干儿子，毕竟是半道儿上白捡回来的，不能完全托付信赖。

师吾念颇有分寸，倒也不细问，只一笑："能在这种地方遇见，孩儿与义父果然是缘分匪浅。不若一起走，相互有个照应。"他往后侧身，让百里决明看见他的手下，"大家伙儿都是好手，总比义父单打独斗的强。"

百里决明不是很愿意同他一块儿走，他的眼神有时候让人觉得心里毛毛的。乌浓的眼眸，深沉的黑，盯着百里决明的时候太过专注，仿佛百里决明是一块叼在他嘴里的肉。这个男人来历不明，莫名其妙地出现在这儿，颇有些不对头。或许是因为装真造成了阴影，百里决明总觉得自己很危险。

"对了。"师吾念从腰上解下一个金丝荷包，"义父出门在外，处处都需要周济。这些金角子暂且应应急，等出去了，我着人送银票给你。"

百里决明接过荷包掂了掂，起码有五两，不由得喜上心头。他从善如流："那便一起走吧，干爹罩着你。"

那边灵母已经不撞了，似乎是放弃了，师吾念却摇头，提起风灯，让手下开路，所有人转移。

"穆家堡内部四通八达，义父既然说她穷追不舍，只怕她不会善罢甘休，定然要寻别的路子来这儿。我们保持移动，她就寻不到我们。"师吾念解释。

环顾周围，四处都是被血泥腐蚀的景象。步步锦的窗棂子、铁影壁上的辟邪雕刻、灯座上的麒麟头……无处不爬满了暗红色的污泥。泥巴涂在上面坑坑洼洼的，像密密麻麻的藤壶。穆家堡被裹了个暗无天日，提着风灯，黄油油的烛光摇曳，那些臭泥仿佛能吸食光亮似的，烛光只将将照得出去一射之地。

彤花门上沾满了黏腻的血泥，无法打开。师吾念的手下直接在上面锯开了一个洞，大家弯腰钻进去。长廊几乎被血泥填满，视野非常狭窄，依稀能看见瓜棱柱墩子的大理石料，已经像蜂巢一样坑坑洼洼的了。师吾念的手下——叫初一、初二、初三的那帮人开始开路，每个人都裹得像千眼尸似的，一铲一铲地把血泥挖出来，运到后方。每挖出一截道，他们就垒起金砖固定墙体。源源不断的金砖从虚门里送进来，补充他们的补给。

百里决明看得目瞪口呆，他知道用金子固定道路是因为这些血泥不吃金子，可他想不到师吾念这家伙竟如此有钱，有这么多的金子。况且金子放在这儿，多半是收不回来的。他不由得对师吾念刮目相看，当下觉得这个儿子捡得值当。

第二十四章 黑堡

趁他们辛勤劳作的空当,百里决明开始思索穆家堡到底发生了什么?他问过穆平芜,然而那个老贼语焉不详。若如传闻说的一般,穆惊弦杀妻证道,自杀化灵,如何会落到这般光景?百里决明端详那些像排泄物一样的血泥,这些东西到底是从哪儿来的?难不成穆惊弦的术法是拉屎,拉了十多年,把穆家堡埋成了这样?百里决明被自己的猜测恶心到了,干呕了一声。

"想知道穆家堡为何凶变,对吗?"师吾念好像能读心似的,一下子就猜到他在想什么。

"你知道?"百里决明问。

师吾念说:"知道几分,但并不十分清楚。不过……"他笑得意味深长,"有一个人一定知道。"

"谁?"

"十六年前穆家堡凶变,穆家二百余口人尽皆罹难,只有身上绣着大宗师给的恶煞文身的穆知深逃过一劫。"师吾念道,"然而,我们都忽略了一个人,一个讲故事的人。"

百里决明恍然醒悟:"对了,穆平芜也是穆家人,他是如何逃出来的?"

"因为他十八年前就搬离了穆家堡,在浔州另置了别业。"师吾念垂着眼眸,慢条斯理地将手绑严实,"很奇怪对吗,儿子儿媳都在世,为何不同他们一起住呢?就算子女不孝顺,也没有长辈避居别处的道理。变故早在十八年前就发生了,穆家人采取了一系列措施——穆惊弦带着穆知深拜访抱尘山,恳求您收留年幼的穆知深;穆平芜逃离了穆家堡,再也没有回去。他们对穆家堡即将面临的凶变心知肚明。"师吾念娓娓道来,"穆平芜没有对你说实话,依此类推,恐怕他同你说你寄存货物的那些前尘往事,也不尽是真的。"

师吾念刚说完,初一忽然过来:"郎君,发现一个东西。"

师吾念随他过去看,百里决明闲着没事干,也跟过去看。

他们挖出了一块小碑,有膝盖那么高,大理石材质,已经被血泥侵蚀了好些。血泥之下,依稀能看见有凹凸不平的碑文和繁复的符纹。周围有许多还没有被血泥吃干净的衣料和穆家制氏刀,看样子是穆家前面派来的队伍遗留下的东西。

符纹冒着一股阴森的黑气,百里决明不用细看纹路也知道,这是诅咒符纹。有人在穆家堡留下了一块碑,吸阴聚煞,诅咒某个人。

刮干净血泥,碑文逐渐清晰了。

很短,只有几个字——

百里决明不得好死。

百里决明左看右看，那上面刻的名字的的确确就是"百里决明"。这真是稀奇了，穆平芜派小队进穆家堡，这些人被血泥包围，必死无疑，临死前干的事不是给爹娘留遗言，而是立了一块咒他的碑。他们是穆平芜派的人，那么这事少不得是穆平芜的授意。

"这是怎么回事？"百里决明蒙了。

"还用想吗？"师吾念笑道，"穆平芜不是让你来寻穆知深，而是要你困在此处，终身不得出。如果没有猜错，他留给你的虚门早就撤走了。"

"什么玩意儿？他孙子的命不要了？"百里决明勃然大怒。

"义父功法盖世，大智若愚，猜一猜他为何要这么做。"师吾念微笑。

百里决明凝神思索："这破地方这么恶心，穆知深已然失踪了一天，难不成他已经不抱希望？让我来寻穆知深其实是诓我进灵域，可我同他无冤无仇，又是咒我又是诓我，这是为何？"百里决明百思不得其解，"哦……我可能在天都山发疯的时候弄死了他的儿郎，他找我寻仇来了。不对不对……这碑石老早就立了，他那时就恨透了我。"

"嗯嗯，很近了，再努力猜一猜。"师吾念循循善诱。

百里决明埋怨地乜斜他一眼，这小兔崽子，逗小孩儿吗他！继续深思："唯一的孙儿死了，自然要找仇人的麻烦。"他的心头一惊，"他头一个找的人就是我，他的仇人是我吗？穆家堡凶变同我有关？"

都什么玩意儿，他吃饱了没事干灭人家满门干什么？穆家堡凶变的时候寻微刚来抱尘山，他被那个笨手笨脚的丫头弄得不得安宁，哪有工夫去找穆家的麻烦？等等……他突然想到了什么。

"义父果然聪明。"师吾念道，"不过准确地说，该是同你留在穆家的货物有关吧。"

是了，百里决明心中的迷雾拨开了，渐渐地明朗。根据穆平芜的叙述，他曾经警告过穆平芜，绝对不能再次打开那些铁木匣。穆平芜十有八九并没有遵从他的警告，在他离开穆家之后，那个好奇而愚蠢的老家伙找到了铁木匣，还打开了它们，也打开了穆家堡的祸端。

师吾念温言安抚他："义父为人正直，奈何旁人诡诈。这世上最不缺的便是骗子，不必太过担忧，我护着义父，定不教义父吃亏。"

百里决明阴森森地想，好一个老不死的家伙，竟敢算计到他的头上。不好，寻微还在他的手里。百里决明的心脏漏跳了一拍，一下子有些发慌。寻微的体格娇弱，术法又不精，穆平芜要找她麻烦是轻而易举。要是穆平芜敢动她一根毫毛，他就把穆知深的狗头斩下来悬在穆家门楣上！

百里决明的面孔森然，唤起连心锁。

连心锁亮了亮，那老人浑厚的声音传来："前辈，找到知深了吗？"

"找你个头。"百里决明冷笑，"你让爷进灵堡，当真是要救你孙子的性命吗？"

老人呵呵地笑："百里决明，若是从前的你，必定没有这么好骗。你失去了记忆，也失去了你的脑子。若非你将那些鬼东西强行寄放在我穆家，我穆家岂能落到如此下场？"

百里决明气得吐血，刚要说话，师吾念摁住他，让他少安毋躁，接着转过身，从一个灵侍那儿拿来个连心锁，输入灵力，锁头荧荧闪亮。

"穆郎君，在下师吾念，"师吾念笑问，"你还活着吗？"

锁头静谧，无人应声。

"在下顾念朋友之谊深入虎穴，你连声儿都不应我吗？"

过了几息时间，传来一个平稳沉静的男音："你不是为了我。"

师吾念将锁头靠近百里决明的连心锁："令祖父想同你叙话。"

穆知深的声音变得淡漠："忙，没空。"

这厮不近人情得很，连自己的亲爷爷都不搭理，话音刚落锁头就熄了。百里决明手中的连心锁震动起来，穆平芜颤声问："知深！刚才那是知深的声音吗？让我同他说话，说几句就好！"

"说什么！"百里决明怒道，"老家伙，你孙子在我手里，你敢动寻微一下，我就把你孙子切成一块一块地寄回你家。"

穆平芜深深地吸了一口气："前辈果然神通广大。"

干儿子有本事就等同于他这个老父亲有本事，百里决明脸不红气不喘地接受了穆平芜的夸赞。他哼了一声："现在才知道我的本事，早干吗去了？又是咒我又是诓我的，这口气我咽不下去，你等着，我先把你孙子的耳朵切下来寄给你！先切左耳还是右耳，你挑一个。"

"等等！"穆平芜慌张道，"前面是晚辈不对，届时前辈出堡，晚辈任凭前辈处置。前辈曾与知深一同去过灵国，知深这个孩子如何前辈看在眼里，何必牵累于他？"穆平芜缓了一口气，道，"实不相瞒，晚辈一时想岔了，对前辈怀恨在心，多年前的事并未如实告知。还请前辈息怒，容晚辈一一回禀。"

行将就木的老人家，唯一的惦念就是他那不甚听话的孙子。果然，百里决明随意一诈，就把他的话给骗出来了。

"很好。"百里决明磨了磨牙,"要是这回你再扯谎,我看甭切什么耳朵不耳朵的了,直接把你孙子阉了,让你老穆家断子绝孙。"

穆平芜不敢造次,如实道来:"我之前同你说的大部分是真的,只隐瞒了你离开穆家之后的事。我之前说,你存放了那批铁木匣后再没出现过。事实并非如此,从我第一次见你到我成为穆家家主这三十八年间,你一共夜访穆家堡三次。每一次,你都往穆家堡运送了一批货物。第一次是我同你说过的铁木匣,第二次也是一些匣子,年份看起来非常老。第三次,货物不一样了。"

"第三次是什么?"

"棺材。"穆平芜的话语里有深深的恐惧,"那是一口高头乌木黑棺,我从没见过阴气这般重的棺材。往日你运送货物,都先让穆家堡所有人陷入沉睡,走陆路来到穆家堡,我为你打开小门,你将货物运到穆家地堡。可那次不一样,那也是你最后一次将货送到穆家。你直接在穆家堡开了虚门,我听见虚门另一侧有无数人在惨叫,鲜血从门那头流到这一头,一具淋满血的棺材从虚门后被推了出来。推棺材的人还没有出来,你就关闭了虚门,他们的手被门硬生生截断,玉米秆子一样落在地上。这一次惊动了整个穆家,我下了死力才让大家封口。"

"那是不是五十八年前?"师吾念忽然出声了。

"不错,正是五十八年前。"

"虚门后面是什么地方?"师吾念追问。

"太黑了,我没有看清,棺材上有很多落叶,约莫是在什么深山老林里。百里前辈,你也受了重伤。我看你情况很不好,问你要不要先治伤。你拒绝了我,命我派人把棺材推到地堡。穆家的祖先长眠在那里,英灵正气可以镇压棺材的凶煞。然后你屏退所有人,包括我也不能进去。你施加封印,封死了地堡千斤闸,除非你自己开门,我们没有人能打开那道千斤闸。我知道,你封门不是为了防我们窥探到你们抱尘山的隐秘,而是为了防棺材里的东西。"

"这么说,你不知道我在里面干吗?"百里决明问。

"不。"穆平芜道,"从我答应你寄放货物的那一刻起,我每时每刻都活在那些货物带给我的煎熬里。里面到底有什么,它们从哪儿来?我听从你的警告,就连靠近也不敢。但……就看一看,只看一眼,这念头一直折磨着我。直到那天,我终于没有忍住好奇心,第一次违背了你的命令,偷偷地留了一面八角铜镜在地堡里。"

正说着,前面的挖掘忽然停了。初一向师吾念打了个手势,他们的手势显然都有特殊的含义,师吾念一看就懂了,所有人默契地熄灭了风灯。原本的亮

第二十四章 黑堡

堂地方刹那间隐进了黑暗中，漆黑的走道里伸手不见五指，只余下连心锁像萤火一样稀薄的光亮。

"我们这里有状况，稍后再说。"师吾念道。

竟然在这时候出事！百里决明心里像油煎火烤似的，秘密听到一半不能听了，活像拉屎拉到一半硬生生地憋回去。

"无妨。"穆平芜道，"你们若有余力，可以去地堡，那面八角铜镜至今仍在地堡。听我口述，不如亲眼所见。前辈见了往事，兴许就都想起来了。"

"说的当真？"百里决明还惦记着这老家伙诓他的事。

"我孙儿的性命仰赖前辈相救，我岂敢再欺瞒？"

谅他也不敢再次要花招。百里决明应了句"好"，便熄灭锁头，中断联络。他收起连心锁，赶到队伍前面去。初一他们挖出了一个巴掌大的小洞，黄油油的光从那洞里漏出来。这破地方没光才正常，有光不是好事。初一站在那圆圆的光晕里，又打了个手势。所有人的动作都放得无比轻缓，蹑手蹑脚，落地无声。百里决明看明白了，第一个手势意思是"有情况，熄灯"，第二个手势是"有灵，噤声"。

师吾念弯下腰对百里决明做了个"请"的动作。

这小子上道儿，对他毕恭毕敬的，百里决明很是满意。凑到洞眼那儿往外面瞧，黑魆魆的屋子里端坐着一个枯瘦的女人，背对着他们，面向着一个硕大的镜匣。一具女尸并不值得害怕，只是这女尸在动。她细长枯瘦的手捏着一把金篦子，正一下一下地梳着头。

师吾念牵起百里决明的手，在他掌心写："穆夫人。"

百里决明瞪大了眼睛，那居然是穆知深的老娘！传言说穆惊弦杀妻证道，结果是穆夫人变成恶灵了吗？

爬满血泥的小屋，一个女人点着蜡烛坐在那儿梳头，这毛骨悚然的景象寻常人见了定要吓得魂飞魄散，所幸这里的都不是寻常人，不说百里决明和师吾念，就是师吾念这帮名字胡乱取的手下，都没有一个变脸色的。

眼下的时辰正好是半夜三更，坊间传闻这个时候点一根红蜡，对着镜子梳三下头发，镜子就能连接阴阳，灵会在镜中现身。

一个灵半夜三更点蜡烛梳头，是想看见什么呢？看看有没有别的灵比她美吗？

很快百里决明便知道了答案，因为他看见了镜子里的景象——那女灵睁着黑洞洞的两只眼睛，正对着自己的影儿阴森森地笑。

百里决明自认是个恐怖的灵，然而这女人的狞笑着实比他恐怖一万倍。他刚看清楚那个恐怖的笑容，蜡烛一下子就熄灭了，洞里洞外都陷入一片漆黑。

没有人轻举妄动，师吾念和他的手下都保持了绝对的寂静。师吾念的人之前进来过一回，他们对情况的判断比百里决明更准确。看来这个女灵不好惹，百里决明也没动。他的火焰烧起来不分敌友，在场的人和灵统统得完蛋，不到万不得已他不便出手。只好等着，看师吾念下一步打算怎么办。

无人出声，当一切安静下来，细微的声响就尤其突兀。穆夫人仍在梳头发，百里决明听见梳齿摩擦着她粗糙的发丝，窸窸窣窣地响。过了好一会儿，梳头声终于停了，紧接着是椅子摩擦地面的响声，像锯子刮拉着耳膜，听得人头皮发麻。穆夫人大约是站起来了，开始在屋子里走动，鞋底摩擦青砖的声响忽远忽近。她好像在唱歌，嘟嘟囔囔唱着什么，嗓音嘶哑飘忽。

百里决明不确定她想要做什么，很多灵都处于饥饿之中，特别是维持灵域的灵。这种恶灵受到饿欲的掌控，会不断进食生肉和血液，而灵母甚至会食用灵体。他回想起穆夫人狰狞的笑，她一个灵在那儿怪笑什么呢？歌声贴着墙过来了，百里决明一下子绷紧了脊背，顺手把师吾念拦到后面。

歌声越来越近了，百里决明离墙洞近，女灵仿佛就贴着他的耳朵唱歌似的。听调子像是一首摇篮曲，嘶哑的声儿近了，百里决明渐渐地听清了她在唱些什么。

月儿尖，风儿寂，
深儿深儿眼儿闭，
窗外有脸看着你……
容儿容儿三更醒，
它就藏在摇篮底……
篮子挂上房梁顶，
吃人的恶灵抓不到你……

百里决明："……"
"深儿"想必就是穆知深，"容儿"是穆知深的小妹——穆妙容。
他们兄妹俩听着这玩意儿能睡着吗？

正想着，歌声戛然而止。周遭的一切再次陷入寂静，若非师吾念在身后挨着他的背，百里决明会以为这偌大的灵域只剩下他一个人了。等了好一会儿，穆夫人的歌声再没有出现，也没有脚步声。大家试探着燃起风灯，走道里的金砖映着烛光熠熠生辉。百里决明这头也亮起灯来了，火苗迸现的刹那间，他眼前出现一双黑洞洞的眼窝子。

第二十四章 黑堡

浑身汗毛参起，百里决明一下成了个刺猬似的。这女灵压根儿没走，脸就杵在墙洞那儿。百里决明正好对着墙洞，同她只有一个巴掌的距离。他下意识地要放真火，炙热的手掌拍向她的面门。半途中手腕却被师吾念拉住，不知道被他捏到了哪个穴位，掌心火焰砰一下消失，哧哧地冒出黑烟。

师吾念捂住百里决明的嘴巴，拉着他背靠泥墙。

其他所有人都放下了风灯，靠着泥墙气儿都不敢喘。

穆夫人的脑袋突破血泥，嘴里还衔着梳子。紧接着是两弯瘦得像麻秆子一样的手臂，最后是整个身子爬了进来。女灵两手平举着，摸索着前进。

原来她无法视物。

大家小心翼翼地弯腰避开她胡乱摸的手，悄无声息地绕到她背后。女灵摸到了路，把梳子从嘴里取出来，又开始唱那阴森恐怖的摇篮曲。她慢慢地远去，消失在血泥走道的深处，所有人终于松了一口气。

百里决明总觉得哪里不对劲，然而又说不出来。穆夫人给他的感觉很奇怪，他拧着眉头，仔细回想她的模样，到底哪里不对头？

师吾念轻轻地"啧"了一声，问他那帮灵侍："你们上回见她，她也是这般模样？"

初六答道："不错，她神志已坏，无法沟通，无法交谈。我们忌惮她是穆郎君的母亲，不敢动手，只做回避。"

师吾念的眼神很奇异，仿佛看见了什么无比新鲜的东西。

"她不是灵，是个生人。"师吾念说。

所有人猛然一惊，就连他那帮泰山崩于前都不动声色的灵侍都满面愕然。百里决明终于恍然，怪道他觉得穆夫人怪里怪气的，因为她根本没有腐烂！若是个普通灵，不是那神通广大的灵母，又没有六瓣莲心，在封闭的灵域里待了十六年，肉身早就烂成渣了，哪能像现在这样？她枯瘦，都瘦成皮包骨的模样了，可声带是完好的，吐字十分清晰。她根本没死，她是个活生生的人。

"活人？"初六想不通，"一个活人如何能在这里活下去？"

"活人要活下去，保持进食、喝水即可。穆家堡有水井，水定然是够的。食物若不挑，蛇虫鼠蚁，甚至这些血泥都可为食。"师吾念抱着手臂，手指一下下地敲着胳膊，"她必然不是个正常人了，才能好端端地活在这种地方。"

"既然是活人，为何不逮她？"百里决明问，"甭管脑子出了什么岔子，毕竟是穆知深的老娘。"

"没那么简单。"师吾念苦笑，"一旦被穆夫人发现，灵堡就会变化。"

"变化？"

初一在后面答道:"很多东西会出来,非常棘手。届时即使我们抛弃肉身,也会在错综复杂的灵堡里迷路,我们要找的那个兄弟就是因为碰见了穆夫人才陷在这儿的。"

"那要不要跟穆知深那小子说一声?"百里决明问,"他进来就是找爹娘的吧。"

自己亲娘落得这般田地,怪可怜的。

师吾念摇头:"若同他说了,他定然要送死。穆平芜口口声声说已经将往事和盘托出,架不住此人诡诈,没准儿还有旁的隐瞒。穆知深活着,正好给我们做底牌。拿了他,不愁穆平芜不坦诚相待。"

"你这人,前面不还说穆知深是你朋友吗,这么快就拿人当牌了?"

师吾念歪头哂笑:"孩儿作为皆为了义父方便,义父倒数落起我来了。朋友同义父相比,自然是义父重要。"

百里决明:"……"

这人奇怪得很,上来就对百里决明掏心掏肺地好。想来想去,他百里决明身上能让他们惦记的也就一身抱尘山的功法传承和腔子里这颗除了他无人可用的六瓣莲心。六瓣莲心是师吾念替他弄回来的,那么这小子贪图的就是他的功法了。

仙门百家有许多人都觉得抱尘山的传承是绝世奇术,只要拜入他百里决明的门下,定然脱胎换骨,荣登道途。所以往日在抱尘山时,江左那帮猪头上赶着往他那儿塞徒弟。徒弟做不成,当个端茶送水的妾侍也心甘情愿。

其实按照百里决明的个人经验,一个人能达到什么境界取决于这人的天赋。譬如他百里决明,天赋超群,所以万人莫敌。再譬如寻微,身娇体弱,一阵风就能吹倒,即使当了他百里决明的徒弟也是个平平无奇的小花瓶。

为了讨好他,师吾念给了他这么多金子,他却只能给师吾念一个空头承诺,不由得有些愧疚。百里决明拍拍他的肩膀,赞扬他:"好孩子,你是个孝子,回头我让人给你立个牌坊。"

师吾念几乎无话可说:"义父夸赞人的方式……果然别具一格。"

百里决明踅身钻进了穆夫人破出的墙洞。灵侍跟在后面,提着风灯巡视小屋。同样是被侵蚀过的区域,大半间屋子都爬满了像爬山虎一样的血泥。泥巴和木头的臭味混在一起,令人作呕。百里决明和众灵侍不约而同地停止模仿生人呼吸,只有师吾念没法子,嘴唇抿成了一条线。

终于有了个宽敞点儿的地方,把风灯搁在地上,摊开地图研究。虽则血泥会移动,但灵侍上回探的路不算白探。他们在道路枢纽留下了金砖,可以充当

第二十四章 黑堡

路标。百里决明咂舌，这得是多有钱，路标都用金砖。

师吾念将十人的队伍分成两拨，五人一拨，一拨去寻找穆知深，一拨跟着他和百里决明去伴月轩。伴月轩距离他们现在的位置虽然不远，但中间隔了厚厚的血泥，没有路，只能且行且挖，估计要费不少工夫。

商议完毕，去找穆知深的人即刻出发，剩下的人原地休整，半炷香之后出发。百里决明闲不住，在屋子里打转。地上搁着木马，被血泥裹成了血马，两个乌油油的眼睛瞪着他，有一种说不出的恐怖。周围还零落散着些其他脏污的木头玩具，捡起来，上面都是血污。里间有一面尚且完好的墙体，贴满了黄纸符咒，符纹都是用鲜血涂就的，乍一看十分阴森。墙角放了一盏长明灯，周围刻满了清心诀。长明灯和清心诀百里决明不是第一次瞧见，一路挖通道过来，一路看见了好几盏。血泥怕火，这些长明灯都完整地保留了下来。

就是不知道有什么用处，又是何人留下来的。

这看起来是小孩儿的屋子，家什都特别矮，约莫是幼年穆知深和他妹妹的寝居。转了一圈，百里决明发现这屋子奇怪得很。

没有床。

> 篮子挂上房梁顶，
> 吃人的恶灵抓不到你……

百里决明忽然想起穆夫人唱的那首童谣，便扬起脸张望。果然，一张小床由四根手臂粗的铁链子挂在梁上，正好在他头顶。其他木头都被血泥侵蚀了，只这张小床安然无恙。他顺着抱柱爬上梁，举着风灯往床上看。上面睡着两个土偶，一个系着青纱裙，一个穿着天青背心，约莫是一个女，一个男。百里决明用灯杆儿把其中穿背心的那个娃娃钩出来，握在手里面瞧，娃娃背面写着"穆知深"。

在仙门道法里面，娃娃是十分惹人忌讳的物件，因为这种物事通常和诅咒、下降头有关系。料想穆知深的老娘不会自己咒自己孩子，根据歌谣的内容，她更像是要保护穆知深。放个娃娃悬在吊床里……百里决明思索着，恍然大悟，这娃娃是个替身，代替穆知深吸引灵的注意。他摇了摇娃娃，腔子是空的，里面好像装了几颗硬邦邦的石子儿。没猜错的话，应该是穆知深小时候换下来的牙齿。娃娃上有穆知深的气息，灵就会把它当成穆知深。

另一个娃娃应该是穆知深小妹的替身，百里决明抬头看，却发现床板上空空如也，方才那个娃娃不见了。是幻觉吗？他明明看见这上面有两个娃娃。

兴许是钩娃娃穆知深的时候掉下去了，他想。顺着梁柱往下爬，找了找，下面也没有小妹娃娃。

　　容儿容儿三更醒，
　　它就藏在摇篮底……

　　举起风灯，黄油油的光燎着木板小床的底部，百里决明看见那上面画着一只墨水淋漓的灵脸，通体漆黑，龇牙咧嘴，獠牙毕露。果然有对应，看来穆家堡惊变的确另有隐情，根本不是外界传闻的那样。百里决明仔细辨别床板底部画的灵，看了半天没看出这是什么玩意儿。

　　穆妙容那只娃娃到底去哪儿了？他感到不安，掏出槐树叶擦了擦眼睛，眼前的光景登时变得雾蒙蒙的。原本就黑，这下更看不清楚了。他使劲揉了揉眼睛，四处巡睃，终于在地板上发现一排隐秘的小脚印。

　　有指节那么大，一看就是土偶娃娃的脚印，直直地向月洞窗那边延伸。这是灵的脚印，只有用槐叶擦眼才能看见。

　　深儿深儿眼儿闭，
　　窗外有脸看着你……

　　脚印没入深不可测的黑暗中，百里决明望着轩窗的方向，莫名其妙地再一次想起穆夫人唱的那首童谣。轻轻地挪过风灯，灯光慢悠悠地罩上远处的月洞窗，一张苍白的脸庞逐渐清晰。窗外，光晕之中，穆夫人抱着一个土偶娃娃，一双血坑似的眼正冷冷地望着他。

　　两个人僵持着，谁也没动。百里决明试探着伸出手，在她眼前晃了晃。她没动静，深深凹陷下去的两个眼窝黑洞洞的，好像在阴森森地凝视百里决明。她是个瞎子，应该看不见他才对。这女人还活着，定然要想办法带她走，但还没个好章程，得从长计议。

　　穆夫人一动不动，就像是被点了穴似的。百里决明看她不动弹，闹不清楚她到底知不知道自己面前有个人。那小灵娃娃也安安稳稳地在她怀里待着，没动静。百里决明环顾四周，灵堡还是老样子，并没有出现什么恐怖的变化。他小心翼翼地挪了个位置，穆夫人的脸依旧朝向原来的方向。她应该没有注意到他，他慢慢地放下心。

　　百里决明蹑手蹑脚地往后退，一直退到落地罩后面，拍醒了闭目养神的师吾念，对他做了个"有灵，噤声"的手势。其他灵侍反应过来，迅速握刀警戒。

第二十四章 黑堡

百里决明指了指月洞窗的位置，对初一比了一个手势，示意他和自己一同过去。师吾念却按下初一，自己跟上了百里决明。

月洞窗那边黑魆魆的，半点儿光都没有。百里决明和师吾念两个人提着灯摸过去，黄油油的光像蜂蜜一样向那边流淌，他们走了几步，终于可以模模糊糊地看到月洞窗那边的情形。

穆夫人不见了。那个土偶娃娃倚在窗屉子上，脸上两团红胭脂像鲜血一样艳丽，笑嘻嘻地瞧着他们，等着看好戏似的。这土偶娃娃太邪性了，百里决明十分不喜欢。他对着师吾念摇了摇头，传音道："刚就在那儿的，现下不知道哪儿去了。"

穆夫人去而复返，很可能已经发现他们了。凡事小心为上，反正休息得差不多了。师吾念朝后面做了个手势，让大家立即撤退。

就在这时，所有人的风灯砰地一炸，高丽纸倏地烧起来，没一会儿就烧没了。火焰熄灭，四下里登时沉入黑暗。怎么回事？变故忽然发生，灵侍们都十分冷静，没有大吼大叫，暴露位置。风灯莫名其妙地爆炸，显然是灵堡里的恶灵搞的鬼。这时候最好的做法是将计就计，隐入黑暗。这些灵侍已经有了十分的默契，约莫在来之前就商量好了各种情况的应对方案，没有一个自乱阵脚的。百里决明什么都不知道，幸好脑筋转得快，要不然他早燃起掌心焰照明了。

他想往师吾念那儿去，这里只有他这便宜干儿是个肉体凡胎，要是没了就是真没了。便宜儿子没了，他的金子就没了。他向师吾念传音，告诉他别乱动，自己正摸黑往那儿走。一面走，眼睛一面适应黑暗，渐渐看得到些微的影子了。

灵侍一旦收声儿，就是十成十的死人，这小屋里半点儿声息都没有。紧接着，百里决明听见四壁传来黏腻浓稠的声音，像黏液拉丝儿似的。好像有什么东西从墙里钻出来，百里决明的心里咯噔一下，很想燃起掌心焰看看。然而这时候燃起掌火，无异于立个靶子让人来打。他硬生生地憋住了，继续往师吾念那里摸索。

一切都影影绰绰的，百里决明照着记忆里的方向去，很快便看见前面立了个人影。是干儿子吗？不对，这影子的形态着实扭曲，像面条似的柔软诡异，仿佛没有骨头似的。它绝对不是师吾念，人要是长成这样根本不会有脊梁骨。然而他还是向前走了几步，视野又亮了一点儿，他看见师吾念了。高挑挺拔的身条儿，像松竹一样秀丽，正负手站在前面不远处，离那个没骨头的东西仅仅三四步的距离。

他好像在观察那玩意儿，微微弯着腰。

百里决明几乎要背过气去，传音道："回头，到我这儿来。你不要命了？"

师吾念喑哑的声音悠悠传来:"义父不是让我不要动吗?"

他叫不要动就不动吗?这孩子脑子怎么这么愣!百里决明想扇他一个耳刮子,让他清醒清醒。师吾念慢悠悠后退,退到百里决明身边。他微微侧脸,可惜屋子里黑,百里决明看不见。

他说:"我怕义父找不到我。"

百里决明朝前面那没骨头的东西努努嘴:"那玩意儿是个什么来头?"

"似乎是血泥和出来的东西。"师吾念从怀里掏出一个掌心大小的金匣子,打开,里面躺了一坨血泥。甫一开盖儿,腐臭味直扑面门。师吾念道:"这是我的灵侍上回来这儿,从这些东西身上刮下来的。它们似乎没有骨头,我们姑且将其唤作'无骨人'。"

"不是吧。"百里决明道,"你的意思是灵堡的泥巴里面尽是这玩意儿?你们刚刚挖了这么多血泥,都是它们的肉?"

"恐怕的确如此。其实没告诉你,若你仔细翻检翻检那些泥巴,说不定能找到它们的眼珠子。"师吾念叹道,"它们的身体和我们已经完全不一样了,没有骨头,身体越来越扁,内脏的位置完全错置,连脑袋都扁如盘碟。它们在墙里呼吸,相互吞食,粪便和身体融合。我自问见多识广,却也是第一次看见这种东西。大千世界,果真无奇不有,原来以这种方式,也能活下来。"

听着师吾念的话头,百里决明感到些许不对劲:"不是,你什么意思?它们是活物?而且还是人?"

"忘了告诉义父吗?"师吾念眨了眨眼睛,"穆家堡里,除了穆知深的小妹,二百三十二口人,全都活着。"他顿了顿,又改口,"不对,要刨除我们刚刚挖墙误伤的那些血泥。"

百里决明愕然,久久不能言语。按师吾念的意思,穆家堡二百多口人非但没死,还成了那些会动的血泥。人成了这副模样,也能活吗?

"穆知深知道吗?"他问。

"不能告诉他,义父。"师吾念弯起眼睛笑,"我听闻义父一直在为寻微娘子寻找良配,穆郎君谦谦君子,朗朗清明,是佳婿之选,义父不会让他心灰意冷,甘愿送死吧。"

男人的言语里有惋惜,却没有感伤。百里决明忽然意识到这是个心冷如玉的人,对待朋友一样心狠。他这么说只是因为怕百里决明坏事,他还要拿穆知深当要挟穆平芜的筹码。

虽然是为他百里决明办事,百里决明还是觉得哪里怪怪的。师吾念到底想要什么?他忽然不确定了。

第二十四章 黑堡

师吾念继续道:"只要不招惹穆夫人,无骨人就不会醒来。穆夫人和它们有某种隐秘的联系,我们还没有弄清楚。"

眼睛终于完全适应了黑暗,举目四望,周围尽是这些柔软的无骨人。它们贴地爬行,四处逡巡嗅探,似乎在寻找他们的踪迹。他们几乎全是灵,只要不点灯,百里决明和灵侍可以蒙混过关。偏师吾念不行,生人气息浓郁,很容易暴露。百里决明把自己的外袍脱下来,让师吾念换上。

穆夫人待过的月洞窗没有血泥阻隔,可以出去,他们当机立断,向月洞窗转移。灵侍向他们靠拢,把师吾念围在中间,所有人缓慢地向月洞窗那里移动。百里决明负责开路,留心脚下,小心翼翼地往前探着走,生怕踩着什么烂木头之类,弄出声响引人注目。然而刚走出四五步,经过一面乌漆小案的时候,脚下啪的一声,一个琉璃盏砸在他的脚边,四分五裂。

这么一声响,在无比寂静的小屋里如同平地起了一声雷,所有人都沉默了。百里决明扬起脸,系着青纱裙的土偶娃娃站在小案上,像猴子屁股一样的红脸蛋上挂着笑容。

穆知深从来没提过他这个妹妹,早知道她这么淘气,百里决明非得把她捆起来不可。

响声过后,数不清的无骨人瞬间回头,毛骨悚然的尖嘶声此起彼伏。一团黑影像乌云似的迎着师吾念的面门凌空飞来,百里决明一个飞踢把它踹出去。另一个黑影突破灵侍的重围,百里决明来不及回援,师吾念旋身拔刀,飞扬的衣袖犹如黑色的蝶翅,刀刃破空间血色如虹。

他潋滟的眸光回转,唇角带笑:"我是个大人了,义父不必顾我。"

这小子有点儿能耐。百里决明放开手脚,运转功法。都已经暴露了,还在乎什么点不点火?他炽热的掌心焰瞬息即发,金红的亮光照亮他放肆的笑容和尖尖的小虎牙:"来,打量你们受的苦也够多了,爷爷今儿亲自送你们安息!"

像龙蛇一般的火焰绕着他旋转,周遭围过来的无骨人统统尖叫,身体冒出白色的蒸汽。有了火,视野登时清晰了。百里决明终于看清楚那些无骨人的面庞——它们的五官完全倒错,眼睛、鼻子、嘴巴扭曲成旋涡般的一团。

到底是什么灵,是怎样的术法,让它们成了这副模样?百里决明感到深深的恐惧,他活着的时候留在穆家的那些匣子里装了什么?他从虚门里拉出的那具棺材里到底有什么?

他到底为了什么豁出自己的性命?

(未完待续·敬请期待《渡厄·终章》)

番外

新生

新的人生，又开始了。

雨声如织，牛毛细的雨点打在地上，雨脚细如针，密密麻麻，印出满地大大小小的雨渍。谢寻微坐在屋檐下，慢腾腾扇着炉子里的火。药壶突突地冒着烟气，一屋子药味。他听见屋子里母亲压抑的咳嗽声，还有墙后主院传来的笑语，眼底结起森森寒霜。他是岭南谢家的庶子，今年十四岁，正是要拜入仙门修行的年龄。

前几天，玄极门的使者来谢家测验弟子根骨，把谢家每个子弟的品级记录在册，再交由门内仙者挑选。玄极门是近几十年兴起的门派，众人趋之若鹜，连进去端茶送水的位子都万人争抢。不同于遥远的天都山，玄极门离岭南很近，周边的世家都削尖了脑袋要把孩子送进去。

谢寻微的根骨是上上品，平日更是勤学苦练，谢家家学他已经烂熟于心，是难得一见的修行好苗子。原以为能入门修行，谁知谢家主母暗中使了银子，调换了他和谢家大儿子的根骨记录。于是，谢寻微成了患有先天眼疾，要靠家中偶然所得的红玉戒指才能视物的中品庸才，根本别想踏入仙门。

"四公子，"一个丫鬟撑伞来到檐下，"大娘子唤您过去。"

谢寻微从竹席上站起身，握着一把油纸伞，不言不语，垂眸跟在丫鬟身后。丫鬟偷偷看他，不禁红了脸。四公子是家里生得最好看的子弟，身条儿高挑挺秀，一身毫无装饰的素色深衣穿得如谪仙一般，别有一番风流。可惜投胎投得不好，他母亲是个娼门子，得了老爷的青眼才被从那种腌臜地方捞出来。主母善妒，谢寻微的母亲不但自己没有凭子而贵，她的孩子也遭受了牵累，屡屡被家里人非议、欺负。丫鬟记得谢寻微两岁那年被一帮大孩子推到河里，脑袋撞上了石头，流了好多血。好不容易把命救回来，却忘记了许多事情，连怎么拿筷子都不记得了。

近几十年仙门动荡，灵怪丛生，好多村子百灵夜行，常常一夜之间血流成河。听说那抱尘山的老祖宗出了山，只身深入灵域镇压凶灵，受了重伤，一直在天都山闭关沉眠，也不知道何年何月才能醒来。百年大族姜氏内乱不休，老家主被几个争权夺势的儿子活活气死。不过这是他们大人物才要操心的事，她一个小丫鬟，每日想想怎么伺候好院子里的主子们就行了。

"四公子，一会儿嘴巴甜些，大娘子有好事告诉您呢。"丫鬟悄悄说。

谢寻微心下漠然，那女人能有什么好事呢，左右不过是谢家不学无术的大公子要入仙门了，那女人担忧自己蠢笨如猪的儿子离家远去无人照拂，要他跟着去当端茶送水的小厮吧。心中如此腹诽，他脸上却带着温柔的笑："多谢，我省得。"

到了主院，见了大娘子，事情果然如谢寻微所想一般。只是几个玄极门的使者投来的目光意味深长，针扎一般刺在谢寻微的脊背上。

"你去收拾行李吧。"大娘子挥袖让他退下。

谢寻微颔首，退出门外。

"如何，没骗你们吧，我家这庶子确实是纯阴之身。"大娘子得意地说道。

"大娘子果然所言非虚。既如此，这孩子我们便带走了。门内长老修为遇上瓶颈，有这孩子从旁侍奉，定能事半功倍。大娘子的恩惠玄极门牢记在心，长老定会对谢大公子倾囊相授。"使者拱手说道。

大娘子哼了一声，道："能侍奉仙门长老，倒是便宜了那下贱的孽种。"

谢寻微停在门外，门内的声音传入他的耳中，他的眸色逐渐加深。纯阴之身是什么，侍奉长老又是何意？听起来不像是端茶送水那么简单。

必须得多留个心眼。

临出发时，谢家大公子谢沧宁叫他前去，把床上的行李一股脑儿都扔给他。

"哼，母亲太心慈了，你这等下贱坯子，也配和我一起入仙门？"谢沧宁愤愤不平地嘟囔，"到了门内，你可别告诉别人你是我谢沧宁的弟弟。"

"是。"谢寻微低眉顺眼，"对了，兄长，昨儿玄极门使者给了我一个见面礼，您也有吗？"

"见面礼！？"谢沧宁气道，"他们凭什么给你见面礼，不给我？我是嫡子，我反倒没有？"

"大概……"谢寻微浅笑，"是因为使者们瞧我更顺眼些。"

他话说完，谢沧宁吃了苍蝇似的，气得说不出话。

谢家子弟就数谢寻微生得好看，他谢沧宁相貌不过平平，平日里别人家的妹妹总专门来偷看谢寻微，对他不屑一顾。但长得好看又怎么样，还不是随了那娼门子的娘亲！

他正要骂谢寻微，忽听谢寻微又娓娓道来："这礼物太贵重，我地位卑贱，怎么配得上？想来想去，还是得献给兄长您。"

谢沧宁哼了一声："你倒是有自知之明。"

谢寻微又道："只不过把使者的礼物转送，使者知道了定然不高兴，兄长可否屏退左右，弟弟偷偷献给您？"

"有道理。"谢沧宁把门里门外的小厮护卫都支了出去，确保他们听不见房里的动静。见护卫都走得远远的了，他关上门说："好了，拿出来看看吧，我倒要看看是什么宝贝。"

谢寻微却不动弹，只是淡淡一笑："兄长啊……你真是，太愚蠢了。"

"你说什么？"

想不到谢寻微如此无礼，谢沧宁眼睛一瞪，正要大骂他一顿，后脑忽然传来一阵剧痛。三根针插入他的颅骨，直抵脑髓中宫，他的眼神渐渐迷茫。谢寻微小心翼翼运转着灵力，调整谢沧宁颅脑之中银针的位置。这是他从家里禁书上看来的法子，叫什么"渡厄针"，听说上一个修习它的人是抱尘山的大宗师。如今使来，果然好用。虽然仅练了几年，对付谢沧宁这等青瓜蛋子是绰绰有余。

现在谢寻微用的是渡厄针的第八针——"傀儡针"。施用此针，受术者将成为他的傀儡。

"你知道你是谁吗？"谢寻微问。

"谢……沧……宁……"谢沧宁缓缓答道。

"不，从今天起，"谢寻微微笑着说，"你是谢寻微。"

谢寻微取出他花重金购买的易容术卷轴，这卷轴乃是高人施的法，用了之后修为低微的人根本无法看透，而修为高深的人如果不注入灵力探查，是看不出易容痕迹的。当然，一般来说，也不会有人莫名其妙用灵力去查别人的脸。谢寻微撕开卷轴，在谢沧宁脸上施加了易容术，片刻间，他变成了谢寻微的模样，而谢寻微变成了他的模样。

"是。"谢沧宁道，"我是……谢寻微。"

第二日，玄极门的鲲鹏仙舟候在谢家上空。谢家大娘子拉着"谢沧宁"的手涕泪涟涟，还暗暗横了眼旁边那个"谢寻微"，同他说："儿啊，不管玄极门的长老对谢寻微做什么，你都别管。"

她尚且不知，那"谢寻微"才是她的亲生儿子。

"谢沧宁"笑问："长老们会对他做什么呢？"

谢家大娘子哽了下，说："无非是让他伺候饮食起居罢了，大人的事你别管，你只管好好修行。"

"是。""谢沧宁"道。

上了仙舟，谢寻微把谢沧宁安排在自己隔壁。谢寻微很好奇，玄极门的人到底想对他做什么。入夜，他静心打坐时，忽然听见有人潜入了隔壁房间。他发动银针，与谢沧宁共享视觉，只见是玄极门的使者高胤夤夜造访。

"不如先让我看看传说的纯阴之身助人修为一日千里是不是真的。"高胤阴笑着道，"嘘，莫说话，可别吵醒了你隔壁的兄长。不过，相信我，就算你呼救他也会假装听不见的。"

谢寻微明白了，原来谢家和玄极门打的是这主意。

隔壁逐渐传来不堪入耳的声音。谢寻微不由得冷笑，亏得他预先有所行动，否则如今受辱的便是他了。他手指一动，解了谢沧宁颅内银针的一部分术法，谢沧宁顿时恢复了些许神志。

"走开！走开！"隔壁响起谢沧宁的惨叫，"你搞错人了！我不是谢寻微！"

"不是你是谁，闭嘴吧你。"高胤扇了他一巴掌，封住了他的口。

早上醒来，便见谢沧宁脸色青黑，走路不稳。没人相信他的说辞，高胤怕他抖出晚上的事，更是威言相逼。他走投无路，只好跪在谢寻微脚下，求他帮忙。

"兄长，你这又是做什么？"谢寻微笑道，"我如何受得起呢？"

谢沧宁连连磕头："四弟，求求你。你的目的已经达到了，搭把手，救救我吧。"

谢寻微笑意冰凉："我可以救你，不过，你也要答应我的条件。"

"我什么都答应！"

夜晚，那高胤食髓知味，又来叩门。谢沧宁假意引他入门，正准备入港时，银针刺入他的后脑，又一人成了谢寻微的傀儡。谢寻微吸走了他的一些灵力，早晨他醒来，便把昨晚的事儿忘得一干二净。谢寻微把银针留在他的脑中，以待他日之用。

这高胤和谢沧宁都是修为泛泛之辈，谢寻微想，若能收得修为高的人做傀儡就好了。

三日后，仙舟到了玄极门。只见仙山高耸入云，四处烟气袅袅，白鹤飞掠云端。钟声响彻四野，各家新来的子弟都聚集在长生阶上，等候长老传唤。玄极门门主长孙铸扫了一眼下面的子弟，目光停留在谢沧宁身上。谢沧宁不自觉发起抖来，求救的眼神投向了谢寻微。

"你过来。"长孙铸道。

谢沧宁颤抖着走上前。

长孙铸抬起他的下巴："日后，你就在我边上侍奉吧。"

"我……我……"谢沧宁快哭了。

"怎么，不愿意？"长孙铸鹰隼般的眼眯了起来。

谢沧宁悄悄看向谢寻微。

这长孙铸道行不错，或许能收作傀儡。谢寻微不着痕迹地点了点头。

谢沧宁道："弟子……愿意……"

话音刚落，一道凛冽的刀光割过众人的眼皮。铺天盖地的杀气如山一般压了下来，所有人不自觉砰然跪地，地板寸寸裂开。谢沧宁被刀光迷了眼，好不容易睁开，便见长孙铸摸过他下巴的手已经断在地上。长孙铸捂着断臂，脸色惨白，道："来者何人，竟敢闯我玄极门！"

长生阶下，一个黑发黑眸的赤衣男子一步一步走了上来。他每走一步，脚下便起一簇火焰，恍若步步生莲。所有人都感受到他扑面的杀气，还有那炙热的暴虐。

"你是谁？"长孙铸颤声问。

"我？"男子抬起眼，眸间赤红闪现，"灵域一战，睡了这几十年，你们这帮人就不记得我了？"

"你……你是……"

"听好了，"男子哂笑，"我是百里决明。"

长孙铸扑通一声跪下，道："老祖宗大驾光临，有何要事？"

谢寻微藏身在人群中，暗暗吃惊，长孙铸被斩断一臂，也不敢同这个男人发怒吗？

"你动了我的人。"百里决明森然道。

"您的人？老祖宗，我们怎么敢？一定是有误会啊。"长孙铸忙问，"您的人是……"

百里决明看向谢沧宁："寻微，过来。"

谢沧宁瑟瑟发抖，再次不自觉地看向谢寻微。

"你看谁呢？过来。"百里决明不耐烦地招招手。

"原来是谢家四郎。"长孙铸连忙把人推出去，"老祖宗既然喜欢，便送予您了。"

谢寻微朝谢沧宁点了点头。

谢沧宁僵着身子，来到百里决明身边。

"怕成这怂样？他们欺负你了？"百里决明问。

"……没有。"谢沧宁胆战心惊地摇头。

"真没有？"百里决明有些不信。姜家那帮不靠谱的东西，自己的家族内乱十几年，把寻微一个人丢在外面不闻不问。他又刚好在灵域一战受了伤，不得已闭关沉睡，刚刚才苏醒。一醒来他便来这儿了，生怕寻微受委屈。他问："谢家说你小时候摔了脑子，不记事了？"

谢沧宁连忙点头。

"罢了，无妨。"百里决明道，"不记得就算了。"他朝长孙铸抬了抬下巴，"孙子，爷累了，今天歇你这儿。"

长孙铸忙道："是，老祖宗下榻，玄极门蓬荜生辉。"

谢寻微思忖，这百里决明大概也是冲着自己的纯阴之身来的。谢寻微心中有了打算，想把这人也收为傀儡。

傍晚，谢沧宁火急火燎地赶来见谢寻微，问："怎么办怎么办，就要入夜了。那百里祖宗让我和他住一个院子，你说他打的什么主意？"

"你说呢？"谢寻微浅笑。

"那我怎么办？"

"假意迎合。"谢寻微很淡定。

"什么？他看起来那么恐怖……"谢沧宁很崩溃，"我……我不行……"

谢寻微道："受一时之苦，还是一世之苦，你自己选吧。"

谢沧宁焦灼片刻，只得同意。

入了夜，谢沧宁坐在房里，等着百里决明来找他。谁知到了三更半夜，百里决明也没来。

"去找他。"谢寻微传音入室。

谢沧宁侧过头，便见谢寻微的影子出现在了窗外。

长痛不如短痛，不如尽早让谢寻微收了那个姓百里的。谢沧宁下定决心，起身出门，叩响百里决明的房门。无人应，谢沧宁推开门，发现百里决明躺在床上呼呼大睡。他慢慢靠近，刚刚靠近床边，百里决明睁开了眼。

"大晚上不睡觉干什么？"百里决明问。

"祖宗，"谢沧宁赔着笑，"您要我与您同住，不就是要我伺候您饮食起居吗？我来伺候您了。"

百里决明坐起身："我不用伺候，你睡你的。"

"我……"

谢沧宁咬咬牙，假装一个没站稳，往百里决明那儿扑去。与此同时，三根银针穿墙而过，直奔百里决明的后脑。银针扎入百里决明的脑髓中宫，得手了。谢寻微缓缓跨入门槛，谢沧宁长舒了一口气："你终于来了。"

谢寻微站定在床前，抬起百里决明的下巴，好整以暇地端详他："你倒不似旁人那般不堪入目。百里决明，告诉我，你是什么人。"

百里决明冷笑："我是你爹。"

谢寻微脸色一变，倏然退后："你没有被我控制？"

谢沧宁也连滚带爬跑到谢寻微身后。

百里决明摸了摸后脑："还挺疼。原来你才是寻微，我说呢，这厮怪怪的，怎么可能是你。一下没在你边上看着，你又搞这些歪门邪道。"

谢寻微暗叹，此人术法高深，是自己冒进了。

"前辈，在下班门弄斧，让前辈见笑。"谢寻微恭敬地行礼，"前辈言语之间，似乎对寻微很是熟稔，可是与寻微的长辈有旧？"

"……算是吧。"百里决明道。

眼下寻微记不起当初的事了，百里决明不能一上来就告诉他他们的关系。

贸然说出来，感觉他像个骗子。

"既然如此，可否饶了寻微这一遭？"谢寻微笑问。

"不能。"百里决明哼道，"那小子出去，你，留下，给爷扇风。"

谢沧宁脚底抹油溜了。

谢寻微一人留了下来，迟疑着拿起折扇。

百里决明究竟意欲何为呢？他只想要扇个风这么简单吗？

"快扇，没吃饭吗？"百里决明没好气地说。

谢寻微扇起了风。

夜色如墨，山里听得一片蝉鸣，扇着扇着，百里决明均匀悠长的呼吸声响起，谢寻微不由得失笑，这人竟真的睡着了。这老祖宗性格乖张暴戾，喜怒无常，真是看不透。不过，他似乎对自己不错。

清晨，谢寻微徐徐醒来，发现自己睡在了床上。起身看，百里决明正蹲在外面刷牙净面。

"起来了？收拾收拾，跟我回抱尘山。"百里决明道。

"抱尘山？"谢寻微轻轻蹙眉。

"怎么，你要待在玄极门这种不入流的地方修行？"百里决明挑眉。

"前辈的意思是……"谢寻微问，"前辈要收我为徒？"

"哼。"百里决明道，"废话。"

"为什么呢？"谢寻微还是想不明白。

谢家何德何能，能与百里决明有交情？就算谢家和百里决明有交情，百里决明也应该收谢沧宁当徒弟才对。

"还能为什么？"百里决明随便编了个理由，"因为你好看行了吧。"

"……这个理由，"谢寻微失笑，"姑且可以相信。"

"行就快走。"百里决明牵来了马车。

"我想回岭南带上我母亲，可以吗？"谢寻微又问。

"带上你七大姑八大姨都行。"

"前辈对我真好。"

"叫师尊。"

"师尊对我真好。"谢寻微问，"真的不用我伺候您的起居吗？"

"……你别让我伺候你就行。"

谢寻微望着那玄色的高挑背影，忽然想起来了，母亲说，很多年前，他的眼疾还没好的时候，曾有个玄衣人登门，赠予他红玉戒指。

原来那个人就是百里决明吗？谢寻微弯了眼眸，收好包袱，在一众子弟羡慕的眼光中登上百里决明的马车。谢寻微在车里坐下，默默地想，罢了，日后自有机会好好问明白究竟是怎么一回事。马车摇摇晃晃，百里决明挥着鞭子，催动马车上路。谢寻微撑开帘子，望着车外不住倒退的深绿树影。

"师尊，你脑子里的针要我拿出来吗？"他问。

"喊，就你那伎俩。"百里决明懒洋洋道，"早被我烧熔了。"

"那你脑子岂不是也烧没了？"

"……闭嘴。"

谢寻微不禁笑了起来。

新的人生，又开始了。

图书在版编目（CIP）数据

渡厄 / 杨溯著. — 成都：天地出版社, 2024.1
ISBN 978-7-5455-7971-0

Ⅰ.①渡… Ⅱ.①杨… Ⅲ.①长篇小说－中国－当代
Ⅳ.① I247.5

中国国家版本馆 CIP 数据核字 (2023) 第 185520 号

DU E
渡厄

出 品 人	杨 政
作 者	杨 溯
责任编辑	王筠竹
特邀编辑	王晓荣　李　晶　刘雪华　宋艳微
责任校对	梁续红
封面设计	@Recns
责任印制	白　雪

出版发行	天地出版社
	（成都市锦江区三色路 238 号 邮政编码：610023）
	（北京市方庄芳群园3区3号 邮政编码：100078）
网　　址	http://www.tiandiph.com
电子邮箱	tianditg@163.com
经　　销	新华文轩出版传媒股份有限公司

印　　刷	天津鑫旭阳印刷有限公司
版　　次	2024年1月第1版
印　　次	2024年1月第1次印刷
开　　本	680mm×970mm 1/16
印　　张	25.25
字　　数	481千字
定　　价	49.80元
书　　号	ISBN 978-7-5455-7971-0

版权所有◆违者必究

咨询电话：（028）86361282（总编室）
购书热线：（010）67693207（营销中心）

如有印装错误，请与本社联系调换。